M. D. Schuster „Wärmesteine"

M. D. Schuster

Jahrgang 1976, schreibt seit dem 11. Lebensjahr Gedichte, Theaterstücke und Romane, später auch Abhandlungen über Gesellschaftsstrukturen und Kunst. Machte eine Gesangsausbildung und studierte Bildhauerei und Graphik (Dipl. f. Bild. K.) sowie Bildungswissenschaft (B.A.).
Literarische und bildungswissenschaftliche Publikationen. Kurse und Vorträge in Schulen, Universitäten, Kulturvereinen und Museen. Ausstellungen in Deutschland, Frankreich und China.

www.mdschuster.de   www.die-skulptur.de

Wärmesteine

M. D. Schuster

Ein Roman zum Bedingungslosen Grundeinkommen

© M. D. Schuster, 2010; Ausgabe von 2020.
Titelfoto: M. D. Schuster
Herstellung und Verlag: BoD- Books on Demand, Norderstedt
ISBN: 9783734793233

Für meine Familie,
ihre verwandten und ihre gewählten Mitglieder

„‚Ich' ist ‚wir alle'. Wenn wir das irgendwann denken können,
wird die Welt ein glücklicher Ort sein."
Derimen

„Es spricht nichts dagegen, dass es allen gut geht.
Unser Wohlstand verpflichtet uns, ihn gerecht miteinander zu teilen."
Imen

„Unfreiheit ist das Leben des Zugewiesenen statt des Eigenen.
Freiheit bedeutet die Freiheit von Abhängigkeit, die von Angst, von Zwang
und Demütigungen. Sie bedeutet nicht die Freiheit von Verantwortung.
Sie bedeutet die Möglichkeit, das eigene Beste zu geben.
Auch wenn es nicht dem entspricht, was andere fordern."
Banés

„Erwartet nicht Banés", ermahnte Imen seine Sippe.
Die Übrigen unterbrachen ihr Gespräch und sahen ihn an.
„Sehr glaubhaft, Vater", erwiderte Aksua, und Rowun fügte hinzu: „Du kaust doch selbst fast an den Nägeln."
Imen gab es auf, ruhevolle Würde verbreiten zu wollen, was ihm ohnehin keines recht geglaubt hatte. Alle waren ungeduldig, allein Ransar und Ahte saßen ein wenig gelassener zwischen den anderen Kanhartiden.
„Ihr werdet also den Boten unterhalten", wandte sich Derimen mit einem Mal an die drei Älteren. „Und wir..."
„...damit ihr die Gelegenheit bekommt, ein gewisses Schreiben zu lesen", lächelte Ahte.
„Ach, Mutter."
„Schon gut. Aber legt es so hin, dass ich es ebenfalls lesen kann, wenn ich mich kurz zurückziehe." Sie zwinkerte und schaute dann fragend zu Aksua, der am geöffneten Altan stand und als Antwort still verneinte.
Seit sie Nachricht vom Eintreffen des Gastes in Lesnen erhalten hatten, kamen sie nicht mehr wirklich zur Ruhe. Es war ausgeschlossen, dass ein Gesandter der Viralí ohne Nachricht von Banés kommen würde. Vielleicht, und diese Hoffnung, die alle teilten und die Imen nun erstmals ausgesprochen hatte, vielleicht befand sich Banés gar in seinem Gefolge. Denn die Stadtwahrin hatte erklären lassen, dass dieses Haus von dem Gast als Herberge gewünscht worden sei.
Banés. Das Heer hatte ihn einst als Knaben in einer Schlacht gegen Viralí aufgegriffen und beim Zurückweichen mitgenommen, als Pressgeisel, um seinen Stamm zu Verhandlungen zu zwingen. In Lesnen angekommen, war er in der Sippe der Kanhartiden untergebracht worden. Der Zehnjährige war verängstigt gewesen und vordem keineswegs gut behandelt worden, was sein Hunger und seine Verletzungen bezeugt hatten. Banés war der Landessprache nicht mächtig gewesen und hatte mehrfach zu fliehen versucht – mehr als eine Mondesreise zu Pferde von der Heimat entfernt.
Imen, Ahte und Ransar waren nicht glücklich darüber gewesen, einen Gefangenen statt eines Gastes aufnehmen zu müssen, doch das Wort des Stadtrates wog darin mehr als ihres. So hatten sie versucht, das Vertrauen des Viralí zu gewinnen, und sich bemüht, ihm die Sippe zu ersetzen. Sechzehn Jahre lang war Banés ihnen ein viertes Kind gewesen, in dem schließlich an Nähe und Liebe kein Unterschied mehr zu den übrigen Kindern bestand. Seine Ausbildung und darauf sein Werk als Bootsbauer hatten ihn an den Hafen geführt, und vor acht Jahren, als er sich entschieden hatte, in die Flotte Lesnens einzutreten, hatten ihre Völker unerwartet Frieden geschlossen. Banés hatte gehen müssen. Das ganze Haus war darüber betrübt gewesen, er selbst hatte bei dem damaligen Stadtwahrer darum gesucht, bleiben zu können, was jedoch vergebens gewesen war. Wenn heute Botinnen zwischen den Räten Lesnens und Viralís auf den Weg geschickt wurden, nahmen sie jedes Mal Schreiben

für die Getrennten mit, deren Sehnsucht nacheinander blieb.

Derimen trat auf den Altan. „Wie lange brauchen sie denn? Sie sind doch seit Mittag in der Stadt!"

Ihre Brüder grinsten über sie.

„Und für den Dämmer angekündigt. Es ist noch hell." Das kam von Aksua.

„Oh, ja. Lasst uns vernünftig sein", rollte sie mit den Augen.

Er lachte.

Sie blickte erneut hinaus, wandte sich dann um. „Ist das Essen vorbereitet, oder können wir noch..."

„Selbstverständlich." Imen schnaufte missbilligend, was selten vorkam und seine Anspannung bezeugte. „Gebrauche deine Nase. Es gibt auch Traubentaschen." Diese Küchlein waren Banés' liebste Speise gewesen. Imen widmete der Jüngeren ein Kopfschütteln, „aber ich sehe trotzdem nach", und wollte die Runde verlassen, doch Ransar hielt ihn auf und ging an seiner Statt in die Küche, die von Hilfen bevölkert war, wie immer, wenn der Rat ihnen mehrere Gäste schickte.

Zeit verging. Ehe die Unrast unerträglich wurde, schlug Ahte ein Brettspiel vor, und noch während sie es aufbauten, klangen Hufgeräusche vom gepflasterten Hof herauf. Mit Mühe hielten sich die Versammelten zurück und stürzten nicht auf den Altan, sondern räumten das Spiel fort und harrten auf die Ankömmlinge, die zu ihnen geführt wurden.

Als Erster trat der Gesandte ein, der übers ganze Gesicht strahlte. Er trug, wie es bei den Nordvölkern üblich war, einen gestutzten Bart, grobgewebte wollene Kleider und schwere Stiefel. Er war breiter geworden, sein nun langes Haar wurde in einem Zopf gehalten, doch es war Banés selbst. „Gesundheit diesem Hause", sagte er mit einer Ehrung.

„Unsere Opfer wurden erhört!" Imen herzte ihn. „Du bist zurückgekehrt."

„Banés!" Rowun und Aksua eilten gleichzeitig hinzu und mussten sich bemühen, ihn nacheinander zu umarmen. Ahte schloss sich an. Sie schien ihn nicht mehr loslassen zu wollen. Erst als dessen Gefolge, sechs weitere riesenhafte Viralí, sich in seinem Rücken auffächerte, schickte sie sich zu einer förmlichen Ehrung an, hielt angesichts Banés' schätzenden Blickes auf Derimen jedoch inne.

Diese stand mit verschränkten Armen da. „Du elendes Scheusal", ließ sie sich freundlich tadelnd vernehmen. „Das hättest du mir schreiben können!" Dann lachte sie und flog ihm entgegen.

„Ich wollte euch überraschen", erklärte er an ihrer Schulter.

„Von wegen! Du bist ein Scheusal."

„Wo ist Udras?", fragte er mit Walle.

„Sie schläft bei Freundinnen."

Er lautete bedauernd.

„Bald wirst du sie kennenlernen", versprach Derimen.

Ahtes Schwester, die sich in der Begrüßung zurückgehalten hatte, trat nun vor. „Endlich wieder hier, Hellhaut?"

Die übrigen Viralí versteiften sich, Ransar riss die Augen auf, schwankte, ob eine Entschuldigung angemessen wäre, ob die Gäste den alten Scherz als beleidigend auffassten. Aber als Banés grinste, „um dir Honigrollen aus der Satteltasche zu stehlen, Schwarzauge", und sie an sich drückte, verlor die Luft ihre Spanne wieder. Banés stellte seine Begleitung vor, die willkommen geheißen wurde und über das fehlerlose Viralí der Gastgebenden verblüfft war. Das Haus wies die Zimmer zu, half beim Herauftragen des Gepäcks. Danach wurde zum Mahl geladen.

Es war ein heißer Tag, wie es in Lesnens frühen Herbsten nicht selten war. Die Ratsbediensteten hatten den Tisch im Garten gedeckt. In der gepflegten, sonnendurchfluteten Pflanzenstätte streifte staunende Bewunderung der Angekommenen über die farbige Pracht, in deren Mitte die Speisen auf sie warteten.

„Oh!" Banés hatte die Traubentaschen entdeckt. Er strahlte. „Wurde ich also doch erwartet."

„Erhofft", verbesserte Imen.

Alle Unterhaltungen wurden höflich auf Viralí geführt, obwohl anfangs ersichtlich geworden war, dass mancher Gast ausgezeichnetes Lesnen sprach. Nach dem Essen rief Frexél, eine Kriegin mittleren Alters, die Ihren zu ungewöhnlich früher Nachtruhe und verabschiedete sich mit einem Lächeln. Den Wiedervereinten war gewiss, dass sie ihnen Weile miteinander lassen wollte. Sie trugen Most und Stühle auf den Altan; Imen, Ahte und Ransar nahmen ihre gewohnten Plätze auf der Bank ein, welche das ganze Jahr dort stand. Die Hitze des Tages wich angenehmer Abendwärme. Banés legte nun auch sein Überhemd mit den Rangeszeichen Viralís ab. Wohlig streckte er sich und lehnte den Kopf an die Hauswand.

„Wie schön du geworden bist", bemerkte Ransar. „Trotz des Fells in deinem Gesicht."

Er lachte.

„Aber du wirst es doch scheren, oder?"

„Das habe ich vor."

„Lass es so", riet Derimen. „Es sieht sehr gut aus."

Er besah sie schmunzelnd.

„Wie lange wirst du denn eigentlich bleiben?", wollte Rowun wissen.

„Ich habe nicht vor, wieder zu gehen", entgegnete der Gefragte. „Außer, um Bericht zu erstatten."

Die Runde merkte auf.

„Heißt dass, du wirst der neue..."

„...Botschafter Viralís in Lesnen, ja. Auf Lebenszeit, wenn ich mir nichts zuschulden kommen lasse."

Derimen, die neben ihm saß, jauchzte leise auf. Er legte den Arm um sie.

„Es war nicht einfach, bei meiner Sippe dort durchzusetzen, mich als Botschafter zu senden", berichtete er. „Aber schließlich konnte ich sie davon überzeugen, dass einer, dem Wohl und Frieden beider Völker am Herzen liegen, geeigneter ist als einer, der nicht einmal die Sprache spricht." Er verzog den Mund. „Es ist erstaunlich, wonach mitunter ausgesucht wird. Nun, meine Begleiter bleiben noch bis zum Vollmond. Wie lange kann ich euer Haus nutzen? Ich werde gleich anfangen, eine eigene Bleibe zu suchen."
Imen hob abwehrend eine Hand. „Eure Zahl und die Dauer sind verabredet worden. Du kannst bleiben, so lange du es willst. Es ist seit den neuen Gesetzen über Zubau nicht leicht, hier ein Haus zu finden. Jenseits der Stadtmauer kannst du als Botschafter nicht leben. Uns ist es gerne, dich hier zu haben."
Banés strahlte.
Sie blieben beisammen, bis es dämmerte und die beiden Krieginnen Aksua und Ransar, die am Morgen früh aufbrechen mussten, in ihre Kammern gingen. Imen und Ahte wollten noch einmal nach den Viralí sehen, bevor sie selbst zu Bett gehen würden. Eigentlich war das nicht nötig, denn die Ratsbediensteten sorgten während der Zeit der Unterbringung für die Gäste. Sich nicht noch einmal nach diesen zu erkundigen, wäre den Betagten jedoch undenkbar gewesen. Nach einem weiteren Becher Mostes verabschiedete sich auch Rowun. Banés und Derimen blieben zurück, setzen sich auf die Bank und lehnten die Köpfe aneinander, wie sie es ehedem oft getan hatten.
Derimen seufzte tief.
„Wieder zuhause", sagte Banés leise.
Sie sah ihn verwundert an. „Ist das so? Du warst so lange dort. Bei deiner Sippe."
Er überlegte seine Antwort. „Beide sind meine Sippen, und beide sollten zuhause sein. Aber ich wollte nur hierher zurück. Sie sind Herkunft, und sie sind mir viel. Ich war nicht glücklich, sie zurückzulassen. Aber meine Liebe für euch ist eine andere." Sie drückte seine Hand. Er schnaufte. „Ich habe mehr über Verhandlungen gelernt, als ich je glaubte, dass in meinen Kopf hineinpassen würde. Ich kenne alle unsinnigen Abstammungsreihen und die Völkergeschichte des Südens der letzten Generationen. Jetzt kann ich wieder bei euch sein."
Derimen war so berührt von seinen Worten, dass sie Flucht in einem Scherz suchte: „Freiwillig in Lesnen. Dabei wolltest du doch zur See."
„Ja, wollte ich. Ist aber schon lange her. Und du, jüngste Ratssprechin seit Stadtgedenken? Erfüllen sich deine Wünsche?"
„Heute ganz gewiss", lächelte sie.
Kurze Stille.
„Was machen deine Männer?", fragte er, mit einem Mal neckend.
Ihr Ellenbogen stieß ihn leicht in die Seite. „Was sollen sie schon machen. Unsinn."
„Also noch immer kein Herzwärmer?"

Sie lachte. „Noch immer kein Herzwärmer."
„Aber viele gebrochene Herzen."
„Das ist ungerecht. Ich bitte keinen darum, sich an mich zu hängen. Und ich führe auch keine Liste."
„Weil sie zu lang wäre?"
Ein erneuter, festerer Knuff in die Rippen.
Nun lachte Banés. Wiederum legte er den Arm um die Nebensitzende, gemeinsam blickten sie auf die schlafende Stadt. In Ferne waren einige Straßen beleuchtet, in denen selbst zu dieser fortgeschrittenen Nachtzeit noch Handel stattfand.
„Was ist um Rowun und Aksua?", fragte der Ältere. „Sind sie gebunden?"
„Rowun sagt, er habe mit dem Rat zu viel zu tun, um sich eine zu suchen. Ich halte es für eine Ausrede. Imen und Ahte drängen sehr nach weiteren Enkelkindern. Und da ihnen Aksua nun höchstwahrscheinlich keine ermöglichen wird, liegt die Last auf ihm schwer."
Banés brummte verstehend. „Und Aksua? Er hat sich in seinen Briefen über Bänder ausgeschwiegen."
„Ist noch immer mit Esdri geeint."
„Das sind jetzt ... zehn Jahre?", überlegte er laut.
„Ja. Aber keine glücklichen. Es wäre besser gewesen, hätten sie sich vor Weile getrennt. Ich habe keine Ahnung, was sie aneinander hält, Glück gewiss nicht. Es kommt der Tag, an dem ich Esdri die Ohren abschneide. Er behandelt Aksua nicht gut, und ich bin sicher, dass er ihm nicht treu ist."
„Das sagst du?", staunte Banés.
Sie nahm tief Luft. „Es ist eine Frage der Absprache, oder? Wer sich mit mir zusammentut, weiß, dass ich Männer liebe. Und allein über die Ratsvertretung ständig neue kennenlerne. Ich sage jedem, dass ich jetzt kein festes Band will."
Er hob die Brauen.
„Aber Aksua braucht die Treue eines Mannes", fuhr sie eilig fort. „Esdri weiß das und hat nicht einmal den Anstand, seinen anderen gut genug zu verbergen." Derimen schnaufte zornig. Dann fing sie sich. „Und du? Lässt du ein weinendes Herz zurück? Du hättest es mir doch geschrieben."
„Das hätte ich. Ich hätte eine mitbringen können. Nein, du weißt alles. In den letzten beiden Jahren habe ich nur gelernt, nichts weiter."
„Ich weiß alles?", empörte sie sich. „Nur, dass du in den Rat Viralís wolltest. Ich habe gehofft, dir einmal in Verhandlungen zu begegnen. Und nun werden wir uns oft im Rat sehen", freute sie sich. „Botschafter. Du. Das hätte ich nicht gedacht."
„Boote werden in den Bergen nicht gebraucht", lächelte er.
„Ein Glück. – Aber die Berufung auf Lebenszeit trägt ein ‚Falls', nicht wahr? Es steht nicht zum Besten zwischen Viralí und Lesnen."

„Wie habe ich deinen Verstand vermisst", lächelte er. „Es ist meine Aufgabe, dass es zum Besten kommt. Ich habe einige Handelsangebote im Gepäck, die es erleichtern sollen. Du wirst sie im Rat erfahren."

Sie sann nach. „Ich bin so froh, dass du zurück bist. Ich glaubte, es wäre nicht möglich."

„Es war schwer", nickte Banés. „Vannét und Wuhtá waren sehr gekränkt." Es waren die Namen seiner Eltern in Viralí. „Sind es noch, denke ich. Aber dort bin ich nicht der Älteste. Meine Schwestern sind in aller Augen bessere Erbinnen, weil sie in Waffen stehen und ich nicht. Dennoch war es Werk über Jahre, und ohne Frexéls Fürsprache hätte ich sicher nicht herkommen können."

„Deine liebende Base."

Er bejahte. „Die mir die Zeit in Viralí erträglich gemacht hat. Sie wollte euch kennenlernen."

Derimen lächelte. „Ich freue mich darauf. Vielleicht schaffe ich es, mich dafür vom Rat freizustellen. Ich mag sie jetzt schon." Sie legte sich auf die Bank, bettete ihren Kopf auf Banés' Schoß und ließ die Beine über die Armlehne baumeln. „Warum hast du dir so viel Zeit gelassen? Mit deiner Rückkehr. Was war Werk über Jahre?"

„In der Hauptsache war es um Vannét und Wuhtá. Als Stadtbürger Lesnens hätte ich jederzeit hierher zurückkehren können, aber so sehr konnte ich sie nicht kränken. So habe ich einen Weg gesucht, mich für Viralí nützlich zu machen und im Selben wiederkommen zu können. Meine Gedanken verhielten recht lange auf dem Bootsbau, und ich suchte Ähnliches." Er lächelte. „Du hast mich auf den Gedanken gebracht, Botschafter zu werden."

Derimen streckte den Hals und sah ihn fragend an.

„Deine seitenlangen Berichte über den Rat", erklärte er. „Dein Einsatz, dein Gallesprudeln zum Wohl der Stadt. Zunächst habe ich es nur bewundert. Und war froh, dass du mir so viel von dir geschrieben hast, so war ich nicht ganz so einsam. Aber dann wurde mir klar, dass es einen Weg wies. Ich lernte also für den Rat Viralís. Vannét und Wuhtá waren froh. Bis ich ihnen sagte, dass ich nach Lesnen zurück wollte. Sie sind nicht glücklich darüber, aber letztlich haben sie zugestimmt."

„Ich kann mir vorstellen, dass es ihnen schwer war. Werden sie dich denn besuchen kommen?"

„Sicher nicht. Es sei denn, Verhandlungen oder Geschäfte führen sie in die Nähe. Vannét ist noch immer sehr schlecht auf Lesnen zu sprechen. In Wuhtá hatte ich gegen Ende einen Verbündeten, leicht ist es ihm auch nicht. Bedingung unseres Abkommens ist, dass ich spätestens alle zwei Jahre nach Viralí reise und den Winter dort verbringe. Ich werde nächstes Jahr allerdings schon dort erwartet."

Derimen war versonnen. „Du kannst ja einmal nachhorchen, ob du uns mitbringen kannst. Nicht sehr bald, das verstehe ich. Aber im Lauf der Jahre. Ich würde diesen Teil der Sippe gerne kennenlernen. Den anderen ist es sicher ähnlich."

„Nun bin ich hier", erwiderte er froh. „Und entweder gehe ich jetzt ins Bett, oder ich brauche eine Decke."
Sie setzte sich lachend wieder auf. „Na, komm. Das beste Gästegemach ist für den Gesandten Viralís hergerichtet."
Einige Augenblicke später standen sie in Imens ehedemem Schriftenzimmer. „Warum hat er es aufgegeben?", erkundigte sich Banés mit einem schweifenden Blick umher, der in Erinnerungen war.
„Er brauchte es nicht mehr. Imen und Ahte ist der Garten heute mehr."
Er lächelte. „Was ist aus der Kinderkammer geworden?"
„Eine für die drei Eltern bemerkenswert unordentliche Sammlung von altem Zeug. Sie soll bald ebenfalls eine Gästekammer werden."
„Kann ich sie sehen?" Banés wirkte mit einem Mal wacher als zuvor.
„Willst du dort schlafen?", erkundigte Derimen sich einladend.
„Geht das?" Er lachte. „Es wäre ein wenig albern, oder?"
„Und wenn schon. Ich verrate es nicht. Eine Liege steht dort." Sie zwinkerte und nahm Decke und Kissen an sich, Banés zog das Bett ab. Nachdem die Liege bezogen war, verabschiedeten sich die beiden mit einer innigen Umarmung.

Zur allgemeinen Überraschung verkündete Frexél beim morgendlichen Essen, dass sie und ihre Begleitung noch an diesem Tag zur Heimkehr aufbrechen würden.
„Ihr seid hier gerngesehen", bekundete Imen. „Ihr wurdet uns bis zum Vollmond als Gäste angekündigt."
„Wir wollten euch die Stadt zeigen", fügte Rowun hinzu.
„Ihr seid sehr freundlich. Seid bedankt", ehrte Frexél sie. „Ich werde in Viralí davon berichten, wie wohl wir hier Aufnahme gefunden haben und dass Banés in guter Gesellschaft ist. Aber die Meinen erwarteten Krieg, als wir aufbrachen, und ich will bei ihnen sein, so bald es möglich ist."
„Oh." Imen sah betroffen aus. „Gegen Risria, vermute ich."
„Allerdings. Wir werden nicht rechtzeitig sein, um ihnen beistehen zu können, aber ich kann hier nicht Zeit in Muße verbringen, während sie vielleicht kämpfen und vielleicht unseren Trost brauchen. Vielleicht ist jetzt schon alles entschieden, aber wir wollen zurück."
„Das verstehe ich", sagte Ahte. „Wir werden für die Wohle der Deinen opfern. Willst du uns noch in den Tempel begleiten?"
„Das kann nicht schaden", nickte Frexél. „Ich danke." Sie wandte sich an Aksua: „Ihr brecht heute auf?"
Er bejahte und kam ihrer Bitte zuvor: „Nach dem Tempelgang. Wenn euch das nicht zu hastig ist, könnt ihr den Teil des Weges, den wir gemeinsam halten, gerne im Schutz des Heeres verbringen."

„Musst du dazu nicht die Erlaubnis deiner Oberen einholen?", war sie verwundert.
Er verneinte. „Dafür, die Nahen meines Bruders einzuladen? Gewiss nicht."

Bleibende und Scheidende trafen sich im Hof bei den gesattelten Pferden.
Wehmütig verabschiedete sich Aksua von Banés und murmelte bedauernd: „Elendes Heer."
Ransar neben ihm verzog missbilligend das Gesicht.
„Aber ich bin froh, dich immerhin gesehen zu haben, Fastzwilling."
Banés drückte ihn an sich. „Wir werden es wieder öfter."
Der Abschied von den Viralí war kurz und wenig herzlich. Allein mit Frexél tauschte Banés eine Umarmung, Grüße an seine Herkunftssippe ausrichtend. Das Haus sah den Krieginnen nach, bis sie auf der Straße nicht mehr zu sehen waren. Dann gingen Rowun und Derimen zum Rat.
Banés kehrte in die Kammer zurück und legte seinen Rangesschmuck ab. Er wollte seine viel zu warmen Kleider noch am selben Vormittag durch eines der einfachen Langhemden, die in der Stadt üblich waren, ersetzen. Als er sich erkundigte, welche Nähstube zu empfehlen sei, verblüffte Imen ihn mit der Erklärung, er habe Banés' Kleider von ehedem aufgehoben. Sie hatten in einer Truhe gelegen, bis Imen sie aufgesorgt hatte, in der Hoffnung, Banés würde unter den zu Beherbergenden sein. Die Hemden hielten unterschiedliche Farben, hatten die Jahre schadelos überstanden und gewährten ihrem Träger lange Dauer, bis neue angefertigt werden mussten. Banés strahlte, als er das erste übergestreift hatte. Später richtete er sich in der Kammer ein, welche die vier Geschwister als Kinder gemeinsam bewohnt hatten, bis sie als Heranwachsende in einzelne kleinere Kammern umgezogen waren. Imen witterte eine Gelegenheit, das Haus „von Gerümpel" zu befreien, und ging ihm tatkräftig zur Hand. Ahte, die auf dem Stück Landes werkte, das sie vor der Stadtmauer besaßen, bestand darauf, es allein für den Winter vorzubereiten, so dass die beiden anderen das Haus bis zum Abend für sich hatten. Dort staunte Banés über Veränderungen, die selbst Umbauten mit einschlossen.
Imen war früher Ratsmitglied gewesen, Ahte hatte in den drei dutzend Jahren ihres Kriegsdienstes Ansehen und hohen Stand im Heer erlangt. Mit dem Beginn von Imens Altersruhe hätten die, welche von den mittleren Kanhartiden „die drei Eltern" genannt wurden, ihr Haus in dem erhöhten Bereich der Stadt, in dem Würdentragende wohnten, verlassen müssen, da es dem Rat gehörte. Um es bis zum Tod nutzen zu können, hatten sie sich verpflichtet, Gäste des Rates aufzunehmen, was ruheständige Ratsmitglieder nicht selten taten. So hatten sie die ursprünglich der Sippe zugedachten Räume in der oberen Ebene für die Begastung aufgegeben. Allein Aksua, der seine kurzen Aufenthalte in der Stadt bei ihnen verbrachte, bewohnte dort Banés' früheres Zimmer mit Blick auf den Garten. Dass Imen und Ahte und auch Ransar ihre Gemächer nun in der unteren Ebene hielten, verwunderte Banés, und er fragte darum, denn in Lesnen waren Schlafräume gewöhnlich nicht in Bodenhöhe zu

finden. Eine Ausnahme waren die Zimmer von Hochbetagten oder Kranken, denen Stufen Schwernisse bereiteten, doch dies konnte nicht der Grund sein.

„Eine Tages wird er es", sagte Imen voraus. „Aber noch ist es ... Zum einen ist es angenehm, sich abends wirklich zurückziehen zu können. Zum anderen ist es die Nähe zum Garten. Ich weiß, es ist nicht üblich, und wir waren uns lange nicht sicher. Letztlich hat uns Derimen dazu geraten. Meine Generation ist vielleicht mitunter tatsächlich zu sehr darauf bedacht, was die Nachbarn sagen könnten." Er sann kurz nach. „Wie auch immer, nun wohnen wir dort, und es gibt keinen herrlicheren Morgen als einen, der mit einem Gang durch den Garten beginnt."

Banés nickte. „Da hast du Recht. Wie habe ich Gärten vermisst."

Für anderntags hatte Derimen sie eingeladen. Am verregneten Nachmittag machten sich Banés und Imen auf; eine von Ahtes alten Verletzungen schmerzte an diesem Tag ärger als sonst und hielt sie im Haus zurück, obwohl der Weg nicht weit war. Banés ging langsam, weil sein Blick immer wieder auf Vertrautem und Neuerungen der Wohngegend haftete, in der er viele Jahre gelebt hatte.

Sie erreichten Derimens Haus, dessen offenstehendes Tor es mit prachtvollen Bemalungen für diejenigen, die dies zu lesen vermochten, als das der Ratssprechin auswies, und traten zunächst in einen geräumigen pflanzenreichen Innenhof, um den das Haus sich von drei Seiten schmiegte. Wie in der Stadt üblich, war es zweistöckig, hielt dabei aber ungeheure Größe und besaß zwei vom mittleren Teil abgehende Flügel. Der aus der Ankommenden Sicht linke war ein gutes Drittel länger als der rechte, vor dem der Hof in einen das Haus fast umrundenden Garten überging. Zu Säulen beschnittene Büsche säumten den Weg, Zierpflanzen warteten mit großer Blütenpracht auf. Im Herzen des Geländes befand sich ein Brunnen, von Sitzbänken umgeben. Dort saß die Gastgebin in einem Gespräch mit Rowun, der ebenfalls in der Nähe wohnte.

Derimen gewahrte sie und sprang auf, um ihnen entgegenzulaufen. Als sie Banés sah, rief sie entsetzt: „Oh, nein! Der Bart war so schön!"

Er lachte und umarmte sie.

„Warum hast du ihn geschoren? Lesnens Frauen hätten dir zu Füßen gelegen!"

„Darauf lege ich wenig Wert."

Derimen schnitt eine Grimasse, ehe sie rief: „Udras! Sie sind da!"

Ein Quieken war zu hören, dann kam eine Mede aus dem Garten gelaufen. Vor Banés blieb sie stehen. „Das geht?", erkundigte sie sich mit großen Augen.

„Was denn?", erwiderte er, verblüfft über diese Begrüßung.

„So groß zu werden."

Rowun lachte.

Banés ging in die Hocke und schätzte in Wohle den offenen Blick der Kleinen.

„Was hast du gegessen, um so groß zu werden?", fragte diese beharrlich weiter.
„Udras", mahnte Derimen.
„In Viralí sind alle ein wenig größer", antwortete der Neugekommene freundlich.
„Warum?"
„Keine Ahnung. Ich bin Banés."
„Weiß ich doch", strahlte sie. „Ich weiß alles über dich."
„Wirklich?"
„Bestimmt. Auch dass du die gleichen Kletterbäume hattest wie ich. Und dass Ahte deinetwegen die unteren Äste von den Wirden geschnitten hat. Weil du dir fast was gebrochen hättest."
„Oh, ja", erinnerte er sich.
„Ich komme aber trotzdem hoch", prahlte sie.
„Wegen der losen Steine in der Mauer?", grinste er.
„Genau."
„Was?", ließ sich Imen vernehmen.
Banés richtete sich grinsend wieder auf. „Kinder finden einen Weg. Das hast du schon immer gesagt."
Der Gegenüber verzog die Stirn.
„Kommt." Derimen drehte sich einer Tür zu, die im rechten Flügel offenstand, aber Udras zupfte sie am Ärmel. „Gäste gehen doch durch die Empfangshalle."
Derimen lächelte. „Nur zu."
Die Kleine nahm Banés ohne Scheu bei der Hand und zog ihn zum doppelflügeligen Portal, mit dem sich der Hauptteil des Gebäudes hinter dem Brunnen öffnete. Sie betraten eine große, prunkvoll eingerichtete Halle. In ihrer Mitte wies eine breite Treppe in die obere Ebene, rechts und links gingen Flure ab. Udras lief voran und erklärte einige Räume. Hinter der Treppe verborgen befand sich die Küche, durch einen engen Gang erreichbar, an den auch die Vorratskammer, ein Abtritt und eine Tür in den Garten grenzten. Die Mede führte den Gast in der unteren Ebene des rechten Flügels in ein gepflegtes riesenhaftes Empfangszimmer, danach in eine Esskammer, der zwei kleinere Räume folgten, welche unbenutzt wirkten und in denen sich Staub sammelte, die aber kostbare Möbel enthielten und deren Wände kunstvoll bemalt waren.
Banés staunte. Dieser Prunk war bemerkenswert und offensichtlich in Diensten, Gäste zu beeindrucken. Aber er widersprach der Lehre von Schlichtheit an Gütern, in der die drei Eltern ihre Kinder angeleitet hatten. Ebenso den Ansichten ihre Tochter, die nicht nur mehrfach im Rat für Bescheidenheit gesprochen, sondern nach der kargen Ernte vor drei Jahren einen völligen halbjährlichen Verzicht aller Ratsmitglieder auf Entlohnung durchgesetzt hatte. Übrige Wohlhabende der Stadt waren ihrem Beispiel gefolgt, einige hatten zudem ihre Bürginnengabe in erhandeltes Saatgut gewechselt und als Schenkung auf die sorgenden

Höfe geschickt. So hatten die Ackerbauenden sich erholen und ihre Felder ohne Einschränkungen bestellen können, was Lesnen bereits zur nächsten Ernte hohen Ertrag statt andauernder Enge eingebracht hatte. Seitdem war der Rat angesehener als zuvor, und der Ruf seiner jungen Sprechin eilte bis in die Berge.

„Scheußlich, nicht?", riss ihre Stimme Banés aus den Gedanken.

Er lachte. „Prunkvoll. Ohne all das Zeug wäre es ein sehr schönes Haus."

„Es gehört mir nicht", sagte sie entschuldigend. „Es ist viel zu groß. Wir nutzen drei Wohnräume, die Küche und die Waschkammer! Und den Abtritt. Wenn ich förmliche Empfänge abhalten muss oder der Rat hier Gäste bewirtet, wird das Haus in seinem Auftrag gepflegt. Ganzjährig der Garten, zu meiner Freude. Aber sonst staubt es ein." Sie verdrehte die Augen.

„Ihr lebt seit ... vier Jahren hier?"

„Ja. Es ist viel zu groß. Anfangs hat sich Udras hier ständig verlaufen."

„Ist gar nicht wahr", empörte die Kleine sich.

Derimen schmunzelte gutmütig.

Die letzten Zimmer wurden bewohnt. Dort lud eine helle Kaminstube mit drei unterschiedlich großen Liegen zum Verweilen ein. Einer der leuchtend farbige Teppiche, wie sie in der Stadt fast jedes Haus kannte, bedeckte den größten Teil des Bodens in einem warmen Rotgelb. Mostbecher, Obst und Brot warteten vorbereitet auf einem niedrigen Tisch. An einem Fenster standen ein Arbeitstisch mit Stuhl und ein Schriftenschrank, in dem auch Bücherrollen lagen; zwei Wärmesteinlampen, eine größere bei den Speisen, eine kleine am Werk; Holz im Kamin – mehr gab es nicht im Raum, nicht einmal Regale oder Wandschmuck. Die Wände waren weiß und frei, wie Derimen es schon früher gehalten hatte. Unter den klappbaren Ruheflächen der Liegen war, wie Udras vorführte, das untergebracht, was in anderen Häusern in Abstellkammern und an den Wänden Platz fand: Hausrat, Putzzeug, Spiele. Die Tür neben dem Schreibtisch war die, durch welche die Ratssprechin hatte gehen wollen. Sie wurde als gewöhnlicher Eintritt benutzt.

„Das sieht eher nach dir aus", lächelte Banés. „Aber warum hier unten?"

„Weil es dort", Derimen blickte kurz gen Decke, „nur Räume gibt, in denen sich ein kleines Haus verstecken könnte. Ich halte es für besser, Gästen diese Ehre zuteil werden zu lassen."

Er lachte.

Die Jüngere wies in einen kurzen Flur, von dem aus zwei gleichgroße Kammern abgingen, die letzten des Flügels. „Dort schlafen wir."

Die Einrichtung des linken kleinen Gemachs stellten ein Bett, eine Kleiderkiste mit einer weiteren Leuchte darauf und ein Korb mit Derimens Musikinstrumenten. Vor dem Fenster befand sich eine fast brusthohe Hecke. Banés trat heran. Als er in den verregneten Lustgarten sah, der das Haus umfasste, stieß er einen erstaunten Laut aus. „Ist das schön!"

„Komme oft zu Besuch", riet Derimen. „So kommt er wenigstens zu Ehren."

Der rechte Raum war um einiges bestückter: Gestelle mit Kinderspielzeug säumten zwei Wände; eine Truhe, ein Bett, ein Tisch mit Sitzmatte und eine am Fenster lehnende kleine Leiter, über die Udras in den Innenhof klettern konnte, füllten die Kammer. Beide Räume waren offensichtlich einmal als Bedienstetenzimmer gebaut worden. Banés lächelte bei dem Gedanken, wie wenig dies dem Rat gefallen mochte. Es war eine Sache, Werte von Gleichwertigkeit der Bürginnen auszurufen und ihre Eintracht anzustreben. Eine Vertretin zu haben, die dies bedenkenlos lebte, ohne ein Bein in Rangeserinnerungen der Vergangenheit zu halten, war eine andere. Aber der Rat Lesnens war klug genug, darum nur selten zu wirbeln, dies wusste der Schauende aus den Briefen seiner Schwester.

„Zeigst du mir auch den Rest dieses Palastes?", bat er.

Derimen verzog das Gesicht. „Wenn es sein muss. Nachher."

Sie verbrachten eine angenehme Weile miteinander. Banés berichtete vieles von Viralí, dem besonders Udras großäugig lauschte. Derimen überließ es ihr und Rowun, ihn nach dem Essen durch das restliche Haus zu führen, dessen meiste Räume um vieles größer waren als in Lesnen üblich.

„Wunderschön", war seine Wertung. Und auf Derimens gequälte Züge: „Für fünf Familien."

Da lachte sie.

„Willst du noch immer in eine Wahlsippe ziehen?", fragte er.

„Vielleicht", räumte sie ein. „Oder in eine kleine Bleibe. Diese Angeberei hier kann ich nur versuchen, nicht zu sehen."

„Das halte ich für eine Kunst", entgegnete er.

Drei Tage später machte Viralí durch seinen Botschafter dem Rat Lesnens seine Aufwartung. Banés hatte dafür noch einmal, zum ersten und letzten Mal im Rat, wie er betonte, Würdenkleider des Nordvolkes angezogen.

Er stand in der Mitte der Runden Halle und trug mit großem Geschick Viralís Vorschläge für Änderungen des Bündnisses vor. Derimen, die ihm zusah, spürte Glück in sich aufsteigen. Früher, in ihren Jahren des täglichen Auswendiglernens, hatte sie ihre Schriften oft an den Hafen getragen und bei Banés gesessen. Es war ihr wohl gewesen, ihm beim Bau der Boote zuzusehen. Seine Hände hatten das Holz fast wie eine Geliebte liebkost, während er es bearbeitete. In ihren Ruhezeiten hatte er Derimen begeistert von der Herkunft und der Beschaffenheit des Holzes wie seinen Eigenschaften im Wasser erzählt. Ähnliches sah sie jetzt an ihm, doch nun war es um seine Rede. Der Vortrag weckte selbst die geübtesten Ratsmitglieder aus ihrem Wachschlaf und vermochte mehr Inhalt zu vermitteln als gewöhnlich. Der Botschafter flocht sogar Bemerkungen ein, die zum Lachen brachten, und verwendete Beispiele für seine Erörterungen, die wahrscheinlich den meisten im Gedächtnis bleiben würden. Was war mit diesem Mann geschehen? Derimen lächelte stolz. Banés, der Art und Eigenheiten Lesnens kannte, machte den Lauschenden die vorgeschlagenen Änderungen des Bündnisses so schmackhaft, dass Viralí wahrscheinlich keine anderen Zugeständnisse würde machen müssen als die, die sein Gesandter bereits berücksichtigt hatte.

Nachdem der Rat sich zur Essensrast aufgelöst und Rowun seinen Geschwistern erklärt hatte, noch in den Tempel gehen zu wollen, neckte Derimen Banés: „Jahrelang hast du mir ganz gerne das Reden überlassen, mit der Behauptung, das sei meine Stärke. Und nun solches!"

„Bist du also zufrieden mit mir, Ratssprechin?"

„Beeindruckt", lächelte sie. „Und hungrig. Ich lade dich ein. Wollen wir zum Hafen gehen?"

„Ja", strahlte er.

Arm in Arm gingen sie weiter. Banés hielt auf die Ratsschule zu, um Udras abzuholen.

„Die Schule ist zu. Sie machen einen Ausflug auf ein Gehöft vor den Toren", berichtete Derimen lächelnd. „Udras wird am Abend nach Hause gebracht." Als sie die Enttäuschung in seinem Gesicht bemerkte, fügte sie hinzu: „Aber wenn du in Erinnerungen schwelgen willst, gehen wir morgen früher los und holen dich ab. Dann hast du genug Zeit, dir alles anzusehen."

Er nickte froh. Sein Blick glitt über die bemalten Wände, die Lesnen den Ruf als „Farbige Stadt" eingetragen hatten. „Lass uns erst auf den Markt gehen", schlug er vor.

Dort steuerte die Ratssprechin zielstrebig auf einige Stände zu, die zubereitete Speisen anboten. Banés stand mit einem Lächeln an Derimens Seite. Es war ihm Genuss, ihr beim Handeln zuzusehen, für das sie bereits als Mede ein Talent gehabt hatte. Meist hatte die Sippe sie auf den Markt geschickt, um die Ausgaben in Grenzen zu halten, und wer gute Laune bekommen wollte, tat gut daran, sie zu begleiten. Früher hatte sie mit einer Mischung aus kindlich einnehmender Art und ungewöhnlicher Reife die Marktlinnen bezaubert. Heute schien Derimen eben dann aufzublühen, wenn sie die Anliegen einer hartnäckigen Verhandlin mit den eigenen zusammenführen musste. Sie redete, scherzte, blieb selbst Mürrischen gegenüber zugewandt und war zufrieden, wenn sie anderen ein Lachen entlocken konnte. Es wirkte wie ein Spiel, dennoch war offensichtlich ihr Ziel, die Gegenüber zudem mit einem wohlen Gefühl zu entlassen. Banés war gewiss, dass sie, wäre sie Handlin geworden, den Markt in einen besseren Ort verwandelt hätte. Dann kam ihm der Gedanke, dass sie dies tat. Als Ratssprechin, mit der Stadt als Marktplatz.

Schließlich hatte Derimen eine kleinere Mahlzeit erstanden, mit der sie weitergingen. Am Hafen kam Sehne in den Blick des Botschafters. Er blieb kurz stehen, sog die Gerüche ein, die seiner Begleitin wenig angenehm, wenn auch vertraut waren, und leuchtete still. Wohnhäuser standen neben der Werft, mit größeren Bleiben für Sippen und kleinen für Alleinwohnende darin. Dort hatte Banés gelebt, als er unerwartet nach Viralí hatte zurückkehren

müssen. Die Geschwister gingen an den Bauten vorüber und erreichten das Nassbecken der Werft, in dem drei riesenhafte Schiffe lagen.
Derimen hielt an einer Bank. „Wollen wir hier essen?", fragte sie eben, als eine raue Stimme vom Deck des nächstgelegenen Schiffes ertönte: „Banés! Kann es möglich sein!" Eine Gestalt schwang sich an einem Tau zu ihnen herab.
„Ibeh!" Der Gerufene umarmte die ihm Altersgleiche.
„Du bist zurück? Bleibst du?"
„Ja."
„Bei allen Geistern, wie wunderbar! – Derimen."
Diese begrüßte die Hinzugekommene freundlich, hielt sich darauf aber im Hintergrund. Ibeh war Banés' Gefährtin gewesen, als er aufbrechen musste. Acht Jahre waren vergangen, und alles, was Derimen über das Band der beiden noch wusste, war, dass sie eines Tages aufgehört hatten, einander zu schreiben.
„Botschafter Viralís?", staunte Ibeh. „Und ich hatte eben schon die Hoffnung, wieder mit dir bauen zu können."
„Vielleicht können wir das. Wie ist es deiner Familie?", fragte er.
„Gut. Die Kinder sind gesund und haben denselben Wind in den Segeln wie ihr Vater."
„Das sagt eben du?", neckte er.
Sie lachte, „Rajut ist auf See", und verdrehte die Augen. „Wie ich ihn vermisse! In anderthalb Monden ist er zurück, dann kette ich ihn erst einmal an."
Banés schmunzelte. „Und deine Eltern?"
„Sind beide den Weg zu ihren Ahninnen gegangen."
Sein Gesicht verernstete sich sogleich.
„Im allem Frieden", ergänzte sie. „Du weißt, wie alt sie waren."
„Ich bin viel zu lange fort gewesen."
„Du bist zurück", erwiderte sie. „Kommst du heute Abend in mein Haus? – Ihr beide selbstverständlich! Und eure Brüder, wenn sie wollen."
„Die Sippe hat uns für die nächsten Abende verplant", entgegnete er. „Am Siebenten Tag könnten wir kommen, Aksua ist aber fort."
Derimen lautete zustimmend.
„Dann kommt am Siebenten", freute Ibeh sich. „Habt ihr jetzt Zeit? Willst du dir das Schiff ansehen?"
Er strahlte auf.
„Na, kommt." Sie lud beide auf die Laufplanke, die auf das Schiff führte.
Während die Jüngere vor allem den an Deck stärkeren Wind genoss, erforschte Banés den Bau mit Augen und Händen. „Sehr gut", bekundete er abschließend anerkennend. „Ihr habt eine Möglichkeit gefunden, das Öl noch dichter zu machen?"

Ibeh nickte. „Es hat ewig gedauert. Und ist eine eigene Kunst geworden. Willst du dir die Tiegel ansehen?"
„Es ist kein Geheimnis?"
„Du bist Bürger Lesnens, oder? Nein, es ist kein Geheimnis. Wir handeln das Rezept sogar."
Sie verbrachten die restliche Essensrast an Deck, aber nur Derimen aß mehr als einige Bissen, die beiden anderen in Wohle betrachtend. Nachdem die Hörner zur zweiten Werkzeit gerufen hatten, verabschiedeten sie sich voneinander.
„Wenn deine Stammesgeschäfte dir die Weile dazu lassen: Du bist hier jederzeit willkommen", erklärte die Handwerkin.
„Ich würde gerne kommen."
„Wann immer du willst."
Und tatsächlich fand sich Banés nach seiner ersten Zeit als Botschafter fast täglich im Hafen ein, um mit Ibeh und alten wie neuen Werkgleichen zu bauen. Die vormittägliche Werkzeit hielt er in Vertretung Viralís, die nachmittägliche an den Booten, und war zufrieden wie seit Jahren nicht mehr.

Auf seinem Weg in die Runde Halle ging Rowun zunächst durch die offene Hoftür zum Haus Nirars. Sie war in seinen Augen das beeindruckendste Mitglied des Rates. Nirar stammte aus einer alteingesessenen Sippe, die seit der Stadtgründung Abgeordnete und Wahrende gestellt hatte und weithin Anerkennung genoss. Dennoch begleitete Nirars zugewandte Sicht gen weniger Gutgestellte den Rat, und sie hielt Wissen, das einer Greisen angemessen gewesen wäre. Sie hatte Rowun an seinem ersten Ratstag Sitz neben sich geboten und den aufgeregt Wallenden flüsternd in die Versammlung eingeführt, war ihm erst Lehrin und dann Freundin geworden.
Der Fluch ihres wohlhabenden Hauses war eine Krankheit, die nach ihrem Ausbruch alle Frauen binnen weniger Jahre peinvoll tötete. Keines wusste Heilung. Die Knochen wurden schwach, dann die Eingeweide, und die meisten Frauen starben, bevor sie ihre ersten beiden Dutzende vollendet hatten. Die Arge wurde nur von Mutter zu Tochter weitergegeben, die Männer blieben von ihr unberührt und erreichten zumeist hohes Alter, auch gaben sie das kranke Erbe offenbar nicht weiter. Nirar war mit ihren einunddreißig Jahren seit Generationen die älteste Frau ihre Sippe und die Letzte im argen Erbe. Als Rowun sie kennengelernt hatte, war ihr Schritt langsam gewesen. Mittlerweile ging sie mit Stütze, und es gab Tage, an denen sie dem Rat nicht beiwohnen konnte und der Jüngere ihr abends Bericht erstattete.
Rowun betrat den gepflegten Innenhof, in dem ein kleiner Garten angelegt war.
„Sie kommt gleich!", vernahm er die Stimme Vicheds vom Dach. Die Hausführin saß in der Höhe, wo sie ein Loch flickte, und winkte ihm zu.
„Einen guten Morgen! Fall nicht herunter!"

„Wenn doch, stehe bereit, mich aufzufangen!"
„Nur, so lange ich warte!"
Sie warf einen schmutzigen Lappen nach ihm, dem er lachend auswich.
Trames und Viched waren Eheleute in mittleren Jahren, die Rowun beide sehr angenehm waren. Trames führte Nirars Haus, seit diese ihren Sippensitz verlassen hatte; er war dort bereits im Werk gewesen, hatte Nirar aufwachsen sehen und ihre Mutter im Sterben begleitet. Seine meist erfrischend gutgelaunte Gemahlin war nach ihrer beider Handgebe hinzugekommen. Viched, die vordem Kutschin gewesen war, zeigte nun ein Geschick für Haus und Garten, das Rowun ebenfalls gerne besessen hätte. Weit über das Werk hinaus band die drei Hausbewohnenden eine Nähe, die an Verwandte erinnerte. Seit Nirar sich mit Rowun angefreundet hatte, holte der in derselben Straße Wohnende sie morgens ab.
Nach einer Weile erschien sie, auf ihren Stock gestützt. „Ich hätte früher aufstehen sollen. Verzeih die Verspätung", begrüßte sie den Wartenden.
Er wehrte ab und bot ihr den Arm. Sie verabschiedeten sich von Viched und traten auf die Straße.
„Du solltest wirklich mehr Hilfe annehmen", sagte Rowun.
„Ganz sicher nicht. Nur früher aus dem Bett."
Er geleitete seine Freundin über eine Unebenheit. „Du bist unerhört stolz, Nirar."
Die Benannte warf ihm einen augenwinkelnden Blick zu. „Unerhört gut oder unerhört schlecht?"
„Gut!"
„Na, dann."
Sie bahnten sich ihren langsamen Weg durch das morgendliche Gedränge.

Imen und Banés waren von einem ersten Gang zurück, in dem sie um eine eigene Bleibe für den Botschafter gesucht hatten. Ahtes Sippe hielt keine Hausgüter im Besitz; die Häuser der Herkunftssippe Imens waren zumeist bewohnt, auch pflegten er und die Seinen mit diesem Teil der Verwandten wenig Umgang. Dennoch war es Banés' einzige Möglichkeit, eine neue Bleibe zu finden, da er nur in ein Haus von Angehörigen ziehen durfte. Imen hatte auch bei entfernten Zweigen seiner Sippe nachgefragt, und nun berichteten die beiden nach der gemeinsamen Mahlzeit eines Ruhetages von ihrer Suche.
„Grässlich", ächzte Banés. „Es scheinen nur halbe Kloaken zu haben zu sein. Und für Preise, die selbst mit der gesamten Bürgergabe jenseits meiner Entlohnung wären. Ich habe noch nicht einmal eine brauchbare Bleibe gesehen, aber ich bezweifle, dass ich sie halten könnte."
„Ich habe es dir gesagt", erinnerte Imen. „Du kannst hier bleiben, so lange du willst. Auch für immer. Aber wir werden weiterfragen."
Sein Sohn lächelte.

„Beim nächsten Mal sagt mir vorher Bescheid", bat Derimen. „Dann komme ich mit, um Unangenehmes zu entdecken. Damit es vor deinem Einzug geändert wird, damit du der Freundliche bist, der nicht gemeckert hat. Und vielleicht senkt es die Wohngabe ein wenig."
Banés runzelte die Stirn. „Das klingt nach einem Spiel."
„Ein bewährtes", trat Ahte in das Gespräch ein. „Derimen ist Meistin darin. Frage ihre Freundinnen, die ein eigenes Haus haben."
„Ich glaube es ungeprüft", versicherte Banés.
Die Ratssprechin freute sich über das Lob, dennoch erklärte sie mit Walle: „Dieser Unsinn muss fort! Durch diese Gesetze wird die Bürginnengabe fast gleichgültig."
„Ach, nicht jetzt, Derimen", jammerte Rowun. „Einmal lass uns zusammensitzen, ohne über Ratsangelegenheiten zu reden. Keines hier wäre nicht deiner Meinung."
„Schade", seufzte sie. „Ich will mich auf den Widerspruch des Rates vorbereiten."
Imen warf Rowun einen beschwichtigenden Blick zu. „Vielleicht würde Banés gerne darüber erfahren."
„Das habe ich bereits", erwiderte dieser. „Wir haben darüber geschrieben."
Vor ein wenig mehr als drei Jahren hatte der Rat neue Gesetze über Zuzug in der Stadt beschlossen. Die große Masse an Fremden, die damals nach Lesnen gekommen war, sollte eingedämmt werden. Wegen der schlechten Ernte in jenem Jahr und nur für die Dauer, bis sie überwunden wäre. Die Gesetze bedeuteten, dass keines, das nicht in ein Haus seiner Sippe ziehen konnte, mehr in der Stadt eine neue Wohnung zu finden vermochte, die Heeresbleibe und die Häuser des Rates ausgenommen.
„Aber haben die Ratsmitglieder nicht selbst Einbußen?", fragte Banés. „Einige werden leerstehende Häuser haben."
„Schon. Aber als damals dieser Vorschlag gemacht wurde, gab es ein Orakel, das ihn unterstützte. Und nun findet sich der Rat nicht bereit, ein neues Orakel einzufordern."
„Oh, je."
„Ja!"
Rowun wechselte einen weiteren Blick mit seinem Vater, zuckte die Achseln und erhob sich. „Wer will noch Wein?" Er nahm ihre Bestellungen entgegen und verließ sie gen Keller.
Banés und Derimen bemerkten, dass sie einander zu saßen, und öffneten sich wieder in die Runde.
„Diese Feindlichkeit Fremden gegenüber ist unerträglich! Und auf Dauer ist solches für alle nicht zu verantworten! Der Rat sieht die Folgen dieser Entscheidung nicht. Wen wundert es, wenn in den Rat hauptsächlich Vertretinnen seit Generationen begüterter Sippen berufen werden", grollte seine Sprechin. „Vor den Toren entstehen neue ärmliche Stadtteile, die schon von Raubinnen angegriffen wurden, während hier Häuser leerstehen. Wer vor der Stadt lebt, sinkt im Ansehen. Das entspricht nicht den Werten Lesnens! Mich würgt es!"

„Die Stadt ist nicht so schnell wie du", sagte Ahte ruhig und ohne Beschwichtigung. „Gib ihr die Zeit, sich den Gegebenheiten anzupassen."
„Von wegen! Dann geschieht überhaupt nichts mehr!"
„Herz. Du bist doch am Werk, und nicht alleine du. Wenn du deine Galle kränkst, ändert es die Zuzuggesetze nicht." Sie hob auffordernd die Brauen.
„Ja, ja. Hast ja Recht." Derimen schnaufte und wandte sich erneut an Banés: „Dir sieht das alles sicher lächerlich aus, oder?"
„Sorge um Menschen, die in Beargtheit und Gefahr sind? Was denkst du?"
„Nein, mein Eifer."
Er lächelte. „Dein Eifer ist eine Wohltat nach den starren Gesetzen Viralís."
„Oh, Honigmilch!", rief sie zum Schein entzückt, weil sie verlegen wurde. „Wie schön, dass mich einmal eines lobt!"
„Bin ich da der Einzige? Du Ärmste", grinste er.
Sie streckte ihm belautet die Zunge heraus.

Die Stadt wurde zur Weihe eines Schiffes eingeladen. Es war der erste Bau, an dem Banés nach seiner Rückkehr gewerkt hatte, wenn auch nur für anderthalb Wochen. An diesem Tag lernte er Itasi kennen, Derimens herznächste Freundin. Sie lebte in einer Wahlsippe, wie sie sich seit einiger Zeit gründeten: Einzelne Bürginnen und kleine Familien kamen zusammen, um einer der alten Großsippen gleich zu wohnen. Manche dieser Gruppen waren sehr fromm und hielten sich an Regeln, wie sie in alten Zeiten von gläubigen Orden aufgestellt worden waren. Die Gemeinschaft, in der Itasi mit ihrem Gefährten und ihren Kindern lebte, hielt von solchem nichts, wählte aber Armut in Gütern und pflegte das Miteinanders stärker als manche leiblichen Angehörigen. Die Mitglieder verschenkten einen Teil ihrer Bürginnengabe an solche, die der Unterstützung bedurften, die meist keine Stadtbürginnen waren, werkten selbst häufig in den Nutzgärten der Stadt und im Begleitdienst von Kranken und Sterbenden. Der Rat sah solche Sammlungen nicht gerne, seit Neuerem mit der Begründung, dass Hinzukommende gegen die Zuzuggesetze verstießen. Aber selbst die nicht sehr frommen Wahlsippen beriefen sich auf eine alte Tempelregel, die „Geschwistern im Herzen" einer Gemeinschaft dieselben Rechte einräumte wie solchen nach der Geburt. Da die Priestinnen sich auf ihre Seite stellten, murrte der Rat nur, ohne gegen sie zu handeln. Derimen hatte sich mehr als einmal darüber beklagt, dass es ihr als Stadtratender nicht gestattet wurde, in eine Wahlsippe einzutreten, denn sie war verpflichtet, in dem Teil Lesnens zu wohnen, in dem der Rat seinen Mitgliedern und ihren Familien Bleiben stellte.
Itasi war eine Heilin, die sich auf das Aufschneiden und Schließen von Körpern verstand. Sie werkte gemeinsam mit einem Geistheiler teils im Tempel und teils bei den Verletzten und Kranken in deren Zuhause. Sahtu, ihr Mann, hatte bis zu einer Rückenverletzung als Steinmetz gearbeitet und war nun Bäcker. Mit Hilfe der Wahlsippe hatte er eine kleine Bä-

ckerei gegründet, in der Krankenbackwerk für diejenigen zubereitet wurde, die besonderer Kost bedurften. Dort verbrachte er die erste Werkzeit eines Tages, in der zweiten unterrichtete er in der Ratsschule das Bildhauen. Bahlen, ihr Sohn, war Udras' Freund. Von seinen Schwestern lernte eine eben laufen, die andere lag noch an Itasis Brust. Mit der Familie kam ihr ganzes Haus, das Derimen froh begrüßte.
„Ich freue mich sehr, dich kennenzulernen", bekundete Itasi und umarmte Banés, nachdem sie es ohnwort erfragt hatte. „Ich habe sehr viel von dir gehört."
„Und ich von dir gelesen. Kommt." Er nahm Udras auf den Arm, als Bahlen an seinem Hemd zupfte auch ihn, und trug die beiden Kinder zum Schiff. Die Übrigen folgten ihnen.
„Wie ist es Aksua?", erkundigte sich die Schnittin bei Derimen. „Wann kommt er zurück?"
„Noch ewig nicht, leider. Über einen Mond ist geplant, und du weißt ja, wie oft es erheblich länger dauert. – Da sind Rowun und Nirar!"
Sie begrüßten sie, die einen Korb mit Weiheblüten mitgebracht hatten. Die Gruppe ging bis zur festlich geschmückten Laufplanke. Dort hielt Nirar inne.
„Was ist?", erkundigte sich Rowun.
„Ich warte besser hier. Ich gehöre doch nicht zur Sippe."
„Wie?"
„Beim Auslauf ist der Platz an Bord den Sippen der Bootsbauenden vorbehalten, und..."
Derimen wollte widersprechen, aber ihr jüngerer Bruder kam ihr zuvor: „Nun, ich schätze, du hast die Wahl. Entweder kommst du mit, oder du setzt dich hier mitten in den Weg. Denn ich laufe nicht mit dir zurück, und hier gibt es keine Bänke."
Die Lauschende staunte, da der Umgang der beiden miteinander sonst ein auffallend sanfter war. Aber sie spürte in seinen Worten keine Säuernis, und Nirar bestätigte ihren Eindruck, indem sie gluckste.
Rowun grinste. „Außerdem kümmert es keines. Itasis ganze Sippe geht an Bord. Und werkt nicht im Bootsbau, soweit ich weiß."
Derimen verzog das Gesicht. „Nicht ganz", sagte sie gedehnt. „Ich habe behauptet, mit Itasi über eine Handgebe nachzudenken."
Nirar starrte sie an, und der sie Stützende lachte schallend auf. „Dann tun wir beide es auch, einverstanden?", fragte er seine Freundin.
„Nicht wirklich", erwiderte sie mit krauser Stirn. „Aber meinetwegen."
Das Deck war reichgeschmückt, die halbe Werft stand an der Reling und sah zum Hafen.
„Hier ist es zu eng", sagte Banés. „Ibeh hat einen besseren Platz gefunden." Er wies zum Bugspriet, auf dem die Benannte mit den Ihren saß. Sie gesellten sich hinzu, die Kinder kletterten an Stellen, von denen aus die Weihe noch besser zu sehen war.
„Nun ist meine Grenze endgültig erreicht", verkündete Nirar mit Bedauern.
„Warum denn?", fragte Ibeh und streckte ihr die Hand entgegen. „Möchtest du?"

Nirars Augen bejahten, trotz ihres unschlüssigen Gesichts, und so wurde sie hinaufgehoben. Beinebaumelnd, das Wasser unter sich, sahen sie der Zeremonie zu, die das Schiff den Geistern Lesnens weihte. Blüten wurden ins Meer gestreut, der Tempelchor sang. Danach lief das Schiff aus; es würde am Abend heimkehren. Der Hafen verabschiedete es, und an beiden Orten begann ein Fest. An Bord spielten und kletterten die Kinder unter der Aufsicht der Erwachsenen. Es gab Seefahrtskost, von der ein Großteil liegenblieb, aber alle genossen Wind und Aussicht.
„Nun? Wärst du lieber dortgeblieben?", fragte Rowun Nirar, die sich an ihn gelehnt hatte. Sie zog seinen Arm um sich, den Blick auf dem Horizont. „Um nichts in der Welt."

Nach den Eingewöhnungen der ersten Wochen saß Banés abends oft mit Imen, Ahte und der zurückgekehrten Ransar über Brettspielen beisammen, eine Beschäftigung, die die übrigen Sippenmitglieder nicht im selben Maße schätzten. „Endlich wieder einer im Haus, der nicht nur uns zugern spielt", freute sich Imen. Bald entdeckte auch Udras ihre Begeisterung dafür. Mit Rowun fand der Zurückgekehrte einen Gang, der regelmäßig wiederholt wurde: Sie trafen sich an Ruhetagen in den Bädern und genossen deren Wärme. Oft sprachen die Brüder dort bis in die Nacht hinein und fanden größere Nähe zueinander, als die, die sie ehedem gehalten hatten. Ihr Altersunterschied von fast einem dutzend Jahren schien, im Gegensatz zu früher, keine Bedeutung mehr zu haben.
Banés und Derimen verband die Leidenschaft für den Musiktanz. Es gab kaum Weinstuben oder Schenken in Lesnen, stattdessen riefen Sippen oder der Tempel zu fröhlicher Gesellschaft, häufig vor oder an den Ruhetagen, die die neuntägigen Wochen Lesnens abschlossen. Die beiden Geschwister fanden sich nahezu immer ein; weilte Aksua in Lesnen, schloss er sich ihnen an. Rowun, dessen Wünsche eher gen Schauspielhaus und Wandelgänge im Garten strebten, gesellte sich nur widerstrebend hinzu, nutzte aber die wenigen Möglichkeiten, mit allen dreien zusammen zu sein. Manchmal trafen sich Banés und Aksua mit einigen Dutzenden, die auf einem Platz morgendliche Tänze zu Musik hielten.
Den Nachmittag vor einem Ruhetag samt der folgenden Nacht verbrachte Udras gewöhnlich bei ihren Großeltern, und Derimen ging aus, zum Musiktanz oder in die Bäder; um mit anderen zu musizieren; auch, um Männer kennenzulernen. Ihre Brüder hielten darüber freundlichen Spott, den sie gutmütig ertrug. An Werktagen brachte sie Udras sehr früh in die Ratsschule, da sie selbst so Gelegenheit hatte, die erste Bewegungszeit des Tages und auch die Innensichtzeit zu nutzen. Derimen schwamm in einem Bad nahe dem Rat und suchte danach im Tempel, wo kleine Nischen für Ruhende und Innenschauende vorbereitet waren, Ruhe, ehe die Tageswalle begann. Rowun ging zwischen den beiden Werkzeiten durch einen Garten, Ahte und Imen taten dies an den Nachmittagen. Aksua und Ransar fanden bei den täglichen Übungen des Heeres außerhalb des Stadtgebietes Bewegung, Udras tat es in Schulspielen oder mit Derimen am Strand. Banés zog es vor, in einem der größeren

Gärten zu laufen. Er benötigte eine Weile, um sich wieder an Bewegung zu gewöhnen, die nicht an Werk gebunden war, aber schließlich genoss er sie mehr als früher.

Es war der Vorabend eines Ruhetages. Derimen war zu Geselligkeit aufgebrochen, auch Imen und Ahte waren ausgegangen, und Banés, der mit einem Bericht für Viralí rang, hatte sich angeboten, seine Schwestertochter zu hüten. Sie kochten gemeinsam, spielten, bis es sehr viel später war, als es eigentlich mit Derimen verabredet gewesen war, dann brachte er Udras in Aksuas Bett. Danach setzte er sich wieder an den Schreibtisch. Mit halbem Ohr der Musik lauschend, die vom benachbarten Grundstück herüberklang, versuchte Banés, seine Gedanken zu sammeln, was ihm nicht leichtfiel. Wie schaffte Derimen es nur, nach einem langen Tag abends noch über Schriften zu brüten? Er seufzte und rief sich zur Ordnung. Dies musste fertig werden.

„Du-u?"
Banés drehte sich um.
Udras stand in der Tür, ein Kuschelkissen im Arm. „Darf ich bei dir schlafen?", fragte sie.
Er war verblüfft. „Sicher, wenn du magst. Aber ich dachte, du hütest Aksuas Kammer."
„Schon." Sie schlüpfte unter die Decke. „Die nebenan feiern so laut. Ich kann nicht einschlafen."
„Na, dann schlaf hier schön."
„Du auch."
Eine Weile dachte er nach. „Udras? Soll ich dich hinübertragen, wenn du schläfst?"
„Glaubst du, ich schnarche?", empörte sie sich.
„Nein. Aber ich vielleicht."
„Dann weck ich dich."
„Und dann?"
Sie überlegte. „Geh ich rüber."
Er gab auf. Die Mede hatte nicht nur keine Scheu, sondern die offenbare Absicht, in seinem Bett zu übernachten. Obwohl sie ihn kaum kannte, schien sie ihn schon jetzt als Teil der Sippe zu halten. Er freute sich darüber und war dennoch unsicher, ob er ruhig genug liegen würde. Wann hatte er das letzte Mal neben einem Kind geschlafen? – Als Biré seiner Erfrierungen wegen neben warmen Fellen auch Körperwärme gebraucht hatte. Wie lange das her war. Aber er hatte den Knaben nicht versehentlich plattgelegen, und Udras war älter, als sein Schwestersohn in Viralí es damals gewesen war. Sicher würde sie sich beschweren, falls Banés sich herumzuwälzen begann.

Am nächsten Mittag brachte er die Kleine nach Hause. Es war ein herrlicher Ruhetag, bereits ein wenig wärmer und den beginnenden Frühling ankündigend. Auf den Straßen wurde mit zufriedenen Gesichtern gespielt, einige Male luden Nachbaren die beiden auf dem kurzen Gang zu Geselligkeit ein und gaben ihnen frohe Wünsche für Derimen mit, als sie ablehnten.

Die Ratssprechin saß auf einer der Bänke am Hofbrunnen, in ein Schreiben vertieft, weitere Rollen neben sich. Sie begrüßte die Hinzugekommenen und lud sie zu einem Obstmahl in den Garten.

„Ruhetag, hm?", neckte Banés mit Blick auf die Schriften.

Derimen verzog den Mund. „Ich kann Langeweile nicht ausstehen."

Er grinste.

Nach der Mahlzeit fragte er, ob Udras und Derimen den Tag mit ihm verbringen wollten, und schlug einen Ausflug an den Strand vor. Sie stimmten begeistert zu. Während die Mede Geschirr forttrug, berichtete Banés leise: „Ahte und Imen besuchen heute Irches. Ich soll euch ausrichten, dass sie die Verabredung heute Abend nicht einhalten."

„Ist es arg?"

„Sehr. Sonst würden sie morgen gehen." Und auf ihre sorgenvolle Stirn: „Er ist alt, Derimen. Sie bangen darüber, dass er ohne einen Abschied sterben könnte. Das glaube ich aber nicht. Es ist Irches. Er ruft uns, wenn er Abschied nehmen will. Ahte geht es grässlich. Er ist ihr ältester Freund. Der Tod ist nicht arg, aber ein solches Sterben in Schichten quält alle."

Kurz schwiegen beide, ehe Derimen sagte: „Wir sollten ihn auch besuchen, vielleicht nur kurz. Und ihm süße Teigwürfel mitbringen, die liebt er."

„Ja, das tun wir." Banés folgte seinem Drang zu einem Wechsel: „Kann ich euch heute bekochen?"

„Eine seltsame Bitte, meinst du nicht? Aber wir können gerne hier essen."

„Nicht wirklich seltsam. Imen lässt mich nicht kochen, ich vermisse es schrecklich!"

„Er lässt dich nicht kochen? Ihr habt doch früher auch zusammen oder abwechselnd gekocht."

Banés zuckte die Achseln. „Damals leitete er mich an, die Dinge selbst zu tun. Heute verwöhnt er mich, wo er kann. Anfangs habe ich es genossen. Aber mittlerweile..." Er seufzte. „In Viralí war es mir Gewohnheit, für die Sippe zu kochen. Obwohl es dort als Unfreienwerk gilt und großen Widerstand hervorrief. Besonders bei Vannét und Wuhtá, die mir vorwarfen, meinen Rang und mein Ansehen und die meiner Sippe zu schwächen. Ich habe gelernt, mich darin nicht um ihre Erwartungen zu kümmern. Aber gegen Imen komme ich nicht an. Er meint, ich hätte genug zu tun und solle ihm die Freude gönnen, er hätte weniger Werk als ich. Aber beim Kochen bekomme ich meinen Kopf klar, das fehlt mir. Dabei habe ich das Kochen von ihm gelernt." Er schnitt eine Grimasse, die zwischen Wohle und Arge stand.

Derimen lachte leise.

„Das ist aber nicht alles", fuhr der Berichtende fort. „Jetzt ist es schön hier. Wieder zuhause. Ransar, Ahte und Imen sind wundervolle Menschen, aber ... In Viralí ist es üblich, dass die Großsippe unter einem Dach lebt, sogar in einem Raum, und selbst dort habe ich jahrelang allein gelebt. Wenn auch in der winzigen Kammer neben der Schriftenhalle, aber..."
Die Jüngere nickte verstehend. „Ein Eigenes. Das kenne ich. Ein ziemlicher Unfug: Ich musste als Ratssprechin in ein eigenes Haus ziehen, obwohl Udras die Hut der Sippe brauchte und das Wohnen mit den anderen uns manches erleichtert hätte. Und einem Gesandten Verbündeter wird es kaum ermöglicht."
„Ja, ein Eigenes ist es auch. Aber selbst wenn Ransar und Aksua mit dem Heer unterwegs sind, ist es mit all den Gästen schlicht zu eng. Wir stehen in Spanne zueinander. Noch gab es keinen Streit, aber ich fürchte, wenn ich nicht bald eine Bleibe finde, wird er unsere Tage begleiten. Wir gehen uns aus dem Weg. Dafür bin ich nicht zurückgekommen. Und es ist ihrer Güte auch nicht angemessen. – Ich kann nicht einmal in die Werft ziehen", klagte er. „Obwohl dort Bleiben leerstehen. Es ist nicht zu fassen!"
„Komm zu uns", sagte sie.
Er hob die Brauen.
„Das Haus ist viel zu groß für uns. Es ist für eine Ratssprechin gedacht, die ihre gesamte Sippe mitbringt." Sie grinste. „Groß genug, dass wir uns gegebenenfalls auch aus dem Weg gehen können."
Er kräuselte die Stirn.
„Es ist mein Ernst. Du kannst einen ganzen Flügel haben, wenn du willst. Ich kann es alleine gar nicht sauber halten", erinnerte sie lockend.
„Ah. Deshalb."
Sie lachte erneut auf, diesmal lauter. Darauf: „Nun?"
„Ja. Gerne." Banés war von seiner Antwort selbst überrascht. „Ich danke."
„Das spart dir auch eine Wohngabe", lächelte sie.
Er verneinte. „Ich werde dir dafür geben, was du verlangst."
Sie verzog missbilligend den Mund.
„Derimen. Wohngabe müsste ich überall zahlen."
„Aber nicht in meinem Haus. Ich zahle selbst nichts dafür. Der Rat stellt es. Also?"
Er strahlte. „Dann lasse ich mir einen angenehmen Dank einfallen."
Sie umarmten einander.
„Banés zieht zu uns", erklärte Derimen Udras, als diese von der Küche zurückkehrte.
Die Kleine quiekte freudig auf. Dann betrachtete sie ihn nachdenklich. „Kriegst du ein eigenes Zimmer?"
„So viele er will", kam ihre Mutter seiner Antwort zuvor.
„Ah, gut. Mein Zimmer will ich nämlich eigentlich allein haben."

„Wie schade", zwinkerte Banés ihr zu. „Wo werden keine Gäste beherbergt? Selbst, wenn das Haus ganz belegt ist?"
„War es noch nie", entgegnete Derimen. „Aber ... unten. Such dir aus, wo du wohnen willst."
„Mir gefallen die beiden Zimmer zwischen Esskammer und euren."
Sie räumten die letzten Reste ab und gingen gemeinsam dorthin.
„Wenn wir den Staub entfernt haben, könnte es hier gemütlich werden", nickte Derimen. „Obwohl ich vermute, dass du sie weniger der Schönheit wegen, sondern wegen ihrer Nähe zum Vorratslager gewählt hast."
„Wohin kann ich die Möbel stellen?"
„Wohin du willst. Weit weg am besten. Nach oben oder in den anderen Flügel? Dann müssen wir sie nicht entstauben. Komm, wir suchen einen Platz. Und bei der Gelegenheit schauen wir, ob in dem Prunkgerümpel das eine oder andere Stück ist, das dir erträglich wäre. Dann musst du nicht alles auf einmal kaufen."
„Danke", sagte er froh.
„Also bleiben wir heute hier. Der Strand ist wahrscheinlich heute ohnehin zu voll, am ersten wärmeren Ruhetag."
Sie räumten und putzten zunächst zu dritt, bis Rowun auf der Suche nach Gesellschaft hinzukam und gleich zur Arbeit gerufen wurde. Das Gemach neben der Kaminstube wurde Banés' Schlafzimmer, das zweite zwischen diesem und der Esskammer ein kleiner Wohnraum. Der Zuziehende fand ein Bett, das er dauerhaft behielt, und einige Liegen, deren ihm übertrieben erscheinenden Schnitzereien und edlen Bezüge er mit hellen Tüchern abdeckte.
„Bis ich eigene habe", verkündete er. Abends waren die Kammern angenehm eingerichtet, und der Neugezogene wollte zum Dank für die Übrigen kochen, doch diese verneinten.
„Nicht jetzt auch noch an den Herd, Banés", jammerte Derimen. „Wir haben Obst, Käse und Brot. Ich bin müde, und du siehst auch nicht frisch aus. Bekoche uns ein andermal."
Er stimmte zu, kleine Erleichterung zeigte sich auf seinen Zügen. Sie aßen nicht im Garten, sondern in Banés' neuer Wohnkammer. Hin und wieder stand er auf, um eines zu verrücken oder in eine andere Lage zu zupfen. Danach besuchten sie Irches und berichteten von Banés' Umzug, um recht bald wieder zurückzukehren.
Rowun blieb länger, als er es geplant hatte, schlug jedoch das Angebot aus, im Haus zu schlafen. Er wolle noch Nirar besuchen, sie seien zu einem späten Wein verabredet. Nachdem er Udras zu Bett gebracht hatte, verließ er seine Geschwister. Beide sahen ihm nach und verständigten sich mit einem Blick zu der wortlosen Übereinkunft, über seine offensichtliche Verliebtheit zu schweigen.
Banés holte einige Kleider und Taschen in sein neues Zuhause, was er allein erledigen wollte. Später ging er zu Derimen in den Garten. Dort streckte er sich wie sie auf einer der Lie-

gen aus und lautete wohlig. Sein Blick hing im sternenreichen Himmel. „Wie sehr sich die Abende mancher Tage von den Morgen unterscheiden können."
„Sie haben es mit Fassung getragen."
„Ja, sicher. Sie rechnen ja schon lange damit, und ich bin ja auch kein Kind mehr. Außerdem ist Irches jetzt viel wichtiger. Aber zumindest Imen war traurig. Ich glaube, Ahte und sicher auch Ransar haben die letzten Wochen ähnlich erlebt wie ich. Aber du kennst die beiden: Sie würden nie klagen."
„Genügsam wie Bergziegen", lächelte Derimen.
„Das hast du gesagt. Es war trotzdem auch schön dort, aber ich bin froh, ausgezogen zu sein. Es ist gut, die Wahl zu haben. Es ist gut, wieder in Lesnen zu sein."
„Hm. Nicht ganz aberlos, oder? Irgendeine Walle hältst du doch."
„Oh, je. Im Haus der Klügsten, die ich kenne. Ich werde bald keine Geheimnisse mehr haben."
„Es ist ja nicht nötig, darüber zu reden", wandte sie ein.
„Ach, was. Es ist nur so lange her, und du bist noch schneller und klarer geworden."
„Genug Lob jetzt! Das ist schrecklich!"
„Na, gut. Meine Walle ist darum. Um euch. Du hast dich so sehr ... Gut, kein Lob. Aber du beeindruckst mich ziemlich. Ich habe Udras so lange Zeit verpasst, ihre ganze frühe Kindheit. Wie klug und angstfrei sie ist. Ich habe von vielem nicht gewusst, was Aksua viel bedeutet. Was es ihm ausmacht ... Esdri und das Heer. Und ich habe nicht sehen dürfen, wie Rowun erwachsen geworden ist. Als ich ging, war er noch so jung! Und nun ist er auf dem besten Weg, mein herznächster Freund zu werden."
Derimen freute sich.
„Abgesehen von dir", fügte er hinzu.
„Ich brauche keine Honigmilch. Ich bin mir deiner sicher", entgegnete sie wohlwollend.

Wenige Tage später war ein Offener Tag des Rates, wie in jedem Mond einmal. Die ausschließliche Pflicht der Stadtratenden bestand an solchen Tagen darin, übrigen Bürginnen im Gespräch zu begegnen. Jedes Lesne hatte das Recht, Ratsmitgliedern Lob, Tadel oder Anliegen anzutragen. Rowun, Banés und Derimen gingen an diesem Morgen zu dritt in die Schwimmhalle. Sie entrichteten die geringe Badgabe, entkleideten sich und schwammen gemeinsam. Banés forderte Derimen übermütig zu einem Wettkampf heraus, den er sehr knapp verlor. Bald trockneten sie sich ab, legten ihre Tücher in einen der bereitstehenden Wäschekörbe und gingen noch kurz in einen Wärmeraum, nicht jedoch in den Tempel, da sie bald aufbrechen mussten.
Die drei betraten die Ratshalle, die für diesen Tag umgeräumt worden war – im Inneren des zweistufigen Sitzkreises standen nun Schreibpulte mit Stiften und Papier bereit –, und wurden von Woglan bemerkt, die ihnen grüßend zunickte. Sie war, trotz ihrer jungen Jahre und

ihrer Unerfahrenheit, kürzlich zur Stadtwahrin gewählt worden. Derimen hatte ihren Zweifeln, dass Woglan sich bewähren würde, vor der Wahl in einer heftigen Rede Ausdruck gegeben. Zur Hauptentzündung ihres Eifers hatte geführt, dass Woglan das Amt als sicher galt, da ihre einflussreiche Sippe an der Reihe gewesen war, eine Wahrin zu stellen – was den Gesetzen Lesnens zwar schon seit langem widersprach, die Bewährte, nicht Geburtsberufene im Rat wünschten, aber doch noch immer gewöhnlich war. Inzwischen musste Derimen allerdings zugeben, dass die ihr Altersgleiche sich sehr viel besser hielt, als sie es ihr zugetraut hatte. Und erstaunlicherweise schien die Wahrin Derimen deren damalige Stellungnahme nicht nachzutragen, die sicher großen Anteil daran trug, dass Woglan nur mit wenigen Stimmen Abstand zu der greisen Alleches und dem ruhestândigen Krieger Valchear gewählt worden war. Im Gegenteil suchte Woglan nicht selten vor einer Entscheidung Derimens Wort, selbst wenn sie davon ausgehen konnte, dass es sich zumindest in Teilen gegen sie selbst richten würde.

Wie sonst, waren die beiden Schlangen vor den Pulten Woglans und Derimens die längsten. Banés, der seiner Pflicht den wenigen Viralí gegenüber, die in der Stadt lebten, mit geringerem Aufwand begegnet wäre, wenn er sie besucht hätte, rechnete nicht damit, zum Gespräch zu kommen, und hatte Schreibarbeiten dabei. Die Geschwister verabschiedeten sich voneinander und begaben sich zu ihren Plätzen. Derimen grüßte die Wartenden leise, ehe sie sich an ihren Schreibpult stellte.

Lange gab es die üblichen Anliegen, die sie aufschrieb. Dann trat ein verlegener Betagter in zerschlissenen Kleidern näher. „Ich dank dir sehr für dein Gehör, Geehrte."

„Ränge", dachte sie mit einem inneren Seufzen. „Wie lange werden diese verfluchten Ränge unser Denken noch begleiten?" – „Ich bin für dich hier", entgegnete sie. „Dies ist meine Aufgabe, Geehrter."

Er sah sie verwirrt an, dann sammelte er sich. „Es ist um das Wohnen außerhalb der Stadt."

Derimen horchte auf. Sehr stark gewahrte sie, dass dies einer der Augenblicke war, in denen das Leben ihr eines unverschleiert mitteilen wollte. Früher, in Zeiten ihrer ständigen übermäßigen Schnelle, hatte sie solches oft nicht beachtet, war selbst so sehr in Bewegung und von ihren eigenen Ansichten überzeugt gewesen, dass sie die leise Stimme, die in ihr ein „Hör hin" flüsterte, nur am Rande wahrgenommen und häufig sogleich vergessen hatte. Meist war sie daraufhin im Geiste gepackt und so lange geschüttelt worden, bis sie hinhörte. Nun lauschte sie aufmerksam.

„Unsere Ahnen waren nicht wohlhabend und haben sich auch nicht in einer Weise hervorgetan, die ihnen Hausbesitz ermöglicht hätte", sagte der Greise. Bange stand in seinem Blick.

Derimen riss sich aus dem aufsteigenden Gefühl des Mitleids und rief in sich wach, aus welcher Sippe sie stammte. Dieser Mann erinnerte sie an den Vater Ahtes und Ransars, der bis zu seinem Tod mit ihnen gelebt hatte und noch in Zeiten der Rangestrennungen aufge-

wachsen war. Daran, was er ihr vom Gefühl der Ohnmacht erzählt hatte; davon, dem Dünken anderer ausgeliefert zu sein, in Wohlwollen oder Ablehnung; davon, zur Machtbestätigung anderer in Armut, in Demütigungen und Abhängigkeiten gehalten worden zu sein. Die Ratende spürte das Leid ihres Gegenübers und wie viel Überwindung es ihn kostete, sich an sie zu wenden. Hier war mehr Nähe zwischen Menschen nötig.
„Komm", sagte Derimen, legte das Schreibzeug weg und lud ihn zu ihrem Sitzplatz.
Unwohl folgte er ihr. Sie überging ungläubige Blicke anderer Ratsmitglieder, selbst Woglan und Valchear sahen zu ihnen. Derimen bot dem Fragenden das Kissen und griff seine Hände.
Als er lächelte, wirkte seine Spanne ein wenig gelöst. „Wir leben vor der Mauer. Wir finden hier keine Bleibe, weil wir hier keine Sippe haben. Und weil die meisten von uns die Wohngaben hier nicht zahlen könnten. Wir dürfen dort keine Steinhäuser bauen, weil die Gesetze nur Holz gestatten. Besonders im Spätherbst ist es nass und schmutzig. Wir geben uns alle Mühe, aber ohne Abwasserleitungen ist es sehr schwer, alles sauber zu halten. Deshalb sind schon Krankheiten ausgebrochen, die Lesnen lange nicht mehr kannte."
„Davon habe ich gehört", sagte Derimen. – „Aber nie genug darüber nachgedacht", fügte sie in Gedanken hinzu.
Er fuhr fort: „Das ist aber gar nicht das Ärgste. Die Überfälle häufen sich. Die Wächter reichen nicht zum Schutz. Wir werden geschlagen, unsere Habe wird geraubt oder zerstört. Wir haben nicht genug, es zu ersetzen. Und sie rauben unsere Wärmesteine. Die Gesetze lassen es nicht zu, dass wir so oft neue erhalten, wie sie uns genommen werden. Wir wissen nicht weiter, Geehrte. Wir bitten um Hilfe."
„Kann ich es mir ansehen?", fragte sie.
„Sicher." Er seufzte erleichtert auf. „Wann immer du willst."
„Ich bin hier noch bis zum Abend in der Pflicht. Danach kann ich kommen. Wir können dann sammeln, was euch beargt, damit ich es dem Rat vortragen kann."
Der Greise strahlte. „Das habe ich nicht zu hoffen gewagt. Ich danke dir."
Sie verneinte. „Das ist meine Aufgabe. Wie finde ich euch?"
Er beschrieb ihr den Weg, und sie versprach, nach dem Offenen Tag zu kommen.
Eine Weile ging es mit anderen Anliegen weiter – zwei hatten allein angestanden, um ihr einen Dank auszusprechen – bis ein Horn das Ende des Anstellens vor der Essensrast verkündete. Die Letzten in Derimens Reihe waren Rowun und Banés, die sie breit grinsend zum Mahl abholten. Am Nachmittag, als der Bootsbauer sich froh gen Hafen verabschiedet hatte und Rowun bei einem Freund stand, traten zwei der Ratssprechin in den Weg.
„Du hast Banés Ëí Shur in dein Haus aufgenommen, Derimen!", entfuhr es Guches scharf. „Er ist der Botschafter Viralís!"
Die Gegenüber betrachtete sie gelassen. „Er ist mein Bruder. Der Rat hat kein Recht, sich dagegen auszusprechen, dass ich meine Sippe aufnehme."

Guches bebte nach der Zurechtweisung durch die Jüngere.
„Das mag sein", sprang Valchear ihr zur Seite. „Aber, Derimen. Welche gefühlten Bande euch auch binden, er ist Vannét Éí Shurs Sohn. Und war jahrelang dort. Du kannst nicht sicher wissen, dass er nicht in deinen Schriften liest. Geheimnisse weiterträgt. Unseren Frieden gefährdet."
Derimen spürte Wut in sich aufsteigen und zwang sich einige Augenblicke lang dazu, ihr nicht völlig die Zügel zu überlassen. „Es gibt mehrere Möglichkeiten für euch. Wenn ihr mein Haus beleidigen und Viralí das Misstrauen aussprechen wollt, tut es öffentlich und lebt mit den Folgen. Eine weitere wäre, dem Vertreter eines befreundeten Volkes die Möglichkeit zu geben, innerhalb der Stadtmauer zu leben. Er hat mondelang gesucht und nichts Erträgliches gefunden. Diese Not teilte er mit vielen anderen, seit der Rat diese unsinnigen Zuzuggesetze beschlossen hat. Seht euch die Zustände jenseits der Stadtmauer an, Ratende!" Derimens Wut siedete wiederum auf, und wiederum kämpfte sie sie nieder. „Eine dritte Möglichkeit wäre, mir einen abschließbaren Schriftenschrank zu stellen. Gebraucht euren Verstand. Aber maßt euch nicht an, den Meinen Unehrenhaftigkeit zu unterstellen oder mir zu sagen, was ich tun und wie ich leben soll."
„Nichts lag uns ferner", beeilte Guches sich zu versichern.
„Nun, dann ist ja kein Unfriede zu befürchten." Derimen wartete mit der freundlichen Miene, die sie in der Runden Halle häufig aufsetzte, bis die beiden Angespannten sie widerstrebend verlassen hatten. Danach ging sie zu Rowun, der sie ohnwort nach dem Gespräch fragte. Sie berichtete ihm von dem Ansinnen.
Er schüttelte den Kopf. „Unerhört. Und dumm. Als ob du ihn ihrer Sorgen oder Unterstellungen wegen hinauswerfen würdest."
Sie schnaufte.
„Und auch nicht ungefährlich für sie."
Derimen staunte.
„Die drei Eltern haben ihn vor Jahren als ihren Sohn ausgerufen, das scheinen Guches und Valchear nicht zu wissen. Er ist Stadtbürger Lesnens und angenommenes Mitglied der Kanhartiden. Wenn die beiden dir den Tag versäuern, sprich im Tempel gegen sie. Ich bin gewiss, die Priester würden sie zu sich bitten."
Die Ältere lachte. „Ich habe gesagt, was ich dazu zu sagen hatte", winkte sie ab.
„Ich weiß", raunte er. „Aber eben noch stand Rarnen hinter dir. Ich bin sicher, dass er es Guches noch heute weitertratschen wird. Vermutlich hast du nun Ruhe."
Derimen verkniff sich ein Grinsen. „Du denkst in viele Richtungen."
„Ich hatte eine gutes Lehrin", lächelte er. Sein Blick fiel auf Nirar, die sich mit Hilfe eines anderen Mitglieds setzte. „Drei gute Lehrende", ergänzte er.
Sie gesellten sich zu seiner Freundin, bis das Horn sie wieder an ihre Plätze rief.

Am drittnächsten Morgen, Derimen war eben aufgestanden, brachten zwei Schmiedinnen im Auftrag des Rates einen Schriftenschrank, der von eisernen Bändern umfasst war und das größte Schloss hielt, das die Ratssprechin je gesehen hatte.
Banés besah ihn schätzend, als die Handwerkinnen gegangen waren. „Das ist gutes, teures Holz. Und die Eisen – sehr gute Arbeit. Dies soll mich nun davon abhalten, dein Werk auszukundschaften?"
„So ist es." Derimen räumte Rollen und Blattlagen in die Fächer. „Du müsstest ihn aufbrechen, um Lesnens mir anvertraute Heiligkeiten zu erfahren. Falls ich je auf den Gedanken käme, ihn abzuschließen."
Der ihr zur Hand Gehende hob verblüfft die Brauen.
Derimen hängte den Schlüssel an die Wärmesteinlampe. „Hübsch, nicht?"
„Du bist unerhört", grinste Banés.
„Ich kann mich nicht daran erinnern, ihnen Versprechungen gemacht zu haben. Schlechte Behandlung der Meinen lasse ich nicht zu. Und daran beteiligen könnte ich mich nie. – Es ist Zeit. Lass uns gehen."
Nachdem die Erwachsenen Udras in die Ratsschule gebracht hatten, schieden auch sie vor dem Schwimmbad voneinander. Der Rat an diesem Tage war keiner, der dem Botschafter offenstand, stattdessen wollte er in der Schriftenhalle werken. Es war verabredet, dass er Bahlen und Udras am Nachmittag mit an den Hafen nehmen würde, da ein ganztägiger Rat erwartet wurde.
Als Derimen abends erschöpft, aber in Walle heimkehrte, wurde sie stürmisch von den Kindern begrüßt, die sie von ihrem Tag berichtend in die Küche führten, wo Banés Gemüse schnitt.
„Bald gibt es Essen. Bis dahin könnt ihr noch spielen. – Ist der Boden jetzt aufgeräumt?"
„Jaha", krähte Udras.
„Fast", räumte Bahlen ein.
Banés lachte. „Wenn er ganz aufgeräumt ist, bin ich hier auch fertig."
Die Kleinen sausten hinaus.
Derimen ging, hängte ihre Tasche an den Haken und ordnete einige Schriftrollen, die sie sich ausgeliehen hatte, auf den Schreibtisch. Danach begann sie, ihrem Bruder zuzuarbeiten. Sie glühte vor Zorn. Ihre Bewegungen hielten neben ihrer üblichen Schnelle eine eher seltene Heftigkeit.
„Was ist denn geschehen?", fragte Banés.
„Ach! Ratsdummköpfe! Die Zuzuggesetze", grollte sie. „Ich habe einen Eilrat darüber beantragt. Ich war so gut vorbereitet! Ich hatte die Priestinnen überredet, ein Opfer darüber vorzuziehen. Im Rat habe ich mir die Lippen blutig geredet! Beispiele für das Unrecht vorgetragen, das die Folge dieser Gesetze ist. Ihnen den geminderten Wert der Bürginnengabe vorgerechnet. Sie daran erinnert, dass die Gesetze für eine kurze Zeit gedacht waren. Und

was tun diese Dummköpfe? Sie bestehen darauf, noch die zwei Jahre bis zum nächsten Orakel zu warten!" Sie knurrte wie ein Raubtier.
Banés lachte leise. Er goss ihr einen Becher ein und reichte ihn ihr. „Für deine blutigen Lippen."
Derimen schnupperte. „Was ist das? Olivenmilch?"
„Mit Honig."
Sie lächelte. „Die habe ich seit Jahren nicht mehr getrunken. Gib sie den Kindern erst, wenn sie satt sind, sonst werden sie daran satt. – Ist das genug? Dann decke ich den Tisch."
„Es ist genug. Gehen wir in die Esskammer?"
„Schon wieder?", fragte sie.
Er schaute.
„Na, gut. Zu zweit haben wir immer hier gegessen. Aber für drei, oder heute vier, lohnt es sich wirklich, das Essen hinüberzutragen."
„Es ist gemütlicher."
„Wie du willst", gähnte sie.
Es wurde ein angenehmer Abend. Derimens anfängliche Verstimmtheit wich guter Laune. Wie gewöhnlich, erfand sie vor Udras' Zubettgang eine Geschichte, zu deren Beginn sich die Mede einiges aussuchen durfte, das vorkommen sollte. Ihre Mutter begann ohne vorheriges Überdenken, die Sage zu entwickeln, während sie mit Worten Bilder malte. Banés saß in Wohle bei ihnen, und auch Bahlen mochte diesen Brauch der beiden und beteiligte sich mit Wünschen an der Entstehung. Diesmal aber endete die Müdegewerkte früh. Da baten die Kinder Banés, von Viralí zu erzählen. Er berichtete von den Tieren im Land seiner Herkunft, von Pflanzen, die es in Lesnen nicht gab, und schloss mit einer Göttinnensage Viralís. Bahlen und Udras lauschten wie gebannt. Später brachte Banés sie ins Kinderzimmer, Derimen war auf ihrer Liege eingeschlafen.

Imens Essen war wie immer sehr gut gewesen. Nachdem seine Kinder Esstatt und Geschirr gereinigt hatten, legten sie sich auf die Wiese und dösten.
Derimen lag mit seligem Lächeln und geschlossenen Augen. Als sie einmal leise seufzte, konnte Aksua eine Bemerkung nicht zurückhalten: „Da scheint diese Nacht ja ein Gast sehr zur Wohle gereicht zu haben."
„Zwei Gäste", widersprach Banés mit gönnendem Grinsen. „Zumindest saßen den Morgen zwei glückliche Gäste beim Frühstück."
„Verräter", ließ sich Derimen vernehmen, doch ihre Stimme verriet keinen Arg, und sie hob auch nicht die Lider.
„Nur ein Neider", erwiderte Banés.
„Keines zwingt dich, allein zu bleiben. Oder Rowun. Oder Aksua dazu, seine zwölf Jahre zu vollenden."

Der neben ihr liegende Letztgenannte stieß ihr den Ellenbogen in die Seite.
„Au!"
„Scheusal."
„Wer sich mit Worten nicht zu wehren weiß, wehrt sich mit Gewalt."
„Tatsächlich?", neckte Aksua. „Ich werde dich bei Gelegenheit daran erinnern."
Sie verstillten in Träge.
Banés, der sich am Vortag wegen der zugenommenen frühsommerlichen Hitze das Haar hatte schneiden lassen und es nun wie die meisten Lesnen kurz trug, kämpfte mit ungewohnten Strähnen, die seine Stirn kitzelten. Schließlich gab er es auf, lag wieder ruhig und sank noch einmal in entspanntes Dämmern. Als der Wunsch nach Most laut wurde, erbot er sich, einen Krug zu holen. Von der Küche aus sah Banés Imen und Ahte durch die geöffnete Gartentür küssend unter Imens Lieblingsbaum stehen. Der Beobachter lächelte, betrachtete sie noch für einen kurzen Augenblick, in dem Mitglück in ihm aufstieg. Dann ging er wieder zu den Wartenden, wo Derimen eben einige Überlegungen zur Verbesserung der Stadtgrenzen geäußert hatte und fragte: „Was sagt ihr dazu?"
„Ich habe viel zu viel gegessen, um nachzudenken", klagte Rowun. „Lass den Rat im Rat sein."
Sie brummte widerwillig.
Banés schenkte Most aus, danach war es so lange still, bis Derimen sich an den Krieger wandte: „Wohin brichst du als Nächstes auf?"
Aksua, der sich im Gegensatz zu seinem jüngeren Bruder gerne aus der Verdauensträgheit wecken ließ, stützte sich auf die Unterarme. „Nach Urtalí. Eine arglose Sache zum Glück. Begleitung der Botschaftin. Das wollte ich noch fragen: Soll ich eines von dort für euch mitbringen?"
„Gewürze", sagte Banés sofort. „Ich schreibe sie dir auf."
„Das musst du auch. Sonst bringe ich teure Sägespäne mit. Sonst eines?"
Seine Schwester bat um gefärbte Kreide für Udras. Rowun war eine Weile versonnen und fragte dann: „Könntest du dort ein Schmerzmittel suchen? Es soll sehr gut sein und ist hier nur schwer zu bekommen. Den Namen muss ich nachfragen."
„Für Nirar?", fragte Aksua.
Ein Nicken.
„Frag es nach. Ich werde es schon finden."
„Kommt ihr morgen an den Hafen?", fragte Banés. „Wir machen eine Fahrt mit der ausgebesserten Schaluppe."
Die Übrigen freuten sich.
„Und bringe Nirar mit, wenn sie will", bat er Rowun.
Dieser bejahte. „Sie will sicher."

Zwei Arme legten sich um Derimen. „Essen", sagte Banés in ihr Ohr.
„Schon?" Sie seufzte und lehnte sich an ihn.
„Schon? Es ist spät. Schau mal raus."
Sie drehte sich ihm zu. „Ja. Richtig."
„Du siehst müde aus", wöhnte er. „Du werkst zu viel."
„Sag das dem Rat."
„Du müsstest nicht so viel tun", wandte er ein. „Aber wenn Udras fort ist oder Besuch hat, stehst du kaum vom Schreibtisch auf."
„Es wäre weniger zu tun, wenn ich weniger Dummheiten des Rates ausgleichen müsste."
„Wer es glaubt. Dir ist Werk wie guter Wein."
„Gewonnen", gab sie zu.
„Aber du weißt auch, wie sich der Genuss guten Weines halten lässt."
Sie hob die Brauen.
„Nicht noch mehr trinken, sondern Pausen machen", grinste er.
Sie verzog den Mund, „lass uns Essen vorbereiten", erhob sich und gewahrte Banés' verkniffenes Grinsen. „Was ist?"
„Nichts." Auf dem Weg fragte er: „Könntest du nicht eine Hilfe verlangen?"
„Damit ihnen noch mehr auf die Finger geschaut werden kann? Sie würden es kaum gestatten." Derimen erreichte die Esskammer und jauchzte auf. Ein Mahl wartete dort auf sie. „Oh! Ich danke."
Er lächelte. „Faule Botschafter haben nicht so viel Werk wie Ratssprechinnen." Und hob die Stimme: „Udras! Bahlen! Essen!"
Die Kinder kamen wie eine Sturmwolke aus dem Hof herein.
Nachdem sie zu viert die Küche gesäubert hatten und der Resteeimer auf die Straße gestellt war, erinnerte Banés seine Schwester, die sogleich an ihre Aufzeichnungen zurückkehren wollte, an die Spielezeit.
„Udras hat doch Bahlen", wandte Derimen ein. „Ich will das heute noch fertigbekommen."
„Das sagst du alle paar Tage", erwiderte er. „Es wird nicht weniger, weil du schnell bist. Hast du mir nicht vor Jahren schon geschrieben, der Lohn für gutes Werk sei mehr Werk? Ich würde gerne spielen. Komm schon."
Den Übrigen zugern ließ sie sich an ein Brett locken, das zu mehreren bespielt wurde.
„Seltsam, dass eben du Brettspiele nicht magst", bemerkte Banés nach einer Weile. „Wo dir denken wie ein Spiel ist, das jeden Tag bestimmt."
„Im Leben. Auf dem Spielbrett sind die Möglichkeiten viel zu eingeengt. Es gibt keinen Weg, völlig auszubrechen und das Spiel zu ganz Neuem zu bringen. Es wie ... Laufen und wandeln mögen angenehme Arten der Bewegung sein, aber im Schwimmen kann ich die Richtung wirklich bestimmen, die ich einschlagen will. Auch hineinspringen oder tauchen. Beim Schwimmen habe ich die besten Einfälle. Außerdem sind die meisten Brettspiele dar-

auf ausgelegt zu gewinnen, nicht darauf, gute Lösungen für alle zu finden. Das Miteinander liegt mir mehr." Sie gab ihm ein stilles Zeichen, wie er Bahlens baldigen Sieg nicht verhinderte. Banés zog seinen Stein zur anderen Seite, und der Kleine beendete jubelnd das Spiel.

Rowun, dessen Kenntnisse über die Angebote des Schauspielhauses sehr umfangreich waren, hatte Banés und Derimen dazu bewegen können, ein Stück mit ihm anzusehen; ebenfalls einige Befreundete, unter ihnen Nirar, die ihn fast immer dorthin begleitete, selbst wenn sie wegen zu großer Schmerzen tagsüber dem Rat ferngeblieben war. Das Stück war überaus unterhaltsam; nach seinem Ende saßen sie noch lange beisammen, zunächst am Weinstand des Schauspielhauses, dann im Haus eines Freundes, der seinerseits einige Übernachtungsgäste hatte. Ein ungewöhnlich schöner Jüngling namens Gilras schien Derimen zu gefallen, und nach einem werbevollen Abend begleitete er die Ratssprechin nach Hause.
Am nächsten Morgen klopfte Banés an die Tür seiner Schwester und wartete auf die verschlafene Aufforderung einzutreten. Derimen blinzelte ihm entgegen.
„Du wolltest früh zu Itasi. Es wird Zeit, wenn ihr noch essen wollt", lächelte er.
„Dank dir." Sie drehte sich dem Nebenihr zu. „Du bist ja noch da", staunte sie.
Er küsste sie. „Ich hab es mit anders überlegt."
Sie schnurrte.
Banés schloss mit einem Schmunzeln die Tür und ging in die Esskammer.
Als die beiden wenig später hinzukamen, lauteten sie auf: „Warmes Essen?"
„Zu Ehren des Gastes."
„Ich würde auch gerne so kochen können", jammerte Derimen nach den ersten Bissen, besann sich und seufzte: „Das ist unglaublich gut. Aus Viralí?"
Banés nickte. „Allerdings mit Kräutern, die dort nicht wachsen."
„Morgen sorge ich für das Essen", beschloss sie. „Auch wenn wir uns dann wieder an spärlichere Kochkunst gewöhnen müssen."
Er verneinte ohnwort.
„Du hast die letzten Tage gekocht", gab sie zu bedenken.
„Ich werde es auch weiterhin. Ich habe dir gesagt, dass ich mir einen Ersatz für die Wohngabe überlegen werde." Und als sie zum Widerspruch ansetzte: „Derimen. Du kochst nur aus Notwendigkeit. Ich liebe es. Es gibt keinen Grund, uns abzuwechseln."
Ihre Stirn warf Falten. „Das geht doch nicht."
„Ich sage Bescheid, wenn ich einmal nicht will", versprach er.
„Es klingt wunderbar", gestand Derimen. „Aber ich sage auch Bescheid, wenn ich ein schlechtes Gewissen bekomme."
„Auch dafür gibt es keinen Grund. Aber meinetwegen. Abgemacht?"
„Hm", brummte sie glücklich.
„Einen solchen Bruder hätte ich auch gerne", bekundete Gilras lächelnd.

Banés wandte sich ihm zu. „Willst du mit in die Bäder kommen? Für heute ist ein Trockenhitzetag ausgerufen." Er sah Derimen an. „Du könntest Itasi fragen, ob sie Lust dazu hat."
Der Gast verneinte. „Eigentlich müsste ich schon auf dem Weg nach Hause sein."
„Schade."
Nach dem Essen war es Zeit für ihn aufzubrechen. Banés, der begonnen hatte, sich im Garten Möbel zu bauen, ging noch einmal, um ein Stück zu ölen. Ehe er durch den Zugang nahe der Küche verschwand, grüßte er die beiden anderen.
Gilras sah ihm nach. „Ich mag deinen Bruder."
„Er ist großartig." Sie küsste den Scheidenden. „Grüße deine Sippe von mir."
„Besser nicht." Gilras zog sie noch einmal an sich. Sie tauschten einen innigen Kuss, dann verließ er sie.
Derimen sorgte um Geschirr und Essensreste.
Anschließend, auf ihrem gemeinsamen Weg, fragte Banés: „Wirst du ihn wiedersehen?"
„Wahrscheinlich nicht. Er kehrt zurück nach Benhemm zu Frau und Kindern."
Der Ältere hob die Brauen. „Lesnen stellt Ehebruch unter harte Strafe."
„Ich bin nicht in Ehe", grinste sie. „Und es würde mich sehr wundern, wenn der Rat meine Gäste anklagen würde. Ich würde ihn deshalb verlassen, das kann er sich denken. Und er ist es, der mich berufen hat und halten will. Obwohl ich ihm Ärger mache."
„Da genießen deine Männer ja einen ungewöhnlichen Schutz", bemerkte Banés mit scheinernster Miene.
Derimen knuffte ihn. „Vielleicht war es ein Fehler, dir ein Dach zu bieten."
„Wirklich?", grinste er.
„Nein", lachte sie. „Nicht, so lange du so gutes Essen machst."
Nun war sie diejenige, die einen Knuff erhielt. Vor Rowuns Haus trennten sie sich, Derimen ging weiter zu Itasis Wahlsippe nahe dem Fluss.

Banés hatte einige Möbel vom Innenhof hinter das Haus getragen und der Ratssprechin und sich selbst einen Arbeitsplatz im Garten eingerichtet. Unter einer blühenden Hecke, die als wohlriechender Sonnenschutz diente, erwarteten sie neben Schriftrollen und Schreibzeug auch Obst und Mostwasser.
„Oh, das ist ja fast zu schön zum Arbeiten!", rief Derimen. „Ich weiß nicht, wie viel ich zuwegebringe, wenn ich es so gemütlich habe."
Banés freute sich.
Sie machten es sich behaglich und begannen zu werken. Udras tobte auf ihren Spielgeräten und in den Bäumen, schaute den Erwachsenen aber mitunter auch in die Schriften. Schließlich verschwand sie, um sich danach mit eigenem Schreibzeug zwischen sie zu setzen. Zur Spielezeit räumten sie die Arbeit ins Haus. Derimen kehrte mit ihren Instrumenten zurück und unterhielt Banés und Udras, die aneinandergelehnt auf einer Bank lagen, mit Musik.

Dann war es Zeit für die Kleine, schlafen zu gehen. Während sie mit Derimen hineinhüpfte, nahm sich Banés abermals einen Bericht vor, mit dem er zuvor gerungen hatte. Es fiel ihm schwer, seine Aufmerksamkeit auf dem Schreiben zu halten. Immer wieder zogen seine Gedanken in andere Gewässer. Aus Udras Kammer hörte er zweifaches Gelächter und musste lächeln. Seine beiden Lieben begannen und beendeten viele Tage kuschelnd oder im gegenseitigen Kitzeln. Dass die Kleine nach Letzterem einzuschlafen vermochte, war ihm unerklärlich, aber die frohe Stimmung, die in diesen Zeiten durchs Haus wehte, bereitete ihm große Wohle. Morgens weckte Derimen ihre Tochter mit einem Lied, und abends brachte sie sie mit einem anderen zu Bett. Die zugewandte Art der Anleitung, die Udras erhielt, gefiel ihm. Seine eigene hatte in Viralí zuvorderst aus Härte bestanden. In Lesnen hatte er sich geliebt und geschützt gefühlt und gemerkt, wie ihm Türen des Lernens geöffnet wurden, vor allem von Imen, der neben seinen Ratspflichten die größte Verantwortung für die Kinder gehabt hatte; aber auch von der Schule, welche die Wegebnung zur Entfaltung der ihr Anvertrauten als Aufgabe hatte. Die drei Eltern, das verstand Banés heute, hatten ihre Kinder häufig geschont und ihnen nahezu nichts gezeigt, worin ein Schade bestehen konnte. Derimen hielt dies nicht so. Sie hatte Udras zum Treffen mit den Bürginnen vor den Toren mitgenommen und ihr gezeigt und später lange erklärt, unter welchen Umständen sie zu leben gezwungen waren. Damit die Kleine verstand, welche Arge sie erdulden mussten und dass und warum diese zu enden sei. Derimen sprach viel mit Udras über Dinge, für die Banés die Kleine eigentlich als zu jung gewähnt hätte. Aber ihre Reife ohne Verlust ihrer kindlichen Glückhaftigkeit, dass Udras selbst oft nachfragte wie dass sie mehr vom Miteinander der Menschen verstand, als Banés es in gedoppeltem Alter getan hatte, gaben Derimen in seinen Augen Recht. Imen hingegen hielt seiner Tochter manchen Einwand über ihre Anleitung entgegen, den sie sich freundlich anhörte und, bei ihr eine Seltenheit, meist nicht anders beantwortete als mit dem Versprechen, darüber nachzudenken.
"Ermahne mich noch einmal, es sei Ruhezeit", hörte Banés Derimen wohlwollend necken und blickte auf.
"Ich arbeite ja gar nicht wirklich", erwiderte er. "Zumindest bekomme ich nichts zustande."
"Um diese Zeit? Das wäre auch erstaunlich." Sie reichte ihm eine Decke, und endlich legte er den Bericht für diesen Tag beiseite.
Sie lagerten sich auf den Gartenliegen, genossen lange schweigend das gute Wetter. Dann verkündete Banés: "Ich schlafe heute hier. Es ist ein so schöner Abend."
"Du wirst dich erkälten", sagte Derimen voraus. "Es ist nachts noch immer recht kalt, die Wärme kommt erst noch."
"Meinst du? Im Vergleich zu Viralí, ist hier immer Sommer."
"Nun, gegen Dummheit weiß ich kein sicheres Mittel."
"Ist mit schon aufgefallen."
Sie warf ein Kissen nach ihm.

Derimen, die am frühen Tag meist guter Laune war, trug heute eine auffallende Fröhlichkeit. Sie summte leise und wirkte sehr zufrieden.
„Was ist dir?", fragte Banés. „Du hattest doch gar keinen Männerbesuch."
Belautet streckte sie ihm die Zunge heraus. „Ich will am Abend noch einmal vor die Stadttore", erklärte sie darauf. „Würdest du Udras heute hüten?"
„Sicher. Gerne. Was hast du denn vor?"
„Wird nicht verraten", grinste sie. „Eine Überraschung für den Rat. Ich bin nicht lange fort."

Als sie am nächsten Morgen gemeinsam die Schule betraten, herrschte dort das in der Frühe übliche Durcheinander, das im Gegensatz zur ruhigeren Stimmung am Nachmittag stand, wenn die Kinder sich in Spielen und beim Lernen verausgabt hatten. Udras wurde unruhig.
„Einen schönen Tag, mein Herz", sagte ihre Mutter und küsste sie.
„Einen schönen Tag, Derimen. Und dir auch, Banés."
„Wünsche ich dir auch."
Die Kleine sauste davon.
Statt sich wie sonst gleich dem Schwimmbad zuzuwenden, begab Derimen sich in den überdachten Säulengang, in dem zwei Stadtschreibinnen darauf warteten, Anliegen und Verträge der Bürginnen schriftlich festzuhalten. Banés, der ihre innere Bewegtheit spürte, folgte ihr wöhnend. Dort standen mehr als drei Dutzende, die auf sie gewartet zu haben schienen. Einige von ihnen erkannte Banés als Mitglieder der Gemeinschaft Itasis.
Derimen begrüßte alle. „Bereit?"
Ein Betagter mit lachenden Augen bejahte. „Wir haben noch sieben mitgebracht."
„Sehr gut." Sie griff seine Hand und schritt mit ihm vor die Pulte, an denen die Schreibinnen standen.
„Was bedeutet das, Derimen?", fragte Rudri. „Was tun all diese Menschen hier?"
„Ich will sie als Kinder annehmen."
„Was? Alle?"
„Ja", erwiderte die Ratssprechin fröhlich.
Die Schreibinnen wechselten einen entsetzten Blick miteinander. Banés musste sich abwenden. Er bebte.
„Viele von ihnen sind älter als du", erhob Windas Einspruch.
„Das hat keine Bedeutung. Hatte es nie", entgegnete Derimen und fügte hinzu: „Im Übrigen ist die Beurteilung nicht eure Aufgabe."
„Aber noch nie ... Warum willst du das tun?", erkundigte sich Rudri mit belegter Stimme.
„Auch dies ist nicht eure Aufgabe." Trotz ihrer Worte wirkte Derimen ohnarg.

„Eine so große Zahl von Kindern ist sicher nie zuvor angenommen worden", klagte Windas. „Ich ... werde Woglan rufen. In Ordnung?"
„Aber sicher."
Er eilte gen Halle, die Ratssprechin wandte sich an Rudri: „Du könntest ihre Namen schon einmal aufschreiben."
„Ja", sagte diese matt.
Während die Antragenden nacheinander vortraten, raunte Banés ein „du Scheusal" an die Seite seiner Schwester. Sie grinste.
Neugierige versammelten sich um sie. Als Woglan die Ansammlung erreichte, war sie auf über hundert Menschen angewachsen. „Banés. Derimen." Die Stadtwahrin nickte ihnen zu. „Du hast vor, eine Unzahl Kinder anzunehmen."
„Unzahl oder nicht, es sind einundvierzig."
„Ah. Und was ist der Grund dafür?" Woglans Blick glitt über die Menge.
„Nun, Geister erschienen mir im Traum. Sie sagten, das Leid vor den Toren der Stadt rühre sie, und ich solle meinen Teil für sein Ende tun. Ich habe lange gegrübelt, wie ich das bewerkstelligen kann. Aber schließlich habe ich ein so großes Haus, das fast leer steht. Und da ich nur Sippenmitglieder aufnehmen kann, möchte ich meine Sippe erweitern." Derimen schloss mit einem scheinoffenen Gesicht, das fast ehrlich aussah.
„Die Geister? Tatsächlich? Dies ist nicht vielleicht ein Versuch, eine Wahlsippe im Wohnbereich der Ratsmitglieder zu eröffnen?"
„Das wäre mir verboten. Aber mir ist nicht verboten, meine Sippe zu erweitern."
Der Stadtwahrin Gedanken waren ihr anzusehen. Es war nicht möglich, Derimen dieses Bürginnenrecht zu verwehren. Die Zahl angenommener Kinder war niemals beschränkt gewesen, der Sprechin Ansinnen also zwar ungewöhnlich, aber rechtens. Die Menge an Zeuginnen würde Berichte über das Geschehene weitertragen. Und da jedes in der Stadt Geborene über die Bürginnengabe abgesichert war und angenommenen Eltern nicht zur Nährlast fallen konnte, würden sich bald viele einfinden, um Derimens Vorbild zu folgen. Die Veränderung war nicht mehr aufzuhalten. Sofern er keinen Streit mit dem Tempel führen wollte, konnte der Rat nur nachgeben.
Woglan erkannte sich in der Zwinge. Kurz sanken ihre Schultern, als sie seufzte. „Nun. Vielleicht könntest du dein Anliegen auf morgen verschieben. Und deine ... erwünschten Kinder nach Hause schicken? Wenn der Rat sofort über die Zuzuggesetze verhandelt."
„Auf einen Tag kommt es uns nicht an."
Nachdem auch der auf ein neuerliches Orakel vorbereitete Tempel sich für eine Wiederherstellung der alten Regeln um Wohnen und Zuzug ausgesprochen hatte, verabschiedete der Rat in der zweiten Werkzeit desselben Tages die Aufhebung der Übergangsgesetze.
„Gut gemacht", umarmte Banés Derimen, als sie die Runde Halle wieder verließen. Draußen warteten einige aus der ehedemen Gruppe. Die Geschwister grüßten sie und traten dann

zu dem greisen Wortführer. Sahtu, der seinen Dienst an den Schulinnen beendet hatte, stand bei ihm. Als Derimen von ihrem gemeinsamen Erfolg berichtete, strahlten beide.

„Kommt ihr morgen Abend mit euren Lieben in unser Haus?", fragte Derimen. „Heute bin ich zu müde für ein Fest. Aber ein Fest haben wir uns verdient."

„Ihr kommt zu uns", widersprach der Betagte. „Das letzte Fest, ehe wir in die Stadt zurückziehen können, sollte ein Freudenfest bei uns sein."

Froh verabschiedeten sie sich voneinander. Rowun geleitete Nirar nach Hause; Sahtu, Banés und Derimen gingen in die Ratsschule. Dort war Udras in den Anblick eines Spielbretts versunken, auf dessen anderer Seite ein Knabe mit einer blau verfärbten Prellung an der Stirn saß.

„Reija!", rief Derimen. „Was ist dir denn geschehen? Hast du dich mit einem Bären angelegt?"

„Nein, mit Udras", grinste er.

Sie starrte ihre Tochter an.

„Er hat angefangen", behauptete sie.

„Aber sicher doch. Was war los?"

„Er hat Bahlen geärgert. – Ich habe mich entschuldigt", sagte sie verlegen.

„Udras!"

„Ist schon gut", sagte der Knabe.

Derimen stöhnte. „Komm, es ist Zeit."

Während die Kinder das Spiel aufräumten, sprach die Ratssprechin mit einer Lehrin. „Ist es wieder ärger geworden?"

„Nein, nicht wirklich", lächelte diese.

„Wir hatten doch besprochen, was in solchen Fällen getan werden kann. Du hast mir zuges..."

„Sicher", unterbrach sie sie freundlich. „Aber es gibt gar keinen Grund zur Schelte. Oder gar zu Strafe. Reija hat sich Bahlen gegenüber sehr schlecht benommen, und das müssten sie unter sich ausmachen, oder wir müssten eingreifen, das stimmt schon. Aber als Udras Reija sagte aufzuhören, hat er sie geschubst, mehrfach und recht heftig. Sie hat ihn zweimal gewarnt und dann ... sich durchaus mehr als nur gewehrt. Als ich bei ihnen ankam, war alles vorüber, und du siehst ja, wie gut sie sich jetzt vertragen. Lass die Kinder ihre Kräfte auf ihre Art messen. Es ist ja nicht so, als würde Udras hier jeden Tag Schlägereien beginnen."

Derimen gab nach, als ihre Tochter und Bahlen zu ihnen kamen. Sie wünschten der Lehrin einen erholsamen Abend.

Während sie den Hinterausgang wählten, weil sich auf dem Ratsvorhof viele Bürginnen drängten, um den Ausruf der Gesetzesänderung zu hören, bemerkte Derimen: „Ich habe schrecklichen Hunger. Das war ein guter, aber anstrengender Tag."

„Wir sollten essen gehen. Ich lade euch ein", erklärte Banés.

Udras lautete froh auf.
„Wollt ihr in einem Speisenhaus oder auf dem Schiff essen?", erkundigte er sich.
„Auf dem Schiff!", rief sie.
Derimen lächelte. „Danke schön."
„Oh! Darf ich mit?", bat Bahlen und sah erst Derimen und dann seinen Vater an.
„Ich muss noch in die Backstube", verneinte dieser.
„Aber ich doch nicht!"
„Er kann gerne mitkommen", bot sie an.
„Schon wieder? Er ist ja kaum noch zu Hause. Ja, meinetwegen. – Ich hole dich ab, wenn ich fertig bin."
Bahlen küsste ihn und lief dann mit Udras Hand in Hand gen Hafen.
Unterwegs hielten sie an Derimens Lieblingsgarküche, und Banés kaufte eine wohlriechende Mahlzeit aus verschiedenen Köstlichkeiten. Während Bahlen und Udras, ein Lernlied singend, voraushüpften, fragte der Botschafter: „Warum warst du so in Walle über Udras? Körperliches Kräftemessen ist doch gewöhnlich unter Kindern. Es bleibt ja nicht so."
„Wenn es das wäre", grollte Derimen leise. „Aber es ist immer dasselbe: Gerechtigkeitssinn mag eine Rolle spielen, aber ihr ist auch sonst ein Grund recht, um sich mit Knaben zu prügeln, die ihr gefallen."
„Die ihr gefallen?"
„Ja. Sie hat noch nie eine Mede gehauen und noch nie einen Knaben, von dem sie nicht vorher großäugig erzählt hätte. Was glaubst du, wie sie an Bahlen gekommen ist?"
„Sie hat ihn verhauen."
„Frag nicht, wie. Obwohl sie noch klein waren. Deswegen habe ich Sahtu und Itasi kennengelernt. – Gibt es denn keinen anderen Weg, auf sich aufmerksam zu machen? Und, meinetwegen, Kräfte zu messen?"
Banés schmunzelte. „Zumindest kannte ich einmal eine Mede, die sich ziemlich gerne geprügelt hat."
Derimen streckte ihm die Zunge heraus. An dem Schiff angekommen, an dem Banés derzeit Werk hielt, bewunderten Bahlen und Udras zunächst die Größe des Baues. Dann machten sie es sich zu viert an Deck behaglich. Nur am Bug war eine andere Bootsbauin zu sehen, die im Schatten schlief.
Bald begannen die Kinder herumzuklettern, Banés und Derimen folgten ihnen mit den Blicken. „Kannst du schwimmen, Bahlen?", fragte Banés mahnend.
„Genauso gut wie Udras!"
„Gar nicht wahr!"
Er lachte.
„Es reicht, um nicht zu ertrinken, bis wir ihn herausfischen", sagte Derimen so leise, dass nur Banés sie hörte.

Er nickte. Nach einer Weile schaukelten die Jüngeren in einigen Tauen, deren Höhe nicht gefährlich war.

„Ich bin froh, wieder an Booten zu stehen", gestand Banés der Nebensitzenden. „Wie sehr ich es vermisst habe. Ein herrliches Leben."

Sie freute sich. „Ist es so, wie du es erwartet hast?"

„Besser", erwiderte er. „Heute ist es meine Entscheidung, hier zu sein. Ich wurde zu nichts gezwungen. Ich kann es schätzen, was ich hier habe. Euch, die Stadt, die Boote. Und auch das Werk eines Botschafters. Musizierendes Gedankenwerk, wie Rowun es nennen würde, wer hätte gedacht, dass mir das ebenfalls liegen würde?." Er tauchte aus seinem Nachsinnen auf und sah sie wieder an. „Was denkst du?", fragte er.

„Mir wird erst jetzt klar, wie sehr du mir gefehlt hast."

Er leuchtete auf. Derimen wartete, da sie spürte, dass eines in ihm vorging. Dann sagte er mit leiser Stimme: „Ich wusste, ich musste zu euch zurück. Obwohl alle in Viralí dagegen waren. Als ich hier ankam, wusste ich, dass es richtig gewesen war, zurückzukommen. Aber dies hier geht darüber hinaus. Du und Udras. Es ist mir so wohl mit euch. Ein solches Gefühl von Heimat, wie ich es bei euch beiden gefunden habe, hatte ich noch nie."

„Das ist mir sehr ähnlich", versicherte sie lächelnd.

„Wirklich?"

„Ja."

Sie strahlten einander an.

„Du wirst mich so schnell nicht los", verkündete Banés.

„Will ich gar nicht."

„Na, dann."

Versonnenheit trat zwischen sie.

„Was?", fragte er.

„Hm. Da ist eines, das mir nicht klar war. Erinnerst du dich an früher? Wenn ich über eines maßlos wütend war und deine bloße Anwesenheit mich beruhigt hat? Heute ist es ähnlich. Ich verprügle zwar keine anderen Kinder mehr, die kleineren quälen, und ich rege mich über andere nicht mehr so sehr auf. – Gut, nicht mehr ganz so sehr. Aber neben dir verliere ich Spanne, das merke ich. Wenn der Rat mir den Tag versäuert, wenn ich meine Gedanken nur schwer ordnen kann: Sobald du da bist, wird Frieden in mir, und mit der Zeit wird er beständiger, glaube ich. Die Zeiten mit dir bringen mir eine ruhige Wohle. Ich hoffte, sie einst zu finden, wenn ich alt sein würde. Und nun ist sie da, weil du da bist. Und deine Gegenwart beruhigt mich nicht nur, sie stärkt mich auch. Ich kann es nicht besser erklären. Du siehst also, ich will dich gar nicht loswerden. Im Gegenteil. Wenn du einst Frau und Kinder hast, wäre ich froh, mit euch eine Wahlsippe zu haben. Wenn sie es mit uns aushalten. Und du."

Er herzte sie.

Wie an nahezu jedem Nachmittag eines Ruhetages, folgten die Mittleren der Einladung ihrer Eltern. Imen bot ein kleines Festessen. Als die Brüder später das Geschirr in die Küche räumten, war dort zwischen ihrem Vater und Derimen ein Streit im Beginn. „...entsprechend der Bedeutung, die der Tempel dir hat", sagte Imen eben.
„Was heißt das?", fragte sie gereizt.
„Du nutzt ihn für Feste oder zur Bestätigung deiner Anliegen im Rat. Aber was davon ist um Treue gegen die Geister?"
„Treue bedeutet nicht, jeden Tag mit den Knien den Tempel zu wischen!"
Die Übrigen merkten auf. An Wortwechseln mangelte es zwischen den beiden nicht, wenn sie auch selten zum harschen Streit wurden. Doch nun wankte Imens gewöhnliche Gelassenheit, und Derimen kochte offensichtlich bereits Galle.
„Eine Haltung in Verantwortung und zum Wohl der Menschen kommt auch ohne Treue gegen die Geister aus", fuhr sie fort. „Aber ich bin sicher, die Geister werten meinen Einsatz für die Menschen als die Treue, die du nicht zu sehen bereit bist. Sie wären sicher glücklich, wenn die Priestinnen halb so viel ihrer Kraft in das Gemeinwohl tragen würden!"
„Der Tempel und der Rat handeln beide zum Wohl der Menschen!", erboste er sich.
„Von wegen! Die Vergangenheit hat doch deutlich gezeigt, dass es dem Tempel oft um Macht war. Dass er heute mehr taugt, verdankt er Menschen, die diesem Streben Widerstand geleistet haben. Die Geister haben dazu immer geschwiegen!"
Bevor eine heftige Erwiderung Imens folgen konnte, trat Aksua ins Gespräch: „Wollt ihr uns nicht sagen, worum es geht?"
„Um Ansichten über Ehe, worum sonst", knurrte Derimen.
„Oh." Er schnitt eine Grimasse, die besagte, dass er nun eine Übertragung des Gegenstandes auf sich fürchtete. Was auch geschah.
„Ich verstehe euch nicht", wandte Imen sich an ihn, „was ihr zwei...", brach ab und rollte mit den Augen, „...sogar ihr drei gegen die Ehe einzuwenden habt. Allein Rowun ist darin..."
„Halte mich da heraus, Vater", bat das einzige seiner Kinder, das sich nicht gegen Ehe aussprach.
Der Betagte sah es innehalten an, dann fuhr er mit einem Schnaufen fort: „Was ist gegen ein Band unter dem Segen der Geister einzuwenden?"
„Nichts, wenn es bei den Geistern bliebe und die Gesetze sich heraushalten würden." Wie häufig, wenn sie wirklich zornig war, sprach Derimen so schnell und durchdringend, dass die Ohren der Zuhörenden so sehr damit beschäftigt waren, ihr zu folgen, dass es eine Unterbrechung fast ausschloss. „Aber Ehe war einmal als Bündnis zur Machtsicherung von Sippen gedacht. Und diese Zeiten sind doch keineswegs vorüber, nur weil du und Ahte ein anderes Band habt! Sieh dir die Gesetze an, die das Miteinander in einer Ehe regeln. Sie

sind völlig veraltet, oft noch aus der Zeit vor der Bürginnengabe. Und haben nichts mit dem niedergeschriebenen Wort zu tun, dass eine Ehe ein Band zwischen Liebenden sei. Wenn es so wäre, gäbe es in der Ehe nicht die Vorstellung, Eigentum am anderen zu haben. Es gäbe keine so unfassbaren Strafen für Ehebruch! Keinen Zwang, einen gemeinsamen Namen anzunehmen. Namen sind Teil des Wesens. Warum das Wesen ändern müssen, nur weil ein bestehendes Bündnis ausgerufen wird? Es ist dumm, heute die Ehe einzugehen! Eine Verpflichtung für zwölf Jahre, die fast nur Nachteile hat. Heute dürfen wir ohne Ehe miteinander sein, leben, Kinder haben. Die Ehe ist greis, Vater! Zeit, ihr Altersruhe zu gönnen."

Aksua, Ransar und Ahte, die weder die Vorliebe der Übrigen für lange Gespräche noch die für erläuternde Streitreden teilten, gelang es gemeinsam, die beiden wieder in ruhigere Gewässer und endlich auch zu einem Spiel zu locken. Aber als Derimen mit Banés nach Hause ging, sprach er sie noch einmal auf den Wortwechsel an: „Was war da los? Es war doch nicht wirklich um Ehe, oder? Imen ist immer für die Wahl gewesen."

„Ach, es ist ein einziger Unsinn", grollte sie. „Ich verstehe nicht, warum er uns nicht in Ruhe lässt. Wenn schon Ehe, sollte sie ein Band zwischen Liebenden sein. Aber in dem, wie sie heute noch immer geschlossen wird, ist so viel mehr. Ein Bündnis zwischen Sippen, Erbrecht, Verpflichtungen, Eigentum in der Treue..." Sie spie die letzten Worte fast, besann sich aber sogleich. „Gegen den Tempel komme ich nicht an. Wenn es nach mir ginge, würden wir die Abschaffung der Ehe erleben. Aber wenn ich das forderte, verlöre ich die wenigen geneigten Ohren. Im Tempel und im Rat."

„Oh, du bedauernswerte Nichtanerkannte", spottete er.

„Bäh!"

Sie gingen weiter.

„Du hast Imen ganz schön zugesetzt", bemerkte Banés.

„Nun, er lehrte uns, dass jedes dazu aufgerufen ist, den eigenen Zielen zu folgen, nicht wahr?"

„Schon. Aber auch Nachsicht gegenüber Andersdenkenden."

Derimen setzte zum Widerspruch an, besann sich dann, besah ihn von der Seite und lächelte. „Hättest du nicht früher zurückkehren und mich vor Dummheiten bewahren können?", fragte sie.

„Ich bin ja jetzt da", grinste er.

Derimen hatte sich eine Woche vom Rat freigestellt und mit Udras eine mehrtägige Wanderung entlang der Küste gemacht. Die Kleine hatte sich zunächst über die neuen Sandalen gefreut, die deswegen für sie angefertigt worden waren, schließlich aber wenig Freude über das Laufen bekundet.

Als sie zurückgekehrt waren, kam Banés müdegewerkt nach Hause. In der letzten Zeit hatte ein neues Schiff seine Aufmerksamkeit und seine Kraft bis zum Dunkelwerden gefordert.

Er betrat erschöpft die Kaminstube und grüßte die beiden darin Spielenden froh. „Ich habe euch schrecklich vermisst!"
„Wir dich auch", lächelte seine Schwester.
„Kommst du beim nächsten Mal mit?", fragte Udras.
„Vielleicht."
„Und bei dir? Ist der Rohbau fertig?" Derimen nahm ihm die Tasche ab.
Ein Nicken. „Er steht. Und ich falle gleich. Ich muss schlafen. Rechnet nicht mit mir."
„Ooh. Wir haben so viel zu erzählen." Udras zupfte an seinem Hemd.
Er küsste sie auf die Stirn. „Na, gut. Ich esse schnell eine Kleinigkeit, dann komme ich und höre es mir an."
Udras kicherte, und auf Derimens Mund zog ein Lächeln, als Banés die Stube in Richtung Küche verließ. Nachdem er seine Räume durchschritten hatte, kam er in die Esskammer, in der ein Mahl auf ihn wartete, das auch Traubentaschen beinhaltete. Erstaunt blieb er stehen. „Du musst nicht bei uns sitzen", hörte er die Stimme Derimens hinter sich. „Iss eine Kleinigkeit, höre Udras einen Augenblick zu, und schlaf dann."
Er drehte sich um und umarmte sie. „Ganz sicher nicht. Das sieht lecker aus."

Itasi hatte in ihre Wahlsippe eingeladen. Das Haus, das der Gemeinschaft von einem Mitglied geschenkt worden war, hatte ursprünglich keinen Garten besessen, deswegen war dem Innenhof sein Pflaster genommen und durch einen Garten ersetzt worden. Einige Kinder spielten dort und begrüßten Udras stürmisch, als sie eintrat. Sahtu, der unter einem Heckenbogen gesessen hatte, erhob sich, seine jüngste Tochter im Arm, um die Besuchenden zu begrüßen. „Schön, dass ihr alle kommen konntet." Er umarmte auch Nirar, die nur vom Sehen kannte.
Banés schloss den Mund, der offengestanden hatte. „Das ist unglaublich. Wie viel hier wächst! Dass es so viele Farben gibt!"
„Vikkas und Atru sind Gartninnen", lächelte Sahtu. „Den Teil dort in der Sonne nutzen sie für unser Essen. Der Rest ist für Freude."
„Allerdings." Der Gegenüber sah sich noch immer um. „Wunderschön. Wir sollten mehr im Garten werken."
„Tun wir ja doch nicht", entgegnete Derimen, und gen Sahtu: „Wo ist deine Honigmilch?"
„In der Küche."
„Darf ich Ureh tragen?", fragte sie und lockte die Kleine, die sich ihr entgegenstreckte.
Sie gingen ins Haus. Die Einrichtung der gemeinschaftlich genutzten Räume war ein Gegensatz zur blühenden Pracht draußen: karg, schmucklos und einfach. Güter schienen allein in den Möbeln zu bestehen oder sich auf Regalen an den Wänden zu befinden. Es gab nur das Notwendigste, dieses aber war sehr gepflegt. Die Küche bildete das Herz des Hauses:

Sie war groß, wurde von einem Feuer beheizt und war mit einem gewaltigen Tisch ausgestattet, an dem zwei Dutzend gleichzeitig auf langen Bänken sitzen konnten.
Itasi schnitt Gemüse. Als sie die Gäste eintreten bemerkte, sah sie auf, kam zu ihnen und hieß sie willkommen. Reken, ein Wahlbruder, schloss sich ihr an und nahm dann die Schmortöpfe aus dem Feuer. „Puh, ist das heiß! Geht ruhig schon raus. Hier garen wir sonst alle."
An einem schattigen Platz im Garten erwartete sie ein gedeckter Tisch, der ebenso groß war wie der in der Küche. Daneben fielen die Kinder über Ilen her, die zur Besatzung eines Hochseeschiffes gehörte und einen Tag zuvor heimgekehrt war. Sie hatte sie eben einzeln in die Luft geworfen, aufgefangen und wieder abgesetzt. Nun kitzelten die Kleinen sie. Sie japste und wehrte sich ihrerseits mit kitzeln.
Nirars Blick wandte sich von ihnen zur gestalteten Fülle umher, traf erst auf den mitfrohen Rowuns und dann auf Sahtus Lächeln. „Wie viele leben hier?", erkundigte sie sich.
„Anderthalb Dutzende. Ein dutzend Erwachsene, sechs Kinder. Aber es sind nicht alle heute hier."
„So viel Leben", strahlte sie.
Ilen tauchte aus der Wolke tobender Kinder auf.
Bahlen quengelte: „Nur noch einmal! Nur noch einmal hoch! Bitte!"
„Du hattest ein ‚Nurnocheinmal'", erwiderte sie, warf ihn sich über die Schulter und trug ihn so und Udras unter dem Arm zum Tisch. Ein weiteres Kind umklammerte dabei ihr Bein. „Oh, wie soll ich wieder auf See, wenn ich hier mit solchem Essen verwöhnt werde?", jammerte die Matrosin.
„Keine Sorge", neckte Sahtu. „Morgen gibt es die Reste und danach wieder gewöhnliche Kost, bis du wieder an Bord gehst. Danach schlemmen wir weiter."
„Na, dann. – Geister, wollt ihr alle auf mir sitzen bleiben? Runter jetzt, es gibt Platz genug."
Itasi und Reken kamen mit den letzten Schüsseln.
Reken küsste die greise Vikkas, ehe er sich setzte. „Und, schon kindestragend?"
„Zum Bedauern des Tempels nicht", antwortete sie spöttisch.
Ilen ächzte. „Hört doch endlich damit auf!"
„Was bedeutet das?", horchte Derimen nach.
„Ach, wir hatten wieder Ärger mit dem Tempel", seufzte Sahtu. „Sie wollten wieder einmal eine Hausbegehung machen und nachprüfen, wie gläubig wir sind."
„Was soll denn das schon wieder?", empörte sich die Ratssprechin. „Ihr seid doch keine Ordensgemeinschaft."
Itasi schnaufte: „Könntest du das dem Tempel erklären? – Sie meinen, weil wir uns auf das Wahlsippenrecht im Zuzug berufen haben, stünden wir unter ihrem Wort. Sie können einem wirklich den Tag versäuern."

„Wie seid ihr ihnen begegnet?"
„Ich war dafür, sie herumzuführen, aber Itasi und Reken haben sie rausgeworfen", berichtete der Bäcker.
„Sie fragten nicht nur nach einem Hausaltar, sondern auch danach, wer hier in Ehe lebt und wer nicht", grollte seine Gefährtin. „Alles hat Grenzen."
„Meine war erreicht, als sie mich fragten, ob ich wirklich mit einer Frau geeint sei, die meine Großmutter sein könnte und mit der ich keine Kinder haben werde", ergänzte Reken.
„Es ist nicht zu fassen! Seit wann gibt es keine Beschränkungen mehr in der Altersferne Geeinter? Seit zwei dutzend Jahren?"
„Seit fast drei", besserte Rowun und schüttelte ungläubig den Kopf.
„Was glauben sie, was es sie angeht, ob wir Kinder haben oder nicht?", erboste sich der Berichtende. „Sind wir ihre Zucht?"
Vikkas schenkte ihm einen liebevollen Blick, in dem auch ein wenig Tanzsuche stand. Er hielt inne, um ihr dann einen Luftkuss zuzuwerfen.
„Ich werde mich darum kümmern", versprach überraschenderweise Nirar. „Ich bin dem Tempel verbunden und kenne solche, die ich darauf ansprechen kann, dass ihr nicht mehr belästigt werdet."
„Das wäre schön", seufzte Itasi. „Danke sehr."
„So, nun genug davon", mahnte Sahtu. „Lasst uns endlich essen."
Gemüse, Obst und Milchspeisen schmeckten herrlich. Es gab auch Brot wie Gebäck aus Sahtus Backstube. Die Versammelten schmausten.
„Ich komme öfter", bekundete Rowun genießend. „Gab es eigentlich einen Anlass, uns einzuladen?"
Itasi sah auf. „Schon. Ich würde gerne sagen: Es ist mir allein eine Freude, euch hier zu haben. Und es stimmt auch bis auf das ‚Allein'. Ich habe in den letzten Tagen fünf Anvertraute an den Tod verloren und brauchte ein kleines Fest, um wieder wohler Stimmung zu werden."
„Das wusste ich nicht", sagte er bedauernd.
Sie lächelte schief. „Es war nicht zu ändern. Wir alle sterben irgendwann. Ich habe mir auch nichts vorzuwerfen. Aber es war zu viel auf einmal. Genug geklagt! – Wer will Traubentaschen?"
Banés leuchtete auf.
Es wurde ein sehr angenehmer Abend. Die späte Wärme des Tages erlaubte es, bis zum Ende im Freien zu sitzen. Nirar war offensichtlich von der Art des Zusammenlebens angetan, das sie umgab. „Habt ihr gar keinen eigenen Besitz?", fragte sie.
„Doch, sicher", erwiderte Itasi freundlich. „Willst du meine Kammer sehen?"
„Gerne."

Dort angekommen, staunte der Gast. Ein knöchelhohes schlichtes Bett, das kaum mehr als eine Matte für zwei Menschen war, eine Kleiderkiste daneben, auf ihr einige kleine Fläschchen und Bücher – dies war die gesamte Einrichtung. „Und ich hielt Derimens Kammer für das Höchstmaß an Güterarmut!"
Die Heilin lachte und führte Nirar zur Kiste, auf welche die Begastete sich setzte. Sie roch an den Fläschchen. „Aber deine Nase lebt in Fülle", bemerkte sie.
„Nicht nur sie", lächelte Itasi.
„Und es ist allein dein Zimmer? Sahtu hat ein eigenes?"
„Ja. Wobei eines von uns abends meist zum anderen hinübergeht. Gemeinsam einzuschlafen, ist schöner. Aber wir haben uns hier kennengelernt und eigene Zimmer behalten. Wir hätten auch Familienräume wählen können, aber so ist uns wohler. Das Haus ist groß genug für beides."
„Und die Kinder?"
„Sind nachts meistens bei uns, obwohl sie eigene Kammern haben. Bahlen mittlerweile weniger, aber die Kleinen schlafen fast immer bei uns."
„Sind ihre Kammern ebenso leer?"
„Nein. Kinder sammeln alles, oder? Komm, ich zeige sie dir." Die Räume der beiden älteren Kinder hielten Ähnlichkeit zu Udras' Zimmer, der Raum der jüngsten Tochter war mit weniger Spielzeug ausgestattet, noch ohne Regale, mit Wickelsachen in einer großen Tasche und bodennah eingerichtet.
Als die beiden in die Küche zurückkehrten, hatten die Übrigen bereits das Geschirr abgewaschen. „Ihr habt ein wundervolles Haus. So würde ich auch gerne wohnen", bekundete Nirar.
Rowun und Derimen waren überrascht, Aksua lächelte.
„Nun, es steht dir offen", sagte die Gastgebin. „Ich weiß, dass die Gesetze es für Ratende noch nicht zulassen, aber falls es dir eines Tages erlaubt sein sollte, bin ich sicher, dass du auch den anderen willkommen wärst. Wir müssten sie fragen."
„Oh, ich danke dir", freute sich Nirar. „Aber das wird schwerlich möglich sein. Ich glaube kaum, ich ich diese Veränderung noch erleben werde. Und ich könnte es von den beiden Freundinnen, die unser Haus führen, nicht erbitten. Ich weiß, dass sie in einer Sippe leben wollen, aber nicht in einer so großen. Sie würden nicht mitkommen, und ich will mit ihnen sein."
„Das verstehe ich."
„Ich weiß nicht", sagte Rowun zweifelnd. „Bist du sicher, dass du das wollen würdest, hier leben? Es ist schön, sehr sogar, aber zum Leben wäre es mir zu kahl, außer im Garten. Und ich würde ein Kloster vorziehen."
„Aber du willst doch Familie", warf Aksua ein.

„Es gibt drei Orden, in denen auch Familien leben. Aber sie sind mir zu streng, besonders für Kinder. Und sie scheinen mir nicht so zugewandt zu leben wie ihr hier", öffnete Rowun sich wieder der Runde zu. „Aber ich bräuchte einen Hausaltar und die Nähe zum Tempel. Was kein Vorwurf sein soll."

Reken, der den Arm um seine Frau gelegt hatte, grinste. „Da geht es dir wie einigen von uns. Willst du den Altar sehen?"

„Ihr habt einen?"

„Sicher. Die Hälfte der Sippe ist fromm. Aber es besteht kein Zwang dazu." Er schmunzelte über die Verblüffung des Gastes. „Es war nicht die Frage, ob ich mein Leben den Geistern weihe in dem, was ich fühle, denke und arbeite. Es war die Frage, ob wir es dem Tempel gestatten, über uns zu herrschen. Vikkas und ich gehen mehrfach am Tag in den Tempel. Innensicht und Gespräch mit den Geistern sind mir wichtig. Und wir beide werden händegeben, nächstes Jahr. Aber das geht den Tempel nichts an. Nur die Geister und uns."

„Das ist richtig."

„Möchtest du nun den Altar sehen?"

„Ja. Gerne."

Nachdem sie von dort zurückgekommen waren, schien Nirars Schritt beschwingter als sonst, fast schmerzfrei. „Hier ist ein Ort zum Leben", erklärte sie, blickte sich noch einmal um, gewahrte ihren Freund versonnen nicken und fügte hinzu: „Ich glaube, ich werde daheim einiges hinauswerfen. Vieles brauche ich gar nicht wirklich, es steht eigentlich nur aus Gewohnheit herum."

„Oha", neckte Rowun freundlich. „Werden wir demnächst auf dem Boden sitzend essen?"

„Vielleicht."

„Könntest du dir vorstellen, hierher zu ziehen?", fragte Derimen Banés.

„Sicher", erwiderte er. „Aber ich habe nach acht Jahren in Viralí auch nicht mehr die alten Vorstellungen. Mein Wunsch ist, ein eigenes Zimmer zu haben und, wenn es möglich ist, euch neben mir. Und eines Tages Familie. Das ist schon viel, wenn es gelingt."

Sie freute sich.

Aksua tauschte einen Blick mit Itasi. Sie zwinkerte.

Die Geladenen machten sich zum Aufbruch bereit. Vor der Tür überreichte Banés der Schnittin eine kleine Glasflasche. Er grinste kaum verborgen. „Es gibt eine Sitte Viralís. Wer zu Gast war, hinterlässt ein Geschenk."

„Tatsächlich?" Itasi hob staunend die Brauen, dann entkorkte sie das Gefäß. „Oh!" Sie schloss kurz die Augen, leuchtete auf. Dann sah sie erst ihn an, darauf Derimen, die ihre schlafende Tochter trug. „Du hast es ihm erzählt."

„Was denkst du denn? Es beschäftigt mich, wenn es dir arg ist."

„Danke sehr, Banés."

„Es ist von uns allen", erwiderte er.

Itasi sog den ausströmenden Duft noch einmal genießend ein. „So gutes Wundwaschkraut. Aus den Bergen, oder? Geister, wie das riecht! Damit tränke ich heute mein Kissen. Ihr Lieben."
„Dann schläft das ganze Haus bei dir", verkündete ihr Gefährte neckend.
„Oh, je!", spielte sie mit. „Wenn das der Tempel erfährt!"

Am nächsten Abend stand eine gespannte Stimmung in der Luft. Banés horchte lange gen Udras, ehe diese sich bei ihrer Mutter beschwerte: „Ich will in die Wahlsippe ziehen!"
„Das können wir nicht, Herz", gab Derimen müde zurück.
„Ich will aber! Da sind so viele! Hier ist es langweilig! Hier sind keine Kinder außer mir! Ich hab nicht mal einen Vater!"
Derimens Antwort wirkte ungewohnt hart: „Ich habe es dir schon einmal gesagt: Ich kann dir keinen bauen! Es gibt keinen. Viele Kinder haben keinen Vater. Es ist, wie es ist! Und das hat auch nichts damit zu tun, wie sie in der Wahlsippe leben. Ich würde auch gerne dorthin ziehen, aber es geht noch nicht."
Udras schob die Unterlippe vor.
In der aufgekommenen Stille wandte Banés sich an die Kleine: „Ich habe zwei Väter. Willst du einen abhaben?"
Sie begann zu kichern. „Das geht doch nicht. Imen ist doch mein Großvater. Da kann er doch nicht mein Vater sein."
„Nun, Wuhtá ist auch sehr freundlich, leider recht weit weg. Aber dein Viralí wird ihn beeindrucken. Und er hat ein Pferd."
„Wirklich?", krähte sie mit wieder erhellter Laune. „Wie Aksua?"
„Ja."
„Wie heißt es?"
„Suí."
Derimen ruhigte sich mühsam, warf noch einen Blick auf die beiden nun über Pferde Plaudernden und verließ die Kaminstube.
Banés sah ihr nach.
Eine Weile stand Derimen im Hof und zupfte die verwelkten Blätter eines Garnsenstrauches. Dann ging sie in die Waschkammer, erhitzte Wasser, sorgte um die Wäsche. Als sie eben das letzte Stück im Garten auf die Trockne gehängt hatte, berührte eine Hand sie an der Schulter. Derimen sah auf.
Banés reichte ihr einen Becher Weines, den sie dankbar annahm. „Was macht Udras?"
„Sie spielt Schule und werkt fleißig. Unglaublich, wie gut sie schon schreiben kann. Deine Tochter." Ihr Bruder lächelte.
„Sie denkt nicht mehr daran?"
„Scheinbar nicht", erwiderte er und hob die Brauen. „Besser?"

„Ach. Ich könnte mir selbst die Ohren abschneiden! Ich fauche sie an, weil sie berechtigte Wünsche hat, nur weil ich Streit mit Imen und Ahte habe. Udras kann nichts dafür." Sie trank einen Schluck.
„Schon wieder? Was ist denn los?"
„Sitte und Tugend", grollte sie in den Becher. „Ich hatte vor acht Jahren einen herrlichen Sommer und habe jetzt das wundervollste Kind, das ich mir vorstellen kann. Ich muss mich nicht rechtfertigen, nur weil die beiden Vorstellungen von lebenslanger Bindung haben! Oder zumindest von zwölfjähriger. Ahte sagt, ich behandelte Männer schlecht und vertriebe sie!" Vergebens versuchte sie, ihre Galle zu senken. „Ich weiß nicht, wer Udras' Vater ist. Und er weiß nicht, dass er ein Kind hat. Darin sind wir nicht die Einzigen auf der Welt! Udras und ich haben eine sehr gute Sippe und sehr gute Leben. Ich muss mich nicht rechtfertigen!" Derimen blickte den Zuhörenden an.
„So ist es."
Sie zog die Stirn kraus. „Aber?"
„Sei ein wenig geduldig mit den beiden. Sie lieben dich. Und sie sind auch nicht so engsinnig. Wahrscheinlich ist es eine ganz andere Walle, die aus ihnen spricht. Du weißt, dass sie sich sehr weitere Enkelkinder wünschen. Besonders Imen."
Derimen schnaubte verblüfft. „Und darum sagt er mir, wie ich mein Leben führen soll?"
„Eigentlich sagt er dir: Binde dich, ein Enkelkind reicht mir nicht, und deine dummen Brüder lassen sich Zeit." Banés lächelte wiederum.
„Aber ich habe bereits ein Kind! Ohne Bindung zu einem Mann!"
„Das ist deine Sicht. Aber nicht ihre. Lass sie, sie meinen es nicht arg."
Sie erwiderte sein Lächeln. „Wahrscheinlich hast du Recht." Und seufzte. „Lass uns reingehen."
„Gut."
„Banés? Ich danke dir."
Mit Wohle wurde er Zeuge, wie sie bei ihrer Tochter für ihre eigene ehedeme Heftigkeit um Entschuldigung suchte. Er schlug ein Spiel vor, bei dem die Erwachsenen die Kleine so oft gewinnen ließen, dass sie es zu wöhnen begann. So wandten sie sich einem Würfelspiel zu, bis es für Udras Zeit war zu schlafen.

Nach dem Besuch in der Wahlsippe hatte Banés viel im Garten gearbeitet. Folgen der anfangs eifrigen Bemühungen, Gemüse zu ziehen, waren dauerhaft aber nur ein wenig umsorgter Bereich mit Sauerkugeln, Salat und Kräutern und ein engbepflanztes kleines Beet, das Udras zu ihrem Vergnügen pflegte und, wenn sie sich am Kochen beteiligte, großzügig aberntete.

Die drei Brüder hatten beschlossen, den Nachmittag nicht zu arbeiten, sondern am Strand zu verbringen. Es gelang ihnen, Derimen zum Mitzukommen zu locken, weil der Rat sich ohnehin diesmal zur zweiten Werkzeit nicht traf, und auch Udras mitzunehmen. Während die Kleine bald mit anderen Kindern und Derimen im Wasser herumtollte und sogar Rowun dazu überredet hatte, der sonst eher schwimmscheu war, lagen die Älteren träge in der Sonne und unterhielten sich.

„Udras ist erstaunlich", sagte Banés mit Blick auf sie, die sich eben an Rowun herangeschlichen hatte und ihn nun untertauchte.

„Sie ist Derimens Tochter, was erwartest du? Sie stellt mittlerweile mehr Fragen, auf die ich keine Antwort habe, als solche, mit denen ich glänzen könnte." Aksua wirkte zufrieden darüber.

Derimen hob Udras in die Luft und warf sie in die Wellen. Ein Glücksschrei antwortete ihr. Schweigen zwischen den Zusehenden.

„Was, Fastzwilling?", fragte Aksua.

„Es ist so gut hier. Dass die Menschen sein dürfen, wer sie sind, ohne eine Rolle erfüllen zu müssen. In Viralí hieße es über ein Kind wie sie, es sei ‚altklug' oder ‚vorlaut'. Was nicht mehr als die Unfähigkeit Erwachsener bekundet, mit Kindern umzugehen, die sich kraftvoll und mitunter anstrengend einbringen. Wie früh Freude dort kleingehackt wird. Das Leben hier darf ganz sein. Es gibt keine dummen Trennungen in ‚Freie' und ‚Unfreie', kein Beharren auf ‚Verwandtschaft nach dem Blut', ‚vorlaute' und ‚gehorsame' Kinder und solchen Unsinn."

„Nun, ich weiß nicht. Unsinn hält sich nach meiner Erfahrung ziemlich hartnäckig. Denke nur an die Ehegesetze. Ich verstehe nicht, warum Ahte und Imen demnächst ihre Handgebe erneuern. Es wäre sicherer und ohne jede Einschränkung, es nicht zu tun."

„Es sind aber Ahte und Imen."

„Ja", seufzte Aksua.

„Morgen Abend ist Musiktanz im Tempel", berichtete Banés. „Kommst du mit Esdri hin? Ich habe ihn schon lange nicht mehr gesehen."

„Ich auch nicht. Nein, er ... hat sich schon verplant. Bis wir wieder aufbrechen, denke ich."

„Habt ihr eigentlich nie daran gedacht, zusammenzuziehen?", fragte Banés, obwohl er des Nebenliegenden plötzliche Unwohle spürte.

„Esdri fühlt sich in der Heeresbleibe wohl", erwiderte Aksua, und sein Ton setzte weiteren Fragen einen Wall entgegen. Er selbst hatte zu Beginn seines Dienstes ebenfalls dort gelebt, nach wenigen Wochen, umgeben von rauen Sitten, jedoch entschieden, ins elterliche Haus zurückzukehren. Seine trüben Gedanken wurden von Udras beendet, die um Verstärkung rief. Er sprang auf und lief zu den Tobenden, um zunächst einmal Derimen mit sich ins Wasser zu reißen.

Die Ratssprechin betrat mit einem Gruß das Haus und hängte ihre Tasche auf.
Banés, der ihr entgegenging, hielt wöhnend inne, als sie sich umdrehte. „Was ist dir?"
Sie sah ihn an, Wehe im Blick. „Ein Ehebrecher. Heute war seine Anhörung. Ich habe gegen die Höchststrafe gesprochen, aber der Dummkopf hatte es den Wachen gegenüber schon zugegeben." Sie ächzte.
Banés griff ihre Hand. „Na, komm. Hunger?"
„Überhaupt nicht, dank dir deine Mühe."
„Aber du leistest uns Gesellschaft?
Sie lächelte. „Sicher."
Wie er es vermutet hatte, riefen die vorbereiteten Speisen ein Lächeln auf ihr Gesicht, und bald griff sie zu. Eine Weile sprachen sie über anderes. Aber als sie anschließend das Geschirr gespült hatten, Udras im Bett lag und Banés und Derimen vor dem Kamin saßen, sprach sie das Geschehene wieder an: „Es kann nicht angehen, dass nur die höchstbestraft werden, die entdeckt werden oder dumm sind. Wenn er es geleugnet hätte, wäre ein Orakel befragt worden. Und üblicherweise endet es dann in einer milden Strafe. Einmal gar in einer vorzeitigen Ehelöse! Dieser Dummkopf!"
„Und nun wird er lebend begraben?"
„Ja."
„Was ist mit seiner Liebhabin? War es eine Frau?"
„Ja. Sie war ebenfalls in Ehe und hat sich das Leben genommen. – Ich habe alles versucht, was mir möglich war", sagte Derimen leise. „Aber meine Stimme war die einzige dagegen."
„Wirklich? Rowun hat..."
„Nein, er war nicht dort. Nirar ist es sehr arg heute, er war bei ihr. Wir sind davon ausgegangen, dass es ein Orakel geben würde, keines konnte wissen, dass heute gerichtet werden würde." Sie wischte sich Tränen aus den Augen. „Es gibt Tage, an denen hasse ich es, im Rat zu sein."
Er kam neben sie. Sie lehnte sich an ihn. „Wann ist es so weit?", fragte er.
„Wenn die Grube vorbereitet ist. Übermorgen wahrscheinlich."
„Wirst du hingehen?"
„Das muss ich. Ich bin Ratssprechin."
Banés staunte. „Du könntest dich nicht vertret..."
„Ich bin nicht Sprechin geworden, um mich vertreten zu lassen, wenn es arg wird", erwiderte sie scharf, besann sich und fuhr freundlicher fort: „Außerdem hat er mich darum gebeten, dabei zu sein. Weil ich für ihn gesprochen habe und seine Sippe sicher nicht kommen wird. Wenn ich zugegen bin, muss ich das Urteil verlesen."
Stille.
„Ich komme mit dir", entschied Banés.

Derimen hatte Udras noch am Vorabend zu ihren Großeltern gebracht. Nun war es dämmernder Morgen. Ein Leichenzug wartete vor dem Gefangenenturm. Der Verurteilte, Sona, an den Händen gebunden und nackt, trat ins Freie, blinzelte im Licht. Angst stand in seiner Miene. Suchend sah er umher und erblickte erst seine Gemahlin und dann Derimen. Da wirkte er erleichtert.
Ein Priester forderte ihn auf, ihm zu folgen. Der Zug zur Richtstätte führte durch einen Großteil der Stadt und endete auf dem Totenplatz hinter dem Tempel. Dort standen bereits Bewaffnete neben einem gähnenden Loch im Boden. Seit Generationen wurden gemauerte Grüfte für die Strafe der Lebendbegrabung genutzt, die mittlerweile nur noch selten Anwendung fand, fünf Tage lang standen Wachen an der verschlossenen Grube, damit die Bestraften nicht mit fremder Hilfe entkommen konnten. Sona wurde gen Grube gestoßen.
Derimen rang um Atem. Nach dem Verlesen des Urteils wäre es ihr erlaubt gewesen, sich zu entfernen. Hunderte Augen ruhten auf ihr, der Blick des Verurteilten brannte sich in ihr Herz. Kurz spürte sie den Druck von Banés' Hand, den sie kurz erwiderte, ehe sie vortrat.
„Klage, Lesnen!", sagte sie laut. „Klage über die Schwäche deiner Kinder! Hier steht einer, der Schuld auf sich geladen hat und es zugibt. Der allein von Menschen gerichtet wurde, obwohl es geschrieben steht, dass sein Vergehen nicht ohne den Beistand der Geister gerichtet werden darf. Wie ist es um unser Vertrauen in die Geister bestellt, wenn wir nicht einmal ein Orakel befragen? Dutzende wurden dieses Vergehens angeklagt. Und immer haben wir dem Spruch der Geister vertraut. Wie schwach sind wir geworden, dass wir darauf verzichten, ihr Urteil einzuholen, nur weil die Anklagin Tochter einer mächtigen Sippe ist? Klage Lesnen, denn wir sind schwach geworden und haben die Geister vergessen!"
Ein leises Raunen war unter den Umstehenden aufgekommen. Sona lächelte ein winziges Lächeln. Derimen begegnete dem Blick seiner Gemahlin, deren Miene einer Morddrohung gleichkam, dann entrollte sie das Urteil und verkündete es: „Sona von der Sippe der Anchidaren, du hast deine Schuld als Ehebrecher zugegeben. Du wirst heute lebend in die Erde gegeben..." Derimen hielt inne. Sie bebte. „...um den Schuldgeistern als Opfer zu dienen." Ihre Stimme brach. Es war nicht zu überhören, dass sie weinte. „Nach fünf Tagen ist es deiner Sippe erlaubt, deine Leiche anzusehen. Nach sechzig Jahren, wenn die Schuldgeister mit dem Fressen deiner Seele geendet haben, wird dein Körper jenseits der Stadtgrenze verscharrt. – Hast du deines mit den Geistern geregelt?" Unter Tränen wandte sie sich ihm zu. „War eine Priestin bei dir?"
Er nickte wortlos.
„Dann mögen die Geister dir beistehen."
In seinen Augen erschien neben Angst nun Dankbarkeit.
„Es ist mir leid", hauchte die Ratssprechin tonlos.

Erneut lächelte Sona matt. Dann stieg er hinab in die Grube. Zwei waren nötig, um die schwere steinerne Platte über ihm zu schließen. Nachdem sie mit einem Schloss versehen war und die Wachen ihre Plätze eingenommen hatten, verstreute sich die Menge. Derimen blieb, die Ihren an der Seite.
„Lasst uns gehen", sagte Rowun leise.
„Geht ihr voraus", erwiderte seine Schwester.
Er verneinte.
Banés griff sie stützend. „Du hast alles getan, was du konntest."
„Es hat nicht gereicht", entgegnete sie, die Augen starr auf das Verlies gerichtet. Dann vernahmen die drei Sonas kaum hörbare Schreie. Derimen schrak auf, griff sich an Mund und Magen.
„Lass uns gehen", forderte Banés sie auf, um einiges bestimmter als Rowun. „Du kannst hier nichts mehr ändern. Lass uns gehen!"
Als sie den Platz verließen, schluchzte die Sprechin, schließlich so sehr, dass sie stehenbleiben mussten und Banés sie hielt. Sie setzten sich auf eine Bank, bis Derimen ein wenig ruhiger war.
„Ich kann jetzt nicht in den Rat", sagte sie.
Kurze Stille.
„Wenn du nicht kommst, kann das Unheil dieses Tages sich noch vergrößern", sagte der Jüngste leise. „Heute steht die Entscheidung darüber an, wie wir Garren begegnen."
Sie stöhnte auf. „Sprich du gegen Krieg. Ich kann nicht hin. Nicht jetzt, ich..." Sie brach ab.
„Derimen, du hast es vorbereitet. Und du kannst es auch besser vortragen. Außerdem bin ich nicht der Ratssprecher. Das Heer braucht dein Wort, nicht meines. Wenn wir Krieg verhindern wollen, musst du hingehen." Seine Stimme war sehr sanft.
Die Wehe sann nach, spürte ihre Stützen, Rowun zur Linken und Banés zur Rechten. Der Botschafter hatte bisher geschwiegen, hielt seine Schwester im Arm und sah auf die Straße.
„Ich kann Vannét und Wuhtá um Vermittlung bitten", sprach er nun. „Wenn du dies vorschlägst, wird die Entscheidung verschoben, bis der Bote zurückgekehrt ist."
Derimen wischte sich weitere Tränen aus den Augen. „So lange können wir nicht warten. Wir können für die Dauer um Vermittlung bitten, aber diese Entscheidung muss bald getroffen werden, die Grenzgebiete sind nicht sicher. Die im Rat, die für Krieg sprechen, werden nicht warten, bis ich mich wohlfühle und dagegen spreche." Sie ächzte. „Ich gehe hin. Ihr Lieben. Ich danke euch." Sie blieben noch einige Augenblicke, bis Derimen aufstand. Vor dem Rat trennten sie sich, da der diestätige Rat Banés nicht offenstand. „Ich hole euch zum Essen ab", versprach er.

„Es gibt eine Beschwerde gegen die Ratssprechin", eröffnete Woglan die Versammlung mit Widerstreben in Gesicht und Stimme. Erstaunen brandete auf. „Valchear?", forderte die Wahrin ihn auf, der sich sogleich erhob.

„Derimens Worte bei der Hinrichtung waren unangemessen. Wenn der Rat beschließt, einen geständigen Verbrecher ohne Befragung eines Orakels zu verurteilen, ist dies rechtens. Es steht der Sprechin nicht zu, sich gegen seine Beschlüsse auszusprechen. Außerdem vermag eine solche Rede das Ansehen des Rates zu senken."

„Die freie Rede vor einer Verkündung steht mir zu!", fauchte Derimen, noch ehe er sich setzen konnte.

„Ach, wirklich?", spottete Valchear. „Seit wann?"

„Seit die Gesetze über die Führung der Stadt durch freie Bürginnen niedergeschrieben wurden! In den Bestimmungen über Rechte und Pflichten der Ratenden. In der Schrift zur Verpflichtung der Ratssprechenden. Seit über siebzig Jahren! Sieh nach! Und sieh auch in den Gesetzen der Gerichtsbarkeit nach! Ein Urteil ohne Beistand der Geister ist nicht rechtens!"

„Das sagst eben du? Jedes hier weiß, wie viel die Geister dir bedeuten!"

„Die Zeiten, in denen wir einander vorgeschrieben haben, wie wir leben sollen, sind vorüber!", rief sie.

Valchear sog tief Luft ein.

„Derimen hat Recht", ließ sich da Nirar mit ruhiger Stimme vernehmen. „Hier ist kein Anlass zur Rüge. Vielmehr sollte der Rat klarstellen, dass, sollte Derimen oder ihre Nahen ein Unglück geschehen, sich die Anchidaren werden verantworten müssen. Über Derimens Glauben zu richten, steht uns nicht zu." Sie wandte sich an die wenig Jüngere. „Aber in einem irrst du dich, Derimen. Zwar ist ein Urteil ohne den Beistand der Geister nicht rechtens, aber Beistand hat es gegeben. Während der Rat über Sona zu Gericht saß, wurde ein Dienst im Tempel abgehalten, um dem Rat das Urteil der Geister zu ermöglichen. Ein Orakel, das sicherlich sinnvoll gewesen wäre und auch meine Zustimmung gefunden hätte, ist nicht vorgeschrieben. Sona hatte sein Verbrechen zugegeben." Nirar sah Woglan an, deren Blick daraufhin über die Runde glitt.

„Die Beschwerde wurde vorgetragen und beantwortet. Es gibt keinen Grund zum Tadel. Heute steht Weiteres an..."

Derimen fiel ins Bett und weinte. Nach einiger Zeit klopfte es. Banés trat ein. Er setzte sich zu ihr und ergriff ihre Hand. Lange sagte er nichts, und die Jüngere spürte sich von einem berührt, das sie früher „Schweigereden" genannt hatte: Banés hatte, stärker als alle anderen, die sie kannte, die Begabung, ohne ein einziges Wort Trost zu spenden, nachzufragen, sogar zu rügen, allein durch seine Anwesenheit und sein Schweigen, das sich an das Gegenüber richtete wie Worte. Nun fand eine innere Wärme die Liegende, die ihr Weinen beendete und sich beruhigte. Endlich setzte sie sich auf, wischte sich das Gesicht trocken und nahm dank-

bar Banés' Umarmung an. Es währte, bis sie sich wieder voneinander lösten und Derimen lächelte: „Ich weiß schon: Ich habe alles getan, was ich konnte; ich habe mir nichts vorzuwerfen; und, ja, eines Tages werden sich diese grauenvollen Gesetze ändern, vielleicht habe ich Anteil daran. Aber Sona stirbt dennoch, jetzt, und ich konnte es nicht verhindern."
Banés sagte leise: „Ich bewundere dich sehr."
Sie lächelte wiederum. „Ich bin so froh, dass du da warst. Dass ich dich habe. Und Rowun."
„Du hättest es auch ohne uns durchgestanden. Valchear verwundert mich." Er schüttelte kurz den Kopf. „Rowun hat es mir erzählt. Gut, dass ihr es abwehren konntet. Als ob heute nicht genug Arges geschehen wäre."
„Hm. Ich glaubte einmal, Valchear wäre ein guter Stadtwahrer. Heute bin ich nicht mehr dieser Ansicht", war sie versonnen. „Danke. Danke, dass du da warst. Wenn du vorhin nicht mitgekommen wärst, hätte ich den Rat heute verlassen."
„Was?"
„Ja. Nicht allein, weil dieses ungerechte Urteil meine Galle sieden lässt. Ich hätte auch die Kraft nicht gefunden, ihre Anwesenheit zu ertragen, ohne sie anzuschreien. Es wäre aber sehr dumm gewesen zu gehen. Im Rat kann ich mehr bewirken. Im Rat kann mein Wort gegen solche Strafen sinnvolle Folgen haben, irgendwann, hoffe ich. Noch einmal: Ich bin froh, dass ich dich habe."
„Ich auch. Und dass der Krieg verhindert worden ist. Ihr habt heute Leben gehalten."
„Aber nicht Sonas."
Banés seufzte. „Komm. Ablenkung ist das Einzige, das uns jetzt retten wird. Wollen wir spielen?"
„Aber kein Brettspiel."
„Nein, kein Brettspiel. Du suchst aus."
Sie gingen in die Kaminstube, wo sie auch später blieben, weil sie beide in dieser Nacht Schlaf weder wünschten noch finden zu können glaubten. Schließlich saßen sie wortkarg aneinandergelehnt, bis die Sonne aufging.

Nachdem sie Udras von ihren Großeltern abgeholt und sich vor der Schule von ihr verabschiedet hatten, wandte sich Derimen Banés zu.
„Ich komme mit", sagte er, während sie noch Luft schöpfte.
Derimen hob die Brauen.
„Es ist zu früh für den Rat, und du siehst nicht nach Schwimmlust aus. Du willst noch zu Sona."
Sie nickte.
Beide verließen den Vorplatz wieder. Auf dem Markt erwarb die Ratssprechin eine der kleinen Statuen, die als Opfer für die Geister auf Gräber gegeben wurden. Ihr Begleiter sagte

dazu nichts und hielt auf dem Weg zum Platz hinter dem Tempel Derimens Hand. Da die Wachen ihnen den Zutritt zur Richtstatt verwehrten, stellte die wiederum gegen Tränen Kämpfende die Figur in der Nähe auf. „Er wird schon tot sein, was glaubst du?"
„Ja." Banés verzog den Mund. „Wahrscheinlich."
Derimen setzte sich auf eine Bank, blickte zu der Steinplatte und den Wachen. Ihr Bruder folgte ihr darin, wartete ohnwort, bis sie sich wieder erhob.
„Es muss einen Weg geben, dass solches nicht mehr geschieht", sagte sie, als sie den Platz verließen.
„Du allein kannst es nicht schaffen."
„Ich weiß. Da der Rat zu steif ist, werde ich es im Tempel versuchen. Rowun hat doch einige Freundinnen dort. Und Nirar auch. Vielleicht lässt sich so erreichen, dass unsere Ehegesetze im Heute ankommen. Das hier ist nicht zu fassen!"

Anderthalb Wochen waren seit Sonas Hinrichtung vergangen, und langsam verschwand der arge Zug aus den Gesichtern. Am Vortag dieses Ruhetages aßen Imen und Ahte zunächst bei Banés, Derimen und Udras, danach brachen sie mit der Kleinen gen Strand auf. Diese umarmte die beiden Bleibenden und verließ dann zwischen den Händen ihrer Großeltern hüpfend den Hof. Ihre Mutter sah ihr nach, winkte ihr noch einmal, als sie sich auf der Straße umdrehte. Nachdem die drei außer Sicht waren, erklärte Derimen: „Ich will meinen Kopf klären und eine Ablenkung. In einem Haus der Nogdern ist heute ein Musiktanz mit Lichtspielen. Kommst du mit?"
„Das klingt gut", stimmte Banés zu.
Beide kehrten noch einmal an den Schreibtisch zurück, die Ratssprechin an ihren in der Kaminstube, weil sie Unterlagen aus dem Schriftenschrank benötigte. Als es ihr endlich gelang, sich loszureißen, suchte sie Banés, um ihn zum Ende des Wochenwerkes zu überreden. Doch im Garten war der Tisch bereits geleert. Grinsend rollte Banés das Buch zusammen, in dem er gelesen hatte. „Ich hatte schon geglaubt, ich müsste alleine gehen", neckte er.
Sie seufzte. „Meine Art zu werken ist unerträglich, nicht wahr?"
„Nur fast."
Sie holte Wein und setzte sich zu ihm, da die Abendzerstreuung erst mit der Dunkelheit beginnen würde.
„Wirst du heute wieder einen suchen, mit dem du die Nacht verbringst?", fragte Banés mit einem Mal mehr in den Himmel als ihr zu.
Derimen spürte eine Klamme sich auf sie legen, die sie nicht verstand. „Wenn ich einen finde. Warum?"
Er verneinte ohnwort eine Antwort. „Wonach suchst du? Ich meine, wonach genau? Außer Tanz. Wonach suchst du für die Dauer? Du suchst für die Dauer."

„Nach einem, der mir standhält", war die sogleich gegebene Antwort. „Viele Menschen meiden Schwernisse. Einen Mann an meiner Seite, der das tut, kann ich nicht brauchen. Und ich würde ihm auch keine passende Gefährtin sein. Schwernisse sind Teil des Lebens. Ich will mich ihnen stellen und nicht von ihnen beherrscht werden, weil ich nie gelernt hätte, mit ihnen umzugehen. Ich will ein Miteinander, wie ich es mit euch habe. Und mit meinen Freundinnen. Ich will, dass ich glücklich sein kann, mich nicht immerzu abgrenzen muss. Liebe ist die Überwindung von Grenzen zum Guten, die eigene Verwirklichung in der eines anderen. Das habe ich mit euch. Mit einem Mann will ich nicht weniger, zudem aber Tanz. Und das scheint zu viel zu sein."
Er war versonnen.
„Erschwerend kommt hinzu, dass ich keinen Mann brauche. Ich hatte nie das Gefühl, nur in einer solchen Bindung vollständig zu sein. Ich lebe gern mit Udras und jetzt mit euch beiden. Ich habe Tanz, ich habe die Sippe und meine Freundinnen. Ich brauche keinen Mann. Wenn ich mich binde, soll es nicht sein, weil ich einen bräuchte, sondern weil wir einander bereicherten. Ahte sagt, ich hätte unerträglich hohe Ansprüche."
„Tatsächlich? Ich denke, vielen ist ähnlich. Mir jedenfalls. Außerdem, was heißt das? Ich kenne viele, die weniger genau wissen, was sie wollen und was nicht, und sie sind deswegen nicht leichter glücklich. Es ist schwer, eines zu finden, das wirklich passt."
Sie war versonnen. „Deshalb bestimmen in Viralí die Sippen über die Handgeben, nicht wahr?"
Er schüttelte den Kopf. „Glück ist nicht das Ziel, sondern Stärke. Manchmal führt die Eheorder tatsächlich dazu, dass zwei zueinander gestellt werden, deren Kraft sich mehrt. Glück ... Wenn es gefunden wird, dann eher trotz der Umstände und nicht durch sie begünstigt. Aber Viralí wertet Stärke höher."
„Nun, sie ist wichtig, das stimmt schon", erwiderte Derimen. „Du hast dir doch irgendwann vorgenommen, eine Frau zu betrachten, wenn es Schwernisse gibt. Wie sie sich darin verhält, nicht allein in wohlen Zeiten, weißt du noch?"
Eine Bejahung.
„Ich tue es auch. Viele Männer gefallen mir sehr. Aber sie halten dem nicht stand, was mein Leben begleitet. Ich brauche in einem Band Stärke und nicht noch mehr Lasten. Ich will hohe Güte im Miteinander, wie mit euch. Wenn ich einen finde, der dies ebenso hält und es nicht bequem, sondern glücklich haben will, lasse ich ihn nicht mehr gehen."
Banés freute sich.
Sie leuchtete auf. „Genug von meinen Männern. Wahrscheinlich habt ihr mich einfach zu sehr verwöhnt, was das Miteinander betrifft." Sie zwinkerte. „Lieber zu dir: Es ist schade, dass es keine in Viralí gab, die dein Herz dauerhaft wärmen konnte. Oder durfte", ergänzte sie behutsam.
Banés lächelte darüber.

„Obwohl du in deinen Briefen mitunter sehr geschwärmt hast."
Er seufzte. „Ja, anfangs. Die Menschen dort sind sehr ... kraftvoll. Im ersten Anschein. Aber die Regeln sind unerträglich und führen zu unerträglichem Miteinander. Letztlich konnte ich nicht sicher sein, ob eine Frau mir ihre Wohle entgegenbrachte oder der Tatsache, dass meine Eltern den Stamm führen."
Derimen fragte mit gerunzelter Stirn.
„Ansehen und Erbe", erklärte er. „Wer ein Kind mit einem Erben der Stammesführer hat, erhält einige Annehmlichkeiten im Alltag. Und Alterssicherung, die dort keinesfalls selbstverständlich ist. Die eigenen Kinder bekommen eine bessere Ausbildung, solches."
„Das klingt elend", sagte sie.
„Unfreiheit hat viele Gesichter. Da ich auch hier aufgewachsen bin, habe ich eine Vorstellung davon, wie wirkliche Stärke sich anfühlt. Sie hat nichts damit zu tun, sich im Krieg zu bewähren, wie es die Menschen Viralís glauben. Als ich mich mit Ahís einte statt mit einer Kriegin, glaubte der halbe Stamm, mich deswegen zurechtweisen zu müssen. Ihr wurde es unerträglich gemacht, bei mir zu bleiben."
Derimen nickte in Erinnerung an seine unglücklichen Briefe darüber.
„,Freie Viralí'", schnaufte Banés. „Sie sehen nicht einmal, dass sie sich nur in der Art der Unfreiheit von anderen unterscheiden. Ahís musste oft so viel arbeiten, dass sie fast zusammengebrochen wäre. Damit wollten sie Tanz zwischen uns und mögliche Erben verhindern. Die sonsten Frauen wurden von Vannét und Wuhtá mehr als ermutigt. Sie wussten, dass ich für ein Kind geblieben wäre. An Verhütung ist dort kaum heranzukommen, und schließlich habe ich den Tanz aufgegeben und mich allein dem Lernen gewidmet."
„Wir hätten dir Verhütung schicken können."
„Stimmt. Aber das ist mir erst eingefallen, als ich wieder hier war. Seltsam, nicht? Wie eng das eigene Denken werden kann. In der Enge, die umgibt."
Derimen antwortete erst nicht. „Das ist ja nun hoffentlich vorüber", sagte sie schließlich.
„Ja. Schon. Aber ... Imen hat uns viel darüber erzählt, wie früher Herrschaft innerhalb der Sippen vererbt wurde. Weil das Miteinander in Herrschaft sich in der Sippe gründete und wieder Herrschaft hervorbrachte. Das will ich auf keinen Fall! Ich brauche eine Frau, der es nicht um Herrschaft geht. Gar nicht. Ich lebe nicht, um zu beherrschen oder beherrscht zu werden. Ich will keine, die sich mit mir schmückt, weil ich Ëí Shur heiße!"
Derimen gab ihm einen Augenblick, sich zu sammeln, ehe sie sanft sagte: „Ibeh war es um dich. Und Herrschaft war nie eines zwischen euch, da bin ich sicher."
„Ja. Das stimmt."
„Ist es dir noch arg, dass sie dir genommen wurde?"
Er schüttelte den Kopf. „Nach so vielen Jahren nicht mehr. Heute ist sie mir eine Freundin. Das ist geblieben und war auch immer das Stärkere. Sie und Rajut passen gut zueinander. Besser als wir damals."

„Du wirst eine finden, die ebenso gut zu dir passt", versicherte Derimen.
„Ach, tatsächlich", vertrieb er mit einem Grinsen den Ernst aus ihrem Gespräch.
„Du könntest heute auf die Suche gehen", schlug sie vor.
Banés ächzte abwehrend auf.
„Eigentlich musst du nur wählen. Ihre Blicke folgen dir wie Mücken", neckte sie.
Er hob zweifelnd die Brauen.
„Du bist schön, großer Bruder. Und helle Haut und Augen sind hier selten. Was selten ist, wird begehrt. Du musst dich ja nicht gleich lebenslang binden. – Was ist?"
„Solches ist nicht meines. Musiktanz schon, das weißt du. Aber Tanzen bedeutet mir mehr."
„Ich wollte dich nicht beargen", versicherte sie, erstaunt über die plötzliche und ungewohnte Abwehr, die von ihm ausging.
Er verzog die Lippen. „Das hast du nicht. Vielleicht bin ich wegen dieser unglückseligen Angelegenheit um Sona einfach zu empfindlich. Entschuldige."

Ein Mond verging, in dem Derimen sich vergebens für eine Änderung des Eherechts einsetzte. Schließlich ließ sie es auf sich beruhen, weil sie gewahrte, dass sie sich verbiss, und um neuen Gedanken Raum zu geben. Sie verbrachte mehr Zeit als sonst in der Schriftenhalle und mit Udras, die für eine Weile von ungeheurem Lerneifer beflügelt war, was die gesamte Sippe in Atem hielt. Banés war zudem sehr von Verhandlungen mit der Vertretin der Urtalí beansprucht, brachte die Gespräche aber zu einem erfolgreichen Ende.
Eines Tages war Derimen ungewöhnlich früh im Tempel. Meist begegneten sie und Banés dort Rowun oder Befreundeten, aber an diesem Tag kam sie bereits während der Bewegungszeit und war lange im Raum allein. Später betrachtete ein Priester, der mit der Sorge um die Inneschauenden und die Rauchschalen an der Reihe war, die auf einer Matte Liegende mit einem Lächeln. Er kannte Derimen, seit sie einige Wochen nach ihrer Geburt zu Pflege und Ausbildung in die Ratsschule gekommen war, und hatte sie im Heranreifen nicht selten wohlwollend betrachtet. Er wusste, dass sie nicht um ein Gespräch mit den Geistern suchte, sondern ihren inneren Bildern lauschte. Mit Derimens Glauben an die Geister wäre es nicht möglich gewesen, einen Becher zu füllen; ganz anders, als es um ihren schier unerschöpflichen Glauben an die Menschen stand. Der Priester billigte es, weil er der Ansicht war, dass ein wahrhaft frommes Leben Liebe und Wohle brauchte. Wenn ein Mensch behauptete, keinen Glauben an die Geister zu haben, das eigene Leben aber in Liebe und Wohle ausrichtete, werteten die Geister dies nach seiner Erfahrung höher als Frömmigkeit nach Regeln. Er sah genauer hin. Diese Art der Kräftewalle in Derimens Brustgegend sah er bei ihr heute zum ersten Mal so deutlich, und in der Größe hatte er Ähnliches bisher erst einmal zuvor gesehen, als er sie von ihrer Tochter hatte sprechen hören. Er wünschte ihr Erfüllung ihrer Sehnsucht.

Sie hatten das Frühstück auf dem Ratsvorplatz zu sich genommen, gemeinsam mit anderen, die so früh am Tage am Ort waren. Im Anschluss an das Essen hopste Derimen mit Udras auf dem Arm herum, bis ihr übel wurde. Als das Horn zur ersten Werkzeit rief, verabschiedete sich die Schulin, die sich auf Unterricht bei Tieren freute, und sauste davon. Rowun, Nirar und Derimen gingen gen Halle, Banés schickte sich jedoch an, von ihrem Weg abzubiegen.
Rowun, der zuvor herumgealbert hatte, fragte verwundert: „Willst du jetzt an den Hafen?"
„Nein, ich muss noch mit Alleches sprechen."
„Worüber denn?" Auch Derimen zeigte sich erstaunt. Alleches, die die Aufsicht über die Gesetzesrollen hielt, deren meiste sie auswendig wusste, war das älteste Ratsmitglied und als Beratin sehr begehrt. Doch die Kanhartiden verfügten über die Kenntnisse Imens, dessen Gedächtnis über Geschichte und Gesetze der Völker, aber auch über nahezu jedes Wort und jede Stimmung in einer Verhandlung, bei der er selbst anwesend gewesen war, untrübbar zu sein schien. Gewöhnlich fragten seine Kinder zunächst ihn, statt sich an andere zu wenden.
„Verschwiegene Geschäfte Viralís." Banés bemühte sich um ein Grinsen, das jedoch misslang. „Geht ihr voraus. Bis gleich." Er wandte sich ab und hastete zu der Greisen, die seinen Arm als Stütze einforderte. Seine Geschwister sahen ihm stirnrunzelnd nach. Geheimnisse um die Angelegenheiten seines Auftrages machte er sonst ebenso wenig wie sie selbst. Nach einiger Zeit trat er in der Halle zu ihnen und wurde von Derimens Raunen begrüßt: „Die verschwiegenen Geschäfte Viralís sind sicher?"
Seine Haut entflammte von einem Augenblick zum nächsten. „Ja."
„Das müssen ja sehr wichtige Geschäfte sein", neckte sie.
Er streckte ihr die Zunge heraus.

Das Haus der Ratssprechin hatte ein kleines Fest ausgerichtet. Rowun und Nirar kamen diesmal nicht gemeinsam, da er noch bei Vorbereitungen für ein Tempelfest half. Sie wurde von Trames begleitet, der sogleich eingeladen wurde, aber ablehnte.
„Ich will Viched ausführen", erklärte er. „Wir werden jenseits der Stadt in einem kleinen Gasthaus übernachten und morgen das Meer genießen."
„Rowun spielt meinen Aufpasser", ergänzte Nirar, die an diesem Tag nahezu schmerzfrei und sehr guter Laune war.
„Ihr könnt hier schlafen, du und Rowun", lud Banés sie ein. „Hier gibt es Platz genug."
Nirar zögerte, ehe sie mit leuchtenden Augen annahm. „Gerne. Ich danke sehr."
Als nächste Gäste trafen Ibeh mit ihrer Sippe und Itasis Gemeinschaft gleichzeitig ein. Sahtu brachte Unmengen an Backwaren mit. Die älteren Kinder verschwanden fast augenblicklich im Garten, die übrigen Gäste wurden einander vorgestellt. Rajuts Gang war noch im-

mer so schwankend, als stände er an Bord seines Schiffes. Er und Sahtu verstanden sich auf Anhieb und wetteiferten mit Derimen darin, die kleine Gesellschaft zu unterhalten.
Da es noch recht früh für ein Essen war, vergnügten sie sich zunächst im Garten. Es wurde musiziert, dazu getanzt und geklatscht, Kinder wurden herumgewirbelt. Beim Schmaus ließ sich Derimen von Sahtu die Zusage entlocken, den Schulinnen der Ratsschule Redeunterricht zu geben, und Banés versprach einen Ausflug in die Werft. Der gesättigte Abend verging in Spielen und Gesprächen. Als er noch weiter fortgeschritten war, wurden die Kinder, die dem Einschlafen nahe waren, zunächst auf ein Deckenlager gebettet, ehe sie später ins Haus getragen wurden.
Am nächsten Morgen saßen alle wiederum im Garten, da die Zimmer im Haus, die so viele Speisende aufnehmen konnten, nicht gepflegt wurden.
„Na, ausgeschlafen?", begrüßte Banés den Bäcker, der als Letzter hinzukam.
„Ausgeschlafen ganz sicher nicht", gähnte Sahtu.
Banés griff nach der leeren Brotschale und verließ sie.
Derimen sah ihm kurz nach. Als ihr Blick wieder auf Itasi fiel, legte diese fragend den Kopf schief. In Derimens Augen kam Schrecken auf. Ohnwort verneinte sie. Die Heilin nickte kaum merklich.
„Gefällt es dir?", fragte Rowun leise an die Seite seiner Freundin.
Nirar sah ihn an. „Strahle ich nicht warm genug?"
Er freute sich.
„Das Brot ist großartig", bekundete der zurückgekehrte Banés gen Sahtu. „Kann ich das Rezept bekommen?"
„Sicher. Hol es dir ab, wann immer du magst. Oder, besser: Ich gebe es Udras mit."
„Danke sehr."
„Ich habe in letzter Zeit zu viel gearbeitet und mich zu wenig um meine Lieben gekümmert", erklärte Itasi mit Blick auf Derimen. „Hast du Lust, mit mir übermorgen in der Frühe durch die Gärten zu gehen?"
„Gerne", erwiderte ihre Freundin, Erleichterung im Gesicht.
„Ich nehme Udras dann mit in die Schule", beschloss Sahtu, doch Banés widersprach: „Udras und Bahlen wollten bei der Einführung der neuen Lehrlinge in die Werft zusehen. – Hast du es ihnen nicht erzählt?", fragte er den Knaben.
„Es wäre angenehm, wenn er das nicht immerzu vergessen würde", seufzte dessen Mutter.
„Na, dann. Bis wann geht die Einführung?"
„Den ganzen Tag. Ich wollte ihn abends nach Hause bringen. Er kann aber auch hier schlafen", bot Banés an.
Itasi sah den Kleinen an, der begeistert nickte. „Gut, dann schlafe hier. Aber, Udras, du kommst doch auch einmal wieder zu uns?"

„Ja!", rief diese. „Bei euch ist es toll! So viele Kinder!" Und an Derimen gewandt: „Bist du sicher, dass wir irgendwann hinziehen können?"
„Ich hoffe es sehr. Erst muss ich den Rat dazu bewegen, einige Gesetze zu überdenken, Herz."
„Das schaffst du auch noch", versicherte Sahtu zuversichtlich.

Nachdem die Übernachtungsgäste beim Aufräumen geholfen hatten und dann gegangen waren, war nicht mehr viel zu tun. Einige Zeit ruhten sie zu dritt auf einer Wiese, dann lasen Banés und Derimen, Udras schnitzte an einem kleinen Holzboot, für das sie einen Wärmesteinantrieb gebaut hatte.
Am Nachmittag gingen sie in das Haus von Imen, Ahte und Ransar. Letztere befand sich noch unter den Krieginnen der Nordtruppen in Werk, aber Aksua war endlich zurückgekehrt. Sonst umfasste sein Heerdienst neben der Sorge über die Vorräte in der Hauptsache die Bewachung von Grenzen. Aber an der Gemarke zu den Sinthen war es zu Kämpfen gekommen. Lesnen hatte gesiegt, und Aksua hatte über die Heeresbotin bereits ausrichten lassen, dass er wohlauf sei. Dennoch war er, wie immer nach einer Schlacht, sehr schweigsam.
Da Imen, Rowun und Banés gekocht hatten, wäre es nach Art der Kanhartiden an den Übrigen gewesen, im Anschluss an das Essen Sorge um die Säuberung des Tisches zu halten. Aber Imen, der sich schon den ganzen Tag um seine Gefährtin sorgte, weil sie von einer alten Verletzung beargt wurde, schickte Ahte zum Spiel, während er selbst mit abräumte. Als er einen Armvoll Geschirr in der Küche abstellte, fragte er Derimen: „Hat Banés Ärger? Um Viralí?"
Sie sah auf. „Soweit ich weiß, nicht."
„Hm. Er sieht nicht gut aus. Und du weißt nichts darüber? Oder darfst du es nicht sagen? Es würde mich beruhigen, wenn er sich dir anvertraut hätte."
Sie verneinte. „Er hat mir nichts gesagt."
„Schade. Nun ja. Er ist ja erwachsen. Ich muss mich manchmal daran erinnern, schätze ich." Ihr Vater lächelte und sagte im Hinausgehen noch: „Das letzte Mal habe ich ihn so wortkarg erlebt, als er damals mit sich gerungen hat, wie auf Ibehs Werben zu antworten sei."
Die Verbleibende schrak auf, aber das bemerkte er schon nicht mehr.
Anschließend saßen sie im Garten und unterhielten sich. Banés, der ebenso wie Derimen ungewöhnlich viel Wein trank, war in ein Brettspiel mit Ahte vertieft. Die Ratssprechin schwieg, was bei ihr so selten vorkam, dass Aksua sie um Weile wöhnend betrachtete. Später verkündete sie, es sei Zeit für Udras, schlafen zu gehen.
Sogleich begann die Mede zu jammern. „Ich will aber noch beim Spiel zusehen."
„Nichts da, du gehst jetzt ins Bett", erklärte Derimen.

Die Kleine quengelte weiter, und als jene eben zur Rüge ansetzte, stand Aksua auf, rief Udras und verschwand mit ihr.

Bis in die Mitte der Nacht saßen die Erwachsenen zusammen, und da derzeit keine Gäste beherbergt wurden, entschieden Rowun, Banés und Derimen, nicht heimzukehren. Nachdem ihre Eltern sich verabschiedet hatten, zogen die Geschwister auf das flache Dach des Hauses um, das noch immer die über den Tag gesammelte Wärme abgab. Zwischen getrockneter Wäsche setzten sie sich auf den Boden. Aksua erzählte mit gedämpfter Stimme von der überstandenen Schlacht und gab, für ihn ungewohnt bitter, seinem Zorn darüber Wort, sich je zum Kriegsdienst verpflichtet zu haben.

Als Rowun sich schließlich zurückziehen wollte, erhob sich auch Banés, der sich mit ihm ihr altes Zimmer teilte: „Wenn ich hier oben einschlafe, werde ich von Mücken gefressen."

Aksua und Derimen blickten ihnen nach, während sie die Treppe hinabstiegen.

„Worauf wartest du eigentlich?", fragte Aksua leise.

Die Jüngere wandte sich ihm erstaunt zu. „Was meinst du?"

Er antwortete bedächtig: „Eben stand hier noch eine Menge Tanzdurst in der Luft. Er ging nicht von mir aus, und Rowun hat zurzeit anderes, das ihn in Walle hält."

Erschrocken suchte sie nach einer Erklärung, aber er kam ihr zuvor: „Du hast doch sonst keine Schwernis mit klaren Worten. Gerade Männern gegenüber. Wenn in mir vorginge, was da eben in deinen Augen zu lesen war, und wenn Banés mich so ansehen würde, würde ich nicht zögern, über ihn herzufallen." Sie starrte ihn an, der lächelte. „Worauf wartet ihr?"

Kurz herrschte Schweigen, dann erwiderte sie: „Es könnte alles zerstören."

„Was denn?"

„Alles! Aksua. Wir sind als Geschwister aufgewachsen."

„Aber ihr seid keine. Streng genommen. In Viralí wäre selbst das gleich, soweit ich weiß."

„Wir sind nicht in Viralí."

Er hob und senkte die Achseln. „Banés ist als Mann wiedergekommen, solltest du ihn nicht so sehen dürfen? Hast du Sorge wegen der drei Eltern?"

„Auch." Sie verstillte erneut.

„Ihr seid euch immer sehr nahe gewesen", überlegte er laut. „Und du hast ihm halbe Schriftenkammern geschrieben."

„Ganze", sagte sie.

„Du hast Angst, das einzubüßen."

„Ja."

„Derimen. Du suchst schon so lange. Mit Geschmack und Geschick, die ich dir neide. Und du warst nie zufrieden. Weil du hohe Ansprüche hast, weil du hohe Ansprüche erfüllst. Weil du so stark bist. Und nun ... Er taugt eine Menge!"

„Das ist eine Untertreibung. Einen Mann wie ihn habe ich immer gewollt. Neben ihm kann ich oft kaum an mich halten. Aber meine Liebe zu ihm als der, der er mir ist, ist so stark.

Nenn es Bruder oder Freund. Wenn ich dies in ihm verlöre, weil ich Lust nachgäbe ... Ich wüsste nicht, wie ich das verkraften sollte. Lust ist nicht viel neben meinem jetzigen Band mit ihm."
„Es ist doch gar nicht allein um Lust."
Sie hielt inne. „Nein", gab sie dann zu. „Nein, nicht in der Hauptsache. Ich liebe ihn. Schon immer. Aber jetzt mischt sich Begehren hinein. Das nicht allein seinem Körper gilt. Aber dort, wo es nicht um Lust ist, wird mein Begehren gestillt. Er ist mir Gefährte in all den anderen Dingen, die mir wichtig sind. Er übertrifft meine Vorstellungen von dem, was Gemeinsamkeit sein kann. Und ich hatte hohe Ansprüche, jedenfalls wurde mir das oft gesagt. Aber ... Ich sehe es so oft, dass Bindungen Menschen in ihren Kräften fesseln. Dass ein Band nicht die Kraft beider mehrt, sondern trinkt. Ob es nun ist, dass sie es nicht mehr ertragen, allein zu sein, oder immerzu miteinander zu ringen scheinen oder sonstwie aneinander anhaften. Dass viele es dann nicht rechtzeitig schaffen zu gehen, warum auch immer."
Sie brach erschrocken ab.
„Schon gut", erwiderte Aksua.
Derimen seufzte leise. „Ich habe, was ich brauche. So, wie es ist, kann ich denken und atmen. Ich habe Tanz, und ich habe einen Lieben an meiner Seite. Was bräuchte ich mehr? Ich muss nicht nach einer anderen Art der Nähe gieren." Sie blickte in die Nacht.
„So klug wie du bin ich nicht", hörte sie den Älteren sprechen. „Aber deine tausendfachen Gedanken können auch Wege versperren, scheint es mir. Glaubst du ernsthaft, du könntest zurück? Und hättest du alles, was du brauchst, zöge es dich nicht zu ihm. Können sich deine Kräfte entfalten, wenn deine Gedanken um ihn kreisen? Was dich bewegt, bewegt dich. Du magst in Verhandlungen eine Menge aussitzen können, aber eine solche Sehnsucht? Ihn dabei jeden Tag sehen? Im Rat und zu Hause? – Hör einmal auf zu denken."
Sie seufzte wieder, diesmal tiefer.
„Außerdem scheint der Liebe an deiner Seite mit dem Zustand nicht zufrieden zu sein. Weißt du, ich hätte nie geglaubt, dir dies einmal zu sagen, aber kann es sein, dass dir deine tausendfachen Gedanken als Versteck dienen und du einfach nur kneifst?"
Sie hob den Kopf und nickte. Aksua legte den Arm um sie. „Von wegen, nicht klug", flüsterte sie.
Ihr Bruder brummte.
„Du wärst uns also nicht arg?"
„Ich würde es euch gönnen. Ihr wirkt ohnehin wie Geeinte. Genauso wie Nirar und Rowun."
Sie merkte verblüfft auf.
„Außerdem finde ich, dass ihr gut passt."
„Tatsächlich?"
„Tatsächlich." Er drückte sie kurz fester.

Nach einer Weile fragte sie: „Und du? Bist du glücklich?"
Eine verspätete Antwort. „Ich habe andere Erwartungen an Glück als du."
„Welche?"
„Schwer zu sagen. Dass die Dinge einfach sind. Dass Esdri und ich die Heerzeit überleben. Dass ihr wohlauf seid. Ich habe keine solchen Ansprüche wie du."
„Und Esdri? Ist er dir noch wohl?"
Aksua lachte leise. „Wie lange ist das auf deiner Zunge gerollt?"
„Lange."
„Esdri ... Ich liebe ihn. Mehr kann ich dazu nicht sagen." Er spürte, dass Derimen seinetwegen bewegt war, und wiederholte: „Ich habe nicht deine Ansprüche."
Sie schöpfte tief Atem, zögerte, sammelte sich wiederum und zögerte ein weiteres Mal. „Er hat einen anderen." Sie rechnete mit Schmerz, auch mit Zorn auf sie, aber Aksuas Erwiderung erstaunte sie zutiefst: „Ich weiß."
„Und es ist dir gleich?!"
„Gewiss nicht."
„Was wirst du dann tun?"
„Nichts. Ich liebe ihn, und ich will ihn nicht verlieren."
Schweigen.
„Er hat dich nicht verdient."
Der Krieger barg sich bei ihr. Wiederum verstillten sie. „Ich wünsche euch Glück", erklärte er, als er sich wieder aufrichtete. „Meines werde ich schon wiederfinden."
„Ich liebe dich, Aksua."
„Das trifft sich gut. Ich dich nämlich auch."
„Was glaubst du, wie die anderen es aufnehmen würden?", fragte sie. „Banés und mich."
„Imen würde dir wahrscheinlich erst die Ohren abschneiden und dann eure Handgebe planen. Ahte und Ransar würden sich freuen. Glaube ich. Bei Rowun bin ich mir nicht sicher."
„Großer Bruder", lächelte sie. „Was wäre ich ohne dich?"
Er drückte sie noch einmal.
„Gedenkst du auch, Rowun auf Nirar anzusprechen?"
„Nein", wehrte er sogleich ab.
Sie hob die Brauen.
„Erinnerst du dich noch an der Dreien Lehre darüber, sich in die Angelegenheiten derer einzumischen, die einem am Herzen liegen?"
„,Nicht was dir Erleichterung bringt, sprich an, sondern, was dem Gegenüber zum Nutzen ist.'?"
„Ja", bestätigte er. „Ich denke, sie haben Recht darin. Du bist ein Mensch des klaren Wortes, oder? Rowun ... ist in diesen Dingen anders. Empfindlicher. Waren wir in dem Alter vielleicht alle. Außerdem wird Nirar bald sterben, und ich weiß nicht, ob der Abstand, in

dem sie ihn hält, nicht besser für ihn ist. Ich mag sie sehr, sie wächst schon langsam in die Sippe hinein, aber ich rechne es ihr hoch an, dass sie ihn schützen will."

Sie verstillten noch einmal kurz.

„Hätte ich dich nicht nach Esdri fragen sollen?"

„Doch, schon." Aksua sann nach. „Aber ich will, dass die Dinge bleiben, wie sie sind, immindest, bis die Heerzeit beendet ist. Ich bewundere dich dafür, dass du nie feststeckst, fast immer fließt. Aber ich kann das so nicht."

„Im Heer könnte ich es sicher auch nicht", sagte sie sanft.

Er sog Luft ein, hielt sie kurz an, um sie darauf auszustoßen.

„Du bist ein guter Krieger, nach allem, was zu hören ist", fuhr Derimen fort. „Aufrecht und mit Blick auf Menschen. Ohne Genuss in der Schlacht."

„Es gibt keine guten Krieger", widersprach er ernst. „Ebenso wenig, wie es gute Henker gibt. Ich habe Menschen getötet. Und werde es wieder, bis diese unseligen zwölf Jahre vorüber sind. Darin gibt es nichts Gutes, gar nichts. Ich sehe ein, dass wir uns verteidigen müssen. Aber ich habe nicht geahnt, was Krieg bedeutet. Nun stecke ich in seinem Fahrwasser und kann nur warten und überleben. Und versuchen, es nicht noch ärger werden zu lassen. Es ist nicht zu fassen, wie dumm ich gewesen bin." Er schüttelte den Kopf, sah, dass seine Schwester zur Gegenrede ansetzte, und wehrte ab. „Es ist so. Es ist ja nicht mehr lange hin. Aber ich bin froh, wenn es vorüber ist. – Danach werde ich in Itasis Sippe einziehen."

Derimen merkte auf.

„Es ist so gut, was sie tun. Wie glücklich sie sind. Ein so einfaches und gutes Leben ... Ich hoffe, ein neues Werk zu finden, in dem ich einen Sinn erkennen kann. Ich habe mir einige Wahlsippen angesehen, und zwei sagen mir sehr zu. Die, die nicht so schrecklich heilig sind. Aber Itasis Sippe gefällt mir auch deshalb, weil jedes einen eigenen Raum haben kann. Ich brauche eine Tür, hinter der ich allein sein kann, wenn ich es will. Aber ganz allein zu wohnen, ist nicht meins."

Sie lächelte. „Du wirst den Dreien das Herz brechen. Der Letzte aus dem Haus."

„Wofür es mehr als Zeit ist. Was die Drei betrifft ... Du kennst den Unterschied zwischen Kindern und Eltern?"

„Na?"

„Kinder werden irgendwann erwachsen."

Sie verzog gequält das Gesicht. „Oh, je!"

„So, mir reicht es. Ich nehme an, du willst hier noch sitzen und grübeln. Aber ich muss jetzt schlafen." Er küsste sie, sie zog ihn an sich und umarmte ihn: „Danke."

Aksua lächelte. Bei der Treppe konnte er der Versuchung nicht widerstehen, einen Spott hinzuzufügen: „Übrigens."

Derimen sah ihn an.

„Falls du dich nun dauerhaft für deine Brüder begeisterst, halte dich an Rowun. An meinen Vorlieben hat sich nichts geändert."
„Du Scheusal! Verschwinde!"
Sein leises Lachen war noch zu hören, als er hinunterging.
Tatsächlich versank Derimen fast gleich darauf in Versonnenheit. Nun war es also geschehen: Die Arbeit, die sie sich in den letzten Wochen aufgelastet hatte, und Udras' neue Lerngegenstände hatten sie davon ablenken können, über Banés nachzudenken. Und nun hatte Aksua ihr die Tarnung genommen – das elende Scheusal! Und Itasi plante offenbar Ähnliches. Derimen hätte beide dafür schelten wie küssen können. Sie seufzte.
Sonst reizten Männer sie im Unvertrauten zum Tanz. Banés war ihr, trotz der jahrelangen Trenne, so nah wie kaum ein anderer. Sie hatte ihm früher gar Dinge geschrieben, die sie nicht einmal mit Aksua oder Itasi besprochen hatte, und Banés' Rat hatte ihr mehr als eine Dummheit erspart. Unwohle wuchs in Derimen, als sie sich daran erinnerte, dass es dabei häufig um Männer gewesen war. Seine Berichte über seine Gefährtinnen in Viralí ... Wie viel kannten sie voneinander? Es war restlos unklug, sich mit ihm zu einen, aber Klugheit und Geeintenbänder waren vermutlich ohnehin nicht zusammenzubringen. Sie seufzte ein zweites Mal.
Konnte es gelingen, wenn aus der Liebe, die sie verband, ein solches Band wuchs? Wenn nicht das Unvertraute reizte, sondern das Vertraute aus einem anderen Blick gesehen wurde? Falls es nicht gelang: Würden ihre gekränkten Herzen sich zurücknehmen und nach Wundenlecken wieder zum Vertrauten zurückkehren können? Sie wollte ihn nicht verlieren! Und wenn es gelang: Wie würde ihr Band aussehen? Wenn zwei, die sich so gut kannten, es miteinander aushielten, mochte dies Glück bringen? Wie viel Nähe konnten sie halten? Derimen wusste fast nicht, wovor es ihr mehr bangte: davor, sich mit ihm zu einen, oder davor, es nicht zu tun.
Ehe ein dritter Seufzer ihr entfahren konnte, raffte sie sich auf und ging hinunter. Dass Banés wegen Rowuns Schnarchen eben in Aksuas Kammer umzog, als sie diese betrat, machte es ihr nicht leicht, einzuschlafen.

Zwei Tage lang wich Banés Derimen merklich aus. Er blieb länger als üblich am Hafen, kochte danach, ohne wie sonst Unterhaltung in der Küche zu wünschen, und spielte gute Miene, die nicht einmal Udras ihm glaubte. Denn nach dem gemeinsamen Tag in der Werft fragte sie ihn, ob ihm unwohl sei, was er verneinte. Als die Kleine im Bett lag und er sich zurückziehen wollte, stellte Derimen ihn zur Rede.
„Du sprichst kaum noch!", rief sie, heftig ohne Übergang. „Das Kochen klärt deinen Kopf, sagst du, und seit Tagen bereitest du Speisen zu, die Gastmähler sind! Isst dabei selbst wie ein Kranker! Du bist unter Spanne, als würdest du bald zerreißen. Rede mit mir!"

Banés rang lange mit sich, das Harren auf seine Antwort war Derimen fast unerträglich. Schließlich gab er ihr einen Weis, sich zu setzen. Ihr gegenüber ließ er sich nieder, griff ihre Hände. „Ist es nun so weit, ja?" Sie erschrak, aber er sprach weiter: „Es ist nicht um dich. Versprich mir, dass du nicht annehmen wirst, es sei es."
„Gut...?"
Er atmete tief. „Ich suche nach einer neuen Bleibe. Es ist nicht", kam er ihrer erstaunten Nachfrage zuvor, „dass es mir nicht unglaublich wohl wäre hier. Sogar die Waage zwischen gemeinsamen und allein verbrachten Zeiten ist mir so wohl, wie ich es noch nicht kannte. Aber ich brauche ein Eigenes. Es ist mir leid. Es gut bei euch, ich muss nur einfach allein sein."
Mehrere Widersprüche regten sich in der Jüngeren, doch Jahre im Rat hatten sie gelehrt, die erste Gedankenflut abzuwarten und zu beobachten, wenn es in ihr selbst wallte. Daher erkannte sie binnen weniger Augenblicke, dass Banés log und ihr erster Eindruck richtig war. Sie schätzte ihn, während er bangend auf eine Erwiderung wartete.
„Es ist mir leid", wiederholte er. „Und ich sage es noch einmal: Es ist nicht um dich."
„Doch, ist es", entgegnete sie.
„Nein! Ich..."
„Nicht meine Schuld, willst du sagen. Aber es ist um mich. Die Zeit der Geschwister ist vorüber, nicht wahr?"
Banés nahm mit geweiteten Augen die Hände zurück.
Derimen griff sie wieder und zog sie an sich. „Deine Liebe hat sich verändert. Nichts daran ist falsch."
Er scheute ihren Blick. „Es ist mir leid. Ich habe das nicht gewollt! – Ich muss fort."
„Warum?"
Verständnislos sah er sie an. Dann senkte er den Kopf. „Ich habe so dagegen angekämpft. Aber du bist ... wundervoll. Mein Vertrauensbruch ist nicht zu entschuldigen! Ich kann nicht zulassen, dass es so weitergeht! Ich werde Abstand finden, und nach einer Weile ist alles wie früher."
Derimen setzte sich neben ihn und nahm ihn in die Arme.
Er widerstrebte. „Es ist mir leid", versicherte er abermals.
„Ende es. Dass es dir leid ist", sagte sie mit stärkerem Griff. „Du hast es nur früher erkannt."
Entgeistert sah er auf.
„Du bist nicht mehr mein Bruder. Du bist mein Mann. Ich bin deine Frau. Und du weißt es schon lange."
„Was?"
Sie küsste ihn.

Er wehrte sie ab. „Deri ... men ... Das kann nicht gut gehen. Wir..." Er schwankte zwischen Flucht und Freude. „Das kann nicht gut gehen!"
Sie nahm kurz ein wenig Ferne zu ihm. „Davor hatte ich auch Angst. Aber wir sind nicht hilflos darin, es gut werden zu lassen, gleich, was noch geschieht. Sei mit mir."
Er keuchte einmal in Erstaunen.
Sie lächelte, als sie seinen Widerstand enden spürte. Erneut suchte sie seine Lippen.
„Bist du sicher?", hauchte er.
„Ja."

„Reue?", fragte sie.
„Noch nicht", lächelte er. „Erst, wenn mein Verstand mich eingeholt hat."
Aneinandergekuschelt ruhten sie auf der großen Liege, Banés zog eine Decke über sie beide. Derimen koste seine Brust.
„Bin ich froh, dass Udras hier nicht reingeplatzt ist", bekundete er.
„Wenn sie schläft, schläft sie", antwortete deren Mutter träge.
„Von wegen. Wie oft ich euch beide schon morgens in deinem Bett gesehen habe, weil sie zu dir getapt ist. – Du hast Mut", seufzte er. „Ich hatte vor, es zu verschweigen."
„Obwohl es dir so viel war? Bewundernswert. Mein Tanzdurst ist da zu groß gewesen."
„Ein Glück."
„Ist es das?"
Banés nickte. „Ich habe keine Ahnung, wie es weitergeht. Aber es ist ein Glück." Er verstillte nachsinnend.
„Was?", begehrte sie Kunde.
Er verneinte ohnwort.
Sie gewahrte die leise Spanne, die sich auf ihn gelegt hatte, und bat: „Lass uns ehrlich miteinander bleiben. Verschweigen war nie unser Boden."
Er schnaufte, ehe er antwortete: „Es ist mir ernst mit dir. Sehr. Und ich weiß, dass wir in diesen Dingen völlig unterschiedliche Vorstellungen haben. Ich will keiner von denen sein, die du ... ablegst wie alte Kleider." Er getraute sich nicht, Derimen anzusehen.
Sie griff sein Gesicht und forderte seinen Blick, „du bedeutest mir mehr als sie alle zusammen", und staunte darüber, wie wenig schwer ihr dieses Geständnis fiel. „Lass uns geeint sein."
„Richtig geeint?"
„Ja."
„Auch vor den anderen?"
„Ja, aber mit Bedacht. Ich habe noch keine Ahnung, wie wir es ihnen sagen sollen, ohne dass sie uns die Ohren abschneiden."

Er strahlte. Sie versanken in einem Kuss, bis Banés ihn, erneut bangend, unterbrach. „Aber ein Mann alleine reicht dir nicht im Tanz, das wissen wir beide. Bitte!", wehrte er ihren Widerspruch ab. „Lass ... Wenn es so weit ist, will ich es nicht wissen. Ich will darin von dir belogen werden. Es würde mir das Herz brechen, wenn ich es wüsste. Ich liebe dich so sehr."

Derimen empfand Schmerz über seine Sorge und auch darüber, dass sie berechtigt war. Und eine weitere Klamme legte sich auf sie, die sie zunächst von sich schob, die aber, während Banés sich an sie lehnte, wuchs: Kein Tanzgefährte hatte je dauerhaften Einzug in ihr Herz gehalten; diesem gehörte es. Die Verletzlichkeit, die dies barg, beängstigte sie ein wenig, was ihr ein verwirrend fremdes Gefühl war. Aber die Freude überwog.

„Ich bin nicht Esdri", erwiderte sie. „Ich habe dir gesagt, dass ich es für eine Frage der Absprache halte."

„Ein Mann reicht dir nicht", beharrte er. „Das hast du selbst gesagt."

„Vielleicht. Ich kann Treue im Tanzen nicht wirklich versprechen, das merke ich jetzt. Aber ich will dich nicht beargen, und das würde es."

„Versprich mir, mich zu belügen", bat Banés.

„Gut. Ich verspreche es." Sie küsste ihn. Dann fragte sie: „Hattest du eigentlich keine Bedenken, weil wir...", sie zögerte, „...als Geschwister aufgewachsen sind?"

Er schüttelte den Kopf. „Nicht sehr. Ich bin auch Viralí, dort ist es nicht ungewöhnlich. Eine Weile haben Lesnen und Viralí darüber in mir gestritten, aber letztlich war es die Nähe zu dir, die ich nicht gefährden wollte. Ich hatte Furcht, dich zu verlieren, weil ich dich als Frau sehe. Dass es Verrat an uns sein könnte, dass ich zwischen uns alles verderben könnte, weil ich mich in dich verliebt habe. Aber nun sehe ich, wie sehr ich mich in meinen Ängsten geirrt habe." Er hielt inne. „Glaube ich."

Sie küsste ihn noch einmal. „Glaube ich auch."

Beide lächelten.

Trames kam Rowun entgegen, als dieser den Hof betrat. „Guten Morgen. Sie kann nicht fort."

Die Stirn des Jüngeren verzog sich. „Ist es arg?"

„Ja, der Rat wäre heute zu viel."

Rowun ging zur ebenerdig gelegenen Kammer der Freundin, klopfte an den Rahmen der offenstehenden Tür. Nirar, die vor dem Kamin auf einer Liege lag und den Blick auf ihr Schreibbrett gerichtet hatte, sah auf. Ihr Gesicht leuchtete. „Guten Morgen!"

Mit einem Gruß trat Rowun ein und setzte sich zu ihr.

„Frag mich bloß nicht, wie es mir ist", warnte sie freundlich. „Trames versäuert mir schon das Arbeiten. Würdest du dies zu Woglan bringen?" Sie gab ihm ein Schreiben.

„Sicher. Wünsch dir ein Essen, ich möchte dich am Nachmittag besuchen."

„Feigen."
„Gut. Feigen. Mit Süßkäse? Gut. – Und hast du am nächsten Ruhetag Zeit? Meine Eltern feiern."
„Tatsächlich?", freute sie sich. „Wie schön. Was denn?"
„Die Erneuerung ihre Handgebe."
Nirar prallte zurück. „Störe ich da nicht?"
„Sie haben mich gebeten, dich in ihrem Namen einzuladen", lächelte er. „Es wird ein langes Fest. Möchtest du dort schlafen?"
„Nein. Meine Nächte können derzeit eine Menge verderben. Ich lasse mich abholen."
„Unsinn. Ich bringe dich nach Hause."
„Das danke ich dir sehr. Ich komme sehr gerne zur Handgebe."
Rowun unterdrückte ein Seufzen.

Derimen hatte den halbwachen Eindruck, von einem leisen Aufschrei geweckt worden zu sein, aber als sie klarer wurde, vernahm sie nur Rowuns gedämpfte Bitte, eintreten zu dürfen. Sie fuhr herum. Die Stelle im Bett, die Banés beherbergt hatte, war leer. „Nur zu!", rief sie.
Rowun trat mit einem fröhlichen Gesicht ein. „Guten Morgen! Gestern gab es gute Knorrenwurzeln auf dem Markt, da dachte ich, ich bringe euch welche. Banés ist nicht da, und ich wollte sie nicht einfach in der Küche abstell..."
„Ooh, es ist noch so früh! Es ist Ruhetag!"
Rowun lachte. „Hattest du Besuch? – Was frage ich." Er sah kurz hinter sie, reckte den Hals, dann fand sein Blick sie wieder. „Da ist doch keiner in der Hecke, oder?"
Ein eisiger Schreck durchfuhr Derimen.
„Es gibt keinen Grund, sich zu verbergen", hob Rowun die Stimme. „Ich kenne meine Schwester. Und ich gehe gleich wieder." Er grinste. „Da ist nicht wirklich einer in der Hecke, oder?"
„Schönen Dank für die Wurzeln. Und jetzt hau ab", sagte sie.
„Denkt dran, heute früher zu kommen. Zum Helfen."
„Ja doch."
„Holt ihr mich ab?"
„Versprochen. Bis dann."
„Werdet ihr..."
„Bis dann, Rowun!"
Er lachte.
Nachdem sich die Tür hinter ihm geschlossen hatte, eilte Derimen zum Fenster, sah aber nur den morgendlichen Garten. Noch immer nicht ganz wach, zog sie sich an. Sie fand Banés in der Küche, wo er Sorge um das hinterlassene Gemüse trug.

„Knorrenwurzeln", schwärmte er mit vorfreudiger Miene. „Hab ich ewig nicht gegessen."
Derimens Augen blitzen auf. „Ist Rowun gegangen?" Sie trat ihm nahe und küsste ihn.
„Scheinbar. Ich habe ihn gar nicht gesehen. Weil ich mich versteckt habe. Ich kann es nicht fassen!" Banés war errötet. Als sie ihn koste, zuckte er schmerzvoll zusammen.
„Was? ... Oh, nein! Sag mir, dass du nicht in die Hecke gesprungen bist", bat sie.
„Bin ich aber."
Sie prustete.
„Sehr spaßig. Willst du die Kratzer sehen?", knurrte er. „Ich war nackt!"
Mit großer Anstrengung bändigte Derimen ihr Gelächter. „Das wäre nicht nötig gewesen. Rowun kommt nicht herein, wenn es ich nicht erlaube. Oh, du Armer!" Sie kicherte. „Aber die Kratzer würde ich mir sehr gerne ansehen." Sie suchte seinen Kuss und griff ihn erneut, sanfter als zuvor.
„Kommt nicht in Frage." Sein Grollen schmolz unter ihren Lippen nur langsam. „Derim ... Was du da vorhast, wird eine Weile nicht möglich sein."
Sie hielt inne, sah ihn schätzend an. „So arg?"
„So arg."
Wieder lachte sie auf. Er verzog erst das Gesicht, dann kitzelte er sie.
Als sie gemeinsam um das Essen sorgten, erklärte Banés: „Ich hasse diese Heimlichkeit. Ich muss es ihm bald sagen. Und den anderen auch. Aber zunächst Rowun."
Derimen nickte. „Aksua weiß es schon. Und Itasi auch."
„Was?!"
Sie rührte ihn beruhigend. „Sie haben mich beide vorher darauf angesprochen."
„Wirklich? Was hat Aksua gesagt?"
„,Worauf wartet ihr?' Und dass wir gut passen." Sie lächelte über Banés' fassungslose Miene. „Nach seinem Grinsen zu schätzen, vorgestern, als wir früh aufgebrochen sind, weiß er auch, dass wir nicht mehr warten."
„Oh, je." Banés fuhr sich mit den Händen durchs Haar. Derimen wartete auf Weiteres, das nach einigen Augenblicken folgte: „Und Itasi?"
„Hatte sich Sorgen gemacht und erklärt, ich solle nicht zögern, es geschähe ohnehin. Weil du nach allen Beschreibungen der seist, den ich, seit sie sich erinnern könne, mehr herbeigrummelte als ersehnte." Sie lächelte. „Was kümmern dich ihre Ansichten?"
„Ist das so?", fragte er ungläubig.
„Dass du in dem, was du bist und tust, der Mann bist, den ich will? Das müsste dir schon aufgefallen sein."
Er schwieg wiederum, diesmal strahlend, aber dennoch versonnen.
Derimen küsste ihn. „Was?"
„Es ist dir wirklich ernst, ja? Du willst mit mir geeint sein? Nicht nur tanzen?"
„Banés!"

„Ich will sichergehen."
„Mit wem, wenn nicht mit dir? Und wie es mir ernst ist! Als ich mit Itasi in den Gärten war, habe ich geheult wie schon seit Jahren nicht mehr."
„Geheult? Meinetwegen?" Er war entsetzt.
Sie verzog den Mund zu einem schiefen Lächeln. „Ich habe mich nicht getraut."
„Das habe ich gemerkt", versuchte Banés einen Scherz, rührte sie jedoch in nachträglichem Trost.
Sie lächelte. „Ich hatte auch Angst, dich zu verlieren. Und außerdem ... Das verstehe ich jetzt erst richtig. Imen hat einmal gesagt, das ärgste Erbe aus der Zeit, als Lesnens Bürginnen einander noch vorschrieben, wie sie zu leben hatten, sei in seinen Augen, dass wir uns auch heute noch manchmal nicht trauen zu leuchten. Dass wir Angst davor hätten, unser Bestes zu finden, die eigene Kraft zu nutzen und sie unverborgen zu zeigen. Den eigenen Gang zu gehen. Obwohl es das sei, das uns unser Glück finden und leben lasse und andere einlade, ihr eigenes ebenfalls zu finden und zu leben. – Ich habe mich auch deshalb nicht getraut, weil ich spüre, wie sehr meine Kraft gewachsen ist, seit du hier wohnst. Wie gut du mir tust. Ich habe nie eine Ausrede gesucht, nicht mein Bestes zu geben, aber nun hätte ich keine einzige Ausrede mehr, es nicht zu tun. Dumm, nicht?"
„Überhaupt nicht", erwiderte er. „Denkst du, weil du es in Worte bringen kannst, unterscheidet es dich von anderen?"
Sie maß ihn, still, doch heftig bewegt. „Kann ich den Bruder behalten, obwohl ich den Mann bekommen habe?", fragte sie.
„Spricht eines dagegen?"
Sie lachte plötzlich und umarmte ihn. „Geister, bin ich verliebt, Banés!"
„Wirklich?", freute er sich.
„Und wie!"

Es war das dritte Mal, dass Imen und Ahte ihre Handgebe erneuerten, die sie einander vor drei dutzend Jahren geboten hatten. Wie immer wurden viele Gäste erwartet. Da einige von ihnen auch über Nacht bleiben würden, waren die mittleren Kanhartiden schon früh gekommen, um bei den Vorbereitungen zu helfen. Banés, Derimen und Udras würden in Aksuas Zimmer schlafen.
„Wer schnarcht, fliegt raus", verkündete der Krieger, als er versuchte, in dem mit Gästeliegen zugestellten Zimmer bis zum Fenster zu gelangen. „Das gilt auch für Kinder, die sich querlegen und ihren Mutterbruder treten."
Udras quiekte auf. „Ich darf heute auch bei dir im Bett schlafen?"
„Aber sicher. Wenn du friedlich liegst. Sonst rolle ich dich auf den Flur."
„Glaub ich nicht", kicherte sie.
„Warte es nur ab."

Sie sprang in sein Bett. Er setzte sich zu ihr und stupste ihre Nase.
Udras kletterte auf seinen Schoß. „Und wenn ich groß bin, geben wir Hände?", fragte sie.
„Na, hör mal, das ist eine ausgemachte Sache", lächelte Aksua. „Wenn du mich Greisen dann noch willst und dir nicht einen Jüngeren suchst."
„Gut", sagte sie.
Rowun schmunzelte. „Ihr drückt euch vor der Arbeit."
„Stimmt", seufzte sein Bruder.
Sie gingen hinunter.
Imen und Banés werkten den ganzen Tag in der Küche, während die Übrigen Haus und Garten zunächst reinigten und dann schmückten. Udras hängte an passenden wie unpassenden Stellen selbstgewundene Blütenketten auf. Schließlich trugen die Helfenden Speisen und Getränke von der Küche in den Garten. Derimen summte leise. Alle bemerkten es, aber es war Imen, der seine Tochter mit schiefgelegtem Kopf darauf ansprach: „Sag mal, gibt es vielleicht einen jenseits der vielen?"
„Schon möglich." Sie wirkte verlegen, was bei ihr sehr selten war.
„Wirst du uns einander vorstellen?"
„Ja."
Der Betagte hob die Brauen. „Ja? Kein ‚Vielleicht', kein gesäuertes ‚Vater!'?"
„Nein. Nur ein ‚Später'." Ihre Verlegenheit wuchs.
Imen beließ es dabei. „Ich freue mich", versicherte er.
Derimen griff nach einem Brett mit Gemüserollen, deren Letzte er aufgelegt hatte, und trug es hinaus, er folgte ihr mit dem zweiten.
„Wer hätte das gedacht", blickte Ahte ihnen freudig nach und gewahrte Banés' Schweigen. Sie sah ihn an. Er richtete Traubentaschen an und drehte sich nicht um. Sein ihr zugewandtes Ohr glühte in einem Rot, das einem Feuerfisch Ehre gemacht hätte. Ahte schätzte ihn kurz, dann nahm sie eine Obstschale und verließ die Küche.

Verwandte, Befreundete und Nachbaren hatten sich im Tempel eingefunden, um der Zeremonie beizuwohnen. Zusammen gingen sie darauf ins Haus der Sippe, um die Geeinten zu feiern. Wider Erwarten war auch Esdri der Einladung gefolgt, worüber sich Aksua sichtlich freute. Itasi war allein gekommen. „Die Kinder sind krank", berichtete sie.
„Ist es arg?", erkundigte sich Imen besorgt.
„Nicht sehr. Aber wenn eines niederliegt, liegen bald alle. Das kennt ihr, oder? Es war erst seit dem Nachmittag abzusehen, sonst hätte ich euch eher Bescheid gegeben."
Er wehrte ab.
„Die anderen können doch wohl für einen Abend kranke Kinder hüten", sagte Aksua, als er sie umarmte.

„Das ist meine Ansicht und die der anderen. Aber Sahtu gluckt furchtbar." Sie hob und senkte die Schultern. „Eigentlich bin ich froh, auch einmal allein ausgehen zu können."
„Nur schade, dass Bahlen nicht hier ist. Wir erwarten sonst keine Kinder", erklärte Imen und wandte sich Udras zu. „Nicht, dass du dich jetzt langweilst."
„Ich bin doch groß!", empörte sie sich.
„Na, dann."
Es wurde ein ruhiges, angenehmes Fest, bei dem viel geredet wurde und manche, die sich im Laufe der Jahre aus den Augen verloren hatten, einander wieder näher kamen. Nach dem Mahl im Garten, das erst spät endete, nickte Udras auf Aksuas Schoß ein und ließ sich widerstandslos ins Bett tragen. Als er zurückkehrte, entzündeten seine Geschwister eben Fackeln und Feuerstellen.
„Botschafter Viralís", ließ sich Ehme vernehmen, eine entfernte Freundin der Kanhartiden, die Banés hatte aufwachsen sehen. „Das hätte ich niemals gedacht. Den ganzen Tag Gedankenwerk? Wo du früher immer so sehr auf der Arbeit deiner Hände bestanden hast."
„Schon. Aber nicht den ganzen Tag. Die zweite Werkzeit bin ich fast immer im Hafen."
„Ach, so."
„Außerdem war Banés nie ein Dummkopf, nur weil er Händewerk seines nannte", warf Derimen ein. „Bootsbau ist nichts für Dumme. Und einen besseren Botschafter hat Viralí nie gestellt."
„Übertreib nicht", erwiderte er mit warmem Blick über das Lob. „Außerdem kann ich ja dich fragen, wenn ich in meinen Überlegungen nicht weiterkomme."
„Als ob du das tätest. Mehr als wir alle, meine ich."
Er lächelte.
Nirar war mitglücklich. „Und seit wann seid ihr geeint? – Rowun hat es mir nicht erzählt."
Alle merkten auf. Das Entsetzen der Gefragten brandete ihr entgegen.
„Bei allen Geistern!", erschrak sie. „Es ist mir leid!"
„Schon gut." Banés war augenblicklich errötet. „Seit sieben Tagen."
„Nun wisst ihr es", ächzte Derimen. „Wir wollten uns viel Zeit damit lassen, es euch schonend beizubringen. Und nicht eben heute."
„Ich bitte um Verzeihung." Nirar schaute betroffen in die Runde.
„Ihr seid was?!", entfuhr es Imen.
Esdri begann, schallend zu lachen. Vergebens warf Aksua ihm einen einhaltgebietenden Blick zu.
„Ich will mit dir reden." Imen wies mit dem Kinn auf seine Tochter, als er selbst aufstand.
Sie folgte ihm. Die Übrigen verblieben in Stille, bis Ransar erklärte, müde zu sein. In Eile deckten die Gäste den Tisch mit ab und strebten darauf zu ihren Zimmern, die Gläser teils noch in den Händen.

Imen hielt bei einer Randenhecke an. Er bebte. „Wie kannst du nur! Reichen deine Ausschweifungen nicht? Ist dir nicht klar, was dies anrichten kann? Wir haben ihn schon einmal verloren!"

Derimen hielt ihm stand. „Konntest du es hindern, als dein Herz Ahte gefunden hatte? Obwohl es in deiner Sippe damals keine Zustimmung gab?"

„Das kannst du nicht vergleichen!"

„Warum nicht? Weil du glaubst, es sei mir nicht ernst? Was soll ich tun, Vater? Mein Herz verleugnen? Banés aus dem Haus werfen? Nur weil du Vorstellungen von Sitte und Tugend hast, die wir nicht teilen? Dies hier ist nicht um dich, sondern um uns! Du lehrtest uns, Glück sei das höchste Gut! Er ist für mich kein Spiel, ich liebe ihn! Unsere Liebe hat sich geändert, ja. Aber wir haben uns nicht leichtfertig gefunden, das dürfte dir doch klar sein. Er hat so sehr gelitten, weil er es mir nicht sagen wollte, um unser Band nicht zu gefährden. Du selbst hast mich darauf angesprochen, dass er so schlecht aussah."

Imen hatte aufgemerkt. Nun nickte er widerstrebend und auch mit Sorge, denn Tränen liefen über Derimens Wangen.

„Dies hier ist die Folge eurer Anleitung: Zwei Menschen entscheiden sich nach sehr genauer Prüfung füreinander. Wie wir aufwuchsen, hat uns dabei geholfen. Wir wissen, wer wir sind. Es muss dir nicht gefallen."

Schweigen kam über sie. Dann atmete Imen tief. „Ich erwarte von euch, dass ihr unseren Frieden nicht gefährdet. Falls ihr auseinander gehen solltet, erwarte ich, dass ihr euch Abstand gebt und danach als Teile dieses Hauses wiederfindet. Ich will ihn nicht verlieren, weil ihr euch geeint und danach zerstritten hättet. Kannst du mir dein Bemühen darum versprechen?"

„Ja. Ihr alle seid mir zu viel, um anderes zuzulassen."

„Gut." Die Strenge wich aus seinem Gesicht. „Bist du glücklich, Herz?"

Derimen leuchtete auf. „Ja, das bin ich. Sehr sogar."

Er umarmte sie. „Möge alle Wohle der Geister euch finden!"

Sie seufzte.

„Behandle ihn gut, ja?", bat Imen, als sie sich wieder voneinander lösten. „Nicht wie deine anderen."

„Ich habe nie einen Mann schlecht behandelt", war die entschiedene Erwiderung. „Du und ich haben nicht dieselben Ansichten, aber deshalb habe ich sie nicht schlecht behandelt."

„Nun, gut", gab er nach.

„Komm, hilf mir, dein Bett zu machen", forderte Ransar Banés auf.

Dieser setzte erst zum Widerspruch an, folgte ihr dann aber. Sie gingen in Aksuas Kammer. Als die Kriegin die Decke von dem für Banés vorgesehenen Lager nahm, dessen Versorge nicht nötig war, ging Spanne von Banés aus. Er suchte ihren Blick. „Mutter, ich..." Und brach ab.

Ransar legte die Decke auf Derimens Liege, danach richtete sie sich lächelnd auf, wobei sie den Kopf schüttelte. „Da lebe ich jahrzehntelang mit Schwager und Schwester und dutzenden Verdächtigungen, Imen als Liebhaber zu halten. Ihr beiden bestätigt alle bösen Zungen, Hellhaut." Ihre Stimme war leise, um Udras nicht zu wecken, ihr Lächeln strahlte Liebe. Sie drückte ihn an sich. „Macht ihr nur. Mein Segen ist mit euch."

Aksua begleitete seinen Gefährten, der nicht über Nacht blieb, zum Tor.
„Das nenne ich eine Vorstellung", grinste Esdri. „Ich hatte geglaubt, es würde langweilig werden. Aber deine Schwester ist immer für eine Überraschung gut. Ob sie nun wohl alle Männer der Stadt betanzt hat, die auch nur ansatzweise in Frage kommen?"
Aksuas Miene zeigte Wehe. „Geh nach Hause. Du hast zu viel getrunken."
„Was soll das heißen?"
„Du hast mich gehört." Er hielt ihm die Tür auf.
Doch der Ältere blieb schätzend vor ihm stehen. „Kommst du mit?"
„Nein. Ich räume am Morgen mit auf."
„Du kannst ja zum Aufräumen gehen, wenn dir das so wichtig ist."
Aksua schöpfte tief Luft. „Wenn ich eines jetzt nicht will, ist es mit dir tanzen."
„Sonst beschwerst du dich immer, dass du zu kurz kommst."
„Geh nach Hause, Esdri." Eine abweisende Miene tragend, stand er vor dem Scheidenden, bis der in der Nacht verschwand. Aksua blieb noch eine Weile am Tor stehen, ehe er ins Haus zurückkehrte.

Als Banés die Küche verließ, traf er auf Nirar und Rowun, die ebenfalls im Aufbruch waren. Die Blicke der Brüder fingen einander.
„Kann ich dich kurz allein lassen?", bat Rowun seine Freundin.
„Sicher", sagte diese und sah wöhnend von einem zum anderen.
Die beiden kehrten in den Garten zurück, blieben aber in Hausnähe.
„Rowun, es ist mir leid", begann Banés dort.
„Was ist dir leid?", fauchte der Gegenüber. „Dass du mit ihr geeint bist?"
„Nein. Auch wenn ich kein Verständnis erwarte. Nein, das nicht. Es ist mir leid, dass ich es dir nicht gesagt habe."
„Verdammt, warum nicht? Du bist mein Bruder und mein Freund! Du weißt alles über mich! Du bist der Einzige..." Er senkte die Stimme. „...der weiß, wie viel Nirar mir bedeutet. Wir verbringen so viel Zeit miteinander. Warum hast du es mir nicht gesagt?"
„Weil ich Angst hatte, deine Liebe zu verlieren." Banés Blick war offen.

Rowun hielt inne. Nach einigen Augenblicken vergewisserte er sich erstaunt: „Das war der Grund?"
„Ja. Ich habe Sorge, dass es sich zwischen uns zum Schlechten ändert, jetzt, wo du es weißt. Dass du glauben könntest, mein Band zu dir würde neben ihrem an Wert verlieren. Aber es ist nicht so! Ich will dich nicht verlieren."
Rowuns Lippen verzogen sich, zunächst in halber Missbilligung, dann in einem Lächeln. „Du Dummkopf." Er umarmte ihn.
Erleichterung durchströmte Banés.
„Aber ich verzeihe dir nur unter einer Bedingung."
„Und die wäre?"
„Wenn ihr Kinder habt, werde ich Pate."
Banés lachte, errötete, trotz des geringen Lichts deutlich sichtbar. „Du argst es uns also nicht?"
Rowun verneinte. „Es ist ungeheuer seltsam. Aber ich werde mich daran gewöhnen."

Auf dem Heimweg war er sehr schweigsam.
„Du bist ihnen nicht mehr böse?", fragte Nirar sanft.
Rowun verneinte still, verlegen darüber, dass sie Zeugin seines Zorns geworden war. Während er sie stützte, suchte sie erneut sein Wort: „Du hast eine wundervolle Familie. Und ich habe diesen Abend beargt. Ich bin ein solcher Dummkopf."
Er lächelte. „Du bist unsagbar klug."
„Von wegen. Hätte ich doch den Mund gehalten! Aber es erschien mir so offensichtlich."
„Vielleicht war es das. Glaube nicht, sie würden dich nicht mehr einladen."
Sie merkte erfreut auf. „Meinst du?"
„Sicher. Du siehst doch, dass sie eine Menge aushalten." Und auf ihr bestürztes Gesicht hin: „Entschuldige, das galt dieser ganzen Sache. Sie alle halten sehr viel von dir. Und nun ist es heraus, alle haben Klarheit. Keines ist dir darum arg, da bin ich völlig sicher."
Sie atmete hörbar aus.
„Ich bewundere die beiden dafür", bekannte er versonnen. „Das zu tun, wonach es einen drängt. Sich nicht von den Gegebenheiten abschrecken zu lassen. So viel Mut ist beachtlich."
„Es ist ihnen sicher nicht leicht gefallen", ließ sich Nirar vernehmen.
Er bejahte.

Banés setzte sich auf das Bett. „Nun wissen sie es", sagte er mit gesenkter Stimme.
Derimen kam neben ihn. „War es arg?"
„Nein, mit Ransar gar nicht. Rowun war gekränkt, zu Recht, aber es ist jetzt gut, glaube ich." Er erzählte leise von ihrem Gespräch.

„Besser?"
Er nickte. „Ich kam mir vor wie ein Lügner. Jetzt wissen sie es, und ich bin nicht tot umgefallen. Wie war es bei dir? Imen hat dir die Ohren gelassen, wie ich sehe."
„Und das noch nicht einmal knapp." Derimen gähnte und berichtete kurz. „Ich muss jetzt schlafen. Es war ein langer und voller Tag."
„Ja. Allerdings."
Sie kuschelten sich aneinander. Ihr Atem wurde fast sogleich schlafensgleichmäßig. Er lag wach, noch immer ein wenig erschrocken über ihre Entdeckung, aber auch erleichtert und in Wohle über seine Sippe. Imen hatte Banés geherzt und ihm allein gesagt, dass er ihn liebe. Ahte war ihm wie meist am ruhigsten begegnet. „Ich habe mir das schon gedacht", hatte sie erklärt, während sie ihn in die Arme genommen hatte. „Nachdem du vorhin so gar nichts gesagt hast, obwohl ihr sonst kaum eine Gelegenheit für einen Spott auslasst. Du wirst immer Teil dieses Hauses sein, immer mein Sohn. Veränderungen haben uns immer begleitet."
Banés seufzte.
Aksua kam herein und bemerkte, dass er nicht schlief. „Na, Fastzwilling? Darf ich dich noch so nennen?"
„Wehe, wenn nicht", erwiderte er.
Der Krieger lachte leise und zog sich aus.
„Du weißt es schon länger", ließ sich Banés mit gedämpfter Stimme vernehmen.
„Seit einer Ewigkeit. Schön, dass du dich nicht mehr quälst", bekundete Aksua, ehe er Udras geübt zur Wandseite seines Lagers schob und die Decke über sie beide breitete. „Ihr passt", fügte er im Liegen hinzu. „Es war mir arg zu sehen, wie ihr gezögert habt. Wir sind freie Bürger, oder? Glück geht vor Gewohnheit."
Banés wusste darauf nichts zu sagen. „Ich bin froh", flüsterte er schließlich.
Aksua schwieg. Seine letzten Worte hingen noch lange im Raum.

Die Sonne schien, Menschen und Tiere umher waren wohler Laune, aber in Rowun wallte es arg. Nirar war anzusehen, wie schwer ihr jeder Schritt fiel. Langsamer als sonst kamen sie an diesem Nachmittag voran.
„Du musst doch nicht in den Rat gehen, wenn du solche Schmerzen hast", sagte Rowun mit faltiger Stirn.
„Wenn ich beginne, darauf Rücksicht zu nehmen, sind harte Zeiten angebrochen. Wenn ich laufen kann, gehe ich auch hin." Abermals musste die Gestützte sich kurz sammeln.
Er verzog den Mund. „Niemals eine Klage. Niemals Traurigkeit. Ich kenne viele, denen es gut geht und die dennoch niemals zufrieden sind. Du bist so stark, Nirar."
„Du Schmeichler." Sie lächelte.
„Mir ist es ernst!"

„Ich weiß. Du bist freundlich zu mir. Weißt du, ich habe so viel über meine Sterblichkeit geweint, dass es unsinnig wäre, darüber noch weitere Tränen zu vergießen." Sie sann kurz nach. „Ich kann nicht beschreiben, wie stark das Leben ruft, wenn der Tod neben ihm steht. Wie glücklich ein schmerzarmer Tag machen kann, ein Vogelgesang am frühen Morgen. Ein Abend wie der bei deinen Eltern, bis auf meine Dummheit. Eine beflügelnde Begegnung. Oder ein wunderbares Mensch wie dich an der Seite. Jeden Tag. Ich Glückliche."
Er zögerte. „Ich liebe dich", sagte er dann.
Sie riss die Augen auf. Die Eile ihrer Gedanken war ihr anzusehen, bis sie entgegnete: „Du bist mir auch viel. Aber scherze nicht mit solchen Dingen. Ich weiß um mein Glück, dich als Nachbarn und Freund zu haben."
„Ich scherze nicht", versicherte er. „Ich sehe dich nicht allein als Freundin."
Sie schwieg.
Verlegen wandte er den Blick ab und suchte einen Weg durchs Gedränge. Sie gingen weiter. Auf ihrer Türschwelle sagte Nirar: „Aber ich bin lahm. Und ich werde nicht mehr lange leben. Verschwende nicht deine..."
Rowun legte die Finger an ihre Lippen und schüttelte wortlos den Kopf. Darauf geleitete er sie in den Hof. Als Viched zu ihnen kam, verließ er sie.

Derimen legte Udras' Hemd auf das Bett. „Ich möchte dir eines sagen, Herz."
Die Kleine sah neugierig auf.
„Banés und ich sind geeint."
Ein kurzes Schweigen. „Was heißt das?"
„Dass ... wir uns lieben."
„Das weiß ich doch."
Derimen dachte kurz nach. „Dass er mein Mann ist."
„Nicht mehr dein Bruder?"
„Doch, schon."
„Was ist dann der Unterschied?", erkundigte sich Udras.
Ihre Mutter rang nach Worten.
„Tanzt ihr?", fragte die Kleine unbefangen weiter.
„Ja." Derimen ließ den angehaltenen Atem entweichen.
„Na, dann." Udras griff nach ihrem Hemd.
In der Wohnkammer wartete der angespannte Banés. Derimen nickte ihm zu. Er sah Udras an, die ihn umarmte. „Guten Morgen. Gebt ihr Hände?", fragte sie.
„Wahrscheinlich nicht", erwiderte er, und Erleichterung zog in sein Gesicht. „Es ist dir doch nicht arg, oder?"
„Von wegen! Ich habe dich fast so lieb wie Aksua." Ihr Strahlen verblasste. „Bist du jetzt beleidigt?"

„Nein", lächelte er. „Im Gegenteil fühle ich mich geschmeichelt. Aber falls wir doch händegeben, können wir es ja gemeinsam mit dir und Aksua", scherzte er.
„Das geht doch nicht", schüttelte sie ernst den Kopf. „Das ist ja nur ein Spiel. Er liebt doch Esdri. Auch wenn der nie da ist."
Banés tauschte einen weiteren Blick mit Derimen, ehe er sich wieder der Mede zuwandte. „Du verstehst sehr viel, Herz", sagte er. „Was ist nun? Zur Schule?"
„Ja!"
Dort hielt ein Lehrer Derimen auf, als diese sich bereits zum Gehen wandte: „Udras schwimmt sehr gut", bekundete er. „Sie sagt, dass sie es von dir gelernt hat."
Derimen nickte mit einem fragenden Laut.
„Würdest du auch darin Unterricht geben? Einer Gruppe von acht Kindern? Die Kinder mögen dich."
Sie sann nach. „Obwohl ich mich geehrt fühle, müsste ich es eigentlich mit Blick auf den Rat verneinen. Aber ich hätte schon große Lust. Mehr als einmal in der Woche wird aber kaum möglich sein."
„Das sollte reichen. Wann könntest du denn kommen? Ich würde dir helfen."
„Am Vierten könnte ich die zweite Werkzeit dem Rat fernbleiben."
„Gut", freute er sich. „Lass es uns zunächst bis zum Jahreswechsel verabreden. Falls wir dir den Tag versäuern, bist du uns danach los."
Sie lächelte. „Ich glaube eher, dass es so angenehm wird wie die Redestunden. Es wird doch gesagt, dass wahre Erholung im Wechsel des Werkes liege, nicht wahr? – Danke, dass du mich gefragt hast."
Er ehrte sie froh.
Banés lächelte.
„Ich habe auch eine Bitte. Kommst du mit mir an den Rand?", bat Derimen.
Der Lehrer folgte ihr mit gehobenen Brauen.
„Udras hat von einem Lob erzählt", ließ sie sich leise vernehmen, als keines sonst sie hören konnte. „Du habest ihr gesagt, sie sei so klug und fleißig, dass sie vielleicht einmal Ratssprechin werden könne."
„Ja...?"
„Ich weiß, dass du es gut meinst, aber bitte, tu es nicht mehr. Ich will ihr ihren Weg nicht zuweisen. Ich weiß, dass es wahrscheinlich ist, dass sie sich dem Rat zuwendet, weil ein Teil ihrer Sippe es tat. Aber wenn ihre Berufung ihr einen anderen Weg weist, wenn sie Wagenbauin, Hirtin oder anderes sein will, möchte ich, dass sie es ohne schlechtes Gefühl sein kann. Kinder formen sich so sehr nach den Plätzen, die ihnen zugewiesen werden. Aber ich will, dass Udras ihren eigenen Platz findet. Und mein Anliegen sind auch die Kinder, die ein solches Lob hören und die anders lernen als Udras, vielleicht nicht so schnell wie sie.

Ich will nicht, dass sie sich weniger wertig fühlen oder ihre Begabungen als schlechter ansehen."

Er hatte die Stirn in Falten gezogen. „Darüber muss ich nachdenken", sagte er.

„Das danke ich dir."

Nach dem Abschied, auf einem Gang zum Strand, berichtete Derimen Banés von dem Gespräch. „Du hast sehr ruhig gewirkt", urteilte er. „Du hast in den letzten Jahren eine Menge Zügel gewonnen."

„Ich hätte ihn gern geschüttelt", knurrte sie. „Er hat große Vorzüge, aber Weitblick gehört nicht dazu. Diese Schule ist ein guter Ort zum Lernen und zum Leben, mehr noch als früher bei uns. Die Lehrinnen haben viel dazugelernt. Die Kinder lernen im Wechsel von Schreibzeiten und Lernspielen freudiger und schneller als in der Strenge, die wir zumindest bei manchem Unterricht ertragen mussten. Erinnerst du dich an Sehkar?"

„Nicht gerne."

„Ist mir auch so. Gut, dass sie in Altersruhe ist. – Dennoch ist es unglaublich, wie sich Rangesdenken trotz allem immer wieder einen Pfad in unser Denken erschleichen will. Selbst im scheinbar Gutgemeinten."

Banés lachte über sie. „Langsam, Herz. Die Welt ist nicht so schnell wie du."

„Bäh!"

Da der Rat an diesem Tag erst sehr viel später begann als seine Schule, nutzte Derimen die Gelegenheit, einmal nicht im Bad zu schwimmen, sondern in einer kleinen Bucht, die ein wenig abseits vom morgendlichen Strandtreiben lag. Banés lief am Ufer im knöcheltiefen Wasser. Danach aßen sie am Hafen und gingen schließlich zum Rat.

„Die Gemüserollen waren gut", bemerkte Banés.

„Nicht so gut wie deine oder Imens", widersprach seine Gefährtin. „Aber viel besser als meine."

„Unsinn. Wenn es auch eine schmeichelhafte Lüge ist."

„Nun, ich habe eine Zunge."

„Du kochst nicht schlecht. Weil du redegewandter bist als ich, heißt das nicht, ich könnte nicht vortragen. Und weil das Kochen meine Leidenschaft ist, heißt es nicht, deine Gerichte würden nicht schmecken. Imen kocht schon sein ganzes Leben lang."

Sie gab sich geschlagen. „Wie du meinst, großer Bruder."

Seine Züge verzogen sich zu einer gequälten Grimasse. Derimen beschloss, künftig auf die Anrede zu verzichten. Eine Weile gingen sie schweigend Hand in Hand über die Brücke, die die beiden Teile der Stadt miteinander verband. Neben ihnen mündete der Fluss Lesnen, nach dem sie benannt war, ins Meer.

„Findest du mich gierig?", fragte die Jüngere leise mit Blick in das Wasser.

Verblüfft sah Banés sie an. „Du bist so bescheiden. Warum vermutest du anderes?"

„Im Tanzen", ergänzte sie, und zu seinem Entzücken sah er nun sie einmal verlegen.

Er verneinte froh. „Gerne tanzen ist nicht gierig. Glaubst du, ich hätte Einwände dagegen? So wie heute werde ich gerne öfter geweckt."
Derimen strahlte.
„Außerdem weiß ich, was für unglaubliche Einfälle du nach dem Tanzen mitunter hast. Ich verstehe meinen Einsatz also auch als Dienst an der Stadt."
Sie blieb mitten im Schritt stehen und starrte ihn an.
Banés lachte.
„Du elendes Scheusal!"
Er küsste sie. „Meine Rache für den ‚großen Bruder'. – Ich liebe dich so sehr."
Kurz standen sie in einem Kuss, den restlichen Weg verbrachten beide mit zufriedenen Gesichtern. An der Ratsschule konnte Derimen sich nicht zurückhalten, einen Blick gen Udras hineinzuwerfen. Als sie sie an einem Schreibmosaik hocken sah, zog sie sich eilig zurück, um sie nicht abzulenken. Banés erwartete sie mit einem Lächeln, und gemeinsam betraten sie die Runde Halle.
„Wenn es zu furchtbar wird, werde ich mich an den Morgen erinnern", raunte Derimen.
Der Nebengehende musste ein Kichern unterdrücken. „Aber sieh besser nicht so aus, hm? Ich glaube, das könnte die anderen ziemlich ablenken."
Sie lachte auf, drehte sich ihm zu und küsste ihn abermals. Er schielte nach Umstehenden, erwiderte sie aber.
„Einen schönen Rat dir", wünschte sie mit Wärme im Blick. Sie wollte zu ihrem Kissen gehen, doch Banés hielt ihre Hand fest und küsste ihre Fingerspitzen. „Dir auch." Sie trennten sich, um ihre Plätze einzunehmen. Derimen, die mehrere fragend gehobenen Brauen überging, bemerkte das Lächeln, das Alleches' Lippen umspielte.
Später, während die Runde sich zur Essensrast auflöste, fragte die Sprechin Banés: „Sag mal, diese hochgeheimen Geschäfte Viralís' letztens. Sie waren nicht zufällig um uns, oder?" Sein augenblickliches Erröten gab ihr Antwort. „Aha. Was hast du denn wissen wollen?"
„Ob ein Band zwischen angenommenen Geschwistern geahndet würde." Er lief noch stärker an.
Sie staunte.
„Lesnen ist recht streng in Bändern und..." Banés verstillte.
„Was hättest du getan, wenn es verboten gewesen wäre?"
„Ich weiß nicht. Ich war nicht erleichtert, dass es kein Verbot gibt, hinter dem ich mich vor mir selbst hätte verstecken können. Aber nun..." Er hob und senkte die Achseln.
Sie zog ihn an sich.

Rowun erwachte inmitten der Nacht mit einem Schrecken. Trames stand keuchend in der Tür. „Wir brauchen Hilfe!"

„Was ist geschehen?"
„Nirar ... Ich muss die Heilinnen rufen, Viched ist zu Besuch fort. Einer muss bei Nirar bleiben und ihr beistehen."
„Ich komme!" Rowun warf sich Hemd und Umhang über und rannte mit Trames die wenigen Schritte zum Haus der Freundin. Dort angekommen, schickte der Ältere sich an, ihn zu begleiten, doch Rowun verneinte. „Eile dich!"
Trames nickte und wandte sich den beiden bereitstehenden Pferden zu. Rowun lief in Nirars Kammer. Die Kranke lag im Bett, mehrere Decken über sich. Im Nahen sah er sie kalkweiß und sichtlich frierend. Die Wärmesteine aller Hausbewohnenden waren so um sie gelegt worden, dass sie heizten.
„Verzeih, dass er dich geweckt hat", bat Nirar. „Er hat sich nicht von dem Gedanken abbringen lassen, ich bräuchte eine Aufsicht."
Rowun nahm ihre Hand, die kälter war, als er es bei einer Lebenden je gefühlt hatte. „Was kann ich tun?"
„Das Feuer schüren. Und danach wieder nach Hause gehen", sagte Nirar.
Er warf einen Blick auf den Kamin hinter ihr, in dem sich das Holz stapelte. Mehr Feuer war unmöglich zu machen, ohne das Zimmer in Brand zu setzen. Rowun trat zum Kräuterwasser, das in einem Krug in den Flammen stand und bereits kochte, zog das Gefäß heraus, schöpfte einen halben Becher ab und kehrte zu der Liegenden zurück. Während sie behutsam trank, zog Rowun seinen Umhang aus, der im heißen Zimmer seinen Nutzen verloren hatte, und breitete ihn ebenfalls über Nirar. Obwohl das Wasser sie mit Weile ein wenig wärmte, blieb ihr Zittern. Es schmerzte Rowun, sie so zu sehen. Da legte er sich zu ihr. Als sie sich Tränen aus den Augen wischte, drückte er sie an sich und hielt sie. Nirar zögerte, ehe sie, wenn auch leise, unverborgen weinte.
Endlich waren die Pferde im Hof zu hören. Einige Augenblicke darauf kamen zwei Heilinnen herein. Rowun erhob sich und ging hinaus. Er warf noch einen bangenden Blick zurück und sah, wie eine der beiden sich über Nirar beugte, um in ihren Augen zu lesen. Weh machte er sich auf, um für die Tiere zu sorgen, wobei ihm der nach einiger Zeit zu Fuß zurückkehrende Trames half. Danach warteten sie gemeinsam vor der Tür.
Nachdem die Hilfen ihnen erlaubt hatten einzutreten, fragte Trames ohnwort.
„Nichts, das nicht bereits vorgekommen wäre", war die geraunte, von einem Achselzucken begleitete Antwort. „Sie hat jetzt keine großen Schmerzen mehr. Gegen ihre Kälte können wir wenig tun, ihr tatet schon alles, was möglich ist."
„Die Abstände werden kürzer", sagte er leise.
„Ja. Das werden sie."
Rowun zwängte sich an ihnen vorüber, setzte sich auf den Bettrand und ergriff die Hand der Kranken. „Wie ist es dir jetzt?"
„Viel besser. Ich danke sehr." Sie lächelte. „Du kannst wieder schlafen gehen."

Er schüttelte den Kopf, „Was kann ich noch tun?"
„Nichts mehr. Geh nur."
Er sah die Heilinnen an.
„Sie weiter wärmen", erwiderte eine. „Hier schlafen."
„Gut."
Nirar setzte zum Widerspruch an, doch jene erklärte: „Wir können die Kammer nicht so warm halten, wie du es brauchst. Sei froh über deinen Nachbarn."
Ein kurzer Blickwechsel zwischen den Befreundeten endete darin, dass Rowun sich wieder legte. Die Heilinnen verabschiedeten sich. Wieder zu zweit, bemerkte Nirar: „Ich glaube nicht, dass dies deinem Ruf guttut. Sie werden denken, du seist mein Liebhaber, und es vielleicht herumtratschen."
„Sollen sie nur", zuckte er die Achseln und bekundete dann leise: „Ich hätte nichts dagegen."
Sie merkte auf, wirkte verlegen, aber nicht ablehnend.
„Willst du noch von dem Wasser?", fragte er.
„Nein, das ertrage ich nur kurz vor dem Erfrieren. Es ist scheußlich."
„Tatsächlich?"
„Und wie. Koste nur."
Er wehrte ab.
„Wollen wir schlafen?", fragte sie, noch immer befangen.
Rowun bejahte.
Nirar wälzte sich mühsam in die Seitenlage, ihm den Rücken zu. Er kuschelte sich an sie und musste sich zurückhalten, nicht zu seufzen. Beide schliefen schnell ein.
Als Rowun wieder aufwachte, umspielte frische Luft seine Nase. Das Feuer war erloschen, freundliche Hände hatten die Läden geöffnet. Die Morgenluft war warm, obwohl es recht früh war. Nirar lag noch immer in seinen Armen und fühlte sich nicht mehr kalt an. Binnen eines Atemzugs war ihm unsagbar wohl. Nach einem kurzen Gang zum Abtritt kehrte er neben sie zurück, vergrub seine Nase in ihrem Haar und wartete lange, bis sie sich rührte.
„Guten Vormittag", sagte er.
„Vormittag? Ich habe so lange geschlafen? Ich habe durchgeschlafen?"
„Das war übertrieben. Es ist noch Morgen." Er lachte leise. „Ist es so ungewöhnlich, dass du durchschläfst?"
„Unmöglich! Ich habe seit Jahren nicht mehr durchschlafen können."
„Sicher halfen die Mittel, die sie dir gaben."
„Nein, die habe ich nicht zum ersten Mal bekommen."
Beide mochten ihre Berührung nicht beenden, getrauten sich jedoch nicht, dies einzugestehen.

„Ich sehe mal, ob es Essen für uns gibt." Rowun setzte sich auf, hielt inne, drehte sich noch einmal um und küsste Nirars Hand. Sie entzog sie ihm sachte. Er verdrängte aufkommenden Schmerz, der die vorherige Wohle beiseitefegte, und erhob sich, um zu gehen.
„Ich danke", hörte er die Freundin leise und sah sie wieder an. Sie lächelte. „Rowun?"
„Hm?"
„Ich ... bin geehrt. Ich bin sehr froh, dich zu haben. Und dankbar. Aber du ... Du bist noch so jung. Laste dir nicht so viel Schmerz auf. Suche dir eine Gesunde. Eine, mit der du Kinder haben und alt werden kannst."
„Was nützt mir der Gedanke an eine andere, wenn es mich zu dir zieht?"
„Ein Gedanke an mich ist Verschwendung", sagte sie. „Ich könnte morgen tot sein."
„Verschwendung." Er schnaufte. „Du bist ein Wunder. Du bist so stark. So weise und offen. Ich will deine Nähe und bin froh, wenn du mich bei dir sein lässt. Wenn du mich als Mann nicht willst, wenn ich dir zu jung bin, kann ich es nicht ändern."
„Du hast Besseres verdient. Ich will nicht dein Leid begründen. Du wirst mich verlieren."
„Ja!", wallte er. „Und es ist grässlich, dich so zu sehen! Manchmal kann ich es kaum ertragen! Aber ich liebe dich!"
Nirar bebte. „Ich will kein Mitleid."
„Mitleid?!" Er schrie fast. „Du hast keine Ahnung, welche Wirkung du hast!"
„Auf Männer?", war sie entgeistert. „Das kann ni..."
„Auf mich! Mögen die Geister mich holen!" Er strebte der Tür zu.
„Rowun!"
Er fuhr herum. „Ja?"
Tränen schwammen in Nirars Augen. Sie verneinte still. „Schon gut", sagte sie dann leise.
Rowun ging. Im Garten hielt er inne und weinte. Dann suchte er Trames und bat ihn um Speise und Trank für die Verbliebene.
Er selbst floh nach Hause, aß dort nichts und war früh bei der Runden Halle, wo er Triveht, Woglan und Alleches, die an diesem Tag Reinigungsdienst hielten, seine Hilfe anbot. Im Rat saß er schweigsam. Später schlug er eine Einladung von Banés und Derimen aus, die auch Aksua wie Freundinnen für den Abend zum Essen gebeten hatten; er wollte allein sein. Auf dem Markt kaufte er Obst, Gemüse und Brot ein. Während er an einem Weinstand probierte, winkte ihm Viched aus einiger Entfernung zu, gesellte sich zu ihm und wurde auf einen Becher eingeladen.
„Ein Denkspiel heute Abend?", fragte sie unbefangen. Sie verbrachten die Spielezeit meist zu viert.
„Nein. Ein andermal. Sage Nirar, heute sei nichts Wichtiges geschehen."
Viched nickte mit einem erstaunten Ausdruck.
Der Jüngere kaufte einen Krug, verabschiedete sich und wünschte der Hausführin einen behüteten Rest des Tages.

Nachdem Rowun lange durch einen seiner Lieblingsgärten gegangen war, kehrte er um einiges entspannter heim. Am späten Abend, als er sich seinem Wein zuwenden wollte, meldete sich Trames an der Tür. „Könntest du herüberkommen?"
Rowun erschrak. „Ist es schlimm um sie?"
„Nein. Heute gar nicht."
Ein tiefes Ausatmen. „Ich komme", versicherte er. „Ich ziehe nur anderes an."
Kurz darauf betrat er Nirars Kammer.
Die Freundin lächelte. Sie sah wohl aus, schien keine Pein zu haben. Er drückte ihre Hände – sie waren warm – und setzte sich auf ihre Aufforderung hin. Sie schenkte ihm Most ein.
„Ich bitte dich um Verzeihung", begann sie nach den ersten Schlucken.
Rowun zeigte Verwunderung.
„Ich war so überheblich."
„Du?"
„Ja." Sie schaute in ihren Becher. „Dass du mir sehr viel bedeutest, dass ich dich schützen will und dass ich vielleicht noch nicht wirklich verstanden habe, dass du nicht mehr mein Schüler bist, gibt mir nicht das Recht, dir zu sagen, wie du dein Leben verbringen sollst. Es ist mir leid."
Er verzog schätzend die Stirn. „Was sagt das?"
Nirar sah ihn wieder an, und in ihrem Blick fand sich der Ausdruck, in dem Rowun schon mehrfach eine Antwort auf seine eigenen Wünsche gefunden hatte. „Würdest du heute bleiben, wenn ich behauptete zu frieren?"
Überschwängliche Freude kam in ihm auf. „Nein, würde ich nicht."
Ihre Augen weiteten sich.
„Aber ich würde bleiben, wenn es dich freuen würde."

Derimen gewahrte wie meist, wenn Udras außer Hauses war, nicht viel jenseits ihres Schreibtisches. Sie hatte Banés ins Zimmer kommen bemerkt, einen Kuss mit ihm geteilt und sich dann wieder in die Schriften vertieft. Er hatte sich auf eine Liege gesetzt. Nun vernahm Derimen ihn leise: „Bin ich dir zu oft hier?"
Ihr Kopf flog herum. „Was? Wie meinst du das?"
„Nun, eigentlich habe ich eine Stube dort drüben, aber ich nutze sie eigentlich nur zum Arbeiten, bin immer hier und schlafe auch bei dir..."
Sie drehte ihren Stuhl. „Banés! Dies ist unsere Stube! Du bist mein Mann! Wie kommst du zu solchen Einfällen?"
Der Gerufene seufzte. „Ich war mir nicht sicher ... Du hast mir so viel von deiner Wohle geschrieben, mit Udras allein zu sein..."
Sie stand auf, ging zu ihm und nahm ihn in die Arme. „Ebenso wie von meinem Wunsch nach einer Wahlsippe. Wenn ich am Schreibtisch sitze, bin ich keine Gesellschaft. Glaube

nicht, ich drehte dir den Rücken zu, weil ich dir so Abstand sagen wollte. Du musst nicht raten, was ich denke. Ich spreche aus, was ich zu sagen habe, das ändert sich nicht. Du hast mir einmal geschrieben, dass die Arbeit mein Liebhaber sei, weißt du noch? – Zweifle nicht. Ich sage es, wenn ich Raum allein brauche."
„Gut." Er freute sich.
„Was noch?", wöhnte sie.
„Die Liegen. Sie sind abgenutzt und wackeln. Sollen wir sie durch die drüben ersetzen?"
„Die schönen Liegen? Deine Liegen?"
„Sicher. Dort stehen sie nahezu ungenutzt herum. Und wenn wir schon dabei sind: Der Kamin könnte einen neuen Anstrich vertragen."
„Das wird hier noch richtig gemütlich."
„Ist es doch längst", küsste er sie.
„Aber mein Schreibtisch bleibt hier. Ich brauche den Blick in den Hof zum Nachdenken."
„Dann muss er immer bleiben. Und wenn du allein schlafen willst, sagst du es auch, ja?", bat er.
Sie verdrehte die Augen. „Ja, doch. Aber es wäre unklug, einen Nichtschnarcher aus dem Bett zu verscheuchen. Deine Nähe ist mir mehr als nur angenehm. Banés. Hör auf zu bangen, dass du mir den Tag versäuern könntest. Ich sage Bescheid. Dinge auszusprechen, ist keine Schwernis, die ich habe. Eher im Gegenteil."
Er lachte.
„Das Werk reicht für heute", beschloss die Sprechin zu seinem Erstaunen, räumte das Schreibzeug fort und rief ihn zum Tanz.
Später war er sehr versonnen.
Sie kuschelte sich an ihn. „Sagst du mir, was dich bewegt?"
„Hm. Es ist seltsam, dass die Werbezeit zwischen uns ausgefallen ist. Dass wir einander so vertraut sind."
„Bedauerst du es?"
„Nein. Gar nicht. Das wundert mich ja", erklärte er. „Werbungen sind Spiele zwischen Menschen. Und ich kann nicht sagen, dass sie mir nicht gefallen hätten. Diese trunkene Aufregung, in eine Frau verliebt zu sein. Ihr gefallen zu wollen. Mich von meiner besten Seite zu zeigen und dabei vielleicht noch einiges über meine Möglichkeiten zu Verbesserung zu erkennen. Das ist nicht schlecht. Aber es gibt im Werben mehr als ein Spiel, und die unehrlichen unter ihnen haben mich unglücklich gemacht."
Derimen hob die Brauen.
„Es ist ein Unterschied, ob eines sich von seiner besten Seite zeigt – wir wissen alle, dass sich Werbende schön machen, körperlich wie im Verhalten – oder ob es vorgibt, auf eine Art zu sein, die es nicht ist, nur um zu gefallen. Ich habe in Viralí nicht eben über das geschwiegen, was mir an den Frauen Lesnens so sehr gefallen hat. Und so sind die Frauen Vi-

ralís mir entgegengetreten, obwohl sie es nicht hielten. Es sah aber oft lange so aus. Sie zeigten sich mir als andere Menschen, als sie waren. Das konnte nicht gutgehen. Die Einzige, bei der dies anders war, die sich mir zeigte, wie sie war, war Ahís. Und sie wurde nun einmal niedergemacht, weil sie eine Unfreie ist." Er dachte nach, ehe er fortfuhr: „Hier können die Menschen einander ehrlicher begegnen, weil es nicht um Absicherung geht, weil sie abgesichert sind. Manche Bänder, die ins Unglück führen würden, weil die Geeinten nicht zueinander passen, kommen so erst gar nicht zustande. Und wenn hier eines im Werben lügt, ist es ihm selbst zuschulde und nicht den Umständen, in denen es überleben muss. Ich sage nicht, dass ich es nicht geschätzt hätte, in Frauen verliebt zu sein, die ich erst kennenlernen musste. Aber bei uns schätze ich es sehr, dass wir uns erst liebten und dann auch verliebten. Ich glaube, es könnte einen glücklichen Weg weisen."
Derimen schnurrte. „Früher hast du wenig geredet. Dabei hast du viel zu sagen."
„Ach, ja?"
„Hm. Gefällt mir ziemlich."
„Na, dann", lächelte er und bot ihr Schlafensumarmung.

Rowun hatte Nirar noch nie so glücklich gesehen. Das Leuchten in ihren Augen ließ ihn erneut seufzen. Sie küsste ihn.
„Ich hätte nicht gedacht, dass es möglich sein würde zu tanzen", sagte er.
„Nun, so schon. Solange kein Gewicht auf meinen Knochen ist. Bin ich zu schwer?"
„Würde ich auch behaupten."
Sie kicherte.
„Nein, du bist ganz leicht", fügte er hinzu. Er betrachtete sie, koste ihr Haar und schob das Ausmaß an Berührtheit, das ihn bewegte, zur Seite, um nicht zu weinen.
„Es hat mir nichts genützt", bekannte Nirar. „So lange Zeit, all meine edlen Gründe. Jetzt ist es doch geschehen, und ich bin froh darüber. Ich liebe dich so sehr, Rowun."
Sie küssten einander noch einmal, und nun fanden doch zwei Tränen den Weg über seine Wangen. Eilig wischte er sie fort. Nirar ließ Küsse über sein Gesicht wandern, bis er sich wieder beruhigt hatte.
„Ich hatte auch vergessen, wie schön tanzen ist. Es ist eine Ewigkeit her. Fast sieben Jahre", sann sie nach. „Und bei dir? Keine, seit du im Rat bist, oder?"
Er ließ sich mit seiner Antwort Weile. „Ich weiß nicht. Mindestens zwei Dutzend. Über frühere Leben kann ich wenig sagen."
Sie schrak auf. „Warum hast du mir das nicht gesagt?"
„Damit du wieder den Schüler in mir siehst?", wehrte er ab. „Nein. Es war nicht nötig. Es ist doch alles gut. Oder?"
Sie lächelte. „Mehr als das."

Es war noch dunkler Morgen, als an die Kammertür gehämmert wurde. Nachdem seine Gefährtin sich die Decke über die Ohren gezogen hatte, richtete sich Banés brummend halb auf. „Ja?", fragte er verschlafen.
Aksua öffnete, mit ernster Miene und schweißnass. „Ich brauche Hilfe", sagte er grußlos. „Ich versorge eben das Pferd."
„Halte es von der Rymenhecke fern, sie ist giftig", fing jener sich aus seiner Überraschung und weckte Derimen. Bald darauf saßen sie zu dritt im Kaminzimmer.
„Erinnerst du dich an Besar?", fragte der Krieger Banés.
„Deine alte Freundin."
Aksua bejahte. „Wir haben uns für eine Weile aus den Augen verloren und später im Heer wiedergetroffen. Sie ist zweite Führin der Truppen in Kahel."
„Retsuas Stellvertretin."
„Ja. Besars Gemahl ist Vartas von den Ronatiden. Hast du von ihm gehört?"
„Ein wenig. Zu ihrer Handgebe war damals halb Lesnen eingeladen."
„So ist es. Es war eine errechnete Handgebe. Besar folgte dem Willen ihrer Sippe. Schon lange", der Berichtende atmete scharf ein, „liebt sie einen Händler. Tolas. Nun wird sie von Vartas des Ehebruchs beschuldigt."
„Sind sie gesehen worden?", fragte Derimen sogleich.
„Es ist nichts geschehen", versicherte er. „Das glaube ich ihnen. Mir hätten sie es gesagt."
„Dann muss sie es doch nur leugnen, oder?", erkundigte sich Banés.
Aksua seufzte. „Vartas' Mutter führt den Orakeldienst im Tempel. Würdest du ihrem Wort glauben?"
Einige Augenblicke lang sagten sie nichts.
„Was können wir tun?", fragte Derimen dann.
Er zögerte. „Ich habe einen Plan, sie zu retten, der mich den Kopf kosten kann. Zum einen bitte ich um eure Unterstützung. Zum anderen um eure Fürsprache, falls es entdeckt wird."
„Was hast du vor?"
„Vilak befiehlt über die Wächter, die die Grube bewachen werden, bis die fünf Tage vergangen sind. Er wird treue Freunde auswählen. Nachts werden wir Besar herausholen und durch eine Leiche ersetzen." Er wandte sich an Banés. „Kann sie danach nach Viralí? Ich weiß keine andere Möglichkeit."
Der Gebetene stutzte. „Sicher. Vannét und Wuhtá werden sie aufnehmen."
Aksua war sichtlich erleichtert.
„Woher bekommst du eine Leiche?", erkundigte sich Derimen.
„Das wollt ihr nicht wissen."
„Doch, allerdings", widersprach sie mit Nachdruck.
„Es sind Knochen. Aus Retsuas Sippengruft." Aksua wartete die erstaunten Laute über diese Entweihung einer Ahnin ab. „Ich habe euch gewarnt. Es ist für den Fall, dass Besars Sip-

pe die Leiche herausholen lässt. Es wird doch gesagt, dass..."
„...unschuldig Verurteilte von den Schuldgeistern nicht gefressen werden, sondern ihr Fleisch bei der ersten Berührung zerfällt." Derimen nickte. „Ihr habt wohl an alles gedacht."
„Was geschieht, wenn ihr entdeckt werdet?", fragte Banés.
„Wir würden geköpft werden, wenn auch nicht ohne Anklage und Verhandlung. Und unsere Familien wahrscheinlich in Verruf geraten. Das ist ein weiterer Grund, aus dem ich hier bin. Wenn ihr nicht zustimmt, will ich für euch keinen Schaden. Ich würde mich dann von euch lossagen, um euch nicht zu gefährden."
„Das kommt nicht in Frage. Allein, weil wir dann nicht für dich bürgen und eine Strafe nicht abmildern könnten", entgegnete die Jüngere. „Aber wir müssen es mit den anderen besprechen."
„Danke."
Die Geeinten zogen sich um, danach brachen sie auf. Aksua trug die schlafende Udras, die er in eine Decke gehüllt hatte. Derimen nahm das Pferd am Zügel. Auf dem Weg zu den drei Eltern weckten sie Rowun, der sich ihnen anschloss. Im elterlichen Haus trafen sie auf die eben Erwachten, die ihren Ernst spürten. Sie stellten keine Fragen, ehe Aksua, der kurz verschwunden war, um Udras ins Bett zu legen, zurückgekehrt war; die Kleine schlief noch immer. Dann berichtete der Krieger von seinem Vorhaben. Die Übrigen lauschten ohne Unterbrechung.
Nachdem er geendet hatte, begehrte Ransar Auskunft: „Wie habt ihr die Wachen abgesichert?"
„Sie werden sich betäubt stellen. Falls wir entdeckt würden, würden wir schwören, dass sie unbeteiligt waren."
„Gut. Werdet ihr drei sie befreien?"
„Nein, nur Retsua und ich. Vilak ist Vater, die Gefahr für seine Kinder, ihn zu verlieren, ist zu groß." Aksua schaute sorgenvoll in die Runde: „Falls ich scheitere, wird ein Schatten auch auf euch fallen."
Mit einem Blick verständigten sich die drei Ältesten, darauf ergriff Ahte das Wort: „Es ist ein Segen, Kinder zu haben, die so sehr für das eintreten, was sie als richtig erkennen. Es ist richtig, was du vorhast, und die Gesetze sind darin im Unrecht. Die Geister werden es erkennen und euch behüten."
Er seufzte. „Retsua wird meine Freistellung erwirken", fügte er hinzu. „Einen erklärbaren Grund für meine Reise nach Viralí muss ich noch finden. Wir müssen noch in der Nacht der Vollstreckung aufbrechen."
„Nein, davon würden die Ronatiden ausgehen", widersprach Ransar sogleich. „Falls sie ahnten, dass solches geschehen ist, oder falls sie die Leiche als Trug erkennen, würden sie

euch jagen. Du stehst Besar so nahe, das ist bekannt. Die Ronatiden sind mächtig, und das Netz ihrer Getreuen ist engmaschig. Nein, darin darf keine Eile bestehen."
„Was dann?", fragte Aksua.
„Lasst sie hierbleiben." Imen wandte sich an seinen ältesten Sohn. „In ein wenig mehr als einem Mond reist du nach Viralí."
„Ja, um Bericht zu erstatten."
„So lange lasst sie hier. Beide. Ihn als Aksuas Gast, jedes wird das glauben. Besar darf das Haus in der Zeit nicht verlassen. Als Banés' Begleitung erreichen sie sicher Viralí. Falls es entdeckt werden sollte, würden wir schwören, dass du es nicht wusstest, Banés. So würdest du nicht beargt werden, und das Gespräch mit Viralí bliebe unbelastet."
Kurz herrschte Schweigen.
„Das kann ich nicht von euch erbitten", ließ sich Aksua vernehmen. „Die Gefahr für euch ist zu groß."
Ahte wechselte einen weiteren Blick mit Mann und Schwester, die beide wortlos zustimmten. „Es ist um ihr Leben. Bringe sie her."
„Was ist, wenn der Rat euch in der Zeit Gäste schickt?"
„Das werden wir zu verhindern wissen", verkündete Derimen. „Ihr seid nicht die einzigen Ratsherbergenden in der Stadt, aber in der Häufigkeit der Aufträge wäre dies fast zu vermuten. Unser Haus verstaubt und bietet mehr Raum. Zeit, ihn wieder zu nutzen."
Rowun schloss sich ihr an: „Wir werden dafür sorgen, dass hier keines beherbergt wird. Falls wir Besar nicht bei Gericht davor bewahren können."

Derimen hatte als Ratssprechin das Recht, die Beklagte ohne Zeuginnen anzuhören. Besar saß allein in einer Zelle des Turmes. Als die ihr Altersgleiche eintrat, erhob sie sich. „Derimen."
Sie ehrten einander.
„Ich bin hier, weil ich deine und Tolas' Aussagen miteinander abstimmen will", sagte die Hinzugekommene.
„Das ist wohl kaum nötig. Es ist nichts geschehen", widersprach Besar.
„Und wenn, wäre es ni..."
„Unsinn", unterbrach sie sie. „Ich bin seit fast elf Jahren in dieser Ehe. Kaum mehr als ein Jahr, bis sie vor allen beendet wäre und ich nichts weiter tun müsste, als ihre Erneuerung zu verweigern. Tolas liebe ich seit fünf Jahren. Glaubst du, wir hätten es kein weiteres aushalten können, wo es uns so lange begleitet?"
Derimen seufzte leise. „Dieses Gesetz ist Unsinn. Und diese Strafe aus alten Tagen wäre ein Unrecht gegen dich."
„Aber du kannst mich nicht retten", sagte die Kriegin.
„Ich kann für dich sprechen, und das werde ich."

Ein bitteres Lachen. „Du magst eine furchtlose Vertretin des Rates sein, aber der Rat duckt sich vor Vartas' Sippe. Ich bin schon tot."
„Warum? Warum diese Anklage, wenn du sagst, dass es nicht einmal einen Grund dafür gibt?"
„Den gibt es. Mehrere Gründe. Unser Band ist kinderlos, das ist einer." Besar schnaufte. „Was in den letzten Jahren kaum verwundert. Der zweite: Es gibt ein Eheangebot an seine Sippe. Von den Kalchahen, also eine Möglichkeit der Machterweiterung bis in den Osten. Warum ein langes Jahr warten, wenn sichtbar ist, dass Vartas' Gemahlin einen anderen liebt? – Was von alldem ist noch um Treue?", grollte sie. „Ich habe Lesnen meine Treue geschworen. Ich habe an die Gesetze geglaubt, mein Leben für diese Stadt gesetzt. Ich habe mich in meiner Lust und in meinem Wunsch nach Kindern mit Tolas unendlich zurückgehalten. Und nun wirft Lesnen mich ins Feuer wie einen Holzscheit!"
„Was kann ich zu deiner Verteidigung vorbringen?", erkundigte sich Derimen.
„Nichts, schätze ich. Ich bin unschuldig. Keines wird das glauben, oder wenn, werden sie sich den Ronatiden beugen. Ich bin schon tot."

In der Pause zwischen Anhörungen und Gerichtsrat trat Woglan an die Ratssprechin heran: „Auf ein Wort." Sie gingen in einen Winkel ohne Zuhörende.
„Die freie Rede bei einer Verurteilung ist dein Recht, Derimen. Darauf hast du beim letzten Urteil dieser Art hingewiesen. Ich ... Es liegt mir fern, dir hineinreden zu wollen. Aber könntest du mir sagen, was die Seele deiner Rede sein wird? Damit ich vorbereitet bin und notfalls Vorkehrungen treffen kann. Du weißt, wie einflussreich die Ronatiden sind."
Die Gefragte rang kurz mit sich. „Das Orakel wird gehört werden. Ich werde der Deutung nicht glauben, sofern sie von der Mutter des Klägers stammt, und ich bin davon überzeugt, dass Besar unschuldig ist. Aber die Anhörungen waren rechtens."
Woglan entspannte sich.
„Allerdings..."
„Ja?"
„Du bist die Stadtwahrin, du hast das letzte Wort. Ich kann sehen, dass du meiner Meinung bist, und ich kann sehen, dass du nicht vorhast, dich gegen den Rat zu stellen. Warum?"
Sie schöpfte Atem.
„Weil die Ronatiden einflussreich sind?", kam Derimen einer Ausrede zuvor. „Du wahrst diese Stadt, nicht ein Landgut der Ronatiden. Ich schäme mich für dich, Geehrte."
„So ist es nicht", war die Gegenüber erschrocken.
„Wie ist es dann?"
Ein kurzes Schweigen.
„Ich wäge den Willen der Geister und die Gesetze miteinander ab."

„Dann lass uns hoffen, dass uns der Willen der Geister verkündet wird und der Stadt kein Schaden droht." Derimen wartete ohnwort, bis Woglan ihre eigene neuerlich aufgekommene Spanne nicht mehr ertrug.
„So sei es", hauchte die Führin und wies sie, zu den Übrigen zurück voranzugehen.
„Bei allen Geistern, was hast du mit Woglan gemacht?", flüsterte Rowun, als seine Schwester sich neben ihn und Nirar setzte, wo sie bis zum Ende der Pause bleiben wollte.
„Ihr einen Eindruck von der Prügel gegeben, die sie verdient hätte, wenn sie sich weiterhin duckt", war die leise Antwort.

Udras' Gesang tönte aus ihrem Zimmer in die Kaminstube, als Derimen heimkehrte.
„Und?" Banés nahm ihr die Tasche ab.
„Blutige Lippen, völlig umsonst."
Er seufzte. „Das war ja zu erwarten. – Was ist das?" Er hatte mehrere Flecken auf dem Umhang seiner Frau bemerkt.
„Ach, noch mehr", stöhnte sie. „Ich wasche ihn gleich. Es gab eine Kundgebung für Besar. Ich bin angespuckt worden."
„Was?"
„Lass", winkte sie ab. „Wir sind alle nur Menschen. Es ist so ungerecht, ich verstehe sie."
„Du bist aber die gänzlich Falsche! Sie hätten sich Woglan aussuchen können."
„Woglan hört sich keine Straßenreden an. Ich bin Ratsmitglied. Lass. Es gibt vieles, das ärger ist, als angespuckt zu werden." Sie schüttelte den Kopf. „,Ich' ist ,wir alle'. Wenn wir das irgendwann denken können, wird die Welt ein glücklicher Ort sein. Bis dahin, falls es je dazu kommt, müssen Menschen mit Entscheidungsgewalt über andere durch ihr Handeln als Vorbild dienen können. Aber solange der Rat ein so menschenverachtendes Vorbild ist, kann ich besseres Verhalten kaum von Menschen verlangen, die wegen einer solchen Ungerechtigkeit in Walle sind. Und es waren nur wenige Augenblicke. Rowun sieht hübscher aus. Er ist jetzt in den Bädern." Müde rieb sie sich die Augen und ging, um Udras zu begrüßen. Als sie zurückkehrte, fehlte ihr Umhang ebenso wie Banés. Lächelnd folgte sie ihm in die Waschkammer, wo er bereits geendet hatte und den Stoff auswrang. „Nun? Was war im Rat?"
„Tolas hat für sie gesprochen. Er hat einen Eid abgelegt und ist bereit, ihn im Tempel zu wiederholen. Aber er hat Angst, vor Zeuginnen zu reden, und war sehr unsicher. Für viele Ratende ist die Form noch immer wichtiger als die Seele des Gesagten. Es gab auch viele Fürsprechinnen, die meisten aus dem Heer. Keine aus ihrer Sippe! Aksua hat als beider Freund ausgesagt, dem sie ihr Leid geklagt haben, wie hart die Verweigerung des Tanzes für sie war. Besar hat offenbar sehr eigene Vorstellungen über Schwurtreue, gleich, wie unsinnig ein Schwur sein mag. Ehe! Ha! So ein Wahnsinn!" Derimen sammelte sich mühsam wieder. „Ich habe vor einer Orakeldeutung durch Vartas' Mutter gewarnt, alles verwendet,

was Tolas und Aksua mir gesagt hatten. Aber der Rat hat es entschieden: Morgen werden die Geister befragt. Rate, wer ihre Antwort deuten wird. Ob ich wohl Begabung als Sehin zeige, wenn ich jetzt schon sagen kann, wie sie ausfallen wird?"
Nachdem Derimen sich gewaschen hatte, trafen die Geeinten sich wieder in der Wohnstube. Da Holz sehr teuer war und Wärmesteine die übliche Heizquelle waren, wurde der Kamin gewöhnlich nur befeuert, wenn Gäste erwartet wurden. Aber heute hatte Banés ein Feuer entfacht, was beiden zur Entspanne diente. Udras sang noch immer.
„Es ist so ungeheuer seltsam, dass Lesnen darin noch solche Unfreiheit hält", ließ er sich schließlich vernehmen. „Es ergibt keinen Sinn in dem sonsten Leben hier. Du hast Recht, dass Ehe hier zu einer Gefahr geworden ist."
„Das wird sich noch ändern. Aber an manchem Wahnsinn halten Menschen erstaunlich lange fest. Ich kann es nicht fassen!"

Abends, Udras übernachtete bei Bahlen, trafen die sonstigen Kanhartien sich bei den drei Eltern, um ihre Pläne zu besprechen. Ahte verkündete, dass die Erwarteten in ihrer und Imens Kammer beherbergt werden sollten, da diese der einzige Raum war, der von den Nachbaren nicht eingesehen werden konnte, wie auch ein kleines Stück des Gartens davor.
Schließlich machten die Mittleren sich zum Aufbruch bereit. Da drehte Derimen sich mit einem Mal Banés zu: „Bleibst du mit Udras zuhause, wenn es so weit ist?"
Er verzog das Gesicht.
„Wir können das Bündnis mit Viralí nicht gefährden."
Weh nickte er. Dann trat er ihr näher und umarmte sie. Sie lehnten sich aneinander, bis sie ihm wieder ins Gesicht blickte. „Banés ... Falls es nicht gelingt und wir entdeckt würden, verlöre ich nicht nur die Ratssprache. Wir würden auch in Kerker kommen. Würdest du Udras so lange..."
„Musst du das überhaupt fragen?", unterbrach er sie.
Sie seufzte.
„Aber warum bleibst du nicht immindest in der Nacht zuhause? Du kannst nichts ändern, wo auch immer du nun bist."
„Doch", erwiderte sie bestimmt. „Im Fall einer Entdeckung würde der Rat meinem Wort glauben, dass all dies mein Einfall war. Wenn die Strafe unter uns aufgeteilt würde, würde es Aksuas und Retsuas Leben halten."
Schweigend maß er sie, „ich liebe dich", und küsste sie.
„Hoffentlich gelingt es", hauchte sie. „Ich könnte es nicht ertragen, von euch getrennt zu sein."
Als sie sich voneinander lösten, stand Rowun mit auf der Brust verschränkten Armen neben ihnen, die Stirn in tiefen Falten. „Ich bleibe", sagte er. „Du musst gehen, Udras' wegen."
Derimen setzte zum Widerspruch an, doch er kam ihr zuvor: „Es ist nicht einzusehen, war-

um Vilak um seiner Kinder willen zuhause bleibt und du nicht. Ich bleibe hier, das kann die anderen vor dem Ärgsten bewahren. Aber du musst gehen!"
„Rowun, ich..."
„Gib einmal Verantwortung ab. Denke an Udras!"
„Er hat Recht", ließ sich Banés mit Schmerz in der Stimme vernehmen.
Derimen blickte von einem zum anderen, zögerte. Dann stimmte sie widerstrebend zu und drückte den Jüngeren an sich. „Bist du erwachsen geworden. Wenn dies misslingt, werde ich..."
„...die beste Fürsprechin sein, die wir uns wünschen können. Ein Grund mehr, dass du gehst." Rowun lächelte verkniffen.

Wie erwartet, sprach der Tempel Besar schuldig. Am folgenden Morgen, der verregnet war, holte sie der Leichenzug vom Turm ab. Tolas ging in ihrer Nähe; Derimen und ihre Brüder erwarteten sie an der Richtstätte.
„Seht euch Vartas an", grollte Rowun leise, als die nackte Verurteilte ihre Grube erreichte. „Zufrieden wie eine satte Katze."
Aksua mahnte mit einem Laut zur Stille.
Derimen trat vor. Sie hielt eine Rede ähnlich ihrer ehedemen vor dem Rat, in der sie ihre Bedenken harsch wiederholte. Banés schätzte ihren Eifer ein: Zum einen wollte sie künftiges Unrecht solcher Art verhindern, indem sie die Lauschenden zum Nachdenken bewegte. Zum anderen wäre es sicherlich aufgefallen, wenn die Ratssprechin nicht in ihrem gewohnten Einsatz vernehmbar gewesen wäre. Derimen endete mit dem Urteilsspruch, und Besar nahm ihren Platz vor der Grube ein. Die Haltung der Kriegin drückte nicht die geringste Furcht aus, nur Stolz. „Wie du, habe auch ich das Recht auf freie Rede, Ratssprechin", erklärte sie ruhig.
Die Benannte ehrte sie.
„Lesnen!", rief Besar. „Ich bin unschuldig! Ich wurde zu Unrecht angeklagt und habe Auskunft gegeben, die keine Lüge duldete! Lesnen aber hat mich zu schmachvollem Tod verurteilt. Ich verfluche euch!"
Erschrecken lautete auf.
„Ich verfluche diese Stadt, für die ich in unzähligen Schlachten mein Leben gesetzt habe und die es mir auf eine solche Weise dankt, dass sie Lügen Glauben schenkt! Ich verfluche meinen Gemahl, der diese verlogene Anklage gegen mich führt, allein, weil er einer anderen vor der Zeit die Hände geben will! Er ist eher bereit, mich zu töten, als noch ein Jahr bis zum Ende unserer Verbindung zu warten. Wie ich es getan hätte! Schändlicher, schwacher Lügner!"
Der selbstgefällige Ausdruck in Vartas' Gesicht war erloschen.

„Ich verfluche alle Priestinnen, die die heiligen Riten missbrauchen und das Wort der Geister verdrehen. Das Orakel über mich wurde von der Mutter des Klägers gedeutet, und sie glauben ihr! Ich verfluche sie! Da ich unschuldig bin, können die Schuldgeister mir nichts anhaben. Ich bin nicht ihr Opfer, und sie werden meine Seele nicht fressen. Ich aber werde ihnen den Weg zu den Seelen derer zeigen, die mich zu Unrecht in den Tod geführt haben! Sie werden euch holen! Alle, die daran beteiligt sind!"
Derimen spürte die Angst umher und war beeindruckt von der Stärke der Verurteilten.
Besars Blick fand Tolas. „Wenn eines es wagt, dem Mann zu schaden, den ich liebe und den ich nicht berührt habe, um den Gesetzen treu zu sein, werde ich mit Hilfe der Geister in eure Mauern eindringen. Ich werde die Stadt mit dem Grundgestein vereinen. Lasst ihn in Frieden leben, dann werde ich mich nur an denen rächen, die mir dies angetan haben." Sie schloss.
Einen Augenblick lang herrschte Schweigen. Dann stieß einer der Wächter sie in den Rücken. Sie tat einen Schritt gen Loch, als Tolas aufschrie: „Nein! Das könnt ihr nicht tun! Sie ist unschuldig! Besar!"
Mit hartem Griff hielt Aksua ihn fest.
„Besar!"
„Geh", sagte sie.
„Lass mich los! Besar!"
„Geh", wiederholte sie, und leise: „Bitte."
„Sie wissen es nicht", dachte Derimen. „Sie haben es ihnen nicht gesagt. – Hätte ich es ihr sagen sollen?" Aber Aksua hatte ihr eingeschärft, Besar gegenüber nichts anzudeuten. Derimen hatte geglaubt, weil er fürchtete, dass sie belauscht wurden, und Vilak, der die Wachen befehligte, hätte die Gefangene eingeweiht, als es sicher gewesen sei. Offenbar war dies ein Irrtum gewesen.
Die Gebundene kletterte ins Verlies. Tolas brüllte, während Aksua ihn mehr forttrug als geleitete. Seine Schreie waren noch zu hören, als die Gruft geschlossen wurde. Derimen blieb, Banés und Rowun an der Seite, bis der Platz sich fast geleert hatte. Besar in ihrer Gruft schrie nicht. Als kein anderes mehr in Hörweite war, flüsterte Rowun: „Hoffentlich geht es gut. Hoffentlich reicht die Luft."
„Ja", sagte Derimen tonlos.

Tolas saß mit verweintem Gesicht unter einem dichten Strauch, der ihm groben Schutz vor dem Nieselregen bot. Die ihm nahende Ratssprechin gewahrte zu ihrer Verwunderung Fesselspuren an seinen Handgelenken. Aksua folgte ihrem Blick. „Er war nicht zu bändigen, bis wir hier waren und ich es ihm ohne Zeugen sagen konnte."
„Warum habt ihr es ihnen nicht vorher gesagt?"

„Damit kein Blick und keine Geste es verrieten. Vartas ist nicht dumm. Es war grausam, ich weiß, aber es ist besser so. Ich konnte nur mit Mühe verhindern, dass Besar ein Messer mit ins Grab gegeben wurde. Sie trägt im Heer hohes Ansehen. – Wie ist es dir, Tolas?"
Der Angesprochene hatte sich erhoben. „Wenn dies nur schon vorüber wäre. Und wenn ihr nur die Luft nicht ausgeht." Er ehrte Derimen. „Ich danke euch." Sein Blick war unruhig, seine Bewegungen fahrig. „Wenn dies nur schon vorüber wäre."
Auf Aksuas Drängen hin weilten die drei Eltern für diese Nacht bei Bekannten, falls die Befreiung entdeckt werden würde. Er selbst brach mit der Dämmerung auf, um seine Freundin über die Erde zu holen, so bald es die Verhältnisse auf dem Platz zuließen. Danach, so war es verabredet, würden sie bis zu Nachtmitte in einer Gruft warten.
Rowun und Tolas saßen bei kleinem Licht und hinter Vorhängen, als endlich Pferde in den Hof traten. Die Tiere wurden geführt, der Klang ihrer Hufe war leise. Wenig später kamen drei in dunkle Umhänge gehüllte Gestalten ins Haus. Tolas flog Besar entgegen.
„Ihr seid nicht gesehen worden?", bangte Rowun.
Sein Bruder schloss die Tür. „Fast keines auf den Straßen. Verfolger waren nicht zu bemerken." Er nahm die Umhänge der Übrigen entgegen, um sie auf die Trockne zu hängen.
„Den Regen schickten uns die Geister", lächelte Besar. „Und euch schickten sie mir ebenfalls. Ich danke sehr." Sie sah Rowun an. „Euch allen. Sollte ich nicht zunächst in den Keller gehen?"
„Nein", ließ sich Aksua vernehmen. „Falls dies noch misslingen sollte, wäre der Keller nicht sicherer. Habt ihr Hunger? Ich habe heute noch fast nichts gegessen."
„Ja", seufzte sie. Tolas, der nicht aus ihrer Umarmung weichen wollte, schloss sich ihr an. Sie gingen in die Küche, wo eine kleine Mahlzeit sie erwartete.
„Oh, Wein!", rief Retsua aus. Das Gesicht der Heerführin legte Spanne ab.
Aksua lächelte.
Speisen und Beisammensein brachten ihnen Wohle. Es blieb ruhig, und als es zum Morgen dämmerte, standen noch immer keine vor der verriegelten Hoftüre, um Einlass zu verlangen. Tolas erkundigte sich nach der weiteren Fluchtplanung. Aksua und Retsua erzählten von der Stimmung im Heer, die am Vortag einem Aufruhr recht nahe gekommen war. Besar bekundete ihr Bedauern darüber, keinem ihrer Verwandten eine Nachricht ihrer Errettung zukommen lassen zu können, da sie alle der Sippe ihres Gemahls zu treu gegenüber standen. Als Rowun verstand, dass die Kriegin zuvor nichts von den Bestrebungen, sie aus der Grube zu retten, gewusst hatte, erkundigte er sich ungläubig danach.
„Ich habe geahnt, dass Aksua eines plante, aber nicht mehr", bestätigte sie.
Dieser merkte auf.
„Du hast Risdi dieses winzige Messer abgenommen. Ich wusste, dass du es nie getan hättest, um meine Pein zu verlängern. Aber ein Plan ist noch keine Rettung, und als die Luft

schlechter wurde, war es keine große Hoffnung. – Mein treuesten Freundinnen. Wie kann ich euch danken?"
„Indem du überlebst", erwiderte Retsua und schenkte ihnen Wein nach.
„Und uns hin uns wieder schreibst, wie es euch geht", ergänzte Aksua.
„Dir muss ja viel an mir liegen", sagte Besar mit unbewegter Miene, der Scherz darin kam kaum zum Ausdruck.
„Wie oft hast du mir das Leben gehalten? – Und du weißt es doch: Du bist die Einzige, der ich je die Hände gegeben hätte."
Sie lachte schallend auf. „Lügner!"
„Nun, abgesehen von Udras, der ich allerdings fest versprochen bin", grinste er, wurde aber sogleich wieder ernst. „Keine Ausflüge in den Garten, Besar. Ich weiß, dass es dir nicht leichtfallen wird, dich nicht zu bewegen, aber wann immer du das Verlangen danach hast, sage dir, wie viel Bewegung in der Grube möglich wäre."
Sie bejahte. „Ich hänge am Leben."

Derimen fand Aksua mit müden Augen im Garten, wo er sie erwartete.
„Alles in Ordnung?", fragte sie.
„Bisher. Die drei liegen im Bett, Retsua ist schon fort. Hast du da Frühstück mitgebracht?"
„Mit einem Gruß von Banés. Wir haben die ganze Nacht nicht schlafen können."
Er nickte aufseufzend.
„Weiß Esdri eigentlich hiervon?", erkundigte sie sich.
„Nein. – Sag nichts", bat er. „In mir wirbelt ohnehin genug."
Nachdem Besar und Tolas aufgestanden waren, berichtete Derimen, dass nicht wenige Häuser von Angehörigen des Heeres Trauer trugen, als Zeichen der Ablehnung des Urteils gegen Besar und des Mitgefühls mit ihren Nahen.
„Na, da danke ich schön", spottete die Kriegin. „Sie hätten sich vorher für mich stark machen können, oder?"
„Nicht anders, als sie es taten", war Derimen versonnen. „Nicht nach den Gesetzen. Aber die Gesetze brauchen einen gründlichen Abwasch, das ist heute so sicher wie schon lange nicht mehr."
„Scheinbar glaubst ausgerechnet du nicht an die Gesetze", bemerkte Besar. „Wie kann das sein?"
Derimen schnaufte. „Die Gesetze sollen den Menschen dienen, und sie verändern sich. Meistens zum Guten, aber immer zu langsam. Wie diese träge Welt."
Der Gegenüber Gesicht zeigte Erstaunen.
„Keine unnoten Opfer, wenn ich es hindern kann", erklärte Derimen.
„Die Gesetze würden dir darin widersprechen."

„Heute, ja. Aber Verantwortung wiegt schwerer als Gesetze. In einer Generation, spätestens in der zweiten, werden unsere Nachfahrenden an dieses Gesetz denken und sich fragen, wie ein solcher Unsinn jemals Wert und Recht finden konnte. So gesehen, sind wir nur ein wenig zu früh geboren."
Besar lachte. „Dank eurer Furchtlosigkeit mag ich vielleicht Nachfahrende haben. Ich danke euch."

Die Flucht blieb unentdeckt. Dennoch ergaben sich Schwernisse, mit denen die Kanhartiden nicht gerechnet hatten.
„Warum kann ich nicht zu den drei Großeltern?", quengelte Udras. „Es ist doch Ruhetag!"
„Sie kommen gleich", antwortete Derimen geduldig. „Und wir werden alle den Tag am Hafen verbringen."
„Warum darf ich nicht mehr bei ihnen schlafen?"
„Wegen ihres Gastes, der trauert. Das weißt du doch, Herz. Es dauert ja nicht mehr lange."
Udras stülpte die Unterlippe vor.
„Möchtest du einmal auf einem Schiff schlafen?", lockte Derimen.
Die Mede riss die Augen auf. „Auf einem Schiff? Richtig auf dem Wasser?"
„Ja. Wir haben Rajut gefragt, und deinetwegen ankert sein Schiff heute nicht im Hafen. Bahlen und Reija kommen auch."
Sie jauchzte auf.
„Wenn du willst, kannst du schon spielen gehen", bot Banés ihr an. „Wir räumen auf."
Erneut lautete sie froh und lief hinaus.
Als die Erwachsenen allein waren und den Spieltisch einklappten, bemerkte der Botschafter: „Ich sollte sie nach Vòs mitnehmen."
Derimen staunte ihn an.
„Sie versteht nicht, warum sie nicht zu den Dreien darf. Ihr Quengeln könnte auffallen. So ist sie abgelenkt. Wenn wir zurückkämen, wäre es kein halber Mond mehr bis zum Aufbruch nach Viralí."
Versonnen nickte seine Frau. „Es ist eine gute Lösung." Sie verstauten den Tisch im Inneren einer Liege.
„Aber?"
„Kein wirkliches Aber. Udras über eine Woche nicht zu sehen, dich auch nicht und danach dich noch einmal für so lange Zeit nicht, wird mir schwerfallen. Menschenleben gehen vor. Udras ist groß geworden, ich sollte es ihr zutrauen." Derimen seufzte.
Banés küsste sie. „Dir wird die Zeit schon nicht lang werden. Genieße sie. Das hast du doch immer verstanden."
Sie streckte ihm die Zunge heraus.

„Bereit für die Reise?", fragte Aksua seine Freundin.
„Nun, ich habe wenig zu packen, nicht wahr?" Besar grinste.
„Ich werde dich vermissen", bekundete er.
„Ja. Ich dich auch." Sie umarmte ihn. Nachdem der Ernst sie verlassen hatte, erklärte sie: „Und mein angenehmes Gefängnis. Deine Sippe sei gesegnet. Ich kann mein Glück kaum fassen. Kein Krieg; keine Intrigen; keiner, der mich anwidert. Angenehme Menschen. Nichts zu tun, als Weile mit ihnen zu verbringen. Und diese Nähe zu Tolas, jetzt schon. Ich danke den Geistern dafür! Aber ich bin froh, wenn es gen Viralí geht, wenn ich mich endlich wieder bewegen kann und neues Werk finde. Und wenn Tolas keine Angst mehr haben muss. Dies alles lastet ihm sehr."
„Noch zwei Tage."
„Ja."

Der Botschafter hatte Besar, die nun Viralíkleider trug, in seine ihn abholende Reisebewachung eingereiht. Tolas war ihnen vorausgereist, mit angeblich unbekanntem Ziel. Während die Übrigen schon aufgesessen hatten, stand Banés noch bei Derimen. „Wieder und wieder verlässt du mich", klagte sie an seiner Brust.
„Und wieder und wieder kehre ich zu dir zurück." Er ertastete einen weiteren Kuss. „Es könnte das Geheimnis eines glücklichen Bandes werden, wenn wir immer wieder Abstand halten."
Derimen schnitt eine Grimasse. Er hob Udras hoch und drückte sie lange, ehe er aufs Pferd stieg.

Über vier Monde war Banés fort, die seiner Sippe in Lesnen fast unerträglich erschienen. Derimen verstand, dass die Zeit, in der sie gerne mit ihrem Kind allein gelebt hatte, endgültig vorüber war. Allein mit Udras oder in einer Wahlgemeinschaft zu wohnen, war lange ihr Wunsch gewesen. Nun gewahrte sie, dass die zweite Möglichkeit ihr noch immer wohl erschien, wenn es ihr einst möglich werden sollte, aber nur mit Banés. Um sich von ihrer Trennungswehe abzulenken, gab sie zusätzlichen Redeunterricht in einer Schule, die einen Austausch mit der Ratsschule hielt. Das Werk mit den Kindern bereitete ihr Freude, und sie genoss es, mehr Zeit mit ihrer Tochter zu verbringen, die sie begleitete.
Auf Rowun lag große Spanne. Nirar war es in der letzten Zeit merklich besser, aber sie riefen dennoch seltener zum Schauspielbesuch als früher, so dass Derimen sich schließlich selbst nach den derzeitigen Stücken erkundigte und die beiden hin und wieder zum Gang überredete. Imen, Ahte und Ransar hielten zumindest äußere Gelassenheit; Aksua brannte auf die Rückkehr seines Bruders. Es half ihm in seiner Unruhe, dass er und Ransar für einen Winter ungewöhnlich viel in Heeresdingen unterwegs waren und kaum in der Stadt

weilten. Sie kamen eine Woche vor Banés heim, der mit den ersten Frühlingstagen nach Lesnen zurückkehrte.

„Sie haben wohle Aufnahme gefunden", berichtete er, als die laut im Garten spielende Udras ihn nicht hören konnte. „Keine Späher der Ronatiden, wie es aussieht. Wurde das Grab inzwischen geöffnet?"

Aksua verneinte froh. „Es riecht nach Sicherheit."

Alle waren erleichtert.

„Ich habe auch noch eines zu sagen", verkündete Rowun wie ein Seufzen.

„Ist es um Besar?", fragte Aksua, verwundert über die Spanne, die von seinem Bruder ausging.

„Nein. Ich..." Der Jüngere atmete tief ein. „Ich bin mit Nirar geeint. Nun wisst ihr es."

„Seit wann?", freute sich Ahte.

„Schon eine Weile. Ich wollte es früher sagen, aber es ist in so kurzer Zeit so viel geschehen, ich war ziemlich durcheinander, und ... Jedenfalls lieben wir uns sehr. Das wisst ihr schon, oder?"

Lächeln antwortete ihm.

„Sie ist ein wunderbares Mensch", versicherte Imen.

„Ja ... Wir erwarten ein Kind."

Alle merkten auf.

„Sie werden es beide nicht überleben." Rowun kämpfte sichtlich gegen Tränen.

Derimen legte den Arm um ihn, erstaunt, dass sie seine offensichtliche Unruhe der letzten Zeit derart missverstanden hatte. Er lehnte sich an sie. „Verzeiht, dass ich es verschwiegen habe. Gerade ich, der sich damals bei Banés so heftig über seines beschwert hat. Aber es war zu viel auf einmal, dann war Banés fort, und Nirar wollte, dass ihr es gemeinsam erfahrt. Ich habe es ihr versprochen." Er verstillte, wischte eine Träne ab.

„Wir sind bei euch", sagte Ransar.

„Was können wir tun?", fragte Imen.

„Nichts, als da zu sein. Es ist nichts zu tun, als zu warten." Abermals seufzte Rowun, diesmal tief.

Eine kurze Pause entstand.

„Was haben Viched und Trames zu eurer Einigung gesagt?", erkundigte sich Aksua.

„Trames nur: ‚Na, endlich.'"

„Und Viched?"

Rowun verzog den Mund. „Das wiederhole ich nicht. Sie freuen sich beide. Ich scheine der Einzige zu sein, der auch einen Schatten trägt."

„Sag mal", ließ Derimen sich vernehmen. „Weiß Nirar über Besar Bescheid?"

„Musst du so fragen? Frage lieber, ob ich es ihr erzählt habe. Sie hat mein Nägelkauen gespürt. Und mich gebeten, ihr nichts zu gestehen, das ein Gesetzesbruch wäre und von ihr gemeldet werden müsste. Aber sie wird ahnen, dass Besar lebt, davon gehe ich aus."
„Bist du sicher, dass sie darüber schweigt?" Das kam von Aksua.
„So sicher wie bei jedem anderen Mitglied der Sippe", erwiderte Rowun fest und bemerkte die Miene des Älteren erstarren.
Noch über Weile saßen sie ernst beisammen, erlebten aber auch Erleichterung darüber, dass sie wieder vereint waren. Als Banés und Derimen sich zum Aufbruch bereitmachten, erklärte Aksua: „Ich habe Udras für heute eingeladen. Ist euch das recht?"
„Geht das nicht morgen?", bat der Heimgekehrte. „Ich habe sie so vermisst."
„Sicher." Der Krieger grinste. „Ich wollte euch den Abend freihalten."
Seine Schwester lachte leise. „Wir sind ja schon groß. Aber dank dir sehr."

Derimen hatte die Kleine zu Bett gebracht. Zurück in der Wohnkammer, sah sie Banés mit Blick in den Garten am Fenster stehen. Versonnen spielte er mit weißen Waschsteinen. Als Heranwachsender hatte er dies getan, wenn ihm eines Kummer bereitet hatte. Nun hielt er sie in Herzhöhe. Derimen trat an ihn heran und umarmte ihn. „Was ist dir?", fragte sie und bedauerte, dass er sich nicht nach Tanzdurst anfühlte.
Er drehte sich um, stützte sich an sie. „Vannét und Wuhtá."
„Habt ihr wieder gestritten?"
„Nicht über das übliche Maß hinaus. Nein, sie sind in den Krieg gezogen, als ich aufbrach. Es ist über einen Mond her, die Schlachten sind sicher geschlagen. Nun muss ich warten, bis ich Nachricht von ihnen habe." Er seufzte kaum hörbar.
„Komm", sagte sie. „Wir machen es uns vor dem Kamin gemütlich."
Dort währte es, bis Banés sagte: „Es wäre nicht nötig gewesen. Der Krieg, meine ich. Es waren verhärtete Verhandlungen, aber die Schwernisse hätten belanglos sein können, wenn nachgeben nicht für sie Gesichtsverlust bedeuten würde. Ich sorge mich so sehr um sie. Es ist schwer zu verstehen, warum Menschen in selbstgewählten Gefängnissen bleiben. Viralí wird langsam wohlhabend, es hat gute Bündnisse und guten Handel, doch noch immer hält es eine Kriegsbereitschaft, als ginge es jeden Tag um Bestehen oder Untergang. Ich habe den Eindruck, es ist jetzt ärger als früher, obwohl Viralí jetzt sicherer ist."
„Veränderung bringt Unsicherheiten, und sie machen Angst. Das weißt du doch." Derimen griff seine Hand. „Erwarte nicht zu viel von ihnen."
Er schüttelte den Kopf. „Menschen bekommen im Leben so viele Wunden und Narben. Warum können Viralí sich nicht auf diejenigen beschränken, die das Leben ihnen ohnehin zufügt? Ist es wirklich nötig, anderen in Feindschaft zu begegnen? Lesnen erlaubt Gewalt nur Kriegsbediensteten und Kindern. In Viralí ist es eine gewöhnliche Art der Auseinandersetzung. Ich verstehe es nicht, es erscheint mir so dumm!"

Derimen lud ihn in die halbe Lage, zog die Decke über ihn und hielt ihn. Wiederum war es lange still, Banés sah in die Flammen im Kamin, schließlich wiederum seine Gefährtin an. „Es ist so seltsam, ein Grenzgänger zu sein. Nicht wirklich dazuzugehören. Nach Viralí und nach Lesnen, nach Lesnen mehr, aber beides nie wirklich, nur zum Teil, weil das jeweils andere mich immer begleitet. Ich liebe Vannét und Wuhtá. Aber mein Blick ist teils der von außen, und meine Sprache ist es auch. Ich kann reden, so viel ich will, es verändert nur wenig. Ich bin nicht klüger, weil ich von außen schauen kann. Ich bin nur ein Grenzgänger."
Sie nickte.
„Ihr seid die Einzigen, die das verstehen."
„Nicht ganz", erwiderte sie. „Nicht in dieser Tiefe. Als die Drei damals entschieden, Viralís Sprache und Bräuche anzunehmen, entschieden sie für immer über unsere Leben. Ich denke meistens in Viralí, obwohl ich es erst in Udras' Alter gelernt habe. Wenn ich Gespräche mit Vertretinnen der Völker habe, die viralí sprechen, merke ich, dass ich mich wohl fühle und vor Beeinflussung durch Vertrautes hüten muss. Aber ich bin immer Lesne gewesen. Ich bin nie entwurzelt worden, ich musste mich nie zwischen den Meinen entscheiden. Ich musste keines verletzen, weil ich gegangen wäre. Ich stehe nicht zwischen zwei Völkern. Vielmehr durfte ich durch beider Anwesenheit in meinem Leben lernen, dass die Angewohnheiten einer Gemeinschaft keine Wahrheiten sind. Und dass das auch für mich selbst gilt. Deine Bürde trage ich nicht", sagte sie.
Er küsste sie auf den Arm. „Ich liebe dich."
Sie antwortete ihm.
„Und ich bin müde."
„Ja, ich auch."
Sie erhoben sich, sorgten gemeinsam um das Feuer, dann wandte er sich gen Bett, sie ging noch einmal zum Abtritt und öffnete dann, wie an jedem Abend, Udras' Kammertür. Als Derimen sich zu ihm legte, hing Banés noch immer seinen Gedanken nach. „Heimat ist nur zum Teil ein Ort", sagte er leise. „Wuhtá sagte mir oft, dass Glück kein Dauerzustand sei. Dass es immer neu errungen werden müsse. Dass Menschen nicht in der Lage seien, Glück zu halten. Er ist der Ansicht, dass Glück eine große Walle bedeutet, Erfolg zum Beispiel, und solches andauernd zu halten, wäre gewiss unerträglich. Aber ich sehe das anders. Glück ist mir meistens bescheidener, nahe an Zufriedenheit über das, was in mir ist und mich umgibt, aber doch mehr. Wie Wärme, nicht wie Hitze, und durchaus von Bestand. Wie Wärmesteine im Inneren. Ihr lehrtet mich, das Leben zu lieben. Zunächst die Drei, dann ihr alle. Und nun ihr beide auf eine Weise, die diesen Weg weitergeht.
Ransar, Ahte und Imen haben uns beigebracht, wie wertvoll miteinander geteiltes Leben ist. Dass unsere Schätze Liebe und Bildung sind, weil sie Glück bringen und sich nicht wie Güter erschöpfen. Wenn sie gepflegt werden. Dadurch, dass die Drei es uns lehrten, kann ich glücklich sein. Nicht nur hin und wieder vom Glück überrascht werden, beglückt werden,

sondern glücklich sein. Im Erleben und in der Pflege von Glück. Ich kann sehen, wie gut mein Leben ist, und ich weiß mein Glück mit euch zu schätzen."
Derimen wischte ihre Tränen fort. „Ist es ein neues Ziel, mich sprachlos zu machen?"
„Nun, zumindest ist es eine Herausforderung."
Sie lächelten.
„Was ist dein Glück?", fragte Banés, als er ihre Wangen mit der Decke trocknete.
„Ihr. Udras als das wunderbarste Kind, das ich mir vorstellen kann. Du als Mann und Bruder. Ihr alle, Sippe und Freundinnen. Jeder Tag, den ich mit euch verbringen darf."
„Ich warte noch auf das ‚Und das Werk'", neckte er.
„Ja, schon. Ich brauche es, es erfüllt mich zum Teil. Ich wachse durch mein Werk. Und ich bin froh, zum Nutzen der Menschen beitragen zu dürfen. Aber ihr steht vor dem Werk, weit davor. Beides sind die größten Teile meines Glücks, ja."
Seine Augen leuchteten.
„Sag was dazu", bat sie.
„Kann ich nicht. Jetzt bin ich nämlich sprachlos."
Sie redeten nicht mehr, schmiegten sich aneinander und schliefen bald ein.
Als Banés am Morgen langsam aus seinen Träumen zurückkehrte, gewahrte er ein Gefühl von Geborgenheit, wie er es so umfassend seit seiner späten Kindheit nicht mehr gehabt hatte. Mit Weile wurde er klarer und erkannte, dass er sich mittens seiner beiden Lieben befand: Derimen hielt ihn, hinter ihm liegend, in den Armen; Udras hatte sich zu ihnen gesellt und sich schlafend an ihn gekuschelt, das leise Kinderschnarchen verlauten lassend, an dem jene, die sie kannten, schon an einer geschlossenen Tür zu hören vermochten, dass die Mede schlief. Banés lauschte der Kleinen, Derimens gleichmäßigen Atemzügen wie seiner eigenen Wohle und war auf eine tiefe und ruhevolle Weise glücklich, die er noch nicht kannte. Sein Inneres erwärmte ihn, als wäre er selbst ein Wärmestein.

Eine Heilin hatte Nirar untersucht und Rowun, Trames und Viched von ihren Beobachtungen berichtet. „Sie hat keinen zusätzlichen Arg, aber die Kindestrage wird sie töten", endete sie. „Allerdings: Noch lange zu leben, hat sie nie hoffen können."
„Die Krankheit ist mit der Geschlechtsreife ausgebrochen, wie bei allen anderen, und seitdem wurde sie immer nur ärger. Aber jetzt geht es Nirar besser als je seitdem", wagte Trames einen Widerspruch. „Ich habe den Eindruck, die Kindestrage ist für sie das Beste, das die Geister schicken konnten."
„Sie wird sterben. Wann, weiß ich nicht. Und das Kind mit ihr. Es wird nicht zur Geburt kommen."
Rowun lehnte sich an die Wand. Er bebte. Viched griff seine Schulter. Sie blieb ohnwort, aber in ihrer Geste lag eine Verbundenheit, die ebenso viel sagte wie das wortgegebene Versprechen, ihm beizustehen.

Eine Woche später gab Rowun sein Haus auf und zog zu ihnen. Als die Kanhartiden am nächsten Ruhetag bei den drei Ältesten zusammengekommen waren, erklärte er, dass er und Nirar einander die Hände geben würden.
„Das ist nicht dein Ernst!", entfuhr es Derimen.
Und Aksua: „Eine freiwillige Ochsenkette?"
Nirar sah sie erschrocken an.
„Wir habe über die Ehe unterschiedliche Vorstellungen", wehrte Rowun ab, der auf Widerstand seiner Geschwister vorbereitet war. Gen Derimen sagte er: „Dir liegt nicht viel an den Geistern, und ich sage es gut so. Für dich. Aber ich teile deine Bedenken gegen die Ehe nur dort, wo der Tempel und die Gesetze sich miteinander vermischen, wo Strafen gegen Menschliches verhängt werden. Gegen die Ehe selbst oder eine Dauer von zwölf Jahren habe ich nichts einzuwenden." Er verzog den Mund. „Ich wünschte, zwölf Jahre wären eine Aussicht, die wir hätten."
„Soll ich lieber hinausgehen?", ließ sich Nirar vernehmen.
„Unsinn!", rief Aksua. „Nimm uns nicht zu ernst. Keines ist gegen dich. Eine gewünschtere Schwagin könnte ich mir nicht vorstellen." Ihre Stirn war faltendurchzogen, bis er ihre Hand drückte.
„Außerdem hat Derimen ganz eigene Gründe für Einwände gegen die Ehe", neckte Banés.
„Du Scheusal", tadelte die Benannte ihn, grinste jedoch und nickte Nirar zu. „Du bist Teil unserer Sippe. Aber Ehe..." Derimen schnitt eine gequälte Grimasse, schätzte darauf Rowun und nahm ihn in die Arme. Er lehnte sich an sie. Sie lächelten, als sie sich wieder voneinander lösten.
„Welchen Namen wählt ihr?", erkundigte sich Imen.
„Den euren", erwiderte Nirar. „Wenn euch dies nicht beargt."
„Es ehrt uns."
„Habt ihr Bedenken gegen unsere Ehe?", fragte Rowun die drei Eltern.
Imen und Ahte verneinten mit frohen Gesichter, und Ransar antwortete: „Ihr seid doch längst in Ehe. Wenn es euch freut, sie auszurufen, tut es nur. Was sagt denn deine Sippe dazu?", wandte sie sich an Nirar.
Die Jüngere atmete tief ein, während Rowun zornig schnaubte.
„Sie ist nicht erfreut", sagte sie.
„Und droht mir mit einer Klage!", fauchte er.
„Was?"
„Beruhige dich." Nirar rührte ihn sanft. „Selbst wenn das nicht nur in Wut gesagt sein sollte, lasse ich solches nicht zu."
„Was ist denn geschehen?", erkundigte sich Banés besorgt.
„Es gab einen Streit mit Nirars Vater", berichtete Rowun. „Er hat mir unterstellt, ich sei auf die Güter der Balrinen aus! Und nutzte Nirars Krankheit zu meiner eigenen Bereicherung!"

Die Zuhörenden lauteten verblüfft auf.
Nirar lächelte. „Rowun hat Irte angeschrien", berichtete sie mit offenkundigem Vergnügen. „Güter seien ihm gleich. Im Gegensatz zu einer gewissen Sippe, liege ihm an meinem Wohl. Er werde auf jedes Erbe verzichten." Liebevoll sah sie ihren Gefährten an. „Darüber reden wir aber noch."
„Nein! Ich will nicht über Erbe reden!"
Sie zupfte an seinem Ärmel.
„Wir haben doch nur diese kurze Zeit, du und ich. Ich will nicht an deinen Tod denken. Er wird ohnehin zu früh kommen."
Nirar seufzte leise.

Die Balrinen mieden Nirar offensichtlich; kaum eines von ihnen war zum Handgebefest erschienen. Nur ihr Vater, ihr Bruder und eine Vaterschwester waren gekommen. Die Geeinten hatten beschlossen, sich ohne Beistand einer Priesterin zu vermählen, obwohl es im Kreis ihrer Befreundeten einige gab, die Dienst im Tempel hielten. Der war nach den Wünschen des Paares nicht anders als mit wohlen Gerüchen geschmückt worden. Der ganze Rat war samt seiner Angehörigen anwesend, aber es gab auch viele Gesichter, die den Kanhartiden nicht bekannt waren.
Derimen hasste Eheschließungen, diese jedoch war ihr immindest erträglich. Rowun und Nirar gingen Arm in Arm in das Herz des Tempels, der Gesellschaft voran. Sie beide trugen die gleichen Kleider und strahlten wie die Sonne. Vor dem Altar gaben sie einander frei gewählte Eheversprechen, in denen ihre Liebe auf eine Weise zum Ausdruck kam, die in einzelnen ehedem lästernden Mienen Scham wachsen ließ. Derimen bemerkte es mit Genugtuung, als sie aus halbem Blick Banés neben sich seine Augen wischen sah. Sie ergriff seine Hand. Er schenkte ihr einen Luftkuss und richtete seine Aufmerksamkeit dann wieder auf die Schwörenden. Ransar trat jetzt neben sie und überbrachte ihnen den Segen der Kanhartiden, zu denen Nirar nun auch dem Gesetz nach gehörte.
Das anschließende Fest im Haus der Vermählten stand im Gegensatz zur Schlichtheit des Tempelschmuckes: Überall hingen farbige Bänder; Speisen und Getränke luden zum Schmaus ein. Es wurde musikgetanzt, selbst Nirar versuchte es vorsichtig. Ihre drei Verwandten verabschiedeten sich jedoch nach dem Essen. Sie sah ihnen weh nach.
Rowun legte den Arm um sie. „Lass sie dich nicht beargen", bat er. „Nicht heute."
„Gar nicht mehr, wenn ich es schaffe", erwiderte sie.
„Wie können sie nur?", fragte Ahte, zum ersten Mal seit langem sichtlich aufgebracht. „Sie sind eben dann gegangen, als es keine Höflichkeit mehr verletzte. Aber du bist Teil ihre Familie! Irte ist dein Vater! Eles dein Bruder!"
„Sie sind froh, wenn sie mich vergessen können", erklärte die Jüngere.
Ahte sah sie entgeistert an.

„Ich bin die Letzte. Die Männer bleiben von meiner alten Begleitung verschont, und alle Frauen außer mir hat sie getötet. Wenn ich ebenfalls tot bin, können sie sie vergessen. Es ist ihnen leichter, jetzt schon davon auszugehen, ich wäre es." Sie lächelte über den Kummer im Gesicht der Nebensitzenden. „Sei ihnen nicht arg. Es sind nicht alle Sippen so stark wie deine."
Ahte lächelte. „Unsere Sippe ist glücklich darüber, dass du ein Teil von ihr bist."
„Da sage noch eine, ich wäre kein Glückskind!", dankte Nirar ihr. Aber sie war noch so lange ernst, bis Rowun sie, die an diesem Tag nicht mehr zu laufen imstande war, hochhob und für einen Tanz zur Musik trug, ohne sie abzusetzen.

Monde vergingen, und Nirar lebte. Ihre Befürchtung, mit dem zunehmenden Gewicht nicht mehr gehen zu können, bewahrheitete sich nicht. Stattdessen besserten sich ihre Schmerzen so sehr, dass sie oft ohne Mittel dagegen auskam.
Aber an einem verregneten Tag, Rowun und Trames kehrten mit vollen Körben vom Markt zurück, verließ Itasi das Haus. Sie grüßten sie und luden sie zum Essen ein.
„Ich danke", entgegnete sie. „Aber ich muss noch zu einer anderen Anvertrauten." Sie verabschiedete sich.
Die Hinzugekommenen schauten einander an.
„Anvertrauten?", fragte Trames.
Rowun blickte gen Schlafkammer.
„Ich kümmere mich allein darum", beschloss der Ältere mit Weis auf die Einkäufe. Rowun trug sie noch mit ihm in die Küche und ging dann zu Nirar.
Sie saß am befeuerten Kamin und sah ihm ernst entgegen.
„Was ist geschehen?", fragte der Eintretende. „Itasi kam nicht nur zu Besuch?"
„Nein. Setz dich, Herz."
Er kam dem wöhnend nach.
„Ich glaube den Heilinnen, dass die Kindestrage mich töten wird, spätestens bei der Geburt. Ich will, dass mein Körper geöffnet wird, wenn ich tot bin."
Rowun erschrak.
„Notfalls vorher. Um das Kind zu retten. Itasi hat es mir zugesagt. Du wirst sie nicht daran hindern, versprochen?"
Er hielt sich unter aufsteigenden Tränen die Hand vor den Mund.
„Versprochen, Rowun? Das Kind geht vor. Ich will, dass es lebt."
Er nickte weinend.
Sie barg ihn. „Ist ja gut."
„Ich töte dich!", heulte er.
„Was?"
„Ich töte dich", wiederholte er. „Wenn wir nie getanzt hätten..."

„Wenn wir nie getanzt hätten, wenn ich dich nicht an meiner Seite gehabt hätte, wenn ich nicht kindestragend geworden wäre, wäre ich längst tot!", rief sie. „Seit ich das Kleine trage, geht es mir so gut wie seit Jahren nicht mehr! Das weißt du! Ihr beide, du und das Kind, habt Kräfte in mir zurückgerufen, die ich längst vergangen glaubte!"
Er wischte sein Gesicht mit dem Arm ab.
Nirars Griff würde fester. „Liebster. Vor Jahren hieß es, ich würde keine zwei Dutzend werden. Seit ich es war, staunen die Heilinnen über jeden Mond, den ich lebe. Sie sagten, ich solle dankbar für jeden Tag sein, und das bin ich. Dann glaubten sie, ich würde nicht einmal die erste Zeit einer Kindestrage überleben. Ich tat es, und es hieß, die spätere sei mein Tod. Bald wird unser Kind auch ohne mich überleben können. Ich lebe jetzt, und das habe ich euch zu verdanken." Er setzte zu heftigem Widerspruch an, doch ihr Strahlen ließ ihn still bleiben. „Du hast mich so glücklich gemacht. Ich habe früher geglaubt, das Leben erscheine mir so kostbar, weil der Tod immer neben mir steht und mich mahnt, das, was er mir lässt, zu schätzen. Aber mit dir kam solche Fülle in mein Leben. Glück. Und unser Kind! Ich werde Leben hinterlassen." Sie koste sein Gesicht. „Und Schmerz. Es ist mir leid, dass ich das nicht ändern kann. Es ist arg, euch zurücklassen zu müssen. Dich mit all der Last. Das Kleine ohne mich. Aber ich bin so dankbar für euch."
„Ich schaffe das nicht ohne dich", hauchte er.
„Doch. Du wirst es schaffen. Und die anderen werden dir helfen, Trames und Viched und unsere großartige Sippe. Ihr werdet es schaffen. Ich wünschte, ich wäre bei euch."

Dieser Auftrag hatte Banés übers Meer geführt. Nun, da er heimkehrte, flog Derimen ihm auf der Laufplanke so heftig entgegen, dass sie beinahe ins Wasser gefallen wären.
„Erfolgreich?"
„Ein Friedensvertrag", leuchtete er. Sie küssten, bis die übrigen Reisenden sie an den Weitergang erinnerten. An der Hafenmauer stellten sie Banés' Gepäck ab. „Wo ist Udras? Und lebt Nirar?", fragte er.
„Ja. Udras ist bei Rowun und ihr. – Sie ist wohlauf", kam sie seiner nächsten Frage zuvor. „Und das Kleine auch, wie es aussieht."
Banés seufzte erleichtert, Derimen zog ihn erneut an sich, sie küssten lange.
„Wie weit bist du gen Fruchtbarkeit?", fragte er dann. „Ich habe nämlich in Urtalí keine Verhütung kaufen können."
„Kurz davor."
„Oh, je!"
„Ich habe dir gesagt, es ist besser, wenn das verhütet, das sichere Quellen hat."
„Stimmt."
„Weh und Jammer", ächzte sie. „Das nächste Mal sorgen wir besser vor, wenn du fort bist. Aber ich weiß eine Ablenkung: Wir haben Besuch."

Er hob die Brauen.
„Frexél ist hier. Begleitet von sieben sehr ernsten Krieginnen. Sie wollten mir nicht sagen, warum sie geschickt wurden, aber deine Eltern sind wohlauf, ich habe gefragt. Sie sehen sich in der Stadt um, einige sind sehr verliebt in die Bäder."
„Und? Benehmen sie sich?"
„Gewiss doch. – Sag mal, kann es sein, dass du darauf bestanden hast zu verhüten, weil du dich so meiner Treue versichern willst?", fragte sie in einem plötzlichen Einfall, nur teilweise im Scherz.
Er prallte zurück. „Dein Körper hat jahrelang verhütet, meiner nicht. Ich wollte, dass du dich erholen kannst."
Sie lachte. „Aber sicher doch. Ach, ich habe mich so auf dich gefreut!"
„Bin ich nur zum Tanz willkommen?", neckte er.
Sie streckte ihm belautet die Zunge heraus und küsste ihn ein weiteres Mal.

Am Abend versammelten sich die Gäste förmlich vor dem Heimgekehrten. „Banés", begann Frexél. „Deine Schwestern und ihre Erbinnen starben einen stolzen Tod im Kampf. Das Haus deiner Eltern besteht nun allein über dich."
Erst war er erschrocken, darauf zeigte sich Entsetzen in seinen Zügen. Sein Atem wurde heftig. Dann: „Ich bin hier gebunden. Ich halte ein Haus, habe ein Kind, eine Frau und eine Sippe, denen ich verpflichtet bin."
„Du weißt sehr gut, dass das nicht zählt. Sie sind Lesnen. Die wir schätzen, die aber am Gespräch unserer Häuser nicht beteiligt sind. Deine Ahninnen rufen dich zurück. Du wirst dich mit einer aus dem Haus der Kerrín oder Fesé vermählen, so wollen es die Führinnen."
Banés bebte ohnwort.
„Da muss ein Weg sein, dass er bleiben kann", ließ sich Derimen vernehmen.
„Keiner."
„Wenn er hier Kinder nach dem Blut hätte?"
„Er hat hier keine Kinder nach dem Blut."
„Ich trage eines."
Die Botin betrachtete die Gastgebin von Kopf bis Fuß. „Tatsächlich?"
„Tatsächlich."
Banés hatte sich seiner Gefährtin erstaunt zugewandt.
„Du bist erst heute zurückgekommen, ich weiß es noch nicht lange."
Er schwieg.
„Nun, ich würde es nicht wagen, dir eine Lüge zu unterstellen, Geehrte, aber ich glaube nicht, dass sich die Führinnen mit einem Wort zufriedengeben", sagte Frexél.
„Bleibt hier, bis es zu sehen ist", bot Derimen an.
Die Ältere sann nach.

„Es spricht nichts dagegen", sagte Iradé, ein Viralí, in dessen Gesicht der Ausdruck von Mitgefühl gewachsen war. „Wir können ihnen eine Nachricht schicken und hier warten."
Frexél atmete tief durch. „Nun gut. So werden wir es halten." Sie verneigte sich knapp.
Den Rest des Abends verbrachten sie in steifer Höflichkeit. Die Gäste zogen sich früh zurück. Banés blieb in der Stube, stützte den Kopf in die Hände. Er sah auf, als Derimen sich neben ihn setzte. „Warum diese Lüge?", fragte er. „Um Zeit zu gewinnen?"
„Ja."
„Aber das ist doch Unsi..." Er brach ab. „Du bist kurz vor Fruchtbarkeit."
„Ja."
Er ließ die kurz angehaltene Luft wieder entweichen. „Ist das dein Ernst?"
Sie griff ihn tröstend. „Gibt es einen anderen Weg?"
„Nur für einen Krieger. Ich könnte mich freikämpfen. Aber freiverhandeln kann ich mich nicht." Banés seufzte tief.
„Wie kommt es zu solchen Regeln?"
Er verneinte, „nicht jetzt", und wischte erste Tränen fort. „Das ist ja mal ein angenehmer erster Tag zuhause. Morgen will ich Zeit mit Udras verbringen. Sollen wir die zweite Werkzeit in die Gärten gehen?"
„Auch den ganzen Tag. Morgen steht nichts Wichtiges an. Der Rat übersteht auch einen Tag ohne mein Plappern."
Ein weiteres Seufzen.
„Es ist mit sehr leid um deine Schwestern und die Kinder."
„Danke."
Sie nahm ihn in den Arm. Nachdem Banés sich ein wenig beruhigt hatte, als Derimen ihn zu kosen begann, verneinte er still. Sie schaute ihn fragend an.
„Nicht." Er rang sichtlich mit sich. „Tanz mit dir war immer so wundervoll. Lustvoll und glücklich und darüber hinaus. Ich will ihn nicht verderben, indem wir ihn in solche Fesseln legen. Ich weiß gar nicht, ob ich zum Tanz finden kann, wenn wir ein Kind zeugen müssen. Wir haben nie über weitere Kinder gesprochen."
„Vielleicht müssen wir es nicht. Sprechen." Derimen küsste ihn, ihre Hände erwanderten ihn erneut.
„Bist du dir sicher?", fragte er.
Sie hielt inne. „Ich liebe dich, und ich will dich an meiner Seite."
„Aber darum ein Kind..."
„Banés. Vergiss einmal deine Sorgen, und mach es nicht unnötig schwer. Lass zu, dass wir diesen Tanz lustvoll gestalten und glücklich sind. Ich habe nichts dagegen, noch ein Kind zu haben."
„Sicher?", wiederholte er.

„Sicher. Es ist mir sehr viel lieber, als mich in der nächsten Zeit so rund zu essen, dass ich kindestragend aussehe."
Er lachte befreit auf.

Frexél wanderte allein durch den dämmrigen Garten. Der Wein machte sie müde, aber er war zu gut, um nicht auch noch diesen Becher zu leeren. Schwere lastete ihr. Sie liebte ihren Vetter, schon seit seiner Geburt, bei der sie hatte helfen müssen; und dass er einst von den Lesnen ihrer Obhut entrissen worden war, band sie darüber hinaus. Sie selbst war damals eine unerfahrene Jungkriegin gewesen, keines hatte ihr Vorwürfe gemacht, doch ihr Versagen in seinem Schutz hatte die Jahre seiner Abwesenheit über an ihr genagt. Nach seiner Rückkehr waren sie Freundinnen geworden. Frexél allein hatte er seine Sehne nach Lesnen gestanden; die Base war es gewesen, die vor Wuhtá und Vannét für ihn gesprochen hatte. Als sie ihn hierher begleitet hatte, war ihr seine erstaunliche Nähe zu der Ziehsippe aufgefallen. Und nun war ausgerechnet Frexél ausgewählt worden, ihn heimzurufen. Sie würde sich einem Befehl ihrer Mutterschwester nicht widersetzen, aber den herznahen Freund von Kind und Frau zu reißen, die er so offensichtlich liebte, bereitete ihr Wehe. Dass Banés und Derimen eine Erbin erwarteten, mochte glauben, wer wollte.
Die Botin atmete tief aus. Wie warm es hier war. Wie angenehm diese ... Sie hielt inne, als ihr Blick in das beleuchtete Kaminzimmer der Gastgebin fiel. Kurz verhielt er auf den beiden in Walle Küssenden, die einander entkleidend nur mit Mühe in den Nebenraum fanden. Dann ging Frexél leise davon. Auf dem Weg zu ihrer Unterbringung konnte sie ein Grinsen nicht unterdrücken.

Es war beschlossen worden, dass Frexél und Iradé zu Gast bleiben würden, während die sonsten Krieginnen schon aufbrachen. Spanne lag über dem Haus, als es sie verabschiedete. Allein mit Banés und Derimen, fragte Udras danach.
Banés ergriff ihre Hände. „Meine Eltern in Viralí möchten, dass ich dort ihr Erbe antrete", berichtete er.
Die Kleine starrte ihn an. In ihrem Gesicht erschien Vorwurf. „Aber du hast gesagt, es ist dir wohl hier, und du willst nirgends anders leben!" Tränen schwammen in ihren Augen.
„Das stimmt. Das will ich auch nicht. Ganz und gar nicht. Aber ... Erinnerst du dich noch an das, was du mit Derimen über Verantwortung besprochen hast? Und Verpflichtung?"
Sie nickte und zog die Nase hoch.
„Siehst du, meine Schwestern dort sind gestorben. Vannét und Wuhtá glauben, ich müsste ihr Erbe antreten. Nun muss ich einen Weg finden, wie ich es ihnen ausrede. Einfach ‚nein' sagen, geht nicht. Viralí haben andere Regeln als wir."
„Aber du bleibst hier?", beharrte sie.
„Ja", sagte er.

„Versprochen? Wir versprechen nichts, was wir nicht halten können, außer im Spiel. Nicht wahr? Und das ist kein Spiel."
„Es ist kein Spiel. Und, ja, es ist versprochen."
Udras drückte sich an ihn.

Anderthalb Wochen später war Derimen blass, als sie in die Küche kam, um mit ihrem Mann das Frühstück zuzubereiten.
„Was ist dir?", fragte er.
„Ich blute", sagte sie.
„Verdammt!", rief er aufgebracht.
Sie griff ihn still. Nach einiger Zeit sagte sie: „Wir brauchen eine andere Lösung. So können wir es nicht mondelang versuchen."
Er bejahte ohnwort.

Die Ratssprechin ging im Garten auf und ab, während sie in Gedanken eine Rede vorbereitete. Sie hörte ein Geräusch und drehte sich um. Frexél war hinzugetreten, Krug und Becher in Händen. „Störe ich dich, oder magst du dich zu mir setzen?"
„Du störst nicht", verneinte die Lesne und legte ihre Schriftrolle auf den Tisch.
„Dein Kind wächst ja recht unauffällig", bemerkte Frexél.
Derimen musste sich bemühen, nicht herumzufahren. Langsam drehte sie sich dem Gast zu und erklärte freundlich: „Das war schon bei meiner ersten Kindestrage so."
„Tatsächlich?. Nun, Segen für deine zweite. Wann auch immer sie Wirklichkeit wird."
Sie sog scharf Luft ein, doch Frexél kam ihr zuvor: „Banés war lange fern von daheim und hat einige Regeln vergessen oder nie kennengelernt." Die Viralí sprach leise, wie zu sich selbst. „Eine Möglichkeit, dass ihr beieinander bleiben könnt, ist die, dass du in den Stamm aufgenommen wirst. Ich bin sicher, dass das gelingen würde. Seine Eltern lieben ihn, und ihr Gram über den Verlust ihrer Töchter und Enkelkinder macht sie nicht zu Bestien. Reise mit ihm dorthin. Bitte sie um Aufnahme."
Derimen leuchtete auf. „Ich danke dir."
Die Kriegin lächelte. „Es ist schwer, Glückliche auseinanderzureißen. Aber du hast diesen Rat nicht von mir."
Sie ehrten einander.

Banés war lange in der Werft geblieben. Nach Hause zurückgekehrt, war er froh, dass die beiden Gäste früh schlafen gingen und er Zeit mit Udras und Derimen verbringen konnte. Im Anschluss an den Zubettgang der Mede bat er seine Gefährtin auf die große Liege in der Wohnkammer. Lange schwiegen sie.

„Ich habe einen anderen Weg gefunden", sagte er schließlich. „Ich werde mich von der Sippe der Ëí Shur lossagen."
Derimen starrte ihn an. „Das geht nicht! Das nähme dir nicht nur deine Verwandten. Du könntest auch Viralí nicht mehr vertreten!"
„Ja. Könnte ich hier ohnehin nicht mehr."
„Es geht nicht, Banés. Das alles bedeutet dir so viel! Außerdem hat Frexél..."
„Aber du bist mir mehr", unterbrach er sie. „Ihr seid es. Du, Udras, die anderen, die Stadt. Mein Herz wohnt in Lesnen und an deiner Seite. Acht Jahre waren lange genug, um mir zu zeigen, dass mein Platz nicht in Viralí ist. Gleich, welche Wünsche Vannét und Wuhtá haben." Er suchte ihre Nähe. „Ich war so entwurzelt. Ihr habt mir Stand gegeben. Als Heranwachsender habe ich zwar herumgebockt, ich wolle nach Viralí, aber als ich es später musste, war es mir schrecklich, das weißt du. Mein Platz war schon früher bei euch. Aber seit meiner Rückkehr, seit ich in dir und Udras meine eigene Familie gefunden habe, kann ich mir nicht einmal mehr vorstellen, jemals wieder in Viralí zu leben. Ich habe hier meine Wurzeln. Und ich bin lieber hier Stadtbürger als dort Stammesführer und euch ferne. Außerdem ... Du weißt, wie sehr es mich beschäftigt, dass die Menschen Viralís ihre Unfreiheit pflegen. Ich kann nicht zulassen, dass wir beide weiterhin in diese Richtung gehen."
„Was meinst du damit?"
„Ich liebe dich, und wenn wir ein Kind zeugen, sollte es aus Liebe sein. Oder meinetwegen auch aus Unachtsamkeit. Wie wir es versucht haben, unterscheidet sich in nichts von den Versuchen meiner Gefährtinnen in Viralí. Sie versuchten, mich an Viralí zu binden; wir beide versuchen, mich in Lesnen zu halten. Gut, dass es so nicht gelungen ist."
Derimen sann nach, stimmte dann zu. „Du hast Recht. Und es gibt einen anderen Weg. Frexél hat uns eine Lösung geboten."

Banés stand auf dem Altan seiner Eltern und blickte auf die in der Hitze flirrende Stadt.
„Dachte ich es mir doch", hörte er mit einem Mal Imens Stimme hinter sich. „Ich wollte waschen, aber einer hat sämtliche weißen Steine gekapert."
„Entschuldige." Banés wollte sie ihm geben, doch Imen wehrte ab. „Behalte sie noch einen Augenblick. Nun?"
Der Jüngere lächelte, senkte kurz den Kopf. „Wie soll ich das durchstehen, Vater?", fragte er dann. „Sie sind keine Lesnen. Sie werden es nicht verstehen, wenn ich die Wahl für mich beanspruche. Dass es um mein Leben ist und keine Beleidigung. Ich bin hier zuhause. Trotzdem liebe ich sie."
Imen nahm ihn in die Arme und küsste seine Stirn.
„Was soll ich tun?"
„Dasselbe wie sonst. Bewahre dein Glück, und stecke keine Kraft in was dir argt oder als beendet erscheint. Bleibe höflich, und verletze sie nicht über deine Absage hinaus. Aber be-

stehe darauf, dass es dein Leben ist. Du würdest hier auch als Bootsbauer froh sein und anderes finden, an dem du wachsen kannst. Wie du es immer getan hast. Und sonst: Vielleicht verlierst du sie, vielleicht auch nicht. Aber Schmerz wird ganz gewiss kommen. Stelle dich ihm, aber vertiefe ihn nicht. Und verletze nicht unnötig selbst. Halte du die Zügel, übergib sie weder der Angst noch dem Zorn."
Banés barg sich bei ihm.

Die Runde Halle konnte Derimen für einen Zeitraum von mindestens zweieinhalb Monden kaum entbehren, aber nach den Gesetzen der Stadt hatte die Familie gegenüber sonsten Verpflichtungen den höheren Wert, und so musste der Rat die Freistellung entgegennehmen.
Der Abschied von der Sippe fiel den beiden Scheidenden sehr schwer, besonders, da Aksua und Ransar im Heer unterwegs waren und noch nicht einmal wussten, dass sie einander lange nicht sehen würden. Derimen, die noch nie länger als einige Tage von Udras getrennt gewesen war, hatte am Vorabend des Aufbruchs heftig geweint. Seit dem Aufstehen hatte sie die Kleine auf dem Arm getragen, ungeachtet aller Handgriffe, die zu tun waren. Nun setzte sie sie ab.
„Ich bin jetzt schon traurig", sagte Udras.
„Aber du weißt..."
„...dass es besser für mich ist, wenn ich hierbleibe. Finde ich aber nicht." Sie drängte sich an sie. „Aber wenn Banés nicht wegmuss, halte ich es aus. Du hast es mir versprochen", erinnerte die Mede ihn.
Er küsste sie. „Und das halte ich."
Rowun trat hinzu. Die Brüder herzten einander. „Ich will bei dir sein", erklärte Banés so leise, dass er fast nicht zu hören war. „Wenn es geschieht."
Der Jüngere nickte weh. „Du gehst. Wir werden beide tun, was zu tun ist. Und ertragen, was wir müssen. Ich bin dankbar, dass Aksua sich für die Zeit der Geburt freigestellt hat. Und ich werde auch sonst nicht alleingelassen. Viched und Trames werden da sein, ich habe gute Freunde und drei wunderbare Eltern." Banés hielt ihn, als er zu beben begann.
Derimen ging zu Nirar, die auf einer Bank saß. Kurz schwiegen sie. Sie wussten, dass es nicht allein der Abschied vor einer Reise war. Nirar lächelte. „Ihr gehört zusammen. Mögen die Geister euch lächeln, dass auch seine dortige Sippe es sieht."
Derimen drückte ihre Hände. „Sei glücklich."
„Das bin ich. Ich bin sicher, ihr werdet es auch weiterhin sein."
Die Ratssprechin zögerte. „Ich ... bin froh darüber, dass es dich in meinem Leben gibt. Ich wünsche dir alles Glück in dieser und der nächsten Welt."
Nun leuchtete Nirar auf und umarmte sie. „Dasselbe wünsche ich dir. Wir werden hier gut auf Udras aufpassen."
„Ich weiß", versuchte Derimen ein Lächeln. Die Kleine flog ihr erneut in die Arme.

Derimen kannte den Aufenthalt in Gasthäusern nur von wenigen Reisen, die sie im Auftrag des Rates oder auf Wanderungen gemacht hatte. Lesnen besaß eine einzige entlohnte Herberge; es war üblich, dass Reisende in Häusern, die ihnen gefielen, um Unterbringung baten. Auf dem Weg nach Viralí hingegen reihten sich Gasthäuser so an die Straße, dass sie zu Fuß Wandernden in jeder Nacht Unterkunft boten. Zu Pferde kam die kleine Gruppe gut voran, wenn es auch für Banés und Derimen eine ungewohnte und bald unangenehme Art des Reisens war.
„Ich bin sattelwund", gestand er Derimen eines Abends nahe der Landesgrenze Viralís. „Und völlig erschöpft."
„Ich auch", erwiderte sie.
Frexél war hinzugetreten. „Nun, dies ist ein hübscher Platz zum Ausruhen. Es wird vielleicht Zeit für dein Kind, Geehrte."
Die Lesne schaute verständnislos.
„Du solltest es auf der Reise verlieren, wenn du in Viralí nicht als Lügnin dastehen willst."
Die Geeinten sahen sie mit großen Augen an.
„Iradé ist ein treuer Wächter der Ëí Shur, eine solche Bürde können wir von ihm nicht verlangen. Er glaubt noch immer, ihr wolltet der Höflichkeit wegen selbst nach Viralí. Wir werden ihn täuschen. Heute Nacht", sagte Frexél bestimmt. „Wenn Banés es morgen verkündet, werden wir noch einen Tag hier rasten, vielleicht zwei. Ich bestehe die Heilin, die dir geschickt wird. Steige anschließend wortkärger in den Sattel, dann schöpft Iradé keinen Verdacht. Ruht euch die Zeit bis dahin aus."
„Ich danke dir", antwortete Banés.
Sie lächelte, ehrte beide und verließ sie wieder.

Derimen schämte sich zum ersten Mal seit Jahren für eine Lüge, deren Nutzen zum Wohl ausgerichtet gewesen war, als der Krieger ihr mit Betroffenheit sein Beileid aussprach. Sie selbst lag im Bett und war erleichtert, als Frexél Iradé bald wieder hinausorderte. Banés und Derimen verbrachten zwei verregnete Tage in ihrer Kammer und waren danach erholt genug, um es wieder mit dem Reiten aufzunehmen.
Iradé hatte für die Lesne eingekauft und reichte ihr vor dem Aufbruch einen dicken wollenen Umhang, Überhemd und Hose aus Wolle wie dickledrige, geölte Stiefel.
„Ich danke sehr", sagte Derimen. „Geister, ist der Umhang schwer!"
„Er wird noch schwerer, wenn er nass wird. Hier." Ein lederner Umhang folgte, der ebenfalls geölt zu sein schien.
Es war ein trüber Tag, der Derimens Sehnsucht nach Udras fast unerträglich machte. Wind schlug ihnen entgegen, als sie das Gasthaus verließen. In der Nähe riefen Vögel, die noch nicht zu sehen waren, dann zog ein Schwarm mit klagenden Lauten über die Gruppe hin-

weg. Kurz darauf begann es wieder zu regnen. Jenseits des Ortes, wo mehrere Handelswege aufeinandertrafen, verbreiterte sich die von der Nässe aufgeweichte Straße. Wer zu Fuß unterwegs war, wich auf die Pflanzen aus, die am Rande wuchsen. Die Weggefährtinnen ritten über mehrere Stunden, und die Einzige, die keine üble Laune zeigte, war Frexél.
„Regnet es hier immer so viel?", klagte Derimen, als der Wind ihnen kalte Tropfen wie Nadeln entgegenpeitschte.
„Ja", versicherte Banés.
„Im Herbst", besserte seine Base. „Zu dieser Zeit gewöhnlich nicht. Das Wasser wird sich gut auf die Ernte auswirken."
„Aber es ist Hochsommer!"
„Willkommen in Viralí", bemerkte er.
„Es ist nass und kalt! Wo bleibt die Sonne? Ich komme mir vor, als reisten wir unter einer Decke, die über den Himmel gezogen wurde." Derimen verzog das Gesicht.
Banés lachte. „Die Winter sind schön hier. Mit einem meist ebenso grauen Himmel, aber auch mit Schnee."
„Eine angenehme Aussicht." Derimens Pferd blieb im Schlamm stecken. Sie half ihm, sich zu befreien, und leitete es dann auf die Gräser neben dem Weg.

Schließlich veränderte sich die Landschaft und zeigte nach einem hügeligen Auf und Ab einen unangenehm steilen Übergang ins Gebirge. Die gemeinsame Zeit hatte die vier Reisenden einander nähergebracht, sie hielten die meisten Abende gemeinsam vor den Feuern der Herbergen, wennauch Banés angespannter wurde, je länger sie unterwegs waren. Doch als sie endlich die Grenzsteine passierten, die den Teil Viralís ankündigten, in dem die gleichnamige Hauptstadt lag, änderte sich seine Stimmung und trug Sorge und Freude nebeneinander. Einige Tage lang regnete es nur wenig, es wurde wärmer, und die Sonne beschien Wälder und Felder, die hier völlig anders aussahen als am Meer, mit goldenem Glanz. Derimen war nun besserer Stimmung. Banés begann, von den Menschen zu erzählen, denen sie bald begegnen würden, wobei er seine Eltern nur mit einigen Worten streifte.
„Ruìt backt das beste Brot der Welt", schloss er einen Bericht über die Hausbediensteten der Ëí Shur. Iradé und Frexél waren ihnen vorausgeritten; die Geeinten genossen es, miteinander allein zu sein.
„Besser als deins? Oder Sahtus? Das kann ich kaum glauben." Derimen lachte über sein Schwärmen. „Du bist gerne zurück."
Banés atmete tief. „Ich wäre es lieber aus einem angenehmeren Grund. Aber lass. Ich lebe damit, zwischen zwei Völkern zu stehen. Wenn dies meine Bestimmung ist – es gab Ärgeres in meinem Leben."
Ihre Augen leuchteten und wanderten an ihm.
Er hob die Brauen. „Was?"

„Ach, dein Bart. Er ist so schön." Seit einigen Tagen ließ er sich wieder einen solchen wachsen.
Banés lachte.
„Könntest du ihn eine Weile lassen? Mir zugern."
„Bis zum nächsten Sommer", stimmte er zu. „Dann kommt er wieder herunter. Lesnens Sommer sind zu heiß für Bärte."
Derimen strahlte auf, wegen beider Aussagen, die seine Worte enthielten.
Sie erreichten ihre diestätige Bleibe. Iradé versorgte schon in deren Hof die Pferde, während Frexél im Haus orderte. Der Krieger grüßte die Einreitenden und bat sie um Aufsicht über die Tiere, ehe er sich gen Abtritt wandte. Banés und Derimen nahmen die Sättel, um sie zu dem dafür vorgesehenen Balken zu tragen. Die Jüngere horchte in Banés' Richtung.
„Was?", beendete sie sein stilles Ringen um einen Gesprächsbeginn.
Er erstaunte sich nicht einmal darüber. „Ich werde nach Ahís sehen, wenn wir dort sind", kündigte er an, bangend ob ihrer Erwiderung.
Sie nickte.
„Du verstehst, dass dies nicht um uns ist, oder?"
„Ja. Sieh nach ihr. Und wenn es keines beargt, würde ich sie gerne kennenlernen."
Banés lächelte. „Das wirst du."
Er hatte ihr erzählt, dass er in der Zeit in Viralí einen Großteil seiner Bürgergabe gespart hatte, um die ehedeme Gefährtin von seinen Eltern freizukaufen, auch noch, als ihr Band schon lange beendet gewesen war. Selbst von Lesnen aus hatte er in seinen Bemühungen nicht eingehalten, Wuhtá und Vannét aber hatten sich unerbittlich gezeigt. Nun, vielleicht war es möglich, wenn sie hier zu dritt nach einem Weg suchten. Derimen freute sich auf ein erstes Treffen mit Ahís.
Eine Woche später erreichten sie an einem späten Nachmittag die weithin sichtbare Stadt Viralí. Sie lag auf einem Hügel, der wahrscheinlich einmal von Menschen aufgeschüttet worden war. Eine Stadtmauer schützte hölzerne Häuser, deren Dächer teils über die gemauerte Umfriedung hinausragten. Als die Reisegruppe sich dem Tor näherte, wurde ein hörnernes Zeichen gegeben, und eine Menge lief zusammen. In Derimen rief ihr Starren Klamme hervor, aber sie bemühte sich um eine freundliche Miene. Auch Banés schien sich nicht wohl zu fühlen. Frexél zeigte Gleichgültigkeit.
Die Ratssprechin, die in ihrem Leben vieles über Viralí gelernt, es jedoch noch nie bereist hatte, sah sich neugierig um. Wie die Herbergen in letzter Zeit, hielten auch die hellbraunen Bauten hier keine Fenster. Kleinere Häuser standen nur vereinzelt; das Stadtbild wurde von großen Sippenhäusern bestimmt, deren hölzerne Balken kunstvoll beschnitzt waren und Auskunft über die Würdentragenden gaben, die im Inneren lebten oder gelebt hatten. Alle Dächer liefen spitz zu und trugen entweder Ziegel oder eine Pflanzenbedeckung. Die meisten Türen waren geschlossen, sicher, um die Wärme in den Räumen zu bewahren. Pfade

zwischen den Häusern waren so schlammig wie der Reiseweg an seinen nassesten Tagen, die größeren Straßen boten durch hölzerne Bohlen Halt. Überall lief Vieh herum.
Derimen wusste, dass der Stamm der Viralí mehr Menschen und Land umfasste als das Volk Lesnens, dennoch hatte sie sich die Hauptstadt als ein Großdorf vorgestellt. Aber nun sah sie, dass dieser Ort mindestens einem Tausend Wohnstätte bot. Innerhalb der Stadt grenzte eine hölzerne Palisade den mittigen Bereich ab. Die Menge geleitete sie hinein, bis zu einer steinernen Halle, deren Dachbalken und Tore von furchtgebietenden Tierbildern gesäumt wurden. Die Angekommenen stiegen ab und übergaben ihre Pferde herbeigeeilten Bediensteten.
In der Halle erwarteten sie einige dutzend Menschen in Schweigen. Feuer brannten, ihr Rauch hing scharf in der Luft. Am Ende des Raumes standen zwei erhöhte Stühle, auf denen Wuhtá und Vannét saßen, die Stammesführenden. Beide waren an die zehn Jahre älter als Imen und Ahte. Wuhtás Anblick raubte Derimen für einen Augenblick den Atem, denn er war das betagtere Ebenbild seines Sohnes. Vannét erwies sich als muskelschwere Kriegin mit sehr strengen Zügen und einem verhärmten Zug um den Mund. Beider Mienen waren hart.
Banés trat vor und ehrte die Wahrenden sehr förmlich. Dann trug er sein Anliegen vor, Derimen in die Sippe der Ëí Shur aufzunehmen.
„Wir werden es prüfen und darüber beraten", sagte Vannét.
Er verneigte sich erneut und stellte sich wieder neben seine Gefährtin, die einen schriftlichen Gruß des Rates Lesnens in Händen hielt.
„Du wirst übersetzen", wies Vannét ihren Sohn an.
„Das ist nicht notwendig", erwiderte Derimen. Sie ehrte Stammesführende und Haus formvollendet und überbrachte das Schreiben. Wuhtá nahm es ohne ein Wort entgegen, öffnete es jedoch nicht.
„Ich bedaure, dass du dein zweites Kind verloren hast", bekundete Vannét mit unbewegtem Gesicht. Iradé war an diesem Tag vorausgeritten, um sie anzukündigen und Bericht zu erstatten.
„Das danke ich dir sehr", antwortete Derimen. „Ich bedaure den Verlust fast aller deiner Erbinnen."
Die Ältere nickte einmal. „Du bist unedler Herkunft, nicht wahr?"
Derimen versteifte sich. Dass sie daran nicht gedacht hatte! Warum hatte Banés es nicht angesprochen? „Ja", sagte sie fest.
„Du weißt, dass unser Haus unseren Stamm führt? Du weißt auch, dass Banés nunmehr einziger Erbe ist?"
„Das weiß ich."
„Gab es Führinnen in deinem Haus?"
„Lesnen hält andere Regeln", sagte sie. „Aber, nein, es gab keine Führinnen."

Spanne kam über die Versammlung.

Es währte, bis Vannét fortfuhr: „Deine Mutter hat sich in Schlachten bewährt, bis hin zur zweiten Heerführin. Dein Vater war Mitglied des Stadtrates, einer deiner Brüder ist es. Der andere hält Aufsicht über die Vorräte eures Heeres. Deine Mutterschwester ist eine erfolgreiche Strategin im Heer. Du bist die jüngste Ratssprechin, die deine Stadt je kannte. Mit sechsundzwanzig Jahren benannt."

Derimen fragte sich, wohin dies steuerte. „Das ist richtig."

Ein widerstrebendes Lächeln wuchs in Vannéts Gesicht. „Nun, Viralí hält seine eigenen Regeln. Hier würden wir sagen: Euer Haus führt noch nicht sehr lange. Es können nicht alle Stammesführinnen sein. Sei zunächst als Gast willkommen. Iss mit uns, und schlafe in unserem Haus."

Sie ehrten einander, und Banés geleitete Derimen zurück ins Freie. Der kühle Empfang, den die Wahrenden ihrem Sohn bereitet hatten, verwunderte die Lesne zutiefst. Sie sah Banés an, als sie gen Haus seiner Herkunftssippe gingen – er wirkte nicht verstimmt – und seufzte leise. Sie würde es abwarten.

Nahe dem Eingang zum Sitz der Ëí Shur verneigten sich Hausangehörige vor den beiden. Derimen wusste nicht, wie ihnen zu begegnen, verwarf eine Ehrung und folgte Banés in seinem Lächeln. Einige begrüßte er namentlich und mit frohen Worten. Drinnen empfing sie abgestandene, nach Rauch, Harz und vielen Menschen riechende Luft, die aber immerhin warm war. Das Haus bestand aus einem einzigen Raum, in dem es keine Tische oder Bänke gab, nur einige Schemel, zwei beschnitzte Stühle wie zwei hüfthohe, mit Stroh ausgekleidete Betten. Ein Haufen aus Fellen war an einer Wand aufgeworfen, ein Feuer brannte in der Mitte des Bodens unter einem Abzug im Dach, beleuchtete neben einigen Kienspänen den Raum nur schwach.

Derimen wurde um ihren Umhang gebeten, ihr Gepäck stand bereits am Rande. Banés stellte sie einigen vor, mit denen er verwandt oder befreundet war – sie vermochte sich in der Schnelle nur die Namen zu merken. Becher und Geschirr wurden hereingetragen, und dann standen plötzlich die Wahrenden vor ihnen, die beide lächelten.

Wuhtá umarmte erst seinen Sohn, dann Derimen. „Ich habe viel Gutes über dich gehört", bekundete er und klopfte ihr auf die Oberarme. „Ich freue mich, dich zu Gast zu haben."

„Ich danke", erwiderte sie erstaunt. „Ich habe auch viel Gutes über euch gehört."

Banés strahlte.

Vannét hatte ihre Strenge nicht im selben Maße abgelegt wie ihr Gemahl, bot den beiden Jüngeren jedoch einen Krieginnengruß, den Derimen glücklicherweise vor Jahren gelernt hatte.

Alle Anwesenden nahmen auf Fellen oder Schemeln Platz, dann verteilte Ruìt, welcher die Küche des Hauses führte, einen Eintopf, der nach dem Geschmack der Begasteten zwar zu fett, aber sehr gut gewürzt war, und Brot, das tatsächlich großes Lob verdiente. Becher und

Teller waren hölzern, nicht aus Ton, wie Derimen es gewöhnt war. Das Bier schmeckte ihr nicht, aber sie trank es dennoch. Ein Musikant unterhielt die Essenden und löste Spanne aus der Luft. Als alle gesättigt waren, schickte sich Derimen unüberlegt an, das Geschirr abzuräumen, doch der Blick Banés' griff sie. Kaum merklich schüttelte er den Kopf. Sie hielt inne, wartete. Zwei Knechte nahmen es an sich, ohne dass ihnen Dank ausgesprochen wurde.
Als Wuhtá und Vannét verkündeten, noch Werk zu haben, erklärte ihr Sohn, sich die Beine vertreten zu wollen, und bat Derimen ebenfalls wieder hinaus.
„Ich schwimme in unsicheren Wellen", gestand sie, als sie Arm in Arm über die Bohlen gingen. „Ich dachte, ich würde wenigstens die wichtigsten Regeln Viralís beherrschen, aber das scheint ein Irrtum zu sein. Ich weiß überhaupt nicht, wie ich mich verhalten soll."
„Wir schaffen das schon", versicherte er. „Mit fällt es auch nicht leicht, und ich habe die Hälfte meines Lebens hier verbracht."
„Das vorhin habe ich nicht verstanden. Ich weiß, dass hier viel Wert auf Ränge gelegt wird. Aber das Abräumen ... Du hast doch damals auch für alle gekocht."
„Ja. Damals. Heute sind die Dinge schwierig genug. Jedenfalls bin ich beruhigt. Der Empfang war sehr herzlich."
Derimen zähmte ihr Erstaunen. „Tatsächlich? Zum Beispiel worin?"
„Zum Beispiel bietet Vannét sonst nur Kriegern den Gruß, die mit ihr eine Schlacht bestritten haben."
„Oh."
„Du siehst also, es ist fremd, aber es sieht gut aus. Es ist auch eine Ehre, dass sie dich in ihrem Haus zu schlafen einladen. Sie wissen, dass wir anderes gewöhnt sind. Nach dieser Nacht werden wir in ein Gästehaus umziehen."
„Bin ich froh, einen Botschafter an der Seite zu haben", bekundete sie. „Scheinbar musst du doch übersetzen."
„Es gibt Schlimmeres. Komm, ich zeige dir was!" Er führte sie aus der Stadt hinaus, über eine Wegkreuzung und einen recht steilen Hügel hinauf.
„Das ist doch nicht möglich!", rief Derimen, als sie oben angelangt waren. „Hier sieht es aus wie am Südtor! Wie in Lesnen!"
„Nur ein wenig nasser", schränkte Banés ein. „Ich habe mich oft hierher zurückgezogen."
„Das glaube ich gern. Das gibt es doch gar nicht! Wenn dort nicht das Gatter wäre ... Eigentlich fehlt nur der Heuschober. In Lesnen wäre er dort hinten."
„Stimmt", grinste er.
Sie setzten sich auf einen großen Stein und lehnten sich aneinander, bis ein Horn die Schließung der Tore verkündete.
Wieder in der Stadt, hörte Derimen, wie die Riegel an Haustüren vorgeschoben wurden, und zog die Stirn kraus. Zuhause wurden die Türen von Häusern oder Innenhöfen nur dann

geschlossen, wenn kein Besuch gewünscht wurde. War dies hier ein Zeichen von Ruhebedürfnis oder von Sorge?

„Halt die Luft an, oder atme durch den Mund", riss Banés sie aus ihren Gedanken, als sie auf eine kleine Brücke traten. Unter ihnen floss Unrat, ein kleiner Bach stinkender Abfälle. Lesnen verfügte schon lange über Kanäle, die jedem Haus in der Stadt sauberes Wasser zuführten, und andere, die Abwässer ins Meer leiteten. Diese Kloake entsetzte Derimen. „Werden die Menschen davon nicht krank?" Einige Schritte entfernt hüpften Kinder über das Rinnsal.

„Ich habe mir die Lippen blutig geredet", gebrauchte Banés einen der liebsten Aussprüche der Ratssprechin. „Und frage nicht, wie gerne es die Ratten haben."

Derimen schnitt eine Grimasse. Dann blieb sie plötzlich stehen. Ihr Blick verharrte auf einer kleinen Häuseransammlung dort, wo der Unratabfluss auf seinem Weg zu einem kleineren Tor abbog. Gestalten standen im Halbschatten der Mauern, Männer und Frauen, einige Kinder, wartend, mit auffallend gebrochener Haltung. Eines in Banés zog sich schmerzhaft zusammen. Wie sehr war es ihm gelungen, nicht hinzusehen! So wie es ihm acht Jahre lang Gewohnheit gewesen war.

„Sie betteln, nicht wahr?", fragte Derimen leise.

„Nein."

„Was dann?", wandte sie sich ihm brauenwölbend zu.

Er schwieg, weil er um eine Antwort rang.

„Können wir ihnen helfen? Wir haben Geld dabei." Derimen schickte sich an, hinüberzugehen.

Banés fing sich und hielt sie zurück. „Es würde ihnen geraubt werden, vielleicht würden sie deswegen geschlagen. Nein."

„Wer sind sie denn?", fragte sie wöhnend.

Er schüttelte den Kopf. „Ich will es nicht sagen. Bitte, erspare es uns beiden. Wir können hier nichts bewirken."

Sie gingen weiter, Derimens Augen auf die Wartenden gerichtet.

Im Haus der Ëí Shur lagen nun sämtliche Felle auf dem Boden. Den beiden Eintretenden wurde eines der Betten zugewiesen, das andere war das der Stammesführenden. Banés hatte Derimen von einem dritten Bett erzählt, das nun fehlte; eines für Wuhtá und Vannét, zwei für ihre Nachkommen und deren Geeinte. Zunächst aber bot die Wahrin Banés und Derimen Platz am Feuer. Alle im Raum, auch sie selbst, waren mit Werk beschäftigt. Einige flickten Werkzeug, andere flochten, spannen, webten oder nähten. Zwei sorgten bereits für das Essen des nächsten Tages: Sie mahlten Korn, das über Nacht in der Glut erhitzt werden würde. Es gab weder Spiel noch Muße. Frexél, die zwischen ihrem Gemahl Truké und

Wuhtá saß, grüßte die Neugekommenen und gab dann einem Musikanten zu verstehen, dass er mit Unterhaltung beginnen solle.

Derimen mochte die Lieder Viralís, die sie kannte, so auch dieses, aber sie fühlte sich seltsam angesichts des stillen Treibens umher. Banés griff ihre Hand. Sie sah ihn an. Er lächelte.

„Urá!", rief da plötzlich Vannét mit Schärfe in der Stimme.

Sogleich versiegte die Musik.

Derimen sah einen Betagten, der sich dazu angeschickt hatte, sich hinzulegen, und nun erstarrt war.

„Es ist schon in Ordnung, Gebietin", ließ sich Frexél vernehmen. „Ich habe ihm gesagt, dass er früher ruhen kann. Die Knochen argen."

„Und wer macht sein Werk?", fragte die Wahrin.

„Ich, wenn ich hier fertig bin."

„Gut, es ist deine Wahl."

Die beiden Krieginnen nickten einander zu und kehrten wieder zu ihrem Tun zurück. Banés schaute unglücklich zur Erde. Derimen drückte seine Hand.

Das Haus blieb lange auf. Mit fortschreitender Müdigkeit konnte die Lesne sich nur noch schwer daran hindern, sich an ihren Gefährten zu lehnen und einfach einzuschlafen. Da brachten die Übrigen plötzlich, wie auf ein unhörbares Zeichen hin, ihre Werke fort und begaben sich in die Felle. Allein Frexél saß noch einige Zeit und arbeitete.

Derimen strich über eine der Schnitzereien, die Kopfteil und Beine des Bettes verzierten. Als sie sah, dass auch Frexél sich zu Truké auf den Boden legte, verstand sie die Ehrung, die der ihr selbst gegebene Schlafplatz für die Menschen hier bedeutete. – Wohin zogen sich wohl Viralí zum Tanzen zurück? Zogen sie sich zurück?

„Frag nicht", flüsterte Banés. „Versteht du mich jetzt?" Seine Stimme war kaum hörbar. Derimen antworte nicht. Er lauschte ihrem Atem und küsste sie aufs Haar.

Vannéts Augen und Gedanken waren lange in den kleiner werdenden Flammen gefangen gewesen. Nun wandten sie sich ihrem Sohn zu. Sein Schlaf war unruhig. Nach einer Weile schlug Derimen die Augen auf, drehte sich ihm zu und zog ihn an sich, barg ihn tröstend wie einen Beargten. Einige Augenblicke später schien sie wieder eingeschlafen zu sein, und auch Banés rührte sich nicht mehr. Vannét seufzte allein im Inneren. Es war jetzt schon beschlossen, gleich, was noch folgen würde: Sie hatte auch ihn verloren. Sie brachte ihm Arge. Und diese kleine dunkle Frau, von der er schon vor Jahren behauptet hatte, sie sei eine der klügsten und warmherzigsten unter allen Menschen, denen er je begegnet sei, brachte ihm Wohle. Auch wenn es Vannét den letzten unversehrten Teil ihres Herzens kosten würde: Sie musste Banés wieder gehen lassen. Er war ein Lesne geworden.

Morgens aßen sie, wiederum als Haus gemeinsam, einen heißen Getreidebrei, der mit Früchten gesüßt war, danach führte der Botschafter Derimen in der Stadt herum. Neben der Schriftenhalle, die sie zunächst nicht betraten, gingen sie in einen winzigen dunklen Raum, der verstaubt war und ungenutzt wirkte. Auch er war fensterlos und weniger als halb so groß wie Derimens Kammer daheim.

„Hier?"

„Hier", nickte Banés.

Er hatte es ihr damals geschrieben: Nach einem mehrtägig immer wieder erneut aufgewallten Streit mit seinen Eltern war er damals in diese Kammer umgezogen und hatte bis zu seinem Aufbruch nach Lesnen in ihr gelebt.

„Sollen wir hier schlafen?", erkundigte Derimen sich.

„Um nichts in der Welt. Nicht alle Erinnerungen sind angenehm. Die Gästehäuser sind viel schöner. Die Luft hier wird furchtbar, bei zweien wahrscheinlich unerträglich." Banés sah sich noch einmal um.

Derimen, die das Abschweifen seiner Gedanken längst bemerkt hatte, hielt ihn in der Tür auf und umarmte ihn. „Wir bleiben zusammen", erklärte sie.

Er seufzte. „Ja. Aber ich weiß noch nicht, um welchen Preis."

Am Grab seiner Schwestern und deren Kinder gedachte Banés ihrer wortlos und mit Schmerz in den Zügen. „Biré war zehn Jahre alt", war zunächst alles, was er sagte, als sie die Stätte außerhalb der Mauern wieder verließen. Und schließlich: „Ich will nach Hause."

Tolas stand in der Tür der Hütte und winkte heftig. Sie begrüßten einander.

„Wie ist es euch ergangen?", fragte Derimen, als er sie hereinbat.

„Seht selbst", strahlte er.

Drinnen nahm Besar, die auf einer Liege saß, eben einen Säugling von der Brust.

„Ihr habt ein Kind?", staunte Banés freudig.

„Er heißt Wedri."

Das schlafende Kleine wurde auf die Liege gelegt, die Kriegin erhob sich.

„Besar."

„Uchátt", wehrte sie sogleich ab. „Besar starb in der Grube, Geehrte. Vergiss es nicht. Dieser Name gefährdet einige, auch die Deinen."

Sie setzten sich ans Feuer. Lange mussten Banés und Derimen den begierig Lauschenden von Lesnen erzählen. Uchátt zuckte die Schultern, als sie vernahm, dass ihr früherer Gemahl tatsächlich schnell wieder händegegeben hatte. Einer Kalchahe, wie sie es vermutet hatte. „Soll er nur", sagte sie. „Die Geister werden einen Preis fordern für das, was er tat. Ich lebe." Liebevoll sah sie Wedri an.

„Wie ergeht es euch hier?", erkundigte sich Banés. „Schmeckt euch Viralí?"

Tolas wiegte den Kopf. „Wir haben freundliche Aufnahme gefunden. Leicht ist es dennoch nicht."
„Wenn Wedri ein Jahr alt ist, muss ich zu den Truppen", ließ sich Uchátt vernehmen. „Noch haben wir hier kein Werk, über das wir Essen erhalten."
„Aber ihr seid doch über deine Gabe versorgt", wandte sich Banés verwundert an Tolas. „Ihr könntet alle davon leben. Hier ist sie viel mehr wert als in Lesnen."
„Nein. Ich habe in Lesnen nicht verlauten lassen, wohin sie zu zahlen wäre. Um keine Spur zu legen. Wir leben noch als Günstlinge deiner Eltern, lernen die Sprache und genießen Wedri. Aber wenn sein erstes Jahr vorüber ist, wird Uchátt im Heer Dienst tun müssen. Wie ich hier Handel finde, weiß ich noch nicht. Handel ist hier völlig anderes als in Lesnen. Aber wir werden es schon schaffen."
Banés war versonnen.
Derimen gewahrte an der Altersgleichen den Ausdruck von Traurigkeit.
„Ich würde gerne mehr Zeit mit meinen Lieben verbringen", bekundete Uchátt auf ihren fragenden Blick hin. „Es ist schade, dass das Heer Viralís seine Kriegerinnen oft über Jahre ausschickt. Aber ich darf nicht jammern, immerhin lebe ich noch."
„Ich werde mit Vannét und Wuhtá sprechen", sagte Banés entschlossen, doch Tolas wehrte ab: „Sie können uns nicht so lange als Gäste durchfüttern. Wir müssen hier Werk finden."
„Und wenn wir euch helfen?", bot Derimen an. „Zumindest für eine Weile. Wir können euch eine Gabe schicken. Es kann doch nicht angehen, dass ihr einander lange Zeit nicht sehen werdet und dass Wedri ohne beide Eltern sein muss, obwohl beide bei ihm sein wollen."
Uchátt wehrte ab. „Ich habe es bereits geschworen. Dank dir, nimmermüde Ratin."

Auch an diesem Abend aßen Banés und Derimen im Haus der Ëí Shur. Sicher war es als gutes Zeichen zu werten, dass der in Viralí sehr kostbare Wein ausgeschenkt wurde, aber es wurde davon in Mengen getrunken, die die Lesne erschreckten. War es möglich, dass Menschen, die ein solches Unmaß an Wein zu sich nahmen, klar bleiben konnten? Sie befürchtete die Folgen von Trunkenheit, die sie aus Erzählungen und seltenen Beobachtungen kannte: Glücklose Lust, Traurigkeit, Schlägereien. Banés war still. Derimens Blick schweifte, bis er auf den der Stammesführin traf.
„Erzähle von deiner Stadt", gebot Vannét mehr, als dass sie darum bat.
„Was möchtest du wissen?"
„Wie kam es zu der Bürginnengabe, und wie lebt ihr damit?"
Das Haus zeigte Erwartung auf eine Geschichte.
Die Aufgeforderte rang kurz mit sich, während sie ihren Becher abstellte. Sollte sie das umgehen, was Viralí als Schärfe erleben würde? Aber Banés hatte ihr genug von Vannét erzählt, dass ihr gewiss war, sie würde nachfragen, bis sie die Schärfen fand. Und dass die

Wahrin Schärfen recht gut vertrug. „Nein", entschied Derimen in Gedanken. „Ich habe nicht sprechen gelernt, um zu schweigen, weil das Schwernisse verhindern könnte." Sie schöpfte tief Atem und begann: „Vor etwa hundertfünfzig Jahren fand eine Fischin auf der Suche nach neuen Fanggründen eine Bucht, deren Wasser außergewöhnlich warm war. Als sie dort tauchte, fielen ihr Steine auf, in deren Nähe die Wärme zunahm. Sie nahm einige mit sich, und als die Steine trockneten, begann das Boot dort, wo sie aufbewahrt wurden, zu schmoren. Als die Fischin sie auseinanderlegte, hielten sie keine übermäßige Hitze mehr. In Lesnen untersuchte sie die Steine. Schon sie fand heraus, wie sich mit ihrer Hilfe Feuer machen ließ. Die Generationen nach ihr lernten, die Steine als Antriebe, als feuerlose Wärmequellen, in Lampen und für vieles Weitere zu nutzen. Wir nennen sie Wärmesteine. Ich nehme an, ihr kennt sie." Nicken antwortete ihr, und Derimen wurde gewahr, dass beide Stammesführenden um das Erzählte wussten. Es schien ihnen nicht darum zu sein, es zu erfahren, sondern um der Berichtenden Sicht darauf. „Es dauerte nicht lange, bis wir sie für das tägliche Werk nutzten und sie uns viel Werk abnahmen. Dies führte zum ersten Mal in der Geschichte Lesnens zu einer Abwesenheit von Mangel, selbst im Winter." In Banés' Gesicht fand Derimen den Ausdruck von Stolz, der ihr galt. Sie lächelte ihn an. Er zwinkerte. „Aber zunächst auch zu einem Mangel an Arbeit. Wir versorgten alle mit Nahrung. Aber nicht bedingungslos, und so folgten einige elende Jahre, denn viele Menschen verloren wegen der Steine ihren Broterwerb, und es währte, bis wir verstanden, dass wir umdenken mussten. Weil es nicht mehr allein um Broterwerb ging. Wir mussten unsere Ansichten über das Miteinander vollständig ändern. Wir verstanden, dass wir nicht mehr allein Arbeit entlohnen konnten, da die Steine uns Arbeit abnehmen, sondern dass wir es zunächst einmal ermöglichen müssen zu leben. Dass nun keines mehr hungern musste, auch nicht, wenn es krank oder alt oder arm geboren war. Und dass wir es nicht zulassen durften, dass nun noch ein Einziges hungerte. So führten wir schließlich eine Geldgabe an alle ein. Für jedes dieselbe Menge, von der Geburt bis zum Tod und bedingungslos. Um den Menschen die Wahl über ihr Leben zu geben. Die Bürginnengabe genügt, um bescheiden gut leben zu können. Wer mehr besitzen will als sie, muss darum Werk halten. Darüber hinaus erhält jedes zur Geburt als Leihgabe der Stadt Wärmesteine, eine festgesetzte Anzahl, über die es ein Leben lang verfügen kann und mit deren Rückgabe nach seinem Tod die Bestattung bezahlt wird. Die Steine nutzen sich nicht ab."
„Wie ist es möglich, auf diesem Boden zusammenzuleben? Wenn alle abgesichert sind", wandte Vannét mit harter Stimme ein. „Mich erstaunt, dass überhaupt noch eines arbeitet."
Banés atmete hörbar ein, doch seine Gefährtin kam ihm mit der Antwort zuvor: „Eine große Flaute wurde bei der Einführung befürchtet, aber sie blieb aus. Zwar beendeten viele ihr ehedemes Werk, weil sie mit ihm unzufrieden waren, aber nur, um sich neuem Werk zu widmen. Eines geschah, was keines vermutet hatte: Im gewählten Werk erkannten sie größeren Nutzen und leisteten mehr."

„Sie werkten mehr?", warf eine ungläubig ein.
Derimen wandte sich ihr zu. „Nein, sie leisteten es. In höherer Güte. Das Werk an den Dingen wurde weniger, was notwendig war, weil weniger Werk an ihnen gebraucht wird. Die Wärmesteine nehmen es uns ja ab. Niemals ist in Lesnen weniger an Dingen gewerkt geworden als heute, und niemals erwirtschaftete es mehr Güter. Wegen der Steine. Aber das Werk an den Menschen um vieles mehr geworden.
Mein Großvater legte mit seiner ersten vollständigen Bürgergabe das Werk eines Töpfers nieder, um einen Betreuungsdienst für Sterbende aufzubauen. Vorher hatte er nach jahrzehntelangem Tonwerk seiner Sippe fast den Zusammenbruch der Werkstatt erlebt. Weil es durch die Wärmesteine leichter war, Tonwerk zu machen, und es viel zu viel Tonwerk gab. Seines brachte darum nicht mehr genug ein, um ihn zu ernähren. Nun fand er Werk, das ihm, nach seiner Auskunft, größeren Sinn hatte. Er konnte es, weil er abgesichert war. So war es für viele: Sie entschieden sich, nun, da sie abgesichert waren, zu einer Änderung ihres Werkes, oft ausgerichtet auf das Wohl der Gemeinschaft.
Es wurde nicht mehr gewerkt, weil es nötig war, sich zu versorgen, sondern, weil Werk freiwillig geleistet wurde. Und da Ängste um die Zukunft endeten, strömte mehr Kraft von den Einzelnen in die Gemeinschaft. So ist es bis heute. Die Menschen können heute das tun, was sie als ihr bestmögliches Werk für sich und die Gemeinschaft erkennen. Wir verbringen mehr Zeit miteinander; die Sorge um Kinder, Kranke und Betagte ist nicht mehr teils lästige Pflicht, wie es vor der Einführung der Gabe gesehen wurde, sondern ein Teil des Miteinanders, der Anerkennung findet und unser aller Zusammenleben wertvoller macht. Der nach unserem Verständnis einen wichtigen und mitunter sehr anstrengenden Teil des Menschseins ausmacht und nicht von den Umständen in Arge gehalten werden darf. Wir haben einen herzlicheren Umgang miteinander gefunden. Es ist ein wenig, als wären Wärmesteine in uns allen wachgeworden, Steine des wertschätzenden Miteinanders." Sie verstillte abrupt, weil sie nun befürchtete, zu weit gegangen zu sein; dass die Zuhörenden, die Lesnen nicht kannten und selbst so völlig anders lebten, ihr nicht nur keinen Glauben schenken würden, sondern Derimens Eifer, der teils aus Heimweh entsprang, möglicherweise als Belehrung oder Tadel erlebten. Tatsächlich waren immindest die Mienen der Stammesführenden zunächst unbewegt.
„Sag mir, wenn ihr so gute Menschen seid", ließ sich Vannét vernehmen. „Warum habt ihr mir einst meinen Sohn genommen?"
Derimen erschrak, antwortete jedoch schnell: „Es liegt mir ferne zu sagen, Lesnen seien besser als Viralí, Geehrte. Ich will sagen, dass wir bessere Menschen wurden, als wir es früher waren. Und vor mehr als zwei dutzend Jahren, als Banés euch geraubt wurde, waren die Neuerungen in manchen noch nicht verwurzelt. Ich bedaure das sehr."
„Willst du damit sagen, solches geschähe heute nicht mehr?"

„Ja, so ist es. Ich kenne unsere drei Heerführenden, zwei von ihnen sehr gut. Sie würden eine Gefangennahme von Kindern als Pressgeiseln nicht zulassen. Und falls es doch je geschehen sollte, würde der Rat sie dafür bestrafen und die Gefangenen unter Obhut nach Hause schicken. Darauf gebe ich dir mein Wort."
Wuhtá nickte verstehend, Vannét allerdings setzte zu einer weiteren Frage an. Doch Banés kam ihr zuvor: „Es reicht jetzt! Derimen steht nicht vor Gericht für ihr Volk!" Er war so zornig, wie seine Gefährtin ihn schon lange nicht mehr erlebt hatte. „Mehr als ebenso gut ließe sich fragen, wie schuldfrei eine Sippe sein kann, die einen Knaben in eine Schlacht gegen eine Übermacht von drei Völkern schickt! Seht, was mit euren Enkelkindern geschehen ist!"
Vannét stand so heftig auf, dass ihr Stuhl umfiel.
Ihr Gemahl griff sie beim Arm, was ihre wutvolle Antwort verhinderte. „Es war Teil deiner Ausbildung als Krieger", erwiderte er mit brennendem Blick.
„So war es Teil meiner Ausbildung, Kriegsgefangener zu werden! Ihr habt Anteil daran, Derimen nicht! Sie war damals sechs Jahre alt! Sie steht nicht als Schuldige vor euch, sondern als meine Frau!" Banés bebte. „Wenn ihr dies nicht achten könnt, wenn ihr sie weiterhin wie vor einem Gerichtsrat befragt, werde ich mich von euch lossagen!"
Alle hasteten nach Luft.
„Das ist nicht dein Ernst", rief Wuhtá.
„Doch. Allerdings. Es ist mein Leben, gleich, was ihr wollt oder über Pflicht denkt. Wir können nicht verändern, was geschehen ist. Vorwürfe nützen nichts: Ich bin halber Lesne! Und Derimen ist die, bei ich sein werde. Ob mit eurem Segen oder eurem Fluch! Wer mich liebt, stellt mir meine Lieben nicht zur Wahl!" Banés hatte die letzten Worte fast gebrüllt. Nun fing er sich mühsam. „Ich bin Teil beider Häuser", sprach er ruhiger. „Zerreißt mich nicht." Er wandte sich an Derimen: „Komm." Und streckte die Hand nach der ihren aus.
Die Jüngere verneinte. „Ich bleibe hier."
Verwunderung wallte ihr entgegen.
„Meinetwegen." Banés stapfte hinaus.
Die Verbliebenen sahen ihm nach.
„Warum?", ließ sich dann Vannét vernehmen. „Warum bleibst du?"
Derimen versuchte ein Lächeln. „Ihr habt alle Recht. Wuhtá, Banés und du. Als Folge des Krieges, den Viralí und Lesnen einmal gegeneinander hielten, ist da noch heute so viel Schmerz. Wenn es ihn lindert, dass ich ihn mir anhöre, bleibe ich gerne."
Der Führin Blick grenzte an Fassungslosigkeit.
Der Gast sah sie offen an.

Wuhtá wartete eine angemessene Weile, ehe er seinem Sohn folgte. Er fand ihn, wie nicht anders erwartet, in der Holzwerkstatt, in der er schon vor Jahren nach manchem Streit Zuflucht gesucht hatte.
Banés sah den Eintretenden aus wehen Augen an. „Wie viel habe ich verdorben, weil ich euch vor allen angegriffen habe?"
Wuhtá machte eine unbestimmte Handbewegung.
„Was ist mit Derimen? Muss sie sich jetzt den Vorwürfen aller stellen?"
„Nein. Deine Mutter hat Musik angeordnet. – Du siehst scheußlich aus."
Banés ächzte leise, drehte sich dem Werkzeug zu, das er zu schleifen begonnen hatte. Der Stammeswahrer stellte sich in sein Blickfeld und forderte ohnwort seine Aufmerksamkeit, bis sie ihn wiederfand. „Werde ich euch verlieren, weil ich bei Derimen und in Lesnen sein will?", fragte Banés im Aufschauen.
„Unsinn. Allein, dass du mit ihr sein willst, reicht. Sie ist eine gute Wahl in den Augen des Stammes. Wir mussten vor dem Stamm der Form genügen. Das ist geschehen."
„Aber Mutter..."
„Ach, du kennst sie doch!", unterbrach Wuhtá ihn. „Sie hat bisher noch nicht herausgefunden, wie Menschen Feuer speien können, aber sie bleibt hartnäckig auf der Suche."
Banés seufzte tief, ehe er lächelte und ihn umarmte.
Der Ältere ließ es teils widerwillig, teils froh geschehen. „Lesnen herzen einander ständig, nicht nur als Gruß. Oder?"
„Nicht wirklich", sagte sein Sohn. „Aber bei den Kanhartiden wird oft geherzt."
Wuhtá lächelte. „So. Komm, wir gehen Derimen abholen. Ein Gästehaus ist für euch hergerichtet."

Für den folgenden Morgen hatten die Wahrenden Banés und Derimen zu einem Ritt eingeladen, um die Umgebung zu besichtigen – zu überwachen, wie Banés leise erklärt hatte. Sie verbrachten einen recht angenehmen Tag miteinander, kehrten nachmittags in ein Gehöft ein, in dem ihnen ein guter einfacher Eintopf gereicht wurde. Schließlich ritten sie in die Stadt zurück, wo Vannét ihrem Sohn gebot, mit ihr zu kommen.
Wuhtá und Derimen traten langsamer aus dem Stall. „Ich habe viel Gutes über dich gehört", wiederholte der Betagte seine ersten Worte an sie. „Und was ich bisher sah, bestätigt es."
Derimen verbarg ihr Erstaunen. „Ich danke. Es ist um euch zum Selben."
„Tatsächlich?"
„Ja. Ich sehe, wie viel ihr für Viralí tut. Ich weiß, wie hart die Gespräche mit euren Nachbaren sind, manchmal bis hin zum Krieg, dem ihr beide noch immer als Erste vor dem Heer begegnet. Und ich bin dankbar für die Freundlichkeit, mit der ihr mich willkommen heißt. Obwohl mein Band mit Banés vermutlich nicht zu eurer Freude ist."

Er schmunzelte. „Es ist meinem Herzen besser, als du denkst. Dass er zu einer anderen Sippe wollte, jahrelang dafür gewerkt hat, als gäbe es sonst nichts von Wert, hat mich sehr gekränkt. Noch dazu zu einer Sippe, deren Volk ihn mir geraubt hatte. Das einmal aus Feinden bestand." Wuhtá hob die Hand, um ihren Widerspruch abzuwehren. „Er hat erzählt, dass dein Haus ebenso dazu gezwungen wurde. Aber in meinem Herzen war bisher keine Versöhnung mit deinem Volk. Sechzehn Jahre lang habt ihr ihn mir genommen. Und als er zurückkehrte, hatte er solchen Gefallen an Lesnen gefunden, dass er Bootsbauer war! Sein Blick lag auf dem Meer!" Der Viralí hielt inne und mühte sich merklich um Ruhigung.
Derimen wartete.
Er lächelte mit einem Mal wieder. „Aber nun gewöhne ich mich an eine andere Sicht. Von meinem Sohn für eine andere Sippe verlassen zu werden, ist anderes, als von ihm für eine Frau verlassen zu werden. Er hat sehr viel von dir erzählt. Und ich habe mehr als ein Schreiben von dir zu ihm getragen. Es gab in all den Jahren nicht einen Boten, der ohne Nachricht für eines von euch auf den Weg geschickt worden wäre. Von keiner seiner Frauen hier hat er so gesprochen wie von dir, keine ließ seine Augen so leuchten wie eine Nachricht von dir. Und nun, da ich euch beide nebeneinander sehe, erkenne ich euch als so nahtlos passend, als wäret ihr füreinander gegossen. Und dein Wort ist furchtlos, wo ihr doch eine Menge verlieren könntet. Mein Volk weiß solche Stärke zu schätzen."
Erleichterung durchströmte Derimen.
„Wenn es also dein Ruf war, der ihn zurückholte", fuhr Wuhtá fort, „so ist es das Los, das alle Eltern eines Tages trifft, sofern sie nicht bereit sind, ihre Kinder in Ehe zu zwingen. Ich übe mich darin, es anzunehmen."
Sie wusste, dass die Sehnsucht nach ihnen allen Banés zurückgeführt hatte. Aber dem Wahrer nicht zu widersprechen, erschien ihr ratsam. Und sie verstand die Größe seines Entgegenkommens.
„Nun also, willkommen in meinem Stamm und Hause." Mit freundlicher Miene bot ihr Wuhtá eine Umarmung, die sie gerne annahm.
„Darf ich dir eines von Herzen sagen?", fragte Derimen, als sie weitergingen.
Er hob die Brauen.
„Du und Banés ähnelt einander sehr."
„Findest du?" Er zwinkerte. Sie erreichten den Hallenvorplatz. „Wann hast du Viralí gelernt?"
„Als Kind."
„Von Banés?"
„Auch. Aber meine Eltern bestanden der Stadtwahrin gegenüber auf einer Lehrin für uns alle, die uns eure Sprache und Bräuche lehrte. Sie wollten ihm keine Gefangenenwartinnen sein."

Wuhtá blieb abrupt stehen. Sein Blick war wöhnend. „In welcher Sprache sprichst du mit deinem Kind?"
„Viralí im Haus, Lesnen auf der Straße."
„Und mit deiner Sippe, als Banés hier war?"
„Dasselbe. Viralí ist die Sprache meiner Sippe." Sie zögerte kurz. „Und sie hielt in uns das Gefühl wach, er sei bei uns oder würde immindest einst zurückkehren."
Anerkennung zog in des Älteren Züge. „Deine Sippe scheint bemerkenswert zu sein." Er schien auf eine Erwiderung zu warten.
„Ich werde es ihnen ausrichte."
„Ich würde sie gerne kennenlernen", bekundete er, als sie bei einer kleinen Gruppe um Banés, Vannét und Frexél ankamen.
„Es wäre ihnen sicherlich die größte mögliche Freude", antwortete Derimen.
„Wohl die zweitgrößte", entgegnete da Vannét wohlwollend. „Die größte wird um unser Band sein. Ich werde euch vermählen, ehe ihr zurückkehrt."
Die Begastete erstarrte, verbarg aber ihr Erschrecken und den sogleich in ihr aufgekeimten Widerspruch. Sie beschloss, darüber zu schweigen, bis sie mit Banés allein war.
Vannét wandte sich von ihrem strahlenden Sohn zu der Lesne. Sie schätze sie sehr aufmerksam und sprach dann: „Nun, meine Tochter, ich würde dir gerne meine Jagdhunde zeigen und dein Urteil über die Zucht hören."
Die Ahnung, dass es nicht um Hunde war, verhinderte Derimens Versicherung, nichts von diesen Tieren zu verstehen. Sie war gewiss, dass Vannét nun sie zu einem Gespräch zu zweien lud – oder orderte. „Gerne", erklärte sie und folgte ihr.
Tatsächlich führte die Wahrin sie in eine andere Stallung und nannte zunächst die Namen und Vorzüge der dort gelagerten Hunde, die sie bellend begrüßten. Dann wurde sie für kurze Zeit still, bis sie tief einatmete und sprach: „Ich weiß, dass es Banés zu dir gezogen hat. Aber ich weiß nicht, ob es nicht auch dem Ort galt. Wenn du mit meinem Sohn vermählt bist, könntet ihr unsere Nachfolge antreten. Wäre dies dein Wunsch?" Sie las in der Jüngeren Miene. „Offenbar nicht."
„Geehrte, ich..."
„Keine unnoten Höflichkeiten, wir stehen nicht vor dem Stamm. Ein Nein ist annehmbar und mag uns allen größere Wohle bringen als ein Ja allein aus Höflichkeit. Nun gut. Dann muss er sein Erbe abtreten."
„Ich danke für eure Freundlichkeit", sagte Derimen.
„Das ist es nicht allein", wehrte Vannét ab. „Er will den Stamm nicht führen, und wenn es ist, weil er in Lesnen leben will, kann er nur der Falsche für Viralí sein. Ich hatte gehofft, du seist sein Grund, und wir würden dich hier halten können. Aber wenn du es auch nicht willst, suchen wir einen Ersatz. Ich bin dem Stamm verpflichtet. Ich könnte es nicht verant-

worten, ihn oder euch zu zwingen, hierzubleiben. So würdet ihr dem Stamm kaum zur Wohle gereichen."

Derimen verneigte sich tief. Im Aufschauen: „Ich würde gerne von dir lernen, Geehrte. Begleitest du mich in mein Haus, um deine neue Sippe kennenzulernen?"

Nun flog ein Lächeln über das Gesicht der Viralí. „Vorher muss ich einen Schwur widerrufen. Aber, ja, das werde ich." Sie wandte sich ab, kniete sich zu einem um Neigung bettelnden Hund und kraulte ihn. Noch dem Tier zu, fragte sie: „Du trägst die Namen beider Eltern, nicht wahr?"

Derimen merkte verwundert auf.

„Ich spreche kein Lesnen", bekannte Vannét über die Schulter hinweg. „Aber dein Name enthält den deines Vaters. Und eure Sippe sind die Kanhartiden. Die Sippe deiner Mutter Ahte."

„Das ist richtig."

„Warum? Mein Gemahl trat in meine Sippe ein, weil ich Erbin der Stammesführung war und es ihn ehrte. Aber deine Mutter ist nicht vom selben Rang gewesen wie dein Vater, soweit ich weiß."

Derimen entgegnete vorsichtig: „Lesnens Bürginnen können einander ohne Rangesansehen händegeben. Damals, als die beiden einander fanden, waren viele aber noch anderer Ansicht, und meines Vaters Sippe war sehr gegen dieses Band. Ich weiß es nicht sicher, aber ich glaube, er entschied sich aus Widerstand, in Ahtes Sippe einzutreten."

„Um die Ränge zu brechen."

„Und auch, weil sie zu dritt zusammenzogen. Mit der Schwester meiner Mutter."

„Ransar."

„Ja. Ihre Sippen setzten damals einen ... Tanzdurst voraus, der nicht bestand."

Vannét wandte sich ihr wieder zu. Ihr Gesicht zeigte nachdenkliche Falten, bis sie verstand: „Eheliche Treue? Ist es darum? Ihr legt Wert auf solches."

Derimen floh in eine unwohle Geste. „Damals war es für manche undenkbar, dass sie einfach nur zu dritt miteinander leben wollten. Imen hat sich sehr mit seinen Eltern darüber gestritten, weil sie es nicht verstanden."

Die Stammesführin war versonnen. „Das klingt ein wenig nach Banés, nicht wahr?"

„Ja. Ein wenig."

„Und deine Brüder?"

Derimen stutzte, unsicher darüber, was gemeint war. „Der Älteste, Aksua, ist ein wenig jünger als Banés..."

Vannét winkte ab. „Ihre Namen. Was sagen sie?"

„Aksua war der Name meines Müttervaters. Rowun wurde nach Imens Mutter benannt."

„Nun gut. Wenn du in mein Haus aufgenommen wirst, steht es dir frei, weiterhin den Namen der Kanhartiden zu tragen. Und Banés auch." Die Viralí verzog den Mund. „Du kennst

die Göttinnen meines Volkes?"
„Ja. Aber ich teile sie nicht."
Jetzt stutzte Vannét, fing sich aber schnell wieder. „Dann wird deine Aufnahme in der Halle stattfinden, nicht im Tempel." Sie kraulte den Hund noch einmal und erhob sich. „Und nun: Du wirst hungrig sein."

Nach dem Essen zogen die Geeinten sich zurück.
Banés schloss die Tür, atmete tief und drehte sich um. „Lass uns reden", sagte er.
Derimen sah ihn an, antwortete jedoch nicht.
„Ich hätte wissen müssen, dass es darauf hinauslaufen würde." Er setzte sich zu ihr. „Aber meine Gedanken waren zu sehr in Lesnen."
Sie sann eine Weile nach.
Er wartete.
„Wenn wir nicht händegeben, müsstest du es mit einer Viralí?"
Banés bejahte. „Sofern ich mich nicht lossage. Meine Ehe gehört nicht mir. Es ist ein großes Eingeständnis, dass sie sich mit einer Frau meiner Wahl einverstanden zeigen."
Wieder verstillte sie.
„Rede mit mir, bitte."
Sie lächelte schief.
„Bitte. Das Schweigen einer Vielrednin ist schwer zu ertragen. Ich teile, was du über die Ehe Lesnens denkst. Ich kann mich lossagen", betonte er. „Aber wenn eine Ehe nach den Gesetzen Viralís geschlossen würde, wäre ... Treue keine Bedingung. Und Lesnen könnte dich nicht anklagen, wenn du..."
Sie legte die Finger an seine Lippen, schüttelte kurz den Kopf. Erneut wartete Banés, bis er seine Spanne nicht mehr ertrug: „Bitte, rede mit mir."
Derimen sah nieder. „Dass du dich lossagst, kommt nicht in Frage. Nicht deswegen. Dieses Opfer wäre zu groß. Es gefällt mir nicht, so sehr gegen das zu verstoßen, was mir wert ist. Ich bin gegen die Ehe, ich bin es gegen diese Unfreiheit, aber wenn das der Preis für unser Band ist, ohne weitere Kränkung deiner Sippe hier, zahlen wir ihn." Sie wischte eine Träne fort, die sich einen Weg über ihre Wange zu bahnen anschickte. Banés wollte Derimen umarmen, aber sie wehrte ihn sachte ab. „Ein Teil von mir ist schrecklich zornig, weil Vannét uns vermählen will. Aber ein klügerer Teil sagt mir, dass darin kein großer Arg ist. Viel weniger Arg als in deiner Freisage von ihnen. Es ist also ein dummer Teil in mir, der seine Walle enden muss. So hoch, wie es mir im Augenblick scheint, ist dieser Preis nicht. Ich werde dir die Hände geben. Nach dem Brauch dieses Volkes, auch wenn es mich Galle kosten wird. Vermählt zu werden und mich nicht selbst vermählen zu können", murmelte sie grollend. „Altes Zeugnis, dass es in einer Ehe um Macht geht und um nichts anderes. – Ach, hab Geduld mit mir."

Nun legte er doch die Arme um sie. „In unserem Band ist es um Liebe. Lass es Ehe heißen und aussehen, wie es will. Lass Viralí es verstehen, wie es will. Es ist unser Band, gleich, was andere darüber denken."

Für den nächsten Abend hatten die Wahrenden einen Rat einberufen, zu dem sie auch Derimen eingeladen hatten. Nach einer Begrüßung durch eine Priestin, die in der Halle eine Zeremonie abgehalten hatte, erhob sich Vannét von ihrem Stuhl und verkündete: „Mein Sohn hat mich davon überzeugt, dass er als Stammesführer Viralí nicht zur Wohle gereichen könnte, da er kein Krieger ist und wir in Zeiten des Krieges leben. In Lesnen wird er uns als Botschafter weiterhin gute Dienste leisten. Sein Vorschlag des Erbes trifft meine Zustimmung: Ich wähle Frexél Ëí Shur als Nachfolgin."
Derimen sah zu dieser, die die Augen aufgerissen hatte.
„Eine Festigung des Bandes mit Lesnen wird die Ehe meines Sohnes mit der Ratssprechin Lesnens sein: Derimen aus dem Haus der Kanhartiden. Sie wird ein Teil meines Hauses sein."
Das war es, mehr an Ansprache schien nicht nötig zu sein. Anders als in der Runden Halle Lesnens, gab es keine Überlegungen um Für und Wider, allein einige Angelegenheiten um die größere Nähe zu Lesnen und Frexéls künftige Aufgaben im Heer wurden besprochen. Recht bald schon löste die Versammlung sich wieder auf.
Im Gewirr der Übrigen kam Derimen neben Banés' Base zu stehen, die lächelte und leise sagte: „Erfüllen sich deine Wünsche, Freundin?"
„Ja. Zu großem Glück. Und die deinen? Hast du ... Hast du uns auch deswegen geholfen?" Derimen wählte einen sehr behutsamen Tonfall, da eine solche Frage von der Viralí als Beleidigung aufgefasst werden konnte.
Doch die Gefragte antwortete mit Offenheit im Blick. „Nein. Ich bin nie davon ausgegangen, dass ein solches Erbe für mich möglich wäre. Abgesehen von Achtung eures Bandes, hatte ich gehofft, dich für Viralí gewinnen zu können."
Die Lesne staunte.
„Manches war über dich zu hören. Dein Blick auf die Gemeinschaft hat dir hier viel Wohlwollen beschert. Mein Volk weiß eine solche Haltung zu schätzen, Vannét im Besonderen. Nein, ich wollte den Stamm nie führen. Meiner Sippe mag es gefallen – mein Gemahl kann sein Glück kaum fassen, wie ich sehe –, mir gefällt es nicht sehr. Aber da ich nicht in Lesnen aufgewachsen bin, sondern hier", Frexél grinste, „werde ich mich dem fügen. Ich denke, es gäbe Schlechtere als mich."
Derimen freute sich. „Ich glaube, du bist eine sehr gute Wahl."
„Tatsächlich? Was weißt du denn über mich?"
„Dass du klug bist und ein großes Herz hast, Mitgefühl und Bereitschaft zur Verantwortung. Und einen guten Blick für andere. Viralí kann sich freuen."

Die Kriegin zeigte ein verkniffenes Lächeln. „Nun, wir werden sehen. Wir werden einander schreiben. Base."
„Ich möchte dir noch einmal danken", sagte Derimen leise.
Frexél deutete eine Verneigung an.
„Nun, meine Tochter", sagte Wuhtá, der mit Banés und Vannét zu ihnen trat. Sein Blick verkündete Wohle. „Was wünschst du dir zur Handgebe? Es ist hier Brauch, dass wir dir deinen Wunsch nicht abschlagen dürfen, sofern er nicht gegen die Gesetze verstößt."
Derimen wusste ihre Antwort sogleich: „Die Freiheit für Ahís."
Banés strahlte fast ungläubig auf, doch die Gesichter der Kriginnen verernsteten sich binnen eines Atemzugs. „Das wird nicht möglich sein", erwiderte Wuhtá nach kurzem Zögern. „Ahís wurde verkauft."
„Was?", entfuhr es Banés. „Wohin?"
„Das weiß ich nicht. An Menschenhändler, die über die Berge unterwegs waren."
„Ihr habt sie verkauft? Ihr habt Ahís verkauft?! Wie konntet ihr das tun?! Ihr..." Er brach keuchend ab. Fassungslos sah er seine Eltern an. Dann drehte er sich um und verließ sie.
Ohnwort blickten die anderen ihm nach.
„Besteht die Möglichkeit herauszufinden, wohin sie gebracht wurde?", fragte Derimen mit mühsam erzwungener Ruhe.
„Kaum", sagte Vannét, und die Lesne vermeinte, Bedauern in ihre Stimme zu hören. „Jenseits der Berge gibt es viele kleine Stämme. Sie kann überall sein."
Derimen seufzte betrübt. „Vielleicht kann ich es herausfinden. Welche Stämme kommen in Frage?"
„Zu viele. Unzählige", antwortete Wuhtá. „Es ... ist mir leid. Ich habe nicht damit gerechnet, dass es ihn derart wallen lässt."
Ungläubig sah sie ihn an. „Aber ihr wisst doch, wie sehr er sie geliebt hat, oder?"
Verständnislose Stille antwortete ihr.
Als Derimen in die Kammer trat, wandte sich Banés um und wischte seine Tränen ab. „Deshalb haben alle geschwiegen, als ich nach Ahís gefragt habe. – Du verstehst das nicht falsch, oder?", bangte er. „Dies hat nichts mit uns zu tun. Du bist meine Frau, und ich liebe dich mehr, als ich Ahís..."
„Ich verstehe es nicht falsch", versicherte sie und nahm ihn in die Arme.
Er schluchzte an ihrer Schulter. Nachdem er sich ein wenig beruhigt hatte, sagte er bitter: „Jetzt würde ich mich gerne von dieser Sippe lossagen. Wie konnten sie das tun?"
Derimen wusste keine Antwort.
Banés grollte lange, bis er tief durchatmete und beschloss: „Zeit, dass ich auch in Viralí Botschafter werde. Zeit, dass ich meine Ziele vor mich stelle. Solches muss doch zu verhindern sein!"

Es war so weit. Am Abend eines Ruhetages spürte Nirar Wehen der Art, die eine Geburt ankündigte. Viched rief die Hebammen, Trames bereitete die Kammer vor, während Rowun Nirar auf ihrem Gang den Hof auf und ab stützte. Nach der Ankunft der Hilfen geleitete der Jüngere seine Gemahlin in die Kammer und setzte sich dort neben sie.
„Ich bleibe hier", erklärte er entschieden.
Nirar verneinte. „Wir haben es doch besprochen."
„Ich weiß. Aber ich kann dich nicht allein lassen. Ich will bei dir sein!"
„Ich bin nicht allein. Ich könnte es nicht ertragen, wenn du mich sterben siehst. Liebster. Wir haben es besprochen."
Er bebte.
„Ich könnte deinen Schmerz nicht aushalten. Schwäche mich nicht, bitte. Denke an das Kind." Seine Frau koste ihn, als er weinte. „Ich liebe dich." Sie wurde von einer nächsten Wehe überflutet. Er hielt sie noch bis an deren Ende, küsste Nirar und sagte: „Ich liebe dich. Die Geister stehen dir bei."
Viched saß eine Weile bei ihm auf der kleinen Mauer vor der Kammer, brachte ihm ein Kissen und lief, als ihr ersichtlich wurde, dass sie nicht für einen anderen Dienst gebraucht wurde, um auch Itasi und Aksua zu holen. Mit diesem kehrte sie zurück, er begab sich wortlos zu dem Wartenden.
„Wie ist es ihr?", fragte Rowun Trames, als der kurz zur Tür herausschaute.
„Bisher gut", war die Antwort. „Besser, als es zu erwarten war." Er verschwand wieder.
Itasi fand sich ein, grüßte und ging hinein. Nach einiger Zeit kam sie zurück, um Aksua zu bitten, ihr die Waschkammer zu zeigen.
„Wegen des Zuzugs", begann er auf dem Weg dorthin, so bald er sicher sein konnte, dass sein Bruder ihn nicht hören konnte. „Wenn Nirar stirbt, werde ich mich erst einmal um Rowun kümmern. Und das Kind, sollte es überleben."
Die Freundin lautete verstehend. „Ihr könnt auch zu dritt zu uns ziehen, falls es Rowun gefallen würde. Auch nur für kurze Zeit. Wir haben Raum und zwei, die als Ammen helfen würden."
„Sicher?"
„Ja, wir haben es besprochen."
Aksua, der die Mitglieder der Wahlsippe gut kannte, wusste, dass eine von ihnen Itasi selbst sein musste, deren geäußerte Wünsche eigentlich gen ein Ende der Stillzeit bei ihrer jüngsten Tochter gegangen waren. „Das ist gut. Sie haben Ammen gefunden, aber das ist gut. Ich werde ihn fragen, wenn es an der Zeit ist."
Es war ein furchtbares Harren. Die Brüder saßen unter Anspannung, Rowun betete leise, Aksua hielt ihn. Endlich trat die Schnittin in den Hof, hielt auf Aksua zu und fragte: „Kann ich dich sprechen?"
Er löste sich nach stillem Fragen und dessen ohnworter Zustimmung von Rowun.

„Ist es Nirar in letzter Zeit sehr viel besser gewesen als früher?", fragte Itasi.
„Ja. Wir hielten es für Freudefolgen. Was meinst du?"
„Dass ich dort drinnen nicht benötigt werde. Du wirst allein zu uns ziehen müssen."
„Heißt das...?"
„...dass sie sich wirklich gut hält und von einer schwächenden Krankheit überhaupt nichts zu merken ist, ja. Ich bleibe, weil wir es nie wissen können. Aber ich bin sicher, dass sie ohne mich zurechtkommen. Ich stelle mich auf einen ruhigen Morgen ein."
Als sie zu Rowun zurückkehrten, erhob sich dieser wie eines, das sich bereitmachte, eine Schreckensnachricht entgegenzunehmen. Itasi lächelte ihm zu und verschwand wieder in der Kammer.
„Es sieht gut aus", sagte der Krieger.
Der Jüngere starrte ihn an.
Wiederum verging schier endlose Zeit. Schließlich waren freudige Ausrufe zu hören, gefolgt vom zarten Schrei eines Neugeborenen. Rowun und Aksua sprangen auf. Einige Zeit darauf verließ eine der Hebammen das Zimmer: „Ein gesunder Knabe. Und sie ist ebenfalls wohlauf."
„Sie lebt?", fragte Rowun.
„Ja."
Er stürzte an ihr vorbei hinein.
Nirar strahlte ihm entgegen, das Kind im Arm.
Rowun trat näher, nun zögernd. Dann liefen ihm Tränen, ohne dass er ihnen Einhalt gebieten konnte. Er setzte sich, herzte seine Gefährtin mit so viel Hut, wie er es unter seiner Walle vermochte. „Du lebst", weinte er, ein Satz, den er mehrmals wiederholte. Er küsste erst sie, dann den Kleinen, den er mit großen Augen bestaunte. Er tastete nach seinen Händen, dem verschmierten Gesicht, dem dichten Haar. Nirar gab ihn ihm. Rowun leuchtete. Lange besah er das Kind von oben bis unten, dann wandte er sich wieder Nirar zu. „Hast du Schmerzen?", fragte er.
„Jetzt fast nicht mehr", lächelte sie und erklärte versonnen: „Ein Knabe. Meine alte Begleitin kann nicht weiter bestehen. Sie reist nur mit den Frauen. Er wird sie nicht tragen und auch nicht vererben."
Rowun suchte ihre Nähe. „Du lebst. Ihr lebt beide."
Jedes durfte das Neugeborene kurz halten, ehe Trames es in Beschlag nahm und fast nicht mehr abzugeben bereit war. Als die erste Aufregung sich gelegt hatte, ging Aksua in die Küche, um Essen vorzubereiten. Nach einiger Zeit kam seine Freundin hinzu und half ihm.
„Es ist so schön", bekundete er. „Dass Nirar lebt, dass das Kind wohlauf ist. Wer hätte das vermutet? Und ein zweites Kind in der Familie." Er seufzte leise.
Itasi wartete, während er Gedanken nachhing, bis sie ihm anbot: „Du kannst auch jetzt schon zu uns kommen."

Aksua verneinte. „Ich danke. Aber lieber eines nach dem anderen. Ich will einen Neuanfang im Ganzen. Die Feier zum Ende meines Heerdienstes will ich noch bei meinen Eltern halten, danach ziehe ich zu euch. Außerdem lohnte es sich gar nicht, weil wir bald wieder zur Grenzsicherung ausziehen. Aber danach ... Ich freue mich auf euch. Sehr."
„Was auf Gegenseitigkeit beruht."

Der Knabe wurde Kerm genannt. Sein Geburtsfest verschoben die Eltern auf die Zeit, da Rowuns fehlende Geschwister zurückgekehrt sein würden. Zwei Ammen waren in Dienst genommen worden, wurden jedoch zunächst gar nicht benötigt. Nirar gab ihrem Kind selbst Milch, die ungewöhnlich leicht einschoss.
„Wieder eine Erwartung nicht erfüllt", lächelte die junge Mutter. „Die Heilinnen können froh sein, dass sie nicht nach Vorhersagen entlohnt werden." Sie blühte weiterhin auf. Seit dem Tag nach der Geburt ging sie ohne Hilfe, und an sehr guten Tagen vermochte sie gar, ihren Sohn für eine Weile zu tragen.

Das Ehefest übertraf Derimens Vorstellungen. Die ganze Stadt schien gekommen zu sein, ergänzt durch die Bewohnenden der umliegenden Gegend. Mehr Menschen, als die Halle fasste, wollten in sie eintreten, und so standen etliche vor dem Tor, als würde ein besonderes Schauspiel geboten. Wuhtá und Vannét wie die zu Vermählenden standen am Haupt des Raumes, Vannét erklärte die Lesne zum Mitglied der Ëí Shur. Wuhtá reichte seiner Gemahlin eine schwere goldene Kette mit Rangeszeichen. Banés hatte Derimen darauf vorbereitet. Der Schmuck wurde ihr umgelegt, und wenn er aus der Sicht Viralís auch ein Zeichen von Wertschätzung und gar von Erhöhung sein mochte, kam sie sich doch vor, als wäre er eine Ochsenkette. Banés hatte sie gebeten, die Zeichen zu tragen, bis Wuhtá und Vannét Lesnen wieder verlassen haben würden.
Daraufhin legte die Stammesführin ihre Hände auf die gesenkten Köpfe der beiden Jüngeren. Von der Rede, die sie hielt, erinnerte sich Derimen später nur an wenig. Die Seele des Gesagten lag allein auf der größeren Nähe zweier Völker, in keinem Teil auf den Menschen, deren Band an diesem Tag ausgerufen wurde. Sie wurden nicht einmal nach ihrem Ehewillen gefragt. Derimen kam sich gänzlich entmündigt vor. Sie schielte zu Banés hinüber. Wieder einmal schien er ihre Gedanken zu erraten und schickte ihr ein Zwinkern und einen verstohlenen Kuss. Endlich waren sie vermählt, die Halle rief einen Segensruf. Den Rest des Abends verbrachten alle mit Speisen, Bier und Musiktänzen.
Müde gingen die Gefeierten erst in den frühen Morgenstunden in ihre Bleibe. Während Banés sich auszog, bemerkte seine Gefährtin sein Strahlen und erinnerte sich an die Eheschließung von Rowun und Nirar. „Siehst du glücklich aus."
„Das bin ich auch." Banés lockte Derimen ins Bett.
„Sie war dir wichtig. Die Handgebe", vermutete sie.

„Nicht als solche. Aber dass keines unser Band mehr gefährden kann, erleichtert mich sehr."
„Warum hast du mich dann nie danach gefragt?"
„Dich? Um Ehe? Hörst du deine eigenen Worte? Außerdem weißt du, dass ich darin ähnliche Ansichten habe wie du. Über die Ehe Lesnens."
Sie hob die Brauen.
„Und um dich nicht in Gefahr zu bringen", gestand er.
Sie starrte ihn an, als sie begriff, was er damit gesagt hatte. Das Ausmaß seiner Liebe ließ sie fast erschrecken. Derimen fing sich und erwiderte: „Ich habe mit keinem anderen getanzt, seit wir geeint sind."
„Tatsächlich? Nicht einmal, wenn ich auf Reisen war?"
„So ist es. Und ich habe es auch nicht vor."
Banés kuschelte sich an sie. „Nach dem Recht Viralís wärst du nicht in Gefahr. Lesnen muss das anerkennen. Was auch immer noch geschehen mag."
„Ich hoffe, du weißt, wie sehr du mich beeindruckst."

Banés führte seine Gefährtin in der Stadt herum. Sie besuchten Tolas, Uchátt und Wedri wie Viralí, die Banés nahestanden. Dennoch war Derimen mit den Gedanken häufig in der Ferne.
„Heimweh?", fragte er.
Sie verneinte unbestimmt. „Sorgen. Gen daheim. Es ist kein Heimweh, das ich auch habe. Aber ich sorge mich. Nicht so sehr um Udras, obwohl die Sehnsucht nach ihr mir fast das Herz zerreißt. Aber ich weiß, dass sie sicher ist. Wenn auch ... unglücklich. Ich habe nicht einmal Angst um Nirar, seltsamerweise..."
„Ransar und Aksua", sagte Banés tonlos.
Sie sah ihn verblüfft an, nickte.
„Es sah nicht nach Krieg aus, als wir gingen."
Sie nickte wiederum. Beide wussten, wie schnell sich das zu ändern vermochte. „Banés, ich träume jede Nacht von Aksua. Und denke immerzu an ihn. Ihm ist arg, darin bin ich völlig sicher. Udras und die anderen leiden über ihn."
„Und Ransar ist tot", ergänzte Banés.
Ihre Augen weiteten sich. „Ja. Wie kannst du das so sicher sagen?"
Seine Lippen verzogen sich zu einer schmerzhaften Grimasse. „Ich spüre nicht zum ersten Mal, dass ein Teil der Familie gestorben ist."
„Warum hast du mir nichts gesagt?"
„Weil wir erst morgen aufbrechen und nichts weiter tun können."
„Was ist mit Nirar?"

Er schüttelte den Kopf. „Da spüre ich keinen Verlust. Aber ich bin kein Seher. Lass, Herz. Wir können es nur abwarten."

Wuhtá und Vannét würden ihre Kinder über den Winter begleiten. Frexél begann in der Stellvertretung ihre ersten Pflichten als Erbin. Die letzte Nacht in der Stadt wünschten Banés und Derimen, im Sippenhaus zu verbringen. Trotz der schlechten Luft und der ungewohnten Nähe vieler Menschen im Schlaf war es ihnen wohl. Als Abschiedsgeschenk übergaben die Vermählten dem Haus mit Gruß des Rates von Lesnen Wärmesteine, solche zum Kochen und Heizen wie solche für die Wäsche. Einige Gesichter von Bediensteten leuchteten darüber auf, und die beiden Wahrenden zeigten sich über Höflichkeit hinaus dankbar für die wertvolle Gabe, Wuhtá äußerte sogar offen Entzücken.
Es war kälter, und es regnete noch mehr als auf dem Hinweg, zudem schien die Sonne es vorzuziehen, sich dauerhaft hinter grauen Wolken zu verbergen. Oft ritt die Gruppe, die aus den vier Ëí Shur und einem halben dutzend Kriegerinnen zu ihrer Bewachung bestand, in einem Licht, das Dämmer nahe war. An einem der ersten Abende ihres Weges saßen die Wahrenden nach dem Essen mit Banés und Derimen in einem Gasthaus, das so klein war, dass die Übrigen im Stall schlafen würden.
„Unser Gespräch über unsere unterschiedlichen Vorstellungen von Menschen und Gemeinschaft", ließ sich Vannét mit einem Mal an Derimen gewandt vernehmen. „Es wurde unterbrochen. Ich wüsste gerne mehr über eure Art zu leben."
Wuhtá und Banés sahen erstaunt auf. Nach den Maßstäben der Stammesführin war dies fast eine Entschuldigung, in jedem Fall aber eine unerwartete Einladung.
„Was möchtest du wissen", wiederholte Derimen ihre frühere Frage.
„Du sprachst von elenden Jahren, ehe die Bürginnengabe eingeführt wurde. Was geschah genau?"
Die Lesne sann eine Weile nach. „Es gibt in meinem Volk die Vorstellung, dass es einmal ein Glückszeitalter gab. Eine Zeit, in der es keinen Krieg und genug Notwendiges für alle gab. Manche glauben an eine Art Garten, in dem Menschen in Einklang lebten; manche glauben, dass es eine Zeit war, in der Menschen noch nicht mehr besaßen, als sie tragen konnten. Als sie vom Sammeln der Pflanzen lebten, die sie fanden, und Tiere nur in der Not erjagten. Dass sie in kleinen Gruppen lebten, von Tag zu Tag, und in der Gemeinschaft über den Zweck des Überlebens hinaus Nähe und Geborgenheit fanden."
„Das stimmt mit dem Glauben meines Volkes überein", bemerkte Vannét.
Derimen, die dies wusste, lächelte. „Als wir sesshaft wurden, verloren wir den Einklang. Kriege um Land und Vieh begannen, um gefundene oder hergestellte Güter, die mitunter ehedem keinerlei Wert besessen hatten. Innerhalb der Gemeinschaft bildeten sich Ränge, die zwar noch an Aufgaben gebunden waren, die aber Herrschaft über andere ermöglichten und schließlich sogar voraussetzten. Das Augenmerk lag auf den Dingen, nicht mehr auf

den Menschen. Wir sprachen den Dingen einen höheren Wert zu, auch in unseren Gesetzen. Verbrechen gegen Dinge wurden härter geahndet als Verbrechen gegen Menschen. So vergingen unzählige Generationen in erfundenen Rängen und Regeln des Miteinanders, die die einen Menschen in Unwürde und Not zwangen und die anderen wie Göttinnen leben ließen. Dann fanden wir die Wärmesteine, und zunächst einmal gingen viele von einem Fluch der Geister aus, da es zu erheblichen Schwernissen kam. Allerdings entstanden sie nur, weil es uns nicht schnell genug gelang umzudenken. Die Steine ersetzten viel Werk an den Dingen. Doch anstatt die ungeheuren Möglichkeiten zu sehen, die sie uns boten, verharrten wir zunächst in der Vorstellung vom Werk an den Dingen, als müssten wir es noch immer selbst verrichten. Wir erlebten es als Mangel, dass es nicht genug an den Dingen zu tun gab, gleichzeitig lasteten wir das verbliebene Werk darin in unerhörtem Maße Einzelnen auf und schlossen andere, die es verrichten wollten und nach ihrer Vorstellung auch mussten, von ihm aus. Zum ersten Mal gab es Menschen, die trotz Wunsch und Fähigkeiten keine Arbeit fanden. Statt zu sehen, dass dies eine Folge des Wohlstands durch die Wärmesteine war, behandelte Lesnen diese Menschen wie Abfall und entließ sie in das Gefühl, keine wertigen Mitglieder der Gemeinschaft zu sein. Obwohl Lesnen schon damals so begütert war wie nie zuvor, entstand Armut im Wohlstand, Mangel im Überfluss. Zuerst verarmten die Familien mit kleineren Kindern, dann die Betagten. Es gab den Spruch: ‚Wenn du verhungern willst, bekomme Kinder oder liebe deine Eltern.' Die Angst vor einer Kindestrage und die vor dem Alter waren sehr verbreitet, es gab unzählige Tötungen von Ungeborenen deswegen. Wer die Verantwortung für Kinder übernahm, sank im Ansehen und war von Armut bedroht. Wer sie verließ, um alleine zu leben, verlor diese Bedrohung. Wir erfanden unsinnige Regeln: Wer lange um Kinder oder Greise gesorgt hatte, fand kaum noch anderes Werk. Mehr als drei Kinder zu haben, galt als Verfehlung." Derimen verstillte kurz, weil ihr aus den Gesichtern der Führenden Fassungslosigkeit entgegenblickte. Da sie jedoch keine Anstalten zu einem Einwurf machten, fuhr sie fort: „Oder als Zeichen besonders großen Wohlstands. Wohlhabende Häuser hatten häufig viele Nachkommen, um ihre Güter zu zeigen, nicht aus Zuneigung. Wir sahen nicht mehr den Wert unserer Kinder und ihre Bedürfnisse nach Liebe und Bildung. Wir hatten auch keine Achtung mehr vor den Leistungen der alten Generationen und kein Verständnis ihrer Bedeutung für das Leben der Folgenden. Wir holten ihr Wissen nicht mehr ein, wie es klügere Generationen getan hatten, stützten sie nicht mehr und ertrugen ihre Anwesenheit nicht mehr, wenn ihr Verstand nicht mehr klar war oder ihre Körper schwächer wurden. Menschen in der Mitte ihrer Jahre wurde gesagt, sie seien zu alt für ein Werk. Und da den Entmachteten gesagt wurde, sie hätten keinen Wert mehr, und den Übrigen, es sei erstrebsam, jene zu verstoßen, verarmte auch unser Miteinander in unfasslichem Maße. Es wurde gar Gewohnheit, andere und auch sich selbst schlecht zu behandeln. Nur die Dinge und entlohntes Werk hatten einen Wert.

Menschen jeden Alters und mit allen nur erdenklichen Begabungen waren bereit, in unwürdigen Verhältnissen zu arbeiten, solange es sie nur, wie sie glaubten, ernährte. Die Formen der Arbeit, die daraus erwuchsen, zerstörten die Sippen und überlasteten die Menschen: die einen an übermäßigem Werk an den Dingen und am Mangel im Miteinander; die anderen, die an den Menschen werkten, an der mangelnden Anerkennung durch die Gemeinschaft und an Armut. Eine zerbrochene Sippe zu haben, war gewöhnlich, ebenso, Werk an Dingen vor die eigenen Lieben zu stellen. Todesfälle bei Mittelalten, die nicht mehr zur Ruhe kamen, häuften sich. Wir ersetzten Werte durch Angst. Wir gönnten uns kein Innehalten und vergaßen, einander als Menschen zu begegnen. Das Miteinander kam fast zum Stillstand. Ein Unglückszeitalter.

Da Lesnen trotz des Anwachsens seiner Güter immer mehr Hungernde hatte, beschloss der damalige Rat, eine Mitleidsgabe an sie auszuteilen, die an Bedingungen geknüpft war. Menschen wurden zu unsinnigen Arbeiten verpflichtet, die die Wärmesteine uns längst abgenommen hatten. Mit der unfassbaren Botschaft: ‚Die Stadt braucht dich nicht, aber sie ist großzügig und gibt dir zu essen und eine mangelhafte Bleibe, eine gute verdienst du nicht. Zeige du deine Dankbarkeit darin, dass du dies hier tust.' Die Stadt nahm ihnen das Gefühl, zum Sinn der Gemeinschaft beizutragen, und raubte ihnen ihre Unschuld und letztlich ihre Würde. Wir hatten keine Vorstellung davon, was das Gefühl der Nutzlosigkeit in Menschen anrichten kann. Durch unsere Unfähigkeit umzudenken und die ihr folgende Ungerechtigkeit wurden viele Menschen teilnahmslos und krank. Es gab auch eine große Zahl an Selbsttötungen.

Dann wurde auch noch beschlossen, den Zwangswerkenden die Möglichkeiten zu nehmen, anderes Werk anzunehmen. Wer neues Werk erlernen wollte und dabei die Gebote nicht wörtlich befolgte, musste verhungern. Die Zwangswerkenden wurden in die völlige Ausweglosigkeit geschickt. Gleichzeitig war für alle der Wohlstand der Stadt zu sehen, aber schließlich konnte über die Hälfte ihrer Bürginnen nicht mehr daran teilhaben.

Dann kam es zum Aufstand. Binnen zweier Tage wurden der Rat und viele Wohlhabende getötet. Völlerei und Regellosigkeit herrschten, wenn auch nicht lange. Ein neuer Rat wurde gebildet. Und endlich hatte die Fülle an Gütern, die uns die Wärmesteine gebracht hatten, die Folge, die bis heute anhält: Sie ist zum Wohlstand aller Lesnen geworden. Andere Formen des Miteinanders als zuvor wurden gesucht, die Bürginnengabe wurde eingesetzt, die alle gleich behandelt. Was für manche, die Hilfe brauchten, nicht reichte. Heute haben wir darüberhinausgehende Regeln. Für alle dieselbe Gabe, aber zum Beispiel Krankenbegleitung oder Arznei kosten das Einzelne nichts.

Die Bürginnenrechte, auf die wir sehr stolz sind, haben erst mit Rechten der Freiheit wirkliche Gültigkeit. Und dazu gehört, sich auf die Weise einbringen zu können, die für jedes Einzelne die richtige Weise ist; nein sagen zu können, auch zu einem Werk, und keine

Angst vor Armut haben zu müssen. Die Stadt kann dies ermöglichen. Nur wer von Angst und Not befreit ist, kann dauerhaft Sinnvolles leisten.
Wir hatten uns einst auf die Arbeit an den Dingen verlassen. Nun verstanden wir, dass wir allein durch unsere Einstellung Menschen ihrer Kräfte beraubt hatten. Kräfte, die für sie selbst, aber auch für die Gemeinschaft dringend notwendig sind. Wir verstanden, dass Menschen ohneeinander scheitern. Als wir uns wieder einander zuwandten, fanden wir zu Glück. Unser Hunger nach Gemeinschaft wurde gestillt. Es gab hin und wieder Versuche, alte Ränge wieder einzuführen, doch sie sind glücklicherweise gescheitert."
„Aber ist das nicht ein Zeichen dafür, dass die richtige Art des Miteinanders die in Rängen ist?", fragte Vannét spöttisch. „Eine Ordnung, die die Göttinnen den Menschen seit unzähligen Generationen aufgegeben haben, wird sich langfristig immer durchsetzen."
„Ich glaube in menschlichen Ordnungen nicht an göttliche Kräfte", erwiderte Derimen. „Es sind Übereinkünfte. Wir selbst entscheiden, wie wir miteinander leben wollen. Keine Göttin trägt dafür Verantwortung, nur wir selbst. Das öffnet Möglichkeiten zu Gutem wie zu Schlechtem. Wir haben erst nach vielen Fehlversuchen verstanden, dass wir eine Gemeinschaft sind und nicht Einzelne im Kampf gegeneinander. Dass Eigennutz und Selbsterhöhung auf Dauer die gesamte menschliche Gemeinschaft zerstören. Es braucht sicher mehrere Generationen, damit das wirklich auswachsen kann. Vermutlich müssen wir den Blick darauf immer wahren. Und unsere Regeln immer wieder neu beschließen, damit allen dieselben Möglichkeiten des Wachstums bereitet werden. Aber es ist eine neue Zeit angebrochen, schon vor Jahren. Eine Zeit des Miteinanders, in der es nicht mehr Angst und Last und Mühe ist zu leben, sondern eine Freude. Ein neues Glückszeitalter in den Augen vieler. Es scheint Bestand zu haben."
„Wir werden sehen", trat nun Wuhtá merklich erhitzt ins Gespräch. „Aber in Viralí entscheiden die Götter über die Menschen, und deswegen hat unsere Ordnung Bestand. Schon sehr lange, das muss nicht so scheinen, es ist so. Ich sage, Vannét hat Recht!"
Derimen dachte nach, während sie dem Gegenüber Weile gab, sich zu beruhigen. Dann sagte sie: „In Lesnen hätte ich vor der Bürginnengabe ein arges Leben gehabt. Ich bin Teil einer Sippe, die nicht wohlhabend ist. Und ich habe ein Kind. Früher war dies gleichbedeutend mit Armut."
„Die Göttinnen hätten dir einen Weg geebnet", schnaufte Vannét. „Du bist klug, und du hast ein gutes Herz, nach dem, was Banés behauptet. Du hättest deinen Weg in den Rat gefunden. Oder an einen anderen auserwählten Ort."
„Das bezweifle ich. Damals wurde nicht gesehen, was eines vermochte oder leistete. Wir trennten in der Anerkennung nicht nach Arbeit, Leistung und Erfolg. Obwohl es nötig ist, denn es sind drei völlig unterschiedliche Dinge. Zu Arbeit ohne Sinn wurde gezwungen, Leistungen waren für die Anerkennung nahezu unwichtig, Erfolg wurde Menschen wie mir nicht gewährt. Das Ansehen richtete sich nach der Herkunft, gleich, ob eines leistete oder

nicht. Ich hätte so viel werken müssen, dass ich meine Tochter kaum gesehen hätte, und dennoch froh sein müssen, wenn wir beide nicht verhungert wären. An wirklicher Bildung oder Entscheidungen um die Stadt hätte keines von uns teilhaben dürfen."
„Und du sagst, du werkst, wo du doch den ganzen Tag im Bett liegen könntest?", fragte Wuhtá.
„Aber sicher." Derimen unterdrückte ein Lächeln und suchte nach einem weiteren Bild. „Zwischen dem Ende meiner Ausbildung und meinem ersten Rat hatte ich anderthalb Monde lang kein Werk zu tun. Zwei Wochen lang faulenzte ich sehr. Danach konnte ich das Nichtstun nicht mehr ertragen und habe im Reinigungsdienst der Bäder geholfen, bis ich endlich vereidigt wurde. Die Vorstellung, für immer nichts zu tun zu haben, ist schrecklich. Auch heute habe ich lieber zu viel zu tun als zu wenig, wenn ich die Wahl habe. – Wenn du in dich hineinschaust: Wann wären dir Tage im Bett langweilig?"
Er schüttelte den Kopf. „Wie kann eines sich noch bewähren, wenn es keine Anforderungen gibt?"
„Aber es gibt sie ja. Nur eben weniger an den Dingen und mehr an den Menschen. Und an den Dingen auf neue Weise. Wir zollen heute Anerkennung nicht mehr in Rängen. Jedes kann sein, wer es ist, und sich so mit seiner größten Kraft für alle einsetzen."
„Und wie zollt ihr Anerkennung für besonderes Werk?", fragte Vannét mit vereistem Gesicht.
„Nun, durch freundliche Worte, Ehrungen, aber eben auch durch Entlohnung, nur unterscheiden sich ihre Höhen nicht mehr so sehr wie in früheren Zeiten."
„Und das genügt dir? Ein wenig mehr Lohn und ein freundliches Wort?"
„Es ist viel, wenn es ein ehrliches Wort ist. Und ich sehe meinen eigenen Nutzen in dem, was ich tue. Außerdem ist es mir wichtiger, dass ich Anerkennung allein dafür erhalte, dass ich lebe. Ich brauche keine Angst vor einer Kindestrage zu haben oder vor Krankheit oder dem Altern. Ich konnte in der Freiheit aufwachsen, ohne Ängste meinen eigenen Gang zu finden und ihn den Veränderungen meines Lebens anzupassen. Fern von Zwängen oder Vorschriften..."
„Schön und gut!" Vannét unterbrach sie mit einer schroffen Handbewegung. „Es mag ja sein, dass du und deine Sippe besonders fleißig seid. Aber was ist, wenn eines gar keine Lust zum Werk hat? Zu keinem Werk? Wenn es sich nicht in die Muße begibt, einen eigenen Gang zu finden, sondern lieber faul herumliegt? – Ich sehe nicht ein, andere mit meinem Werk durchzufüttern."
Derimen sah sie verständnislos an. „Aber warum sollte eines sich nicht in eine Gemeinschaft einbringen, die ihm selbst Wohle bereitet?"
„Nun, weil es faul ist!"
„Sieh dir Lesnen erst einmal an, Mutter!", donnerte Banés, fing sich mühsam und berichtete seiner Gefährtin: „Vannét ist der Ansicht, dass es überall Arbeitsverweigerung gibt. In Vi-

ralí werden Unfreie, die sich weigern, Dienst zu tun, ausgepeitscht. Manche ziehen das einem erzwungenen Werk vor, besonders, wenn dieses noch größere Gefahren birgt. Oder laufen davon. Wenn sie gefasst werden, droht ihnen der Tod." Er sah die Wahrin finster an: „Die Sicht, dass die Mitglieder einer Gemeinschaft zu ihrem Wohl und zu ihrer Mitarbeit gezwungen werden müssten, ist eine Sicht der Herrschaft. Aber unter Zwang gedeiht nichts Gutes. Wer zu einem Werk gezwungen wird, das nicht das seine ist, leistet nicht selten Widerstand, immer aber schlechteres Werk als im Gewählten. Wenn es den Menschen hingegen ermöglicht wird, das zu tun, was in ihnen zur Vervollkommnung strebt, steigert es die Kräfte auch der Gemeinschaft. Sieh dir mein Leben an! Als Krieger hätte ich nichts getaugt, nach all den Jahren! Nur in der freien Wahl meines Werkes fand ich einen Weg, Viralí zu nützen. Anderen ist es ebenso. Wie groß wäre ihr Widerstand, wenn sie gezwungen würden und keinerlei Wertschätzung erlebten?

Menschen lieben die Langeweile nicht auf Dauer. Arbeit ist ein Bedürfnis! Menschen wollen tätig sein. Sie wollen nützlich sein! Sie wollen ihren Beitrag zum Gelingen einer Gemeinschaft beitragen! Obwohl in Lesnen heute kein Zwang zur Arbeit mehr besteht, erklären sich Menschen selbst noch immer darüber, Bauer zu sein, Geldverwalter, Händler oder Altenbegleiter.

Lesnens Kraft brach ein, als es den Fehler machte, Menschen zu sagen, sie seien ohne Nutzen für die Gemeinschaft. Seine Kräfte erholten sich, als die Begabungen, der Einsatz und die Kraft eines jeden als nötig erkannt wurden, um ein besseres Leben für alle zu finden. Für alle! Nachdem die Lesnen aufgehört hatten, einander vorzuschreiben, wie Leben zu verbringen sei, und es einander zur Wahl gestellt hatten, werkten die Menschen besser, schöpferischer und wohlgerichtet. Mit Freude und Kraft, mit der Gewissheit, zu Sinn beizutragen. Die Wahl und die Möglichkeiten zur Muße führten zu höherer Güte der Arbeit. Hier nimmt jedes, was es bekommen kann. Dort gibt jedes, was es beitragen kann. Und erhält, was es braucht."

Sohn und Mutter saßen einander in Spanne gegenüber.

Derimens Stimme klang ungewohnt sanft, als sie fortfuhr: „Banés hat Recht. Arbeit verweigern zu können, steigerte in Lesnen die Güte der Arbeit. Es führte nicht zu Schwächung, sondern zu Stärkung. Es hat nicht zu Trägheit geführt. Nicht einmal in der Zeit unmittelbar nach der Einführung der Bürginnengabe, als viele glaubten, dass die Menschen sich von der früheren Last erholen wollten. – Deshalb wurde die Gabe erst nach und nach bis auf ihren heutigen Stand erhöht. – Vielmehr strömten die Menschen zu erfüllterem Werk. Die Kräfte gingen auf wie ein Teig." Die Erzählende blickte in die ausdruckslosen Gesichter der Führenden. „Sie vergrößerten und mehrten sich", übersetzte sie. „Freie Gedanken wuchsen, Neuerungen entstanden, mit denen zuvor keines hatte rechnen können. Ein Kreislauf in Wohle hat sich entwickelt, der immer noch stärker wird, je weniger wir über andere richten. Der Begegnung zwischen Menschen kommt heute eine Bedeutung zu, wie sie ehedem nur unter Liebenden bestand, in Familien oder unter sehr nahen Befreundeten. Wo uns das Ringen um das tägliche Essen früher zerriss zwischen Werk und Lieben, dürfen wir heute ganze Menschen sein. Unsere Kraft und unser Glück sind gewachsen. Die Hausgärten wurden auch für andere geöffnet, nicht nur wie ehedem für Nahestehende. Manche verbringen viel Zeit mit Kindern, die sie unentgeltlich in dem unterrichten, was ihnen selbst Wohle bereitet. Kindern und Heranwachsenden Werte zu vermitteln, ist uns heute sehr wichtig. Und unsere früher so geringschätzige Einstellung zum Alter hat sich vollständig geändert, ist sehr viel anerkennender und wertschätzender geworden. Wir haben eine Lebensweise gefunden, die versucht, jedes Mensch jeden Tag als Ganzes zu erfassen und ihm die Aufspaltung zwischen seinen Lebensbereichen und deren Ringen um es zu ersparen. Wir kommen zueinander, das ist sehr viel besser als das Gegeneinander früherer Zeiten."

„Seht euch an, wie dort gewerkt wird", forderte Banés erneut. „Derimen ist ein Beispiel dafür, dass Menschen in Sicherheit nicht faul sind. Ich kenne keines, das mehr werkt, und keines, das mehr für das Wohl der Stadt eintritt. Sie verschenkt sogar ihre Entlohnung, weil sie mit der Bürginnengabe genug hat."

„Tatsächlich?", fragte Wuhtá erstaunt.

Derimens Blick streifte ihren Mann in kurzer Misse, denn es war ihr nicht gerne, wenn andere davon erfuhren. „Es wurde so viel Kraft freigesetzt, wie keines es zuvor hatte ahnen können", sagte sie noch einmal. „Die Freiheit, die durch diese Sicherheit entstanden war, bringt Kraft, die die Menschen nun glücklicher als je einsetzen können, weil sie von der Last der Angst befreit sind. Weil das Einzelne nicht mehr erpressbar ist, weil keines mehr Angst vor Hunger und um das Überleben haben muss. Weil es auf Augenhöhe mit anderen verhandeln kann. Heute können wir ohne Not schlechtes Werk verweigern. So gab es schon Jahre, bevor Folter in Lesnen verboten wurde, keines mehr, das bereit war, als Foltermagd zu arbeiten. Wo unangenehmes Werk notwendig ist, wie beim Reinigen der Latrinenbecken oder bei den Müllöfen, gab es Engpässe, bis die Stadt es verstand, den Menschen, die dort werken, Angebote zu machen, Anerkennung zu gewähren. So erhalten Latrinenreiniginnen eine Entlohnung, die sehr hoch ist, und sie dürfen ein Leben lang in die Bäder, ohne zu bezahlen. Viele Junge werken für einige Jahre auch an den Latrinenbecken, während sie für späteres Werk lernen."

„Hast du das getan?", fragte Vannét kühl.

„Nein, aber mein jüngerer Bruder. Ich habe Dienst an den Abfällen gehalten. Ich bin nicht zu schade oder zu gut für ein Werk. Wir wiegen ein Werk nicht mehr sehr stark gegen ein anderes. Dass wir es noch immer in Teilen tun, ist eines, das wir noch ändern müssen. Im Werk gibt es letztlich nur eine Erfüllung: die eigene in der Erfüllung der Gemeinschaft. Es gibt keine Trennung von uns dort, wo es um Glück ist. Es gibt überhaupt keine Trennung von uns, die es wert wäre, betont zu werden."

Vannét blickte sie erstaunt an, „darin stimme ich dir zu", sann kurz nach. „Auch wenn wir darunter gewiss nicht dasselbe verstehen. Wir müssen tun, was der Gemeinschaft dient. Das Einzelne ist nicht wichtig. Ihr sagt das Einzelne sehr wichtig. Aber in Selbstverliebtheit Einzelner überleben Gemeinschaften nicht."

„Nicht in Selbstverliebtheit. In Verantwortung. Wir haben dank des Wohlstands durch die Wärmesteine beginnen können, es einander zu ermöglichen, so zu leben, wie das Einzelne es für sich für richtig hält. Grundsätzlich. Es gibt noch Ausnahmen – entsetzliche teils, wenn ich an Besar denke – die wir angleichen müssen. Aber insgesamt wuchsen Glück und Kräfte Lesnens, als wir Lebenszwänge abschafften. Menschen wollen nicht beherrscht werden, sondern vertreten."

„Wen kümmert, was sie wollen?", entfuhr es der Älteren. „Ich bin für ihre Sicherheit verantwortlich! Sie wollen auch zu viel Essen oder jeden Tag feiern! Die meisten Menschen sind dumm!"

Kurz herrschte Schweigen. Dann sagte Derimen: „Darin liegt vielleicht ein wirklicher Unterschied. Lesnen geht davon aus, dass Menschen klug sind. Oder immindest vergleichbar dumm. Dass in ihnen selbst steht, was ihr Weg ist. Und dass der Rat der Stadt aus Vertretinnen unter Gleichwertigen besteht."

„Das sind nicht die Worte einer durch die Göttinnen erwählten Führin!", fauchte Vannét.

„Nein. Die einer von Menschen beauftragten Verwaltin", sagte Derimen.

Banés, der ihre verborgene Walle spürte, bewunderte die Ruhe, die seine Gefährtin nach außen trug und sogar ins Gespräch einbrachte. Sie, die immerbewegt Krafttragende, in der es oft genug vor Zorn kochte, hielt über sich eine Selbstbeherrschung, die er selbst kaum zu finden vermochte, wenn eines ihn wirklich aufbrachte, auch wenn dies nur selten geschah. Er bemerkte die genießende Miene Wuhtás. Nun wanderten dessen Augen, er zwinkerte Banés zu und betrachtete die Sprechenden daraufhin wieder, offensichtlich hingerissen.

„Aber Menschen sind nicht gleich!", erboste sich Vannét. „Die Göttinnen haben uns ungleich geschaffen! Damit Einzelne führen und andere nicht! Wenn wir täten, als wären alle gleich, würden wir lügen!"

„Ja", erwiderte Derimen. „Wir sind ungleich. Aber wir sind in aller Ungleichheit gleichviel wert. Die unterschiedlichen Begabungen und Neigungen von Menschen, ihre Stärken, sind nicht gedacht, um gegeneinander aufgewogen zu werden in ‚besser' oder ‚wertvoller'. Schwächen und Stärken Einzelner wiegen einander in der Gemeinschaft auf. Wir nützen einander eben durch unsere Unterschiedlichkeit, immer baut unsere Wohle auch auf den Leistungen anderer auf. Unsere Sicht darauf ist, dass Verschiedenartigkeit nur bei Anerkennung bereichert, am besten auf Augenhöhe. Fehlt diese Anerkennung, wird Verschiedenartigkeit missbraucht, um Ränge zu erfinden und zu rechtfertigen. Es geht nicht darum zu glauben, alle Menschen wären gleich. Es geht nicht um Gleichheit, sondern um Gleichwertigkeit. Und um Eintracht im Miteinander. Wir sind gleichviel wert."

„Verzeiht, Geehrte." Eine Wache kam herein und bat um Anweisungen für den nächsten Morgen.
Wuhtá warf seiner Gemahlin einen Blick zu und erhob sich, um jene zu begleiten. Banés schloss sich ihnen an. Später, auf dem Rückweg, wandte sich er mit der Frage „Was hältst du davon?" an seinen Vater.
Der grinste. „Von der Bürgergabe halte ich nichts. Und von Lesnens Art zu leben. Aber es ist ein erbauliches Schauspiel, diese beiden Heere gegeneinander antreten zu sehen. Derimen ist sprachgeschult, nicht wahr? Das könnten wir hier auch brauchen." Er lachte über Banés' Verblüffung. „Ich mag sie. Und ich verstehe deine Wahl. Aber all das Gerede um friedliches Miteinander ... Ich glaube nicht, dass dies auf die Dauer gut geht. Menschen sind gierige Neider, und sie brauchen eine starke Hand. Unsere Art zu leben hat sich bewährt. Ihre liegt noch fast in der Wiege."
„Manchmal lösen Zeiten einander ab." Banés war in Spanne, da er sich angegriffen fühlte. „Ich ziehe Lesnens Art vor. Die mir nicht vorschreibt, wie ich zu leben habe."
„Das habe ich schon bemerkt." Des Kriegers Stimme war hart geworden.
Beide hielten inne.
„Nun", sagte Wuhtá gesammelt. „Ich schätze, wir werden in der Stadt neue Erkenntnisse gewinnen."

Allein in ihrer Kammer, ließ sich Banés mit einem Ächzen ins Bett fallen.
Derimen setzte sich zu ihm. „Was ist mit dir los?", fragte sie. „So wütend wie in der letzten Zeit habe ich dich seit vielen Jahren nicht erlebt."
„Ach! Diese ständigen Angriffe auf dich sind schwer zu ertragen."
Sie nahm seine Hand. „Aber es sind doch keine wirklichen. Vannét hat uns vermählt, dort ist keine Bedrohung mehr. Dass sie nun versucht zu verstehen, kannst du ihr kaum zum Vorwurf machen. Lass ihre Worte angreifend klingen, sie hört doch zu. Wenn es ihre Art des Gesprächs ist – mich beargt das nicht."
Er seufzte und nickte dann, hob sich in den Sitz.
„Herz. Das Band mit ihnen ist kein Schlachtfeld. Warum beendest du deinen Kampf nicht?"
Banés blickte kurz nieder. Im Aufsehen: „Wahrscheinlich, weil mein Kampf nicht sogleich endet, wenn ich in Sicherheit bin. Ach, Derimen." Er lehnte sich an sie, die ihn umarmte. „Ich habe das Gefühl, alles falsch zu machen. In jedem Gespräch von den Regeln, die beide Völker mir mitgaben, zielstrebig die falschen herauszusuchen."
„Das ist doch Unsinn. Du einst zwei Völker. Und zwei Familien. Und du wirst geliebt."
Er hob den Kopf, die Stirn in Falten. „Ich dringe nicht zu ihr vor. Das konnte ich noch nie. Wenn wir versuchen zu reden, kommt es immer zum Streit. Ich finde es erstaunlich, dass du es vermagst. Ich erreiche sie nicht. Wuhtá schon, manchmal, öfter seit einer Weile, aber sie nicht."

„Aber das stimmt doch nicht. Nicht wirklich. Vielleicht findest du sie nicht in Worten. Aber du bist als ihr Botschafter nach Lesnen zurückgekehrt, sie stimmt unserem Band zu. Beides deinetwegen. Lege nicht Lesnens Maßstäbe an."
„Ja. Du hast Recht. Arg, dass du es mir sagen musst. So viel zum Botschafter."
„Herz, sieh auf die Seele dessen, was sie tut. Vannét liebt dich."
Er seufzte erneut.

Die beständig wiederkehrenden Gedanken an Aksua und Ransar, besonders an Aksua, ließen die Jüngeren die Reise in Spanne verbringen. Schließlich sprach Wuhtá sie darauf an, als sie eines Abends wiederum zu viert an einem Gastfeuer saßen. „Wir werden die Kanhartiden nicht fressen", versprach er im Anschluss an seine Frage.
„Das ist es nicht", wehrte Banés ab. Er erzählte von ihren Sorgen, von denen er glaubte, dass seine Eltern sie verächtlich antun würden. Aber die beiden Krieginnen lauschten schweigend. Derimens Blick hing in den Flammen. Als Banés geendet hatte und seine Gefährtin sich mit dem Ärmel über die Augen wischte, erklärte Vannét: „Dann wird es so sein. Wir werden den Göttinnen morgen für sie opfern. Und im Weiteren sehen, wie wir helfen können."
„Das danke ich euch", sagte Derimen leise, ohne aufzusehen.

Sie erreichten die Ländereien Lesnens, und die beiden Stammesführenden sahen zum ersten Mal Wärmesteingeräte der Ackerbauenden. Schon lange wurden auf den Feldern kaum noch Ochsen verwendet, weil die selbstbewegenden Antriebe die Tiere überflüssig machten. Nicht mehr weit von der Stadt entfernt lagen Fertigungswerke, in denen Möbel und Antriebe gebaut und Bretter wie Balken für Holzbauten zurechtgesägt wurden. Die Viralí, in deren Heimat jede Arbeit von Menschen oder Tieren verrichtet wurde, staunten bei Derimens Ausführungen über die Anlagen. Es war ihr möglich, bei einem Werk eine Führung zu erbitten. Sichtlich beeindruckt stiegen die Gäste danach wieder in die Sättel.
Am nächsten Nachmittag erreichten sie die Stadt Lesnen. Vannét schätzte die Stadtmauer mit einem verächtlichen Zug um den Mund. Banés wusste, was in ihr vorging: Dieser Schutz war im Fall eines Angriffs kaum der Rede wert. Die Führin, die mit dem Wissen aufgewachsen war, dass eine Stadt eine Festung sein musste, verstand nicht, dass Lesnens Verteidigung nicht in Mauern, sondern in Bündnissen und einem sehr schnellen berittenen Heer bestand.
Die Gruppe passierte ein Tor. Dort wartete eine Schlange von Reisenden und Karren darauf, Lesnen verlassen zu können, während Hineinstrebenden ungehindert Einlass gewährt wurde. Wuhtá erkundigte sich danach.
„Nur wer geht, wird durchsucht", berichtete Banés. „Wärmesteine dürfen nur ausgeführt werden, wenn sie Eigentum des Bürgers sind, der geht. Oder eine besondere Erlaubnis vor-

liegt."

„Und wenn eines sie verkauft und behauptet, sie seien gestohlen worden?"

„Hat es anschließend eine Menge Scherereien, bekommt aber neue Steine. Es gibt Regeln, falls eines mehr als einmal Steine verliert, nicht wahr?", wandte Banés sich an die Ratssprecherin.

Diese nickte. „Sie sind recht umfangreich. Sicher gibt es Schmuggel, das ist kaum zu vermeiden. Aber er hält sich in Grenzen."

„Wir haben versucht, Wärmesteine zu kaufen", ließ sich Vannét mit unerwarteter Botschaft vernehmen. „Es war unmöglich. Es gibt sie, aber sie kosten zu viel. Aber nun sind wir ja reich beschenkt worden", wagte sie ein kleines Lächeln.

Banés starrte sie an. „Ihr habt was?"

Wuhtá grinste. „Nachdem du gegangen warst, fehlten sie sehr. Beim Kochen, Waschen und im Winter. Sie sind sehr nützlich, wir hatten uns daran gewöhnt, dass sie dem Haus zur Verfügung standen."

„Würdet ihr uns sagen, wo sie gehandelt werden?", erkundigte sich Derimen.

„In Garren. Uchemni hat sie uns selbst angeboten. Aber die geforderte Summe hätte seinen Hof für einige Monde ernährt. Soweit ich weiß, wurden sie von Rismenn gekauft."

Sie war versonnen. „Ich danke."

Das Nächste, das die Aufmerksamkeit der Gäste erregte, war jenseits des Torbereiches die Leere in den Straßen. Vannét versuchte nicht, ihre Verwunderung zu verbergen. „Ich habe mir Lesnen als laute, übervolle Stadt vorgestellt. Ist heute ein Tempeltag? Oder sind sie alle tot?"

„Weder noch", grinste ihr Sohn. „Es ist Hauszeit. Fast alle nehmen daran teil."

„Ah. Der Ersatz für Hausbedienstete, wenn ich mich recht erinnere."

„So ist es."

„Und dies dort drüben? Eure berühmten Abwasserkanäle?" Sie wies unter eine der steinernen Brücken, wo wärmesteinbetriebene Pumpen Flusswasser in die Leitungen drückten. Die Gruppe hielt an, um es sich anzusehen.

„Frischwasser", entgegnete Banés. „Kein Trinkwasser, aber solches zum Waschen und Putzen und für die Abtritte."

„Kein Trinkwasser?"

„Das wird vorher abgekocht. Es hat eigene Leitungen, die unterirdisch verlaufen."

Vannét starrte ihn verständnislos an.

„Das würde ich mir gerne einmal ansehen", bekundete Wuhtá. „Woher es kommt und wie es die Häuser erreicht."

„Es lässt sich einrichten", versicherte Derimen.

Die Übrigen strebten weiter, aber der Blick der tief im Sattel hinabgebeugten Vannét hing noch immer auf den Pumpen. „Sind dies dort Sicherungen? Damit nichts gestohlen wird?"

„Ja. Die Wärmesteine darin sind sehr viel wert. Die Sicherungen sind aufbruchssicher. Bisher jedenfalls, Diebinnen lernen."
„Wirklich erstaunlich gesichert", war sie versonnen.
„Kein Weg, Mutter", grinste Banés. „Du wirst dir weitere Steine kaufen müssen."
Sie richtete sich verblüfft auf, und noch während Zorn in ihre Züge stieg, begann ihr Gemahl, herzhaft zu lachen.

Sie erreichten Derimen Haus, wo Bedienstete des Rates, den der Botschafter vorab über ihre Ankunft unterrichtet hatte, sie bereits erwarteten. Die Bewachung blieb nach der Versorgung der Tiere, um zu ruhen und zu essen; Banés und Derimen trieb es zu den sonsten Kanhartiden, die Wahrenden Viralís begleiteten sie.
Als sie das Wohngemach der drei Eltern betraten, drangen mehrere Eindrücke gleichzeitig auf sie ein: Nirar lebte und hielt ihr Kind im Arm. Sie, Imen und Ahte erhoben sich zwar sogleich freudig zum Willkommen, aber sie waren bleich, und Schwere lag in der Luft. Rowun wie die Kriegerinnen der Sippe fehlten.
„Nirar!", rief Derimen und drückte sie an sich.
Imen und Ahte ehrten die Gäste höflich, was erwidert wurde. Kurze Wirre entstand über die zu wählende Sprache, bis Nirar, deretwegen die Sippe Unterhaltungen gewöhnlich auf Lesnen führte, die Stammesführenden in sehr gutem Viralí begrüßte.
„Was ist geschehen?", fragte Banés ernst, als er Imen umarmte.
Dieser schöpfte tief Luft. „Die Truppen an der Ostgrenze wurden besiegt. Ransar ist tot."
Stille schloss an.
„Und Aksua?"
„Heute ist ein Bote von den Garren gekommen. Wenn es die Löseforderung ist, werden wir vielleicht wissen, ob er lebt."
„Ich gehe zum Rat", erklärte Derimen. „Vielleicht gibt es dort schon Neuigkeiten."
„Rowun ist dort", wehrte Nirar ab. „Er sagt uns alles, so bald er kann."
„Setzt euch", forderte Imen die nahe der Tür Verharrenden auf und ging, um Speisen und Getränke zu holen.
„Ist Udras in der Schule?", fragte Derimen nach seiner Rückkehr.
„Ja", antwortete Ahte. „Wir lassen sie lange dort. Sie findet dort die größte Ablenkung."
„Wie ist es ihr?"
„Sie sorgt sich um Aksua. Und vermisst euch sehr. Aber sonst einigermaßen gut. Wir haben bei euch gelebt. Erst als eure Nachricht kam, sind wir ausgezogen."
„Sehr gut. Wie hat sie Ransars Bestattung erlebt?"
Imen seufzte. „Sie hat viel geweint. Ich hätte mir gewünscht, dass ihre erste Begegnung mit dem Tod eines von uns keine Begegnung mit einem gewaltsamen Tod gewesen wäre."
„Was ist mit Esdri?"

„Er ist noch an der nordöstlichen Grenze. Die Garren haben von Osten und Nordosten gleichzeitig angegriffen, im Nordosten von den Iften unterstützt. Dort kommt es noch immer zu Kämpfen. Eine Nachricht wurde ihm geschickt, schon vor Wochen. Vielleicht kann er nicht antworten. Vielleicht ist er tot." Ahte schüttelte den Kopf. „Sie haben sich so unendliche Zeit mit der Löseforderung gelassen, bis heute. Keines kann das verstehen."
„Es hat sie erhöht", sagte Derimen sogleich. „Besorgte Sippen belagern den Rat. Das erhöht die Bereitschaft, große Höhe zu zahlen."
Die Hinzugekommenen versuchten, die Übrigen mit einer Erzählung des in Viralí Erlebten abzulenken, und tatsächlich lockte der Bericht über die Handgebe ihrer Kinder ein Lächeln auf die Gesichter der Betagten, Nirar leuchtete still. Aber die Spanne ließ nicht nach.
„Ich gehe jetzt Udras holen", sagte Derimen nach einer Weile und stand auf.
Ihr Gefährte folgte ihr eben darin, als Schritte auf der Treppe hörbar wurden. Rowun trat nach Luft ringend ein. „Er lebt", verkündete er. „Die Löseforderung für die Gefangenen. Er wird namentlich genannt. Er lebt."
Alle atmeten auf, auch Wuhtá und Vannét. Rowun ehrte sie keuchend.
„Lasst uns in den Rat gehen", forderte Derimen ihn und Banés auf.
„Nehmt ihr uns mit?", bat Vannét.
Sie stimmten zu und brachen sogleich auf.
Am Hoftor vermutete Wuhtá an Derimen gewandt: „Du willst sicher erst zu deiner Tochter."
Die Gefragte schüttelte den Kopf. „Sie ist in Sicherheit. Nachher." Wehe stand in ihrem Gesicht.
Die Viralí besahen sie in einer Mischung aus Verwunderung und Anerkennung. Sie traten voraus. Als Rowun an Derimen vorüber ebenfalls hinausgehen wollte, hielt sie ihn auf: „Was ist weiter? Du hast uns eines verschwiegen, um Imen und Ahte zu schonen."
Er zögerte nur kurz. „Der Bote war einer der Gefangenen ... Sie foltern sie. Alle. Der Bote sprach von ... ungeheurem Ausmaß. Aksua wird nicht unbeargt wiederkommen."
Tränen stiegen ihr in den Blick, sie stützte den Mund in die Hand. Es währte einige Augenblicke, bis Derimen sich fing, der Jüngere stand hilflos vor ihr. „Komm", raffte sie sich dann. „Lass uns tun, was zu tun ist."

In der Runden Halle wurde Banés als Derimens Gemahl ausgerufen, was bedeutete, dass es ihm freistand, seinen Gastsitz des Offenen Rates zu verlassen und neben der Sprechin Platz zu nehmen. Er tat dies, stellte zudem seine Eltern vor und durfte sie zu sich laden.
Danach wurden hastige Besprechungen der Lösebedingungen weitergeführt. Trotz einer leidenschaftlichen Rede Derimens wurde bald ersichtlich, dass es keine Zustimmung dafür geben würde, das Gesetz über die Vergabe von Wärmesteinen für die Befreiung der Gefange-

nen zu ändern. Stattdessen wurde überlegt, welche anderen Güter als die geforderten Steine den Gegninnen angeboten werden könnten.
„Das darf doch nicht wahr sein", flüsterte die Ratssprechin. „Sie können sie unmöglich noch länger dort lassen. Auf andere Güter werden die Garren sich nicht einlassen. Die Steine waren der Grund für diesen Angriff."
„Es gibt Güter", raunte Wuhtá neben ihr.
Eine Redepause war im Rat entstanden.
„Wenn Lesnen es erlaubt, werde ich verhandeln", bot Banés laut an, noch während er sich erhob. „Viralí ist seit langem mit Garren verbündet. Ich bin sicher, dass ich sie von anderen Gütern überzeugen kann."
Woglan warf einen Blick in das Rund, dann: „Das danke ich dir."
Vannét gab ein Zeichen, dass sie das Rederecht wünschte, welches ihr gewährt wurde. Sie stand auf. Banés übersetzte: „Ich werde meinen Sohn begleiten und mit Uchemni über die Gefangenen verhandeln. Es gibt einige Güter, um deren Handelsvereinbarungen Garren mit uns ringt. Viralí wird zu Zugeständnissen bereit sein."
Mit Erstaunen nahm der Rat dies auf.
„Warum?", fragte Woglan.
„Unsere Freundinnen können auf unsere Hilfe zählen."
In ihren Zügen zeigte sich der Ansatz von Misstrauen. „Wie viel wird sie Lesnen kosten, Geehrte?"
Derimen versteifte sich, ebenso wie Wuhtá und Banés, der mit der Übersetzung gezögerte hatte. Nach den Vorstellungen der Viralí war eine solche Frage ein Angriff auf die Ehre der Begasteten. Doch diese wertete die offensichtliche Unerfahrenheit der jungen Wahrin stärker und beachtete die Kränkung nicht, wennauch ihre Antwort hölzern wirkte: „Nichts weiter als einen Dank, Geehrte. Mich selbst wird es glücklich machen, ein Mitglied meines geeinten Hauses in Sicherheit zu wissen."
„Nun, so sei dir bereits jetzt ein erster Dank", sagte Woglan erleichtert.
Sie ehrten einander.
Der Rat legte Bewachung und Ausrüstung der zu Entsendenden fest, Wuhtá und Vannét fügten die mitgereisten Kriginnen ihres Stammes hinzu. Auch Rowun, Banés und Derimen würden mit ihnen reiten. Der Aufbruch wurde für den nächsten Morgen beschlossen. Danach löste sich die Versammlung auf.
„Ich will mit dem Boten sprechen", wandte seine Schwester sich an Rowun. „Wo kann ich ihn finden?"
„Er ist nicht zu sprechen", entgegnete er. „Es ist mehr als genug, dass er vor dem Rat berichtete. Lass ihm die Ruhe, die die Seinen ihm schenken können. Erzwungene Tänze, Verstümmelungen, Häutungen, Verbrennungen. Müssen wir jetzt mehr erfahren? Geh du nach Hause. Erhole dich wenigstens ein wenig."

Sie umarmte ihn weh und gesellte sich zu den wartenden Ëí Shur.
„Jetzt muss ich zu Udras", verkündete Banés.
Seiner Gefährtin entfuhr ein geseufztes „Ja".
Gemeinsam gingen sie zur Ratsschule. Als die Sprechin eintrat, erscholl der Ruf „Derimen!". Die Mede war aufgesprungen und rannte ihr entgegen. „Derimen! Derimen! Du bist wieder da!"
„Udras." Sie hielt sie im Arm, drückte sie an sich, küsste sie viele Male, roch an ihr. Während die Kleine einen Redefluss um Aksua und Ransar und ihr Weh nach Derimen über sie ergoss, blinzelte diese Tränen fort. Es währte, bis Udras die Übrigen gewahrte. Da herzte sie auch Banés mehrfach; Wuhtá und Vannét bedachte sie mit einer erstaunlich höflichen Ehrung, ehe sie wieder zu Derimen zurückkehrte und sich von ihr hinaustragen ließ.
„Bleibst du jetzt immer bei uns?", fragte Udras Banés leise.
„Ja, Herz." Er küsste ihre Stirn. „Jetzt gehen wir erst einmal nach Hause. Und morgen versuchen wir, Aksua zu holen."
Udras lehnte sich an Derimen und weinte ein wenig.
„Wir wollen zum Hafen", sagte Vannét. „Diese Straße hinunter, nicht wahr?"
„Ja. An ihrem Ende könnt ihr schon das Meer sehen. Der Hafen ist nicht zu verfehlen. Reicht dein Lesnen, um nach dem Rückweg zu fragen?", wandte er sich an Wuhtá.
Dieser bejahte, und sie verabschiedeten sich voneinander.
Die Viralí schritten würdevoll, aber großäugig durch die ihnen fremde Stadt, besahen die bunten Häuser. Am Hafen kauften sie Wein und setzten sich auf eine Landungsmauer.
„Wenn wir beide gehen, ist die Wahrung in Gefahr", sagte Wuhtá nach einiger Zeit.
„Nein, wahrscheinlich nicht", widersprach seine Gemahlin. „Uchemni ist nicht dumm. Wenn er es wagt, uns gefangenzunehmen oder zu töten, weiß Frexél, was zu tun ist. Geeint mit unseren Verbündeten, würde unser Heer Garren vernichten, und er könnte nicht auf die Hilfe derer zählen, mit denen auch er verbündet ist. Nicht einmal auf die der Iften, das weiß er. Es wäre eine Erweiterung Viralís, selbst wenn wir beide sterben würden. Das ist aber nicht wahrscheinlich. Gehen wir zu zweit hin, zeigt es Uchemni unser Vertrauen in das Bündnis. Wir könnten so leichter verhandeln."
Wuhtá lautete zustimmend. „So wird es geschehen."

Abends aßen sie im Garten der Älteren, die sie alle zum Übernachten einluden. „Es wäre uns eine große Ehre, Banés' Eltern in unserem Haus als Gäste zu wissen", bekundete Imen. Wuhtá neigte kurz den Kopf. „Uns ebenfalls, und eine solche Einladung schmeichelt. Für diese Nacht nehmen wir gerne an, aber ich bitte, habt Verständnis, dass wir danach im Haus unseres Sohnes wohnen wollen, da wir ihn sehr lange nicht sehen werden."

Die Mittleren zogen sich früh zurück, und auch die Viralí suchten bald ihre Kammer auf, um ausgeruht die weitere Reise beginnen zu können. Imen und Ahte gingen auf den Altan, erleichtert und sorgenvoll und lange schweigsam.
„Er ist darin mein Erbe", sagte Ahte schließlich leise.
Ihr Gefährte sah sie an.
„Die anderen folgten dir. Sind nun alle im Rat." Sie lächelte schief. „Aber wenn Ransar und ich nicht Krieginnen geworden wären, wäre Aksua es heute auch nicht. Deine Sippe hatte damals Recht: Eine Kriegin zieht den Krieg an. Dich und mich hat er nicht zu sehr berührt. Aber wo uns Wohle war, findet Unglück unseren Sohn."
„Sie war im Irrtum", verneinte er. „Quäl dich nicht, es ändert nichts."
Ahte sah nieder.
Er nahm ihre Hand. „Es ist nicht deine Schuld. Lass uns noch ein Opfer bringen."
„Ja."
Vannét, die noch einmal mit einer Frage zurückgekehrt war, hatte in der Tür stehend verständnislos zugehört. Nun trat sie auf den Altan. „Ist hier noch Platz für mich?", fragte sie. Die Gastgebinnen wandten sich um. „Sicher." Imen rückte zur Seite, und Vannét stellte sich neben sie. „Welche schöne Aussicht", bemerkte sie. Eine Weile standen sie schweigend, dann ergriff sie erneut das Wort: „Ich schwöre, ich werde alles tun, was in meiner Macht steht. Ich werde euch euren Sohn wiederbringen."
„Daran zweifle ich nicht", ehrte Imen sie. „Wir danken dir sehr für deine Hilfe."
„Nun, ich weiß, wie es ist, das Kind geraubt zu wissen."
„Ja", nickte Ahte schwer, besann sich aber sogleich. Ihre Augen weiteten sich.
„War denn schon eines deiner Kinder gefangen?"
Sie rang um Worte. „Nicht ... gefangen. Nur im Zwang, mich zu verlassen."
Vannét starrte sie an. „Es ist dir ehrlich damit? Es gibt dir keinen Unterschied zwischen ihm und deinen Kindern?"
Ein Kopfschütteln. „Geehrte, es ist so. Du bist seine Mutter. Du hast ihn getragen und geboren, er ist von deinem Blut. Aber auch mein Herz gehört ihm. Wir hatten ihn beide anderthalb dutzend Jahre an der Seite. Ich kann es nicht verleugnen."
„Dazu besteht auch kein Grund. Wir sind eine geeinte Sippe. Ich werde wie ihr nicht zur Ruhe kommen, bis der Letzte der Meinen in Sicherheit ist. Das schwöre ich bei meinen Ahninnen." Nun war es die Viralí, die sich verneigte. Daraufhin berichtete sie mit einem kurzen Blick auf die Stadt: „Frexél hat mir von Aksua erzählt. Sie hielten damals einen Teil ihres Rückwegs miteinander. Sehr aufrecht, sagte sie. – Wie alle in diesem Haus, scheint es mir. Ich hole ihn euch zurück."

Die Türriegel wurden verschoben. Schrecken und Angst wallten in der Zelle auf. Zwei Wachen sahen herein: „Kanhar. Tid. Aksua."

Der Benannte erhob sich. Es war noch nie vorgekommen, dass einer der Sieger einen Namen genannt hatte. In der vergangenen Zeit hatte es in Aksua kaum eine Regung gegeben, gleich, was geschehen war. Nun kam eines in ihm auf, das Neugier ähnelte, wenn es auch sehr viel schwächer war. „Warum?", fragte er in schlechtem Garren, als er den Wächtern gegenübertrat.
„Bist gekauft", war die Antwort.
Er warf noch einen Blick in die Zelle. Furchtvolle Augen starrten ihn an. Er nickte den Seinen zu, dann folgte er den Bewaffneten den schmalen Gang entlang. In ihm keimten Fragen auf, und Stillstand wich beginnender Aufregung. Was bedeutete dies? Freiheit? Aber warum er als Erster? Seine Sippe war nicht begütert, und einige Angehörige machtvoller Häuser saßen dort drinnen. Reichten Derimens Verhandlungskünste so weit? Er traute es ihr zu. Wahrscheinlicher aber war, dass er als Unfreier verkauft worden war. Warum darin sein Name erschien, wusste er nicht, aber jede Änderung wirkte auf ihn als Rettung. Sollte es weitergehen wie in diesen Wochen der Gefangenschaft, gab es außerhalb der Kerker sicher Möglichkeiten zur Flucht. Oder zu einem gewählten Tod.
Es währte, bis sie eine kienspanbeleuchtete Kammer erreichten, die er wiedererkannte, ohne dass es Entsetzen in ihm auslöste. Stattdessen wandelte sich seine Neugier wieder zu Fühllosigkeit. Diesmal verweilten sie nicht, er wurde anderen Waffentragenden übergeben. Erneut ging es durch Gänge, bis sie den Ausgang erreichten. Schon auf den Stufen vor dem gesicherten Tor roch Aksua frische Luft. Er sog sie ein, spürte, wie sehr sie ihn belebte, und wiederum öffnete sich eines in ihm. Draußen war es Nacht, dennoch schmerzte das Mondlicht kurz in seinen Augen. Sie schritten über einen bewachten Hof, betraten eine Halle und durchquerten sie. An einer Tür, die die einer Ratskammer sein mochte, hielten sie an; ein Wächter klopfte. Eine Stimme gebot Eintritt, das Holz wurde aufgeschoben, Aksua ging hinein. Drinnen erwarteten ihn Uchemni, der Garren führte, sowie zwei würdevolle Gestalten, die er nicht kannte: eine Frau und ein Mann, beide in späten Jahren.
„Aksua von den Kanhartiden?", fragte die Frau auf Viralí.
Er riss sich vom Anblick ihres Begleiters los, denn dieser sah aus, als böte er einen Blick in Banés' Alter. Die Ähnlichkeit war ungeheuer. „Ja, der bin ich."
„Es ist mir eine Ehre, dich kennenzulernen." Sie bot ihm den Arm zum Krieginnengruß, den er verwirrt erwiderte. Dies waren keine Worte, die er zu hören erwartet hatte. Der Klang der Sprache wie das Lächeln der beiden weckten in ihm das Gefühl von Heimkehr.
„Ich bin Vannét Ëí Shur, Banés Mutter. Wir bringen euch nach Lesnen."
„Alle?", strahlte er auf.
„Ja, alle. Deine Geschwister warten in ihrer Kammer auf dich."
Er verneigte sich. „Ich danke euch."
Ihm wurde der Weg gewiesen, keine Bewachung führte ihn. Zum ersten Mal seit einer Ewigkeit konnte er sich frei bewegen. Erleichterung ließ die Zügel, die er in den vergange-

nen Wochen über seine inneren Regungen gehalten hatte, abfallen, und so rang Aksua während seines Ganges gegen Tränen. Nach Hause. Er würde nach Hause kommen! Und die anderen waren schon hier! Und alle kamen frei! Die beschriebene Kammertür war geöffnet, er hörte Derimens besorgte Stimme und trat ein. Die Inneren schraken auf.
Aksuas Kleider schienen aus getrocknetem Blut zu bestehen. Er war fast bis auf die Knochen abgemagert und hatte tiefe Schatten unter Augen, die Qual offenbarten. Seine Handgelenke waren blutig und voll von Eiter. Als Derimen ihn umarmte, betäubte sein Geruch fast ihre Nase. Er stank nach Blut, Angst, Schweiß, Krankheit, Unrat und Tod. „Aksua." Er hielt sie lange umklammert, das Gesicht an ihrer Schulter.
Nachdem Banés und Rowun sich ihr weh angeschlossen hatten, fragte der Krieger: „Habt ihr Heiler dabei?"
„Ja."
„Und Krankentragen?"
„Kutschen."
„Gut", seufzte er.

In den drei Übernachtungen des Rückweges suchte Aksua die Nähe seiner ehedemen Mitgefangenen und schlief bei ihnen unter freiem Himmel. – Kein Gasthaus verfügte über eine solche Zahl an Betten, aber den Befreiten sei die Weite über ihnen wohler, wie sie erklärten. Bei der ersten Abendrast baten sie darum, Waschsteine benutzen zu dürfen. Es war manchen wichtiger als die erneute Versorgung durch die Heilinnen. Die Befreiten wuschen sich, ihre Kleider wurden gereinigt. Im aufgekommenen Regen trockneten die Stoffe nur langsam.
Aksuas Handgelenke waren verbunden. Sauber wirkte er noch dünner, aber mit gefülltem Magen wie dem Duft der Heimat in der Nase erschien er fast fröhlich. Was sich jedoch änderte, als er erfuhr, warum Wuhtá und Vannét ihnen Hilfe geboten hatten.
„So viel sind wir Lesnen also wert", sagte Aksua bitter.
„Der Rat ist nicht Lesnen", entgegnete Derimen mit faltenverzogener Stirn.
„Er vertritt alle. Er herrscht nicht." Ihr Bruder bebte. „Wenn die Bürger sich dafür ausgesprochen hätten, die Löse bereitzustellen, hätte der Rat nachgeben müssen."
„Euer Rat konnte sich nicht erpressbar machen", warf Vannét ein. „Es würde Überfälle auf euch verhäufigen, wenn sie mit Wärmesteinen belohnt würden."
„Die Verweigerung wird weitere Überfälle aber auch nicht hindern. Wir haben der Stadt gegenüber einen Schwur abgelegt. Aber auch die Stadt hat uns gegenüber Verpflichtungen. Anderthalb Monde", grollte er. „Sie haben uns nicht geholt. Anderthalb Monde lang. Wie lange wäre es ohne eure Hilfe gewesen?"

Imen weinte, als er seinen befreiten Sohn in die Arme schloss. „Du bist wieder da", wiederholte er mehrmals. „Hast du Hunger?" Seine Augen wanderten an ihm, bemüht, keine Regung über die Arge zu zeigen, die sein Anblick ihm bereitete.
„Nein, Vannét und Wuhtá haben uns gemästet."
„Was brauchst du? Was willst du?"
„Nur schlafen. Einen Mond lang." Aksua lächelte matt.
Den Viralí wurde ein Dank ausgesprochen, der die Sippen, ebenso wie sein Anlass, mehr einte als jeder Vertrag.
„Esdri ist seit ein paar Tagen zurück und außer sich vor Sorge", berichtete Ahte. „Soll ich ihn holen?"
Aksuas Gesicht war plötzlich seltsam ausdrucksleer. „Nein, ich will erst einmal ins Bett."
Während er sich ausschlief, brachte Itasi Udras zu ihrer Sippe zurück. Die Heilin ging mit einem Gruß an den Heimgekehrten wie der Bitte um Nachricht, wann sie ihn besuchen könne.
Derimen hielt Udras lange auf dem Schoß. „Ich bin sehr stolz auf dich", bekundete sie. „Und ich danke dir. Du hast dazu beigetragen, dass Aksua jetzt wieder zuhause ist. Du hast so viel Geduld gehabt, ganz ohne zu quengeln. Du hast so lange gewartet, jetzt bist du dran. Wir machen, was du möchtest."
Die Mede strahlte. „Kuscheln. Und dann spielen. Und dann eine Geschichte."
„Gut. Und die nächsten Tage bleiben wir beieinander?"
„Ja!"
Als Udras Stunden darauf Aksua sah, flog sie ihm entgegen. Während des Essens und des Abends, den sie als Sippe verbrachten, schmiegte sie sich an ihn, der sie hielt.
Später erklärte Derimen Banés, dass sie selbst über Nacht bleiben würde. Seine unausgesprochene Frage, ob er Aksua ebenfalls Gesellschaft leisten sollte, verharrte kurz zwischen ihnen, wich dann seinem Schätzen. Darauf küsste er sie und ging, um Udras zu suchen und sich von ihr zu verabschieden. Doch die Mede lag schon in Aksuas Bett und schlief.
Der Krieger lächelte, als er sie fand. Während er sich zu ihr legte, sah ihm Derimen am Türrahmen lehnend zu. In ihr kam die Erinnerung auf, dass sie sich als Kinder immer dicht aneinandergedrängt hatten, wenn eines von ihnen seltenen Kummer gehabt hatte. Es schien ihr für einen Augenblick im Raum zu sein, und so sprach sie es aus: „Weißt du noch? Früher."
Der Gefragte lächelte. „Ja. Früher. Das war damals."
„Möchtest du Gesellschaft?" Sie trat ein.
„Deine Gesellschaft. Aber nicht reden."
Sie nickte und schlüpfte unter die Decke, legte die Arme um ihn. Aksua lehnte den Kopf an ihre Brust. „Zuhause", sagte er leise. Bald war er eingeschlafen.

Nach Wochen in Sorge war seine Anspannung endlich von Rowun abgefallen und hatte Müdigkeit zurückgelassen.

„Vannét und Wuhtá habe ich mir viel unfreundlicher vorgestellt, nach allem, was ich über sie gehört habe", gestand er Ahte, die ihren Enkelsohn wiegte. „Ich würde sie gerne näher kennenlernen. Glaubst du, es würde sie freuen, zu Kerms Geburtsfest eingeladen zu werden?"

„Ganz sicher", sagte sie. „Lesnen muss Viralí noch den Gegenwert der Löse zahlen, sie werden sicher noch eine Weile bleiben ... Esdri! Wie schön!"

Dieser hatte, erhitzt vom Laufen, den Garten betreten. Er grüßte sie kurz. „Ist er da?"

„Nein", erwiderte sie, bemüht, ihr Erstaunen zu dämpfen.

Er hob verwirrt die Brauen.

„Willst du auf ihn warten? Es wird aber dauern. Setz dich zu uns."

„Nein, danke. Wo ist er denn?"

„Er steht einer Waffenfreundin bei, die ein Kind aus Folter tötet. Er bleibt danach bei ihr. Soll ich ihm sagen, dass du hier warst?"

„Ja. Ja, tu das." Stirnrunzelnd ging Esdri wieder.

„Seltsam, dass Aksua noch nicht bei ihm war", bemerkte Ahte versonnen.

Rowun sah dem Scheidenden nach.

Derimen war froh, dass sie noch nicht wieder dringend im Rat gebraucht wurde, auch wenn dieser anderes behauptete. So konnte sie mit Udras in Aksuas Nähe bleiben. Imen hatte die Hoftür geschlossen, was Freundinnen und Bekannten zeigte, dass derzeit noch keine Gäste gewünscht wurden. Als es ans Tor hämmerte, ging Derimen, um zu öffnen.

Esdri stand verschwitzt im Regen, sein Pferd am Zügel. „Ist er jetzt da?"

„Ja. In der Wohnkammer. Er spielt mit Udras." Sie ließ ihn allein hinaufgehen, während sie zu den kleinen Köstlichkeiten zurückkehrte, die sie in der Küche zusammenstellte. Derimen fügte noch weitere für Esdri hinzu. Bald kam Udras zu ihr und berichtete beleidigt, Aksua habe sie gebeten, ihn und Esdri allein zu lassen.

Oben war ein Streit entbrannt. „Du kannst das Heer nicht straflos verlassen!", rief Esdri aufgebracht.

„Das muss ich gar nicht." Aksua verzog den Mund. „Meine Heerzeit endete mit dem letzten Mond. Ich habe den Vertrag nicht erneuert."

„Davon ... Davon hast du mir nichts erzählt."

„Ich wollte es. Aber du warst mit Wichtigerem beschäftigt als mit mir."

Entsetzte Stille. Dann: „Aksua. Es ist nicht meine Schuld."

„Nein. Ganz sicher nicht."

„Machst du mir zum Vorwurf, dass du mir ins Heer gefolgt bist?"

„Nein."

„Was dann?"
Aksuas Blick war in Schmerz. „Nichts. Du trägst keine Schuld daran."
„Was denn dann? Du willst mir doch eines sagen!"
„Dass ich nicht mehr mit dir geeint sein kann."
„Was?!"
Schweigen.
„Warum nicht?"
„Weil du nur an dich denkst." Dem Jüngeren liefen Tränen. „Ich bin gefoltert worden, habe gehungert, bin fast verdurstet. Mein Tanz ist für alle Zeiten verdorben! Und du denkst nur an dich! So wenig Liebe habe ich nicht verdient. Ich weiß nicht, wie mein Leben weitergehen wird. Aber du wirst keinen Platz mehr darin haben."
„Was soll denn das heißen: ‚für alle Zeiten verdorben'?"
„Muss ich dir das wirklich erklären?"
„Du bist doch kein Schwächling! Erzähl mir nicht, dir könnte Tanz abgezwungen werden, wenn du es nicht zulässt." Esdri hielt inne, weil sein Gegenüber mit einem Mal völlig reglos stand.
Der Wunsch, den Geliebten zu schlagen, und sein eigenes inneres Ringen dagegen zerrissen Aksua fast. Er glaubte, die Spanne würde seine Knochen zerbrechen. Selbst auf Esdris harsches „Was?", antwortete er nicht, bis er seine Walle niedergekämpft hatte. „Geh", sagte er schließlich mit fast tonloser Stimme. „Bevor ich mich vergesse."
„Aksua..."
„Geh! Und komm nie wieder."

Derimen stieg mit dem Anrichteteller die Treppe hinauf, als Esdri ihr tränenüberströmt entgegenkam. Sie grüßten einander, dann stürzte der Krieger hinaus. Die Jüngere fand ihren Bruder auf dem Altan, von wo aus er in den Hof blickte, und stellte sich neben ihn. Wortlos sahen sie Esdri zu, wie er zu seinem Pferd lief und dann eilig auf die Straße ritt.
„Ist es vorüber?" Derimen stellte den Teller ab.
„Ja."
„Ausgerechnet jetzt?"
Aksua wandte sich um. „Wann sonst?"
„Ich ... hatte geglaubt, du wünschtest jetzt erst recht, dass alles so bliebe, wie es ist."
Er schnaufte, drehte sich erneut, sah auf die Stadt und das Meer dahinter. „Ich habe nicht mehr die Kraft für ein Band mit ihm."
„Du hattest endlich die Kraft, ihn zu verlassen", dachte Derimen, schwieg aber.
„Wie konnte ich mich je an einen solchen Menschen binden?" Aksuas Stimme war bitter.
„Du liebst ihn aber noch."

„Meine Liebe allein ist nicht genug."
Derimen umarmte ihn.

Tage vergingen. Obwohl er nach der Trenne von Esdri lange blass und wortkarg war, aß Aksua erheblich mehr als früher und würde sein ehedemes Gewicht sicher bald wiedererlangen. Schwere lastete auf dem Haus. „Er schreit nachts", berichtete Imen seiner Tochter unglücklich. „Wenn wir ihn wecken, scheint es ihm arg zu sein, dass wir es bemerkt haben."
„Warum will er nicht über das reden, was ihm dort geschehen ist? Es würde ihm helfen."
Der Betagte zuckte kurz weh die Achseln. „Du und ich reinigen uns durch Worte. Wir sind Redner, Aksua nicht. Vielleicht wird er später darüber reden. Aber vielleicht auch nie. Vielleicht nicht mit uns."
Sie wischte Tränen fort. „Morgen gehen wir an den Strand. Und reden oder reden nicht, wie er es will. Vielleicht danach zu Itasi. Oder anderes."
„Nun, er ist zu Hause."
„Ja. Das ist er. Ich frage Rowun. Vielleicht gibt es auch eine geeignete Ablenkung im Schauspielhaus."
„Tu das, Herz."

Die Bewachung der Viralí war vom Rat nun in anderen Häusern untergebracht worden, was bei Wuhtá und Vannét zu sichtlicher Spannelöse führte. Zu fünft genossen sie die erste Mahlzeit, die Banés nach seiner Rückkehr zubereitet hatte. Im Anschluss an das Essen fragte Udras Wuhtá: „Hast du Suí mitgebracht?"
Dieser zeigte sich erstaunt. „Sie ist letztes Jahr gestorben."
„Ooh!"
„Ich habe ein anderes Pferd dabei."
„Darf ich reiten?", strahlte sie auf.
„Jetzt gleich?"
„Ja!"
Er lächelte. „Na, gut. Komm."
Sie verließen die Übrigen in Richtung der Tiere, denen ein abgetrennter Bereich im Hof eingerichtet worden war. Während Wuhtá sein Pferd aufzäumte und Udras es koste, sagte sie leise: „Danke sehr."
Er sah sie an. „Du bist doch noch gar nicht geritten."
„Dass du mir Banés nicht weggenommen hast", erklärte die Kleine. „Ich hab ihn so lieb."
Wuhtá starrte sie kurz an. Dann fing er sich. „Komm."
„Willst du nachher mein Beet sehen? Das hab ich mit Banés angelegt."
„Bringt er dir das Kochen bei?"

„Ja, aber Derimen auch. Schon, als ich noch klein war."
„Das ist eine sehr nützliche Sache. Ich sehe mir dein Beet gerne an."

Aksua und Ahte saßen zu zweit im Garten. Imen war gegangen, weil er gespürt hatte, dass es in seinem Sohn zur Rede drängte, und er ihm, der mit Ransar und Ahte schon immer die bessere Verständigung gefunden hatte, Gelegenheit zur Rede geben wollte. Die beiden Verbliebenen sagten lange nichts und tranken Most, bis Aksua sich mit einem leisen „Mutter?" vernehmen ließ.
Ahte sah ihn an.
„Ich habe Ransar nicht retten können. Ich habe es versucht, als ich sah, dass sie von einer Übermacht eingekreist wurde. Aber ich habe sie nicht mehr rechtzeitig erreicht. Es waren zu viele zwischen uns."
Sie nickte schwer. „Ist sie schnell gestorben?"
Er senkte den Blick. „Ja, wenigstens das. Sie war schon tot, als ich ankam."
Eine Zeitlang sprach Ahte nicht. Dann: „‚Besser tot als in Folter.' Das hat sie immer gesagt. Es ist fast zwei Monde her, dass wir sie bestattet haben. Der ärgste Schmerz um sie ist vorüber."
„Ich werde allein in die Gruft gehen. Versteh das."
Sie bejahte und seufzte kaum hörbar. „Wenn wir beide dir andere, bessere Vorbilder gewesen wären, hättest du es niemals gewählt, Krieger zu werden."
Es währte, bis sie eine Antwort erhielt. „Weißt du, deine Anleitung darin, die Verantwortung für das zu übernehmen, was wir tun, war ein Segen. Damals lehrtest du uns auch, nicht die Verantwortung für das zu übernehmen, das nicht unser Tun war. Höre deine eigene Lehre: Es ist nicht deine Schuld. Es war meine Entscheidung."
„Mit mir als Vorbild", entgegnete sie düster.
„Überschätze deinen Einfluss nicht." Zum ersten Mal seit seiner Rückkehr grinste Aksua, als sein freundlicher Spott sie verblüffte. „Ich bin um Esdris willen ins Heer eingetreten. Du hattest damals Recht, dass es dumm war, eine solche Entscheidung aus junger Verliebtheit heraus zu treffen. Ich muss es vor mir verantworten, nicht du."
Sie lächelte dünn.
Er sann nach. „Und für eine weitere Lehre danke ich dir: dass du uns zeigtest, was unsere Überzeugungen für uns bedeuten. Welche Kraft in ihnen ist."
Ahte fragte ohnwort.
„Sie gaben uns zu wenig Verpflegung. Es belustigte sie, die Unseren darum kämpfen zu sehen. Ein Drittel von uns ist dabei umgekommen. Auch Retsua und Vilak. Ich habe keinen Brot oder Wasser genommen. Ich wollte mich nicht zum Werkzeug für solche Spiele machen lassen. Es war nicht leicht, ich hatte so großen Hunger! Oft habe ich meinen eigenen Pinkel getrunken. Aber ich wollte lieber sterben, als die Hand gegen einen Kameraden zu

heben. Nun sind wir frei, und ich bin scheinbar der Einzige, der nicht mit gesenktem Kopf herumläuft. Danke."
Schweigen.
„Du hattest damals nie Zweifel, oder?"
Ahte schüttelte den Kopf. „Das Heer war meines. Du hast es nie wirklich gemocht. Du hast dir den besten Platz für dich erarbeitet. Die Vorräte. Vor wie vielen Schlachten haben sie dich bewahrt?"
„Vier."
„Gut so. Das Heer war nicht deines."
„Deine Gefangennahmen ... Hast du je mit Imen darüber geredet?"
„Nur im Groben. Er hätte einen Bericht nicht ertragen. Es war arg, ich hatte auch Hunger, aber ich bin nicht gefoltert worden. Kein Mal. Unsere Besieginnen hielten Ehre." Ahte legte den Arm um ihn. „Ich wünschte so sehr, ich hätte dich davor bewahren können."
Aksua lehnte sich an sie. „Es bessert schon einiges, es dir sagen zu können. Ich will mit den anderen nicht darüber reden."
„Das verstehe ich."
„Wirklich?", staunte er. „Ich komme mir deswegen so schwach vor."
„Im Gegenteil ist es ein Zeichen deiner Stärke. Du willst sie schützen."
„Ich weiß nicht. Ich weiß nichts im Augenblick. Nur, dass ich froh bin zu leben und wieder frei zu sein. Ich bin schon lange gewiss, dass es ein Fehler war, ins Heer einzutreten. Die Zeit war fast vorüber, und nun das", sagte er bitter, dachte nach. „Eine Weile war in mir alles taub. Aber nun ... Da ist ... Scham. Weil ich mich schwach fühle. Und Ekel", hauchte er.
Bestürzt sah sie ihn an. „Nein. Richte deine Kraft nicht gegen dich. Ich weiß, ich kann es leicht sagen, aber tu es nicht. Bitte."
Wiederum trat Stille zwischen sie, bis Aksua leise berichtete: „Sie standen Schlange, um uns zu foltern. Ich wurde an Dutzenden vorübergeführt, die geduldig darauf warteten, mich quälen zu können."
Ahte war erstarrt.
„Warum tun Menschen das? Kannst du mir das sagen?"
„Ich weiß es nicht. Ich weiß nur, dass du nicht an dir zweifeln darfst. Du trägst keine Schuld. Keines hätte stärker sein können."
„Ach!"
„Aksua! Stärke zeigt sich nicht in Gewalt."
„...sondern in Güte und dem Blick für sich selbst und andere, ich weiß, ich weiß."
„Ja! Gewalt und Härte sind ein Zeichen von Schwäche."
„Das kann ich nicht finden. Dein und mein bisheriger Lebensweg bezeugen anderes. Die letzten Wochen bezeugen anderes!"

„Verteidigung ist nötig. Menschen sind nicht stark, weil sie in den Krieg ziehen. Sie sind nicht schwach, weil sie gefoltert werden. Sie sind stark, wenn sie Krieg und Folter aushalten! Du bist stark, weil du noch lebst!"
Er sah nieder. Ahte beruhigte sich ein wenig. Sie küsste ihn aufs Haar. Lange saßen sie ohne ein Wort.
„Was kann ich tun?", fragte er dann. „Wie soll ich das ertragen?"
„Sieh nicht zurück. Frage nicht nach den Garren und ihren Gründen. Sieh nach vorn. Genese, lebe, werde wieder froh. Wir lieben dich, und wir werden dir helfen. Ich bin stolz darauf, dass du lebst und so stark bist." Sie barg ihn, während ihr selbst Tränen liefen.
Aksua weinte nicht.

Nirar reichte ihren gesättigten Sohn Rowun. Keines sprach darüber, aber allen war es aufgefallen: Sie trug Sorge dafür, dass Kerm mehr Weile in den Armen seines Vaters verbrachte als in ihren, obwohl es ihr sichtlich schwerfiel. Sie erhob sich, an diesem Tag unter Schmerzen, um zum Abtritt zu gehen.
„Da war doch früher einmal ein Dreh, Udras beim Einschlafen zu helfen", wandte Rowun sich an Derimen. „Was war es noch? Die Nase?"
„Oder die Stirn, ja." Sie kam näher. „Es geht nicht immer und auch nicht bei jedem Kind. Wenn er sehr müde ist und sich gegen das Einschlafen wehrt..." Sie strich Kerm sehr sanft von der Stirn über den Nasenrücken. Auf der Spitze verharrte ihr Finger. „...kann dies helfen."
Wie als Widerspruch sah der Kleine sie aus leuchtenden Augen an.
„Er ist nicht müde. Aber wenn es nötig wird, werden wir es versuchen."
Derimen küsste Kerm. „Wenn ihr eine Hut für ihn braucht, sagt es mir."
Rowun verneinte. „Noch nicht, dank dir. Noch können wir ihn mit ins Schauspielhaus nehmen, und nach anderen Abendzerstreuungen zieht es uns beide noch nicht wieder."
„Aber wenn es sich ändert, freue ich mich darauf, ihn zu hüten. So ein Lieber."
„Mutter?", fragte Banés von der Tür aus in den Raum, „willst du...", und brach erschrocken ab, als ihm zwei Stimmen antworteten.
Betretene Stille ergriff die Versammelten.
Mühsam fing Banés sich. „Ahte, könntest du nach unten kommen?" Er warf der gekränkt dasitzenden Vannét einen um Entschuldigung suchenden Blick zu, ehe er an der Seite der Lesne die Treppe betrat.
„Erkläre mir weiter", forderte die Wahrin ihre geeinte Tochter auf, bemüht, ihre Züge im Zaum zu halten. „Was ist diese Spielezeit?"
Derimen schmunzelte. Wälle gegen Lesnen? Die Viralí brannte vor Neugier. „In der Spielezeit haben wir von der Stadt verbürgte Zeit miteinander. Wir kommen zusammen. Sippen, Freundinnen, Nachbaren, auch Fremde. Wer in dieser Zeit Werk tun muss, die Torwachen

zum Beispiel, erhält erhöhte Entlohnung. Und das Werk in dieser Zeit wird abgewechselt, damit keines dem Spiel zu oft fernbleiben muss."
„Und wer nicht spielen will?", wandte die Gegenüber ein. „Schließlich schätzen nicht alle dieselben ... Vergnügungen."
„Verbringt die Zeit nach eigener Wahl. Es ist für viele auch die zweite Bewegungszeit oder die zweite Innensichtzeit des Tages, so wie es von jedem Einzelnen gewünscht wird. Sie heißt Spielezeit, ebenso, wie Hauszeit oder Werkzeit Namen haben und von hörbaren Zeichen eingeleitet werden. Aber eine Pflicht besteht zu keiner davon. Jedes kann dem eigenem Gefallen und seinen eigenen Möglichkeiten folgen."
„Dennoch gibt es Zeitvorgaben?"
„Hilfen, keine Verpflichtungen."
„Nenne sie. Eure Zeiten."
„Nun, Aufstehen, dafür gibt es keine lauten Zeichen; die erste Bewegungszeit oder Innensichtzeit; Essen; die erste Werkzeit; Essen, wer will; die zweite Werkzeit; manche essen danach eine Kleinigkeit, auch da gibt es keine Zeichen; die Hauszeit; Abendessen; Spielezeit."
„Wonach habt ihr die Zeiten entschieden?"
„Nach Zeitabschnitten in der Gezeitenfolge, aber das ist nur eine Möglichkeiten, den Tag auszurichten. Manche ziehen ganz eigene Zeiten vor."
Die Führin grunzte versonnen. „Und eure Tage tragen Zahlen? Neun, und danach wieder von vorne? Kümmern euch die Monde nicht?"
„Die meisten nicht sehr", erwiderte Derimen. „Den meisten ist es gerne, von Tag zu Tag zu leben, wie wir es von unseren Vorfahren glauben, und dass dies in der Stadt möglich ist."
Vannét nickte. „Das ist uns recht ähnlich." Sie trank einen Schluck Most und war noch immer nachdenklich, als sie sprach: „Aber ihr seid reich. Ihr könntet anders leben. Und ihr habt es einmal, in verzweigten Regeln."
Derimen schaute fragend.
„Warum? Warum seid ihr zum Einfachen zurückgekehrt? Zum Alltäglichen?"
„Ich glaube, weil es den meisten Menschen Wohle bereitet, das Einfache, das Alltägliche. Was zähle ich, wenn ich Tage zähle, Monde oder Lebensjahre? Wir leben heute. Früher hatte zählen für uns viel mit der Sicherung von Gütern zu tun. Heute nicht mehr, in dem Maße jedenfalls. Dass dies nicht zu Schaden führt, ist die Aufgabe derer, die das Zählen gewählt haben – die der Ratenden; die derer, die nach Wetter oder Jahreszeiten werken. Aber nicht die aller. Das Leben ist verzweigt genug. Warum es noch mehr verzweigen?"
„...sagt die Verzweigteste, der ich je begegnet bin", entgegnete der Gast ohnarg.
Derimen lächelte. „Ich habe es so gewählt."

Noch einmal hatte sich die Wärme vorübergehend gegen den Herbst durchgesetzt. Die Viralí begleiteten die mittleren Kanhartiden und Udras mit einigen Befreundeten an den Strand. Dort hielten sich an diesem Tag, der einer der Letzten sein würde, an denen das Wasser noch warm genug zum Schwimmen war, viele Lesnen auf. Unbefangen entkleideten sich die Gastgebenden bis auf Aksua, der sich zu Wuhtá und Vannét gesetzt hatte. Die Übrigen tollten im Wasser, bis einige von ihnen begannen, Sandhäuser zu bauen, und andere sich in der Sonne aufwärmten.
Derimen fragte: „Wollt ihr schwimmen?"
Rowun schüttelte den Kopf, „ich bin kein Fisch", aber Banés stand wieder auf. Die beiden Betagten, die noch immer ein wenig steif das nackte Treiben beäugten, verneinten ebenfalls.
Derimen wandte sich an ihren Gefährten. „Wer zuerst am Felsen ist?"
Er lautete zustimmend, und beide rannten los.
„Ohne jede Würde", brummte Vannét leise.
Wuhtá sah sie an.
Aksua und Rowun gaben vor, nichts gehört zu haben.

Nachdem er klargestellt hatte, dass ein Stammesführer Viralís nicht herumtoben würde, verbrachte Wuhtá einen Großteil seiner Tage mit Udras. Er unterrichtete sie zu Pferde, ließ sich von ihr die Hügelstadt und besonders die Lieblingsorte der Kleinen zeigen, gesellte sich hin und wieder zur Spielezeit zu ihr, Banés und Derimen. Nicht selten brachte er die Mede abends ins Bett.
Vor dem Abendessen dieses Tages wurden Wuhtá und Vannét zum ersten Mal Zeuginnen der Hauszeit. Nach Hornzeichen, die in der Stadt ertönten, brachten die drei Jüngeren ihr Gespräch noch zu Ende, erhoben sich darauf und holten Putzzeug aus den Ablagefächern unter den Sitzflächen der Liegen.
„Zeit für den Abtritt. Wer ist dran?", fragte Derimen.
„Du", antworteten Banés und Udras gleichzeitig.
„Das hatte ich befürchtet", seufzte die Fragin.
Sie griffen nach Eimern, Schwämmen und Lappen und verschwanden. Die Wahrenden sahen ihnen nach, Vannét schüttelte kaum merklich den Kopf. Wuhtá fing ihren Blick. „Wir sind hier in Lesnen."
„Und? Willst du mit ihnen putzen?"
„Ganz sicher nicht. Aber ich möchte verstehen, warum Banés dieses Leben dem daheim vorzieht."
Ihr Gesicht zeigte eine zornige Grimasse, und nur, weil er seine Gemahlin sehr gut kannte, sah Wuhtá auch den Schmerz darin. „Ich möchte es verstehen", wiederholte er. „Ebenso wie du."

Banés rührte Gewürze unter das Gemüse, als eine klagende Stimme hinter ihm ertönte: „Mein Sohn kocht!"
Er lachte. „Wie habe ich dein Jammern vermisst!"
Wuhtá trat neben ihm, sah neugierig zu, gestand: „Ich habe dein Kochen vermisst. Ich weiß nicht, ob es an den Wärmesteinen liegt oder an..." Er zögerte. „...einer Begabung, die der Sohn von Stammesführern sicher nicht haben sollte, aber das Essen war um einiges besser, als du noch zuhause warst."
Nach der Mahlzeit saßen die Älteren satt und zufrieden im Garten, während Udras quengelte, warum sie nicht länger aufbleiben dürfe.
„Du könntest ja noch abräumen", lockte Derimen.
Die Mede sprang sogleich auf. „Erzählst du mir nachher noch eine Geschichte?"
„Was glaubst du?"
„Ja!"
„Aber sicher. Vergiss nicht, dir die Zähne zu putzen, Herz."
„Ja, ja." Udras trug Geschirr und Reste in die Küche, die Erwachsenen redeten noch.
Wenig später gingen Banés und Derimen, um Udras ins Bett zu bringen und den Abwasch zu erledigen. Bei Letzterem war die Ratssprechin offensichtlich nicht bei der Sache. Während sie abtrocknete, murmelte sie hin und wieder einzelne Worte oder biss auf ihrer Unterlippe herum, wie oft, wenn Neues in ihr wallte und sie mit der Eile ihrer eigenen Gedanken kaum Schritt halten konnte. Mit einem Mal nahm Banés ihr das Tuch aus der Hand. Verblüfft sah sie ihn an.
Er küsste sie. „Nun hau schon ab."
„Aber du hast doch schon gekocht! Und hier ist noch eine Menge zu tun."
„Stimmt. Aber ich hätte gerne, dass wir heute Nacht schlafen können. Sonst brütest du ja doch bis in den Morgen, und ich komme auch nicht zur Ruhe. Geh an den Schreibtisch."
Sie leuchtete auf, küsste ihn heftig, wandte sich gen Kaminkammer, kehrte nach wenigen Schritten noch einmal um, küsste ihn erneut und verschwand. Er sah ihr lächelnd nach, ehe er sich wieder dem Geschirr zuwandte.
„Du tust viel, weil du sie liebst." Sein Vater stand in der Tür. Er wirkte wohlwollend, doch es lag Frage in seinen Worten.
„Auch." Banés sah ihn an. „Aber ich will, dass sie denkt."
Wuhtá hob die Brauen. „Du lastest dir mehr Unfreienwerk auf als sie, weil du willst, dass sie denkt?"
„Dies ist nicht Viralí, und ich bin kein Erbe der Stammesführe mehr. Ich empfinde es schon lange nicht mehr als unter meiner Würde, diese Dinge zu tun. Ransar, Ahte und Imen hatten Recht darin, dass sie verwurzeln. Dass sie einfaches Werk schätzen lassen und vor Hochmut bewahren. Imen lehrte uns, dass ein Ratsmitglied, das nicht in der Lage sei, sein Essen

selbst zuzubereiten oder seine Bleibe sauber zu halten, nicht genug Verständnis für die Belange derer aufbringen könne, deren Werk mehr das Werk ihrer Hände und weniger das ihrer Gedanken sei. Als ich beschlossen hatte, hier für das Essen zu sorgen, hat Derimen die Wäsche übernommen, obwohl es ihr nicht eben gerne ist. Und obwohl meine Werftkleider mitunter in einem schrecklichen Zustand sind. Solches Werk ist zum eigenen Nutzen, auch wenn es nicht jeden Tag gleich gefällt. Oder überhaupt gefällt. Aber meinen Anteil als den Größeren wähle ich, weil ich will, dass Derimen all ihre Gedanken zum Wohl der Menschen denken kann, festhalten und vortragen."

„Nun, dann..." Der Wahrer kam näher, stellte seinen Weinbecher ab und forderte mit einer Geste das Tuch. „...will ich es auch einmal versuchen. Bewahren vor Hochmut schadet keinem." Er trocknete nun ab, während Banés Teller und Becher in ihr Regal ordnete und die Arbeitsfläche reinigte. „Derimen liebt diese Stadt", stellte Wuhtá nach einer Weile fest.

„Ja, das tut sie. Es ist unglaublich, was sie für andere Menschen auf sich zu nehmen bereit ist."

„Ihr wäret uns gute Erben gewesen", bekundete er unvermittelt.

Banés erschrak. Kurz sahen sie einander an, ehe er erwiderte: „Nein. Sie gehört hierher ... und ich auch. Wir empfinden in diesen Dingen unterschiedlich, Vater. Deine ehrenhaften Vorstellungen von Pflicht kann ich nicht teilen. Lesen hat mir gezeigt, wie gut es für eine Gemeinschaft sein kann, wenn jedes das eigene Glück halten darf. In der Wahrung Viralís würde ich keine Erfüllung finden. Außerdem bin ich kein Krieger."

Wuhtá seufzte. „Ich nehme an, nun könnte ein weiterer Streit über Unfreie folgen."

„Wenn wir es zum Streit kommen ließen. Sieh dir an, wie glücklich Lesnen ohne Unfreie ist. Wie viel mehr hier auf das Wohl geachtet wird. Solches ist nur im freien Miteinander möglich."

„Diese Stadt ist reich", entgegnete der Gegenüber, „und mag nicht untergehen, wenn sie jedem erlaubt zu tun, was ihm gefällt. Aber Viralí ist umrundet von Feinden und war oft genug nur wenig vom Hungertod entfernt. Wir können uns solche ... Glückspflege nicht erlauben. Viralí könnte keine Bürgergabe zahlen."

„Das verlange ich auch nicht. Aber die Beendigung der Unfreiheit..."

„Allen gestatteten, frei zu ziehen? Die Unfreien würden Viralí verlassen. Nein! Die Teilung in Freie und Unfreie, die Ordnung in Rängen stellen die Wurzeln unseres Volkes!"

„Dann sollten wir bessere Wurzeln finden. Glaubst du, ich hielte ein gutes Leben, wenn dieses Haus mich so behandelt hätte, wie Viralí es mit Kriegsgefangenen hält? Oder wie Garren?"

Wuhtá erschrak. „Nein, sicher nicht."

Beide sammelten sich mühsam zur Ruhe.

„In einem irrst du dich", ließ sich Banés darauf vernehmen. „Viralí ist reich. An seinen Menschen. Sieh die Möglichkeiten, die das bietet. Ich spreche nicht für eine Änderung von

einem Augenblick zum nächsten. Aber eine Verbesserung des Lebens aller ist möglich, langsam. Zunächst die Abschaffung von Gewaltstrafen, die in Viralí so oft verhängt werden. Gleichzeitig die Übergabe von Verantwortung über das Werk an die, die es tun. Menschen sind glücklicher und werken besser, wenn sie nicht gezwungen werden, sondern geschätzt." Wuhtá setzte zum Widerspruch an, doch sein Sohn fuhr fort: „Menschen sind nicht dumm, nur weil sie unfrei sind."
„Menschen sind nicht gut! In allem, was du sagst und forderst, gehst du davon aus, dass Menschen gut wären. Aber sie sind es nicht!"
„Menschen sind gut und schlecht. Es ist darum, was eine Gemeinschaft in ihnen weckt und von ihnen verlangt. Sie können kaum zu starken Trägern der Gemeinschaft werden, wenn sie immerzu in Angst gehalten werden. Und wenn sie sich an mehr Freiheit gewöhnt haben und vor allem Wohle halten, könnt ihr ihnen die Freiheit von Bürgerrechten geben, ohne dass alle fortlaufen. Habe ein wenig mehr Vertrauen in die Menschen. Und beende deine Angst vor dem Verhungern. Ich weiß, dass unser Volk schwere Zeiten hatte, aber sie sind vorüber, Viralí hat starke Bündnisse. Wenn ihr lernt, den Reichtum der Menschen zu nutzen und ihn nicht durch Angst und Zwänge zu verringern, wird Viralí aufblühen. Versuche es damit. Vertraue auf die Menschen, statt sie zu zwingen."
Wuhtá versagte sich eine Gegenrede, was Vannét nahezu unmöglich gewesen wäre. „Wie auch immer deine Entscheidung lautet: Du wärst ein guter Stammesführer gewesen."
Banés zog die Stirn in Falten. Unvermittelt wechselte der Ältere den Gegenstand des Gesprächs. „Frexél und Truké wurden nicht mit Kindern gesegnet. Es ist mir nicht allein um das Erbe Viralís, aber ... Habt ihr weiterhin vor, Udras Geschwister zu schenken?"
„Und dir Enkelkinder?", staunte Banés.
„Allerdings."
Er lächelte. „Haben wir. Bisher ohne Folgen. Ich schicke dir eine Nachricht."
Mit zufriedener Miene legte Wuhtá das Trockentuch ab. „Und Tätigkeiten wie die Geschirrsorge bewahren nun also vor Hochmut und verwurzeln Menschen, wenn ich es recht verstanden habe."
Banés grinste über den scheinleidenden Tonfall. „Versuche es eine Weile."
„Jeden Tag?"
„Jeden Tag."
Der Stammesführer schüttelte ungläubig den Kopf. „Mein ehedemer Erbe wählte die Fremde, um dort täglich Geschirr zu spülen. Mögen die Götter uns beistehen!"
Ein Lachen antwortete ihm.
„Wie soll ich das einst im Totengericht erklären?"
„Es genügt, wenn ich es erkläre, Vater." Banés hängte das Tuch auf und nahm den Resteeimer, ehe sie zusammen den Hof betraten. Hinter dem geöffneten Fenster der Kaminstube saß Derimen und bemerkte sie nicht, so vertieft war sie ins Schreiben.

„Sie ist dein Wärmestein, nicht wahr?", fragte Wuhtá leise.
Wieder lächelte Banés. „So kannst du es nennen. Aber nicht sie allein. – Udras!", rief er plötzlich die Kleine, vor deren Fenster er angehalten hatte. „Ich kann bis hierhin hören, dass du noch spielst."
„Gar nicht wahr", kam es wie eine Beschwerde zurück, und ein wenig zweifelnd: „Ich schlafe."
„Aber sicher doch. Augen zu jetzt!"
„Ja, ja."
„Gute Nacht, Herz!"
„Nahacht!"
Wuhtá und Banés gingen zum Tierunterstand, um noch einmal nach den Pferden zu sehen. „Das Blut ist dir nicht so stark wie das Herz." Der Ältere schien darüber keine Ruhe zu finden.
„Nun, du hast mich gelehrt, dass das Herz das Blut führt und antreibt", entgegnete der Jüngere. „Beides ist mir sehr viel. – Wirst du mir eines Tages verzeihen, dass ich mich für Lesnen entschieden habe?"
Der Krieger blieb abrupt stehen, rang nach Worten. Dann: „Ich habe dich so lange entbehrt, und nun soll ich es für immer. Dass du Botschafter wurdest, hat mich beargt. Aber mit den beiden hier ist es endgültig, nicht wahr? Es muss mir nicht gefallen. Ich versuche zu verstehen, was dich an Lesnen bindet." Banés schwieg. Wider Erwarten legte Wuhtá den Arm um ihn. „Ich glaube, ich tue es langsam." Sein Sohn drückte ihn an sich. So standen sie für eine Weile. Als Banés den Eimer neben das Tor stellte, erkundigte sich der Gast: „Wofür ist das? Und warum der Deckel?"
„Viehfutter. Wir werden unsere Abfälle los, und manches an Viehfutter muss nicht angebaut werden. Der Deckel ist gegen Ratten."
Wuhtá wirkte versonnen. „Ich glaube, bei euch isst selbst das Vieh besser als Viralí im Winter."
„Da stimmt doch schon lange nicht mehr."
Sie kehrten in den Garten zurück, wo Vannét auf ihrer Bank eingeschlafen war. Beide gewahrten es schmunzelnd, und die Spanne, die kurz auf ihnen gelegen hatte, verschwand.
„Lass uns in ein Badehaus gehen", schlug Banés vor. „Du wirst es lieben!"
„Meinetwegen. Ist darin auch ein weiterer Sinn verborgen? Wie Verwurzelung?"
„Wohlfühlen. Braucht es einen weiteren Sinn?"

Vannét glaubte, als Erste aufgestanden zu sein, und begann den Tag, nachdem sie erneut den Abtritt bestaunt und überlegt hatte, ob solches in Viralí baubar war, mit einem Gang durch den morgenkühlen Garten. Sie aß einige Früchte von einem Baum und besah dann

die Räume des großen Hauses, die sie noch nicht kannte. In der Waschkammer endete ihre Wanderung. Derimen legte dort eben Kleider in eine mit Wasser gefüllte Wanne.
„Ah, die Wäsche", sagte Vannét und war bemüht, nicht abfällig zu klingen. „Guten Morgen."
„Guten Morgen", antwortete ihre geeinte Tochter fröhlich. „Wollt ihr eure dazutun?"
„Ich kann dich doch nicht meine Wäsche waschen lassen", nahm die Gefragte Abstand.
„Warum denn nicht? Es sind die Wärmesteine, die es tun. Nun?"
„Lieber nicht. Ich suche ein Waschhaus. Solches wird es hier doch geben, oder?"
Derimen schüttelte den Kopf. „Alle Lesnen waschen mit den Steinen. Nun bin ich schon einmal dabei." Sie schaute sie auffordernd an.
Tatsächlich verschwand Vannét und kehrte bald darauf mit den Reisekleidern zurück. Die Gastgebin tauchte diese ebenfalls ins Wasser und gab Wärmesteine hinzu, um danach einige Augenblicke lang mit der Hand in der Wanne zu rühren. Anschließend nahm Derimen alle Steine bis auf drei weiße wieder heraus und begann, die Wäsche Stück für Stück auszuwringen. Dreck und einige Flusen klebten an den letzten Steinen fest.
„Das ist alles?", fragte Vannét enteistert. „Mehr Werk ist nicht nötig? Wo sind Seife und Hitze? Und ständiges Reiben und Kneten?"
„Das sind Waschsteine", erklärte Derimen. „Sie ziehen den Schmutz heraus."
Vannét hob ihren tropfnassen Umhang an. „Sauber. Das ist ja nicht zu glauben."
„Hast du Banés nie dabei zugesehen?"
Ein entrüsteter Blick. „Ich hätte nicht zugelassen, dass mein Sohn seine Wäsche selbst wäscht!"
Derimen, die es besser wusste, schwieg dazu, legte die Kleider von der Abtropfe in eine zweite Wanne und nahm schließlich die verbliebenen Steine aus dem Wasser. Als sie die Luft berührten, glitt der Schmutz von ihnen ab und blieb im Wasser zurück. Vannét, noch immer staunend, erbot sich, die nun schweren Kleider in den Garten zu tragen. Derimen wertete dies als Geste des Entgegenkommens und lud sie, auch die restliche Wäsche reinigen zu lassen.

Wuhtá erschien verschlafen in einem von Banés' Hemden zum Frühstück, als die Übrigen bereits geendet hatten. „Ein Dieb hat meine Kleider gestohlen", berichtete er im Scherz.
„Die Diebin war deine Frau", erwiderte Vannét ungewöhnlich gut gelaunt. „Sie hängen dort hinten. Derimen hat sie für uns gewaschen."
„Ah. Na, dann danke ich. – Das sieht gut aus." Er ließ sich am Tisch nieder und zog den Brotkorb zu sich.
„Darf ich nachher wieder reiten?", bat Udras.
„Aber sicher", antwortete Wuhtá. Er bemerkte das Brauenheben seiner Gemahlin. „Alle Krieger sollten reiten können."

Die Kleine prustete. „Ich werd keine Kriegin. Aber reiten macht Spaß!"

„Spaß", sagte er matt.

Das Lächeln, gegen das die Wahrin ankämpfte, ehe sie eilig nach ihrem Becher griff, sah allein Derimen.

„Hast du mir das ans Bett gelegt?", erkundigte sich der plötzlich rotwangige Wuhtá bei seinem Sohn und zupfte an dem Hemd.

„Ja. Es passt doch, oder?"

„Ja. Ist recht bequem. Aber ohne Hose fühle ich mich nackt."

„Du kannst eine Hose bekommen."

„Vielleicht. Später. Es ist hübsch warm hier."

Vannét, die ebenfalls ein Hemd aus Banés' Kleiderkiste trug, schnaufte belustigt.

Abends nahm Wuhtá seine trockenen Kleider selbst ab und brachte sie in die Kammer. „Einige Flecken haben mich seit Jahren begleitet", jammerte er zum Schein an Banés gewandt, der mit Vannéts Bekleidung hinzukam. „Ich war an sie gewöhnt! Wie soll ich jetzt vorne und hinten auseinanderhalten?"

Der Botschafter lachte. „Lass die schweren Hemden ruhig liegen. Du kannst meine nehmen. – Und eine Hose darunter tragen."

„Machst du dich gerade über mich lustig?"

„Das würde ich nie wagen", grinste er.

Udras lag auf einer Decke. Derimen kniete vor ihr, hin und wieder sprach sie leise. Wuhtá stand abseits und betrachtete sie. Als er den Blick seines Sohnes spürte, ging er zu ihm. „Was tun sie da?"

Banés lächelte. „Derimen bringt Udras bei, Innensicht zu halten. Das kennst du doch von mir."

Versonnen nickte der Ältere. „Aber du hast gesagt, Derimen sei nicht fromm."

„Ist sie auch nicht. Das hat wenig mit Frömmigkeit zu tun. Es stärkt Ruhe und Kräfte, es klärt das Innere, deshalb tut sie es. Mit den Geistern redet sie nicht, da bin ich sicher."

„Und du? Redest du mit den Geistern Lesnens oder mit den Göttern Viralís?"

„Beides." Und auf Wuhtás fragende Miene: „Beide gönnen mir ein gutes Leben."

„Und Opfer? Auch beiden?"

„Ja, aber Opfer sind hier anderes als in Viralí. Blüten und Rauchwerk, keine Tiere."

„Hm."

„Willst du den Tempel sehen?"

„Nein. Lieber will ich noch einmal in die Bäder."

Banés freute sich. „Gut."

Derimen war in die Runde Halle zurückgekehrt. Zu ihrer großen Verärgerung gelang es ihr nicht, einen baldigen Rat darüber zu erwirken, wie nun dauerhaft Garren zu begegnen sei. Das habe Zeit, da die Gefangenen gerettet seien, war die Ansicht der meisten. Es könne warten, derzeit stehe anderes an, das wichtig sei. So widmete Derimen sich verstärktem Werk, sich über die in ihrer Abwesenheit versäumten Ereignisse zu unterrichten.
Am Abend eines Ruhetages hatten Imen und Ahte die Gäste und Udras eingeladen, und Banés und Derimen bereiteten eine Rede der Sprechin vor. Mit einem Mal spürte er, wie er unter dem Blick seiner Gefährtin errötete. „Was schaust du so?", fragte er.
„Ich würde dich jetzt gerne ein wenig verführen", gestand sie lockend.
„Nun, ich glaube, dass ich mich gegen ‚ein wenig' wehren würde", erwiderte Banés.
Sie strahlte auf und küsste ihn.
„Aber was ist um dies hier?", wies er auf ihre Vermerke.
„Ist nur Werk. Und muss nicht morgen fertig sein."
„Oh, dann fühle ich mich geschmeichelt. Ein ‚Nur' und ein ‚Werk' habe ich von dir noch nicht nebeneinander gehört. Ich scheine gegenüber deinem Liebhaber Bestand zu haben."
„Spotte nur. Dann überleg ich es mir vielleicht noch anders."
Er presste betont die Lippen aufeinander.

Entgegen seiner früheren Aussage, tollte Wuhtá mit Udras, Bahlen und einigen Kindern aus benachbarten Häusern auf der Straße herum. Banés schmunzelte, als er es sah.
„Kein Wort zu deiner Mutter", warnte der Stammesführer mehr, als dass er darum bat.
„Versprochen."
Banés wartete, bis Wuhtás Teilnahme an den abendlichen Spielen begann, Gewohnheit zu werden. Dann lud er ihn auf einen Platz am Rand der Stadt, auf dem Kinder und Erwachsene jeden Alters miteinander wippten, schaukelten, sich in Geschicklichkeitswettkämpfen und anderen Spielen vergnügten. Der Gast besah großäugig unterschiedlich große Schaukeln; steinerne Tiere, auf denen geklettert und geritten wurde; einen riesenhaften Heckenwal, der den Schlund als Eingang eines Irrgartens geöffnet hielt. Doch es war zu viel. Banés und Udras konnten Wuhtá nicht dazu bewegen, sich am ausgelassenen Treiben zu beteiligen, danach war sein Wohlwollen gegenüber der Stadt merklich getrübt. Doch seine Neigung zu Udras vermochte, ihn zu den Straßenspielen zurückzurufen.
Eines Morgens, als er die Mede mit Banés in die Schule gebracht hatte, bekundete er mit leuchtendem Blick auf die zu einem Lernspiel Laufende: „Udras gefällt mir. Ich kenne Kinder so nicht. Ein wenig zu vorlaut vielleicht, aber nicht unbeherrscht. Und ein kluges Kind."
„Und angstfrei", stimmte Banés zu, der ein Grinsen unterdrückte. „Mit einem über alle Maßen glücklichen Herzen."
„Sie bedeutet dir viel. Du ihr auch."

Er bejahte, um eine Antwort suchend, die sein Vater begreifen würde. „Sie ist in Gütern meine alleinige Erbin." Und auf Wuhtás Verblüffung: „Schon bevor Derimen und ich uns einten."
Schweigen.
„Ist sie jetzt deine Tochter? Im Herzen, nicht im Blut."
Banés zögerte. „Ich sehe es so. Aber ich habe ihre ganze frühe Kindheit verpasst. Es ist sicher nicht dasselbe. Es ist eine Mischung aus Mutterbruder und Vater. Ich glaube, sie sucht sich bei Aksua und mir das an Vaterschaft heraus, was sie braucht."
„Aber sie nennt keinen von euch ‚Vater'."
„Sie nennt auch Derimen nicht ‚Mutter'. Lass es gut sein." Banés spürte, dass er sich nicht verständlich machen konnte, und suchte, Verletzungen zu vermeiden, zu denen es oft kam, wenn Wuhtá ihn über sein Herz befragte. Er liebte dieses Kind. War mehr zu sagen nötig?
Sie verließen die Schule.
„Du warst auch hier, nicht wahr? Hier hast du so gut lesen und schreiben gelernt."
Der Jüngere schwieg. Lesen und schreiben. Wuhtá hatte keine Vorstellung davon, was an Bildung Lesnen ermöglichte. Als Banés gewahrte, dass der Nebengehende ihm mit schiefgelegtem Kopf zugewandt war und nun die Brauen hob, wollte er abwehren, bis er sich daran erinnerte, dass Wuhtá in Viralí schon immer derjenige gewesen war, vor dem er kaum einen Gedanken hatte verbergen können.
„Und Aksua? Es scheint keine Verpflichtung zu bestehen, Ratsmitglied zu werden, wenn eines in seine Schule geht", half Wuhtá nach.
Nun lächelte Banés über dessen Beharrlichkeit. „Es ist recht schwer, Ratsmitglied zu werden. Die Schulen in der Stadt sind vergleichbar gut. Sie mögen unterschiedliche Lernschwerpunkte haben – diese hier legt großen Wert auf Redeschulung, Sprachen und Geschichtswissen, aber sie ist nicht besser als die am Hafen oder als die im Handelsbereich. Die Kinder gehen oft in die Schule, die einem Werkplatz eines Elternteils am nächsten ist. Damit wir einander nahe sein können. Viele wählen die Schulen aber auch nach deren Schwerpunkten aus."
Wuhtá sann nach, sprach jedoch nicht.
„Ein Freund von uns, Sahtu, war früher Steinmetz, und Unterricht darin gibt er hier", fuhr Banés fort. „Sein Sohn geht deshalb in die Ratsschule."
„Bahlen?"
„Ja."
„Weiter", forderte Wuhtá.
„Was?"
„Schulen."
Ein Grinsen antwortete ihm. „Lesnen scheint dich ja nun doch zu begeistern."

„Meine geeinte Sippe ist lesnen. Und deine Wahl ... Ich sagte dir, ich will sie verstehen. Erkläre es mir. Was bedeuten die Schulen hier? Zuhause bilden wir selbst aus."
„Hm. Lesnen hat schon lange Schulen. Früher aber nur für ausgewählte Gruppen. Dann kamen die Bürgerrechte und mit ihnen Schulen für alle. Damit eine Vorauswahl derer, die gut ausgebildet werden, das Einzelne nicht seiner Möglichkeiten beraubt und damit nicht die Möglichkeiten der Gemeinschaft verringert. Das Leben schenkt Fülle, daran haben sich die freien Bürger ein Beispiel genommen."
„Nicht schon wieder um Unfreie", stöhnte Wuhtá.
„Anders kann ich es nicht erklären", behauptete Banés.
„Das soll ich glauben? – Nun gut, weiter. Aber lass uns uns setzen." Sie hatten den Obstmarkt erreicht. Wuhtá hielt auf eine Bank zu, die eben frei geworden war. Um sie herum herrschte fleißiges Treiben. Mit Blick auf einen Stand, an dem Melonen angeboten wurden, fuhr Banés fort: „Früher gab es hier einige Denker, die einige kluge und ziemlich viele unsinnige Dinge darüber verkündet haben, wie ihrer Ansicht nach Menschen sind. Was ihr Wesen sei und wie es zur Blüte gebracht werden könne. Aber sie meinten nicht Menschen, sondern Freie, Auserwählte. Angebliche Weltretter. Eine kleine Gruppe, deren Freiheit mit der Unfreiheit und Werklast der größeren Gruppe der Menschen bezahlt wurde. Die Vorstellungen der Denker von Menschen setzten die Unfreiheit anderer voraus, ohne sie als Menschen auch nur zu erwähnen. Sie machten sie und ihr Wohl unsichtbar und taten so ihren Teil zu entrechten und auszuschließen. Es war ein Menschenbild zum Schein, weil es nur für wenige galt. Als die Entrechteten sich widersetzten, wurden..." Er verzog das Gesicht.
„...nach großen Fehlern der ersten Jahre, muss ich zugeben, Schulen errichtet, wie wir sie heute haben. Es ist der Versuch, eine Welt zu gestalten, die nicht mehr gerettet werden muss. Früher wurde die Ausbildung danach gestaltet, welches Werk ernährt oder ernähren könnte, und danach, die Menschen zur Ratstreue zu erziehen. Heute lässt Lesnen sie ihre eigene Schaffenskraft ohne solche Beschränkungen finden. Das gelingt nur, wenn wir einander Möglichkeiten zu lernen bieten, die dem Einzelnen angemessen sind, nach Alter, Fähigkeiten, Lebensumständen, Vorlieben. Wenn schließlich eines dort werkt, wo sich seine Schaffenskraft entfaltet, wo es Glück findet, bereichert dies das Miteinander auf unbeschreibliche Weise. Statt einander zu belasten wir ehedem, heißen die Bürger einander nun willkommen. Wir versuchen, es allen zu ermöglichen, mündig über ihr eigenes Leben zu werden.
Die meisten legen heute auf Bildung viel mehr Wert als auf Güter. Die Stadt ist verpflichtet, ihren Bürgern eine umfassende Ausbildung zu ermöglichen, wobei die Bürger ihre Art wählen und nicht die Stadt. Und die Ausbildung endet nicht in der Jugend. Es gibt viele Angebote, Weiteres zu lernen, auch jenseits dessen, was den Alltag begleitet. Es gibt abends auf Plätzen Unterricht und Gespräche. Wir können gerne hingehen, wenn du willst. Ich habe angefangen, weben zu lernen, weil es in der kälteren Zeit eine angenehme Abendbeschäfti-

gung ist. Und biete Unterricht im Holzbau an. Schulung ist auch in den meisten Arbeiten gewöhnlich. Derimen hat erst gestern eine Sprachschulung gehabt. Durch Alleches, ein sehr erfahrenes Ratsmitglied."

„Derimen?", fragte Wuhtá ungläubig.

Banés lachte leise. „Viel mehr als ‚zu schnell, zu klar und zu offen' war nicht zu beanstanden."

„Zu klar und zu offen?"

„Die meisten Lesnen vertragen Klarheit und Offenheit nicht so gut wie du."

„Erlebe ich es also doch noch, dass ich eines in deinen Augen lobenswerter vermag als Lesnen. Weiter."

„Die Denker früherer Zeiten sagten, wenn die niederen Arbeitslasten nicht wären, gebe es keine Unfreien. Die Wärmesteine nehmen uns heute die meisten dieser Arbeiten ab. Wir leben nicht mehr, um zu arbeiten. Bildung kann helfen, ein glückliches Leben zu gestalten."

„Lesnen ist reich", wiederholte Wuhtá seinen schon häufig gebrauchten Einwand.

„Ja. Weil wir heute Reichtum denken können", erwiderte Banés, „und wissen, dass er wenig mit Gütern zu tun hat."

Sein Vater starrte ihn an wie einen Verstandeskranken. Weil er glaubte, eine Grenze erreicht zu haben, die er nicht in einem Gespräch zu überwinden vermochte, sank Banés ein weiteres Mal in Schweigen. Der Wahrer schloss sich ihm an. Seine Augen erforschten die Menschen auf dem Markt, die Stände und Auslagen.

Aber später am Tag, als die Kanhartiden und ihre Gäste zusammengekommen waren, als Udras schlafen gebracht worden war und Aksua sich verabschiedet hatte, um eine Weile im Garten allein zu sein, griff Wuhtá wiederum nach dem Gedanken. „Mein Sohn behauptet, Reichtum habe nach Lesnens Ansicht wenig mit Gütern zu tun", sprach er in die Runde. „Könnt ihr mir das erklären?"

„Darf ich mich als Beispiel vorschlagen?", antwortete Nirar, ihre Stimme in sicherer Sanftheit wie je. Sie wartete, bis der Stammesführer ihr zunickte, ehe sie berichtete: „In den Zeiten vor den Wärmesteinen wäre ich nicht eben verhungert. Aber ich hätte kaum darauf hoffen dürfen, als Gleichwertige neben Gesunden gesehen zu werden und dass ein solches Maß an Freundlichkeit sich mir zuwendete, wie es mich heute begleitet. Es gibt Menschen, die mein Leben sehr bereichern: Ich darf Teil einer wundervollen neuen Sippe sein. Ich habe Freundinnen, mit denen ich wohnen darf und die mir aus freier Wahl heraus helfen, nicht, weil sie auf Entlohnung angewiesen wären. Ich habe ein Kind, das meine Krankheit nicht tragen oder vererben wird..."

„Du bist eine der umsichtigsten Ratenden, die Lesnen sich wünschen kann", ergänzte Rowun.

„...einen sehr geliebten Gemahl, der mich offenbar zur Unbescheidenheit locken will", lächelte sie, „ich darf ein Werk tun, mit dem ich zu unser aller Wohl beitragen kann, in dem

Maß, in dem ich es leisten kann. Früher wäre mir dies nicht ermöglicht worden, schon allein, weil die Form des Werkes so vorgegeben gewesen wäre, dass ich sie nicht hätte füllen können. Heute passt sich das Werk mir an. Ich bin glücklich. Früher hätte ich darauf kaum hoffen können, trotz der Güter meiner Herkunftssippe. Es ist Reichtum, es ist nicht Begüterung."

„Aber wo ist denn nun der Unterschied, eurer Ansicht nach?", fragte Wuhtá.

„Mein Viralí genügt hier nicht", wandte Nirar sich an Rowun. „Kannst du es erklären?"

„Es war richtig", bekundete er. „Es ist nicht die Sprache." Und, den Wahrenden zu: „‚Reich' bedeutet uns Reichtum im Miteinander, unter den Menschen. ‚Begütert' oder ‚wohlhabend' besagt um Güter."

„Und warum unterscheidet ihr es?"

„Weil es eine Zeit gab, in der eine Unterscheidung nötig wurde. Ich nehme an, Banés hat euch von ‚Entlohnt die Steine' erzählt?"

Dieser, wie auch die Gefragten, verneinten still.

„Derimen, würdest...", begann Rowun bittend.

„Um nichts in der Welt", grinste sie und hob ihren Becher.

Rowun schnitt eine Grimasse. „Um die Bürgergabe wisst ihr aber vermutlich? – Nun, um ihre Einführung wurde heftig gestritten. Manche waren sehr dagegen. Es hieß: Wer viel werkt, soll auch viel Lohn erhalten."

Wuhtá nickte kaum merklich.

„Aber die Steine hatten den Menschen viele Arbeiten abgenommen. Es gab ja gar nicht mehr genug Arbeit für alle. Menschen müssen dennoch essen. Außerdem vergaß jene Ansicht Kranke, die nicht in vollem Umfang arbeiten konnten, und Betagte, die es nicht mehr konnten, das Leben der anderen aber erst ermöglicht hatten. Und sie vergaß Kindestragende und Frauen nach einer Geburt, die den ganzen Tag über leisten. Lesnen zwang ihnen zusätzlich unvermindertes Werk auf, wie alle anderen es hielten. Wir säten Verzweiflung. Viele ungeborene Kinder wurden in der Zeit verloren, und viele Menschen entschieden sich, ihre Kinder vor der Geburt zu töten. Kinder stellten die größte Armutsbedrohung dar, die Lesnen damals kannte."

„Davon hat Derimen uns erzählt", warf Vannét ein.

Wuhtá sah sie erstaunt an.

„Letztlich drohte Lesnen deswegen auszusterben", fuhr Rowun fort. „Weil wir trotz des Überflusses der Güter an der Überzeugung der entlohnten Arbeit festhielten. Weil wir die Ungleichheit der Möglichkeiten zu wachsen befürworteten. Mit der Begründung, Werk müsse dort entlohnt werden, wo es geleistet werde, und nicht, Entlohnung sei zu stellen, wo sie notwendig sei. Eigentlich aber war es den Machthabenden darum, selbst in Gütern zu schwelgen. Als es schließlich zum Aufstand kam, war der Ruf der Verzweifelten: ‚Entlohnt die Steine!'. Denn dies war die bittere Folgerung aus den entwürdigenden Ansichten."

„Schlechte Führung hat keinen Bestand", sagte Vannét. „Und so mag sie abgelöst werden. Aber die Göttinnen bestimmten eine Ordnung unter Menschen. Ich kann schlicht nicht glauben, dass sie die eure bestehen lassen. Dauerhaft."
„Lesnen glaubt an Geister, Geehrte..."
„Das weiß ich. Meinetwegen Geister." Sie schüttelte den Kopf. „Eure Geister werden sie nicht bestehen lassen."
Rowun lächelte freundlich. „Damals wurde ein Orakel befragt. Und die Geister schickten uns zum ersten Mal seit Generationen zwei Gebote: ‚Fügt euch keinen Schaden durch Ansichten zu. Liebt euch selbst, und liebt einander.' Da verstanden es auch die Letzten: Wir mussten umdenken. Für uns war es notwendig für das Überleben."
Sie wölbte zweifelnd die Brauen. „Nur weiter."
Derimen freute sich, dass dieser Einwurf in ihrem Bruder einen besseren Beantworter gefunden hatte als zuvor in ihr selbst.
Rowun fuhr fort: „‚Entlohnt die Steine' wurde neben einem Schlachtruf, unter dem leider sehr viel Blut vergossen wurde, eine Erkenntnis, die bis heute andauert: Wenn Wohlstand herrscht wie der, den die Wärmesteine uns ermöglicht haben, kann Entlohnung für Werk nur ein Zusatz sein, ein Anreiz oder eine Anerkennung. Grundsätzlich aber muss erst einmal das Leben in Würde ermöglicht werden, unabhängig von Leistung, gar von erzwungener. Dann kommt die gerne gegebene, selbständige und höherwertige Leistung von selbst. Wir beschlossen ein Gesetz, das es der Stadt verbietet, seine Bürger in Armut zu halten. Wir sind heute der Ansicht, dass die Gemeinschaft zunächst einmal eine Pflicht zur Fürsorge den Einzelnen gegenüber hat, ehe sie Forderungen an sie stellen kann." Er stockte kurz, als er den Zweifel in den Gesichtern der Viralí sah. „Früher, als den Menschen nur ein geringer Wert zuerkannt wurde, wurden Dinge benutzt, um den eigenen Wert zu erhöhen. Der Mangel lud dazu ein, zur Schau zu stellen. Ein reichverziertes Haus, eine eigene Kutsche, Ländereien vor der Stadt – das alles galt mehr als die eigene Zuwendung gen andere, mehr als zu teilen, als das Miteinander oder das eigene Wachsen. Schließlich waren sogar eine bestimmte Art der Hausbemalung, eine bestimmte Art der Kutsche notwendig, um Anerkennung zu erhalten. Und die anerkannten Arten änderten sich meist rasch in einer Gemeinschaft der wachsenden Gier. Wir erklärten uns darüber, welche Waren wir kauften, nicht darüber, welche Menschen wir waren. Das Leben war sehr schwierig, selbst für die Begüterten. Es wurde nur langsam verstanden, dass die Werte in den Dingen vollständig erfunden waren, dass sie an den Menschen vorübergingen und sie dennoch in die Zwinge nahmen. Sehr arg muss dies in der Zeit des Übergangs nach Einführung der Bürgergabe gewesen sein. Denn zuvor Unbegüterte ahmten zunächst einmal die Fehler der Begüterten nach, in all ihrer Sinnleere. Der Überfluss in den Gütern führte zu einer Verarmung in den Werten, bis es endlich ein weiteres Umdenken gab, mit der Folge, dass der Blick auf die innere Fülle gerichtet wurde.

Damit es allen wohl sein kann, müssen wir maßhalten und uns auf das Wesentliche besinnen. Die meisten Lesnen leben heute schlichter in den Dingen und reicher an den Menschen als in der Übergangszeit. Wenige Güter, viel Miteinander, auch viel Ruhe für die eigene Wohle. Früher führte unsere Lebensweise zu Krankheiten und sicher auch zu Verbrechen. Raub, Diebstahl, die heute sehr selten sind.

Das Augenmerk auf den Menschen bei gleichzeitiger Sicherung der notwendigen Dinge, das schafft in vielen Dankbarkeit, in den meisten Glück. Die Erziehung zum rechten eigenen Maß wird allgemein als sehr wichtig angesehen. Der Wohlstand der Stadt, der nun geteilt wird, bietet die Möglichkeit, sich selbst weiterzuentwickeln, zu verbessern. Heute gibt es Anerkennung nicht mehr über die Dinge, sondern über das, was für die Gemeinschaft geleistet wird, gleich, in welchem Bereich. Und letztlich Anerkennung, als Menschen auch jenseits von Leistungen wertvoll zu sein.

Mein Großvater sagte mir eines, als ich ein Kind war, das mich bis heute sehr beeindruckt: ‚Am Ende meines Lebens werde ich nun keine Ausrede haben, wenn ich nicht das habe wachsen lassen, was die Geister in mir als Keim gesät haben. Ich musste nicht um mein Leben fürchten, und für meine Bedürfnisse war gesorgt. Wenn ich den Keim nicht wachsen lasse, so ist es in meiner Verantwortung.'" Rowun schloss mit einem Lächeln.

Seiner Gefährtin Blick auf ihm war stolz.

Die Gäste saßen versonnen, Wuhtá bat seinen Sohn darum, ihm Wein nachzuschenken, ehe er selbst sprach: „Dies alles unterscheidet sich sehr von dem, wie wir leben. Und in manchem werden wir uns sicher nicht näherkommen. Mir fehlen in alldem die Götter. Geister, nun gut, aber euer Blick liegt zu sehr auf den Menschen, nicht auf der göttlichen Ordnung."

Derimen, die anderer Ansicht war, wünschte sich still, es sei so.

„Ich glaube nicht, dass eine menschliche Ordnung Bestand hat. – Aber was mich verwundert, ist eure Einigung." Wuhtá sah Nirar an. „Du stammst aus einem begüterten Haus?"

Sie nickte.

„Und du bist in das der Kanhartiden eingetreten, obwohl dein ehedemes angesehener ist?"

„Angesehener..." Sie wiegte abwägend den Kopf. „Nach den alten Vorstellungen vielleicht, wo sie noch nicht im Heute angekommen sind. Meine Herkunftssippe ist nicht viel wert."

Wer Nirar kannte, erstaunte sich, weil sie sonst nie ein schlechtes Wort über andere verlauten ließ. Sie fuhr fort: „Viele schon einst mächtige Sippen tun sich schwer mit den Veränderungen der letzten Generationen. Die Balrinen, meine Herkunftssippe, sind seit Stadtgedenken wohlhabend und einflussreich. Sie haben es nie zu schätzen gelernt, welches Gute der allgemeine Wohlstand den Menschen brachte. Sie wurden nicht zu besseren Menschen, weil ihnen Ängste und Lasten genommen worden wären. Im Gegenteil ist ihnen das freie Bürginnentum ein Dorn, denn es macht es ihnen schwer, ihren Willen durchzusetzen. Begütert zu sein, verdirbt so schnell."

„Demnach wärst du nie Balrine gewesen", lächelte Ahte.

Die Jüngere strahlte auf. Dann begegnete sie Wuhtás fragendem Gesicht.
„Du bekommst die Bürgergabe ebenfalls? Obwohl sie dir nicht nötig wäre?"
Sie nickte.
„Warum?"
„Nun, wir schufen früher oft erst dadurch wirkliche Bedürftigkeit, dass wir sie misstrauisch prüften, statt den Menschen zu vertrauen und ihnen die Möglichkeiten zur Entfaltung zu bieten, die jedes braucht. Kräfte wachsen dort, wohin sie gelenkt werden. Und wenn eine Gemeinschaft Einzelnen immerzu Arges zuweist, wächst es dort. Auch wenn einem immerfort gesagt wird, es sei bedürftig oder zu schwach, sich aus Argem zu befreien. Das ist ein Grund, aus dem die Bürginnengabe bedingungslos an alle gegeben wird.
Ein anderer, und darin habe ich selbst schmerzliche Erfahrungen gemacht, ist das Verständnis dafür, dass Begüterte keine besseren Menschen sind. Meine Sippe war nicht bereit, meine Entscheidung, in den Rat zu gehen, zu tragen. Mein Vater warf mir vor, meine Ausbildung zu vergeuden, da ich niemals lange im Rat würde nützen können. Er entzog mir alle Geldmittel. Wenn ich nicht über die Gabe abgesichert gewesen wäre, wenn er über die Macht verfügt hätte, mir das Kaufnötige zu ermöglichen oder zu verweigern, hätte ich mich ihm nicht widersetzen können. Dank der Gabe konnte ich sein Haus verlassen. Der Freund, der damals mit mir gegangen ist und dessen Hilfe ich benötige, hätte dies ohne seine Bürgergabe nicht vermocht. Von unserem Auszug in eine kleine Bleibe bis zu meiner ersten Entlohnung sind fast zwei Jahre vergangen, erst dann konnte ich ihm sein Werk auch vergüten. Es wäre nicht möglich gewesen, wenn ich dem Wort meiner Sippe unterworfen gewesen wäre. Mittlerweile bin ich begütert, auch da ich mehrere Verwandte beerbt habe, aber damals ermöglichte die Gabe mir die freie Wahl, die alle Bürginnen über sie erhalten sollen, auch die Kinder begüterter Eltern."
Die Viralí saßen in sichtbarer Verhärtung. Nirar, die den Grund als Einzige nicht kannte, vermutete einen Einwurf und wartete zunächst, ehe sie auf das Schweigen hin freundlich fortfuhr: „Vor den Wärmesteinen und der Gabe machten einige unserer ernannten Weisen eine seltsame Beobachtung: Unbegüterte waren oft herzlicher als Begüterte und maßen dem Miteinander einen größeren Raum zu. Damals vermuteten diese Weisen, die allesamt begütert waren, dass Armut Menschen zu besseren Menschen mache. Sie übersahen dabei diejenigen schlechten Verhaltensweisen und Verbrechen, die aus fortwährender Not entstanden. Außerdem gab es auch Arme, die allein deswegen das Miteinander hielten, weil es ihre einzige Möglichkeit zu überleben darstellte, weil sie sich auf die Menschen besinnen mussten. Es gab ja nicht genug Güter, auf die sie sich hätten besinnen können. Auch solche Menschen waren in Werten arm, zumindest, so lange sie es nicht verstanden. Und es gab Arme, die unfasslichen Schaden an andere herantrugen. So an ihre Kinder, denen sie keinen wohlen Weg in die Welt vorbereiteten. Die Armut lähmte viele auch im Miteinander.

Die Zeit des Übergangs zeigte sehr deutlich, dass die ehedem Armen und nun Abgesicherten keineswegs bessere Menschen waren. Sie klammerten sich ebenso an Güter wie Wohlhabende, mehr noch, da der Umgang damit eine neue Erfahrung für sie war. Als die Sicherheit schließlich im Lebensgefühl der Menschen angekommen war, besannen sie sich auf dieser Grundlage wieder auf das Menschliche. Und mit unserem neuen Reichtum können wir ein wohles Leben für alle schaffen. In Bescheidenheit an Gütern, damit alle teilhaben können, und weil Maßvolle gesünder für Menschen ist. Wenn das Leben zu güterlastig ist, gibt es nur wenig Anreiz zur eigenen Verbesserung. Und wenn es zu entbehrungsbelastet ist, gibt es keine Kraft dazu. – Bei all der lieben Hilfe, die ich hatte, schenkten die Geister mir ein Maß zu meiner Wohle."
„Und zu meiner", sagte Rowun.
Nirar lehnte sich an ihn, den Blick weiterhin der Runde zu. „Die Balrinen haben mich nicht gut behandelt, seit meine Krankheit ausgebrochen ist. Hier, bei diesen wunderbaren Menschen, fühle ich mich geliebt und als wirklicher Teil des Hauses. Das ist mehr wert als alle Güter der Balrinen. Die meisten Lesnen verstehen heute, dass Zeit und Gemeinschaft von hohem Wert sind. Deswegen darf ich meine Kräfte einbringen und erfüllt leben. Weil die umher es mich lassen. Weil ich nur krank bin und nicht alleingelassen oder ausgestoßen."

Nach Aksuas Rückkehr aus dem Garten verging der übrige Abend weniger ernst. Banés und Derimen erzählten von Viralí wie ihrer Handgebe und auch von Tolas, Wedri und Uchátt, wozu Nirar schwieg. Später brachten die Mittleren Geschirr und Essensreste in die Küche und richteten drei Kammern her, denn Wuhtá und Vannét hatten entschieden, die Nacht hier zu verbringen, worin die Übrigen sich ihnen angeschlossen hatten.
Derimen strahlte Rowun an, als sie beide Geschirr abtrockneten. „Ich glaube, ich kann mich bald zur Ruhe setzen", sagte sie wohlwollend.
„Na, dann tu das mal", grinste er. „An dem Tag schwimme ich einmal nach Darentó und wieder heim."
Wuhtá erzählte Udras in Akuas Zimmer eine Einschlafgeschichte; Imen, Ahte und Vannét saßen auf dem Altan und lauschten dem ruhiger gewordenen Raunen der Stadt wie fröhlichem Geklapper und Gesprächsfetzen aus der Küche. Vannét ergriff den Weinkrug und schenkte ihnen ein. „Ihr könnt sehr stolz auf eure Kinder sein. Es scheint, dass sie alle sich zum Wohl eures Volkes einsetzen."
Imen betrachtete sie kurz forschend. Auf ihren offenen Blick hin, erwiderte er: „Mittlerweile erlebe ich es als recht angenehm, die Jungen wirbeln zu lassen. Ich habe so viele Jahre in Anstrengungen verbracht, dass ich kein Vergnügen mehr daran habe. Und meine durchaus schwindende Kraft gerne für meine eigenen Belange einsetze. Die Jungen haben die Kraft und den Willen zur Veränderung. Und auch die mangelnde Ruhe, Dinge so zu lassen, wie sie sind. Ich fühle mich geschmeichelt, wenn sie meinen Rat einholen, und es ist mir sehr

wohl, sie in ihrem Einsatz zu betrachten. Aber ich bin froh, dass ich nicht mehr wirbeln muss, um die Welt zu verändern."

„Oder um ihren Fortbestand zu kämpfen", ergänzte Ahte.

Vannét ließ in seltener Höflichkeit eine Gegenrede dazu aus. „Wenn ihr früher ebenso eifrig wart wie sie, habt ihr euch Ruhe gewiss verdient", sagte sie stattdessen.

Ahte verneinte. „Imen und Ransar. Ich nicht. Das haben die Kinder von den beiden."

Der Benannte lautete widerstrebend.

„Du weißt es, Herz. Der Einsatz für die Gemeinschaft bestimmt einen großen Teil eures Denkens, das war und ist bei mir durchaus anders", lächelte Ahte.

„Aber Banés und Derimen sind nicht ehrgeizig", schnaufte Vannét. „Überhaupt nicht! Sie hätten meine Erbinnen sein können."

Imen war um einen behutsamen Tonfall bemüht, als er antwortete: „Sie sind zielstrebig. Dieses Haus glaubt, dass Geiz verengt, weil er andere ausschließt. Auch Ehrgeiz. Ein Ziel anzustreben, ist nicht dasselbe, wie ehrgeizig zu sein."

Vannét hob die Brauen.

„Es anzustreben, besser zu sein als andere, kann das Miteinander nur verletzen." Er brach ab, da er nicht wusste, wie sie dies aufnehmen würde.

„Aber sich hervortun zu wollen, ist doch das Gewöhnlichste auf der Welt!"

Stille.

„Ah, ich verstehe. Hier wollen die Menschen gleichwertig sein."

Ein weiteres, kürzeres Schweigen schloss an. Dann sagte Ahte: „Unsere Ahninnen haben sehr hart dafür gearbeitet, dass wir heute weniger arbeiten müssen. Aber es hat große Anstrengungen gekostet, die Werte den erreichten Zielen dann auch anzupassen. Die Menschen nicht abzuwerten, die die Frucht ernteten, weniger zu arbeiten und mehr arbeitsfreie Zeit zu haben. Wir müssen einander nicht mehr übertreffen, um Anerkennung zu erringen. Wer viel, wer sehr viel arbeitet wie Derimen oder früher wie Imen, tut es aus eigener Entscheidung. Das alles kann aber nicht bedeuten, dass solches zwingend in Viralí zu Glück führen würde. Verzeih, Geehrte, ich bin niemals Ratende gewesen und habe weder eine Ausbildung noch Geschick in solchen Angelegenheiten. Was ich über Viralí weiß, sagt mir, dass ich die Möglichkeiten deines Volkes eher so einschätze wie du und weniger wie Banés. Aber dass die Unfreiheit den Deinen große Arge bringt, verstehe ich dennoch, und auch, dass Besserungen möglich sind. – Sage mir, wenn ich einhalten soll."

Vannét verneinte. „Dieses Haus ist bemerkenswert", sagte sie. „Ich habe mit Stammesführinnen gesprochen, deren Worte nicht im Ansatz so mutig waren, wie es den euren Gewohnheit zu sein scheint."

„Mutig? Das sehe ich nicht so. Wir sind eine geeinte Sippe, nicht wahr? Was Banés über euch erzählte, hat mich sehr beeindruckt. Ich will dich mit meinen Ansichten nicht beleidigen. Ich habe nie die Verantwortung für so viele Menschen getragen und weiß nichts von deiner Last."

„Aber du hieltest hohen Rang im Heer, oder?"

„Das ist richtig." Die Lesne sah kurz nieder. „Ich bin nicht stolz darauf." Und auf Vannéts offensichtliche Verblüffung: „Darin unterscheiden sich unsere Ansichten sehr. Aber zweite Heerführin zu sein in Zeiten, in denen dies noch vom Rang der Geburt her kaum denkbar gewesen ist, ist nicht dasselbe, wie mit dem Wissen um deine Verantwortung aufzuwachsen. – Banés geht es um die Menschen, und das ist gut so. Aber da er niemals solche Verantwortung tragen musste, kann er sicher kaum verstehen, was es bedeutet. Du bist für das Leben aller verantwortlich. Wenn ihr Schild als Folge deiner Entscheidungen an einer Stelle bricht, bricht er ganz."

„Das sind fast meine Worte", erstaunte Vannét sich weiterhin. Sie zögerte. „Die beiden haben mir viel von Lesnen erzählt, Banés fast immer in Vorwurf. Derimens Herz scheint für diese Stadt zu schlagen. Und eure anderen Kinder ... Teilt mir mehr von euren Sichten mit. Von Sippenelternzu Sippenmutter."

Imen lächelte. „Wenn du es wünschst."

„Das tue ich, Geehrter. – Warum die Bürginnengabe? Ich sage nicht um ihre Geschichte, sie wurde mir erzählt. Ich verstehe nicht, warum überhaupt eine Geldgabe eingeführt wurde. In Viralí liegt kein solches Gewicht auf Münzen."

Er nickte verstehend. „Wir sind immer schon ein Handelsvolk gewesen, wahrscheinlich ist das der Grund. Es war unserem Denken am nächsten und bot geringere Veränderungen als anderes, als wir eine gerechte Teilung der Lebensgüter anstrebten. Ich glaube, die Einführung der Gabe war schon Veränderung genug, weitere Veränderungen wären vielleicht zu viel gewesen und hätten alles ins Wanken gebracht. Aber ich weiß es nicht wirklich. Vielleicht ändert es sich dahin, dass wir einander ohne Tauschwerte zur Verfügung stellen, was wir brauchen. Vielleicht, irgendwann."

„Und es gelingt? Keines wird zum Werk verpflichtet, jedes erhält die Gabe, einfach so, und dennoch wird gewerkt? Ich verstehe das nicht."

„Eigentlich ist es zum Gegenteil. Nachdem wir es allen ermöglichten, das Werk zu ergreifen, in dem sie selbst Sinn fanden, entfalteten sie sich in der Arbeit. Vorher war dies das Glück Einzelner gewesen, den Übrigen nur um Broterwerb. Erst später verstanden wir, was die erzwungene Art zu arbeiten für arge Folgen hatte. Heute sind die Menschen nicht mehr so oft krank wie früher, widmen sich ihren Familien und Freunden, was den Reichtum aller mehrt. Wir arbeiten mehr in Sinn, und vieles an Argem, mit dem wir damals zu kämpfen hatten, wie Seelenkrankheiten durch Überlastung, kommt heute kaum noch vor. Früher glaubten wir, uns gegeneinander durchsetzen zu müssen. Heute wissen wir, dass das Unsinn ist. Wir haben ein Recht auf Nahrung und Unterkunft in Würde, ein Recht auf selbstgewählte Arbeit nach eigenem Maß und ein Recht auf Muße. Das brachte uns mehr Sicherheit

und Zufriedenheit. Es hob die Schaffensfreude der Menschen. Zeigte uns, dass wir nicht gegeneinander kämpfen müssen, um zu überleben, sondern dass wir füreinander ebenso glücksermöglichend sein können wie für uns selbst. Wenn viele dies so halten, führt es zu Glück als Lohn der Geister."
„Mehr davon", bat die Begastete, und diesmal bat sie wirklich.
Imen dachte nach. „Früher einmal lebten wir in Großsippen, die einander verpflichtet waren, in denen aber auch Nähe eine große Rolle spielte, teils Liebe. Die Sippen schufen die Verwaltung der Gemeinschaft zu ihrem Schutz. Nun sorgte aber die Verwaltung, das heißt zuvorderst der Rat, mit der ihm zugestandenen Macht dafür, dass die Sippen durch die neuen Arten zu werken zerstört wurden, die wir nach der Entdeckung der Steine erfanden. Menschen zogen es oft vor, allein zu leben, auch fern ihrer Kinder, weil ihr eigenes Leben dann leichter war. Heute hat die Verwaltung die Pflicht, den Menschen zu dienen, den Einzelnen wie den Sippen. Heute haben manche die Großsippen wieder für sich entdeckt, allerdings unter anderen Bedingungen. Wir hielten es hier bis vor kurzem ebenfalls so, wenn auch in einer kleineren Großsippe." Er bemühte sich, den aufschmerzenden Gedanken an Ransar von sich zu schieben. „Die Verwaltung ist den Menschen Rechenschaft schuldig, aber die Menschen sind es der Verwaltung nicht mehr. Rowun hat Recht damit, dass Fürsorge Dankbarkeit schafft. Ohne das Gefühl von Schuld im besten Fall."
Vannéts Stirn hatte sich in Falten geschlagen.
„Ein Gutes aus meiner Sicht, das wir aus der argen Zeit mitnahmen, ist der Genuss eigener Räume", berichtete Imen weiter. „Als wir hier zu fünft lebten, hatte jedes einen eigenen Raum. Ransar, Banés, Aksua und, nun, Ahte und ich haben schon vor langer Zeit entschieden, dass wir einen gemeinsamen Raum wollen, aber in den ersten Jahre unserer Ehe war dies durchaus anders. Es ist um das richtige Maß zwischen Abstand und Nähe. Die Gruppen, die die Spielezeiten oder Lernzeiten miteinander verbringen, halten mitunter eine Nähe, wie wir sie von den Großsippen kannten. Die Nachbarschaft in den Stadtteilen ist meist die einer nahen Gemeinschaft, ohne andere Stadtteile deswegen gering zu schätzen. Obwohl es sicher immer Menschen gibt, die stärkere Grenzen ziehen.
Auch das Miteinander in der Stadt ist wie in einer Großsippe: Jedes hat eigenen Raum, die Gemeinschaft sorgt für das Einzelne. Deshalb wird die Verpflichtung des Einzelnen, auch für die Gemeinschaft zu sorgen, stärker. Ohne Zwang, im Selbstgewählten. Auch in Widerspruch und Streit, das alles macht in unseren Augen schöpferisches Miteinander aus. Ich fühle mich wohl so. Die Stadt hat Vertrauen in mich und meine Fähigkeiten, und ich habe Vertrauen in sie. Und ich habe die Gewissheit, dass ich zu Beibehalten und Änderungen im Miteinander beitragen kann. Ich kann mich nicht nur beteiligen, meine Beteiligung wird eingefordert, aber ohne Zwang. Es ist eine Frage des Vertrauens, wie in einer Sippe. Wir ermöglichen es einander, gut zu leben. Angst und Zwang entwürdigten unsere Vorfahren. Heute gönnen wir es uns, in Freiheit von Ängsten zu sein – so weit Menschen dies zu be-

einflussen vermögen. So auch frei von der Angst vor Armut. Es spricht nichts dagegen, dass es allen gut geht. Unser Wohlstand verpflichtet uns, ihn gerecht miteinander zu teilen." Er ging einen weiteren Schritt vorwärts. Sein Blick suchte den der Älteren. „Als du entschieden hast, Banés nicht dazu zu zwingen, dein Erbe anzutreten, war es gewiss aus einer ähnlichen Haltung heraus. Du liebst ihn, das ist das eine. Es ist klug, Viralí keinen Wahrer vorzustellen, der dort nicht sein will, das ist das andere. Aber es ist auch aus dem Vertrauen heraus, dass er in seinem Werk als Botschafter zum Wohl deines Volkes beiträgt, nicht wahr?"
Vannét konnte sich ein Schmunzeln nicht versagen. „Denken alle Lesnen so?"
Imen schaukelte den Kopf. „In so großen Gruppen gibt es sicherlich kein ‚Alle'. Aber vielleicht ist es so: Wenn die meisten das zurückgeben, was die Gemeinschaft ihnen gibt, ist es für einzelne Faulpelze schwer, den eigenen Einsatz zu verweigern. Ein gutes Leben hält einen Ansporn in sich. Trägheit wäre auf die Dauer langweilig bei den Möglichkeiten der eigenen Entfaltung, die wir einander bieten. Und die eigene Entfaltung dient der Gemeinschaft, wenn sie sich nicht über andere erhöht." Er verstillte, da er nicht sicher war, ob die Stammesführin dies als Angriff erleben würde.
Doch deren Schmunzeln war in die Breite gewachsen. „Nun, ich danke euch. Und ich halte euch für mutig", betonte Vannét, ehe sie sich an Ahte wandte: „Wenn Derimen sagt, dass deine Herkunftssippe eine einfache ist, was bedeutet das in Werkenden?"
„Meine Eltern waren Töpfer und Abfallentsorgin, wenn du das meinst. Keine Führenden, keine Ratenden."
„Hätten Derimen und Banés ehedem nach euren Regeln händegeben dürfen?"
„In unserer Generation gegen Widerstände. In der unserer Eltern nicht."
„Hm", grunzte sie.
Wuhtá war zurückgekehrt.
„Euer Viralí lässt glauben, ihr wäret in meiner Heimat aufgewachsen", ließ sich seine Gemahlin anerkennend vernehmen. „Nun, es war ein langer Tag." Sie erhob sich.
„Wünscht ihr noch eines?", fragte Imen sogleich.
„Nein. Nein, mir ... ist wohl in eurem Haus. Das hätte ich nicht erwartet. Ich danke euch." Sie hielt inne und fügte hinzu: „Banés sagt: ‚Wir können es nicht verändern, ich bin halber Lesne.' Er hat Recht, und trotz meines Misstrauens gegen euer Volk suche ich, in seiner Wahl keinen Arg zu sehen. Aber vielleicht noch wichtiger ist mir, dass er, ob nun halber Lesne, ganzer Teil eures Hauses ist. Meine Schwestertochter berichtete uns, dass ihr ein gutes Haus seid. Ich wollte es nicht glauben, bis ich Derimen kennenlernte. Nun, da ich auch euch kennengelernt habe, weiß ich um den Segen, der unsere Häuser verbindet. Und es ist mir Ehre und Freude, mit euch vereint zu sein."
Imen und Ahte verdrängten ihr Erstaunen, um sich tief zu verneigen.
Die Gäste schieden mit einem Gruß.

Nach Kerms Geburtsfest hatte der Rat Wuhtá und Vannét in die Runde Halle gebeten und sich mit einem weiteren Dank wie einem Geschenk von ihnen verabschiedet: mit Wärmesteinen, gewöhnlichen wie Waschsteinen, genug für ein großes Haus. Ebenso Perlenschmuck, der beider Führenden bekundeten Geschmack getroffen hatte.

Am Morgen ihres Aufbruchs legte Vannét mit einer Ehrung einen reichtuchenen Packen auf den Tisch im Wohngemach von Imen und Ahte. „Diese Steine stammen aus einem Teil Viralís, der am Meer liegt. Sie gelten in meiner Heimat als Segen der Göttinnen. Mögen sie euch Glück bringen. In dieser und der nächsten Welt."

Udras durfte die Tücher entfalten. Sie enthielten bernsteinernen Schmuck für jedes Sippenmitglied, Halsketten und Ohrzier. Der für Udras war klein, und es lagen sogar zwei Säuglingskettchen für die Handgelenke in dem Packen. Die Tücher waren feingewebt und kostbar gefärbt, von der Art, wie sie Viralí als Kleiderverzierung verwendeten.

Vannét nahm eine Kette, trat Banés näher und hängte sie ihm um. Ihre Blicke begegneten einander. Wider Erwarten umarmte die Wahrin ihren Sohn.

Nachdem alle Gastgebenden geschmückt waren, drückte Udras Wuhtá strahlend das Geschenk des Hauses in die Hand und ehrte ihn sehr höflich. Es waren Wurfringe.

„Oh. Da danke ich sehr." Er war in kurzer Zeit ein recht guter Ringwurfspieler geworden. Mit der Erklärung, es schule die Hand für den Kampf, hatte er sogar Vannét hinzulocken können.

Diese lächelte nun und dankte mit einem einzelnen Nicken. Dann sprach sie: „Ich schätze es sehr, dass unser Sohn nicht wie ein Unfreier behandelt wurde. – Wie leicht hätte das geschehen können? – Dass er über all die Jahre gut behandelt und geliebt wurde. Dass dieses gute Haus ihm eine Sippe wurde. Mein Gram der letzten Jahre mag begraben sein, weil ich hier Wohle gesehen habe. Was Lesnen unserer Sippe antat durch den Raub unseres Kindes, ist nicht wiedergutzumachen. Aber dieses schuldfreie Haus hielt Banés am Leben, in Wohle und führte ihn auf einen werten Weg. Ich danke den Göttinnen dafür und erflehe ewigen Segen für die Sippe der Kanhartiden."

Nirar hatte ihre Ratsmitgliedschaft mit der Rückkehr der Gefangenen abgegeben, Rowun sich für unbegrenzte Zeit freigestellt. Sie wollten unbeschattete Zeit miteinander verbringen und Kerm als Eltern nahe sein. Wenn es Nirars Körper zuließ, machten sie Ausflüge ans Meer, manches Mal gar Eintagesreisen ins Umland. Oft verbrachten sie auch eine Weile in einem Garten, um die Pflanzen zu genießen, gingen in Schauspiele oder lasen einander vor. Kerm war bei ihnen, die Ammen boten ihm allein der Gewöhnung wegen Milch.

Fast einen Mond lang ging Aksua täglich zu einem Heiler, sprach jedoch nicht darüber. Er war immer beschäftigt, meist für andere, half den übrigen Befreiten, erledigte Botengänge für Heilinnen, sprach neben Derimen vor dem Rat für eine Bereitstellung größerer Mittel für die Beargten. Als alle unter Zwang gezeugten Kinder getötet, alle Verwundeten und

Kranken versorgt und die letzten doch noch Gestorbenen bestattet waren, ging er seinen Eltern in Haus und Garten und auf ihrem kleinen Stück Landes zur Hand. Schließlich gab es für ihn nicht mehr viel zu tun, und obwohl Schrecken und Elend aus seinen Augen gewichen waren und einem bleibenden, wenn auch geringeren Schmerz Platz geräumt hatten, wirkte Aksua nun beargter als an dem Tag, an dem er heimgekehrt war. Er wurde bettlägerig, fieberte und genas nur langsam.

Als die Sippe an einem Ruhetag versammelt war, erklärte er, dass er plante fortzugehen. „Ich halte es nicht mehr aus, in Lesnen zu sein. Ich will bei euch sein, aber die Stadt ist mir unerträglich geworden. Ich muss weg."

„Ich glaubte, du würdest dich erst einmal ausruhen", staunte seine Mutter.

Er verneinte. „Dabei komme ich nur ins Grübeln. Und in Wut. All dieser Wohlstand und das ach so zugewandte Miteinander. Und es war nicht möglich, uns ohne Viralís Hilfe zu befreien? Ich brauche Ablenkung, Werk, sonst komme ich davon nicht los. Ich werde für einige Zeit aufs Land ziehen, auf einem Hof arbeiten, das wird mir guttun. Ich werde mich erkundigen, wo weitere Hände gebraucht werden."

Schwere ergriff den Tisch.

„Gefiele dir die Gegend nahe Ried?", ließ sich Nirar vernehmen.

Mit gehobenen Brauen bejahte Aksua. „Sehr sogar."

„Mein Vetter Rejas hat dort ein Haus, das Verwaltung sucht. Wenn du es dir einmal ansehen willst, könnten wir hinfahren."

Er leuchtete auf. „Das klingt gut. Ich danke. Aber ich habe weder Erfahrung noch eine Ausbildung darin."

„Glaubst du?", fragte sie freundlich. „Deine Aufsicht über die Heeresvorräte war doch zu aller Zufriedenheit. Und du bist gelernter Händler, oder?"

„Das ist lange her", wehrte er ab. „Ich kann noch rechnen, aber viel mehr auch nicht. Ich verstehe überhaupt nichts von der Landarbeit."

„Dafür sind Erfahrene auf dem Gut. Aber wir brauchen einen Verwalter, dem wir vertrauen können. Der Letzte hat sich unfassbar bereichert und ist dann geflohen. Rechnen und Erfahrung mit großen Mengen werden reichen."

„Nun, dann gerne." Aksua freute sich sichtlich, was Lächeln auf die Gesichter der Übrigen rief. „Aber ist die Reise nicht zu lang für dich?"

Nirar verneinte. „Es sind nur anderthalb Tage, und es ist mir ja besser. Sehr viel besser als früher."

Er nickte ihr froh zu. „Danke sehr."

Keine Woche später verließ Aksua sein Elternhaus. Er nahm sein Pferd mit, das ihn durch mehrere Schlachten getragen hatte und nun ein Teil seiner Entlohnung war.

Udras krallte sich in das Hemd des Scheidenden. „Ich will am liebsten mitkommen", schniefte sie.

„Meine kleine Große", sagte er. „Es ist mir so leid. Aber wir werden uns ja sehen."

Sie strich ihm das Haar aus der Stirn, das er nun wachsen ließ. „Wenn es dir besser ist, besuchen wir uns, ja?"

„Versprochen."

Die Mede wischte eine Träne von seiner Wange.

„Ich bin ja nicht aus der Welt, Herz", sagte er.

„Doch." Erneut drückte Udras sich an ihn.

Auf dem Weg ritt der ehedeme Krieger neben Nirars Kutsche, und seine Schwagin erzählte von dem Gut. „Ein halbes dutzend Werkende lebt dort", berichtete sie. „Der Hof liefert Wolle, Milch, Schafsfleisch, Getreide und Obst. Er gehört meinem Vetter, aber er war für ihn Teil eines wenig geschätzten Erbes. Ich habe früher jeden Sommer dort verbracht." Sie lächelte. „Aber ich war schon lange nicht mehr dort. Schön, wieder hinzukommen."

Die Ländereien erwiesen sich als unerwartet groß. Inmitten ausgedehnter Felder und Weiden stand der Hof. Er umfasste mehrere Gebäude, darunter das Haupthaus, das viermal mehr leerstehende Räume beinhaltete als benutzte. Ehe Aksua das Gelände erkundete, wurden er und die Gutsbewohnenden einander vorgestellt. Nilres war die Köchin und Hausführin; Bajer, die Melkin und Kutschin des Hofes, deren männersuchender Blick ihn an Derimen früher erinnerte, hatte den Neuankömmling zunächst einmal von oben bis unten betrachtet; Rinedri und Aljatt hielten Werk über Felder und Obstanlagen; Ilech, eine Heranwachsende, schien allen zur Hand zu gehen; der Schäfer Ishir trug Sorge über mehrere hundert Tiere und hatte zwei Kinder, die jedoch noch in der Schule waren.

Aksua fragte sich, wie so wenige Menschen ein so großes Gut führen konnten, und war neugierig auf seinen eigenen, noch unbekannten Anteil darin. Er ließ sich von Rinedri und Aljatt über den Hof und die nächstgelegenen Felder führen. Schließlich kehrte er in die Küche zurück, wo Nirar in Gesellschaft der betagten Nilres saß, wie sie schon als Kind manche Zeit verbracht hatte. Sie sah ihn fragend an, als er eintrat.

„Es ist sehr schön", sagte Aksua. „Ich bleibe gerne. Ich danke dir."

„Ich danke dir", entgegnete Nirar. „Ich bin froh, einen vertrauenswürdigen Verwalter gefunden zu haben."

„Ich hoffe nur, ich werde allen Aufgaben gerecht."

„Da mach dir keine Sorgen. Ich unterrichte Rejas darüber und schicke dir den Vertrag zu. Du bist sicher, dass ich ihn aushandeln soll?"

„Es wäre mir gern. Ich mag jetzt nicht an Verträge denken."

„Schicke ihn mir zurück, wenn er Änderungen bedarf."

„Das tue ich", antwortete er dankbar.

„Willst du nun das Haus des Verwalters sehen?"

„Das Haus des Verwalters?"
Sie gingen zu einem kleinen, abseits gelegenen Gebäude, das inmitten eines wenig gepflegten Lustgartens stand. Die Fenster waren zu Lüftung geöffnet, drinnen standen statt der in Lesnen üblichen wärmesteinernen Lichter verrußte Talglampen bereit.
„Wozu bräuchte ich ein eigenes Haus?", fragte Aksua, als er alle Räume gesehen hatte.
„Und so weit fern vom Geschehen?"
Nirar lachte leise. „Ist es dir nicht recht?"
Er schüttelte den Kopf. „Ich bekäme ja nichts mit. Der Hof ist dort drüben, und ich wäre hier."
Sie war sehr nachdenklich.
So bezog Aksua eine einfache Kammer unter denen der übrigen Bediensteten, was ihm sogleich die Wohle der einen und das Misstrauen der anderen einbrachte.
„Welches Zimmer nehmt ihr eigentlich?", fragte er, als die Brüder den Raum mit seiner Habe einrichteten.
„Gar keines", gestand Rowun, und auf seinen erstaunten Blick: „Wir wollen heute noch zurück."
Aksua zog die Stirn in Falten. „Nirar geht es doch gut, oder? Ich glaubte, ihr wolltet eine Weile hierbleiben."
„Sie hat weniger Schmerzen als früher, ja. Aber das Laufen fällt ihr schwerer. Ich weiß, dass sie es gut verbirgt. Ich habe ihr ein dutzend Mal gesagt, dass das nicht sinnvoll ist, aber sie möchte keinem Sorgen bereiten. Ich ... Ich will, dass wir bald wieder in der Nähe der Heilinnen sind, die sie kennen. Ich weiß, es ist, als würden wir dich hier abladen, aber..."
Der Ältere griff seine Schulter. „Schon gut. Darin ist kein Arg." Er schätzte ihn. „Wie ist es dir?"
Rowun verzog das Gesicht. „Sehr gut und sehr schlecht. Ich bin glücklich darüber, diese Familie zu haben. Ich versuche, jeden Tag zu genießen, wie sie es kann. Geister, wie ich mir wünsche, nicht immerzu an ihren Tod denken zu müssen! Aber es ist so. Darin finde ich keine Ruhe."
Aksua barg ihn und küsste ihn aufs Haar.

Im Anschluss an den Abschied rief die Köchin zum Essen. Aksua setzte sich zu den Übrigen auf eine der beiden breiten lehnenlosen Bänke und ließ den Platz am Tafelhaupt Nilres, die dort schon vordem gesessen hatte. Er spürte die Verwunderung umher, beschloss aber, sie nicht zu beachten. Die beiden siebenjährigen Kinder Lichei und Garwe waren nach Hause gekommen und erzählten nach einer neugierigen Begrüßung strahlend von einigen Milanen, die sie auf dem Heimweg gesehen hatten.

„Die sind reichlich spät unterwegs", sagte ihr Vater und setzte sie nebeneinander auf seinen Schoß. „Rote oder schwarze?"
„Rote", behauptete der Knabe, „schwarze" seine Schwester Garwe.
Ishir lachte. „Die erste gemischte Schar, von der ich höre. Habt ihr auch solchen Hunger wie ich?"
„Ja!"
„Na, immerhin darin seid ihr euch einig."
Die Mahlzeit war einfach und sehr gut gewürzt, die Stimmung bei Tisch wurde trotz anfänglicher Unsicherheit dem Verwalter gegenüber mit der Zeit angenehm. Auch nachdem das Geschirr abgeräumt war, saßen sie beisammen, und keines gab dem Neugezogenen durch sein Verhalten zu verstehen, dass er nicht erwünscht sei. Nach einigen Scherzen Aksuas mit den Kindern waren sie die Ersten, die Scheue verloren. Rinedri und Bajer erheiterten die Runde mit mancher Albernheit, nicht selten um eine kleine, sie zuspitzende Bemerkung des Schäfers ergänzt, die alle zum Lachen brachte. Ishir hielt eines, das Aksua aufmerken ließ. Zunächst wirkte er auf ihn, als sei er in Esdris Alter; erst später stellte sich heraus, dass der Schäfer jünger war als er selbst. Ishirs froher Sinn, sein Körper und besonders seine Augen hätten Aksua ehedem sehr gefallen. Aber was in dem früheren Krieger zerbrochen war, ließ kein weiteres Schätzen zu. Eine Weile spielte Aljatt auf einer Flöte, Ishir begleitete sie auf einem Saiteninstrument, das Aksua nicht kannte. Schließlich wurden die Kinder zu Bett gebracht.
Der Verwalter hätte gerne einen Becher Weines getrunken, scheute sich aber, von seinem mitgebrachten Vorrat anzubieten, da die Übrigen sich an Most und Wasser hielten und er nicht anhaken wollte, ehe er die Regeln dieses Miteinanders verstanden hatte. Während er sich dabei ertappte, wie sein Blick wiederum Ishir erkundete, sprach Ilech in seine Richtung: „Du warst Krieger? Erzählst du uns davon? – Wenn ich alt genug bin, trete ich nämlich ins Heer ein." Das Entsetzen in Aksuas Gesicht ließ die Junge innehalten.
Er sammelte sich, ehe er fragte: „Warum willst du das?"
„Nun, wegen der Aufregung! Hier geschieht immer dasselbe, tagein, tagaus. Jahrein, jahraus! Es ist so langweilig! Im Heer gibt es Neues! Waffenlehre, neue Orte, Kämpfe gegen Feindinnen. Und den Beweis der Treue gegen Lesnen. Oder? So kann ich Stadtbürgin werden. Ich bin nämlich nicht von hier."
Er nickte langsam.
„Warum bist du ins Heer gegangen?", erkundigte sie sich und bekam unter dem Tisch einen leichten Stoß von Rinedri.
„Aus Dummheit", erwiderte Aksua.
Sie staunte.
„Ich folgte einem Mann, den ich liebte und der im Heer wohl das fand, was du suchst. Aber für mich stellte sich der Heerdienst als größeres Unheil heraus, als ich es mir hätte vorstel-

len können. Ich habe nicht gewusst, was es in Menschen zerstört, andere zu töten. Schuld auf sich zu laden, die niemals wieder abgetragen werden kann. Dass Lesnen nur Verteidigungskriege führt, half mir ein wenig, bis ich erfuhr, dass unsere Gegner meist von ihren Oberen zum Dienst gezwungen wurden. Es ist unfasslich, wie viel Leid ein einzelnes Mensch über andere bringen kann, wenn es das Wort über sie hält. Oder das Eisen. Es war mir schrecklich, dass ich den Vertrag über ein dutzend Jahre nicht vorzeitig beenden konnte. Keines kann das, es sei denn durch Versehrtheit oder den Tod. Ich tat jahrelang ein Werk, das gegen meine Werte und gegen mein Denken war. Das voller Gewalt war. Dann kam es an der Ostgrenze zu Kämpfen gegen die Garren."
Ilechs Stirn hatte sich verzogen. Der Tisch schwieg in verstehendem Schrecken, aber die Stille schien sich noch auszuweiten, als Aksua kurz zur Tür spähte, um sicherzugehen, dass dort kein Kind lauschte, ehe er fortfuhr: „Wir waren danach anderthalb Monde in Gefangenschaft. Ein Drittel von uns, die wir die Schlacht überlebt hatten, kam in den Kerkern um, und von den Übrigen kehrte keines heil zurück. Wir haben gehungert, hatten kaum Wasser und ständige Folter. Jedes von uns, auch im Tanz, jedes. Ich habe nicht gewusst, dass Menschen an erzwungenem Tanz verbluten können. Dort kamen in der ersten Zeit mehr von uns daran um als durch Hunger oder Kriegswunden. Die Garren brachen Knochen und schnitten Finger ab, zu ihrer Belustigung. Einem Schönen wurde das Gesicht gehäutet. Mir haben sie versucht, den Rücken zu brechen, und ich kann von Glück sagen, dass es ihnen langweilig wurde, als erst einige Rippen gebrochen waren. Auf dem Heimweg habe ich erfahren, dass Lesnen nicht bereit war, den geforderten Preis zu zahlen. Wäre Viralí uns nicht zur Hilfe gekommen, hätte es unsere Verweile dort verlängert. Vielleicht wären wir nicht zurückgekommen, vielleicht alle bis zum Tod in solchem gehalten worden."
Aksuas Blick war von großer Klarheit und zeigte trotz des Gesagten keinen Schmerz. „Das sind keine Aufregungen und keine neuen Orte, die ich dir wünsche. Treue gegen Lesnen mag gut sein, so lange Lesnen Treue gegen dich hält. Ich kann dort erst einmal nicht mehr leben, obwohl ich meine Sippe und die wenigen Freunde, die noch leben, jetzt schon vermisse. Wenn du Abwechslung suchst, kann ich meinen Bruder fragen, ob du nach Viralí gehen kannst. Aber das Heer solltest du meiden. Es taugt nichts."
Ilech starrte entsetzt.
Das Erzählte lastete auf der Runde, keines kehrte zu Unterhaltung und Scherzen zurück, und so löste sie sich gen Betten auf. Aksua ging nach draußen und fragte sich, ob er es sich schon am ersten Abend mit diesen Menschen verdorben hatte. Als Regen einsetzte, zog er sich in seine Kammer zurück, konnte dort aber lange nicht einschlafen.

Morgens, Aksua trat eben aus dem kleinen Waschraum, grüßte ihn auf dem Flur der Schäfer. Er war auf dem Weg in die Küche zu einem ersten Essen. Wie die übrigen Erwachsenen, hatte auch er schon geraume Zeit gearbeitet. Der Neugezogene kam sich plötzlich untätig vor.

„Danke", sagte Ishir so leise, dass keines in der Küche ihn hören konnte.

Aksua sah auf.

„Dass du Ilech vom Heerdienst abgeraten hast. Und auf welche Weise. Es erfordert große Stärke, um das zu berichten."

Er lächelte schief. „Ich glaube, es war zu hart."

„Aber die Härte eines ehrlichen Berichtes ist doch jedem unnot harten Erlebnis vorzuziehen, oder? Wärst du Krieger geworden, wenn du solches gewusst hättest?"

„Sicher nicht."

„Nun, also danke ich dir um Ilechs willen. – Du wirst länger hierbleiben?"

„Ja."

Der Jüngere strahlte auf. „Schön. Ich hoffe, dieser Ort hilft dir zur Wohle. Ich bin froh, dass wir dich als Verwalter haben."

Aksua ehrte ihn, worüber er erstaunt wirkte.

„Dein Werk ist sehr viel für einen. Warum sind die Herden nachts in den Ställen?"

„Hauptsächlich wegen der Wölfe. Hier gibt es sehr viele."

„Gut zu wissen. Es sind hunderte Schafe, obwohl ihr Schlachtzeit hattet. Vorher sind es noch mehr gewesen."

Ishir nickte. „Oh, ja."

„Sorgst du sie für sie alle?"

„Mit Hilfe der Hunde. Das Melken ist Bajers und mein gemeinsames Werk."

„Das ist ziemlich beeindruckend."

„Meinst du?", erwiderte er zweifelnd.

„Ja. Es sind so viele."

„Es sind liebe Tiere. Komm, ich hab schrecklichen Hunger!"

Nirar hatte auf die Schreibstube im Haus der bisherigen Verwaltenden hingewiesen. Die dortigen Abrechnungen beschränkten sich fast auf das Festhalten von Geldeingängen und Ausgaben und waren sehr fehlerhaft. Aksua rechnete sie durch, schätzte das vor ihm liegende Ertragsjahr, so gut es ihm allein nach den Büchern möglich war – er musste noch die Erfahrungen der anderen einholen – und war bald fürs Erste fertig. Danach säuberte er eine der kleineren Kammern, die im Haupthaus ungenutzt waren, und räumte Rollenlager, Tisch, Stuhl und Schreibarbeiten hinein. Später suchte er eine Weile vergebens nach weiteren Pflichten, fragte Nilres, die ihm ein ratloses Achselzucken schenkte, und half schließlich Rinedri und Aljatt im Trockenlager beim Umschichten des Kornes, das als Kost und Saatgut auf dem Hof verbleiben würde.

In den nächsten Tagen arbeitete Aksua sich weiter ein, erkundigte sich in Ried nach den Preisen für Neuanschaffungen und Flickarbeiten, die nicht auf dem Hof erledigt werden konnten, machte sich mit dem Werk den Übrigen vertraut, indem er ihnen half, fragte viel und quälte sich durch weitere Aufzeichnungen seiner Vorgegangenen. Er mochte die Abende in der Hofgemeinschaft sehr, die ihm angenehm war, Bajer allein ausgenommen. Deren beutesuchender Blick ihm gegenüber nahm lange nicht ab. Aber er war sicher, sie wortlos aussitzen zu können.

Keines hielt wegen seiner Worte über die Folter Fernesuche zu ihm, allein seine eigene Walle Ishir gegenüber besorgte ihn. Für sie war es um vieles zu früh, außerdem war Ishir Vater und wohl kaum der richtige Gegenüber. Aksua verbot sich die wachsende Aufregung, die er verspürte, wenn er den Schäfer sah, vermochte es aber nicht, seine Augen im Zaum zu halten. Ishir arbeitete an den Tieren, so lange es Tageslicht gab, und danach bei Lampenschein an Werkzeugen oder Schnitzarbeiten im Haus. Nur selten spielte er Musik auf; wenn sie zu hören war, war sie meist Aljatts Gabe. Er war immer beschäftigt, bewegte sich dabei aber wie eines, das Schmerzen im Rücken hatte. Angesichts seiner dennoch gutgelaunten Zugewandtheit, die Aksua fast schmerzlich an zuhause erinnerte, schien es jedoch nicht sehr arg zu sein. Ishirs Freundlichkeit zu Menschen wie Schafen ließ Freude in dem Betrachter aufkommen, und obwohl er sich um Vernunft mahnte, fiel Aksua Abstand schwer. Nachdem er wieder einmal bei Nilres Erkundigungen über Angelegenheiten des Gutes eingeholt hatte, fragte er nach Ishir.

„Ich hätte nicht für möglich gehalten, dass Schafe so viel Werk erfordern. Ich hätte gedacht, nun, dass sie grasen, dass sie gemolken, geschoren und geschlachtet werden, solches. Aber Ishir läuft den ganzen Tag herum, baut Gatter, sorgt um die Ställe und Heu und Stroh, trägt Wasser, abends flickt er ... Und in einer so großer Zahl sind auch immer einige Tiere krank. Es scheint mir zu viel Werk für eines alleine zu sein", schloss er.

Nilres war versonnen. Sie zögerte, wandte ihren Blick vom Brotteig, den sie knetete, zu dem ungeduldig ihre Antwort Erwartenden, ehe sie erwiderte: „Es ist zu viel. Es ist zu viel, aber es ist auch Ishir. Barheg, seine Frau, starb kurz nach der Geburt der Zwillinge. Er hat alles getan, um die Kinder durchzubringen. Was er angestellt hat, um an Milch heranzukommen! Dann hat er abends einem Haus gedient, in dem sich zwei Frauen als Ammen bereiterklärten. Schafsmilch war zusätzlich nötig, was gefährlich genug ist. Ishir ist in der Zeit seine eigene Leiche gewesen. Werk hier; Hausführe dort; immer hin und her laufen; die Kinder bei sich, wann immer er konnte, denn Milch ist keine Kinderpflege..." Sie brach ab, als sie Aksuas fassungslose Miene sah. „Er ist kein Bürger Lesnens und hat keinen Anspruch auf eine Bürgergabe. Wie wir alle, bis auf die Kinder. Sie haben von ihrer Gabe und von seiner Entlohnung gelebt, aber die Kinder brauchten Milch, und Ammenwerk ist teuer."

„Das ist nicht dein Ernst! In der Stadt hilft in Notlagen jede als Amme, die es kann. Es ist um Kinder!"

„In der Stadt. Hier sind die Dinge anders."

„Hat Rejas ihm nicht geholfen? In so schwerer Zeit?"

Nilres schnaufte. „Sicher nicht. Nein, das Haus half, so gut es ging. Aber wir haben alle kein geringes Werk. Ich weiß noch, wie Ishir damals mehrmals zusammengebrochen ist. Aber sie sind großgeworden, und jetzt ist weniger zu tun."

„Was für ein beeindruckendes Mensch", murmelte Aksua.

Sie konnte sich ein Schmunzeln nicht verkneifen. „Eigenartig. Dasselbe hat er über dich gesagt."

Aksua fuhr auf und sah in Augen wie Miene der Köchin eine Bestätigung, dass ihre Aussage über die Worte hinausging. „Er hat Kinder", bemerkte er verwirrt.

„Und er hat Barheg sehr geliebt. Aber vor und nach ihr habe ich ihn nur mit Männern gesehen."

Sie wich seinem verblüfften Blick aus, widmete sich wieder dem Teig, rang sich erneut zu einem Wort durch. „Seit damals hat er Schwernisse darin, mit dem Werk aufzuhören. Er musste so oft über seine Erschöpfung hinaus werken, dass er heute nur an einzelnen Tagen aufhören kann. Wir sagen ihm Ruhe und Ende eines Tageswerkes, sonst macht er einfach weiter." Sie verstillte.

Aksua schüttelte ungläubig den Kopf. „Wurde er denn nicht auf Erholung geschickt? Es ist Rejas' Pflicht, für jedes zu sorgen, das für ihn werkt! Dies hier klingt nach schrecklicher Vernachlässigung. Ishir könnte deswegen klagen!"

Nilres sah kurz auf. „Nein, könnte er nicht. – Ich bin schon fast mein ganzes Leben auf diesem Gut. Früher waren die Verwaltinnen Spiegel der ... Gebietinnen. Die Balrinen lassen sich selbst heute noch so anreden, bis auf Nirar. Du bist der erste Verwalter, vor dem wir uns nicht fürchten."

Aksua riss die Augen auf.

„Weil wir es nicht müssen", ergänzte die Betagte. „Wirst du hierbleiben?"

„Das habe ich vor."

Sie freute sich.

An diesem Morgen half Aksua Ishir in einem der entlegeneren Heuschober. Obwohl er sich selbst versichert hatte, dass er nicht beim Werk aller mitanfassen konnte außer bei Ishirs, war Aksua sich doch bewusst, dass es eine Ausrede war. Er suchte seine Nähe. Bei allen Geistern, wie dumm er war! Gemeinsam wuchteten sie das Heu von der Trocknung in die höheren Lagerebenen des Daches. Schließlich hatten sie geendet und tranken aus mitgebrachten Flaschen.

„Woher stammst du?", erkundigte sich Aksua, der vollkommen ausgelaugt war, während der Schäfer nicht einmal angestrengt wirkte.

„Aus Achunia. Ich konnte wirklich Hilfe brauchen. Danke."

Aksua nickte ihm zu und wischte sich Schweiß aus dem Gesicht. „Achunia ist sehr weit weg. Seid ihr als Händler hergekommen?"
„Als Unfreie. Meine Familie ist geflohen, als ich noch ein Kind war."
„Wo ist sie jetzt? In Lesnen?"
„Nein. Nur meine Eltern, eine Base und ich kamen lebend hier an." Ishir bemerkte das Erschrecken des Zuhörenden. „Ich will uns nicht den Tag verderben. Willst..."
„Wo sind sie jetzt?", unterbrach Aksua ihn.
„Meine Eltern sind seit zehn Jahren tot. Meine Base ist Stallin in Ried. – Es war sehr freundlich von dir, dass du die Kleinen gestern von der Schule abgeholt hast", bemühte er sich nun erfolgreich um Ablenkung.
„Nun, ich war ohnehin in Ried." Der Verwalter hatte, nachdem er die Gelder des Hofes gezählt und zu erwartende Kosten berechnet hatte, neues Bettzeug für alle statt des ungemütlichen und verschlissenen alten bestellt und Seifen gekauft.
Ishir hielt einen Ausdruck, der erneut eines in Aksua weckte. „Sie haben sich gefreut, dass sie reiten durften. Danke dir."
„Gern geschehen", leuchtete der Ältere. „Sie halten sich gut. Garwe wollte schon galoppieren. Ich habe sie aber gut festgehalten. Ich habe ihnen versprochen, dass wir heute Abend reiten üben, wenn du es erlaubst."
„Aber sicher."
„Wirst du zusehen?"
„Wenn ich fertig bin." Das Lächeln Ishirs war herzlich, hielt aber auch einen Teil Werbens, der Aksua aufschreckend gewahren ließ, dass er selbst warb. Er verstillte. Dies hier konnte nicht sein! Es war zu früh. Er musste an anderes denken.

Aksua hatte seine Wärmesteine der Köchin zur Verfügung gestellt, was ihr manchen Gang um Feuerholz ersparte. Außerdem übernahm er selbst die Aufgabe, sämtliche Kleider und Werklappen zu waschen, wofür er neben seinen eigenen Waschsteinen auch die der Kinder benutzte.
„Du wirst an Ansehen verlieren", sagte Nilres ihm voraus. „Als Verwalter niederes Werk zu tun..."
„Wenn es das Ansehen ist, ein wichtigeres Mensch zu sein, verzichte ich gerne darauf", erwiderte er, einen großen Stapel Schmutzwäsche auf den Armen. „Hast du noch Trockentücher? Legst du sie obenauf? Wenn ich hier loslasse, fällt alles." Mit einem Gruß verließ er sie, die ihm froh nachsah.
Später hängte Aksua die Wäsche summend in der Sonne auf. Er war ihm unfassbar, wie wohl es ihm auf dem Hof war. Die Menschen hier waren so angenehm, begegneten einander auf eine warme und zugewandte Art, obwohl sie sehr viel mehr Werk hielten, als er es kannte. Und sie behandelten ihn zwar als einen Neugezogenen und Vorgesetzten, aber nicht

als einen Fremden. Er wünschte sich, ihr Denken in Rangesordnungen ihm gegenüber möge bald enden, und nahm sich vor, weiterhin das Seine dazu zu tun. Weil er Hunger hatte und sich noch nicht an die Essenszeiten gewöhnt hatte, kehrte er in die Küche zurück. Sie waren auf dem Hof anders als im Heer oder in Lesnen, weil hier eine Mahlzeit mehr gereicht wurde. Nilres gab ihm Schafsmilch, bot ihm Brei an, erklärte aber, dass bald alle hinzukommen würden. Daraufhin wartete er.
„Du kochst sehr gut", bekundete er, während er ihr zusah.
Sie schnaufte verneinend.
„Doch. Und ich weiß, was ich sage. Ich habe einen kochbegeisterten Vater und Bruder, die sich gegenseitig anspornen."
Sie war verlegen, freute sich aber.
Mit einem Mal stand der Schäfer in der Tür. Er sah schrecklich aus: Schweißnass, mit unbewegten Zügen und Augen, in denen Schmerz stand. Er zögerte.
„Ishir?", fragte Aksua erschrocken.
Nilres fuhr herum. „Leg dich. Ich beeile mich."
Aksua war ihm entgegengegangen und wollte den Wankenden stützen, aber der wehrte ab.
„Es geht schon", log er offensichtlich. Mühsam legte er sich bäuchlings auf eine Bank.
„Was ist dir?"
„Ist gleich vorüber", versprach er und bemühte sich, nicht zu keuchen.
Aksuas Stirn stand in Falten.
Nilres war fast augenblicklich mit einem Salbtopf zurück. Sie zog ihren Hocker heran. „Wo genau?", fragte sie.
„Kannst du Aksua hinausschicken?", hörte der Benannte Ishir sehr leise und fragte selbst: „Wie kann ich helfen? Soll ich eines holen?"
Nilres schaute ihn an, ein kleines Lächeln auf den Lippen. „Ich habe alles hier. Aber wenn du ihn im Werk vertreten könntest..."
„Sicher."
„Danke", ließ sich Ishir vernehmen. Er hatte den Kopf gedreht und sah nun Aksua an. Ihre Blicke begegneten einander.
„Gute Besserung." Der Verwalter ging. Nach der Arbeit kehrte er in die Küche zurück, wo nur Nilres anzutreffen war. „Wie ist es ihm?", fragte er.
Sie zuckte die Achseln und machte eine unbestimmte Geste.
„Was ist es denn überhaupt?"
„Der Rücken. Seit Jahren zu schwere Lasten, jeden Tag. Es schmerzt furchtbar, aber es wird ihn nicht umbringen", seufzte Nilres. „An manchen Tagen ist es besser, an manchen ärger."
„Konntest du ihm helfen?"
„Ich bin keine Heilin. Ich gebe ihm Schmerzmittel. Ich weiß auch gar nicht, ob das heilen kann."

„War er bei einem Heiler?"
„Ja. Einmal. Für mehr, als er sich leisten konnte. Der hat gesagt, Ishir solle weniger arbeiten. War das nicht schlau von ihm?" Sie schnitt eine Grimasse. „Ishir schläft jetzt."
„Gut."

Als das Schäfer die Augen aufschlug, sah er eine Bewegung und gleich darauf Aksua, der sein Buch beiseite legte und sich zu ihm beugte. „Geht es dir besser?"
„Ja." Ishir warf einen Blick aus seinem Kammerfenster. Es war Nacht. „Wo sind die Kinder?"
„Sie schlafen im Stall nebenan."
„Im Stall?"
„Wir haben den ganzen Stall ausgemistet und danach einen Abendausritt gemacht. Nun liegen sie in dem Stand neben meinem Pferd. Als kleines Abenteuer. Ich habe ihnen gesagt, dass du wegen Ersatzteilen für den Wagen über Nacht fort wärst. War das in Ordnung? Nilres meint, sie sollen es nicht wissen."
„Ja. Danke. – Du eigentlich auch nicht."
„Ist schon gut so. Was hast du denn?"
„Verschleiß. Wie bei einem um vieles Älteren." Ishir stockte kurz. „Ich weiß, ich müsste mehr ruhen. Aber das kann ich nicht. Ich würde es gerne, aber ich kann es nicht." Er verzog das Gesicht, da er den Rücken bewegt hatte.
„Jetzt ruhst du erst einmal. Alles Weitere werden wir sehen."

Am nächsten Morgen ritt Aksua nach Ried, brachte die Kinder in die Schule und bat einen anderen Krankensorger als den, von dem Nilres erzählt hatte, zu kommen. Während der Heiler Ishir eingehend untersuchte und Mittel für ihn abwog, versuchte Aksua sich erneut in der Arbeit an Schafen und Stall. Auch wenn Ishir in erheblich größerer Kenntnis und Übung sicher viel schneller arbeitete als er selbst, war es Aksua doch unverständlich, wie ein einzelnes Mensch so viel Werk halten konnte. Dass es Ishir krank gemacht hatte, mochte eine unausweichliche Folge sein.
Nachdem Aksua den Heiler heimgebracht hatte, machte er mit den Kindern einen kurzen Ausflug. Ishir empfing sie abends strahlend. Sie saßen an Brettspielen, bis Lichei und Garwe ins Bett gingen.
Danach unterrichtete Aksua den Vertretenen über das getane Werk. „So manches bleibt liegen", schloss er bedauernd. „Das meiste, das nicht um die Tiere selbst ist. Es sind so viele, und ich bin recht ungeschickt im Einfangen, trotz der Hunde und Bajers Einweisung. Außerdem habe ich nicht eure Ausdauer. Mir tun vom Melken die Arme weh." Er lachte leise.
„Wenn sie nur versorgt sind. Den Rest kann ich nachholen. Ich bin dir sehr dankbar", lächelte Ishir.

„Nun, ich kann doch nicht zulassen, dass der Hof herunterkommt", scherzte Aksua mit Werbung.
„Nein, das geht nicht." Ishir grinste, war aber offensichtlich verlegen. „Danke sehr."
Aksua griff seine Schulter, drückte sie kurz. „Willst du dich noch ausruhen? Oder ein Spiel?"
„Oh, ein Spiel", freute sich Ishir. „Können wir uns dazu legen?"
„Sicher."
Sie spielten zunächst erneut, diesmal zu zweit in Aksuas Kammer, die ein Bett und eine Liege besaß, brachen aber bald über ein Gespräch ab und unterhielten sich schließlich bis tief in die Nacht hinein.

Während Ishir wieder werkte, wurde er von Aksua, der ihm zur Hand ging, beobachtet. Er bewegte sich unter Schmerzen, die im Lauf des Tages anwuchsen. Letzteres übersah er offenbar und arbeitete, bis er aufgefordert wurde, eine Ruhezeit zu halten. Auch brachte Nilres ihm die Mittel, da er selbst sie vergaß. Beim Essen staunte der Verwalter nicht zum ersten Mal über die ungeheuren Mengen an Nahrung, die Ishir zu sich nahm. Dass er dennoch eher dünn als schlank war, wertete jener als weiteres Zeichen dafür, dass Ishirs Belastungen das Maß für ein einzelnes Mensch um ein Vielfaches überstiegen. Er saß abends tätig unter den Übrigen, denen es besser gelang, Erholung zu finden, und ging danach meist gemeinsam mit den Kleinen schlafen. Zeiten des Rückzugs zur Alleinweile oder zur Muße schienen ihm völlig unbekannt zu sein. Aksua musste mit Nirars Vetter reden. Bis dahin würde er dem Schäfer Werk abnehmen.
Ishirs Umgang mit seinen Kindern berührte den Beobachter sehr, seine liebevolle Art und Aufmerksamkeit. Wenn er die von der Schule Heimkehrenden nahen sah, wirkte er, als vergehe seine Überlast, oder immindest ließ er Lastlosigkeit vor ihnen scheinen. Er war dann meist fröhlich und alberte herum, ließ sich von der Schule und dem langen Gang nach Hause berichten, welche Tiere die Kinder gesehen und was sie zuvor gelernt hatten. Aksua erschien es unfassbar, dass ihm zu diesen Zeiten keine Schmerzen anzumerken waren. Lichei und Garwe wuchsen in einer Sicherheit auf, die ihr Vater nicht hatte; seine Lüge bereitete ihnen Wohle. Und Ishir schöpfte in ihrer Gegenwart merklich Kraft. Aksua hatte noch niemals erlebt, dass eines sich so sehr zum Wohl anderer zurücknahm, und er bewunderte es sehr.
Einmal jedoch waren Ishirs Lider schon beim Essen schwer, und als Lichei ein Spiel einforderte, wehrte er ab: „Heute nicht, Herz. Ich bin schrecklich müde. Spielt ihr beiden, wir gehen ohnehin bald schlafen."
„Du spielst fast nie mit uns! Alle meine Freunde spielen abends mit ihren Eltern! Nicht nur hin und wieder", klagte der Knabe. „Immer bist du müde oder musst noch arbeiten!"

Bestürzt sah Ishir ihn an. „Das stimmt doch gar nicht. Wir spielen oft. Und andere spielen auch nicht jeden Abend."
Der Kleine kniff den Mund zusammen.
„Wir spielen ein Spiel", sagte sein Vater. „Eines. Und danach erzähle ich euch im Bett noch eine Geschichte."
„Ein Spiel ist aber zu wenig", ließ sich nun Garwe vernehmen, die bis dahin mit einem Wackelzahn gekämpft hatte. „Wir wollen richtig mit dir spielen!" Sie schnaufte wütend.
„Ein Spiel, Herz, mehr geht nicht. Ich schlafe jetzt schon fast ein. Aber ihr könnt es aussuchen", lockte Ishir.
„Wollen wir alle zusammen Bohnenwürfeln spielen?", fragte Aljatt. „Ich hätte Lust dazu."
Gen Schäfer: „Du gehst dann einfach, wenn es reicht. Wir schicken dir die Rangen zur üblichen Zeit hinterher."
„Ja!", krähten die Kinder.
„Gut", war er erleichtert.
„Wenn ihr möchtet", trat Aksua ins Gespräch, „hätte ich einen Vorschlag: Die nächsten Tage reiten wir von der Schule hierher, wir helfen dir bei den Schafen, und danach könnt ihr miteinander spielen."
Mehrere Ausdrücke huschten über Ishirs Miene, Überraschung blieb. „Und dein Werk?"
„Welches Werk? Die Aufgaben des Verwalters scheinen sich darauf zu beschränken, andere vom Werk abzuhalten und zu schlafen."
Der Tisch merkte auf, Ilech und Lichei kicherten.
„Aber deine Abrechnungen und all das?"
„Sind fürs Erste fertig. Der Hof ist kleiner als das Heer. Nun sag schon ‚ja'."

Aksua und den Kindern wurde es bald gerne Gewohnheit, dass er sie morgens mit dem Pferd nach Ried brachte und an den Nachmittagen nach Hause holte. Die beiden Kleinen wärmten sein Herz sehr. Auch die Übrigen auf dem Hof waren ihm eine Gemeinschaft, wie er sie sich von Itasis Sippe erhofft hatte. Die Arbeit mit diesen Menschen war ihm wohl, und er liebte die werkärmeren Tageszeiten mit ihnen. Selbst Bajer wurde ihm eine angenehme Gesellschaft, nachdem die Tanzsuche aus ihren Augen gewichen war. In Nilres hatte er bereits eine Vertraute gefunden. Er bedauerte es, sie alle nicht früher kennengelernt zu haben. Aus dem Haus seiner Vorgegangenen holte er Liegen und weitere Möbel und machte einen der leerstehenden Räume behaglich, in dem die Gutsbewohnenden von da an fast jeden Abend verbrachten. Allein der Vorschlag, eine Kammer nur für die Kinder einzurichten, stieß bei Ishir auf Unverständnis, und so verwarf Aksua den Gedanken wieder.

„Aksua!"
Er schrak aus seinem Alptraum auf. Im Schein einer kleinen Talglampe sah er das besorgte Gesicht Ishirs.
„Ich habe dich schreien gehört", erklärte dieser. „Und hielt es für besser, dich zu wecken. War das in Ordnung?"
Aksua setzte sich auf. „Ja. Danke." Er erstarrte kurz, als Erinnerungen an das Geträumte ihn einholten.
„Möchtest du Most?"
Zunächst wollte er verneinen, weil das Angebot nach Gesprächssuche klang, dann aber ließ die Aussicht auf ein Trinken und Ishirs Gesellschaft ihn zustimmen. „Gerne."
In der Küche stellte der Schäfer einen Krug in das von seinem Käfig befreite Feuer. Mit dem bald erhitzten Most saßen sie lange ohne ein Wort in der Wohnkammer. Aksua war dankbar dafür, dass Ishir seinem Wunsch nach Schweigen nachkam, ohne darum gebeten worden zu sein.
„Was macht Garwes Husten?", fragte Aksua, als die Wärme des Trankes sich in ihm ausbreitete.
„Ist fast fort. Dieser widerliche Sud hilft sehr gut. Außerdem habe ich ihr versprochen, ihr die Schuhe um die Füße zu nähen, wenn sie noch einmal barfuß in der Kälte herumklettert."
Der Ältere lächelte. „Tu das nur. Aber ich finde ihr Geschick bemerkenswert. Ich verstehe, dass sie nicht auf besseres Wetter warten will. Barfuß lässt es sich besser klettern."
„Stimmt. Aber mit Hustenschütteln nicht", grinste Ishir.
Beide schmunzelten.
Einige Zeit war Stille, in der sich Aksua aufmerksam betrachtet spürte. Die Bange des Traumes hatte ihn fast verlassen, als er leise sagte: „Ich brauche Zeit."
„Ich weiß", war die sanfte Antwort.
Ein besorgter Blick traf auf einen liebevollen.
„Ich weiß. Ich kann warten."
„Aber ich kann dir nichts versprechen, Ishir."
„Ich erwarte keine Versprechen. Überhaupt keine. Nur du kannst wissen, welchen Schutz du brauchst. Und ich kann dir nicht versprechen, dich niemals zu verletzen. Ich will dir nichts Arges, aber Menschen sind Dummköpfe. Ich auch. Besonders ich. Ich verspreche dir mein Bemühen um dein Wohl. Aber wenn dein Schutz bedeutet, dass ich vor der Türe bleibe, ist das in Ordnung so. Und wenn ich nur warten muss, bin ich glücklich." Aksua lächelte, worin Ishir ihm folgte, ehe er sich erkundigte: „Du hast Schmerzen im Nacken, nicht wahr?"
„In den Schultern vor allem. Ich weiß nicht, wann meine Muskeln das letzte Mal nicht völlig verhärtet gewesen sind."

„Soll ich sie weicher machen?" Ishir gewahrte seine aufgebangte Miene und beschwichtigte: „Nichts anderes. Ich will dir nur einen Dienst tun."
Aksua zögerte lange, und der Gegenüber wollte das Gespräch bereits zu anderem lenken, als er das Angebot doch noch annahm. Er streckte sich auf der Liege aus, während Ishir Öl aus der Küche stahl. Zurückgekehrt bemerkte der Schäfer die ungeheure Spanne, unter der Aksua stand, und betonte: „Du entscheidest. Wenn du eines nicht magst, sagst du es, in Ordnung?"
„Ja."
Er begann an Aksuas Nacken. Zwei Arten hatte Ishir gelernt, solche zur Seite gewanderten Wirbel wieder in die Reihe zu bringen. Er wählte die behutsame, auch wenn es gewöhnlich lange währte, bis sie Erfolg zeigte. Mit geübter Hand und sehr vorsichtig enthärtete er zunächst die Muskeln. Froh spürte er, wie sehr Aksua Anspannung verlor, dass sein jagendes Herz sich mehr und mehr beruhigte, bis er schließlich sogar einschlief. Da beschloss Ishir, sich ein andermal den Wirbeln zuzuwenden. Er beendete seine Hilfe erst, als auch die meisten Rückenmuskeln ihre Knoten für diesen Tag gelöst hatten. Dann betrachtete er den Schlafenden kurz, deckte ihn zu und ging zurück in die Kammer zu den Kindern.

Es währte, bis Banés erwachte. Ein dumpfes Schlagen ertönte, und für einige benommene Augenblicke wusste er es nicht einzuordnen. Dann erkannte er, dass eines ans Tor hämmerte. Sie hatten es geschlossen, da sie Udras' Abwesenheit zu einem tanzvollen Abend genutzt hatten. Banés warf sich ein Hemd über und ging, in der Kälte des Frühlingsmorgens fröstelnd, in den Hof. Vor der Pforte stand Rowun, blass und mit verweintem Gesicht.
„Was ist los?"
Er trat ein, ein Bündel an sich drückend, das sich als sein schlafender Sohn herausstellte.
„Können wir hierbleiben?"
„Welche Frage. Was ist denn geschehen?"
„Nirar ist tot."
Banés erschrak. Dann umarmte er Rowun, der aufschluchzte.
„Komm." Der Ältere führte ihn in die Kaminstube. Sie setzten sich dicht aneinander, Rowun behielt den Knaben auf seiner Brust.
„Vorhin", heulte der Trauernde. „Ich bin wachgeworden, weil Kerm unruhig wurde. Sie war ganz bleich. Und kalt. Sie ist tot!"
Banés, der ihn wiegte, hielt mit einem Mal inne. „Müsste Kerm nicht trinken? Wenn er unruhig war, als du..."
„Das war es nicht", verneinte Rowun und fuhr fort: „Die Totenwächter sind jetzt zuhause. Viched und Trames bereiten alles vor. Es ist für alles gesorgt. Aber ich musste weg."
Banés nickte.

Mit der hinzugerufenen Derimen saßen sie lange zusammen, bis sie zu Rowuns Haus gingen. Dort standen sie schweigend vor dem Bett, ehe Banés die Totenwächter hinaus bat. Nirar lag auf der Seite, den Blick dorthin gerichtet, wo in der Nacht Rowun und Kerm gelegen hatten. Sie war mit einem Lächeln gestorben. Still nahmen sie Abschied von ihr, Rowun weinte erneut. Nachdem er sich ein wenig beruhigt hatte, begannen er und sein Bruder mit der Totenwäsche, während Derimen, den Säugling im Arm, Trames und Viched zur Hand ging. Später saßen die Kanhartiden mit Trames zusammen. Imen fragte vorsichtig: „Und nun? Wisst ihr schon, was ihr nun tun werdet? Erst einmal zur Ruhe kommen?"
„Nein, neues Werk, so schnell es geht", erwiderte Trames. „Und ganz bald umziehen. Viched will einen Kutschendienst gründen und stürzt sich auf Verhandlungen mit Händlern. Ich verstehe nichts davon, aber anderes Werk wird uns guttun. Es wird lange sein, bis wir nicht mehr trauern. Nirar hat Kerm fast neun Monde lang begleiten dürfen. Das ist mehr, als wir alle erwartet haben. Viel mehr." Er blickte nieder. „Aber es ist ... Ich habe immer damit gerechnet, dass sie stirbt. Jeden Tag, jahrelang. Und nun, da es geschehen ist, ist es so arg, als wäre es völlig unvorbereitet geschehen." Er wischte sich Tränen von den Wangen. Rowun legte den Arm um ihn. Dankbar lehnte er sich an ihn.
„Wir werden weiterhin zusammen wohnen", erklärte der Jüngere.
„Wann kommt Viched?", erkundigte sich Derimen, um Schwere aus dem Gespräch zu nehmen.
„Wenn sie die Pferde besichtigt hat." Trames trocknete sein Gesicht mit dem Tuch ab, das Banés ihm gereicht hatte.
„Ich werde den Rat verlassen", sagte Rowun.
„Wie?", entfuhr es Imen.
„Er ist mir nicht so viel wie euch. Ich habe nicht dein unfehlbares Gedächtnis, nicht ... Nirars Weitsicht, Derimens musizierenden Verstand oder zwei Völker im Herzen wie Banés. Ich finde nicht solche Erfüllung in diesem Werk wie ihr. Das Beste, das ich über den Rat fühle, ist, dass er mich zu Frau und Kind geführt hat. Aber die letzte Zeit ohne ihn war mir wohler. Ich werde mich zunächst einmal um Kerm kümmern, das brauchen wir beide."
„Du kannst freigestellt bleiben und später zurückkehren", schlug Imen vor.
„Keines würde dagegen sprechen", bekräftigte Derimen.
„Nein, ich kehre nicht zurück. Mein Kind ist jetzt mein Werk. Alles Weitere wird sich finden."
„Wollt ihr zu uns kommen?", fragte Ahte. „Gerne alle vier."
Rowun lächelte. „Es ist wunderbar, euch zu haben. Aber nein, danke. Immer wieder für eine Weile. Aber nicht auf Dauer."
„Wo werdet ihr dann wohnen? Wenn du den Rat verlässt, müsst ihr sehr bald das Haus aufgeben."

„Ja, sicher. Das ist gut so. Da ist zu viel Erinnerung, und ... Nirar hat uns im Ersterbe Häuser vermacht, und eines steht leer. Am Obstmarkt, also hier in Nähe. Es ist klein, aber es gibt genug Platz für uns und zumindest eine Amme und ihre Familie, wenn wir zusammenrücken. Für einige Zeit wird das gehen, da bin ich sicher. Bald wird Kerm sie nicht mehr brauchen, dann ist es groß genug."
„Er braucht die Ammen doch eigentlich nur noch zweimal am Tag, oder?", fragte Derimen.
Rowun nickte.
„Dann könnt ihr ohne sie hinziehen. Es muss ja nicht unbedingt morgens und abends sein."
„Ja. Das stimmt."
„Überlege es dir noch einmal", bat sie. „In Trauer Entscheidungen zu treffen, ist nicht gut. Du kannst dich längere Zeit vom Rat freistellen. Es gibt derzeit nicht einmal Anwartinnen, die auf einen freien Platz warten."
„Wirklich nicht?"
„Wirklich nicht."
Er sann nach. Dann: „Du hast Recht. Die Freistellung reicht zunächst. Aber ich verlasse Nirars Haus noch heute. Ich kann das nicht ertragen."
„Falls ihr es irgendwann wollt", sagte Banés nach einem stillen Blickwechsel mit seiner Frau, „unser Haus ist für drei viel zu groß. Wir hätten euch gerne bei uns."
Derimen bejahte.
Rowun lächelte. „All ihr Lieben."

Ein Tag, an dem sie zu zweit auf den Ländereien arbeiteten, beendete die über Wochen angewachsene Spannung zwischen den beiden Sehnenden. Beim Ausbessern einer Stallwand kamen sie sich nahe, und Aksua ertastete zögernd einen Kuss. Ishir hastete Luft ein, ehe er ihn erwiderte. Die Berührung war zärtlich und seltsam vertraut, Aksua suchte jedoch bald wieder Abstand. Sie beschlossen eine Pause, beide in einer Walle, die sie nicht eingestehen wollten. Im Schatten eines Baumes tranken sie und hielten einander die Hände.
„Erzähle mit von Barheg", bat Aksua.
„Hältst du das für gut? Gerade jetzt?"
„Ja. Du hast gesagt, sie war die Einzige, die du als Gefährtin wirklich geliebt hast. Ich möchte von ihr wissen."
Ishir schnaufte zweifelnd, kam der Bitte aber nach: Sie hatten einander auf dem Hof kennengelernt, Barheg war Ackerbauin gewesen, wie er selbst aus Achunia stammte. Er beschrieb sie mit einem schätzenden Blick auf den Lauschenden als warmherzigen und spaßfrohen Menschen. Nach einem Jahr ihres Bandes hatten sie einander händegegeben und bald darauf ein Kind erwartet. „Das Weitere weißt du", schloss Ishir. „Sie starb nach der Geburt. Sie hat die beiden noch im Arm halten können." Die wohle Stimmung, die er sonst um sich breitete, wich für einige Atemzüge schmerzvollem Ernst, bis er sich fing. „Es ist

mehr als sieben Jahre her. Es war keine leichte Zeit, aber das ist ja vorbei. Heute mehr als bevor du kamst. Ich bin schon lange nicht mehr stumpf. Mein Körper sehnte sich zuerst nach Nähe, wenn ich auch nur selten von hier fortkam, um einen zu treffen. Aber nun, seit ich dich kenne ... kann ich mir wieder vorstellen, mich zu binden."
Aksua strahlte. Seine Brust brannte fast.
„Außerdem tust du den Kindern gut. – Ist es dir arg, nach solchem betrachtet zu werden?"
„Überhaupt nicht. Sie mir auch, sehr, das weißt du. Und ich verstehe, dass ein Vater anders schauen muss als ein Kinderloser. Allerdings muss ich zugeben..." Er brach ab.
„Ja?", bangte Ishir.
„Als einer, der niemals eigene Kinder haben wird, sie aber gerne hätte, habe ich vielleicht auch einen geprägten Blick. Du hast mir von Anfang an gefallen. Aber mittlerweile bedeuten die Kleinen mir sehr viel. Ist dir das arg?"
„Das glaubst du doch nicht wirklich!"
„Na, dann."
Erneut tauschten sie einen Kuss, weniger scheu als zuvor.

Nach der Botschaft von Nirars Tod machte Aksua sich sogleich auf den Weg nach Lesnen. Die Häuser von Rowun und den Eltern menschenleer, fand er als Einzige Derimen an ihrem Schreibtisch vor. Sie umarmten einander lange.
„Wo sind sie alle?", fragte Aksua dann.
„Im Tempel, Udras in der Schule. Ich bin froh, dass du da bist."
„Hat Nirar sehr leiden müssen?"
„Ich glaube nicht."
Er seufzte tief. „Wie ist es Rowun? Und Kerm?"
„Kerm krabbelt herum und sucht und ruft sie. Es ist furchtbar. Ich habe Rowun noch nie so viel weinen sehen. Wobei ich froh bin, dass er weint. Und Trames auch. Viched hat bis jetzt kein Wort dazu gesagt. Sie richtet das neue Haus ein und werkt wie besessen an einem Kutschendienst. Sie macht mir wirklich Sorgen. Wir sehen alle jeden Tag nach ihnen. Und Banés ist für eine Weile zu ihnen gezogen."
Er nickte versonnen. „Das ist gut. Ich werde bei ihnen Herberge suchen, wenn es ihnen recht ist. Ein wenig beim Einrichten helfen."
Erneut griff sie ihn. Sie lehnten sich aneinander.
Aksua wollte auf die Übrigen warten, aber Derimen widersprach: „Es wird ewig dauern, sie bereiten die Trauerfeier vor. Lass uns an den Strand gehen. Und danach Udras abholen. Wir müssen hier nicht herumsitzen, mir ist schon ganz flau davon."
„Sollten wir nicht helfen?"
„Sie treten einander schon auf die Füße. Nirars Freundinnen sind auch bei ihnen."
„Gut."

Auf dem Weg zu ihrem Ziel gingen sie Arm in Arm. „Wie ist es auf dem Hof?", erkundigte sich Derimen. „Lenke uns ein wenig ab."
„Ich fühle mich sehr wohl dort. Die Menschen sind wie eine Wahlsippe, wie ich sie mir ersehnt habe."
„Schön!"
„Aber das Werk ist unerträglich, besonders jetzt, nach dem Winter, wo wieder mehr zu tun ist. Nicht meins, sondern die Last, die auf den anderen liegt. Es ist zu viel. Es erinnert mich an die Berichte von früher, ehe die Menschen verständig genug für eine Bürgergabe wurden. Ich habe ein Schreiben an Nirars Vetter dabei. Ich kann ihn nicht bei der Bestattung mit diesen Sorgen behelligen. Aber würdest du es ihm bringen, wenn die ärgste Trauer vorüber ist?"
Derimen setzte kurz zum Widerspruch an, hielt dann inne und forderte ihn auf: „Erzähl mir davon."
Ihr Bruder verzog kurz den Mund. „Sie haben keine Ruhetage. Überhaupt keine! Es gibt zu wenig Menschen auf dem Gut, keines ist Lesne, bis auf die beiden hier geborenen Kinder, und so sind alle anderen ohne Gabe und gering entlohnt. Es ist eine über alle Maßen angenehme Gemeinschaft, aber es ist eine Gemeinschaft Beargter. Sie tun so viel, achten aufeinander wie eine Sippe und werden dabei in Arge gehalten – es ist kaum zu ertragen! Am ärgsten ist es um den Schäfer. Wenn er einmal krank ist, bricht sein Werk zusammen. Den Tieren zuliebe, weil er den Übrigen nicht auch noch seines auflasten will und kann und weil er Angst vor Entlassung hat, schleppt er sich dennoch ans Werk. Das Gut wirft viel ab. Es gibt keinen Grund, sie zu überlasten. Wir brauchen mehr Leute dort!"
Derimen, in deren Miene Mitgefühl stand, war sehr versonnen. „Ich frage mich, warum sie in so unwürdige Arbeit getrieben werden. Es würde den Hof doch reicher machen, wenn kraftvoll gewerkt werden würde. Und auch die Güter fördern."
„Sicher."
„So ein Unsinn. Ich gebe Rejas dein Schreiben. Und erkundige mich nach den genauen Arbeitsgesetzen, die für Zugewanderte gelten."
Er lächelte.
Sie hatten den Strand erreicht, der recht leer war, und setzten sich in den Sand.
„Kannst du schon wieder Innensicht halten?", fragte Derimen vorsichtig.
Aksua schüttelte den Kopf. „Auf keinen Fall! Diese Erinnerungen müssen ruhen, bis ich es ertragen kann, sie mir anzusehen. Aber anderes macht mir Sorgen: Ich werde wütend."
Sie wölbte die Brauen.
„Auf Rejas. Den ich noch nie gesehen habe. Wie er diese großartigen Menschen behandelt. Es ist eine Art Gewalt, die ich noch nicht kannte, und sie weckt in mir den Wunsch, Gewalt auszuüben. Dagegen muss ich mich stellen, in mir. Der Krieg in mir erhält Nahrung, wenn

ich meiner Wut und Wunde die Zügel überlasse. Dem Hof ist durch bessere und klügere Art zu helfen."

Derimen merkte, wie seine Spanne wieder nachließ, und wagte einen Scherz. „Ach, ich weiß nicht. Wenn du die Balrinen verprügeln willst, kenne ich immindest einen, der sich beteiligen würde."

Beide schnauften auflächelnd.

„Zumindest hätte ich nicht geglaubt, dass es so bald schon wieder einen Mann gibt", sagte sie.

Aksua sah auf. „Er gefällt mir sehr. Aber mehr wird lange nicht möglich sein. Vielleicht nie."

„Wie heißt er?"

„Ishir."

Sie strahlte. „Ich freue mich so. Es ist zu sehen, wie gut er dir ist."

„Ich bin noch nicht so weit. Ich habe schreckliche Angst. Aber er ist wunderbar." Ein Zögern. „Und seine Kinder auch."

„Kinder", freute sie sich.

Aksua nickte. Beide sprachen nicht aus, was in ihnen aufkam: dass es unter den Geschwistern schon früh Aksua gewesen war, der den größten Kinderwunsch gehabt hatte.

„Das Seltsamste ist aber, dass ich Esdri nicht einen Augenblick vermisst habe. Überhaupt nicht. Ich habe das erste Mal wieder an ihn gedacht, als ich an der Heeresbleibe vorübergeritten bin."

„Ich halte das für gut."

„Vielleicht", sagte er zweifelnd. „Ich weiß nicht. Es gibt so vieles, an das ich nicht denke, obwohl ich es vermutlich sollte."

„Sieh nach vorn", riet Derimen behutsam. „Und lade Ishir hierher ein, wenn du willst. Ich würde ihn und die Kinder gerne kennenlernen. Wie heißen sie?"

Viele waren zur Bestattung gekommen: nahezu alle, die im Tempel Dienst hielten; der Rat mit seinen Angehörigen; die Kanhartiden; Freundinnen; Itasis Gemeinschaft. Allerdings hielten sich die Balrinen, wie schon zur Handgebe, zurück, allein Vater und Bruder der Verstorbenen waren gekommen.

Nach einer Rede und Segnung durch eine befreundete Priestin trug Rowun die Urne seiner Frau in die Gruft, Banés und Trames begleiteten ihn. Tränen nässten sein Hemd, als er wieder herauskam. Bei der Trauerfeier war er schweigsam, aß und trank nichts, fütterte allein Kerm, den er immer wieder sanft an sich drückte.

Nirars Vater trat vor sie und fing den Blick des jungen Witwers. Sie hatten seit der Handgebe nicht mehr miteinander gesprochen.

„Brecht ihr schon auf?", erkundigte sich Rowun ausdruckslos.

„Ja. Wir stören." Irte wirkte verlegen. „Ich ... nehme zurück, was ich damals gesagt habe. Es war ihr gut bei dir." Er lächelte verschämt, betrachtete Kerm. „Ich würde gerne ... hin und wieder ... meinen Enkelsohn sehen dürfen."
Rowun atmete tief. „Würdest du das auch, wenn er deine Enkeltochter wäre?"
Ein fragendes Auflauten antwortete ihm.
„Irte, ihr habt Nirar in allem allein gelassen. Mit den ungeheuren Möglichkeiten, die euch zur Verfügung stehen, hättet ihr vielleicht einen Weg gefunden, ihr zu helfen. Dafür schenkten die Geister euch eure Güter: dafür, sie einzusetzen; nicht dafür, sie zu mehren. Und wenn ihr das nicht geholfen hätte, eure Zuneigung hätte es. Wenn Kerm euch einst kennenlernen will, werde ich es dir sagen. Bis dahin musst du warten. Ich will keine Treffen mit euch."
„Du siehst das falsch! Wir haben Nirar nie..."
„Dann sehe ich es falsch. Mache deines mit den Geistern aus. Ich werde dir keine Schuldfreisage bieten, die du von Nirar hättest erbitten müssen." Er verstillte und sah den Balrinen so lange durchdringend an, bis dieser sich ohne ein weiteres Wort verneigte und mit seinem Sohn die Feier verließ.
Derimen staunte über Udras. Sicherlich hatte die Mede mit dem Tod Ransars bereits eine ähnliche Erfahrung gemacht. Aber im Gespräch vor Nirars Bestattung war ersichtlich geworden, dass die immerfort den Tod Erwartende Udras selbst auf ihr Sterben vorbereitet hatte, während Banés und Derimen in Viralí gewesen waren.
„Seelen halten, Körper nicht", hatte Udras ihrer überraschten Mutter erklärt. „Wenn ein Körper nicht mehr hält, will die Seele sich ausruhen und danach einen neuen. Damit in unserer Welt wieder alle beisammen sein können. Aber Nirars Seele bleibt noch ein bisschen bei uns, bis sie sich ausruht. Das hat sie mir versprochen."
Derimen hielt solches für unerhörten Unsinn. Aber sie sah, wie sehr die Vorstellungen, nicht für immer getrennt zu sein und selbst nicht zu vergehen, sondern nur eine Ruhepause zu halten, die Mede über Schmerz hoben.
Nun saß Udras dicht an ihren Großvater geschmiegt, der sehr trauerte. „Nirar hat gesagt, dass sie ein glückliches Leben hatte", berichtete sie. „Und dass sie beim nächsten Mal gleich zu uns fliegt."
Imen küsste ihre Stirn. „Das hört sich gut an, Herz."
„Vielleicht kann ich dann ihre Mutter werden, was meinst du?"
„Ja, das würde sie sicher freuen."
Die Kleine strahlte.
Derimen lächelte. Den meisten Menschen schien die Möglichkeit, nur ein einziges Leben zu haben, unerträglich zu sein. Sie konnte dies nicht verstehen. Wenn es ein gutes Leben war, war nichts gegen ein einziges einzuwenden. War es ein schlechtes, musste es verbessert werden. Ein Aufschub auf ein späteres Leben konnte nur eine Täuschung sein, im Au-

genblick war ein Leben wertig! Der Gedanke an Wiedergeburt wirkte auf Derimen wie eine überholte Vorstellung aus kummervollen Zeiten; eine kindliche Vorstellung zudem, die keine Bereitschaft offenbarte, die eigene Vergänglichkeit anzunehmen. Aber diesem Kind half er, und dafür war seine Mutter denen dankbar, die ihn in Udras geweckt hatte, besonders Nirar. Derimen schickte einen leisen Gruß an sie und verblüffte sich selbst damit.

„Ich kann nicht!" Aksua war aufgesprungen. „Ich kann nicht! Ich kann nicht!" Schwer keuchend stand er vor Ishir, der ihm langsamer folgte: „Ist ja gut."
„Nichts ist gut!", brüllte Aksua. Er sank nieder, den Rücken an der Wand und die Arme vor dem Gesicht. In sich zusammengekauert blieb er sitzen, bebte weinend. Ishir kniete sich zu ihm und zögerte, bis er sich ihn sachte an der Schulter zu rühren getraute. Unerträglich viel Zeit verging, bis Aksua verstillte. Endlich sah er auf.
„Darf ich dich umarmen?", fragte Ishir.
Ein Kopfschütteln. „Besser nicht. Ich ... kann nicht. Es ist mir so leid."
„Dann nicht."
„Was?"
„Du hast mich gehört. Lass uns heute bestimmen, dass wir nicht tanzen werden. Du bist mir mehr als Tanz. Ich liebe dich, und ich will dich nicht beargen. Es war ein dummer Versuch. Wir tanzen nicht."
„Du verstehst nicht, ich ... Ich glaube nicht, dass es sich ändern wird. Eines in mir ist zerstört, ich kann nicht hoffen und warten, dass es irgendwann heilt. Es heilt offensichtlich nicht!" Erneute Tränen liefen über Aksuas Wangen. „Was sie mir antaten, trage ich nun an dich heran. Und das ist, was sie wollten! Zerstörung über einen Menschen hinaus. Menschliches brandschatzen. Lesnen erniedrigen und bis in den Kern brechen. Ich sehe es klar vor mir und kann es doch nicht ändern! Ishir, ich kann dir das nicht lasten! Lass uns unser Band enden. Es hat keinen Sinn."
„Langsam damit. Da habe ich mitzureden." Der Besorgte setzte sich neben ihn. Mit Frage im Blick legte er nun doch den Arm um ihn, der sich zu seiner Erleichterung an ihn drückte. Erneut sprachen sie lange nicht. „Magst du mir davon erzählen?", fragte Ishir schließlich.
„Nein."
Wiederum Schweigen.
„Sag mir, wie oft es dir geschehen ist."
„Nein."
„Aksua..."
„Nein!"
Schweigen.
Aksuas Stimme war stockend und fast tonlos: „Jeden Tag. Mehrmals."
„Über anderthalb Monde?", hauchte Ishir.

Ein Nicken.
Er spürte, wie er seinen aufwallenden Mitschmerz kaum zu bändigen vermochte. Ehe er ihn niederkämpfen konnte, um dem Geliebten eine Hilfe zu sein, krümmte dieser sich plötzlich, fiel auf die Knie und würgte heftig, dann übergab er sich. Ishir hielt ihm das Haar aus dem Gesicht und griff ihn, als er schluchzend über dem Erbrochenen zusammenzubrechen drohte, um die Brust, zog ihn an die Wand zurück. „Ist ja gut." Der Jüngere barg ihn, ungeachtet, dass er selbst beschmutzt wurde. „Ist ja gut."

Ishir hatte den Boden, alle Einwände missachtend, gereinigt und Aksua in die Waschkammer geschickt. Als sie beide sauber waren und wieder lagen, bekundete der ehedeme Krieger leise: „Es ist mir so leid. Ich bin nicht stark genug, um das zu ertragen. Ich möchte es nur vergessen. Ich will nicht an Tanz denken müssen."
Ishir schüttelte heftig den Kopf. „Nicht stark genug? Sag mir, wie es möglich wäre, dass du noch lebst, wenn du nicht stark genug wärst. Dass du ein so wundervolles Mensch geblieben bist. Jedes dort wurde seiner Stärke beraubt, jedes wurde hilflos gemacht. Keines kann allein solches hindern, wenn es ihm geschieht. Aber sieh dir an, mit welcher Stärke du dem begegnest. Ich wünschte, ich könnte mit meinen Ängsten und Beargtheiten so umgehen, wie du es tust. Sieh dir deine Stärke an! Du beeindruckst uns alle hier durch deine Haltung. Nenne dich nicht schwach, nur weil du zum Kriegsopfer gemacht wurdest. Das wollten die Garren doch, das erkennst du doch! Gibt ihnen nicht diese Macht über dich!"
Aksua senkte den Blick.
„Du bedeutest mir so viel", fuhr Ishir sanfter fort. „Und so wichtig, wie du glaubst, ist mir tanzen nicht. Lass uns ohne Tanz miteinander sein, du hast mich gehört. Und kuscheln beargt dich nicht, oder?"
Der Gefragte antwortete mit einem kleinen Lächeln.
„Nun, also. Du erwartest so viel von dir. Zu viel. Du kannst auch von mir einiges erwarten. Solange ich Nähe zu dir halten kann, ertrage ich Tanzlosigkeit, du wirst es sehen. Lass uns eine Frist ausmachen. Wir bleiben ein Jahr tanzlos. Es wird nicht darüber geredet, außer, du willst es."
Aksua sah ihn bewegt an.
„Also? Ein Jahr ist fest verabredet. Wir bleiben beieinander und freuen uns, dass die Geister uns einander finden ließen."
„Das wird nicht gutgehen."
„Doch, wird es. Ich will, dass du dich sicher fühlen kannst. Wir waren Dummköpfe, es so früh schon zu versuchen. Aber ich bin erst zum zweiten Mal verliebt und nicht so vernünftig, wie es gut gewesen wäre."
„Das ging nicht von dir aus."

„Nein. Aber als der Unbeargte hätte ich dir Tanz verweigern müssen. Ich tue es jetzt. Ein Jahr lang. Sag ‚ja'. Ich liebe dich, und ich will dich nicht verletzen oder verlieren. In einem Jahr sehen wir weiter, ob wir noch warten müssen oder nicht. Aber nicht vorher. Abgemacht?"
Aksua nickte kaum merklich.
Ishir seufzte.

Endlich wurde es wärmer, verstärkte Sonne und von der Trauer um Nirar ablenkendes Werk hielten Einzug. Eine Nachricht aus Viralí erreichte Banés, die ihn lange beschäftigte; ein neues Boot wurde begonnen, dem seine besondere Neigung galt, weil er an einem, das Meere durchsegelte, seit Jahren nicht mehr mitgearbeitet hatte. Derimen hatte geringere Kämpfe im Rat als üblich, zudem kamen mit besserem Seewetter Gesandte aus umliegenden Ländern, um Neuerungen in Handelsabkommen zu erwirken. Verhandlungen dieser Art gefielen ihr sehr, auch weil vieles nicht allein in der Runden Halle, sondern zudem bei Vergnügungen besprochen wurde. Später nahmen Banés, Udras und Derimen einige freie Tage in Anspruch und wanderten an der Küste entlang.
Wegen der neugewonnenen Nähe Lesnens zu Viralí wurden dem Haus der Ratssprechin wie dem ihrer Eltern ab dem frühen Sommer mehr Gäste als je zugewiesen: Viele befreundete Völker sahen eine Möglichkeit, ihre Bündnisse zu erweitern. Den Kanhartiden war es in diesem Umfang nicht gerne; es verhinderte ihre eigene Reise zu Aksua.
„Es muss doch möglich sein, uns weniger aufzuladen", wandte sich Imen an seine Tochter. „Ich sehe ein, dass wir im Augenblick die beste Möglichkeit der Unterbringung sind, aber es muss doch auch einmal eine zweitbeste Möglichkeit geben. Zumindest für anderthalb Wochen. Ich will sehen, wie es meinem Sohn ist, und seinen Gefährten und die Kinder kennenlernen. Die Familie geht vor!"
„Da hast du Recht, aber weil es nur für begrenzte Zeit ist, kann ich wenig tun. Wir können gemeinsam vor dem Rat sprechen, aber ich bezweifle, dass das hilft. Ein halbes Jahr lang muten die Gesetze uns solches zu, und so lange wird es nicht dauern."
Er seufzte. „Ja. Das stimmt. Wie lange wird es denn noch dauern?"
„Bis zum Herbst."
Er ächzte.
„Ich versuche, was ich kann", versprach sie, doch Imen winkte ab.

Im Frühherbst ließ sich die Ratssprechin die ungeliebten Verhandlungen um Hafengebühren und Zölle mit den zäh feilschenden Varinthen aufbürden. Als deren Gesandte die Halle betraten, lautete Derimen angesichts des Wortführers auf: „Dahir. Geister, ist das lange her."
„Angenehme Erinnerungen?", fragte Banés, der an diesem Tag neben ihr saß, und hob die Brauen.

Sie fing sich. „Verzeih, ich hätte nichts sagen sollen. Manches Mal sehe ich stärker den Bruder in dir."
„Es gibt Übleres", erwiderte er mit neckendem Ton.
Sie erhoben sich zur Begrüßung.
„Derimen!" Mit einem Strahlen kam Dahir auf sie zu. Sie ehrten einander. „Wie ist es dir? Und Udras?"
„Beiden gut, ich danke. Und du? Hattest du eine gute Reise?"
„Über alle Maßen. Bei allen Geistern, du bist im Älterwerden noch beeindruckender als damals! Und in Ehe gebunden, wie zu hören ist", grinste er. „Zum Erstaunen der Stadt. Zumindest ihrer männlichen Teile. Aber sicher zur Erleichterung der weiblichen."
Derimen lachte.
„Nun, falls dieser Glückssohn dich nicht zu binden vermag, schicke mir nach Ablauf eurer Jahre eine Nachricht." Seine Augen warben.
„Ich denke darüber nach."
„Überall wird deine Verhandlungskunst gelobt. Wir werden sehen, ob du uns die Laderäume leerst oder nicht."
„Nun ich werde mich bemühen, eine gute Lösung für alle zu finden."
„Aber sicher." Er zwinkerte. Dann stellte er seine Begleitung vor, Derimen hielt dasselbe mit den Ratsmitgliedern Lesnens, die an den Verhandlungen teilnahmen. Letztere erwiesen sich als so hart wie erwartet, allerdings um eine befremdliche Schwernis ergänzt: Über seine Worte zu Beginn hinaus, die die Sprechin als Scherz verstanden hatte, warb Dahir um sie. Und was ärger war: Sein brennender Blick erinnerte sie an lustvolle Spiele, deren Erinnerung sie nur schwer von sich weisen konnte. Derimen ermahnte sich, ihre Aufmerksamkeit auf dem Handel zu lassen; es sei der Versuch, sie abzulenken oder gewogen zu stimmen, wie überhaupt Dahirs Benennung als Vertreter Varinthis. Eines in ihrem Inneren warnte sie vor ihm. Sie nahm sich vor, darauf zu hören. Die Versammelten einigten sich an diesem Tag noch nicht, auch das war erwartet worden. Sie gingen mit der Verabredung, zur ersten Werkzeit des folgenden Tages fortzufahren, auseinander.
Müde nahmen Banés und Derimen in der Ratsschule die Nachricht entgegen, dass Udras in der Wahlsippe sei. Sahtu habe die für diese Nacht in der Schulobhut verbleibenden Kinder dorthin eingeladen und Udras auf deren Drängen hin mitgenommen, ohne die Verhandelnden aus den Besprechungen rufen zu wollen. Er ließ ausrichten, Udras solle abgeholt werden, wenn eine Übernachtung nicht gewünscht oder möglich sei.
Auf dem Weg nach Hause fragte Banés nach Dahir.
„Sein ist Vater Hafenmeister in Varinthi. Dahir ist Händler. Oder Schiffsführer, die Varinthen halten darin wenig Unterschiede. Sie legen ungeheuer viel Wert auf Ränge, das macht es mit ihnen nicht leicht."
„Kommt er als Vater in Frage?" Banés' Stimme trug Sorge. „Von Udras."

„Nein. Ich habe ihn erst vor vier Jahren kennengelernt."
„Du hast mir damals gar nicht von ihm geschrieben."
Bei allen Geistern, er spürte ihre Walle! „Es war vorüber, als die Botin sich nach Viralí aufmachte. Und ich war schon in Sares verliebt." Derimen hielt inne und umarmte Banés. „Ich liebe dich", sagte sie.
Er wirkte beruhigt. Sie fühlte sich elend.
Derimen hakte sich bei ihm ein und schwieg, während ihre Gedanken nach wie vor um Dahir kreisten. Was war los mit ihr? Sie liebte Banés. Er war der einzige Mann, mit dem sie eine lebenslange Bindung als Geeinte wollte. Oder den sie sich als dauerhaften Tänzer vorstellen konnte. Sicher, ihrer beider Tanz war seltener geworden als zu Beginn, doch das war das Gewöhnlichste auf der Welt. Und er war häufig genug, Derimen zu beglücken und, zu ihrer eigenen Verwunderung, kein Sehnen außerhalb ihres Bandes wachsen zu lassen. Bisher. Doch nun ... Sie kannten alles voneinander ... Warum war sie so empfänglich für Dahirs Werben? Sie fluchte in Gedanken. Das Unvertraute, immer wieder lockte es sie, diesmal neben Erinnerungen an Bekanntes. Banés war ihr Lust und Glück. Aber fremde Gerüche, fremde Spiele, ein Körper, der ihr nicht so vertraut war ... Derimen rief sich zur Besinnung.

Aksua erwachte, weil ein Gewicht auf seine Brust drückte. Im selben Augenblick, in dem Angst vor Schmerzen in ihm aufwallte, gewahrte er einen Kinderatem an seinem Kinn, wie er es von Udras kannte. Er schlug die Augen auf. Lichei lag schlafend zum Teil auf ihm, Garwe hatte einen Platz zwischen den Erwachsenen gefunden. Wohle verdrängte die Angst. Ishir sah den Geliebten mit leuchtenden Augen an. „Ich wollte dich nicht wecken. Stören sie dich?", flüsterte er.
„Nein, gar nicht. Seltsam, dass ich sie nicht störe."
Der Schäfer stand auf, neigte sich aber für einen Kuss. „Sie mögen dich sehr. – Hast du Hunger?"
„Eigentlich nicht. Ishir? ... Ich danke für deine Geduld", sagte Aksua leise. „Und deine Treue."
Ein glücksvolles Lächeln. „Ich danke für dein Vertrauen."

Mehrere Schläge an die Tür ließen diese erbeben. „Derimen!", rief eine laute Stimme.
Benommen setzten die Geweckten sich auf. „Herein!"
Ein halbes Dutzend Stadtwachen drängte in die Kammer, weitere schienen draußen zu warten. Valchear und Dahir betraten den Raum. „Derimen, gegen dich sind schwere Anschuldigungen vorgetragen worden", verkündete der Ratende.
„Und sie wären?", fragte sie, noch immer nicht gänzlich wach. Ihr Blick fiel auf Dahir. „Was soll das bedeuten?"
„Das weißt du sehr wohl!", gab er heftig zurück.

„Ich habe keine Ahnung. Das neue Handelsbündnis ist zu aller Zufrie..."
„Wir sind nicht wegen des Handels hier!", rief der Varinthe. „Sondern wegen Ehebruchs und falschen Eheversprechens. Du hast in dieser Nacht unser Gelöbnis besiegelt! Und doch bist du mit dem Botschafter Viralís vermählt!"
Derimen erstarrte, es durchlief sie kalt.
„Das ist doch lächerlich", ließ sich Banés vernehmen.
Valchear beachtete ihn nicht. „Du wirst uns zum Turm begleiten, Derimen. Am Nachmittag wird die Verhandlung stattfinden."
„Nein", widersprach sie, nun bei klaren Gedanken. „Ihr dürft mich nur bis zu einer Verhandlung festnehmen, wenn die Gefahr einer Flucht besteht. Gebt den Torwachen Order, mich nicht aus der Stadt zu lassen, und ebenso denen im Hafen. Ich komme nicht mit. Ich stelle mich am Nachmittag allen unsinnigen Anschuldigungen. Aber nun verlasst mein Haus!"
Verwirrt sahen die Eindringlinge einander an. Dann gab Valchear den Übrigen ein Zeichen, und sie gingen wieder hinaus. Derimen wartete, bis ihre Schritte verklungen waren, dann vergewisserte sie sich, dass Udras noch schlief. Als sie zurückkehrte, war Banés sehr blass.
„Es ist wahr", bangte er.
„Ich habe ihm nie die Ehe versprochen", entgegnete sie.
„Aber du warst diese Nacht bei ihm. Du hast gebadet, bevor du zu mir gekommen bist. Ich konnte es riechen. Aber ich habe es nicht verstanden."
Sie wusste nicht, was darauf zu erwidern. Auch Banés schwieg um Weile, Unglück strahlte von ihm aus. Schließlich sagte sie: „Ich muss zu Imen und Ahte. Und Rowun dazu holen. Und darum bitten, dass Udras heute in der Wahlsippe bleiben kann."
„Wäre es nicht besser, sie ginge in die Schule?"
„Nein. Wer weiß, was sich bereits herumgesprochen hat. Keines soll sie jetzt darauf ansprechen und sie ängstigen." Derimen atmete einmal tief. „Ich gehe jetzt gleich zum Botinnendienst. Vielleicht brauche ich Aksua."
„Dann gehe ich mit Udras zur Wahlsippe."
Ein kleines Lächeln huschte über ihre Lippen. „Danke."

Mit wenigen Worten berichtete Derimen den im Wohngemach der Älteren Zusammengerufenen von der Anschuldigung.
„Erklärt es mir", bat Ahte im Anschluss.
„Die Varinthen haben eine andere Art der Eheschließung als wir", antwortete ihr Mann. „Wenn zwei sich binden wollen, halten sie Tanz, verabreden eine Wartezeit, tanzen erneut und gelten danach als vermählt. Dahir beruft sich darauf. Seiner Klage nach hätte Derimen Banés nie die Hände geben dürfen."

„Hast du ihm so die Ehe versprochen?", fragte Ahte, in deren Gesicht tiefe Sorgenfalten standen, ihre Tochter.
„Nein, niemals. Wir sind damals sogar im Streit auseinandergegangen."
„Daran erinnere ich mich", bekundete Rowun. „Aber dann kann doch nichts geschehen. Du hast doch nicht wieder mit ihm getanzt, oder? Oder? – Bei allen Geistern, Derimen!"
„Nun, was können wir tun?", fragte Imen nach kurzer Stille in die Runde.
„Ich werde es leugnen", sagte Derimen. „Ich habe kaum eine andere Wahl. Ich werde ihn einen Lügner nennen und mich darauf berufen, dass es für keine seiner Aussagen Zeuginnen gibt. Sonst habe ich keine Lösung. Ich habe nach Aksua gerufen. Falls es zu einer Verurteilung kommt."
„Rechnest du damit?" Rowun starrte sie an.
„Nein, die Anklage steht auf keinem Fundament." Sie ächzte leise und stützte die Stirn in die Hände.
Imen legte einen Arm um sie.
„Aber selbst wenn Dahir Recht zugesprochen würde, könnte es keine Folgen nach den Gesetzen Lesnens haben", wandte Rowun ein. „Immerhin seid ihr nach den Gesetzen Viralís vermählt."
„Sie sind beide Stadtbürginnen Lesnens", kam es von Ahte.
„Dennoch. Wenn Lesnen Derimen wegen Ehebruchs verurteilt, fordert es Wuhtá und Vannét heraus."
„Nun, sie werden darüber wohl kaum erfreut sein, oder?", zischte Imen.
„Aber Viralí haben darin andere Regeln!", rief Rowun.
Kerm erwachte und sah ihn mit großen Augen an. Er koste den Kleinen und küsste ihn.
Imen seufzte. „Reicht das, damit sie für sie sprechen würden? – Ich bezweifle es."
Rowun blickte auf. „Ich dachte dies auch eher dem Ansehen Viralís zu. Lesnen kann ihre Ehe nicht so einfach nach unseren Gesetzen beurteilen."
Imen biss sich auf die Unterlippe. „Im Notfall werden wir auf eine Wartezeit dringen, bis ein Bote von dort zurück ist."
Die Ratssprechin stand auf und trat auf den Altan. Banés war noch immer nicht bei ihnen.

Vor der Ratshalle suchte Derimen noch einmal die Umarmung ihrer Eltern.
Rowun sagte: „Ich werde bezeugen, dass ihr damals im Streit auseinandergegangen seid. Ich war dabei. Zur heutigen Nacht weiß ich nichts, aber ein Scheiden in Streit macht eine Ehe nach ihrem Recht undenkbar, oder?"
Derimen bejahte. „Danke", flüsterte sie.
Er setzte Kerm dessen Großvater in die Arme.
Als Rowun die Runde Halle betrat, wurde er von den Innestehenden teils erstaunt begrüßt.
Derimen sah zu den Klaginnen hinüber. Wihud, Anchar, Valchear. Und Dahir, der Derimen

bemerkte. Sie spürte seine Suche nach Nähe. Erinnerungen kamen in ihr auf wie eine Zusammenfassung ihres Bandes. Verspielte Lust, Verliebtheit, Wut, Streit, erneute Lust und nun noch seine Sehnsucht. Sie schüttelte einmal den Kopf. Er schaute wieder fort.

Banés kam herein, er hatte Farbe zurückgewonnen. Er trug zwar sein Ratsgewand, war aber so verschwitzt, dass Derimen vermutete, dass er über Weile gelaufen war. Sie ging ihm entgegen, drückte seine Hände. Er lächelte dünn.

Die drei Geschwister ließen sich nebeneinander an Derimens Platz nieder. Keines sprach dagegen. Wie es üblich war, würde zunächst Klage erhoben werden, dann hatten Fürsprecherinnen die Gelegenheit zur Verteidigung. Erst danach würde Derimen selbst angehört werden. Während Valchear die Beschuldigungen vortrug, schob die Ratssprechin ihre aufkeimende Angst beiseite, so gut es ihr möglich war. Sie war nach dem Gesetz Viralís in Ehe, Lesnen konnte sie nicht verurteilen; es gab keine Beweise, nur Dahirs Wort; es konnte ein Orakel geben, und der Tempel war ihr gewogen; Aksua würde sie holen, kannte er noch solche, die ihm helfen würden? Ihre Vernunft rang darum, der Angst nicht die Zügel zu überlassen, aber es war ein hartes Ringen.

Valchear schloss seinen Vortrag. Woglan dankte ihm und warf einen Blick in das Rund.

„Wer hat zu ihrer Verteidigung zu sprechen?"

Derimen hörte, wie Rowun Luft holte.

„Ich! Ihr Gemahl!", erklang es da an ihrer anderen Seite. Banés war aufgesprungen. Sorge und Zorn kämpften um Herrschaft in seinem Gesicht. Verwunderung brandete ihm entgegen.

„Nun?", nickte Woglan ihm zu.

„Unsere Ehe wurde von der Führin Viralís geschlossen. Treue für zwölf Jahre ist nach den Gesetzen meines Volkes keine Bedingung, wohl aber ein lebenslanges Band. Lesnen muss dies anerkennen! Nach dem Recht Viralís wäre ich der Einzige, der überhaupt eine Klage nach dem Eherecht gegen sie führen dürfte, und das tue ich nicht. Denn die gesamte Anklage ist zu Unrecht vorgetragen, allein, den Rat zu täuschen und ihm seine Sprechin zu nehmen. Deren Verstand und offenes Wort wir alle schätzen, die aber manchen auch Dornen sind. Derimen ist unschuldig! Diese Nacht lag sie in meinen Armen. Ich bereit, es im Tempel zu beschwören!"

Derimen starrte ihn an, wie auch die Übrigen, fing sich jedoch schneller und zeigte bereits wieder ein scheinruhiges Gesicht, als die Aufmerksamkeit der Stadtwahrin sie kurz streifte.

„Bist du gewiss, dass sie nachts nicht fortgegangen ist?", fragte Woglan Banés.

„Das bin ich", versicherte er mit Nachdruck.

„Nach dem Gesetz Viralís hast du nicht einmal das Recht, danach zu fragen", ergänzte Derimen, die Stimme sicherer, als sie es gehofft hatte.

Die ihr Altersgleiche senkte kurz versonnen den Blick, während der Rat auf Weiteres wartete. „Nun gut", sagte sie dann. „Willst du deinerseits Klage gegen deine Anklaginnen führen?"
Verblüffung lautete auf. Es war ungewöhnlich, dass die Stadtwahrin auf die Abstimmung des Rates verzichtete, ehe sie eine Entscheidung traf. Aber offenbar war sie sich ihres Urteils sicher – oder fühlte sich der Sprechin verpflichtet, wie diese wöhnte.
Derimen erhob sich. „Nicht gegen Dahir, den verletzte Liebe der Vergangenheit fesselte. Wenn er die Stadt nicht mehr betritt."
Woglan drehte sich ihm zu und hob die Brauen.
„Allein den Hafen", bat er. „Ich werde den Hafen nicht verlassen. Gestatte mir Handel, Derimen. Wenn ich bezeuge, dass ihr die Wahrheit sagt?"
„Nun, gut. – Aber gegen die Mitglieder des Rates, deren Intrige mich das Leben kosten sollte, erhebe ich Klage." Dies war not, um ihre eigene Unschuldsanerkennung zu festigen. Derimen hasste diese Regel. Rachesuche war keines, dem sie selbst nachgeben wollte. Es war ihr nicht leicht, die Klage ohne Genugtuung vorzubringen. Nachdem sie geendet hatte, bat die Runde Halle die Streitenden darum, sie bis zum nächsten Tag zu verlassen.
Am Ausgang trat Dahir der Ratssprechin in den Weg. „Derimen." Sie blieben stehen, die Gerufene spürte das Beben ihres Gefährten. Dahir nickte diesem zu, ehe er sie weh ansah: „Derimen. Du hast jedes Recht, mich zu verfluchen. Gestatte mir allein eines: Ich bitte dich um Verzeihung."
„War das geplant?", begehrte sie Auskunft.
„Das war es."
„Wer steckt dahinter? Valchear?"
Dahir verweigerte ihr ohnwort die Antwort.
„Hast du gewusst, dass wir nach dem Recht Viralís vermählt sind?"
„Ja. Ich wollte nicht, dass du stirbst. Das hätte ich nicht zugelassen."
„Was wolltest du dann? Meinem Ruf schaden? Mich ängstigen?"
Er rang mit sich.
„Warum warst du daran beteiligt?", fauchte sie. „Wie kann es sein, dass du dich zu solchem erniedrigt hast? Rache? Verletzte Eitelkeit? Nach vier Jahren?! Warum?"
Seine Lider waren gesenkt. „Damit du mich nicht vergisst", hauchte er. „Ich konnte dich nicht vergessen."
Sie starrte ihn an, fing sich mühsam, schnaufte dann und zog am Arm ihres Mannes, doch dieser sah den Gegenüber unverwandt an. „Meide die Werft, wenn ihr im Hafen ankert", sagte er.
Dahir bejahte.
Die Geeinten traten aus der Halle, seinen Blick im Nacken. Rowun folgte ihnen. Draußen waren Imen und Ahte sehr erleichtert. Sie überbrachten Sahtus Gruß und die Nachricht,

Udras wolle auch über Nacht in der Wahlsippe bleiben, am Morgen aber abgeholt werden. Schweigend gingen Banés und Derimen nach Hause. Während sie dort ihre Umhänge ablegten, forderte sie seinen Blick. „Danke", sagte sie leise.
Er lächelte ein wenig schief. „Ich hatte vielleicht Angst um dich."
Sie bot ihm Umarmung. Eine Weile standen sie ohne ein Wort. „Banés, es ist mir leid."
Er sah sie nicht an, blieb aber weiter an sie gelehnt, als er leise antwortete: „Es war von Anfang an Bedingung unseres Bandes. Ich weiß sehr genau, wen ich liebe. Und ich liebe dich, weil du bist, wer du bist. Ich kann mir nicht nur die Teile herauspicken, die mir gefallen. Ich hätte es nur gerne nie erfahren."
Um sie legte sich ein klammes Gefühl, das zwischen Berührtheit und Reue schwankte. „Ich wollte dich nie verletzen. Ich liebe dich."
„Ich weiß." Nun blickte er auf und wischte sich Tränen aus dem Gesicht. Auf Derimens Bestürzung hin, verneinte er still. „Ich beruhige mich schon wieder. An deiner Liebe habe ich nie gezweifelt."

Sie schliefen getrennt. Am folgenden Morgen war Banés so krank, dass Derimen sich ernstlich Sorgen machte. Sie bat einen Heiler zu ihm, der jedoch nichts Ärgeres feststellte als Fieber. Doch Banés aß kaum in der Dauer von drei Tagen, war bleich und zu keinem längeren Gespräch zu bewegen. Er wollte keine Gesellschaft, ließ sich allein von Udras zu Brettspielen im Liegen locken. Derimen wöhnte anfangs, ob er sie bestrafe, wurde jedoch bald gewiss, dass es allein sein Leid war, das ihn niedergeworfen hatte. Am dritten Abend verließ er das Lager, war aber schwach und kehrte bald wieder zurück. Nachdem Udras eingeschlafen war, setzte seine Frau sich zu ihm. „Ich würde dir gerne eines sagen."
Banés verzog den Mund. „Ich liebe dich auch. Lass mir einfach Zeit, ich beruhige mich schon. Mein dummer Körper ist bald wieder wohlauf."
„Das ist es nicht. Ich..." Sie griff seine Hand. „Ich habe noch nie mit einem Mann über den Tanz eines anderen geredet. Aber ich würde dir gerne von Dahir erzählen."
Er entzog sie ihr wieder. „Ich will nichts darüber erfahren."
„Das verstehe ich..."
„Ich ... Ich weiß, dass ich nicht so oft mit dir tanze, wie du es brauchst. Aber ich..."
„Banés! Ich habe den Fehler gemacht, nicht du."
Er schwieg.
„Lass es mich dir erzählen. Es ist nicht arg."
Zweifelnd stimmte er zu.
„Es war ... kein schlechterer Tanz als die früher, vor dir. Aber in ihm habe ich verstanden, dass mir das so nicht mehr genussvoll möglich ist. Ich habe Dahir mit dir verglichen, was ich früher nie getan habe, einen mit dem anderen zu vergleichen. Und ich habe verstanden, dass du mir mehr bist. Dass ich den Reiz des Unvertrauten im Tanz nicht mehr brauche, gar

nicht mehr wirklich will. Dass es im Tanz nur in einem geringen Maß um Spiele oder Lust geht, auch wenn ich früher geglaubt habe, es sei sein Sinn. Es geht um Glück. Und meines will ich darin mit dir halten. Es war eine Entscheidung um meinetwillen, aber ich habe diesen Tanz dann abgebrochen, den ersten in meinem Leben."

„Tatsächlich?" Banés hob überrascht den Kopf.

„Ja. Deswegen bin ich nach Hause gegangen, und sie mussten sich anderes einfallen lassen. Ich bin sicher, dass sie sonst alle in Dahirs Kammer gestürmt wären. Wenn es Zeuginnen gegeben hätte, hätten sie es leichter gehabt. Selbst trotz des Schutzes durch Viralís Eherecht hätte es meinem Ruf wahrscheinlich so sehr geschadet, dass es meinen Ausschluss aus dem Rat bedeutet hätte."

Banés sann nach.

„Ich kann dir nicht völlig sicher versprechen, dass dies für alle Zeit vorüber ist", bekannte Derimen. „Aber ich glaube es. Vor dir habe ich einen gesucht. Ich weiß schon lange, dass du es bist. Aber ich glaube, ich brauchte die Begegnung mit Dahir, um zu begreifen, dass meine Suche wirklich vorüber ist."

„Warum bist du danach zu mir gekommen?", fragte er ohne Vorwurf.

„Um dich zu spüren. Uns."

Banés nickte in Verstehen.

„Kann ich hier schlafen?", fragte sie.

Er rückte zur Seite. Als sie sich neben ihn legte, küsste er sie. Sie kuschelten sich aneinander, beide bestrebt, ruhig zu liegen, das Geliebte nur in Berührung und Geruch zu genießen und die eigene Walle nicht merken zu lassen. Dennoch dauerte es nicht lange, bis sie tanzten.

Derimen hatte auf eine Entschädigung verzichtet, so mussten die Verurteilten Geldstrafen an die Stadt zahlen. Wegen des zweifachen erheblichen Vergehens – an einer Bürgin, deren Leben, Ehe und Werk gefährdet worden waren; und an der Stadt, der durch den Raub ihrer Ratssprechin wie durch die Gefährdung der Beziehungen zu Viralí Schaden gedroht hätte – war ihre Höhe beträchtlich.

Eine weitere Strafe für Valchear und die anderen beteiligten Mitglieder bestand im Ausschluss aus dem Rat. Darüber hinaus wurden ihnen auf Lebenszeit alle Ämter verwehrt, sie mussten ihre vom Rat gestellten Häuser verlassen und ein Jahr lang werklos die Verratinnenschärpe tragen, was dafür sorgen würde, dass andere sie mieden. Erst nach diesem Jahr mit dem Verbot, sich aus der Stadt zu entfernen, würden sie neues Werk beginnen dürfen. Dahir reiste mit seinem Schiff noch am Tag des Urteils ab, eine schriftliche Beschwerde über ihn an den Stadtwahrer Varinthis im Gepäck.

Die Sprechin beantragte einen Rat über die Änderung der Ehegesetze. Die Runde Halle wagte es nicht, ihn ihr auszuschlagen. Nachdem ihr das Wort zugeteilt war, sagte Derimen ohne Einleitung:
„Die Todesstrafe für den Ehebruch, ob nachgewiesen oder nicht, muss abgeschafft werden. Wir alle haben in den letzten Jahren die Beschuldigung Unschuldiger erlebt. Wir bestrafen neben dem Ehebruch nur noch Mord und Folter mit dem Tod. Ehebruch ist ihnen nicht vergleichbar! Dieses Gesetz stammt aus einer Zeit, in der die Geister noch Menschenopfer verlangten. In der Vermählte einander als Eigentum betrachteten. Als wir noch ein völlig anderes Erbrecht hatten und wir uns unseren Erbinnen und Ahninnen gegenüber auf eine andere Weise verpflichtet sahen, als wir es heute tun. Früher diente das Eherecht der Absicherung von Kindern. Da wir nun alle über die Bürginnengabe abgesichert sind, ist solches Unsinn. Die unangemessene Härte gegen Ehebruch bringt mittlerweile viele dazu, nicht die Ehe auszurufen und damit auf den Segen der Geister zu verzichten. Dies ist nichts, das wir uns wünschen. Wer heute in Lesnen händegibt, tut es oft zur Machtverschränkung von Sippen. Machtverhältnisse, die wir mit der Einführung der neuen Bürginnenrechte beendet glaubten, bilden sich darüber neu. Dies ist nichts, das wir billigen können! ‚Die Ehe ist ein Bund zwischen Liebenden, nicht länger zwischen Sippen.' So haben es unsere Ahninnen niedergeschrieben. Es wäre wünschenswert, dass die Liebe sich über vorgeschriebene Jahre halten ließe, aber wir können sie nicht erzwingen. Die Geister sehen es ebenfalls so. Wenn wir Orakel befragen, denen wir trauen können. Die Ehe muss vor einem dutzend Jahren kündbar sein.
Ihr wisst, dass Besar aus dem Haus der Ronatiden von ihrem Gemahl des Ehebruchs angeklagt wurde. Und ihr wisst, wie sehr sie ihre Unschuld beteuerte und darauf hinwies, er wolle vor Ablauf der Ehe einer anderen händegeben. Meine Eltern hatten den Mann, den sie liebte, nach ihrer Hinrichtung zu Gast. Selbst als Besar schon lange tot war, beteuerte er ihre Unschuld, obwohl er selbst in jedem Fall straffrei geblieben wäre. Ihr ehedemer Gemahl gab nach dem Ablauf einer Mondesfrist einer anderen die Hände. – Es kann nicht angehen, dass eine Ehe nur vor der Zeit lösbar ist, wenn eine Bürgin zu Unrecht angeklagt und von der Stadt getötet wird, die sich als Handlangin für einen Mord verpflichten lässt! Früher einmal hatten wir Verträge von Frist und Dauer. Im Werk, in der Ehe. Dann haben wir verstanden, dass es die Güte des Werkes steigert, wenn Werkende und Beauftragende einander auf Augenhöhe begegnen können. Die Möglichkeit zu gehen führt dazu, dass nur diejenigen beieinander bleiben, die einander zur Wohle gereichen. Allein im Heeresdienst und in der Ehe halten wir an Regeln fest, die wir sonst überwunden haben. Ist es nicht ein größeres Glück, beieinander zu sein, weil es Wunsch, nicht Zwang ist? Wie viel Güte kann eine Ehe haben, die darauf baut, einander noch einige Jahre ertragen zu müssen? Lasst uns heute die Ehegesetze der Gegenwart anpassen!"
Ihr Anliegen scheiterte.

Derimen war auf dem Weg nach Hause so zornig, dass sie lange nicht sprach. Aksua hatte ihre Rede als Gast mitangehört. Nun legte er den Arm um seine Schwester. „Es ist nicht für alle Zeiten entschieden", versuchte er, sie aufzumuntern. „Die Welt ist langsam, das hast du immer gesagt."
„Aber sie müsste es nicht sein! Wir im Rat bekommen dafür Anerkennung, dass wir mit Verstand und Herz entscheiden! Kannst du eines davon in diesem unseligen Verharren erkennen? Ich würde gerne sagen: Darin muss sich der Rat einmal dem Tempel widersetzen. Aber der Tempel ist darin viel vernünftiger als der Rat! Was spricht gegen ein Orakel? Und was spricht dagegen, Verstand und Herz zu benutzen? Wie viele werden wir noch lebend begraben, ehe der Rat seinen Verpflichtungen nachkommt?!"
Banés zog sie sanft und ohne ein Wort aus Aksuas Griff. Derimen schaute auf, lehnte sich an ihren Gefährten und bebte. Die Blicke der Brüder begegneten einander. Aksua lächelte.

Da der Hof die Ernte erwartete, kehrte sein Verwalter bald zurück. Nicht nur Ishir begrüßte ihn überschwänglich, sondern auch die Kinder, und allen übrigen war Freude anzumerken. Aksua hatte zum ersten Mal das Gefühl, zu ihnen nach Hause zu kommen.
Ishir gelang es, einmal kein Abendwerk zu beginnen. Stattdessen legte er sich mit Aksua ins Bett, wo sie noch lange erzählten, bis sie schließlich aneinandergeschmiegt einschliefen.

„Wir haben dich!"
„Jetzt bist du dran!"
Mit einem Aufschrei ähnlich dem eines Tieres sprang Aksua auf die Beine, noch ehe er wirklich erwacht war. Die Kinder fielen von ihm herunter. Lichei landete im Bett, Garwe schlug hart auf dem Boden auf. Sogleich begann sie zu weinen. Keuchend stand der ehedeme Krieger vor ihnen, starrte sie an, rang gegen sein Entsetzen. Ishir drehte sich ihnen zu. Da fing Aksua sich. Er kniete sich zu Garwe. „Du armer Schatz. Ist es arg?"
„Ja." Sie drückte sich an ihn.
„Wir wollten dich nicht erschrecken", erklärte Lichei mit großen Augen. „Wir wollten dich nur kitzeln."
„Ihr habt nichts Arges getan", erwiderte Aksua. „Ich hatte einen Alptraum. Ihr habt nichts getan. Geht es wieder?", wandte er sich an die Schluchzende.
Sie schüttelte den Kopf.
„Wo ist es denn weh?"
„Garwe, ich kann hören, dass du übertreibst", meldete sich Ishir zu Wort. „Es ist nicht halb so arg, wie du es scheinen lässt. Nichts Arges ist geschehen, ihr beiden macht euch jetzt in der Küche nützlich."
Murrend gingen sie hinaus. Ishir erhob sich und umarmte Aksua.
„Das hätte nie geschehen dürfen", klagte dieser. „Ich muss es von den Kindern fernhalten!"

„Das tust du doch. So weit es möglich ist. Solches wie dies wird nicht mehr geschehen, weil sie sich erschreckt haben, und das ist in Ordnung so. Du hast ihre Sorge um Schuld doch verhindert. Herz. Du musst nicht alles ertragen. Und deine Alpträume sind doch auch weniger geworden. Sie haben sie auch noch nie geweckt."
„Wirklich nicht?"
„Wirklich nicht."
Aksua seufzte.
Ishir drückte ihn fester an sich, sein liebesprechender Blick wurde jedoch nach einer kurzen Wanderung zum Fenster mit einem Mal besorgt. „Kann ich dich jetzt alleinlassen? Es ist fast Zeit aufzustehen. Ruh du noch, ich kümmere mich um die Tiere."
„Sicher. Aber warum..."
Der Schäfer war ohne Abschied so schnell hinausgeeilt, dass Aksua ihm verständnislos nachsah.

Die nächsten Tage beunruhigten Aksua. Er war davon ausgegangen, dass es kurz vor der Ernte noch mehr zu tun gab als sonst, aber die anderen zeigten eine Hetze, die ihn bestürzte. Selbst Nilres unterbrach die sonst von beiden geschätzten Gespräche in der Küche einige Male mit Äußerungen wie: „Ich muss jetzt weitermachen, falls du keine Order für mich hast." Da Aksua niemals Ordern von sich gab, erstaunte ihn dies sehr.
Ishir schimpfte fast täglich mit den Kindern, was er zuvor nur selten getan hatte, und schlief abends ein, kaum dass sein Kopf das Laken berührte. Sein Gefährte war besorgt und vermisste abendliche Nähe, aber er sprach es zunächst nicht an. Er selbst half den anderen, wo er konnte, und rechnete noch einmal sämtliche Aufzeichnungen durch.
Dann rief ihn eines Vormittags Nilres' entsetzter Laut aus der Schreibstube. Ishir war im Stall zusammengebrochen. Rinedri und Aljatt trugen den Bewusstlosen in seine Kammer.
Nilres versuchte, den zutiefst besorgten Aksua zu beruhigen: „Er hat vorhin Schmerzmittel genommen, das kann es nicht sein. Aber vielleicht ... Wahrscheinlich hat er wieder vergessen zu trinken. Ishir? Ishir." Sie rüttelte ihn sachte, einen Becher in der Hand, den sie ihm reichte, als er die Augen aufschlug. „Durst oder Rücken?", erkundigte sie sich.
Er nahm den Becher. „Mangelnder Verstand", scherzte er schwach. „Ich hab nicht getrunken. Danke."
„Ganz sicher nichts sonst?"
„Ganz sicher. Ich danke euch. Es ist mir leid, dass ich euch erschreckt habe."
Erleichtert verließen die Übrigen ihn wieder, allein Aksua blieb. Es gelang ihm jedoch nicht, Ishir dazu zu bewegen, sich auszuruhen. Nachdem der Schäfer getrunken hatte, trieb es ihn wieder an die Arbeit. Aksua ging in die Küche. Obwohl diese immer makellos sauber war, wurde sie nun mit einer Heftigkeit geschrubbt, die er an der Hausführin noch nicht gesehen hatte. „Nilres?"

Sie schaute auf, Unstete in den Augen, was ein ebenfalls unvertrauter Anblick war. Sogleich ging Aksua ihr zur Hand. Sie dankte es ihm mit einem Lächeln. „Was gibt es?"
„Ich habe eine Frage. Ishir..."
Ihr Lächeln wuchs in die Breite.
„...er sagte, er sei in der Erntezeit kein Mensch. Ich fragte nach dem Grund, aber er rennt herum und erklärt mir nichts. Er sagte, ich möge ihm verzeihen, wenn er keine Ruhe finde, und ihn nach der Erntezeit wieder liebhalten. Was bedeutet das? Warum seid ihr alle so beunruhigt? Was ist mit Ishir?"
Die Betagte schnaufte. „Nach der Ernte erwarten wir Rejas. Und das ist keine freudige Erwartung. Wir schaffen nicht so viel, wie er verlangt." Sie seufzte leise, sann kurz nach. „Du weißt, seit damals, als Barheg gestorben war und Ishir keine Rast halten konnte, findet er nur sehr schwer Erholung. Wenn keines ihn daran erinnert, vergisst er zu ruhen, zu trinken. Bis die Kinder kommen, selbst dann nicht genug."
Aksua nickte.
Nilres fuhr fort: „Aber tagsüber ... Eines ist damals in ihm zerbrochen, das Maß, wenn du so willst. An einem anderen Ort hätte es vielleicht heilen können. Aber hier ... Wir haben alle Angst vor Rejas. Nach jeder Ernte kommt er, und fast immer muss eines von uns dann gehen. Weil wir die Aufgaben wieder einmal nicht voll erfüllt haben. Nie ist er zufrieden."
Sie verzog den Mund.
„Aber das ist Unsinn!", entgegnete Aksua heftig. „Ihr werkt euch krank! Ohne Erholung werden kleine Schwernisse zu großen. Und Angst vermehrt und vergrößert Fehler!"
„Ja. Aber so sind die Dinge. Seit die Fischereiboote die neuen Antriebe haben, ist Fisch so günstig geworden. Das Fleisch, das wir zum Erntefest in die Stadt liefern, wird dieses Jahr einen noch geringeren Preis bringen. Und Lesnen isst nun einmal lieber Fisch als Schafsfleisch, und selbst Fisch immer weniger. Es ist nicht Ishirs Schuld, aber Rejas wird toben, das ist jetzt schon gewiss.
Und Ishir: Es ist wie eine Wunde, deren Schorf abgekratzt wird. Sie heilt kaum, und die Narbe wird nur ärger. Seine Angst, gehen zu müssen, gilt in der Hauptsache den Kindern. Wir sind wie ihre Sippe, und eine solche Schule könnte er nicht bezahlen. Es ist eine Verabredung mit Rejas, dass die Schule Teil seiner Entlohnung ist. Sonst erhält Ishir kaum mehr als Nahrung, aber es ist mehr, als er sonst erwarten dürfte. Rejas hält ihn darüber in der Zwinge. Macht ihm Angst um das Morgen der Kinder. Ishirs Werk wäre selbst für zwei zu viel. Er ist oft krank." Sie lächelte erneut. „Nicht so oft, seit er dich kennt. Aber er hat keine Sicherung, und wenn ihn kein besseres Gut abwirbt, wird er immer so weiterwerken, bis es ihn niederwirft." Nilres hielt inne. Bestürzung zeigte sich in ihrem Gesicht. „Du wirst es ihm nicht sagen, oder? Rejas."
Der Verwalter verneinte. „Ich tratsche nicht."
Sie seufzte. „Nicht anders habe ich dich bisher verstanden."

„In solcher Unwürde werden Menschen unglücklich und krank", sagte er. „So kann es doch nicht weitergehen! In Lesnen ist es verboten, Verbrecher so zu behandeln. Die meisten jedenfalls."
„So, danke für deine Hilfe, ich muss im Vorrat weitermachen." Ihr Ton war drängend geworden.
„Nein", widersprach der Jüngere entschieden. „Wir rufen die anderen zusammen. Hierher."
„Warum?"
„Damit dieser Wahnsinn ein Ende hat!"
Als sie in der Küche versammelt waren, bat Aksua um einer Aufzählung all dessen, was geändert werden musste, damit er es dem Besitzer vortragen konnte.
„Was soll das bringen?", fragte Rinedri. „Es wird nichts bessern, wenn wir uns beschweren."
„Das werden wir sehen. Notfalls trage ich dies vor Gericht. Ich habe schon eine Bitte um Besserung geschrieben, aber es gab bisher keine Antwort. Nun werden wir mit einer Frist Besserung verlangen."
„Das nützt doch nichts", staunte Aljatt. „Wenn wir Glück haben, wird Rejas lachen. Wenn nicht, wirft er uns alle hinaus. Wir können uns nicht beschweren. Selbst wenn ein Gericht dir Recht gäbe – bis dahin wären wir verhungert."
Aksua war fassungslos. „Ihr wollt das alles einfach ertragen?"
„Wir haben doch keine Wahl. Wir sind keine Bürginnen."
„Aber wenn ihr euch nicht wehrt..."
„Du meinst es gut, aber du kannst uns nicht schützen", unterbrach sie ihn. „Davor, dass eines gehen muss. Deine Freundlichkeit in Ehren, aber es ist unser Brot, das wir verlieren können. Lass uns wieder ans Werk."
Er schüttelte den Kopf. „Es verletzt euch. Es hält euch in Unwürde. Ich werde mich vor euch stellen."
„Bis zu deiner ersten Rüge. Dann gehst du in die Knie, und es ist unser Schaden, dass wir auf dich gehört haben. Oder vielleicht bist auch du derjenige, der gehen muss. Nochmals: Deine Freundlichkeit in Ehren, aber du ahnst nicht, wie es hier zugeht, wenn Rejas kommt."
„Dank dir sehr, Aksua", ließ sich nun Ishir vernehmen. „Aber Aljatt hat Recht: Du bringst uns in Gefahr. Lass uns weitermachen. Wenn er fort ist, wird es hier wieder ruhiger."
„Ihr wollt keine Liste?"
Die Übrigen sahen einander an.
„Nein", erwiderte Nilres darauf. „Es wäre zu gefährlich."
„Dann mache ich eine", knurrte Aksua. „Soll er mich hinauswerfen!"
Mit Schreibzeug und mehr Wein, als ihm guttat, verbrachte der Gallesiedende den Rest des Tages im Freien an einer überdachten Wand des Wohnhauses, da ein leichter Regen einge-

setzt hatte und die Schreibstube Aksua ohnehin zu düster war. Abends holte er seine Wärmesteinlampe aus der Kammer. Die Liste wurde lang, und obwohl ihm das schriftliche Formen nicht lag, gewahrte er doch, dass manches bereits für eine Klage genügen würde. Daraufhin fertigte er eine Abschrift für Derimen an. Wenn es nicht gelang, Rejas umzustimmen, konnte er sie um Hilfe bitten.

Schließlich hatte er geendet, war hungrig – er hatte eine Mahlzeit versäumt – und ging gen Küche. Auf dem Weg hielt er an einem der Ladewagen inne, da er einen Streit hörte.

„Es reicht mir", klagte Ilech. „Ich gehe weg! Im Frühling gehe ich auf den Markt und suche mir ein neues Haus! Das ist einfach zu viel!"

„Und wo glaubst du, ein besseres Haus zu finden?", spottete Rinedri. „Du bist keine Lesne. Glaubst du, in einem anderen Haus besser behandelt zu werden?"

„Na, dann gehe ich nach Viralí. Aksua hat mir angeboten, bei seinem Bruder zu fragen."

„Ja, tu das. Glaube nicht, dort wäre es besser für unsereins. Du bist keine Bürgin. Dass Aksua uns wie Bürger behandelt, scheint dir zu Kopf gestiegen zu sein. Lass Viralí dich nur abkühlen. Ich freue mich darauf, wenn du kleinlaut zurückgekehrt bist und mir nicht mehr den Tag versäuerst." Er seufzte, seine Stimme klang versöhnlicher, als er fortfuhr: „Ich mag Aksua auch, aber er wird nur erreichen, dass wir ihn gleich wieder verlieren. Wir sind nicht abgesichert, er versteht das nicht. Aber du solltest es verstehen."

Ilech grunzte abfällig, verließ ihn und umrundete den Wagen, wobei sie fast gegen den Lauschenden prallte. Sie starrte Aksua an.

„Ich habe die Liste fertig", sagte dieser so leise, dass Rinedri ihn nicht hören konnte. „Würdest du sie dir vor dem Schlafengehen einmal ansehen? Und mir sagen, was noch fehlt?" Er verstand ihr Zögern gänzlich falsch, bis sie hauchte: „Ich kann nicht lesen."

Mühsam beherrschte er seine Züge. „Dann lese ich sie dir vor."

Sie leuchtete auf und nickte.

Bald würden die Kinder heimkehren, und Aksua plante, die Spielezeit, die hier seit Wochen ausfiel, mit ihnen und seinem Gefährten zu verbringen. Er suchte Ishir lange, um ihn zum Werkende zu locken, rief sogar nach ihm und fand ihn endlich im leeren Teil des Pferdeunterstandes, wo er lang ausgestreckt und reglos lag.

Aksua rannte. „Ishir!" Er kniete sich zu ihm. „Bei allen Geistern, Ishir!"

Der Jüngere blinzelte, als er ihn umdrehte.

„Was ist geschehen? Du Dummkopf hast dir wieder überhaupt keine Ruhe gegönnt, oder?"

„Im Gegenteil. Ich habe mich ein wenig hingelegt. Es ist schon gut. Lass mich wieder an die Ar..."

„Auf keinen Fall! Nun ist es genug! Du gehst ins Bett! Sofort!"

„Es läge mir fern, deiner Order zu widersprechen, Verwalter, aber die Tiere..."

„...sind versorgt. Ich sage es nicht als Verwalter. Geh ins Bett, Ishir." Aksuas Stirn war von Falten zerfurcht. „Bitte." Er half ihm auf und begleitete ihn in die Kammer. Als Ishir lag, brachte er ihm Wein, der auf dem Hof nur selten geboten wurde. Der Erschöpfte trank einen Schluck und lautete genussvoll.
„Wirst du mir bei der Liste helfen?", bat Aksua.
„Nein, besser nicht. Ich habe sogar Sorge, dass du deswegen wieder fortmusst."
„Würdest du denn mit nach Lesnen kommen?"
„Du bist wirklich verlockend. Es geht nicht, wirklich nicht. Ich muss an die Kinder denken. Wir sind hier zuhause. ‚Nicht jubeln, wenn es dir gut ist. Nicht klagen, wenn du leidest. Was die Geister dir schicken in Gleichmut ertragen.' Das haben meine Eltern mich gelehrt. Früher habe ich das grässlich gefunden, aber heute verstehe ich, was sie meinten. Die Welt richtet sich nicht nach meinen Wünschen. Und ich habe zu oft meine Zunge nicht im Zaum gehalten. Jetzt habe ich Kinder, und ich kann ihr Wohl nicht gefährden, weil ich auf Änderungen beharre. Ich halte das schon aus."
„Das ist doch Unsinn! Umstände lassen sich verändern. Sie sind kein Schicksal, das du einfach hinnehmen musst."
Ishir lächelte gequält. „Für dich mag das zutreffen."
„Für euch auch! So kann es doch nicht weitergehen! Das Leben ist so kostbar! Solche Arge zu erdulden, obwohl sie geändert werden kann, ist Verschwendung von Leben! Ich werde mit Rejas reden."
„Wir könnten alles verlieren. Er könnte uns alle entlassen und neue Bedienstete herholen. Kannst du es verantworten, wenn wir verhungern?"
„Dazu wird es nicht kommen. Wir können alle nach Lesnen gehen. Dort gibt es gutes Werk. Und gute Schulen."
Der Schäfer verneinte. „Wir sind keine Lesnen. Uns wird es nirgendwo besser gehen."
„Doch!"
„Aksua." Zärtlich griff er seine Hand. „Ich bin froh, wenn ich Garwe und Lichei gesund groß bekomme. Wenn sie alt und stark und gebildet genug sind, dass sie ohne mich durchs Leben kommen. Mehr kann ich nicht erwarten."
„Das klingt wie das Wort eines Sterbenden! Du bist vierunddreißig! Dein Leben ist nicht vorüber!"
„Aber wie alt, glaubst du, werde ich? Ich danke dir deine lieben Wünsche, und ich würde sie gerne teilen, aber das wäre dumm, weil ich es besser weiß. Wirklich, Herz. Es ist nicht zu ändern: Ich werde nicht alt. Ich bin kein Lesne. Ich kann nicht so leben, wie du es möchtest." Unter Schmerzen legte Ishir sich um. „Ich habe einmal gedacht wie du. Ich glaubte, wenn ich erst auf dem Boden Lesnens stehen würde, wenn ich gut und viel werken würde, würde ich keine Not haben. Meine Familie hat das geglaubt. Und es ist hier besser als in Achunia. Wenn ich Rejas' Ansprüche nicht erfülle, muss ich gehen. Das ist arg, sehr sogar.

Aber in Achunia wäre es mein sofortiger Tod. Die Kinder sind hier geboren, und das bedeutet, dass sie sicher und gut leben können. Dass sie zur Schule gehen und nicht jetzt schon arbeiten müssen. Selbst wenn wir den Hof verlassen müssten, hätten sie Sicherung. Mein Leben mag ihrem dienen, bis sie mich nicht mehr brauchen. Ihr drei seid mein Glück, und so viel Glück habe ich gar nicht mehr erwartet. Ich habe keinen Anspruch darauf, dass es lange dauert. Ich bin froh, euch zu haben. – Herz, wein nicht. Es ist mir leid. Ich wünschte, du würdest es dir weniger lasten."
„Weißt du, ich habe einmal geglaubt festzustecken", sagte Aksua, der zornig seine Tränen fortwischte. „Weil ich über Jahre die Folgen meiner falschen Entscheidungen tragen musste. Und weil ich glaubte, mich nicht von Esdri lösen zu können. Wie gut es mir eigentlich gewesen ist, welche Möglichkeiten ich hatte, habe ich nicht gesehen. Du bist wie eingesperrt, wirst bis in Krankheit beargt und sprichst von Glück?"
„In der Wahl deiner Männer beweist du wenig Geschick", neckte der Jüngere.
Aksua schmunzelte kurz. „Ich liebe dich. Und die Kleinen. Ich kann diese Arge nicht zulassen. Sie schadet dir, und gleich, wie gut du sie von den Kindern fernhältst, schadet sie auch ihnen. Sie leiden darunter, dass du niemals wirklich freie Zeit hast, für sie, für euch, nicht einmal an Ruhetagen. Sie beschweren sich zu Recht. Ich will nicht, dass dein übermäßiges Werk eure Nähe zueinander zerstört. Und es schadet auch mir. Wir finden einen Ausweg. Ich werde mit Rejas sprechen. Wenn dies nichts bessert, finden wir anderes." Er zögerte. „Ich würde dir die Hände geben."
Ishir lachte erstaunt auf. „Ich dachte, das sei dir Unsinn."
„Ist es auch. Ein Liebesband ist zwischen Liebenden und gehört nicht in Dinge um Recht und Gesetz. Aber wenn Lesnen dir nur dann Würde gestatten sollte, wenn wir ein Band unter gesetzlichen Regeln halten, würde ich es tun, dir händegeben. Dann kannst du Stadtbürger werden, nach einigen Jahren. Ich will aber nicht, dass du in Abhängigkeit zu mir gerätst, deshalb lass es uns überdenken. Und ein dutzend verpflichtete Jahre sind viel für zwei, die noch nicht einmal getanzt haben. Dennoch bleibt uns diese Möglichkeit. Wir finden einen Weg."
Ishir lächelte berührt. „Ich weiß es zu schätzen, dich Wundervollen an meiner Seite zu haben." Er streckte sich ihm entgegen, hielt jedoch schmerzvoll inne. Aksua beugte sich hinab, und sie teilten einen Kuss. Später erklärte Ishir: „Ich könnte dir nicht händegeben. Du hast schon einmal zwölf Jahre festgesteckt, ohne die Möglichkeit zu gehen. Ich könnte das niemals zulassen."
„Es wäre eines, für das zwölf Jahre einmal Sinn ergeben würden."
„Festzustecken ergibt keinen Sinn. Nein. Ein Band für immer, wenn es nach mir wäre. Aber nicht so. Ich möchte, dass du bei mir bist, weil du es willst. Da hat deine Schwester Recht."

„Ja, wahrscheinlich. Ihr solltet einander kennenlernen." Wieder einmal spürte Aksua große Wärme in seiner Brust. Er senkte kurz den Blick. Im Aufsehen strahlte er, was wiederum Freude in Ishirs Miene rief: „So gefällst du mir besser."
Aksua küsste ihn noch einmal, legte sich dann zu ihm und kuschelte sich an ihn. Ishir koste seinen Nacken.
„Wenn du mehr freie Zeit hättest, wie würdest du sie verbringen?", fragte der Ältere nach einer Weile.
„Nun, mit euch."
„Nein, ich meine, wenn du Zeit für dich alleine hättest. Wenn du mit uns schon Zeit verbracht hättest."
„Dann hätte ich immer noch kein Geld."
„Wenn du es hättest. Träume einmal."
Ishir gab nach. „Musik. Ich würde gerne Musikspiele hören. Und vielleicht selbst einmal richtig spielen lernen. Mein Gezupfe hat Grenzen. – Es ist aber nicht so."
„Und was würdest du tun, wenn du die Wahl im Werk hättest?"
„Wie ein Lesne?", grinste er.
„Ja."
„Als ich jung war, träumte ich davon, Ahren zu züchten."
„Das soll recht schwer sein."
„Aber nicht unmöglich. Als Kind habe ich auf einem Ahrenhof gelebt. Sie sind die ersten Tiere, die ich aufzuziehen lernte. Sie sind unglaublich schön. Und klug! Du glaubst nicht, wo sie überall ihre Eier verstecken! Und sie würden sich bei dem Wetter hier gut vermehren." Er seufzte. „Träumereien. Raher und ich haben es einmal vorgeschlagen." Es war der Name seiner Base, die Aksua mittlerweile kennengelernt hatte. „Und ich war dumm genug, Rejas vorzurechnen, wie sehr sich das lohnen würde. War kein guter Einfall." Schmerz glitt über Ishirs Züge.
„Was ist geschehen?"
„Er meinte, Kostenschätzungen und Rechnungen seien nicht die Aufgabe von Schäfern. Wenn wir über weiteres Werk nachdenken könnten, seien wir nicht ausgelastet, dann würde eines wohl reichen. Weil ich in Ehe war, schickte er Raher vom Hof. Ich bin froh, dass sie in Ried neues Werk gefunden hat."
„Wie lange ist das her?"
„Wir wussten noch nicht, dass Barheg kindestragend war. – Hätte ich nur den Mund gehalten. Wir können uns kaum sehen. Die Kleinen besuchen Raher manchmal, aber ich sehe sie nur alle paar Monde einmal." Ishir straffte sich. „Ich sage ja, ich habe schon erlebt, was geschehen kann, wenn ich meine Zunge nicht bändige. Oder zu träumen wage. Sei mir nicht böse. Ich bin in diesen Dingen nicht so frei wie du. Vielleicht auch einfach nicht so stark."

Aksua zog die Brauen zusammen und verneinte still.
„Komm. Die Kinder werden bald kommen. Ich kann hier nicht länger herumliegen."

Schlachthilfen werkten auf dem Hof. Nahe den Blutwannen standen Ladewagen, um die ausgebluteten Tiere aufzunehmen und in die Stadt zu bringen. Aksua mied die Schlachtstätte, doch das beendete seine Anspannung nicht. Er war froh, als es Zeit war, Lichei und Garwe zur Schule zu bringen. Aber als er in den Stall trat, vernahm er zweistimmiges Schluchzen. Die Gesichter weinend in seinem Fell vergraben, standen die Kinder an das Pferd geschmiegt.
„Was ist denn los?", fragte Aksua.
Sie merkten auf und flohen beide augenblicklich in seine Arme.
„Suka und Ajuk", heulte Lichei. „Sie werden sie schlachten!"
Sie hatten einem Schaf, das bei der Lammung krank gewesen war und neben dem Ishir manche Nacht durchwacht hatte, den Namen Suka gegeben, dem neugeborenen Widder den Namen Ajuk, als sie bei Pflege und Aufzucht geholfen hatten.
„Sie können sie doch nicht einfach schlachten", jammerte Garwe. „Wir haben sie doch lieb! Vater sagt, er kann nichts machen."
Aksuas Gedanken waren so schnell, dass er sprach, ehe er sie zu Ende gebracht hatte: „Ich kann eines machen. Wartet hier. Ich bin gleich zurück!"
Er rannte zum Schlachtplatz. Dort führten sie zu viert das Tier, welches an der Reihe war. Es schrie um sein Leben und wehrte sich vergeblich gegen die Griffe.
„Hört auf!", brüllte Aksua. „Hört sofort auf!"
Erstaunt hielten sie inne und sahen ihn an. Er war stehengeblieben, bleich und bebend starrte er das zappelnde Schaf an. Dessen Schreie in Todesangst und der Blutgeruch hatten ihn so sehr erschüttert, dass er nichts mehr sagte. Ishir löste sich von den Übrigen, nahm ihn behutsam am Arm und wollte ihn außer Hörweite führen, aber Aksua keuchte: „Leben Suka und Ajuk noch?"
„Ja...?"
„Ich kaufe sie. Und dieses hier. Schlachtet sie nicht. Ich kaufe sie."
„Ist gut." Der Schäfer wandte sich an die anderen. „Eine Ruhe für uns alle?"
„Ja", antwortete Rinedri besorgt.
Ishir nahm zunächst die Schürze ab und wusch sich das Blut aus dem Gesicht und von seinen Händen und Armen. Dann setzte er sich mit Aksua unter einen Baum, der auf dem nächsten abgeernteten Feld stand, und hielt den Beargten. Dieser schwankte zwischen Nähesuche und Abstandnahme, denn der schreckliche Geruch des Blutes war nicht gänzlich vergangen. Lange saßen sie so da, bis Aksua sich langsam aufrichtete. „Sie gehören Garwe und Lichei. Suka und die beiden anderen. Ich zahle alles, aber sie sollen leben. Rejas ist es um Geld, nicht um Fleisch."

Der Nebensitzende nickte mit Frage.
Aksua schöpfte tief Luft. „Geh zurück."
„Du brauchst mich", wandte Ishir ein.
„Nein, es geht schon. Ihr müsst bei den Schafen weitermachen. Ich geh so lange fort."
„Wohin?"
„Einfach fort. Ich ... kann jetzt nicht hierbleiben."
„Versprichst du mir, dass du dir nichts antust?"
Der Ältere war verblüfft. „Wenn ich das wollte, hätte ich es längst. Ich kann jetzt nur nicht hierbleiben. Wann seid ihr fertig, was schätzt du?"
„Morgen Mittag. Mit dem Schlachten. Was das Ausnehmen und die Felle betrifft..."
„Das halte ich aus. Dann bleibe ich über Nacht fort und komme gegen Nachmittag wieder."
Noch immer in Sorge, umarmte Ishir ihn. „Ich liebe dich", sagte er.
Aksua lächelte. „Und ich dich. Bis morgen."
Er ging in den Stall und überbrachte den Kindern die Nachricht, die sie aufkreischen ließ. Dann packte er seinen Beutel, sorgte das Pferd auf und floh.

Aksua kam nicht zur verabredeten Zeit und auch nicht im Verlauf des Abends, worüber Ishir sehr beunruhigt war. Aber am folgenden Tag berichtete eine darum gebetene Heranwachsende, Aksua habe in einem nahen Gasthof Herberge gefunden, sei wohlauf und werde bald zurückkehren. Was am nächsten Morgen geschah. Ishir lief ihm entgegen, als er absaß, und herzte ihn lange.
„Verzeih, dass ich unsere Verabredung gebrochen habe", schnaufte Aksua in die Schulter seines Mannes.
Ishir winkte ab. „Besser?", fragte er.
„Schon. Seid ihr fertig?"
„Ja, und es ist alles fortgeschafft worden. Bis auf die Felle, die hängen hinter der Scheune. Wenn du nicht hingehst, wirst du vom restlichen Werk wenig mitbekommen."
„Das danke ich dir", seufzte Aksua.
„Das war ich nicht allein. Alle wollten es dir erleichtern."
Er lächelte.
„Na, komm."
Als sie zu zweit in der Küche saßen, erklärte Aksua: „Die nächsten Jahre werde ich vor dem Schlachten fortgehen, dann ist es bestimmt auszuhalten."
„Das ist ein guter Gedanke."
Er richtete seine Aufmerksamkeit von sich selbst auf Ishir. „Es ist sicher nicht leicht, Tiere aufzuziehen und sie dann zu töten."
„Nein, das ist es ganz und gar nicht. Sie vertrauen mir. Zu Unrecht. Aber ich habe da wenig Wahl. – Dies hier ist nicht um Schafe."

Aksua lautete zugebend.
„Ich danke dir für die Kinder. Sie habe ‚ihrer Herde' einen Platz neben deinem Pferd eingerichtet. Ich glaube, ich habe sie noch nie so eifrig bei der Stallarbeit gesehen. Ich hoffe", tastete Ishir, „dass du ... ich..."
„Ich stehe das durch", erwiderte jener. „Es ist gar nicht so arg, wie du es glaubst."
Ishir hob die Brauen.
„In mir war eines leer, ohne Gefühl. In der Zeit der Folter ließ mich das überleben. Aber heute ist sein Ende not. Das war schon einmal fast da, damals, als ich so gerne mit dir tanzen wollte. Aber es war zu früh, und ich habe es wieder verschlossen. Jetzt ist es aufgebrochen, glaube ich." Aksua sann nach. „In den ersten Tagen in Folter wollte ich nur, dass all das Schreckliche endete, wollte sogar sterben, wenn es nur aufhörte. Dann irgendwann wollte ich nur noch leben. Mein Gefühl der Arge war weg, eine Zeitlang fast jedes Gefühl, bis wir befreit wurden. Ich kann nicht sagen, was in der Zwischenzeit in mir vorging, weil ich mich nicht daran erinnere. An Hunger, Folter, all die Erniedrigungen, an das Leid umher. Aber nicht in mir. Dann kamen wir frei, und die Bilder von den Foltern kamen wieder und wieder. Es ging nicht mehr vorwärts. Ich habe versucht, sie dadurch zu vertreiben, dass ich mir kaum Ruhe gönnte. Dann war nichts mehr zu tun, und in mir kam es zum Stillstand. Es war schrecklich. In mir war alles erstarrt, nur in Erinnerung, und das Leben in Lesnen ging weiter, als sei nichts geschehen. Ich musste diesen Stillstand beenden, deswegen bin ich hergekommen. Hier habe ich wieder versucht, nicht daran zu denken." Er lächelte. „Wenn ich dich nicht gefunden hätte, wäre es dennoch wieder zum Stillstand gekommen. Du tust mir so gut. Aber das Schaf hat mich daran erinnert, Beute zu sein, wehrlos. Angst zu haben. Und daran, dass ich selbst verletzt und getötet habe."
Ishir griff ihn.
Aksua schnaufte. „Ich werde lange brauchen, bis es mir besser ist. Ich glaube nicht, dass es je ganz vergeht. Aber es ist gut, dass dieser Knoten in mir aufgegangen ist, jetzt, wo ich in Sicherheit bin." Er sah auf. „Was rede ich da eigentlich? – Ich will es dir nicht lasten."
„Doch. Wenn es dir nur wohler ist."
„Das ist es. Aber ich bin dir eine schreckliche Last."
„Das zu beurteilen, überlasse mir." Ishir küsste ihn. „Du bist mir ein Geschenk der Geister. Und ich bin ja nun auch keine leicht verdauliche Kost, oder?"
„Ich bin mir nicht sicher. Lass mich noch mal kosten."

Auf dem Hof wurde das Erntefest nicht gefeiert. Alle waren zu erschöpft, und trotz der Erleichterung darüber, dass nun das zusätzliche Werk geendet hatte, stand Sorge in den Gesichtern. Aber die Festtage vergingen, ohne dass Rejas auf dem Gut eintraf. Allerdings kamen unerwartet Rowun, Kerm und Udras zu Besuch. Aksua jauchzte auf, als ihr Wagen den

Hof erreichte. Udras sprang herunter, ehe das Gefährt zum Halten kam, und flog dem Vermissten in die Arme.

„Ist es möglich, in so kurzer Zeit so viel zu wachsen?", rief er, während er sie im Kreis schwang.

Udras strahlte. Er setzte sie wieder ab. Dann herzte er Rowun, nahm Kerm aus seinem Korb und entlockte dem Kleinen ein Lachen.

„Die anderen kommen nach dem Neunten und bleiben für einige Tage, danach wird Udras wieder fahren. Aber ich würde mit Kerm gerne für eine Weile bleiben", sagte Rowun. „Ist dir das recht?"

„Und wie!"

Aksua stellte Gäste und Gutsbewohnende einander vor. Als er anschließend laut über die Raumplanung nachdachte, erklärte Ishir: „Udras schläft bei dir. Wie ihr es immer gehalten habt. Sie hat die älteren Rechte." Er zwinkerte.

Die Brüder verbrachten den ganzen Tag im Gespräch. Lange saßen Aksua und Udras dabei kuschelnd, bis die Zwillinge heimkehrten. Nach einer ersten Begrüßung verschwanden die drei älteren Kinder, um bald wild herumzutoben. Danach waren sie vollkommen verdreckt, ihr Haar starrte vor Schmutz und Stroh, und Aksua schickte sie ins Bad. Er hatte es wieder nutzbar gemacht, früher einmal war es für die Balrinen gebaut worden, in den letzten Jahren aber ungenutzt gewesen. Während sie die Spielenden beaufsichtigten und Kerm behutsam an das Wasser gewöhnten, gewahrte Aksua, dass Rowun keine Trauer um sich breitete. Allerdings war auffallend, dass er seinen Sohn nur dann unter fremder Aufsicht ließ, wenn er selbst zum Abtritt ging.

„Ich brauche die Nähe zu ihm", gestand Rowun nach dem Abendessen, als der Kleine in der Wohnkammer zwischen ihm und Aksua spielte. „Und ich bin gewiss, es ist ihm ebenso. Nenn es zu viel der Obhut, aber es ist keine gewöhnliche Lage, in der wir sind. Es wird weniger werden."

„Ich habe doch gar nichts gesagt", erwiderte Aksua. „Ich bin froh, dass ihr hier seid. – Aber ich hatte gehofft, du wärst mit Nachricht von Rejas gekommen. Mit einer Antwort." Er senkte die Stimme, damit er außerhalb des Raumes nicht zu hören war. „Sie haben Angst, weil er nach der Ernte nicht hergekommen ist. Das ist wohl noch nie geschehen, und sie wöhnen Arges."

„Das brauchen sie nicht." Rowun warf einen Blick auf seinen an der Lehne der Liege emporkletternden Sohn. Aksua hob eine Hand hinter den Kinderrücken, und Rowun stand auf. „Das halbe Jahr ist vorüber, Nirars gesamtes Erbe wurde verlesen. Ich habe eines von ihr für dich. Du wirst staunen."

Aksua rannte auf den Hof. Seine Wangen glühten, als er nach Ishir rief.

Ilech kam ihm entgegen.

„Weißt du, wo Ishir ist?", keuchte der Laufende.
„Vorhin habe ich ihn hinter dem großen Schober gesehen", antwortete sie mit einem Lächeln über sein Strahlen.
Er umrundete den Holzbau und erblickte den Gesuchten, der ihm abgewandt stand. Ishir musste ihn gehört haben. Warum hatte er nicht geantwortet? Da drehte er sich um, und Aksua erschrak. Es war offensichtlich, dass Ishir heftig geweint hatte. Seine Augen waren gerötet, sein staubverdrecktes Gesicht notdürftig abgewischt, aber noch nicht trocken.
„Was ist dir?"
„Ach, lass", wehrte er ab. „Schon gut. Schon vorbei."
„Was ist dir? Hast du Schmerzen, oder...?"
„Nein, nein. Lass. Ich bin einfach in Spanne, weil Rejas noch nicht da war. Ich muss das neue Heu auf den Speich..."
„Vergiss das Heu für einen Augenblick!", rief Aksua. „Und rede mit mir! Was ist dir?"
Ein letztes Schniefen. „Ich wollte nicht, dass du mich so siehst."
„Du Dummkopf!"
Er nahm Ishirs Hand und führte ihn gegen seinen schwindenden Widerstand an die Schoberwand, wo sie sich niederließen, Aksua nahm den Jüngeren in den Arm. „Nun?"
Es währte, bis der Schäfer zu einer Erklärung bereit war. „Deine Begeisterung ist so schrecklich verlockend, weißt du? Ich hatte mich damit abgefunden, dass die Dinge sind, wie sie sind. So konnte ich sie ertragen, irgendwie. Dann kamst du und ... Ich fühle mich so geliebt von dir. Und deine Aufregung wegen der Zustände hier und ... Du bist so gut. Aber es zeigt mir auch..." Er brach ab und sammelte sich erneut. „...wie viel in mir nicht gut ist. Wie wenig ich zur Ruhe komme. Ich habe vieles einfach fortgeschoben und nie angesehen. Vieles erduldet, wogegen ich mich stellen sollte. Es aber nicht kann, weil ich keine Kraft dafür habe. Du sorgst dafür, dass es in dir heilt, so gut es möglich ist. Du bringst zur Ruhe, was in Arge wallt. Du empörst dich gegen schlechte Behandlung. In dir hast du eines vor Zerstörung bewahrt, und das heilt dich nun von innen heraus. Und das wird für dich zu einem glücklichen Leben führen.
Ich weiß gar nicht, wo ich anfangen sollte! Ich will nicht, dass du es mitansiehst, wenn Rejas mich kleinhackt. Dieses Jahr bin ich dran, wegen der Fleischpreise, das ist sicher. Was soll dann aus den Kindern werden? Und ich will hier auch nicht weg! Und du sollst es nicht sehen, wenn ich scheitere! Ich ... Auf Dauer kann ich dir das nicht bieten, was dich glücklich machen wird. Du brauchst einen Starken an deiner Seite. Weil du so stark und so gesund bist. Ich bin zu erschöpft, um herauszufinden, was ich ändern könnte, um dich glücklich zu machen."
Aksua hatte fassungslos zugehört. Nun, als der abermals Weinende schloss, sagte er: „Ich liebe dich so, wie du bist, Ishir. Du musst nichts ändern. Du bist wundervoll. Ich glaube, das weißt du gar nicht."

Ein gequältes Lächeln. „Noch träumst du aus verliebten Augen. Aber wenn du erwachst, wirst du mich nicht mehr haben wollen."
„Das ist ein unfasslicher Unsinn!"
„Doch. Du wirst es sehen. Ich wünschte, ich wäre zufrieden damit, dich für unsere Zeit bei mir zu haben. Dein Übergangsmann zu sein, bis du wieder wirklich wohl sein kannst und dir danach einen suchst, an dem nicht so vieles krankt..."
„Du bist alles andere als ein Übergangsmann!"
„...aber du bedeutest mit so viel. Auf Dauer brauchst du bessere Gesellschaft als mich. Ich bin selbst nicht der Lage, mein Leben zu verändern." Ishir weinte verzweifelt und leise.
„Hör auf. Hör mir zu. Du brauchst nichts an dir zu ändern. Die Dinge waren zu ändern, und sie sind es jetzt!"
„Ach, ja?", schluchzte er kaum hörbar.
„Ja. Der Hof gehört nicht mehr Rejas."
„Was?"
„Ich kann es kaum glauben. Nach ihrer Heimkehr hat Nirar von Rejas das Gut gekauft. Und mir vermacht. Rowun hat heute die Verfügung mitgebracht. Nicht einmal er wusste vor der Erbeverkünde davon."
Ishirs Tränen verebbten.
„Das Erbe ist mit Auflagen verbunden. Dass ich mindestens einmal in jedem Jahr nach dem Rechten sehen muss, falls ich fortziehe. Was ich nicht vorhabe, fortzuziehen. Dass keines, das gegenwärtig hier Werk hält, es verliert, es sei denn, Verbrechen oder Vertragsbruch sind ihm nachgewiesen. Solche Auflagen. Du wirst sehen, dein Leben wird gut!"
Ishirs Miene hatte sich mehrfach verändert, während er zugehört hatte. Von ihrer ehedemen Verzweiflung zu Ungläubigkeit, dann zu Sorge um den klaren Verstand seines Gefährten. Nun begann er, leise zu lachen. Aksua staunte. Ishir hielt einige Augenblicke lang nicht ein, dann küsste er ihn, „danke. Das ist die seltsamste Aufheiterung, die ich je gehört habe", erhob sich und half ihm auf. „Komm, ich habe mich genug selbst bemitleidet. Ich muss weitermachen. Und du wirst doch sicher mit Rowun..."
„Du glaubst mir nicht?", unterbrach ihn Aksua.
Sie standen voreinander, starrten einander an.
„Das ist kein Scherz?"
„Nein. Du kannst die Verfügung sehen, wenn du willst."
„Das Gut gehört dir?"
Aksua strahlte. „Du wirst sehen, was sich alles ändern wird."

Die übrigen Kanhartiden trafen ein, Aksuas restlichen Besitz mitbringend, um den er gebeten hatte. Sie begrüßten die Kinder und Ishir herzlich; Ahte griff ihn bei den Schultern, schätzte ihn kurz, nickte dann und sagte: „Du bist also unser geeinter Sohn? Endlich lernen

wir uns kennen."
Er lautete überrascht auf und war kurz sprachlos, ehe er erwiderte: „In der Nähe sehr gerne. Aber Aksua hält nichts vom Händegeben."
„Auch Aksua wird klüger", zwinkerte sie.
„Mutter!"
Sie umarmte den Empörten.
Der Gedanke begleitete sie, als sie sich einrichteten. Nachdem sie schließlich neben dem Haus auf einem kleinen Mußeplatz, den Aksua mit zwei Bänken, Stühlen und Zierpflanzen gestaltet hatte, zusammengekommen waren, sagte Derimen: „Warum eigentlich nicht? Hier ist doch ein Nutzen einmal offensichtlich. Banés und ich haben unsere Vorstellungen auch für die geändert, die wir lieben. Gebt Hände. In Viralí, um sicherzugehen."
Rowun schüttelte den Kopf. „Nicht deswegen." Und er berichtete von Nirars Erbe an Aksua.
Seine Schwester lächelte. „Ich vermisse sie. Und euch beide im Rat. Allein unter Feiglingen."
„Vielen Dank", bemerkte Banés.
„...den Botschafter Viralís ausgenommen", ergänzte sie mit einem fast fließenden Übergang, und gen Aksua: „Willst du es ihnen bald oder mit Weile sagen? Du stellst uns einander doch vor, oder?"
„Sicher, nachher. Ich sage es ihnen heute beim Abendessen. Ich wollte erst ausrechnen, welche Änderungen und wie viele weitere Werkende wir brauchen und bezahlen könnten. Es ist ungeheuer, wie viel der Hof abwerfen wird. Als Besitzer kann ich auch Wärmesteine kaufen, die das Werk erleichtern."
Derimen lächelte. „Ich bewundere Nirars Weitsicht. Ich freue mich so. Für euch alle."
„Ich bin ihr sehr dankbar. Und den anderen." Er blickte für einen Atemzug nieder. „Ich genieße es, hier zu sein. Ich hätte euch auch gerne hier."
„Wir werden oft kommen", versprach sie. „Ich muss in manchem langsamer werden, die Wirbel in mir zur Ruhe finden. Ich glaube, hier ist ein guter Ort dafür."
Freude zog in des Älteren Gesicht.

Aksua lag die Rede vor anderen nicht, und so war seine Ansprache in der Wohnstube sehr kurz. Einer Erklärung seines Erbes folgte der Bericht, dass er die Verträge aller Werkenden durchgesehen hatte und bessere vorschlug, die sie nach eigenen Vorstellungen aushandeln konnten. Eine Beteiligung am Gewinn werde in jedem Fall zum Lohn hinzukommen. Außerdem werde Aksua weitere Kräfte auf das Gut werben. Schafe wünsche er nur noch für Milch und Wolle, die meiste Arbeit werde weiterhin auf den Feldern und im Neuen bei der Zucht von Ahren nötig werden, er bitte sie alle um weitere Vorschläge. Schweigen stand darauf über den Versammelten. Nach einiger Zeit ließ sich Ilech vernehmen: „Was bedeutet das für das Werk?"

„Dass jedes sein Wissen und seine Wünsche einbringen kann. Und dass es weniger Werk wird. Sehr viel weniger. Allerdings nicht für dich", scherzte er offensichtlich, und auf ihr fragendes Gesicht hin: „Ich würde mich freuen, wenn du in die Schule gehst. Aber es ist deines, ob du willst."

Sie riss die Augen auf. „Und wie ich will!"

„Schön."

„Aber wer bezahlt das?"

„Du, mit deiner Arbeit der letzten Jahre. Der Hof gibt es dir nur zurück. Es ist nur andersherum als üblich. Wir werden das in einem Vertrag festhalten." Sie strahlte wie die Sonne, Aksua lächelte. „Und sonst: Macht euch keine Sorgen. Wir bereiten alles vor, aber ohne Eile. Wenn wir im Frühling noch nicht so weit sind, dass die ersten Ahren kommen können, ist das nicht arg. Wir haben fast unanständig viel Geld zur Verfügung. Was weitere Werkende und weiteres Werk betrifft – ihr wisst, wie wenig Ahnung ich von der Landarbeit habe. Ich bin sicher, dass ihr bessere Einfälle habt als ich. Und es müssen nicht alle arbeitstoll sein, die hier leben. Ich würde mich auch über Verwandte und Freunde von euch freuen. Es ist mir wert, wenn wir hier gut leben können."

Die ehedeme ohnworte Verblüffung wich plötzlicher Aufregung, als allen gewiss geworden war, welche Veränderungen dies für sie bedeuten würde. Aksua genoss die Freude der anderen, bis sich Rinedri und Bajer ihm zuwandten und ihm heftig dankten. Da zog er sich unter dem Vorwand zurück, Wein für alle holen zu wollen.

Während er mit Nilres Festbecher vom Küchenbrett angelte, bemerkte die Betagte: „Wenn du es beließest, wie es ist, könntest du sehr wohlhabend werden."

Erstaunen stand in Aksuas Miene, darauf ein Lächeln. „Ich bin reich. An euch. Ihr habt mir eine Wahlsippe geboten, als ich meine Sippe nicht aus Lesnen mitnehmen konnte und Wohle suchte. Ihr seid mir Stütze, ohne je eine Gegenleistung verlangt zu haben. Das ist Reichtum genug. Wer selbst sicher ist, muss sich der Sicherheit anderer zuwenden, meinst du nicht? Ich gebe nur zurück, was ich erfahren habe."

Nilres leuchtete auf und ehrte ihn.

Sie kehrten in einen mit halblautem Jubel erfüllten Raum zurück; allein Ishir stand still hinter Aksuas Änderungsvermerken, die auf dem Tisch lagen. Sein Gefährte trat zu ihm, Ishir sah auf. „Noch drei für das Werk an den Tieren?", hauchte er.

„Oder vier, ich habe da so wenig Überblick. Willst du Raher fragen, ob sie es hier noch einmal versuchen will?"

Er starrte ihn an.

„Die Schafe, die wir noch haben, kann ich eine Zeitlang übernehmen. Die Kinder fahren doch bald nach Lesnen. Fahrt doch mit, wenn Raher kann. Die Schule freut sich über zwei Erwachsene mehr, die die Bande davor bewahren, ins Hafenbecken zu plumpsen."
Noch immer schaute der Schäfer fassungslos.
„Sie bleiben für vier Übernachtungen fort. Aber ihr könntet danach bei Ahte und Imen bleiben, Derimen und Banés haben euch auch eingeladen. Und euch die Stadt noch weiter ansehen. Musikspiele genießen, solches."
„Ich weiß nicht, was ich sagen soll", krächzte er und floh in Aksuas Arme. „Kannst du nicht mitkommen?"
„Ich kann hier erst einmal nicht weg. Leider. Aber später. Wir könnten das Halhésfest bei meinen Eltern verbringen."
„Oh, ja." Ishir wischte sich Tränen ab. „Was ist das für ein Fest?"
„Das Herbstfest Viralís. Es ist später als das Erntefest Lesnens."
„Das klingt großartig. Aksua..." Erneut suchte er seine Umarmung.

Die Gefährten gingen, um die Kinder abzuholen, die unter der Aufsicht von Udras' Großeltern im Bad getobt hatten. Während Garwe noch ein wenig weiterplanschte, genossen es Lichei und Udras, sich abtrocknen und einölen zu lassen. Letztere betrachtete Aksua sehr aufmerksam, während er ein Trockentuch um sie wickelte. „Es ist dir besser", sagte sie nach einer Weile.
„Ja", lächelte er.
„Ishir hat sich um dich gekümmert."
Er warf einen Blick auf ihn, der Garwe aus dem Becken mahnte. „Das hat er."
„Und du liebst ihn."
Aksua sah sie forschend an, nickte.
„Dann gebe ich dich frei", erklärte sie ernst. „Sei mit ihm."
Er drückte sie berührt an sich. „Du bist die großherzigste kleine Große, die ich mir denken kann." Und maß sie. „Obwohl ich das ‚Kleine' bald nicht mehr guten Gewissens sagen kann. Wie groß du geworden bist!"
Sie glühte vor Stolz. „Ich schlafe heute nicht in deinem Bett", verkündete sie.
„Tatsächlich nicht? Nun, dann müssen wir ein neues beziehen."
„Ich will bei Lichei und Garwe schlafen. Glaubst du, Ishir erlaubt das?"
„Da bin ich sicher. Und ich bin auch sicher, dass er es erlaubt, wenn sie ein paar Tage nicht in die Schule gehen. Lass uns ihn fragen."
Sie nickte froh.

Banés war in Ried gewesen und hatte eingekauft. Mit Gemüse, Obst und Gewürzen war er zurückgekehrt. Seit dem Nachmittag stand er unter Nilres' Aufsicht an mehreren Gartöpfen gleichzeitig.
„Für so viele zu kochen, ist wirklich eine Herausforderung", gestand er Derimen, die beinebaumelnd auf einer Ablage saß und zusah. „Nilres stammt aus Darentó. Sie hat mir versprochen, mich auch die Zubereitung von Garwirkeln zu lehren. Dafür gibt es in Lesnen überhaupt keine Lehrer!"
Aksua seufzte in Vorfreude. „Fastzwilling, ihr beide gemeinsam in der Küche, und ich werde essen, bis ich platze."
„Behauptest du sonst nicht, dass Genuss sich durch das richtige Maß halten lasse?", neckte Derimen Banés. „Und nun lockst du uns zum Zuviel?"
„‚In der Fülle gibt es nur einen Weg, gesund zu leben: maßvoll.'", erinnerte er an eine Schullehre, ehe er seiner Frau die Zunge herausstreckte. „Euer Maß ist eure Sache. Ich biete nur an."
Derimen sprang herab, um ihn zu kitzeln, danach suchte sie seinen Kuss.
„Raus jetzt", löste sich Banés widerstrebend von ihr. „Ich will das hier ohne Ablenkung hinbekommen."
Die beiden anderen verließen ihn, um Ishir mit dem Wagen von einer der Weiden abzuholen, die er darauf vorbereitete, nach dem Winter als Futterfelder zu dienen.
„Was ist wohl schlimmer", scherzte Aksua, „Ishirs Werk unter Zwang oder das Feuer, das in ihm für die Ahrenzucht entfacht ist? Ich dachte, er würde sich ausruhen, wenigstens einige Tage lang. Aber du siehst, wie es ist. Und er ist abends ebenso müde wie zuvor. Auch wenn es eine andere Art Müdigkeit ist, das muss ich zugeben. Ob ich wohl jemals einen Tag Ruhe mit ihm halten werde?"
„Wenn er sich daran gewöhnt hat, sicher. Ich werde Wuhtá und Vannét von ihm berichten. – Holst du ihn deswegen ab? Damit er sich ausruht?"
„Vielleicht auch. Er hört von allein nicht auf zu arbeiten, und wenn wir ihn nicht rufen, haben wir nachher eine dauergähnende Gesellschaft. Aber ich bin auch froh, mehr Zeit mit ihm zu verbringen und mehr von dieser Gegend zu sehen. Es ist so schön hier." Zufrieden lenkte er den Esel über eine Weggabelung.
„Du genest", ließ sich Derimen leise vernehmen.
Aksua sah sie an.
„Ich finde das erstaunlich schnell."
„Ich finde es schrecklich lange. Manches vergeht sicher nie ganz, aber ... Meine Bänder zu den Garren lösen sich. Eines Tages werde ich ihnen vergeben können, das spüre ich." Er gewahrte ihre Verwunderung. „Das sagt nicht ... gutheißen. Niemals. Aber wenn ich meinen Schmerz nicht irgendwann zu Grabe trage, werden sie immer Macht über mich haben. Das

kann ich nicht zulassen. Noch ist das alles zu nah und hat zu viel zerstört. Aber irgendwann..." Er blickte über das Land. „...werde ich den Schmerz begraben."
Kurz schwiegen sie, bis er sie erneut anschaute und bemerkte: „Es ist ziemlich seltsam, wenn du überhaupt nichts sagst."
Sie fing sich. „Ich bewundere dich sehr. Ich weiß nicht, ob ich mit Folter so umgehen könnte."
„Wer weiß schon, was Folter ist, ehe sie einem angetan wird?", erwiderte er. „Komm, genug Ernst. Da ist er schon."
Ein entfernter Punkt winkte ihnen zu. Derimen sah das Aufleuchten ihres Bruders, der heftig mit den Armen antwortete, und lächelte mitglücklich.

Spät am Abend, nach dem über alle Maßen köstlichen Essen, trafen sich die mittleren und älteren Kanhartiden mit Ishir auf Aksuas Mußeplatz, allein Banés ließ sich von Nilres noch in der Aufsorge der Essensreste für den nächsten Tag unterrichten, was eine eigene Kunst zu sein schien.
„Ich habe eine Frage", wandte sich Aksua an die Sippe. „Ist es Schulen erlaubt, Geld für die Ausbildung der Kinder zu nehmen?"
„Eigentlich nicht", sagte sein Vater.
„Gibt es Ausnahmen? Oder Höchstgaben? Ishir zahlt den größten Teil seines Lohns und die Bürgergaben der Kleinen für die Schule. Das erscheint mir völlig unangemessen."
„Was?", entfuhr es Derimen. Sie sah den Schäfer verblüfft an. „Du zahlst für die Schule?"
„Mehr oder weniger. Die Bürgergaben der Kleinen. Den Lohn hat Rejas bisher zum Beginn des Schuljahres gleich an die Schule gezahlt." Mit einem Mal flammte Sorge in Ishirs Blick auf.
Aksua griff sogleich seine Hand. „Deine neue Entlohnung wird dem Rechnung tragen", versicherte er.
Sein Gefährte konnte einen erleichterten Laut nicht hindern.
Derimen war fassungslos. „Die Schulen hier werden nicht von der Stadt bezahlt?"
„Doch, schon. Die schlechten", sagte der Schäfer, selbst aufstrahlend.
„Weiß der Rat das?"
„Das weiß ich nicht."
„Nun, er wird es erfahren", grollte sie.
„Aber hier ist manches anders als in der Stadt", wandte er ein. „Und ich habe nun einmal zwei Kinder."
„Auch diese Gegend gehört zu Lesnen und steht unter seiner Rechtsprechung. Die Schulen werden gestellt, damit alle Kinder dieselben Möglichkeiten zu wachsen haben. Wenn ein Erwachsenes nicht zwei Kinder in Bildung schicken kann, ohne dadurch selbst zu wenig zu haben, folgte daraus, dass es dauerhaft entweder unterschiedlich gute Möglichkeiten oder

immer weniger Kinder geben würde. Solche Zeiten hatten wir schon! Wenn die Schulen hier nichts taugen, müssen sie verbessert werden! Das ist doch nicht zu fassen!"
Aksua lachte leise. „Ich habe deinen Eifer vermisst", sagte er.
Derimen beriet noch einige Zeit mit Rowun und Imen darüber und beschloss dann, in zwei Tagen, wenn Lichei und Garwe wieder in die Schule gehen würden, dort nach den Rechtsgrundlagen zu fragen, aufgrund derer ein Schulgeld erhoben wurde. Das Gespräch wandte sich anderem zu, und Ishir ging für eine Weile von ihnen, da er nach einem kranken Tier sehen wollte.
Nach einiger Zeit fragte Aksua seine Schwester: „Gab es noch Weiteres um Dahir? Hat er sich noch erklärt oder sonst eines? Und die Ratsmitglieder?"
„Nein, gar nichts. Alles hat sich beruhigt, das reicht mir eigentlich."
„In Dahir warst du damals schrecklich verliebt", erinnerte er sich.
Sie nickte versonnen.
„Aber du warst auch ständig wütend auf ihn", ergänzte er. „Was war da los, dass er dich noch heute klammert?"
„Ich weiß es nicht. Damals ... Geister, wir haben einfach nicht gepasst und waren erst spät klug genug, es zu begreifen. Ich kann ganz sicher keine Unfehlbarkeit für mich beanspruchen, ich war wütend, ja, sehr und ständig. Er hat mich auch immerzu gereizt, aber ich war nicht unschuldig an unserem Ärger. Damals habe ich es nicht einmal im Ansatz verstanden, hätte für das, was er nun getan hat, keine wirkliche Erklärung gefunden. Verletzte Liebe, Rache, Eitelkeit? Weil ich unser Band damals beendet habe? Aber heute..." Sie sah versonnen zu den Sträuchern, die Aksua als Sichtschranke zum Misthaufen eingepflanzt hatte. „Ich denke, es ist um anderes. Und ich kann es nur spüren, weil ich es mit Banés anders kennengelernt habe. Seit er aus Viralí zurückgekehrt ist, war da eines anders als früher, schon bevor wir uns als Geeinte gefunden haben. Es ist schwer zu erklären ... Wenn ich müde bin und wir eine Weile beieinander sind, ob wir nun reden oder nicht, wird die Müdigkeit weniger, manchmal vergeht sie. In seiner Gegenwart fühle ich mich gestärkt und habe die besten Einfälle. Ich habe es damals sehr seltsam gefunden. Und obwohl es mir wohl war, war ich misstrauisch und habe Innensicht darüber gehalten, ob wir einander Seelenkraft überstülpen oder sie ungewollt vermischen. Das hätte ich unterbunden. Aber es ist nicht so. Meine Kräfte mehren sich, und seine auch, weil sie einander spüren."
Aksua, der Überlegungen solcher Art bereits von ihr kannte, schmunzelte. Die Übrigen schauten die Berichtende verwundert an, schwiegen jedoch.
„Bei Dahir war es anders. Auch anders als bei den meisten anderen Männern. Er wollte von mir mit Seelenkraft versorgt werden. Er hat mich dauerhaft gereizt, weil so meine Seelenkräfte immerzu aufwallten und er sie sich nehmen konnte. Aber ich bin kein Marktstand, an dem er sich nach seinen Wünschen bedienen kann. Mir war das damals nicht klar, aber jetzt konnte ich es spüren und habe mich daran erinnert. Schon vor der Anklage. Jetzt denke ich

darüber hinaus: Was, wenn ich jeden Streit zwischen Menschen als einen Streit um Seelenkraft ansehe? Was, wenn es zwischen Menschen immer um Seelenkraft geht, gute wie schlechte?"
„Wir sind keine Wärmesteine", wandte ihr Vater ein.
„Doch, in gewisser Hinsicht sind wir das, dieser Vergleich erklärt einiges. Du hast uns gelehrt, dass Menschen früher manches Mal lieber auf Notwendiges verzichteten als solche teuren Zeichen aufzugeben, die einen bestimmen Rang auswiesen. Du sagtest, weil sie zu einem Rang gehören wollten, weil sie ihren Platz in der Gemeinschaft auf diese Weise halten wollten, selbst wenn er nicht leistbar war. Es war manchen mehr wert als Nahrung! Um was als um Seelenkräfte kann es darin gehen? Worin sonst würde darin Wichtigkeit bestehen? Anerkennung anderer ist eine Seelenkraft, die sich uns zuwendet oder uns verlässt. Wir sind eine Kräftegemeinschaft. Auch deshalb brachten die Bürginnenrechte den Menschen solche Wohle: Sie gestatten ihnen, nach ihrem eigenen Kräftevermögen zu leben."
Imen verzog in Zweifel den Mund.
Derimen griff nach einem Beispiel: „Nimm dieses Gut hier. Menschen, die in Walle, in berechtigter Angst gehalten und so in die Presse genommen wurden, dass sie selbst krank noch arbeiteten. Kein Balrines und keines hier muss täglich ums Überleben kämpfen, also wozu diese unwürdigen Lebensbedingungen? – Da ist kein Sinn in Gütern zu finden, denn unter solchen Umständen mögen Werkende zwar immerzu beschäftigt sein, aber ein Werk in Angst und Hektik kann nicht den Gewinn eines Werkes in Wohle bringen, und sei es, dass es Verbesserungen verhindert. Es schadete Rejas' Gewinn, und dennoch zwang er dazu. Wenn du es aber von der Warte menschlicher Wärmesteine aus siehst, ergibt es einen Sinn: Wer in arger Walle gehalten wird, wem kaum genug zum Leben bleibt, gibt alle Kraft in die Erhaltung des Lebens, nicht in seine Verbesserung, in sinnvolles Werk, in Glück. Wer in arger Walle gehalten wird, gibt Seelenkraft ab. Immerzu, ohne innezuhalten und zu verstehen, dass es selbst sich im Kreis dreht und seine Kraft von sich schleudert. Von dieser Kraft können andere zehren. Welchen Grund gab es sonst für Rejas, seine eigene unverdiente Überlegenheit solchermaßen zur Schau zu stellen? Zu tadeln, wo keinem ersichtlich ist, warum? – Oder Folter. Darf ich darüber sprechen, Herz?"
Aksua nickte.
Derimen suchte kurz nach Worten, die ihm wenig Übel bereiten würden. „Wo kann Sinn sein, andere derart zu beargen? Wo ist Sinn hinter solcher Herrschsucht und Gewalt? – Schmerz und Angst sind Seelenkräfte, die Folternde zehren können. So steigern sie ihre eigenen Kräfte, gleich, dass es Kräfte im Argen sind. Aksua hat nicht allein deshalb überlebt, weil sein Körper stark ist, sondern in der Hauptsache, weil er einen Weg gefunden hat, seine Seelenkräfte weitestgehend bei sich zu halten und sie nicht anderen zu überlassen." Sie sah ihn forschend an.
Er lächelte.

„Ich weiß nicht", erwiderte Imen. „Ich weiß nicht, ob ich die Dinge so sehen kann."
„Wie denn sonst?" Derimen verlangsamte sich mühsam.
„Ich weiß nicht. Vielleicht, dass Menschen nicht so gut sind, wie du es ihnen zusprichst. Dass Folter, Selbsterhöhung und Herrschsucht Menschen immer schon begleitet haben. Dass solches immer schon vorgekommen ist."
„Aber warum, Vater?"
Er hob und senkte die Achseln.
Sie wartete noch kurz, ehe sie fortfuhr: „Vielleicht stehen wir darin an einer Schwelle zwischen ‚immer schon' und ‚künftig'. Ich kann nicht sagen, ob das Zehren der Kraft anderer je nötig war oder nicht; gut war es nie. Aber vielleicht – und hoffentlich! – beginnen Zeiten, in denen wir erkennen, dass solches enden muss! Weil wir so wohlhabend und sicher leben, dass es allen Menschen gut gehen kann. Weil wir verstehen, wie sehr es die Gemeinschaft bereichert, wenn alle ihre Leben in größtmöglicher Wohle leben dürfen. Dass Arge eine Art der Seelenkraft freisetzt, die Menschen in Unwürde und Krankheit zwingt, die guten Kräfte unterdrückt und nicht nutzbar werden lässt, für keines."
Imen schwieg kurz. „Ich verstehe, was du meinst, und ich würde gerne daran glauben", bekundete er dann. „Aber ich bezweifle, dass andere solche Veränderungen im Denken tragen werden."
„Ich muss es versuchen."
„Ja." Er schnaufte mit einer Mischung aus Sorge und Stolz. „Das musst du."
Aksua stellte seinen Becher ab. „Das trifft auf eines in mir", bekannte er. „Wenn du früher darüber geredet hast, habe ich mich gefragt, wozu diese Gedankenspiele nötig sein sollten. Aber nun sehe ich das anders. Du hast Recht, was mich betrifft."
Derimen war erleichtert, dass sie ihm keinen Kummer bereitet hatte. „So kann ich auch Valchears Intrige verstehen", fuhr sie fort, als Aksua dem nichts hinzufügte. „Ich habe damals für ihn gesprochen, vor der Wahl um die Stadtwahrung. Aber daran erinnert er sich nicht gerne, wahrscheinlich, weil er Augenhöhe mit einer Jüngeren nicht will. Er ist der Ansicht, dass die Jugend sich dem Alter unterordnen muss. Dass eine unter der Grauhaargrenze für den Rat spricht, hat ihn scheinbar so sehr Galle sieden lassen, dass er dies getan hat. Im Versuch zu meinem Schaden, aber seinen eigenen Schaden nahm er für den Fall seiner Entdeckung in Kauf. Warum diese Kriegsbereitschaft, wenn nicht um Seelenkräfte willen?"
„Meinst du?", fragte Ahte zweifelnd.
Auch Rowun stimmte ihr nicht zu. „Es ist recht viel Bereitschaft zum eigenen Schaden dafür, sich dir gegenüber durchzusetzen. Und Kräfte nehmen ... wie essen und trinken? Das erscheint mir recht seltsam."
Aksua schüttelte den Kopf. „Ich glaube schon, dass es ihm darum ging, dich loszuwerden. Aber aus einem anderen Grund als Alter gegen Jugend."
„Nun?"

„Derimen, auch er hat Augen."
„Was soll das heißen?"
„Dass du Männer liebst, dass du mit vielen getanzt hast. Aber nicht mit ihm."
„Ach, nein", jammerte sie. „Es kann doch zwischen Menschen nicht immer um Tanz sein!"
„Aber der Hunger danach wäre eines, das zumindest ich verstehen würde. Allein darum, Recht zu haben oder sich durchzusetzen, ist es Valchear bisher nie gegangen. Warum darin?"
„Vielleicht, weil er verhärtete Vorstellungen von Sitte und Tugend hat", gab sie zu bedenken. „Vielleicht wollte er sich mir überlegen fühlen, wenn er mich in die Schranken gewiesen hätte."
„Es würde sich nicht widersprechen", wandte Aksua ein.
„Nun gut, ich gebe auf. Wir werden es nicht herausfinden." Aber sie war sehr versonnen.
„Ich weiß nicht", wiederholte Imen noch einmal. Er wandte sich an seine Tochter: „Du kannst Seelenkräfte klar spüren?"
Sie nickte. „Jedes kann das, da bin ich sicher. Erinnere dich daran, wenn du eine Rede gehalten hast. Du hast mir erzählt, dass Anerkennung beflügeln und Ablehnung kühlen können, ohne ein einziges Wort, weißt du noch? Und welche Schwernisse solche oft haben, die in der Rede ungeschult sind? Nicht, weil sie nicht reden könnten, sondern, weil vorzutragen auch bedeutet, dass die Seelenkräfte anderer, mitunter vieler, sich einem zuwenden und dass das ausgehalten werden muss. Manche Ungeübten, die Ablehnung spüren, hören plötzlich auf zu sprechen."
Er war versonnen. „Meine größte Sorge war immer, dass wir von der Anerkennung anderer abhängig werden könnten. Es geschieht so oft bei Ratenden. Vielleicht war Valchear auch einfach neidisch auf dich. Wegen der Aufmerksamkeit, die sich dir zuwendet. – Seelenkraft, meinst du." Nachdenklich sank Imen in Schweigen.
Ahte neben ihm lächelte. „Was spürst du über unsere Sippe?", fragte sie Derimen.
„Wohle. Liebe. Das eigene Zurücknehmen, wenn es zu Wohle führt. Insgesamt Blühen. Die Wurzeln für wirkliches Glück und bedingungslose Unterstützung."
Die Eltern strahlten.
„Eines hast du vergessen", ließ sich da Banés vernehmen.
Sie drehten sich um.
Er war hinzugetreten. „Dass Seelenkräfte sich nach dem Nährboden entwickeln, auf dem sie gedeihen. Unsere Sippe ist ein Boden für Liebe. Ich glaube, dass du Recht damit hast, dass Liebe die Überwindung der eigenen Grenzen zum Guten ist. Mehr noch vereinigen sich diese Kräfte und wachsen über das Maß der Kräfte aller Beteiligten hinaus. Ohne dass das Einzelne an Bedeutung verliert, ist es das Ganze, das wir anstreben. Weil es die Kräfte im Guten steigert und das Leben für alle besser macht."
„Jetzt sprichst du aber nicht allein von der Sippe, oder?" Derimen zog ihn neben sich.

„Allerdings. Ich wünschte mir, einen Weg zu finden, es Viralí zeigen zu können."
„Hast du vielleicht schon", entgegnete Aksua.
Derimen knetete gedankenversunken ihre Unterlippe, ehe sie sprach: „Wir müssen einen Rat beantragen. Wir müssen die Verpflichtung einführen, Abgaben an die Stadt nicht nur für entlohnte Lesnen zu zahlen, sondern auch für solche, die ohne Bürginnenrechte mit uns leben. Warum eigentlich keine Erweiterung für Zugezogene? Dass die Menschen hier so werken mussten, ist nicht zu fassen. Es hätte gegen Lesnens Gesetze verstoßen, wenn sie Bürginnen wären, und an anderen Werkorten wird es ähnlich zugehen. Dieses Loch in den Gesetzen kann nicht bleiben!"
„Immer und immer unermüdlich." Banés nahm ihre Hand. „Können wir später überlegen, wie es gelingen könnte?"
Derimen verzog den Mund. „Meinetwegen."
„Ich würde nämlich gerne mit dir spazierengehen", erklärte er.
Sie freute sich. „Oh, ja!"
Die beiden verabschiedeten sich von der Gruppe. Imen und Ahte gingen schlafen, die Übrigen holten sich weiteren Wein.
Nach einiger Zeit bat Rowun den zurückgekehrten Ishir: „Kann ich dich eines fragen, das um Trauer ist?"
„Nur zu."
„Wie lange war es dir, bis das Ärgste vorüber war? Abgesehen von der ersten Zeit, meine ich."
Er zog die Stirn in Falten. „Ich glaube, ein Teil von mir wird immer trauern. Es ist schrecklich, einen so geliebten Menschen zu verlieren. Ich werde Barheg immer vermissen. Aber das Ärgste ... Schwer zu sagen, es war so viel zu tun. Nach einigen Monden. Vorher ging es nur darum, die Kleinen durchzubringen. Als es ruhiger wurde, brach Barhegs Tod noch einmal über mich herein, da wurde es noch einmal ärger, sehr sogar, aber danach war das Ärgste vorbei, glaube ich."
„Ich danke", sagte Rowun, zögerte kurz. „Zu tun. Das scheint mir der richtige Weg zu sein, aber ich weiß noch nicht wirklich, wohin ich gehen will. Ich hatte Vorbilder im Rat. Imen. Derimen. Nirar. Die unzähligen Prüfungen, um in ihn aufgenommen zu werden, vernebelten meine Sicht auf den Rat selbst. Ich habe mich in ihm immer ein wenig fehl am Platz gefühlt. Nach Nirars Tod wusste ich nicht, was ich weiterhin tun würde. Kerm ist mein Werk, und das ist mir wohl so. Neben dir komme ich mir aber nun faul vor."
Ishir setzte zum Widerspruch an.
„Schon gut, ich kann mehr als eines halten. Ich habe jetzt wieder die Kraft, an Weiteres zu denken. Ich will neues Werk finden. Der Rat ist nicht meines. Ich .... überlege, Priester zu werden. Aber ich bin noch nicht sicher."

Sein Bruder hob die Brauen. „Eine zweite Ausbildung? Neben der Verantwortung für den Kleinen?"
„Ich rede ja nicht davon, dass es schnell geschehen muss. Aber ich sehe die Grenzen des Rates. Der Tempel hat mehr Macht, als er sollte. Wie oft habe ich mich darüber geärgert?. Aber warum sollte ich nicht zum Wohl der Menschen selbst in den Tempel gehen? Das Angebot hatte ich schon mehrmals, und die Tempelschule ist ein Ort, an dem ich Kerm gerne in Obhut lassen würde. Außerdem bin ich mir seinetwegen derselben Hilfe durch die Sippe sicher wie Derimen damals, als Udras noch klein war. Und Trames beglückt ihn ohnehin."
Aksua grinste. „Ich wüsste gerne, was Derimen dazu gesagt hat. Wahrscheinlich war sie entzückt, oder?"
„Nun, sie meinte, dass sich damit eine Lücke schließen würde. Sie sagte, das würde einiges vereinfachen können."
Ishir grinste breit. Da die beiden anderen ihn fragend ansahen, erklärte er: „Wenn Aksua mir nicht viel von euch erzählt hätte, klänge mir dies nicht sehr nach der Frömmigkeit, die du trägst."
Der Jüngste lachte leise. „Tatsächlich? Nun, ich lasse dies die Geister entscheiden. Aber obwohl Aksua mir bisher noch nicht viel von dir erzählen konnte, sehe ich, dass du sehr gut in die Sippe passt."
Ishir riss die Augen auf. „Danke", krächzte er mit offensichtlichem Unbehagen.
Aksua nahm seine Hand, begleitet von einem schätzenden Blick, dann gestand er: „Ich freue mich auf die Ahren, sie werden eine Herausforderung sein. Wir werden uns beraten lassen, Ishir wird seine Kenntnisse erneuern. Mir ist es lieber, Eier zu suchen als Schafe zu töten. Das Schlachten ist furchtbar, und die Schafe lohnen sich nicht. Ahreneier bringen viel Verdienst, wahrscheinlich wird der Hof größeren Gewinn erwirtschaften als bisher, und was mir wichtiger ist: Wir können hier gut leben."
„Ich warte immer noch darauf, irgendwann aufzuwachen und eine zornige Balrinenstimme zu hören", bemerkte Ishir.
„Ich glaube, ich habe in meinem Leben zweimal Ahreneier gegessen", schwelgte Rowun in genussvoller Erinnerung. „Ein Grund mehr, oft hier zu sein."
„Sehr gut", sagte Aksua.
„Habt ihr schon einen Fahrdienst für sie geplant?"
„So weit sind wir noch nicht. Warum?"
„Viched und Trames bauen einen Kutschendienst auf. Bisher mit mäßigem Erfolg."
„Haben sie eigene Kutschen?"
„Ja. Abgesehen vom Hof und einer Spende für den Tempel, hat Nirar ihr Erbe unter uns vieren aufgeteilt. Sie haben Kutschen und Pferde gekauft, können also sehr schnell sein, gerade richtig für die Eier."

Aksua strahlte. „Frag sie. Schön, wenn ich mich nicht um alles kümmern muss. Bajer kann die Fahrten nicht alleine schaffen."
„Vater? Lichei und Udras stören mich die ganze Zeit beim Einschlafen." Garwe stand in der Tür.
„Bist du sicher, dass es so war?" Ishir bot ihr seine Arme.
Die Mede kletterte auf seinen Schoß. „Ja", behauptete sie. Selbst Rowun gewahrte sie verlegen werden.
„Und wenn ich nachsehe und sie beide schlafen?"
Schweigen, dann: „Die wälzen sich beide."
„Soll ich dir sagen, was ich glaube?" Ishir küsste seine Tochter auf die Stirn. „Du möchtest in Aksuas Bett schlafen."
Garwe schmollte.
„Lügen werden nicht belohnt", fügte er hinzu.
„Jaa", sagte sie gedehnt. „Aber ich will so gerne bei euch schlafen."
„Wir machen es so: Du darfst bei Aksua einschlafen, weil du jetzt ehrlich warst. Aber weil du eben gelogen hast, trage ich dich wieder hinüber, wenn wir schlafen gehen. Und das nächste Mal fragst du gleich richtig."
Sie grummelte. Dann küsste sie ihn plötzlich heftig und lief ins Haus. Ishir lachte leise, während er ihr nachsah. Als seine Aufmerksamkeit zu Rowun zurückkehrte, bekundete dieser: „Du erinnerst mich an Imen."
Der Schäfer hob die Brauen.
„Bei dir können Kinder glücklich aufwachsen. Ich bewundere, was du an ihnen geleistet hast. Und unter solchen Bedingungen. Ich hoffe, Ähnliches gelingt mir auch."
Ishir bebte sichtlich. „Danke sehr", sagte er hastig, aber es klang nach einem leeren Wort. Er erhob sich, „ich bin gleich wieder da", und folgte Garwe.
Die Blicke der Brüder begleiteten ihn, bis er außer Sicht war. „Was habe ich Falsches gesagt?", erkundigte sich Rowun.
„Gar nichts." Aksua ächzte. „Sie sind hier nicht an Lob gewöhnt. An harte Worte von den Balrinen, an Ungerechtigkeit und Strafen. Untereinander sind sie herzlich und liebevoll wie eine bessere Sippe. Sie helfen und trösten einander. Aber zu loben haben sie fast verlernt. Eigentlich, Lob zu erhalten. Nach Barhegs Tod hatte Ishir so harte Jahre, dass er heute nach einem Liebeswort manchmal einfach weint. Oder Freundlichkeiten nicht aushält, so wie jetzt."
„Kaum zu glauben. Ich finde ihn so angenehm."
„Ja."
„Du bist gerne hier", freute sich Rowun.
„Nun, ich habe gelernt zu loben, nicht wahr?"
„Auch dich selbst?"

Ein erstaunter Blick.
„Ich kann kaum glauben, um wie vieles du deine Arge verringert hast. Ohne dich gegen sie blind zu machen. Dass du hier deinen Platz gefunden hast, in so kurzer Zeit. Du bist großartig, Aksua."
Der Benannte lächelte schief.
„Und Ishir ... Ich bin mit Esdri als deinem Gefährten aufgewachsen. Aber heute weiß ich, dass ich dir, ohne es zu merken, immer einen Mann wie Ishir gewünscht habe."
Er umarmte Rowun. „Wir kommen alle wieder auf die Beine. Bleib hier, so lange du willst. Gerne für immer. Oder für lange."
„Ich überlege es mir. Es reizt mich sehr. Aber ich will mit Viched und Trames leben. Und ich muss über die Ausbildung nachdenken."
„Tu das. Falls die beiden ihren Kutschendienst auf Ahreneiern stützen wollen, könnten sie auch herziehen, auch teilweise. Hier ist so viel Platz! Wir könnten eine Schreibstube einrichten. Oder ihr könnt das Haus dort drüben haben. Und es stehen Lager leer. Ich will keine Wohngabe dafür."
Rowun leuchtete. „Ich frage sie und bringe sie einmal hierher."

Banés und Derimen waren über die Felder gegangen. Schließlich setzten sie sich auf die tiefhängenden Äste eines einzelnen Baumes und genossen den Abstieg der Sonne.
„Deine Bereitschaft, im Tempel zu lügen", sagte die Ratssprechin mit einem Mal.
Banés merkte auf.
„Es hat dir Bedeutung. Du bist darin sehr viel gläubiger als ich. Ich danke dir."
„Derimen, ein Mehlwurm ist gläubiger als du", erwiderte er.
Sie lachte. Er verschränkte seine Finger mit ihren. „Manchmal muss gegen Gebote verstoßen werden, um zum Guten zu finden, darin waren wir uns immer einig. Die Geister hätten es verstanden, wenn ich fehl geschworen hätte. Sie sind nicht so engsinnig wie manche Menschen."
Derimen lächelte und blickte auf die Felder vor ihnen, dann wieder zum Himmel.
„Was?", fragte Banés leise.
Sie drückte seine Hand fester. „Ich hatte nie Zweifel. Nie. Aber es ist erstaunlich, wie sehr du mir zeigst, dass du der Beste aller Männer für mich bist." Jetzt erst sah sie ihn wieder an.
„Wie gut sich das trifft. Wo du die Beste aller Frauen für mich bist."
„Würdest du morgen mit mir gemeinsam Innensicht halten?", bat sie. „Das haben wir schon lange nicht mehr."
„Gerne. Vielleicht sollten wir sie regelmäßig gemeinsam halten, meinst du nicht?"
„Das klingt gut."
„Aber erst morgen." Er kam ihr näher, sie versanken in einem Kuss. Als Banés sich löste, fragte er: „Hast du schon einmal im Freien getanzt? Außer im Garten, meine ich."

Sie nickte lautbegleitet.
„Was frage ich auch. – Ich noch nie."
„Dann wird es aber Zeit."
„Hm. Wahrscheinlich ist es schon zu kalt", überlegte er.
„Meinst du?", fragte sie in einem Ton, der verhieß, dass sie es besser wusste.
Nun lachte Banés.

Es war spät geworden. Sie räumten die Stühle an die Wand, Wein und Most in die Küche. Nachdem Rowun die beiden anderen verlassen hatte, schnupperte Ishir in die Luft. „Ich bin mir sicher, dass Nilres hier keine Reste verderben und keine Katzen hinpinkeln lässt. Also bin ich es wohl, der so stinkt."
„Find ich gar nicht", entgegnete Aksua.
„Wollen wir noch baden gehen?"
Eigentlich war es zu spät für ein Bad, aber sie gingen doch hinüber. Mit Hilfe sämtlicher Wärmesteine der Gäste war das Wasser schnell erhitzt. Während Aksua schwamm, war Ishir eine Zeitlang mit waschen beschäftigt. Endlich ins Wasser getaucht, fragte er den Näherkommenden: „Was schaust du?"
„Ich weiß nicht, ob ich das Jahr durchhalte."
„Das musst du." Ishir war mit einem Mal ernst. „Du musst dir nichts beweisen. Und mir schon gar nicht. Wir warten. Weil es sein muss."
Der Ältere hielt inne. „Soll ich jetzt quengeln oder dir dankbar sein?"
„Gar nicht mehr darüber nachdenken. Mir fällt es auch schwer. Aber du bist noch nicht so weit. Lass es uns reichen zu kuscheln, bis es dir wieder wohl ist. Wohl, nicht besser, Herz."
Sie küssten einander.

Schon während der Tage auf dem Gut hatte Derimen mit sich gerungen und nun, am zweiten Tag nach der Heimkehr, ihrem Drang nachgegeben, Valchear um ein Gespräch zu bitten. Sie wartete auf einer Bank am Rand des Marktes, auf dem sie einander früher des Öfteren begegnet waren. Nach einiger Zeit bemerkte sie Valchear, noch ehe sie ihn sehen konnte, an der wandernden Lücke, die die Verratendenschärpe im Gedränge entstehen ließ. Derimen erhob sich, um ihm entgegenzugehen. Da sah er sie und erstarrte.
Sie trat zu ihm. „Kann ich deinen Korb für dich tragen?"
Er ließ ihn sich widerstandslos aus dem Arm nehmen. Sie gingen zu dem Obststand, der sein Ziel gewesen war.
„Was willst du von mir, Derimen?", fragte der Betagte kühl, der sich nun wieder gefasst hatte. „Bist du gekommen, um meine Entschuldigung einzufordern?"

„Nein. Ich will verstehen, warum du mich so sehr hasst", sagte sie mit offenem Blick. „Was habe ich dir getan? Würdest du mir das sagen? Ich werde dazu nicht antworten, wenn du das wünschst. Aber ich möchte es erfahren."

Valchear atmete hörbar, nickte dann knapp. „Du nimmst andere nicht mit. Du sagst zwar, Menschen bräuchten das Gleichgewicht zwischen Sicherheit und Freiheit, aber du lebst es nicht! Du bist zu schnell, keines kann dir folgen! Und du hast keine Angst vor Veränderungen, ich würde gerne sagen: weil du aufgrund deines Alters die Folgen nicht absehen kannst. Aber das wäre nicht wahr. Es ist dir schlicht gleich, wie groß Schwierigkeiten sind, du gehst einfach davon aus, sie überwinden zu können! Aber andere haben Angst vor Veränderungen, und du nimmst sie nicht so mit, wie sie gehen können. In deiner Schnelligkeit und der Zurschaustellung deiner Angstlosigkeit kränkst du die, die nicht so schnell und zuversichtlich sind wie du. Ich weiß, was ich sage, kann auch dazu genutzt werden, Schlüsse über mich zu ziehen. Aber das ist der Grund: Du bist zu schnell, du bist nicht demütig, du wirst zu erfolgreich. Ich fürchte deinetwegen um Lesnen. So schnell können nicht alle Menschen Veränderungen standhalten." Er hielt inne, schnaufte laut, schwieg.

Lange sahen sie einander an. Dann sagte Derimen: „Ich danke dir. Ich würde gerne eine Schulung bei dir in Anspruch nehmen."

„Was?!"

„Vielleicht kannst du mir zeigen, wie ich andere besser mitnehmen kann. Würdest du darüber nachdenken und mir Bescheid geben?"

„Du willst meine Schulung? Nach all dem?"

„Wenn du sie mir geben willst."

Valchear bebte. „Darüber muss ich in der Tat nachdenken."

Mehrere Tage lang war Derimen recht still und verbrachte die zweiten Werkzeiten am Strand, ohne zu schwimmen. Valchear erklärte sich dazu bereit, einmal wöchentlich ein Schulungsgespräch mit ihr zu führen, zunächst für die begrenzte Zeit zweier Monde. Die ersten Treffen hielten zu Beginn Spanne, die sie aber doch verließ. Die Ratssprechin folgte nur einzelnen der meist klugen Anregungen Valchears, die oftmals ihren eigenen Ansichten widersprachen. Dennoch erkannte sie seine Arbeit an ihr als Bereicherung, auch da sie Derimens Blick auf sich selbst weitete, und wünschte sich, er hätte sie ihr ehedem geboten, ohne einen Verrat zu planen. Des Ausgeschiedenen Sicht auf Angelegenheiten des Rates half ihr bei mancher Entscheidung und Redeplanung, und obwohl sie einander schließlich seltener zum Gespräch trafen, blieb es eine gepflegte Gewohnheit. Bei einem Essen, zu dem er sie eingeladen hatte, bat Valchear Derimen um Verzeihung.

Aufregung sprang durch die Straßen. Ein neues Vorkommen von Wärmesteinen war entdeckt worden und versprach sehr viel mehr Steine als bisher. Die Menschen waren in Walle, was dies bedeuten würde.

Als Banés und Derimen zu ihren Eltern kamen, um ihnen zu berichten, glühten seine Wangen, und sie war so unruhig, dass sie sich nicht setzen konnte: „Es sind mehr, als in all den Jahren zusammen gefunden wurden! Und sie liegen dort übereinander, es scheinen noch viel mehr zu sein."
„Wo denn?", fragte Imen.
„Bei der Meerenge von Arso, dort, wo die üblen Strömungen sind, weil dort Kälte und Wärme zusammentreffen. Die Wärme kommt von einer unbewohnten Insel. Das Wasser dort muss ungeheuer gefährlich sein."
Er bejahte ohnwort.
„Einige Seeleute sind hingefahren. Wegen der alten Geschichte, die mit dem Wasser, das so heiß sei wie in Hitzebädern. Sie haben lange an den Strömungen und Winden herumgerechnet und drei Schaluppen verloren, ohne Menschenverluste zum Glück, bis ihnen die Landung gelang. Der ganze Strand ist voll von Wärmesteinen! Die Insel scheint daraus zu bestehen! Soweit es jetzt gesagt werden kann, sind es dieselben, die wir kennen."
„Die Insel trägt Sommerfrüchte", wallte Banés. „Jetzt! Sie haben einige mitgebracht. Und sie haben alle brandgeschützten Tröge bis zum Rand mit Steinen gefüllt! Von drei Schiffen! Und das ist erst der Anfang!"
„Das bedeutet ungeahnten Wohlstand", hauchte Imen.
„Und Gefahren", ergänzte Ahte. „Es kann wieder Krieg bedeuten."
Derimen schüttelte den Kopf. „Nicht unbedingt. Wenn wir den Wohlstand klug nutzen. Wenn wir ihn verteilen..." Die anderen merkten auf. „Wenn wir die Steine handelten und verschenkten. Wenn wir den Wohlstand teilten." Sie biss auf ihre Unterlippe. „Ich schlage es dem Rat vor. Bitte, helft mir zur Ruhe! Ich könnte sofort hinrennen. Lasst uns Vorschläge ausarbeiten, ich platze gleich!"
Imen erhob sich, um sein Schreibzeug zu holen, aber Banés eilte schon in Richtung Tür.

Nach der Begrüßung erteilte Woglan Derimen das Wort. Sie erhob sich. Lange schweiften ihre Augen über die Runde, tief sog sie die Stimmung der Übrigen ein. Diese wurden teils unruhig, da sie eine so lange Wartezeit von ihr, die als schnellste Denkin wie Sprechin galt, nicht gewohnt waren. „Langsam", waren ihre Gedanken. „So langsam, wie ich irgend kann." Sie dachte an ihre Sprachschulungen, an Valchears Rat noch an diesem Morgen. Zu viele Veränderungen, zu schnell, ängstigten Menschen. „Langsam." – „Ein unhöfliches Sprichwort wird in meiner Sippe oft gebraucht", erklangen ihre Worte endlich durch die Halle. „‚Einem die Ohren abschneiden.' Meine Mütter brachten es von den Schlachtfeldern mit."
Erstaunte Gesichter antworteten ihr.
„Ich bin mit ihm aufgewachsen und habe es oft verwendet, ohne mir Gedanken darüber zu machen, warum es ein solches Wort gibt. Bis ich die Ratsausbildung begann. Dort lernte

ich, dass es eine Strafe aus alten Zeiten in Erinnerung hält. Früher war es eine Strafe für Verratinnen. Oder, noch ärger, für solche, die von Mächtigen des Verrats beschuldigt wurden, ohne einen begangen zu haben. Wir haben diese Strafe allein um einer Anschuldigung willen vor dreiundachtzig Jahren beendet, für einen nachgewiesenen Verrat vor vierundfünfzig Jahren. Ich bin froh über die Klugheit unserer Vorgegangenen, die dies beschlossen, und stolz auf das Bemühen zum Wohl aller Mitglieder unserer Gemeinschaft, das schon damals in vielen wichtigen Entscheidungen das Gewicht erhielt. Dass schon damals gewiss war, wie sehr wir selbst die Regeln in der Hand halten, die unser Leben miteinander bestimmen. Wir entscheiden, wie wir leben wollen. Wir entscheiden, wo wir Regeln des Gestern behalten, weil wir sie als bewährt erkennen, und wo wir sie ändern, weil sich unser Miteinander und unsere Werte geändert haben.

Die größten Veränderungen unserer Werte kamen durch die Wärmesteine. Sie brachten uns neben ihrem Segen durch Werkentlastung auch Möglichkeiten, uns von den Dingen den Menschen zuwenden, unser Miteinander segensreicher zu gestalten. Wir haben verstanden, dass wir in einer Kräftegemeinschaft leben. Dass die Schwächung eines einzelnen Mitglieds unserer Gemeinschaft auch die Schwächung aller anderen bedeutet. Wir haben unsere Güter und Möglichkeiten des Wachsens miteinander geteilt. Nun scheint es an der Zeit zu sein, darin weiterzugehen.

Wie damals, leben wir heute in einer Zeit des Umbruchs. Durch den Fund der neuen Steine wird es Veränderungen geben, denen wir nicht standhalten werden, wenn wir nicht bereit sind, unsere Gedanken, unsere Werte und unsere Gesetze dem anzupassen, was nun benötigt wird. Vielleicht ist dies ein Scheideweg, der uns in ein neues Glückszeitalter zu führen vermag, wenn wir ihn wählen. Eine Kräftegemeinschaft zu sein, vielleicht ist das die wirkliche Botschaft der Geister, als sie uns die Wärmesteine finden ließen und zu gebrauchen lehrten.

Die Steine brachten uns Wohlstand, aber auch vermehrte Kriege mit unseren Nachbaren. Angesichts der neuen Vorkommen gibt es keinen Grund mehr für ein Horten der Steine. Lasst uns mit ihnen Handel treiben. Was spricht dagegen, zum Wohlstand unserer Nachbaren beizutragen? Besonders, wenn dies Krieg, Gefangenschaft und Folter verhindert. Hätten wir ohne Viralís Hilfe die gefangenen Bürginnen Lesnens heimgeholt, solange unsere Gesetze die Ausfuhr nur für die Steine einzelner Bürginnen gestatten? Es sind nur Steine. Was bedeuten die Annehmlichkeiten, die sie uns bereiten, gegenüber dem Leid, das den Gefangenen zugefügt wurde? Wir wussten davon, ehe Viralí seine Hilfe anbot. Haben wir unsere Werte über Annehmlichkeiten vergessen?

Die Steine brachten uns Wohlstand auch im Denken und im Miteinander. Kann der Fund der neuen Vorkommen nicht ein Zeichen der Geister sein, Wohle an andere heranzutragen und uns nicht durch Horten selbst zu schaden? Es sind mehr Steine, als wir brauchen. ‚Geiz verengt Menschen. Großzügigkeit weitet zum Glück der Empfangenden ebenso wie der Gebenden.' Wir sollten uns daran erinnert, diese Erklärung ist Teil der Bürginnenrechte.

Und warum sollten wir die Anzahl der Steine weiterhin beschränken, die eine Bürgin erwerben kann? Lasst die Menschen neuen Einfällen folgen, neue Möglichkeiten finden über eine Erweiterung. Wir haben solchen Einsatz immer geschätzt und können ihn ohne Einbußen ermöglichen, jetzt, wo wir einen Überfluss halten.

Und lasst uns über unseren Umgang mit unseren Freundinnen und Nachbaren nachdenken, die keine Lesnen sind. Die Arbeitsbedingungen für sie sind jenseits des Stadtgebietes der Unfreiheit mitunter nicht unähnlich. Auf Gütern mancher wohlhabenden Lesnen werden andere auf unwürdige Weise selbst dann an überlastendes Werk gebunden, wenn sie kindestragend, alt oder krank sind. Oder Kinder, Kranke oder Alte versorgen. Die Zuwendung, wie sie eines unserer höchsten Ansinnen ist, wird ihnen unsagbar erschwert. Sie verbringen ihr Leben in unwürdiger Angst vor Beargung.

Da manche Schulen auf dem Land in einem unvorstellbar schlechten Zustand sind, verarmt an der Schulgabe, wer keine Lesne ist und ihre Kinder auf eine gute Schule schickt. Dies alles hatten wir bereits überwunden, und es ist Lesnen auch nicht würdig. Lasst uns Botinnen dorthin schicken, wo Nachbaren ohne Bürginnenrechte werken, und sie befragen. Dann lasst uns Regeln finden, die Menschen nicht mehr mit zweierlei Maß messen.

Und zum Letzten: Es bedrückt mich, wenn dieser Rat Gesetze beschließt, die die übrigen Bürginnen Lesnens betreffen, aber nicht uns. Wenn wir wirklich der Ansicht sind, dass alle Bürginnen denselben Wert haben, dürfen wir keine solche Ungleichheit schaffen. Ich bin seit zwölf Jahren Mitglied des Rates und seit sieben Jahren seine Sprechin. Allein, weil ich ein Ratshaus bewohne und so keinen Teil meiner Bürginnengabe für das Wohnen zahlen muss, wäre ich begüterter als viele andere. Meine Entlohnung ist aber zudem so unerhört hoch, dass ich jetzt schon mehr besitze als meine Mutter, die drei dutzend Jahre lang als Kriegin ihr Leben für Lesnen geboten hat. Die oft dem Tod gegenüberstand, auch in Gefangenschaft geriet, die Familie in Ferne. Mein Bruder war, wie ihr wisst, unter den Gefangenen, die Garren überlebten. Und seine Entlohnung hielt ein Drittel der Höhe der meinen! Der Rat hat einmal entschieden, uns besser zu entlohnen als die meisten, weil wir große Verantwortung tragen und schwere Entscheidungen treffen, die wir verantworten müssen, im Erfolg wie im Misserfolg. Aber wie hoch ist unser Werk gegen das einer Kriegin, die wir in die Schlacht schicken? Wie hoch gegen das Werk einer Heilin, die über Leben und Tod entscheiden muss? Wie hoch gegen das Werk der Bauinnen, das uns alle ernährt? Wir sind stolz darauf zu erkennen, dass alle Mitglieder unserer Gemeinschaft für sie wichtig sind. Mit welchem Recht also wertet der Rat sich selbst so ungleich höher? Mit welchem Recht schreiben wir uns selbst vor, im besten Teil der Stadt zu leben?

Warum zwingen wir uns selbst in die Unfreiheit des vorgeschriebenen Wohnortes, wo wir eine Durchmischung der Stadt in den Werkenden, in begüterter und weniger begütert, in

Lesnen und Zugezogene so ausdrücklich als Wunsch für die Stärkung der Gemeinschaft ausrufen? Wer kann uns das glauben?

Wenn wir uns zudem eine noch höhere Entlohnung gestatten, wie es für heute geplant ist, machen wir uns nicht nur der Maßlosigkeit verdächtig. Wir sorgen auch dafür, dass das, wofür der Rat steht, die Gleichwertigkeit der Bürginnen Lesnens, ihre Verwaltung durch einen Rat Gleichgestellter, in Zweifel gezogen werden muss. Lasst uns die Hand nicht für eine Erhöhung erheben, sondern dafür, unsere Entlohnung denen der übrigen Bürginnen mit besonderer Verantwortung wieder anzugleichen sowie für die freie Wahl des Wohnortes und für eine Wohngabe, deren Erlös in die Stadt zurückfließt, so lange wir Ratshäuser bewohnen.

Wir haben erlebt, dass es für das neue Miteinander seit der vollständigen Einführung der Bürginnengabe nicht einfach war, gegen die Kräfte zu bestehen, die immer wieder, manchmal schleichend, manchmal offensichtlich oder gar gewaltsam, alte Ränge und die ungerechte Verteilung des Wohlstands wieder einführen wollten. Immer ist es dem Rat gelungen, das zu verhindern und zum Wohl der Stadt zu entscheiden. Wir sollten es auch heute. Auch gegen die Kräfte, die in uns selbst zur Erhöhung rufen. Lasst uns einander ein Beispiel im Guten geben. Lasst uns ein neues Glückszeitalter erleben. Wir haben, vielleicht erstmals seit Menschengedenken, alle Voraussetzungen dafür, die wir brauchen." Derimen setzte sich wieder.

Banés lehnte sich ihr entgegen. Sie erwartete seinen Spott, weil sie zu viel auf einmal gefordert hatte und nun doch wieder einmal zu schnell und zu offen gewesen war und sogar Wut hatte mitklingen lassen. Doch stattdessen flüsterte der Botschafter: „Was ist das für ein Unsinn? Du bist so arm wie eine Hafenkatze im Keller. Du verschenkst doch alles."

Sie lächelte. „Glaubst du, sie werfen mich hinaus?"

„Vielleicht, wenn du das nächste Mal auch noch die Abschaffung der Ehe und des Amtes der Stadtwahrin forderst."

„Falls es ein nächstes Mal gibt", raunte sie. „Ich brauche dringend mehr Schulung."

„Trau dem Rat mehr zu", entgegnete er. „Es ist gut, was du forderst. Valchears Meinung hin oder her, der Rat sollte es verstehen. Es ist in seiner Verantwortung, gleich, wie viel Schulung du noch zu brauchen glaubst. Der Rat weiß, was er dir verdankt. Und schuldet."

„Er schuldet mit nichts", erwiderte sie ernst. „Und ich ihm auch nicht. Keinerlei Schulden zwischen Menschen."

Itasi kam in den Hof, begleitet von Bahlen. Er und Udras verschwanden nach der Begrüßung sogleich in einen entlegenen Teil des Gartens.

„Schön, dass ihr hier seid", freute sich Derimen.

Die Schnittin nickte. „Aber ich will gar nicht zu dir."

„Ach, nein?"

„Ich will Ahte um einen Gefallen bitten."
Diese merkte auf. „Setz dich."
Itasi begleitete sie zu einem Tisch, der im Garten stand. Dort berichtete sie: „Wir hatten schon lange eine Vermutung, der wir aber erst nachgehen konnten, als uns der Kauf von Wärmesteinen gestattet wurde. Einige von ihnen haben eine starke Wirkung auf Körper. Die kleinen weißen, die das Gegengewicht zu den anderen Waschsteinen bilden. Seit der Erwerbsfreigabe haben Valur und ich – das ist der Geistheiler, mit dem ich arbeite..."
Ahte lautete verstehend.
„Wir haben einiges ausprobiert, und es scheint so, dass sie in einer bestimmten Zusammenlegung und Menge nicht nur Schmerzen lindern, sondern auch Organe, Knochen und vernarbte Haut richten können."
Ahte hatte aufgemerkt. „Auch wenn die Verletzung lange her ist?"
„Das scheint gleichgültig zu sein. Sahtu nimmt keine Schmerzmittel mehr, die ihm jahrelang nötig waren. Zurzeit muss ich ihn davon abhalten, schwere Lasten herumzutragen. Er ist über seine neugewonnene Beweglichkeit so unvernünftig wie ein junger Hund", lächelte Itasi. „Nun suche ich andere Opfer, an denen ich die Steine ausprobieren kann."
„Ist es ausgeschlossen, dass sie schaden?", fragte Rowun.
„Nein, das kann ich nicht. Keines kann sagen, was so viele Steine für weitere Eigenschaften haben. Bisher konnten wir nur wenige benutzen, da gab es keinen Schaden. Für viele vermag ich es nicht zu sagen."
„Versuchen wir es", sagte Ahte. „Wie ich dich kenne, hast du die Steine dabei."
„Das stimmt. Du solltest dich dafür ohne Kleider hinlegen."
„Bist du dir sicher?", wandte sich Rowun mit gerunzelter Stirn an seiner Mutter.
„Ich brauche nicht sicher zu sein. Ich habe seit so vielen Jahren Schmerzen, dass die Aussicht auf Linderung mir reicht." Sie zog sich aus und ließ sich auf einer nahestehenden Gartenliege nieder.
Itasis Korb war bis zum Rand mit weißen Waschsteinen gefüllt – einer Menge, die ehedem mehr als fünf dutzend Menschen zur Verfügung gestanden hatte.
„Ihr scheint begüterter zu sein, als es den Anschein hat", bemerkte Rowun großäugig.
Die Schnittin lächelte. „Es ist erstaunlich, wie viele Menschen uns allein auf unsere Überlegungen hin Geld für den Ankauf gaben. So, Ahte, entspannen und ruhig atmen, in Ordnung?" Zunächst las sie in der Älteren Blick, dann griff sie nach den Steinen und ordnete sie neben und auf die Liegende. Schließlich nahm Itasi drei verbliebene Steine, rieb sie an Ahtes Hals behutsam über eine große Narbe, die daraufhin merklich verblasste. Die verzogene Haut umher glättete sich fast in ihre ursprüngliche Lage.
„Unglaublich!", rief Rowun.
„Ich glaube, ich schlafe gleich ein. Tut das gut", schnurrte die Behandelte. „Ich danke dir sehr."

Die Heilin lächelte. „Warte auf die längeren Folgen, ehe du mir dankst oder mich verfluchst", erwiderte sie. „Es dauert nun, lassen wir den Steinen Zeit. Und nachher berichtest du mir?"
„Sicher." Ahte bat die anderen, sie allein zu lassen. Banés brachte ihr eine Decke.
Als die Mittleren wieder saßen, war Rowun nachdenklich. „Itasi?"
Sie hob freundlich die Brauen.
„Wenn ihr dies schon eher herausgefunden hättet, weil ihr Steine hättet kaufen können, glaubst du, ihr hättet Nirar helfen können?"
Sie ließ sich mit ihrer Antwort Zeit. „Das kann ich nicht abschätzen. Wir wissen noch zu wenig darüber."
„Was vermutest du? Wäre es möglich gewesen, sie zu heilen?"
„Ich weiß es nicht", wiederholte Itasi, obwohl ihre Augen eine Bejahung bekundeten. „Ihre Schmerzen hätten damit sehr wahrscheinlich stark abgenommen, aber sonst – ich weiß es nicht."
„Lass Nirar tot sein", bat Banés seinen Bruder leise. „Du besserst nichts, wenn du dich mit solchen Fragen quälst."
Rowun wehrte ab und versank in Gedanken, bis er gewahrte, dass die Aufmerksamkeit der Übrigen ihn erfasst hielt. „Du hebst oft hervor, wie wenig Lesnen sich in ihrem Denken beschneiden, und wie sehr dies zu unserem Wohlstand und unserem Wohltun beiträgt", sagte er zu Derimen. Und zu Banés: „Wenn du darüber sprichst, fällt es mir schwer zu glauben, dass du aus eigener Wahl heraus acht Jahre in Viralí geblieben bist, so sehr, wie du Lesnen lobst. – Ich sehe das aber anders. Es ist gut hier in vielem, und ich sehe ein, dass wir Zeit über Generationen brauchen, in der wir in unseren Einstellungen von Eigennutz fort und hin zur Verantwortung wachsen. Aber ich erlebe den Rat und auch den Tempel als noch immer zu starke Reste der Herrschaftsgewalt, die es einmal gab. – Warum hat Itasi nicht schon früher Steine kaufen können? Weil Wahlgemeinschaften nicht verbrieft als Krankendienste anerkannt sind, gleich, wie gut ihre Arbeit ist. Weil der Tempel diese Anerkennung ausspricht, nicht die Bürger. Mit welchem Recht verwehren wir einander solche Möglichkeiten zur Verbesserung?" Er atmete schwer. „Meine Überlegung, Priester zu werden, ist nun ein Entschluss! So geht es nicht weiter!"
Banés war besorgt. „Keinen Feldzug, Herz. Bitte. Ein Feldzug fordert Widerstand und weckt in dir nichts Gutes. Wähle einen friedlichen Weg."
„Ich habe nicht vor, Feuer zu legen. Auch wenn es in mir gärt. Aber was würde es nützen? Ich will, dass wir solche Einschränkungen und unnötigen Fehler vermeiden können. Ishirs Beispiel hat mir gezeigt, wie viel Werk darin noch nötig ist ... und Nirars." Rowun fing sich mühsam. „Ich will einen besseren Beitrag dazu leisten als bisher, dass das Leben der Menschen gut ist. Der Tempel hat zugesagt, mich aufzunehmen. Morgen werde ich um Absprache darüber suchen, wann ich meine Ausbildung dort beginnen kann."

Wuhtá und Vannét hatten sich angekündigt. Auf ihrem Rückweg von einer Handelsreise nach Darentó wollten sie diesen Teil ihrer Sippe besuchen.
„In der Hoffnung, euch ein wenig früher als verabredet nach Viralí locken zu können", grinste Wuhtá bei der Begrüßung. „Wir könnten gemeinsam reisen."
Banés blickte seine Gefährtin fragend an. Diese überlegte. „Ist es euch möglich, mit dem Aufbruch noch zweieinhalb Wochen zu warten? Dann kann ich mich freistellen."
„Sicher. Eher wollten wir gar nicht weg."
Die Überraschung der Jüngeren brandete dem Wahrer entgegen.
„Nun, wir wollen uns Lesnen ansehen", erklärte er vergnügt. „Hier werden allerhand Zerstreuungen geboten. Frexél hält sich gut und kann auf uns eine Weile verzichten."
Das Gesicht seiner Gemahlin zeugte von einer anderen Meinung. „Sie gibt sich Mühe", spottete Vannét bitter.
„Ich hätte mir auch Mühe gegeben", entgegnete Banés. „Einiges Gute war über sie zu hören: der Friedensschluss mit den Vanten, die neuen Handelsbündnisse in die Ebene. Ich verstehe, warum es dir nicht gefällt, aber was das Beste für Viralí ist, mag sich von Generation zu Generation ändern, meinst du nicht?"
„Mein Sohn ist Botschafter", sprach sie in ihrer bekannten Härte. „Was versteht er schon davon?"
„Dein Sohn hat gesunde Augen", erwiderte er. „Manches ist nicht schwer zu verstehen."
„Pah!"
„Kommt", unterbrach Wuhtá den aufgekeimten Streit. „Ich will mein Gepäck loswerden."
Die Bewachung wurde in Häusern anderer Ratender untergebracht. Banés lud seine Eltern in seine Schlafkammer ein, die er kaum noch benutzte. Der Abend im Kreis der Sippe war überaus angenehm. Nachdem sie Bahlen und Udras ins Bett gebracht hatte, holte Derimen späten Wein. Vannét kam ihr entgegen, als sie in den Garten zurückkehrte.
„Ich bin deiner Bitte gefolgt", sagte die Viralí, um einiges leiser, als es ihre Art war. „Vergebens. Und es ist zu hören, dass du einen hohen Preis ausgesetzt hast, selbst für Nachrichten über sie. Ich glaube nicht, dass es je eine Unfreie gegeben hat, die so sehr gesucht wurde."
Ein Schulterzucken. „Es scheint nicht zum Erfolg zu führen. Ich habe Mitteilungen geschickt, wohin immer ich vermochte. An mehr Stämme und Völker, als ich ehedem kannte. Aber nicht einmal die Menschenhandlinnen sind auffindbar."
„Weil sie tot sind. Bei den Pässen gibt es häufig Überfälle. Ihre Leichen wurden gefunden, ohne Besitz. Ich bedaure es, aber du wirst Ahís nicht finden."
Derimen seufzte.
„Ist das nicht besser so, Ratssprechin? Wenn sie zurückkehrte, wenn sie gar nach Lesnen käme, könnte ihre Anwesenheit euer Band gefährden. Glaubst du nicht?"

„Nein. Ich bin mir seiner sicher. Vollkommen. Es würde uns beide freuen, wenn es ihr wohl wäre. Verbundenheit wegen eines vergangenen Bandes bedeutet nicht Begehren oder ein neues Band. Es ist so lange her. Und selbst, wenn: Es wäre besser, wenn drei freie Menschen solches unter sich ausmachen, als wenn eine keinerlei Entscheidungsgewalt über ihr Leben hat. Ich weiß, dass du darin anderer Ansicht bist, aber so sehen dein Sohn und ich es. Ich danke dir sehr für deine Mühe, Vannét."
Diese schwieg.

Banés hatte zur Weihe eines Schiffes eingeladen, dessen Namen er hatte wählen dürfen. Es war eines, das Handel über die Hochsee ermöglichte, und noch eben rechtzeitig fertig geworden, um seinen Dienst gen Südweg zu beginnen. Denn in den Wintern war das Meer nahe Lesnen zu stürmisch für Handel, der sich nicht an der Küste entlangtastete.
Wie immer bei einer Schiffsweihe, hatten sich viele im Hafen eingefunden. Die Viralí standen bei Imen und Ahte.
„Wie stolz er aussieht", bemerkte Wuhtá. „Ich hätte nie gedacht, dass es ihm solche Freude bereitet, Boote zu bauen. Es ist eine Ehre, sie zu benennen, nehme ich an? Ist es sein erstes Benanntes?"
„Das dritte." Imen bemühte sich darum, seine Miene zu zügeln. „Er hat euch nicht von seinen Booten erzählt?"
Wuhtá schüttelte den Kopf.
„Das erste war das, mit dem er seine Ausbildung als Bootsbauer beendete. Eine Schaluppe, die mittlerweile an Urtalí verkauft worden ist. Er nannte sie ‚Kanhartiden'."
Vannéts Gesicht verzog sich zornig.
„Später durfte er eines der größten Schiffe Lesnens benennen. Die ‚Ëí Shur' gehört zu den stolzesten Vertreterinnen unserer Flotte."
„‚Ëí Shur'", fragte die Führin ungläubig. „Lesnen führt ein Schiff mit dem Namen unseres Hauses?"
Imen bejahte.
„Gab es keine Einwände?"
„Nein. Die Wahl stand Banés zu, und abgesehen von Beleidigungen oder Ähnlichem, gibt es in den Namen keine Beschränkungen."
„Unsere Völker waren verfeindet!"
„Schon. Aber Banés war bereits Bürger der Stadt. Dieser Ausdruck von Wertschätzung eures Hauses wie von Missbilligung dem Rat Lesnens gegenüber war erlaubt."
Vannét glättete mühsam ihre Miene. „Erstaunlich", sagte sie.
An der Schiffswand sprachen die Priestinnen ihren Segen, streuten die ersten Weiheblumen ins Wasser und traten dann zurück. Banés nickte Udras auffordernd zu. Sie zog das Tuch, das den Namen verhüllte, herunter. Fast gleichzeitig gab sie einen überraschten Laut von

sich. Kunstvoll gemalte Buchstaben formten die Worte: „Udras und Derimen." Die Mede schloss sich ihrer Mutter, die Banés bereits herzte, mit einer heftigen Umarmung an.

Sie verbrachten diesen Tag an Bord des Schiffes. Die Stammesführenden waren sehr schweigsam. Vannét wirkte, als wäre ihr übel, was sie jedoch auf Nachfrage hin verneinte. Abends luden die Gäste die Kanhartiden zu einem Mahl, das sie aus in Garküchen gekauften Speisen zusammengestellt hatten. Anschließend schlief die ganze Sippe im Haus der Ratssprechin; allein Wuhtá und Banés, in dem zu viel wallte, begaben sich noch nicht zur Ruhe. Nachdem sie zusammen die letzten Reste fortgeräumt hatten, schlug der Wahrer ein nächtliches Hitzebad vor, und so gingen sie in das Badehaus, das noch geöffnet hatte.
Im Trockenhitzeraum sahen die übrigen Liegenden auf, als sie beide nach einem Gruß leise in Viralí miteinander sprachen. Bald gingen jene zur Kühlung, und da kein Neues hinzukam, blieben Vater und Sohn für eine Weile unter sich. Wuhtá streckte sich wohlig und genoss den Duft, der die Hitzekammer erfüllte. „Wie viel bekommst du dafür, dass du Werk im Hafen hältst?"
„An Entlohnung?"
Ein bejahendes Brummen.
„Nichts, was Geld betrifft."
Der Ältere starrte seinen Sohn an.
„Anerkennung, einige Male im Leben die Gelegenheit, den Namen eines Schiffes wählen zu dürfen. Aber vor allem, dass ich mein Tun selbst bestimmen kann und seinen Sinn erkenne, denke ich."
„Du erhältst kein Geld?!"
„Nicht eine Münze. Ich habe doch wirklich genug. Ich könnte allein von der Bürgergabe leben. Bescheiden, aber gut. Nun kommt noch meine Entlohnung als Botschafter hinzu und dass ich keine Wohngabe zahlen muss. Es würde dreimal reichen. Was an Geld bräuchte ich mehr?"
„Aber willst du deine Leistungen und deinen Erfolg nicht zeigen? Willst du andere nicht übertreffen? Dich nicht in Schwernissen hervortun und sie überwinden? Willst du einer unter vielen bleiben?" Wuhtá war fassungslos.
„Es ist nichts Schlechtes daran. Ich will mich nur selbst übertreffen. Ich will nicht über anderen stehen, sondern mich selbst verbessern." Banés verspürte Walle. „Ich muss kein großes Leben leben, ich will mein Leben leben. Und da dies viele hier wollen, bleiben einige Schwernisse aus, die du für Götterwillen hältst. Wir müssen nicht gegeneinander kämpfen, um zu überleben. Wir sind keine Gefangenen, die um das zu wenige Brot gegeneinander kämpfen."
Wuhtá schnaufte verstimmt.

„Außerdem bekomme ich ja Anerkennung für mein Werk. Dass ich dieses Schiff benennen durfte, ehrt mich sehr, und ich habe nicht einmal wie andere ganze Tage daran verbracht. Ich bin zufrieden mit diesem Lohn. Sehr sogar."
Nun war er versonnen. „Warum überlassen sie es dir? Wenn es eine Ehre ist und du weniger Werk daran hieltest?"
„Ich bilde seit einiger Zeit die Jungen aus, und bei der Abstimmung wählten die meisten mich. Auch um mich zu locken, nehme ich an, denn die anderen hätten gerne, dass ich jeden Tag volles Werk in der Werft hielte."
„Entspricht das deinem Wunsch?"
Banés unterdrückte ein Seufzen. „Früher hätte ich gesagt: Ich bin ein Bindeglied zweier Völker. Ich kann nicht nur an mich denken."
„So sehen es Lesnen, nicht wahr?", bemerkte Wuhtá.
„Auch. Ebenso wie ein Stammesführer, der mich viel über Verantwortung lehrte."
Er hob die Brauen.
„Heute weiß ich, dass es für mich zu Gutem geführt hat. Es ist ein Teil von mir, Botschafter zu sein. Ich kann so beiden Völkern nützen, denen mein Herz gehört."
„Noch ein Zwang in deinem Leben, der für dich zur Wohle wurde?"
„Nein, ganz und gar nicht." Banés Stimme war sehr plötzlich scharf. „Ich habe es gewählt. Die Zwänge in meinem Leben haben mich nur deshalb nicht geschwächt, weil ich die Möglichkeit bekam, dennoch gut zu leben. Weil ich nicht fortwährend unter Zwang gehalten wurde und meinen eigenen Gang finden durfte. Weil ich in vielem dennoch die Wahl bekam."
„Ich verstehe dich noch immer nicht", gestand Wuhtá, ohne auf die Heftigkeit seines Sohnes einzugehen.
Dieser beruhigte sich wieder. „Ich danke dir, dass du versuchst, mich zu verstehen. Aber letztlich gibt es nur eines: Ich bin glücklich. Ich wünsche, dass du es auch bist."
Wuhtá nickte ihm zu und schwieg. Darauf: „Es gibt eines, das mir schon lange auf dem Magen brennt. Ich möchte dich um Verzeihung bitten. Dafür, dass ich dich in die Presse legen wollte. Damals."
Banés lächelte. „Gewährt. Ich weiß, dass es dir schwer war."
„Dennoch. Meinem eigenen Blut zu drohen, es als Teil des Tisches zu verleugnen ... Ich hätte dich nie wirklich hungern lassen. Ich schäme mich für diese Drohung."
„Ich weiß. Ich arge es dir nicht."
„Wirklich nicht?", war der Ältere erleichtert.
„Wirklich nicht. Aber vielleicht macht unser damaliger Streit es möglich, eines zu verstehen, das die Bürgergabe ermöglicht: Hätte ich diese Absicherung nicht gehabt, dann hätte ich dir nicht weiterhin widersprechen können. Ich hätte nicht die Möglichkeit gehabt, neben die Schriftenhalle zu ziehen und allein zu essen. Ich wäre, obwohl ich dein Blut bin, zum

Unfreien geworden. Wenn Menschen als freie Gegenüber verhandeln können, kommt es zunächst vielleicht zum Streit, dauerhaft aber zu einem höheren, besseren Wert des Miteinanders. Und damit auch des Werkes."
„Weil du als Botschafter Besseres leistest denn als Bootsbauer in den Bergen?", scherzte Wuhtá.
„Ihr wolltet mich zwingen, wieder Krieger zu werden. Das hätte niemals zu Erfolgen geführt."
„Nein. Wahrscheinlich nicht", gab er zu. „Aber dein unbedingter Wille darin, deine Entscheidungen selbst zu treffen, war uns nicht leicht. Unsere Sippe muss an Viralí denken. Wir müssen Vorbilder sein."
„Das ist Unsinn", erklärte Banés. „Verzeih, aber es ist Unsinn. Ein taugendes Vorbild kann ich nur in meinem Eigenen sein, nicht in Erzwungenem. Nur wenn ich die Wahl hatte, kann Verantwortung von mir verlangt werden. Zum tausendsten Mal: Die freie Wahl bringt nicht allein Einzelnen Wohle, sondern der Gemeinschaft! Weil im Eigenen viel mehr Fähigkeiten und Kraft sind. Lesnen gab mir die Möglichkeit, selbst zu erkennen, worin ich als das Mensch, das ich bin, zum Wohl der Gemeinschaft beitragen kann. Viralí hat es mir immer befehlen wollen."
„Befehlen? Du hättest Stammesführer werden können."
„Dennoch wäre ich unfrei gewesen. Meine Wünsche und wirklichen Stärken wären nicht wichtig gewesen." Er sah, wie sein Vater zum Widerspruch ansetzte, fuhr jedoch fort: „Denkst du, es wäre mir leichtgefallen abzulehnen, nur weil ich in Lesnen sein will? Als Stammesführer hätte ich das ändern können, was mir in Viralí aufstößt. Ich hätte den Menschen zum Guten helfen können. Vielleicht. Aber ich wäre dabei unglücklich geworden, und Unglückliche können höchstens kleine Wohle bringen, auf Dauer aber nicht die Stärke, die notwendig ist. Viralí hätte mich in die Zwinge gelegt. Seine Regeln sind so starr. Sie machen Menschen unfrei, alle."
Wuhtá sog heftig Luft ein. „Was soll das heißen? Ich bin kein Unfreier, ich führe den Stamm!"
„Dennoch. Wenn du in jungen Jahren erkannt hättest, dass Führung dir liegt, nicht aber der Kampf. Du hättest dich dennoch gefügt, Krieger zu sein."
„Welch abwegige Überlegung! Selbstverständlich."
„Und wenn nun ein Unfreies großes Geschick im Kampf gezeigt hätte, mehr als jedes andere, und die Bereitschaft, das Heer zu führen, glaubst du nicht, ihr hättet als kampfloser Stammesführer und als Heerführendes der Gemeinschaft besser gedient als zwei, die ungernes Werk in der Zwinge hält?"
Wuhtá runzelte die Stirn.
Banés' Augen glühten. „Unfreiheit ist das Leben des Zugewiesenen statt des Eigenen. Freiheit bedeutet die Freiheit von Abhängigkeit, die von Angst, von Zwang und Demütigungen.

Sie bedeutet nicht die Freiheit von Verantwortung. Sie bedeutet die Möglichkeit, das eigene Beste zu geben. Auch wenn es nicht dem entspricht, was andere fordern."

„Die Möglichkeit", wiederholte Wuhtá. „Keine Verpflichtung. Ich stimme deiner Mutter zu: Ich ernähre nicht mit meinem Werk solche, die lieber faul herumliegen und nicht ‚das eigene Beste' beitragen." Er spie die letzten Worte fast aus.

Der Jüngere seufzte. „Ich bin bereit, einen Jahreslohn als Botschafter zu wetten, dass ihre Zahl im Gewählten sehr viel geringer ist als unter denen, die zum Werk gezwungen werden. Die so ihr Bestes entweder nicht geben können, es vielleicht niemals herausfinden oder es nicht mehr geben wollen, weil sie in fortwährendem Zwang sind. Hast du je daran gedacht, dass Verweigerung eine Möglichkeit der Auflehnung gegen ein ungerechtes Zusammenleben sein könnte? Vermutlich gibt es einzelne werkscheue Menschen, und sicher auch hier, auch wenn ich noch keinem begegnet bin. Aber es lohnt sich für eine Gemeinschaft, sie mitzutragen. Alle zu gängeln in dem irrsinnigen Glauben, so Faulheit unterbinden zu können, beschneidet die Kräfte aller in unfasslichem Maße! Gängelungen, Maßregelungen, Misstrauen und Unterstellungen von Faulheit halten alle in einer kraftraubenden Spanne. Vertrauen hingegen setzt in den meisten Menschen Kräfte frei, die auch diejenigen mittragen können, die nicht werken wollen oder können. Es ist nicht nötig, Menschen in der Bringschuld zu halten. Sie müssen nur werken können, wie es in ihnen zum Werk drängt. Zwang schafft weniger Kräfte als freiwilliges Geben. Sie es dir an! Die Menschen hier sind stärker. Nicht im Kampf, sondern in der Nutzung ihrer Kräfte. Sie sind angstärmer und um so vieles selbstsicherer.

In kleinen Gruppen von Menschen mögen sich Ordnungen von selbst bilden, weil jedes den Platz findet, an dem es am meisten nützt. Vielleicht. Aber in Völkern geht das auf die Dauer auf keinen Fall! Weil es zu viele Menschen dafür sind und sie Ränge erfinden. Rangordnungen fordern immer Krieg ein, und sei es innerhalb des Volkes. Rangordnungen schwäch..."

„Ich sehe ja, dass du hier zuhause bist", unterbrach ihn Wuhtá abwehrend. „Aber deine Vorstellungen auf Viralí zu übertragen, kannst du von mir nicht erwarten. Ich muss an das Wohl Viralís denken."

Banés' Angriffswille überströmte ihn. „Du alleine kannst nicht entscheiden, was das Wohl Viralís ist, nur weil dir die Macht dazu gegeben ist! Und erzähle mir nichts vom Willen der Götter, die dich eingesetzt hätten! Ich habe dich nie im Gespräch mit Göttern gesehen! Selbst du würdest nicht behaupten, dass andere dein Eigentum wären. Aber du behandelst sie so! Ränge sind Erfindungen von Menschen! Ich glaube, es ist um eine ganz andere Sorge: Wenn Menschen sicher sind und nicht in Zwängen um das Tägliche gehalten werden, werden sie Rängen kein solches Maß mehr zugestehen wie heute, und das besorgt dich! Sie werden mitentscheiden wollen! Und sie werden auch außerhalb ihrer Ränge gewähltes Werk, Liebesbänder und Familien einfordern. Das, was ihr Ahís und mir damals angetan habt, nur weil sie eine Unfreie ist, würde nicht mehr geschehen können. Die Menschen

würden einfordern, selbst Herren über ihre Leben zu sein. Du fürchtest nicht um Viralí, sondern um dich selbst, um deinen Rang und dein Ansehen als Stammesführer!"
„Ich bin Viralí!", donnerte Wuhtá. „Was glaubst du eigentlich?! Weißt du, was ich für unser Volk geleistet und erlitten habe?"
„Ja. Und ein großer Teil davon wäre nicht nötig gewesen."
„Was?!"
„Du schaffst auch Leid. Dadurch, dass du über andere gebietest. Weil du ihnen nicht Rechenschaft ablegen musst, weil sie dich nicht bestrafen können wie du sie. Viele Leistungen und Leiden sind nicht nötig, wenn Lasten auf mehr Schultern verteilt werden als auf Mutters und deine." Beide kochten Galle, dennoch fuhr Banés fort: „Und es schafft auch dir Leid. Du hast mich lange verloren und deine anderen Erben für den Rest dieses Lebens. Weil du sie in die Schlacht schicktest, selbst die Kinder. Hast du sie gefragt? Hatten sie die Wahl, im Denken und in der Entscheidung? Solange Kriegertum verherrlicht wird, werden Geblendete in die Schlacht ziehen. Solange Prahlen Anerkennung findet und das Brüsten, anderen überlegen zu sein, sie zu demütigen, wird Viralí kein glücklicher Ort werden! Die Kraft, die Krieger halten, ist eine Wehrhaftigkeit Beargter. Ein Schild. Hinter dem Gequälte, Unfreie versuchen, nicht weiterhin verletzt zu werden. Das mag Kraft freisetzen, vielleicht sogar viel, aber Kraft welcher Art?
Wenn Lebensumstände Menschen nicht beargen, sondern ihnen von Anfang an die Möglichkeit geben, ihre Kraft zu finden – nicht erst als Schutz vor Übergriffen – und zu vergrößern, finden sie neben wirklicher Kraft auch Glück. Wenn Glück und Kraft miteinander bestehen und ihre Wurzeln sind, ist das, was Menschen leisten, mehr, als du es dir vorstellen kannst."
Wuhtá bebte.
„Es geht nicht mehr ums Überleben, darum, möglichst viele durch den Winter zu bringen, Stärke und Unerschrockenheit zu zeigen. Es hat so große Veränderungen gegeben! Viralí ist sicherer als je, und das ist zum großen Teil euch zu verdanken! Die neuen Bündnisse werden Krieg für lange Zeit verhindern und haben es bereits, und nun habt ihr noch die Lesnen als Freunde, die sich bei ihren Verbündeten für euch einsetzen. Und so viele Güter gehen nach Viralí! Es wird wohlhabend, ein Ende darin ist doch nicht zu sehen. Wenn ihr die Führung nicht dem angleicht, fürchte ich um euch beide.
Es ist heute weniger eine Frage der Machbarkeit, sondern eher, ob eine Änderung in euren Vorstellungen Platz findet. Die Menschen sind nicht dumm! Sie verstehen, dass ihr sie in Veraltetem haltet, und das nicht zu ihrem Vorteil." Banés atmete schwer, dankbar dafür, dass Wuhtá ihn nicht unterbrochen hatte. Behutsamer fuhr er fort: „Ich weiß, wie sehr dir Viralí am Herzen liegt. Mir auch. Sieh dir an, was es nun braucht. Ändere dich mit den Umständen. So viele Veränderungen kamen mit Gewalt. Warum sollten nicht welche durch

Vernunft kommen? Wie wäre es, sich als die Wahrer hervorzutun, die die unnötige Armut in Viralí abschafften? Die nicht unterwarfen, sondern liebten?"
„Du wirst mich nicht umstimmen. Was du vorschlägst, ist keine gute Führung, und deine Ansichten entsprechen nicht meinen Erfahrungen." Missbilligend verzog Wuhtá den Mund.
„Wie ist das möglich? Ich verstehe, dass Lesnen dich geformt hat. Aber du denkst nicht, wie ein Stammesführer denken sollte. Ist denn von den ersten zehn Jahren deines Lebens nichts an Lehre in dir geblieben?"
„Doch", kam es sogleich zurück. „Viel Gutes, viel Schlechtes. Aber vor allem eine Lehre meines Vaters."
„Welche?"
„Ich wollte wissen, warum Führung vererbt wird und nicht in jeder Generation neu nach den Besten gesucht wird. Du sagtest mir, es gebe zwei Arten der Entstehung von Führung, und beide rechtfertigten ihre Vererbung. Die eine sei über bewährte Ahnen im Kampf. Das stärkere Schwert habe sich durchgesetzt, der stärkere Schwertarm vererbe sich zum Schutz der Gemeinschaft. Die zweite sei über ein Ackerbauendes, das seine Sippe verlasse, neue Landgründe suche, sie bebaue und die Sippe zu sich riefe, wenn das Land alle ernähren könne. So teilten sich Sippen und Völker, um allen Essen zu bieten. Die Klugheit und der Mut, die Gemeinschaft zu verlassen, wie die Kraft, die das Land nutzbar machte, vererbten sich ebenfalls. Beide Arten nanntest du ehrenwerte Wege der Führung und Willen der Götter.
Es gibt aber noch eine weitere Art: die, nicht andere zu führen, sondern sich selbst neben Gleichwertigen. Menschen mit Macht über andere mögen gute oder schlechte Beweggründe haben, allein, dass sie über andere herrschen, führt zu Schlechtem! Weil das Wohl aller sich durch die Kräfte aller zeigt, nicht allein durch die Auserwählter. Wenn Menschen voreinander als gleichwertig gelten; wenn sie ihre Entscheidungen im Gespräch miteinander rechtfertigen müssen; wenn sie dieselben Handlungsmöglichkeiten haben, führt dies zu einem Werk, das zum wirklichen Wohl der Gemeinschaft ist, nicht nur zum Wohl einiger Mächtiger, die so tun, als wäre es das aller.
Ich bin kein Krieger mehr. Die Entscheidung, in die Fremde zu gehen, wurde mir abgenommen. Aber hier fand ich Land, das alle ernähren kann. Im Denken und Handeln. Was ich nicht bieten kann, ist Schutz, denn auch ihn finden Menschen besser in der Gemeinschaft. Es ist nicht darum, ein Stammesführer zu sein. Es ist darum, ein Mensch zu sein, das Entscheidungen über sein Leben trifft.
Die menschliche Gemeinschaft bedeutet mehr Kraft und Reichtum als alle Schwerter und alle Güter. Behandele andere nicht mehr als Eigentum. Schreibe ihnen nicht mehr vor, wie sie ihr Leben gestalten sollen. Begegne ihnen, ohne über sie zu herrschen. Fordere ihre Klugheit ein, ihren freiwillig gegebenen Einsatz. Er vermag mehr zu bewirken, als du dir vorstellen kannst."

Wuhtá mäßigte ihrer beider Walle durch einige Augenblicke der Stille. „Lesnen ist nicht Viralí", sagte er schließlich. „Ich weiß nicht genug über ihre Geschichte, um zu verstehen, wie es möglich ist, dass sie hier ohne Zwang werken. Aber dies hier ist nicht Viralí."
„Wirst du zum Werk gezwungen?", fragte Banés.
Ein verständnisloser Blick antwortete ihm. „Ich führe Viralí. Es wird von mir erwartet."
„Aber ein Zwang dazu besteht nicht. Du könntest den ganzen Tag ‚faul herumliegen', wie du es nennst. In der Vergangenheit mangelte es nicht an Wahrern, die das getan haben."
Der Ältere wiegte in widerstrebender Bestätigung den Kopf. „Ich bin keiner von denen."
„Und die Menschen hier auch nicht. Sie sehen, dass Werk nötig ist, und widmen sich ihm. Und sie horchen in sich, wohin sich ihr Inneres entfalten will. Wie ein Wahrer entscheiden sie selbst, das zu tun, was sie für nötig erachten. Sie führen sich selbst, und sie sind ebenso mündig wie du. Ich verstehe, dass diese Freiheit dir fremd ist, aber Menschen in Wohle brauchen weniger Regeln und Zwänge. Sie sind sich ihres Nutzens bewusst. Der eigene Weg beflügelt und bereichert sie ebenso sehr, wie er dich bereichert."
Wuhtá unterbrach das Gespräch mit einer schroffen Geste. „Genug jetzt! Ich wahre Viralí, nicht du! Es war deine ... Wahl, dein Erbe auszuschlagen. Nun sage mir nicht, was ich tun soll!"

Derimen beseitigte eine Kritzelei auf der Außenwand ihres Hauses. Vannét, die von einem Gang durch die Stadt zurückkehrte, stellte sich schätzend neben sie. „Ich hatte mich schon gefragt, ob solches hier nicht vorkommt. Wer in Viralí dabei ertappt wird, Wände zu beschmieren, wird hart bestraft. Ihr streicht selbst neue Farbe darüber?"
Derimen lächelte freundlich. „Ich streiche gerne. Gar so oft kommt es ja nicht vor."
„Ach."
„Es gibt große Flächen, die besser geeignet sind und von denen wir wünschen, dass sie bemalt werden. Die Innenseiten der Stadtmauer zum Beispiel, oder Säulen. Wer sich dort austoben will, kann es tun. Und wer einen Anstrich oder Wandbilder am eigenen Haus wünscht, muss es nur absprechen und die Farbe zur Verfügung stellen. Gerade die ganz Jungen halten darin eine geschätzte Beschäftigung."
„Tatsächlich?"
Derimen senkte den Pinsel, trat einen Schritt zurück und betrachtete die Übermalung, ehe sie eine weitere Stelle ausbesserte. „Früher waren unsere Häuser weiß oder grau, sie forderten Schriftzüge geradezu heraus, finde ich. Seit es in Absprache freigegeben ist, ist Lesnen viel angenehmer geworden."
„‚Die Farbige Stadt.'"
„Ja."
Vannét schüttelte den Kopf. „Ihr seid ein seltsames Volk."

Wuhtá verließ Udras' Kammer mit einem langen Gesicht.
Banés, der allein im Kaminzimmer war, begrüßte ihn erstaunt. „Was ist denn los?"
„Ach. Ich weiß nicht. Es ist mir nicht gelungen, ihren Geschmack zu treffen, schätze ich."
„Was hast du ihr denn erzählt?"
„Erst die Geschichte von Farhé. Und dann die vom armen Schweineknaben."
„Und?"
„Sie fand sie ‚ein wenig dumm' und hat mir eine Geschichte erzählt, die ihr besser gefällt. – Du hast sie in dem Alter gemocht", beschwerte sich Wuhtá. Und, da er sah, dass Banés gegen Auflachen ankämpfte: „Was?"
Dieser zögerte. „Darin unterscheiden sich Lesnen von Viralí. So ist es eben. Magst du einen Wein?"
„Ja. Und eine Erklärung."
„Du gibst nicht auf, hm? Gleich, wie viel wir streiten."
„Nie. Was also ist der Unterschied?"
Banés seufzte und ging voraus gen Vorrat. „Farhé ist auserwählt, den bösen König in einem drei Tage währenden Kampf zu besiegen, das Land vom Hunger zu befreien und selbst als gute Königin zu herrschen, richtig? Und der arme Schweineknabe gibt einer Stammesführin die Hände und muss nie wieder im Winter frieren. Udras versteht sicher die Not darin, obwohl sie sie nicht kennt. Aber die Erzählungen Lesnens kennen keine Auserwählten oder Erhöhungen dieser Art. Die Kinder hier wachsen ohne Herrscher, Hunger und Armut auf. Und ohne Rangesunterschiede, die glauben machen, Höherrangige seien wertvollere Menschen." Er nahm einen Krug aus einem Regal. „Was sollte für Udras erstrebenswert daran sein, Menschen zu töten, um selbst zu herrschen? Oder von einer Stammesführin erwählt zu werden und nicht mehr zu frieren? Ich habe es dir gesagt: Lesnen muss nicht von einer Lichtgestalt gerettet werden. – Du hast gefragt", erinnerte er den eine Grimasse Schneidenden. „Lass uns Wein trinken."
„Ja", ächzte Wuhtá. „Viel."

Für diesen Abend hatte Rowun zu einem Singspiel gerufen, Banés' Eltern schlossen sich den Übrigen an, als diese hingingen. Das Schauspielhaus öffnete sich in einen dachlosen Platz, der von ansteigenden steinernen Sitzreihen gerahmt wurde. Rowun, der unter Freunden saß, winkte der eintretenden Sippe zu. Im Anschluss an die Begrüßung rückten sie zusammen, mitgebrachte Decken wurden auf die Steine gebreitet. Udras bettelte, Kerm neben sich gesetzt zu bekommen, und Rowun gab ihr nach. Die Reihen waren so breit, dass mehrere Gäste nebeneinander liegen konnten, was viele auch taten.
Die Viralí schauten neugierig umher. Banés bestellte für die Gruppe Getränke. Endlich, als es fast dunkel geworden war, betrat ein Chor aus leise Singenden den Platz. Sie trugen Fa-

ckeln, die sie in bereitstehende Ständer rings um die mittige Fläche steckten, ehe sie Aufstellung einnahmen. Kein Musikinstrument begleitete sie.
Wuhtá blickte zur Seite. Sein Sohn lag, mit geschlossenen Augen lauschend, an Derimen und Udras geschmiegt. Wie glücklich er aussah. Und gänzlich ohne Spanne. Wuhtás eigene Aufmerksamkeit kehrte zu den Vortragenden zurück. Ihre fremdartigen Weisen waren kein Biergesang, kein Arbeitsgesang und kein Trauergesang; sie schienen zu schweben und Leichte zu bringen. Hin und wieder boten Einzelne mit offenbar geschulten Stimmen kleine Darbietungen alleine oder als Leuchten über dem Chorgesang, aber es war dieser, der den Viralí am meisten berührte. Er brachte eines in Wuhtá dazu zu schwingen, sich entgegen aller Gewohnheit zu öffnen. Eines, das er verbarg und schützte, das weich und tausende Male verletzt worden war. Wuhtá schauderte, aber es war ihm nicht ungut. Er war hier sicher, und in dieser Sicherheit war es ihm möglich zu ertragen, was in ihm geschah. Da bemerkte er, dass Vannét sich erheben wollte. Er sah sie an. „Bitte, bleib", flüsterte er so leise, dass nur sie es hören konnte.
Erstaunt hielt sie inne, lächelte und nickte einmal. Nach einiger Zeit suchte er ihre Nähe, und zum ersten Mal seit langem griff Vannét seine Hand.

Derimen kam die Aussicht gelegen, einmal Abstand zum Rat zu finden. Da Udras sie begleiten würde und da sie Rowun und Kerm in sorgender Gesellschaft wusste, war ihr der Gedanke eine Freude, den Winter in Viralí zu verbringen.
Zwei Wochen lang ritten sie durch Lesnens feuchten Spätherbst. Dann, mit dem sich gen Berge erhebenden Boden, wurde es kühler, und nahe der Grenze Viralís begrüßte dieses die Reisenden mit einem heftigen Kälteeinbruch. Anfangs war er der Ratssprechin nicht so unangenehm wie die fast ununterbrochenen Regenfluten, die sie hier bereits erlebt hatte. Die Ruhe des Winters war sehr angenehm, und er hielt eine Überraschung bereit. Als Derimen eines Morgens nach draußen trat, riss sie die Augen auf. Über Nacht hatte es geschneit. Weißer Boden, der Wald wie eine schwarze Wand hinter ihm, darüber wiederum ein Weiß, das des Himmels ... Die Betrachtin sog Schönheit in sich auf.
Banés kam zu ihr. „Gefällt es dir?", fragte er.
„Schnee", sagte Derimen verträumt. „Ich habe so gerne einmal Schnee sehen wollen."
Sie genoss auch den diestägigen Ritt. Das kalte Licht, die Geräusche der Hufe im Schnee, die wiegenden Bewegungen der Pferde bereiteten ihr Wohle. Das glitzernde Weiß dämpfte nicht nur Geräusche, sondern auch die übermäßige Schnelligkeit in Derimens Gedanken, die sich gleichzeitig verlangsamten und klarten.
Dennoch erwies es sich für die Dauer als unerwartet anstrengend, der Kälte standzuhalten. Udras bekam ihretwegen Kopfschmerzen, und so rastete die Gruppe bei jedem Gasthaus auf dem Weg, damit sie sich aufwärmen konnte. Banés zeigte den Lesnen, wie sie wollene

Tücher so um den Kopf schlangen, dass allein die Augen unbedeckt blieben. Udras, die ihr Haar derzeit lang trug, wurde angeraten, es aufzubinden.

Wenn sie mit schmerzenden Gliedern und vereistem Atemschutz in die Wärme eines Hauses kam, wartete Derimens Haut mit ungewohnten Schmerzen wie von großflächigen Stichen auf. Daher folgte die Unerfahrene dem Vorbild der Begleitinnen und versorgte zunächst, bevor sie eine Herberge auch nur einer Bestellung wegen betrat, ihr Pferd im Stall, der wärmer war als die Wegesluft und kühler als ein Kaminzimmer. So wurden die Übergänge erträglich. Einmal brachte die Kälte Derimen sogar beginnende Erfrierungen an den Beinen. In freundlicher Übung halfen ihr die Viralí, dagegen Sorge zu tragen. Bereits am nächsten Morgen war die Verletzung fast vergangen.

Die Straße stieg weiterhin an und wurde schmaler. Eine Zeitlang begleitete sie ein zugefrorener Bach, der an einigen Stellen den Boden vereiste. Dort war es zu schwierig für die Tiere, ihre Last zu tragen. So saßen die Reitinnen ab und führten sie langsam und mit Hut über die glatten Flächen. Es gab keine Unfälle, aber alle waren erleichtert, die gefahrvolle Stecke schließlich hinter sich zu wissen.

Die Länge der Reise machte sie für die Gäste sehr beschwerlich, und sie freuten sich darauf, endlich die Hauptstadt zu erreichen. Udras verkündete, bis zum Frühling nicht mehr aus dem Haus gehen zu wollen, Derimen sehnte sich nach jeder Rast und vermisste Gedankenwerk. Abends saß das knappe Dutzend am Feuer und wuchs für kurze Zeit als Gruppe zusammen. Selbst die Bewachung nahm sich den Stammesführenden gegenüber einige Scherze heraus, die in der Stadt nicht ungerügt geblieben wären, in der Reisegesellschaft aber gutmütig überhört wurden.

Die kraftvolle Körpersprache der Viralí stellte mehr ausladende Selbstsicherheit zur Schau, als es in Lesnen als uneitel galt. Dennoch mochte Derimen sie und war entzückt, dass auch Banés' Gesten sich zumindest teilweise dahin wandelten. Schon bei ihrem ersten Besuch in Viralí war es ihr aufgefallen, aber es hatte mit ihm geendet. Diesmal weckte es Begehren in ihr. Die Geeinten hatten sich eben in der Herberge dieser Nacht nach Zimmern erkundigt und waren kurz allein. Derimen zog Banés an sich und küsste ihn. „Bist du schön!"

Er lachte.

„Gib es zu, den Bart trägst du nur meinetwegen."

„Stimmt. Die Kälte hat gar keine Bedeutung."

Sie teilten einen langen Kuss.

„Du wirst ruhiger", bemerkte Banés, als sie Hand in Hand weitergingen.

„Zu reisen bekommt mir. Einmal keinen Ärger. Und der Schnee, wie schön er ist. Aber sehr, sehr kalt."

„Ach, tatsächlich?"

Banés zeigte weitere Folgen des Reisens, ob es nun am Winterwetter, an der Aussicht auf ein Wiedersehen mit den übrigen Seinen oder anderem liegen mochte: Noch stärker als sonst strahlte er Ruhe aus, und sein Tanzdurst wuchs, sehr zur Zufriedenheit seiner Gefährtin, die es in den folgenden Unterbringungen einrichtete, dass Udras ein eigenes Zimmer erhielt.

Lange lag Nebel wie eine weiße Wand auf den verschneiten Bergfeldern, die deswegen von dem hellen Himmel über ihnen nicht zu unterscheiden waren. Es war Derimen unerklärlich, wie die Krieginnen noch immer mühelos unter den sich gabelnden Wegen den richtigen fanden. Manchmal war der Schnee nicht festgetreten, sondern in ungeheuren Mengen am Rande zu mehr als Menschenhöhe aufgetürmt. Die Straßen nahe den Gasthäusern wurden mit Schaufelwerk und sogar durch Pfähle freigehalten; dazwischen gab es aber immer wieder Strecken, deren Schneehindernis für die Pferde schwer zu bewältigen war.

Als die Reisegruppe einmal an Räumenden vorüberkam, ehrten diese sie. Derimen erwiderte den stillen Gruß, worin Udras und Banés sich ihr anschlossen, sehr zu Verwunderung ihrer Bewachung, die jedoch schwieg. Die Wahrenden tauschten einen Blick. Wuhtá zuckte die Achseln, Vannét schüttelte mit einem kleinen Seufzen den Kopf.

Nach mehreren Besprechungen mit Wuhtá bat Banés seine Mutter um eine Unterredung zu zweien. „Erspare uns lange Einleitungen", forderte Vannét ihn auf, als er um einen Beginn rang. „Wir sind nicht in Lesnen."

Banés nickte. „Ich möchte mit dir über das Ende der Unfreiheit in Viralí sprechen."

„Ah, das. Nun, es ist ein ‚Nein' und wird eines bleiben. Ich werde nicht die Ordnung der Göttinnen umstoßen, nur weil du lieber pflichtlosen Freiheiten frönst."

Er rang gegen Heftigkeit. „Nein, Mutter. Ich habe mich immer meinen Pflichten gestellt, nur anders, als du es wolltest. Nun bin ich in Sorge um Viralí. Es gibt Neues, dem es sich anpassen muss, wenn es nicht untergehen will. Die Menschen murren schon lange. Sie haben verstanden, dass Unfreiheit schwächt."

„Der Rang der Geburt ist eine Entscheidung der Göttinnen", wandte Vannét ein, wie schon oft zuvor. Ihre Züge wurden von tieferen Falten durchzogen als sonst.

„‚Die Götter gaben uns nicht nur die Möglichkeiten, uns zu verändern, sondern auch die Pflicht zur eigenen Verbesserung'. Das habe ich nicht selten gehört, auch von dir. Damit kann nicht allein Verbesserung in Gütern gemeint sein. Was, wenn Menschen die Möglichkeit eingeräumt wird, den Lebensauftrag zu finden, den die Götter ihnen gaben? Was, wenn dies zu einem Reichtum führt, wie Viralí ihn sich bisher nicht vorstellen konnte? Wie Lesnen ihn hält?"

„Dafür wäre ein Zeichen der Göttinnen erschienen."

„Vielleicht ist es das", entgegnete er. „Vielleicht ist es eine Kette von Zeichen, und es fällt dir schwer, sie zu sehen, weil einige von ihnen dich beargten. Dass ich nach Lesnen gebracht wurde. Was mir dort begegnete, was ich dort lernte. Dass du mich mit Derimen vermählt hast. Dass Lesnen nun über Handel mit den neuen Wärmesteinen nachdenkt und Viralí die ersten Verbündeten wären, an die es sich wenden würde, wegen eurer Hilfe bei der Löse der Gefangenen und wegen eures Bandes mit den Kanhartiden. Überlege es dir."

Während der letzten Worte hatte Vannét aufgehorcht. „Sie wollen damit handeln?", fragte sie erstaunt.

„Ja. Die neuen Vorkommen sind so groß, dass ein Zurückhalten der Steine keinen Sinn mehr ergibt. Der Rat fühlt sich euch nahe und verpflichtet, und auf Woglan habt ihr großen Eindruck gemacht. Wenn es also Handel geben wird, und daran zweifelt eigentlich keines mehr, werdet ihr das erste Angebot erhalten."

Freude war in den Augen der Älteren aufgezogen, die über Banés' nächster Äußerung aber verblasste.

„Allerdings wird ein Handel an andere Bedingungen geknüpft sein, als du sie erwartest, Mutter. Neben den üblichen Gütern, die Lesnen begehrt, wahrscheinlich Eisen und Holz, wird es eine gemächliche Löse der Unfreien verlangen."

„Was?!"

„Ihr werdet dabei die Hilfe an Erfahrung erhalten, die Lesnen geben kann. Wir werden einen Vertrag aushandeln, der allen Seiten gerecht wird. Aber es wird eine Bedingung für den Handel sein."

„Du willst mir vorschreiben, wie ich Viralí zu führen habe?", bellte Vannét.

„Nein", erwiderte er ruhig. „Ich sage dir nur, wie ein Handel aus Lesnens Sicht stattfinden kann."

„Aber das ist dein Werk! Seit du damals zurückgekehrt warst, liegst du mir damit in den Ohren! Viralí ist nicht Lesnen! Ich lasse nicht zu, dass du es dazu machst! Ich kann es nicht fassen, dass mein Sohn sich gegen mich stellt!"

„Ich trete für das Wohl Viralís ein, das wolltest du immer. Ich habe meine eigene Sicht auf die Dinge, und dies mag lesnen sein, aber darin ist kein Arg. Lass uns Viralí gemeinsam Wohle bringen."

„Hohle Worte! Du wärst nicht hier!", stürmte sie.

„Doch." Banés schöpfte tief Luft. „Ich habe mit Derimen darüber gesprochen, und es ist unser beider Wunsch, jeden Winter hier zu verbringen. Um euch bei den Schwernissen, die es geben wird, zur Seite zu stehen; um das Band unserer beiden Völker zu stärken", seine Stimme senkte sich ein wenig, „und um bei allen sein zu können, die wir lieben." Sein Blick war offen, was angesichts der Zornsiedenden nicht leicht war.

Vannét schnaufte abfällig und verließ ihn.

Weh sah Banés ihr nach.

An dem Tag, an dem sie die Stadt Viralí erreichten, schneite es stark. Die Angekommenen gingen sogleich ins Haus der Ëí Shur, um sich aufzuwärmen. Bei der Begrüßung fehlte Frexél. Als Banés nach ihr fragte, berichtete deren Gemahl, sie sei in der Halle und sitze Gericht. Bald kam auch sie hinzu, und sie erlebten ein herzliches Wiedersehen. Udras bestaunte alles, was sie sah; Wuhtá bereitete es offensichtliche Wonne, sie herumzuführen, ihr Stadt und Lebensweise zu erklären.

Am nächsten Morgen stand Derimen sehr spät auf. Einige wenige werkten im Haus, keines außer ihr lag noch in den Fellen. Das Lager war unerwartet warm gewesen, wenn es auch sehr nach Tier gerochen hatte. Frexél und Truké hatten den drei Kanhartiden zuvor ihr Bett angeboten, doch da Udras darauf gebrannt hatte, „wie eine richtige Viralí" zu schlafen, hatten sie die Einladung mit einem Dank abgelehnt.

Derimen warf noch einen Blick auf ihre mitgebrachten Lernarbeiten, zog sich dann warm an und ging hinaus. Draußen trat sie sich reckend auf den harschgefrorenen Schnee, das Geräusch genießend, das dabei entstand. Ein weißer Ball sauste heran und traf sie. Sie fuhr herum, hörte Banés und Udras kichern, sah sie jedoch nicht. Derimen fand sie hinter einem hohen Schneewall, von wo aus sie sie erneut bewarfen. Zu dritt tobten sie, bis Udras um ein Ende rief, da ihr Schnee in den Kragen gerutscht sei. Während sie ihn herausangelte, suchte Banés den Kuss seiner Frau. Dann klopfte er sich den Schnee von den Kleidern. „Kommt."

„Wohin?", fragte Udras.

„Wir spielen", verkündete er.

„Hier?", war Derimen verblüfft.

„Aber sicher. Heimlich. Wir stehlen einen Schlitten und verschwinden, bevor eines uns aufhalten kann."

Den nächsten Vormittag verbrachte Udras mit Wuhtá, der Botschafter besprach sich mit seiner Base, und so beschloss Derimen einen Gang zu Tolas, Uchátt und ihrem Sohn. Auch bei ihnen wurde sie mit Freude empfangen, spürte jedoch eine Arge, die in der Luft hing. Die Hinzugekommene wandte sich eine Weile Wedri zu, der sich quiekend von ihr in die Luft werfen und wieder auffangen ließ. Tolas und Uchátt waren wortkarg, erkundigten sich allein nach Verwandten in Lesnen und nach Derimens Reise.

Schließlich verkündete Tolas, in dem für die Begastete eingehaltenen Putzgang fortfahren zu wollen. „Geht mit Wedri zur Wiese", schlug er vor.

„Komm doch mit", bat Uchátt. „Wir können nachher zusammen putzen, das geht schnell."

„Von wegen. Du bringst mir alles durcheinander. Geht nur."

Derimen hatte aufgemerkt. Tolas grollte, und Uchátts Gesicht zeigte Schmerz. „Wie du meinst", sagte die Kriegin und holte die Winterkleider des Kleinen.

Die Wiese lag auf einem Hügel außerhalb der Stadt. Kinder fuhren dort Schlitten, bauten oder bewarfen einander mit Schnee. Uchátt trug Wedri an einen Platz, auf dem kleinere Kinder spielten. Sie setzte ihren Sohn ab und zog sich mit Derimen auf einen umgestürzten Baum zurück, der als Bank diente. Die ganze Zeit des Weges hatten sie geschwiegen, nun

bemerkte Uchátt: „Aksua scheint unglaublich verliebt zu sein. So habe ich ihn jedenfalls nie über Esdri erzählen hören."
„Ihr schreibt einander?"
„Mit jeder Botin. Selten genug, leider", lächelte sie. „Wie ist es ihm sonst? Wie arg?"
„Sehr viel besser", erwiderte Derimen. „Aber Folter zu überwinden, ist schwer."
„Nahezu unmöglich. Aber dieser Ishir bereitet ihm Wohle. Und endlich Kinder."
„Ja. Uchátt, was ist mit euch? Ihr seid in Spanne zueinander. Ist es euch arg hier?"
Die Kriegin atmete tief, ehe sie antwortete. „Ich schätze, wir stehen kurz vor der Trennung."
„Was ist geschehen?"
Sie hob und senkte die Schultern, mit seltsam leerer Stimme sagte sie: „Auch unser Band scheint nicht immerwährend zu sein. Schau nicht so. Ich lebe. Und wir hatten gute Jahre. Ich kann das schätzen." Sie lächelte schief. „Außerdem fand uns in eurem Haus unser Kind. Dafür werde ich immer dankbar sein. Aber Tolas hat hier im Handel nie Eintritt gefunden. Er hat sich schrecklich bemüht, aber hier ist Handel anders, er wird vererbt, es gibt keinen Eintritt für Fremde. Unser Essen war mein Werk, bis er seines als Gänsehirte gefunden hatte. Glücklich ist er dabei nie geworden."
Der Knabe plumpste auf den Boden. Sie ging zu ihm und richtete ihn wieder auf.
„Er war ... er ist letztlich allein verantwortlich für Wedri", fuhr sie fort, als sie wieder saß. „Früher sogar, wenn er selbst krank war und ich fort. Wir haben hier keine Sippe, und bis wir solche fanden, die ihm halfen, verging Zeit. Wir werden wahrscheinlich immer Fremde bleiben, wenn wir jetzt auch nahe Nachbaren haben. Es ist nicht leicht für ihn." Sie verstillte versonnen.
Derimen wartete, da sie spürte, wie Uchátt ihren inneren Schild weiter senkte.
„Meine größte Sorge ist, dass sie beide nach Lesnen zurückkehren. Ich könnte sie nicht begleiten. Tolas hat versprochen hierzubleiben. Aber er war nie gerne hier, die Art zu leben liegt ihm nicht. Wie lange wird er sein Wort als bindend erleben, wenn ich so selten hier bin?" Uchátts Mund und ihre Stirn verzogen sich in Schmerz. „Ich bin so viel fort gewesen. Und was ich erlebte, hat mich hart gemacht. Und bitter, mitunter jedenfalls. Ich bin es, an der diese Liebe, diese Familie zerbrochen sind. Aber was kann ich tun?" Weinend sah sie auf.
Derimen schloss die Arme um sie.

Vor der Halle war ein heftiger Streit zwischen Banés und seiner Mutter entbrannt. Beide standen einander mit roten Köpfen gegenüber, als Wuhtá sich zu ihnen gesellte.
„Frexél ist auf deiner Seite!", zischte Vannét.
„Ich bin es auch", verkündete ihr Gemahl ruhig.
Sie starrte ihn an.

„Lass uns darüber reden", bat er.
„Ja. Sofort." Sie drehte sich abrupt um und ging gen Schriftenkammer.
Banés ächzte.
„Lass mich nur machen", beruhigte ihn Wuhtá. „Ich weiß, welche Bissen sie verträgt. Außerdem beschäftigt sie die Bürgergabe schon lange. Sie hatte ein Gespräch mit Ahte und Imen darüber, und..."
„Tatsächlich?!"
„Deine Mutter ist nicht so verstockt, wie du glaubst." Er wiegte kurz den Kopf. „Und wonach sie oft aussieht. Sie will ebenfalls wissen, was dich bewegt und warum du Lesnen deinem Volk vorziehst. Lesnen ist in unseren Augen nicht ausschließlich unsinnig. Aber unsere Ansichten über Nutzen und Unsinn musst du uns überlassen. – Ihr wollt also ausgerechnet die Winter in Viralí verbringen? Wenn die Sonne kaum scheint?"
„Wir werden sie im Haus scheinen lassen", versprach Banés.
Wuhtás Gesicht spiegelte Freude, er zügelte sich aber sogleich wieder. „Ich sorge dafür, dass Vannét einer Einführung zur Probe zustimmt. Wenn alles so vorbereitet ist, wie wir es besprochen haben. Wenn die rechtlichen Veränderungen eingeleitet sind und genug Zeit vergangen ist, damit sich alle daran gewöhnen konnten."
Banés atmete tief aus.
„Ich weiß, ich habe es schon einmal gesagt, und da hat es dir nicht gefallen", fuhr Wuhtá fort. „Lass es mich dennoch noch einmal sagen: Du wärst ein guter Stammesführer gewesen."
Der Nebenstehende lächelte.
„Bei allen Meinungsunterschieden, bei allem, was ich dir vorgeworfen habe, ob nun zu Recht oder nicht: Ich war immer stolz auf dich. Nicht zuletzt, weil du dich immer wieder gegen mich durchgesetzt hast", gestand Wuhtá. „Ich liebe dich, mein Sohn."
Banés, der dies selten von ihm vernommen hatte, strahlte auf.
„So, nun hat Vannét sich ein wenig abgekühlt, schätze ich. Zeit, das ‚Sofort' nicht allzu sehr in die Länge zu ziehen." Wuhtá grinste und schied.

Vannét hatte ihre geeinte Tochter zu einem Ausritt geladen. An einem einzeln stehenden Baum rasteten sie.
„Ihr werdet eure Winter hier verbringen?", fragte die Wahrin wie eine Erklärung, nachdem sie Bier, Brot und Käse an Derimen gereicht hatte.
Diese merkte auf. „Ja. Ich freue mich auf den Schnee. Er ist wunderschön. Und ich wäre euch gerne näher."
Vannét schmunzelte. „Bringt Udras mit. Wir werden euch ein Gästehaus freihalten. Ich denke, das Sippenhaus behagt euch nicht sehr, oder?"
„Ich danke dir, ja. Ich brauche Raum für mich. Ich bin keine Viralí, Vannét."

„Nein", entgegnete sie. „Und Banés ist es ebenfalls nicht mehr."
Derimen bemühte sich, keinen Schrecken zu zeigen. „Es beurteilt das anders."
„Ich weiß. Das macht ihn zu einem besseren Botschafter, als ich es gedacht hätte. Aber mein Erbe..." Die Betagte seufzte. „Frexél ist eine gute Kriegin. Und eine gute Stellvertretin, wenn sie eindeutige Order hat. Aber selbst zu entscheiden, fällt ihr schwer, und ihr Gemahl taugt darin noch weniger. Ich bedaure diese Wahl. Ich werde sicher nicht in Frieden sterben können."
Derimen, die den heftigen Tadel darüber kannte, dass Banés auf seinen Entscheidungen bestand, staunte, zog es jedoch vor, dazu zu schweigen.
Doch Vannét erriet ihre Gedanken. „Er hat die falschen Werte. Er denkt und fühlt nicht wie ein Viralí. Weil ihr ihn mir entfremdet habt. Er wird nie mehr völlig mein Sohn sein, weil er ein Lesne geworden ist."
„Nein", widersprach Derimen. „Er ist beides. Er mag sich verändert haben, aber er wird immer dein Sohn sein. Euretwegen, weil er euch liebt und weil er Viralí von Nutzen sein will, ist er acht Jahre lang hiergeblieben und hat sich einen Weg erarbeitet, eurem Volk zu dienen. Er hätte jederzeit nach Lesnen zurückkehren können. Da er auch hier die Gabe erhalten hat, stand es ihm frei zu gehen."
Die Führin schnaufte.
„Und auch seine Handgebe ist aus Liebe zu euch geschlossen worden."
Sie schaute verständnislos.
„Viele Lesnen meiner Generation halten nicht viel von der Ehe. Weil sie ein Bündnis um Macht von Sippen ist. Wie Viralí es gutheißt, Banés aber nicht. Er tat es aus Liebe zu euch."
„Soll das heißen, es war dir keine Ehre, in mein Haus aufgenommen zu werden?" Vannét sprühte vor plötzlich aufgewallter Wut.
„Ich tat es, weil der einzig andere Weg seine Freisage von euch gewesen wäre. Das konnte ich nicht zulassen. Es war der Weg, wie Banés mit allen bleiben konnte, die er liebt. Deswegen habe ich mich vermählen lassen, entgegen meiner eigenen Überzeugung. Liebe wiegt mehr." Derimens Blick war klar, ohne anklagend zu sein. „In Lesnen halten Eltern keine Macht über ihre Kinder, wenn sie ihrer Obhut und Anleitung entwachsen sind. In Lesnen schulden Kinder ihren Eltern nicht lebenslangen Gehorsam. Manche Lesnen würden fragen, was ihn in seinem Alter die Ansichten seiner Eltern kümmerten, wenn ihn Streit mit ihnen bearge. Aber er ist auch Viralí. Und er liebt euch, eure Liebe ist ihm so viel wert. Er leidet darunter, euch nicht die Dienste halten zu können, die ihr euch wünscht."
„Tatsächlich?" Vannét, die bereits zu einer scharfen Antwort angesetzt hatte, hielt inne und dachte nach. Schließlich erwiderte sie: „Ich danke dir für deine Ehrlichkeit."
„Wir lieben ihn beide. Beende deinen Groll gegen ihn."

„Das werde ich wohl." Für einen Augenblick wirkte sie ein wenig sanfter. „Ich vertraue darin auf deine Geduld. Aber gestatte mir meine Unzufriedenheit. Dies hier ist nicht Lesnen. Ich werde es nicht dazu machen, weil es Banés' Wunsch ist."
„Das ist es gar nicht."
Sie hob zweifelnd die Brauen.
„Sein Wunsch ist, Viralí Wohle zu bringen. Auf die Art, die es braucht. Manches von dem, was wir in Lesnen hochhalten, würde hier keinen Sinn finden. Unsere Weisen zu leben sind sehr unterschiedlich. Das sagt nicht besser oder schlechter."
„Ach."
„Manches verstehe ich nicht, und manches ist mir arg. Aber vieles ist mir auch sehr gut", bekundete Derimen.
„Tatsächlich? Was denn?"
„Zum Beispiel eure Offenheit und dass ihr offene Worte handhaben könnt. Oder euer Zugang zu schnellem Handeln. Ich habe es an Banés immer geschätzt. Obwohl er solch ein Ruhiger ist. Was zu tun ist, wird getan, ohne langes Reden oder Streitgespräche. Während Lesnens Rat noch stritt, habt ihr die Gefangenen freigehandelt. Die schnelle Tat, wo sie nötig ist, ist ein Teil von Banés, den ich als viralí erlebe."
Vannét war trotz ihres Schmunzelns über die Worte versonnen. „Soweit ich weiß, unterscheidet er sich darin nicht von den...", sie zögerte, „...sonstigen Kanhartiden."
Derimen lächelte. „Er brachte dies in die Sippe."
„Wirklich?"
„Ja. Es ist nicht allein die Sprache, die wir annehmen. Dein Volk bereicherte meine Sippe bereits, als Viralí und Lesnen noch Feindschaft ausriefen."
„Diesen Teil deiner Sippe", verbesserte die Führin zufrieden.
Sie verstillten für eine Weile.
„Vannét, keines sagt dir: ‚Mache diesen Ort zu Lesnen'. Banés würde das nicht zulassen. Und ich auch nicht. Aber ich bitte dich: Sieh dir an, dass sich die Dinge hier geändert haben. Dass den Menschen nun auch Veränderungen in den Rechten nötig sind. Lerne von dem, was dir in Lesnen gut erscheint, und verwerfe unsere Torheiten. Lass uns einen Weg finden, wie wir gemeinsam Viralí darin zu Diensten sein können, heute ein glücklicher Ort zu sein."

Wuhtá und Banés hatten in den Ställen gearbeitet, nun endeten sie und machten es sich im Stroh behaglich, während sie aßen. Udras tollte mit den Hunden herum.
„Dir steht noch immer ein Geschenk zur Handgebe zu", bemerkte der Stammesführer. „Die Unfreien werden ihren Teil erhalten, das kannst du dir also nicht mehr wünschen. Und Ahís ist unauffindbar. Hast du einen anderen Wunsch, den ich dir erfüllen kann?"
„Ja. Er wird dir nicht gefallen."

„Davon gehe ich aus."
„Das Ende der Käuflichkeit von Tanz."
„Was?!"
„Es ist unerträglich, dass Menschen in solchem gehalten werden. Die Käuflichkeit von Tanz ist die Käuflichkeit von Würde."
In des Älteren Gesicht formte sich Verneinung. „Ich verstehe dich nicht, wo ist darin arg? Es sind keine Kriegsgefangenen. Du weißt, dass es schon seit langem Viralí sind, die dort Werk tun. Keines wird dazu gezwungen."
„,Werk tun'!", fauchte Banés. „Du weißt genau, wie es ist! Glaubst du im Ernst, eines würde sich dir dort freiwillig andienen?"
„Ich habe nie eines gezwungen. Keines muss dort..."
„Gewalt ist doch nicht allein die Klinge an der Kehle!", fiel er Wuhtá ins Wort. „Gewalt ist auch Armut, mangelnde Möglichkeiten zu leben und zu handeln. Die Unmöglichkeit von Entscheidungen. Erzwungene Armut ist Gewalt, und sie soll in Viralí enden! Kein gekaufter oder erzwungener Tanz mehr, Vater! Du bist ein besser Wahrer als einer, der das nötig hat! Ich fordere diese Gabe ein. Sie verstößt gegen kein Gesetz, sie stellt allein deine Gewohnheiten in Frage. Für andere ist es um ein würdiges Leben. Ich fordere es ein!"
Wuhtá stand auf und ging.
Banés sah ihm mit einem Stöhnen nach.
„Wieder Streit?", vernahm er die Stimme seiner hinzugekommenen Gefährtin hinter sich. Als sie sich zu ihm gesetzt hatte und ihn umarmte, lehnte er sich dankbar an sie.
„Worüber?", fragte sie.
„Über Unfreiheit, worüber sonst?", seufzte er und berichtete von seinem Ansinnen.
„Wird er das erfüllen?", fragte sie, entsetzt über die Arge, die Banés bis dahin von ihr ferngehalten hatte.
„Nach seinen Vorstellungen muss er es."
„Sehr gut. Wir brauchen einen Plan, wie sie dann, möglichst ohne herabgesetzt zu sein, anderes Werk..."
„Schon gut, Herz. Lass dies Viralí alleine regeln." Er lächelte. „Ich werde noch einmal mit ihm sprechen. Friedlicher, wenn möglich. Ich muss aufhören, gegen ihn zu sein. ‚Ich ist wir', du hast Recht. Ich muss das endlich auch in dem vertreten, was ich tue, nicht nur in dem, was ich fordere. Und bisher knüpfe ich es noch immer an Bedingungen. Wuhtá ist keine Bestie, er ist mein Vater. Es sollte mir leichter fallen."
Derimen küsste ihn.
Udras kam zu ihnen, und sie ließen sich von ihr ihre liebsten Hunde zeigen.

Mehrere Wochen lang verhandelten die Stammesführenden, Frexél, Banés und Derimen über die Änderungen, die der Botschafter von seinen Eltern verlangte. Lesnen war bereit, den Verbündeten eine erhebliche Menge an Wärmesteinen zu überlassen, die nie gekannten Wohlstand ermöglichen würden.

Frexél verkündete, Bürginnenrechte um den Preis der Steine zu ihrer eigenen Amtszeit einzuführen, wenn es nicht vorher geschehe. „Aber ich hoffe, dass die Göttinnen euch beiden lange Leben schenken, und bis zu meiner Wahrung wird Lesnen dieses Angebot sicher nicht aufrechterhalten. Wir brauchen Zeit für die Veränderungen, und wir wollen die Steine jetzt! Auch du, Vannét! Also müssen wir jetzt die Pfade für die Freilasse beschreiten!"

Die Führin zeigte sich entsetzt, und Derimen musste ein Grinsen unterdrücken. Schwernisse in eigenen Entscheidungen? Sie selbst erlebte Frexél als eine hervorragende künftige Wahrin, besser als viele, denen sie begegnet war. Der Viralí Herz war groß genug für dieses Volk, und offenbar war sie in eine zwar harte, aber gute Schule gegangen.

Schließlich gab Vannét nach. Die Veränderungen würden schrittweise vorgenommen werden: Jedes Haus und jede Hütte würden Wärmesteine bekommen; Werkende sollten die Verantwortung für ihr Werk erhalten und es der Gemeinschaft gegenüber, nicht allein den Wahrenden gegenüber, rechtfertigen müssen. Außerdem wurden Änderungen im Werk möglich, dies sollte innerhalb der Häuser abgesprochen werden. Wer keinem Haus angehörte, konnte um Aufnahme bitten oder ein eigenes gründen. Bei Unstimmigkeiten blieb die Entscheidungsgewalt in den Händen der Stammesführenden. Gewaltstrafen würden nicht mehr verhängt werden und wurden ihrerseits unter Strafe gestellt. Bänder und Eheschließungen über Ränge hinaus wurden erlaubt; da Vannét darauf bestand, die Ränge in ihrer derzeitigen Form zunächst beizubehalten, machte letztere Entscheidung ein vollkommen neues Erbrecht nötig. Das rechtliche Ende der Unfreiheit würde nicht in den nächsten Jahren verkündet werden, sondern erst nach allmählicher Ausweitung der Freiheiten. Gleichzeitig mit ihm sollte eine Bürginnengabe eingeführt werden. Gegen die Form der Geldgabe hatte sich Vannét fast so sehr gesträubt wie gegen die Freiheitsrechte, da sie einerseits ihre Befürchtungen nicht beendete, dass mit einem toten Tauschwert keines mehr zum Werk zu bewegen sei, und da sie andererseits die Wertigkeit, die Geld in Lesnen hatte, nicht auf Viralí übertragen wollte. So blieb die Art der Gabe zunächst offen. Es wurde allein festgeschrieben, dass sie gering sein würde, jedoch eine Teilnahme am Leben Viralís ohne Ängste um das Überleben sichern musste. Ob sie in Gütern und Diensten oder doch noch als Geldgabe eingeführt werden würde, sollte später entschieden werden. Lesnen würde von Viralí Holz, Eisen und Bernstein erhalten; ein Austausch von Saatgut und Schösslingen war zudem geplant. Die Vereinbarung schrieb ihre eigene zweijährliche Überprüfung mit Neuverhandlungen fest. Vannét und Derimen unterzeichneten den abschießenden Vertrag für ihre Völker.

Derimen hatte die Stadt verlassen, um ein wenig Zeit allein zu haben und die Schneelandschaft zu genießen. Auf ihrem Rückweg begegnete sie der Wahrin, die eben zu einem ähnlichen Gang aufgebrochen war.

„Dein Gemahl und du seid zähe Verhandlinnen, Tochter", sagte sie ohne Groll.

„Wir haben in dir ein gutes Vorbild."

Die Ältere stellte sich mit einem Schnaufen neben den Gast, gemeinsam sahen sie über das verschneite Land. „Ich gebe zu, dass meine Zähne noch eine Weile knirschen werden", ließ sich Vannét vernehmen. „Aber ich glaube, wir haben gut getan. Ihr hattet in manchem Recht. Was nicht gelingt, werden wir in zwei Jahren neu beschließen, das war ein guter Gedanke."

Die Lesne freute sich. Mit einem Mal durchfuhr sie ein stechender Schmerz. Sie spannte sich und verzog das Gesicht.

„Was ist dir?" Vannét trat näher.

„Schon vorüber." Derimen tastete ihren Unterbauch.

Die Führin schätzte sie sehr aufmerksam. „Hast du das öfter?"

„Sonst nicht. Aber seit einigen Tagen immer wieder einmal."

Die Miene der Viralí erhellte sich. „Übelkeit?"

„Nein, aber die kenne ich auch sonst nicht. In der Kindestrage." Nun war es ausgesprochen.

„Weiß Banés es?"

„Ich ... wollte sichergehen. Nein, noch nicht."

Vannét strahlte, wie Derimen es noch nie gesehen hatte. „Ich hätte geglaubt, dass du es ihm sagen würdest, wenn du es nur wöhntest."

„Nein. Wegen eines Irrtums würde ich ihm nicht so viel Wirbel bereiten. Ihm liegt sehr an einem zweiten Kind."

„Das sagt er tatsächlich so, nicht wahr? Ihr drei seid eine Sippe. Nun, dann denkt darüber nach, ob es euch recht wäre, wenn wir Udras in unser Haus und Erbe aufnehmen. Ich will sie gegen ihr Geschwister nicht im Erbrecht ausschließen, nur nachstellen, dies ist bei uns Brauch. Außerdem ist Wuhtá von Udras begeistert." Vannét zögerte. Das Eingeständnis „Ich auch", welches ihr auf der Zunge lag und welches sie nicht aussprach, erschien allein in ihrem Gesicht.

Derimen verstand es dennoch und empfand darüber wie über die Geste Freude.

Vannét nickte ihr zu. „Ich werte dieses Kind als Segen unseres Handels durch die Göttinnen. Lass es mich wissen, wenn du es Banés gesagt hast. Ich würde ihm gerne mein Glück zeigen dürfen."

Nachdem Vannét die würdentragenden Krieginnen über die beschlossenen Änderungen unterrichtet hatte, waren sie, wie erwartet, in heftige Widerworte ausgebrochen. Die Stammesführin hatte sich daraufhin in bekannter Härte gezeigt und alle, die ihren Beschluss nicht

mitzutragen bereit seien, dazu aufgefordert, Viralí zu verlassen. Besorgt hatte Derimen die Gallesiedenden mit wutgeröteten Gesichtern aus der Halle kommen sehen und ihren Gefährten gefragt, ob es nicht zu einem Aufstand kommen könne.
„Sicher nicht. Der Glaube der Menschen hier an die Götter ist sehr stark", hatte er erklärt. „Sie gehen davon aus, dass es ihr Wille ist, wenn Vannét es verkündet. Und die Priesterschaft steht auf unserer Seite."
„Tatsächlich?"
„Ja. Die Priester sind hier meist auch Heiler, und sie sehen die Folgen von Gewaltstrafen und Unfreiheit aus der Nähe. Manche Veränderungen werden sie nur in kleinen Bissen vertragen, aber andere Veränderungen werden sie vorantreiben. Sie werden sich gut mit Frexél, Vannét und Wuhtá ergänzen, schätze ich."
Nun, nach der Verkündigung der Neuerungen vor der ganzen Stadt, schweigen die Versammelten zunächst und bekundeten dann ihre Zustimmung in lautem Lob der Wahrenden. Allein die Mehrzahl der hochgestellten Krieginnen grollte still.
Vannét winkte noch einmal zur Ruhe. Ferner, dies stellte sie mit Missbilligung als Ehegeschenk an ihren Sohn dar, werde die Käuflichkeit von Tanz verboten und für Kaufende unter Strafe gestellt. Ehedem Gekaufte hätten nun das Recht auf Hilfe, die Häuser würden verpflichtet, sie ohne Geringschätzung und abwertende Worte aufzunehmen.
Derimen wusste, dass nun manche Schwernisse erst beginnen würden, aber es war ein Anfang, eines nach dem anderen. Sie sah, wie bewegt Banés war, und trat ihm näher, um stolz zu flüstern: „Du hast es geschafft. Nach all den Jahren."
Er stützte sich kurz an sie.
Ihr Blick fiel auf die Wahrenden. Zu ihrer Verwunderung zeigten sie keine Misse über den Ausbruch ihres Sohnes. Vannéts Züge wurden nicht härter, und Wuhtá lächelte sogar. Banés fing sich wieder, Viralí strömte in die Halle, um ein Fest vorzubereiten. Als ihn nicht mehr viele ansahen, wischte sich Banés die Tränen von den Wangen.
„Und nun", wandte Wuhtá sich an Derimen. „Was ist dein Wunsch zur Handgebe? – Es ist üblich, euch beiden einzeln Wünsche zu gewähren."
„Die Freistellung Uchátts vom Kriegsdienst", sprudelte es aus ihr, noch ehe sie darüber nachgedacht hatte.
Die Älteren sahen sie erstaunt an.
„Ich will eurem Heer keine so gute Kriegin rauben, aber mir liegt sehr an ihrem Kind. Da es seine Eltern im Haus meiner Eltern fand, hat es Rechte an uns. Es wäre mir ein großes Anliegen, dass Uchátt die anderthalb Jahre, die sie noch in der Pflicht ist, bei ihrem Kind verbringen kann und nur dann in die Schlacht zieht, wenn es ihr Wunsch ist."
„Bei gleicher Besoldung", stimmte Vannét zu.
Derimen setzte zu einem Widerspruch an, da sie bereits andere Möglichkeiten durchdacht hatte, bedankte sich dann aber still in einer tiefen Verneigung.

Vannét fügte hinzu: „Uchátt hat sich die Aufnahme in unser Haus verdient. Falls sie es wünscht. Und falls ihre frühere Art zu leben dies hindert: Es wird Zeit, ihre Hütte zu verlassen und ein Haus zu gründen. Wie es einer bewährten Kriegin angemessen ist. Sie hat sich verdient gemacht."
Banés lächelte. „Danke, Mutter."
Sie nickte ihm zu.

Wuhtá zog einen großen Schlitten zu Udras. „Wohin wollen wir gehen? Auf den Hügel von vorgestern?"
„Ja." Sie herzte den Wahrer heftig.
„Nanu, warum denn das?"
„Ich bin so froh", sagte sie.
„Und warum?"
„Weil ... Weil es den Leuten hier besser gehen wird. Aber auch, weil ich keine Sorgen mehr um dich haben muss. Und um Vannét."
Er wölbte die Brauen. „Das musst du mir erklären."
Sie kaute auf ihrer Unterlippe, wie er es von Derimen kannte. „Bevor es den Leuten in Lesnen besser ging, haben sie ihren ganzen Rat getötet. Und ganz viele, die viel Geld hatten. Das finde ich schlimm. Ich bin froh, dass sie euch bestimmt nicht töten werden, weil ihr ja dafür sorgt, dass es ihnen besser geht."
Er verzog nachdenklich die Stirn. Befürchtungen dieser Art hatte er mehrfach von Banés gehört, war sich jedoch sicher, dass dies hier allein in Udras gewachsen war.
„Es ist wie beim Teppichflicken", ergänzte die Mede. „Wenn die Leute einen Teppich mit Löchern haben, flicken sie ihn. Oder sie bringen ihn zum Flicken. Aber manchmal sind da so viele Löcher, dass das Flicken nicht mehr wirklich hilft und es eigentlich einen neuen Teppich geben muss."
Wuhtá starrte sie an und fragte sich, ob er recht gehört hatte.
„Aber was macht die Teppichflickin dann, frag ich mich?", stieg sie aus ihren Überlegungen auf. „Was machst du denn jetzt?"
„Es gibt eine Menge zu tun", erwiderte er, noch immer verblüfft. „Viralí wird auch nicht wie Lesnen werden. Ich bleibe Wahrer. Aber für mich wird sich auch einiges ändern. Du kannst mir ja im Winter helfen, hier einen neuen Teppich zu weben."
„Oh, ja!"
„Na, dann muss es wohl gelingen. Komm, der Hügel wartet auf uns! Und dann müssen wir uns wirklich auf dem Fest sehen lassen."

Banés fiel in Kleidern ins Bett. „Was für ein glücklicher Tag", sagte er und lockte Derimen zu sich. Sie legten sich kuschelnd aneinander. „Dein Einfall um Uchátt war großartig", bemerkte er.
Sie wiegte den Kopf. „Wir werden es sehen. Keines kann das Morgen versprechen. Es ist nur die Änderung von Umständen, die beargten. Es ist nur eine Möglichkeit. Aber es ist eine Möglichkeit mehr."
„Keines kann das Morgen versprechen", wiederholte Banés. „Aber ich habe Tolas' Augen gesehen, als sie kamen, um sich zu bedanken. Es ist eine gute Möglichkeit."
„Da heute schon der Tag der guten Nachrichten ist", lächelte sie und verstillte mit sprechender Miene. Banés sah Derimen forschend an, dann riss er die Augen auf. Sie nickte. Er jauchzte auf und presste sie an sich.

Rowun pendelte mittlerweile regelmäßig zwischen den beiden Orten, an denen er lebte. Vicheds Kutschendienst ermöglichte es ihm und Kerm, oft zu reisen. Der Kleine liebte die Fahrten. Im Haus am Obstmarkt, das inzwischen zum Teil als Warenlager diente, waren die beiden in zwei abgelegene Räume umgezogen; den Rest des Hauses hatten sie Trames und Viched überlassen.
Nach einer Rückkehr vom Gut traf Rowun bei seinen Eltern auf die aus Viralí Heimgekommenen. Die Sippe teilte Freude über ihr Wiedersehen und das neuerwartete Kind, zudem hatte Rowun eine Botschaft für die Übrigen dabei: Aksua und Ishir luden zum Geeintenfest ein; Udras baten sie, Kindzeugin zu sein und sie zu segnen. Lächeln lag auf den Gesichtern. Im Anschluss an ein kurzes Zusammensein, gingen die Reiseerschöpften nach Hause.
Abends griff Derimen erneut nach dem Schreiben. „Klingt glücklich", sagte sie, als sie es wieder sinken ließ.
„Ja. Schön. Wer hätte das so schnell gedacht?." Banés hatte ein Feuer entzündet und erhob sich nun.
„Glaubst du, sie haben auch Itasi eingeladen?"
„Es würde mich wundern, wenn es anders wäre", antwortete er. „Warum?"
„Wegen Ishirs. Wahrscheinlich könnten die Steine ihm helfen. Und vielleicht sogar Aksua. Ahte sagt, dass es ihr so wohl sei, als sei sie verliebt oder schon erneut Großmutter geworden. Sie glaubt, dass die Steine daran Anteil haben, neben der Schmerzlose. Vielleicht würde es auch ihm helfen. – Aber sicherlich können die Steine gar nicht entbehrt werden, wo Kranke und Beargte vor dem Tempel Schlange stehen. Wir könnten Ishir, Aksua und die Kleinen hierher mitnehmen, wenn sie es wollen. Eingeladen sind sie schon lange, und es wird uns guttun, Zeit miteinander zu verbringen."
„Das werden wir vorschlagen. Aber außerdem könnten wir Steine kaufen, meinst du nicht? Wenn wir mit Rowun zusammenlegen, sollte es für einen zweiten Korb für Itasi reichen. Rowun sucht ständig Sinnvolles, um seine Güter loszuwerden." Er dachte nach. Derimen

wartete, bis er weitersprach: „Und ich sollte langsam das Geld, dass ich für Ahís gespart habe, fortgeben."

Bei der Ankunft der Kanhartiden und Itasis Gemeinschaft zwei Wochen später war der Hof mit den ersten Frühlingsblumen geschmückt. Aksua und Ishir liefen dem Wagen entgegen, der Schäfer bot sich sogleich an, die Tiere zu versorgen. Udras belegte ihren entbehrten Mutterbruder mit Beschlag, bis sie widerstrebend für die anderen zur Seite trat.
Inmitten einer Umarmung nahm Aksua kleinen Abstand zu Derimen. „Trägst du ein Kind?" Sie sah lachend auf ihren Bauch. „Ich dachte, es wäre noch nichts zu sehen."
„Doch. In deinen Augen." Aksua drückte sie erneut an sich, kräftiger als zuvor.
Ishirs Base Raher würde nicht wieder auf den Hof ziehen, aber zum Fest war sie gekommen und begrüßte Aksuas Angehörige sehr herzlich. Anschließend genossen es die Versammelten, vor dem Haus zu sitzen und einander kennenzulernen oder wiederzusehen.
„Ein Geeintenfest erscheint mir als vernünftige Lösung", bemerkte Derimen. „Zusammengehören, dies zeigen, die Sippen zueinander bitten. Alles, ohne in Lebensgefahr zu geraten."
Aksua lächelte. „Gar so ist es nicht. Wir wollen einige Jahre warten und dann deinem Vorschlag folgen und nach Viralí gehen. Wir werden Vannét und Wuhtá um Vermählung bitten."
„Großartig! Viralís Ehegesetze sind wirklich erträglicher."
Banés begegnete dem Blick Imens. Beide lächelten.
Nachmittags waren alle Geladenen eingetroffen, und abends fand unter Fackeln und Lichtspielen das Fest statt. Da weder Aksua noch Ishir sich im Mittelpunkt der Aufmerksamkeit wohlfühlten, gab es keine Ansprachen ihrerseits, allein die Segen von Lichei, Garwe und Udras mit den Willkommen der Sippen. Die Geeinten strahlten Glück, wie auch Imen und Ahte. Es wurde ein ausgelassenes Fest mit Musik und Musiktanz, köstlichem Essen und angenehmen Gesprächen.
Anderntags wurde nur das notwendigste Werk verrichtet, was Ishir schwerfiel. Alle halfen mit, und so hielt der Tag viel Muße. Bis auf Itasi, die noch länger zu Besuch bleiben würde, brachen die meisten Gäste am übernächsten Morgen wieder auf.
„Wenn sich die Ahren eingelebt haben, kommt ihr zu uns", erinnerte Imen. „Ich freue mich schon."
„Ich mich auch", versicherte Aksua und wandte sich an Rowun: „Kannst du nachsehen, welche Musikspiele in der nächsten Zeit geboten werden?"
„Mache ich."

Als sie später am Tag zu dritt waren, bot die Heilin Ishir Hilfe durch die weißen Steine an. „Es kann durchaus einige Tage dauern", schloss sie.

„In denen ich nicht arbeite?"
„Besser wäre es."
„Denk nicht einmal daran, nein zu sagen", kam sein Gefährte ihm zuvor. „Bei den Tieren kommen sie ohne dich zurecht."
„Da bin ich noch nicht sicher."
Aksua stöhnte auf.
„Ist ja recht", gab Ishir nach. Und gen Itasi: „Tut es weh?"
„Selten, das sind jedenfalls unsere bisherigen Erfahrungen." Sie erklärte ihm, dass es möglicherweise Gefahren gebe, die nicht bekannt seien.
Wie vor ihm viele andere, winkte auch Ishir ab. „Bisher gab es keine Arge darum, oder? Nun, also. Mir klingt es wie ein Geistersegen. Den weise ich nicht zurück."
Für ihn wurde die Behandlung nicht ohnarg, aber die Besserung wuchs noch am selben Tag bis hin zum Eindruck eines gesunden Rückens.
„Das ist unglaublich", bekundete Ishir, als sie geendet hatten und in der Wohnkammer saßen. Er drehte und streckte seinen Oberkörper. „Überhaupt keine Schmerzen mehr! Ich weiß nicht, wann ich mich das letzte Mal so gefühlt habe. Das muss Jahre her sein. Danke!"
Er umarmte Itasi unbefangen. Sie freute sich.
Erst jetzt, da er fehlte, gewahrte Aksua, dass ehedem ein immerforter Schmerz in Ishirs Augen gestanden hatte. Nun berührte das Leuchten, das seinen Platz eingenommen hatte, den Älteren auf eine Weise, die ihn nichts sonst bemerken ließ. Ihm war, als verliebte er sich zum zweiten Mal in ihn. Die Heilin musste Aksua mehrfach ansprechen, ehe er seine Aufmerksamkeit von Ishir abwandte. „Möchtest du?", wiederholte Itasi.
„Entschuldige. Was hast du gesagt?"
„Die Steine. Sie helfen nicht nur dem Körper. Ich habe darin kaum Erfahrung und sage es noch einmal: Schaden ist nicht völlig auszuschließen. Aber die Beobachtungen lassen auf Gutes schließen. Ahte sagt, dass es auch ihrem Inneren besser sei. Manche berichten Ähnliches. Von beendeter Trauer, Angst. Beargtheiten, die endeten."
„Mir ist es auch so", ließ sich Ishir vernehmen, obwohl es nicht seiner Art entsprach, andere zu unterbrechen. „Lass dir helfen, Herz."
Aksua zögerte nur kurz, dann nickte er einmal.
Sie gingen in seine Kammer. Itasi erkundete lange seinen Blick und bat Aksua anschließend, sich zu entkleiden und auf drei der Steine zu setzen, um sich daraufhin zu legen. Danach gab sie Steine um ihn herum ins Bett, einige an sein Geschlecht, die Letzten auf sein Herz. Er schien einzuschlafen. Ishir und Itasi mussten sich nicht darauf verständigen, gemeinsam zu warten, wennauch das Wirken der Steine fast die ganze Nacht währte.
Aksua war lange ruhig geblieben, aber mit einem Mal bebte er auf. Tränen liefen ihm aus geschlossenen Augen. Ishir ergriff seine Hand, die Freundin tat es ihm gleich. Aksua hustete heftig und ging zum Abtritt, danach trank er viel. Die Frage, ob er allein sein wolle, ver-

neinte er. Wieder warteten sie. Einmal brach Schluchzen aus ihm heraus, da wurde er von Ishir in den Arm genommen. Nach einer Weile legte Aksua sich erneut, das Angebot einer anderntägigen Fortsetzung ausschlagend. Schließlich verlor er sichtlich Spanne. Als aus der Küche frühe Essensdüfte zu riechen waren, richtete er sich auf. „Ich habe furchtbaren Hunger."

Die Behandlung dauerte noch anderthalb Tage, und es gab Zeiten, in denen es ärger um den Genesenden war und er Itasis, nicht aber seines Mannes Anwesenheit wünschte. Zweimal schrie Aksua sogar und rang hart mit seinen Erinnerungen. Itasi war ihm eine Stütze, bis es erheblich weniger wurde. Dann erklärte er, dass er die Hilfe nicht mehr brauche, und die Freundin erkannte die freundliche Gelassenheit von früher an ihm. Die Narben an seinen Handgelenken waren fast verblasst und vollständig geglättet; immer wieder tasteten seine Finger darüber.

„Hat der Tempel euch schon geehrt?", fragte er. „Mit diesen Steinen ist es möglich, die letzten Zweifler an Wunder glauben zu lassen."

Itasi lachte leise. „Das Leben ist ein Geschenk der Geister, und alle Kräfte in uns und um uns sind Wunder. Wie es aussieht, werden die Steine Schnitte unnötig machen, wenn wir erst gelernt haben, sie richtig zu nutzen."

Er legte den Kopf schief. „Ist dir das überhaupt nicht arg?"

„Weil ich das Schneiden über Jahre erlernen musste? Nein. Ich bin nicht Heilin geworden, um im Immergleichen oder Bewährten zu verharren. Ich will Menschen helfen. Wenn die Steine eine sanftere und bessere Art eröffnen als die Klingen, werde ich darin lernen, was immer ich vermag."

Aksua lächelte.

Sie erwiderte dies. „Ich hätte dich gerne bei uns gehabt", bekannte sie.

„Ja, ich auch. Aber es schließt sich nicht gänzlich aus. Hin und wieder brauchen wir alle Abwechslung, nicht wahr? Kommt mich hier besuchen. Und ich komme zu euch, wenn ich in der Stadt bin."

„So machen wir es", freute sie sich.

Auch Rinedri wie Nilres baten Itasi um Hilfe, und sogar Ilech, die schmerzende Hände und Ellenbogen hatte, schloss sich ihnen an. Als Itasi schließlich mit Viched zurück gen Lesnen fuhr, sahen Aksua und Ishir ihnen lange nach.

„Es ist dir viel besser, nicht wahr?", suchte der Jüngere Aksuas Nähe.

„Ja. Sehr viel besser. Seltsamerweise war es überhaupt nicht leicht, den Schmerz loszulassen", sann dieser nach. „Die Stränge, die mich mit den Garren binden, zu durchtrennen. Nicht mehr nach hinten zu sehen, würde Ahte sagen." Er verstillte.

Ishir hielt ihn. „Das verstehe ich."

„Wirklich?"

Ein Nicken.

„Es wird niemals so sein, als wäre nichts geschehen", erklärte Aksua. „Aber es ist mir nun viel ferner als vorher. Als wären nicht anderthalb Jahre vergangen, sondern ein dutzend."
Ishir strahlte auf und küsste ihn. „Ruhetag. Spielezeit", verkündete er.
Aksua hob die Brauen. „Höre ich richtig?"
Der Schäfer grinste. „Sei ein wenig nachsichtig mit mir."
Sie verbrachten einen fröhlichen Abend mit den Kindern und Aljatt an den neuen Spielbrettern; die übrigen Hausbewohnenden waren in Ried, um sich ein Schauspiel anzusehen. Später gingen Lichei und Garwe zu Bett – einmal ohne Murren, da sie länger als sonst hatten aufbleiben dürfen. Die Gefährten zogen sich in Aksuas Kammer zurück.
„Es ist schön, dich nicht müde zu sehen."
Ishir lächelte. „Das habe ich dir zu verdanken."
„Nein."
Sie versanken in einem Kuss, der fordernder wurde, bis Ishir Aksua sachte abhielt und den Kopf schüttelte.
„Das Jahr ist vorüber", sagte Aksua.
„Herz..."
Er legte ihm die Finger an die Lippen. „‚Wohl, nicht besser', weißt du noch? Es ist mir wohl. Ich weiß nicht, ob Tanz jetzt schon möglich ist. Aber kuscheln reicht mir nicht mehr. Dein Abkommen hat mich gerettet. Nun hat es keinen Sinn mehr."
Nach einiger Zeit lösten sie sich kurz voneinander.
„Müssen wir aufhören?", fragte Ishir.
„Wehe, wenn."

Imen, Rowun, Kerm und Ahte hatten die Sippengruft besucht und neuen Schmuck wie Geistergrüße an den Gräbern von Ransar und Nirar angebracht. Um Rowuns Stimmung ein wenig aufzuhellen, hatten sie danach die Spielezeit zu sechst verbracht, und seine Eltern waren noch darüber hinaus geblieben. Nun, als sie gegangen waren, kehrte Viched in ihre Schreibstube an die Fahrpläne zurück, Trames kümmerte sich um die Küche, und Rowun ging, um noch einmal nach Kerm zu sehen.
Seit dieser in die Gruppe der über einjährigen Kinder gewechselt hatte, die sein inneres Wachsen merklich beschleunigte, konnte Kerm vor Aufregung manchmal nur schlecht einschlafen und sprach auch im Träumen. Doch nun schlief er ruhig. Sein Vater küsste ihn zärtlich auf die Stirn. Dann legte Rowun sich auf die andere Seite des Bettes, machte die kleine Leselampe an und begann, in einer Schrift mit Tempelgesetzen zu lesen. Nach einer Weile robbte Kerm zu ihm herüber, was er gewöhnlich erst im Laufe der Nacht tat. Rowun legte den Arm um ihn, strich ihm über die Wange, roch an ihm und lauschte dem Geschirrklappern, das von unten zu ihnen heraufdrang.

„Reisen! Ja! Reisen! Warum fällt mir das jetzt erst ein?"
Banés saß, fast ehe er erwachte. Neben ihm war Derimen aus dem Bett gesprungen. Sie gewahrte, dass sie ihn geweckt hatte, und neigte sich, um ihn zu küssen. „Entschuldige."
„Was bedeutet das?", fragte er, im Morgenlicht blinzelnd. „Was ist um reisen?"
Ihre Augen leuchteten in dem Feuer, das einen Einfall verkündete und das Banés so liebte. „Lesnen, die ohne Todesgefahr händegeben wollen, weil sie auf den Segen der Geister nicht verzichten wollen. – Es muss doch möglich sein, sie zu einer Reise nach Viralí zu bewegen, um sich dort vermählen zu lassen. Oder nach Darentó, die dortigen Eheschließungen werden hier auch anerkannt. Es ist nicht weit entfernt, und die Randgebiete Viralís sind in fast zwei Wochen zu erreichen. Wenn es oft genug geschieht, dass Reisen einer Handgebe wegen von Lesnen fort führen, werden Tempel und Rat keine Wahl mehr haben, als sich damit zu beschäftigen."
„Was?" Er fuhr sich mit beiden Händen durchs Gesicht. „Kannst du das wiederholen? Wenn möglich, langsamer." Sie tat es. Er schüttelte den Kopf über sie. „Und solche Einfälle hast du nun mitten in der Nacht? Nun gut, in entsetzlicher Frühe. Ich bin ja manches gewöhnt, aber musst du so laut sein?"
Sie erkannte Banés' Tadel als Versuch, seine eigentliche Wohle über sie zu tarnen, und lachte. „Verzeihst du mir?", fragte sie werbend.
„Hm, ja, glaub schon. Aber der Rat wird dich diesmal wirklich hinauswerfen."
„Kann er nicht, ich schlage es ja nicht öffentlich vor. Aber ich weiß, wem ich alles von der Möglichkeit erzählen muss, damit die Ersten in die Tempel befreundeter Völker ziehen. Sahtu und Itasi, Brigar und Darhes; Ishir und Aksua wollen es ohnehin..." Sie biss auf ihre Unterlippe. „Ich mache eine Liste. Und eine von den Orten." Auf der Schwelle drehte sich Derimen noch einmal um. „Schlaf du. Verzeih", bat sie leise.
Er verneinte. „Nichts zu verzeihen."
Udras war im Flur erschienen. „Was macht ihr denn für einen Krach?", brummte sie.
„Schlaf, Herz, ich bin jetzt leise. Der Lärm ist mir leid."
„Schon gut", gähnte sie und schlüpfte zu Banés unter die Decke. Die Ratssprechin warf beiden noch einen Kuss zu, dann verschwand sie und ließ in Eifer und Gedankenflut die Zimmertür geöffnet. Die Lampe am Schreibtisch flammte auf. Udras folgte Banés, als er sich mit dem Kopf an das Fußende des Bettes legte, von wo aus Derimen zu sehen war. Binnen weniger Augenblicke war die Kleine in Banés' Umarmung wieder eingeschlafen, ihr vertrautes leises Schnarchen verlauten lassend. Er küsste sie aufs Haar, dann fand sein Blick Derimen wieder, die werkversunken saß und schrieb. Da sie nackt war, war schon die kleine Wölbung ihres Bauches zu sehen. Trotz seiner Müdigkeit betrachtete ihr Gefährte sie. Ihm war unsagbar wohl, und wieder einmal gewahrte er sein Inneres gewärmt wie von Wärmesteinen. Solches Glück, wie es sein Leben nun für ihn hielt, hatte Banés nicht erwartet.

Die Kanhartiden:
Ahte, Imen, Ransar,
Aksua, Banés, Derimen, Nirar, Rowun,
Kerm und Udras

weitere Namen:

Ahís	– frühere Gefährtin von Banés
Ahren	– Vogelart
Ajuk	– Schaf von Lichei und Garwe
Aljatt	– Ackerbauin auf Rejas' Hof
Alleches	– Ratsmitglied Lesnens
Anchar	– Ratsmitglied Lesnens
Anchidaren	– einflussreiche Sippe in Lesnen
Arso	– Meerenge bei Lesnen
Atru	– Mitglied in Itasis Wahlsippe
Bahlen	– Udras' Freund, Sohn von Sahtu und Itasi
Bajer	– Melkin und Kutschin auf Rejas' Hof
Balrinen	– einflussreiche Sippe in Lesnen
Barheg	– Ishirs verstorbene Frau
Benhemm	– zu Lesnen gehörender Ort
Besar	– Retsuas Stellvertretin, Freundin von Aksua; späterer Name: Uchátt
Biré	– Banés' Neffe in Viralí
Brigar	– Bekannter von Derimen
Dahir	– früherer Gefährte von Derimen
Darhes	– Bekannte von Derimen
Ehme	– Freundin von Imen, Ahte und Ransar
Ëí Shur	– führende Sippe in Viralí
Eles	– Nirars Bruder
Esdri	– Krieger, Aksuas Gefährte
Farhé	– Mythengestalt Viralís
Fesé	– Sippe in Viralí
Frexél	– Kriegin, Erbin von Wuhtá und Vannét, Banés' Base
Garnse	– Strauchart
Garwe	– Ishirs Tochter
Garwirkel	– Gericht aus Darentó
Gilras	– Tanzgefährte von Derimen
Guches	– Ratsmitglied Lesnens
Halhés	– Herbstfest Viralís
Ibeh	– Bootsbauin, frühere Gefährtin von Banés
Ilech	– Aushilfe auf Rejas' Hof
Ilen	– Matrosin, Mitglied in Itasis Wahlsippe

Iradé	– Krieger, Leibwächter der Ëí Shur
Irches	– Freund Ahtes
Irte	– Nirars Vater
Ishir	– Schäfer auf Rejas' Hof, Vater von Lichei und Garwe, Aksuas Gefährte
Itasi	– Heilin, Bahlens Mutter, Sahtus Gefährtin, Derimens Freundin
Kahel	– zu Lesnen gehörender Ort
Kalchahen	– Sippe in Lesnen
Kerrín	– Sippe in Viralí
Lichei	– Ishirs Sohn
Nilres	– Hausführin und Köchin auf Rejas' Hof
Nogdern	– einflussreiche Sippe in Lesnen
Raher	– Ishirs Base
Rajut	– Ibehs Gefährte
Randen	– Strauchart
Rarnen	– Ratsmitglied Lesnens
Reija	– Schüler in der Ratsschule
Rejas	– Besitzer des Hofes, Nirars Vetter
Reken	– Mitglied in Itasis Wahlsippe
Retsua	– eine der drei Heerführenden Lesnens, Freundin von Aksua
Ried	– zu Lesnen gehörender Ort
Rinedri	– Ackerbauer auf Rejas' Hof
Risdi	– Krieger, Bekannter von Aksua
Ronatiden	– einflussreiche Sippe in Lesnen
Rudri	– Stadtschreibin Lesnens
Ruìt	– Hausbediensteter der Ëí Shur
Rymen	– Strauchart
Sahtu	– Bäcker und Lehrer in der Ratsschule, Bahlens Vater, Itasis Gefährte
Sares	– früherer Gefährte von Derimen
Schkar	früherer Lehrin in der Ratsschule
Sona	– wegen Ehebruchs Verurteilter
Suí	– Wuhtás Pferd
Suka	– Schaf von Lichei und Garwe
Tolas	– Händler, später Hirte, Vater von Wedri, Gefährte von Besar/ Uchátt
Trames	– Pfleger und Freund von Nirar
Triveht	– Ratsmitglied Lesnens
Truké	– Frexéls Gemahl
Uchátt	– Besars Name in Viralí
Uchemni	– Stadtwahrer Garrens
Urá	– Mitglied des Hauses Ëí Shur
Ureh	– jüngste Tochter von Sahtu und Itasi
Valchear	– Ratsmitglied Lesnens
Valur	– Geistheiler, Werkbekannter von Itasi

Vannét	– Stadtwahrin Viralís, Banés' Mutter, Wuhtás Gemahlin
Vartas	– Besars Gemahl
Viched	– Hausführin und Freundin von Nirar
Vikkas	– Gartnin, Mitglied in Itasis Wahlsippe
Vilak	– Befehlshaber der Stadtwachen Lesnens, Freund von Aksua
Wedri	– Sohn von Tolas und Uchátt
Wihud	– Ratsmitglied Lesnens
Windas	– Stadtschreiber Lesnens
Wirden	– Baumart
Woglan	– Stadtwahrin Lesnens
Wuhtá	– Stadtwahrer Viralís, Banés' Vater, Vannéts Gemahl

Völker:

Achunia	– Heimatland Ishirs
Darentó	– Verbündete Lesnens
Garren	– Nachbarvolk Lesnens
Iften	– Verbündete Garrens und Viralís
Lesnen	– Handelsvolk
Rismenn	– Bergvolk
Risria	– Nachbarvolk Viralís
Sinthen	– Nachbarvolk Lesnens
Urtalí	– Nachbarvolk Lesnens
Vanten	– Verbündete Viralís
Varinthen	– Verbündete Lesnens
Viralí	– Herkunftsstamm Banés'
Vòs	– Verbündete Viralís

Ich danke

allen, die mich mit ihren Ansichten, ihrem Leben, ihrem Tun auf die eine oder andere Weise inspiriert haben. Neben vielen persönlichen Begegnungen berührten mich auch solche mit denen, die ihre Ideen, ihre Arbeitsergebnisse und ihr Wissen im Internet zugänglich machen. Ich danke sehr dafür.

Mein großer Dank gilt ferner allen, die sich in vielfältigen Bereichen für soziale Gerechtigkeit einsetzen, und denen, die an der Verwirklichung eines Bedingungslosen Grundeinkommens arbeiten. Ihr Menschenbild stillte meinen ersten Hunger nach einer zugewandteren menschlichen Gemeinschaft.

Namentlich möchte ich meinen vier großen Lieben für ihre Anwesenheit in meinem Leben danken: Elora, Anne, Gerd und Eva. Was bin ich für ein gesegnetes Menschenkind, dass ich euch habe!

M. D. Schuster